Titre original : *The Shadow Sister*

Traduit de l'anglais (Irlande) par Marie-Axelle de La Rochefoucauld

Pour la présente édition :

76, boulevard Pasteur
75015 Paris – France
www.editionscharleston.fr
ISBN : 978-2-38529-052-8

Maquette : Patrick Leleux PAO

Pour suivre notre actualité, rejoignez-nous sur Facebook (Editions.Charleston), sur Twitter (@LillyCharleston) et sur Instagram (@editionscharleston) !

Charleston s'engage pour une fabrication écoresponsable !

Amoureux des livres, nous sommes soucieux de l'impact de notre passion et choisissons nos imprimeurs avec la plus grande attention pour que nos ouvrages soient imprimés sur du papier issu de forêts gérées durablement.

Lucinda Riley

LA SŒUR DE L'OMBRE

STAR

ROMAN

Traduit de l'anglais
par Marie-Axelle de La Rochefoucauld

CHARLESTON

De la même autrice aux éditions Charleston

La Jeune Fille sur la falaise

La Belle Italienne

L'Ange de Marchmont Hall

La Lettre d'amour interdite

Le Secret d'Helena

La Chambre aux papillons

La Maison de l'orchidée

Le Domaine de l'héritière

Les Mystères de Fleat House

De la même série :

Les Sept Sœurs– Maia (tome 1)

La Sœur de la tempête – Ally (tome 2)

La Sœur à la perle – CeCe (tome 4)

La Sœur de la Lune – Tiggy (tome 5)

La Sœur du Soleil – Électra (tome 6)

La Sœur disparue (tome 7)

Atlas, l'histoire de Pa Salt (tome 8)

Retrouvez toute l'actualité de l'autrice

fr.lucindariley.co.uk

www.thesevensistersseries.com

www.facebook.com/lucindarileyauthor

www.twitter.com/lucindariley

Pour Flo.

« Mais qu'il y ait des espaces dans votre communion,
Et que les vents du ciel dansent entre vous. »

Khalil Gibran

PERSONNAGES

ATLANTIS

Pa Salt – *père adoptif des sœurs (décédé)*
Marina (Ma) – *gouvernante des sœurs*
Claudia – *domestique à Atlantis*
Georg Hoffman – *avocat de Pa Salt*
Christian – *skipper*

LES SŒURS D'APLIÈSE

Maia
Ally (Alcyone)
Star (Astérope)
CeCe (Célaéno)
Tiggy (Taygète)
Électra
Mérope (absente)

Star

Juillet 2007

1

Je me souviendrai toujours de l'endroit où je me trouvais et de ce que je faisais quand j'ai appris que mon père venait de mourir…

Le stylo toujours suspendu au-dessus de ma feuille de papier, je levai les yeux vers le soleil de juillet – ou, du moins, vers le faible rayon qui avait réussi à se faufiler entre la fenêtre et le mur de briques quelques mètres devant moi. Toutes les fenêtres de notre appartement minuscule proposaient cette vue insipide et, malgré le temps magnifique, cette enceinte rouge bloquait toute lumière. Rien à voir avec ma maison d'enfance, Atlantis, sur la rive du lac Léman.

Je m'aperçus que j'étais assise exactement au même endroit lorsque CeCe avait pénétré dans notre salon misérable pour m'annoncer la mort de Pa Salt.

Je posai mon stylo et allai me servir un verre d'eau. La chaleur était étouffante et je bus avidement en me disant que rien ne m'obligeait à faire ça – à m'imposer la douleur du souvenir. C'était Tiggy, ma petite sœur, qui m'avait suggéré cette idée lorsque je l'avais vue à Atlantis juste après la mort de notre père.

— Star chérie, avait-elle déclaré quand certaines d'entre nous étions allées naviguer sur le lac pour nous distraire de notre chagrin. Je sais qu'il t'est difficile d'exprimer ce que tu ressens. Je sais aussi à quel point tu souffres. Pourquoi ne pas coucher tes pensées sur le papier ?

Dans l'avion du retour, deux semaines plus tôt, j'avais réfléchi à cette suggestion. Et ce matin-là, c'est ce que j'avais entrepris de faire.

Je fixai le mur de briques, songeant ironiquement que c'était la métaphore parfaite de ma vie actuelle, ce qui eut au moins le mérite de me faire sourire. Je retournai alors vers la table en piteux état que notre logeur véreux avait dû récupérer dans un bazar. Je me rassis et repris l'élégant stylo-plume que Pa Salt m'avait offert pour mes vingt et un ans.

— Je ne vais pas commencer par la mort de Pa, déclarai-je à voix haute, je vais commencer par notre arrivée à Londres...

Je sursautai en entendant claquer la porte d'entrée. Ma sœur CeCe était de retour. Tout ce qu'elle faisait était bruyant. Elle semblait incapable de poser une tasse de café sans faire déborder son contenu et trembler la table. Elle n'avait jamais compris non plus qu'il était possible de s'exprimer sans hurler, au point que Ma, inquiète, avait jugé nécessaire de faire contrôler son audition. Mais, bien sûr, CeCe entendait très bien. Tout comme nous nous étions rendu compte que je n'avais aucun problème quand, un an plus tard, Ma m'emmena voir un orthophoniste, préoccupée par mon silence.

— Elle connaît tous les mots, simplement elle préfère ne pas les utiliser, avait expliqué le spécialiste du langage. Elle le fera quand elle sera prête.

À la maison, pour essayer de communiquer avec moi, Ma m'avait alors enseigné les bases de la langue des signes française.

— Comme ça, je pourrai comprendre quand tu as envie ou besoin de quelque chose, sans que tu sois obligée de parler. Pour te donner un exemple, voici ce que je ressens pour toi.

Elle s'était alors montrée du doigt, avait croisé les mains sur son cœur, puis m'avait désignée, moi.

CeCe avait appris rapidement elle aussi et, ensemble, nous avions créé notre propre langue secrète – un mélange de signes officiels et de mots inventés. Nous l'utilisions quand nous voulions parler toutes les deux sans nous faire comprendre des autres et nous nous amusions du regard perplexe de nos sœurs quand, par exemple, je faisais une remarque espiègle dans notre langue au petit déjeuner et que CeCe et moi partions dans un fou rire.

Avec le recul, je voyais bien que CeCe et moi étions devenues l'antithèse l'une de l'autre en grandissant : moins je parlais, plus elle était bruyante et plus elle s'exprimait à ma place. Et plus elle parlait pour moi, moins j'avais besoin de m'efforcer de le faire. Cette relation avait exagéré nos défauts respectifs. Quand nous étions enfants, entre nos deux aînées et nos deux cadettes, cela n'avait pas grande importance – nous pouvions compter l'une sur l'autre.

L'ennui, c'est qu'aujourd'hui ça en avait, de l'importance…

— Devine quoi ? J'ai trouvé ! s'exclama CeCe en entrant en trombe. Et dans quelques semaines, nous pourrons déménager. Le promoteur doit encore s'occuper de deux ou trois finitions, mais ensuite l'endroit sera incroyable. On étouffe ici, dis donc ! J'ai hâte de changer d'appartement.

CeCe quitta le salon et je l'entendis ouvrir le robinet de la cuisine à fond, sachant que l'eau était sans doute en train d'éclabousser tous les plans de travail que j'avais pris la peine d'essuyer un peu plus tôt.

— Tu veux de l'eau, Sia ?

— Non merci.

Elle continuait d'utiliser le surnom qu'elle me donnait quand nous étions petites, ce qui m'agaçait. Cela venait d'un livre que Pa Salt m'avait offert une année pour Noël, *Anastasia*, l'histoire d'une jeune fille qui vivait dans les bois en Russie et découvrait qu'elle était en fait une princesse.

— Elle te ressemble, Star, avait remarqué CeCe du haut de ses cinq ans tandis que nous regardions les illustrations. Peut-être que *toi aussi* tu es une princesse – tu es assez jolie pour en être une en tout cas, avec tes cheveux dorés et tes yeux bleus. Je vais donc t'appeler « Sia ». Et ça va à merveille avec « Cee » ! « Cee et Sia » les jumelles ! avait-elle conclu en tapant dans ses mains, enchantée.

Plus tard, en apprenant la véritable histoire de la famille royale russe, j'avais compris ce qui était arrivé à Anastasia et aux Romanov. Rien à voir avec un conte de fées.

Et moi-même je n'étais plus une enfant, mais une adulte de vingt-sept ans.

— Tu vas adorer notre nouvel appartement, lança CeCe en s'affalant sur le canapé usé. Nous irons le visiter demain, j'ai pris rendez-vous. Il coûte une petite fortune, mais maintenant je peux me le permettre, d'autant que l'agent m'a dit que la City était dans la tourmente. Les acheteurs ne se bousculent pas au portillon, alors il me propose un bon prix.

Il est temps que je me trouve une vie à moi, pensai-je.

— Tu vas l'*acheter* ?

— Oui. Si l'endroit te plaît, bien sûr.

J'étais si stupéfaite que je ne savais pas quoi dire.

— Ça va, Sia ? Tu m'as l'air fatiguée. Tu n'as pas bien dormi cette nuit ?

— Non.

Malgré tous mes efforts pour les refouler, les larmes me montèrent aux yeux, alors que je repensais aux longues heures de douloureuse insomnie causées par le chagrin. Mon père chéri était mort et je n'arrivais pas à l'accepter.

— Tu es encore sous le choc, voilà le problème. Cela ne fait que deux semaines, après tout. Tu te sentiras bientôt mieux, je te le promets, surtout quand tu auras vu notre nouvel appartement demain. C'est ce logement sordide qui te déprime. En tout cas, moi, ça me donne le cafard. Est-ce que tu as écrit à ce type pour tes cours de cuisine ?

— Oui.

— Et tu commences quand ?

— La semaine prochaine.

— Parfait. Ça nous laisse le temps de choisir des meubles pour notre nouveau chez-nous. J'ai hâte que tu le découvres, fit CeCe en se levant pour m'étreindre.

* * *

— N'est-ce pas incroyable ?

CeCe ouvrit grand les bras dans l'espace caverneux, sa voix résonnant contre les murs tandis qu'elle se dirigeait vers la baie vitrée.

— Et regarde, ça c'est pour toi, dit-elle en l'ouvrant et en me faisant signe de la suivre sur une longue terrasse donnant sur la Tamise. Tu pourras la remplir avec toutes les plantes et les fleurs qui t'intéressaient tant à Atlantis. La vue n'est-elle pas spectaculaire ? (Elle rentra alors et je lui emboîtai le pas.) Il faut encore équiper la cuisine mais, dès que j'aurai signé, tu auras carte blanche pour choisir la cuisinière, le réfrigérateur et tout ce qui te plaira. Maintenant que tu t'apprêtes à devenir pro, ajouta-t-elle en me faisant un clin d'œil.

— Loin de là, je vais juste suivre quelques cours.

— Mais tu es tellement douée ! Je suis certaine qu'on te proposera un poste quelque part quand on verra de quoi tu es capable. Quoi qu'il en soit, je trouve que c'est parfait pour nous deux, non ? Je pourrai utiliser cette zone pour mon atelier, déclara-t-elle en indiquant l'espace entre le mur et un escalier en colimaçon. La lumière est tout simplement fantastique. Et toi, tu auras ta grande cuisine et ta terrasse. C'est ce que j'ai trouvé qui se rapproche le plus d'Atlantis au centre de Londres.

— Oui, c'est très beau, merci.

Elle débordait d'enthousiasme et, en effet, l'appartement était impressionnant. Toutefois, je ne voulais pas faire éclater sa bulle d'excitation en lui disant la vérité : une vaste boîte en verre dénuée de charme, suspendue en face d'un fleuve trouble, n'avait strictement rien à voir avec Atlantis.

Tandis que CeCe discutait avec l'agent du parquet blond qui allait être posé, je secouai la tête pour éloigner mes pensées négatives. Je savais à quel point j'étais gâtée. Après tout, comparé aux rues de Delhi ou aux bidonvilles que j'avais vus à la périphérie de Phnom Penh, un tout nouvel appartement au cœur de Londres n'était pas vraiment un motif pour se plaindre.

Mais en fait j'aurais préféré une toute petite cabane sommaire, plantée fermement au sol, d'où j'aurais pu accéder directement à un carré de terre.

CeCe parlait à présent d'une télécommande qui permettait d'ouvrir et de fermer les stores des fenêtres, et d'une autre pour les enceintes invisibles à son multicanal. Dans le dos de l'agent, elle me fit le signe pour « mauvais garçon friqué » et roula des yeux. Je lui répondis par un faible sourire, prise d'un fort sentiment de claustrophobie car je ne pouvais pas ouvrir la porte et *m'enfuir*, tout simplement... Les villes m'étouffaient ; j'étais écrasée par le bruit, les odeurs et la foule. Mais au moins cet appartement-ci était ouvert et aéré, et il y avait le fleuve en contrebas...

— Sia ?

— Excuse-moi, Cee, tu disais ?

— Et si nous montions voir notre chambre ?

Nous gravîmes l'escalier en spirale jusqu'à la chambre que CeCe avait décrété que nous partagerions, bien qu'il y en ait une deuxième. Un frisson me parcourut l'échine à cette idée, malgré la vue qui était absolument spectaculaire de là-haut. Nous inspectâmes ensuite la fabuleuse salle de bains. Je savais que CeCe s'était donné du mal pour trouver quelque chose de charmant qui nous conviendrait à toutes les deux. Cependant, nous n'étions pas mariées. Nous étions *sœurs*.

Après la visite, nous passâmes au-dessus de la Tamise en bus, sur l'Albert Bridge.

— Ce pont porte le nom du mari de la reine Victoria, dis-je par habitude. Et il a son mémorial à Kensington...

CeCe coupa court à mon explication en me faisant le signe « frimeuse ».

— Franchement, Star, ne me dis pas que tu te trimballes encore un guide !

— Si, admis-je, en faisant notre signe pour « intello ».

J'étais passionnée d'histoire.

Nous descendîmes du bus près de notre appartement et CeCe se tourna vers moi.

— Allons dîner au restaurant. Il faut fêter ça !

— Nous n'avons pas d'argent, répondis-je – *ou du moins, pas moi*, pensai-je.

— C'est moi qui t'invite, me rassura ma sœur.

Nous allâmes dans un pub et CeCe commanda une bouteille de bière pour elle et un petit verre de vin pour moi. Aucune de nous ne buvait beaucoup – en particulier CeCe qui tenait très mal l'alcool. Tandis qu'elle attendait au bar, je songeai à l'apparition mystérieuse et soudaine de l'argent de CeCe. Après la mort de Pa Salt, Georg Hoffman, son avocat, était venu nous voir à Atlantis et avait remis à chacune de nous une enveloppe de la part de notre père. CeCe s'était ensuite rendue à Genève pour voir Georg. Elle l'avait supplié de me laisser assister à leur entretien, mais il avait refusé catégoriquement.

— Je regrette, mais je dois suivre les instructions de mon client. Votre père a insisté pour que chaque réunion que j'ai avec une de ses filles soit individuelle.

J'avais donc attendu à la réception. Quand elle avait émergé de son bureau, elle était à la fois nerveuse et enthousiaste.

— Désolée, Sia, mais j'ai dû signer une clause de confidentialité stupide. Sans doute un autre petit jeu de Pa. Tout ce que je peux te dire, c'est que les nouvelles sont bonnes.

Nous n'avions jamais eu de secrets l'une pour l'autre, jusque-là, et je ne savais toujours pas d'où lui venait tout cet argent. Georg Hoffman nous avait expliqué que nous continuerions de recevoir la petite somme que Pa Salt nous versait tous les mois avant sa mort, mais qu'il pourrait nous donner de l'argent supplémentaire si nécessaire. Peut-être suffisait-il donc d'aller voir l'avocat et de le lui demander, comme CeCe avait dû le faire.

— Santé ! s'exclama CeCe en frappant sa bouteille contre mon verre. À notre nouvelle vie à Londres.

— Et à Pa Salt, ajoutai-je.

— Oui. Tu l'aimais vraiment, hein ?

— Pourquoi, pas toi ?

— Bien sûr que si, beaucoup. Il était… spécial.

Je regardai CeCe se jeter sur son assiette quand notre commande arriva. Même si nous étions toutes deux ses filles, j'avais l'impression d'être la seule à pleurer la mort de Pa.

— Tu crois que nous devrions acheter cet appartement ?

— CeCe, cette décision t'appartient. Ce n'est pas moi qui paye, alors je n'ai pas mon mot à dire.

— Ne dis pas de bêtises, tu sais que ce qui est à moi est à toi, et inversement. Quand tu te décideras enfin à ouvrir l'enveloppe qu'il t'a laissée, qui sait ce que tu découvriras ! m'encouragea-t-elle.

Elle me harcelait avec ça depuis que nous avions reçu nos lettres. Elle avait ouvert la sienne presque immédiatement, s'attendant à ce que je fasse de même.

— Allez, Sia, ouvre-la donc ! avait-elle insisté.

Mais je n'arrivais tout simplement pas à m'y résoudre, parce que cela signifiait accepter que Pa nous avait quittées. Et je n'étais pas encore prête à le laisser partir.

Quand nous eûmes fini, CeCe paya l'addition et nous rentrâmes à l'appartement. Elle téléphona à sa banque, afin d'effectuer le transfert de l'acompte pour l'achat de notre nouvelle demeure. Puis elle s'installa devant son ordinateur, se plaignant de la connexion Internet fluctuante.

— Viens m'aider à choisir des canapés !

— Je vais prendre un bain, répondis-je avant de m'enfermer dans la salle de bains.

Je me plongeai dans l'eau et écoutai les bruits aquatiques – *comme un fœtus dans le ventre de sa mère*, pensai-je – et décidai que je devais partir avant de devenir folle. Rien de tout cela n'était de la faute de CeCe et je n'avais aucune intention de lui reprocher quoi que ce soit. Je l'adorais. Elle avait toujours été là pour moi, chaque jour de ma vie, mais…

Vingt minutes plus tard, j'avais pris une résolution et rejoignis ma sœur au salon.

— Viens voir les canapés que j'ai trouvés ! Lequel tu préfères ?

— Comme tu veux. La décoration intérieure c'est ton truc, pas le mien.

— Qu'est-ce que tu penses de celui-ci ? Bien sûr, nous devrons aller le tester en nous asseyant dessus, parce que la beauté ne suffit pas. Il faut aussi qu'il soit confortable, ajouta-t-elle. Nous pourrions peut-être faire ça demain ?

Je pris une profonde inspiration.

— CeCe, ça t'embêterait si je retournais deux ou trois jours à Atlantis ?

— Si c'est ce que tu veux, Sia, bien sûr que non. Je vais nous chercher un vol.

— En fait, je pensais y aller seule. Je veux dire… Tu es très occupée avec l'appartement et tout ça, et je sais que tu brûles de te lancer dans un tas de projets artistiques.

— C'est vrai, mais deux ou trois jours ne changeront pas grand-chose. Et si c'est ce dont tu as besoin, je comprends.

— Vraiment, dis-je d'une voix ferme, je crois que je préférerais y aller seule.

— Pourquoi ?

CeCe se tourna vers moi, ses yeux en amande arrondis par la surprise.

— Juste parce que… je… j'ai besoin d'être un peu seule. Pour aller m'asseoir dans le jardin que j'ai aidé Pa Salt à arranger et y ouvrir ma lettre.

— Je vois. Bien sûr, alors, fit-elle en haussant les épaules.

Je sentis s'abattre une couche de gel mais, cette fois-ci, je n'allais pas céder.

— Je vais me coucher. J'ai très mal à la tête, annonçai-je.

— Je vais aller te chercher des antidouleurs. Tu veux que je regarde les vols pour toi ?

— J'en ai déjà pris, et oui, ce serait formidable, merci. Bonne nuit.

Je me penchai pour poser un baiser sur ses boucles brunes et brillantes. Comme toujours, elle arborait une coupe courte à la garçonne.

Le lit était dur et étroit, et le matelas mince. Bien que nous ayons eu la chance de grandir dans un environnement très privilégié, nous avions passé les six dernières années à voyager autour du monde et à loger dans des endroits miteux, refusant de demander de l'argent à Pa, même quand nous n'avions plus un centime. CeCe, surtout, avait toujours été trop fière pour s'y résoudre ; j'étais donc d'autant plus surprise de la voir à présent dépenser sans compter, alors que cet argent ne pouvait venir que de lui.

Peut-être pourrais-je demander à Ma si elle en savait davantage, même si je doutais qu'elle me dise quoi que ce soit étant donné sa discrétion légendaire.

— Atlantis, murmurai-je. *La liberté…*

Ce soir-là, je m'endormis presque immédiatement.

2

Christian m'attendait avec le bateau lorsque mon taxi s'arrêta près du ponton du lac Léman. Il m'accueillit de son sourire chaleureux habituel et, pour la première fois, je me demandai quel âge il pouvait avoir. J'étais certaine qu'il était le skipper de notre vedette depuis mon enfance et pourtant, avec ses cheveux bruns, sa peau bronzée et son corps athlétique, il ne paraissait pas avoir plus de trente-cinq ans.

Il démarra et je m'installai confortablement sur la banquette en cuir, à l'arrière du bateau, songeant au personnel d'Atlantis qui semblait ne jamais vieillir. Peut-être la propriété était-elle enchantée, me dis-je en respirant l'air pur et familier, caressée par les rayons du soleil. Peut-être que ceux qui y habitaient avaient reçu le don de la vie éternelle et resteraient là pour toujours.

Tous, à l'exception de Pa Salt…

Il m'était douloureux de penser à la dernière fois que j'étais venue. Mes cinq sœurs et moi – toutes adoptées par Pa Salt aux quatre coins du monde et nommées d'après les Sept Sœurs, la constellation des Pléiades – nous étions retrouvées dans notre maison d'enfance. Il n'y avait même pas eu d'enterrement, aucune cérémonie pour pleurer la perte de notre père ; d'après Ma, il avait insisté pour être enseveli en mer, en privé.

En guise d'adieu, Pa s'était contenté de demander à Georg Hoffman, son avocat suisse, de nous montrer ce qui ressemblait à première vue à un cadran solaire, un objet apparu du jour au lendemain dans son coin préféré du jardin. Georg nous avait expliqué qu'il s'agissait d'une sphère armillaire qui indiquait la position des étoiles. Gravés sur les bandes qui encerclaient le globe doré central, se trouvaient nos prénoms, chacun accompagné de coordonnées révélant l'endroit précis où nous avait trouvées Pa Salt, ainsi que d'une citation grecque.

Maia et Ally, mes deux sœurs aînées, avaient décodé ces informations, nous donnant à chacune la traduction de nos citations et de nos coordonnées respectives. Je n'avais pas encore lu les miennes. Je les avais rangées dans une pochette en plastique, avec la lettre que m'avait adressée Pa Salt avant de nous quitter.

La vedette ralentit et, à travers le voile d'arbres qui la dissimulait, j'aperçus la magnifique demeure où nous avions grandi toutes les six. Elle ressemblait à un château de conte de fées, avec ses murs roses et ses quatre tourelles, les fenêtres étincelant sous le soleil.

Après avoir vu la sphère armillaire et reçu sa lettre, CeCe avait été pressée de partir. Moi non ; j'aurais voulu passer un peu de temps à pleurer Pa Salt dans la maison où il m'avait élevée avec tant d'amour. Deux semaines plus tard, j'étais à présent de retour, cherchant désespérément la force et la solitude nécessaires pour accepter la mort de mon père et pouvoir avancer.

Christian manœuvra le bateau pour l'approcher au plus près de la jetée et attacha les cordes. Il m'aida à descendre et je vis Ma traverser la pelouse pour venir à ma rencontre, comme chaque fois que je revenais à la maison. La voir me fit monter les larmes aux yeux et je me blottis dans ses bras grands ouverts.

— Star, quelle joie de t'avoir avec moi, me dit-elle avec tendresse en reculant pour me regarder. Je ne dirai pas que je te trouve maigrichonne, parce que c'est toujours le cas, fit-elle en souriant, tandis que nous gagnions la maison. Claudia a préparé ton gâteau préféré, du strudel aux pommes, et j'ai mis de l'eau à chauffer. Assieds-toi pour profiter des derniers rayons de soleil, me proposa-t-elle en m'indiquant la table sur la terrasse. Je vais porter ton sac à l'intérieur et demander à Claudia de sortir le thé et le gâteau.

Je la regardai disparaître dans la maison, puis me retournai vers les jardins abondamment fournis et la pelouse immaculée pour m'imprégner de leur douce atmosphère. Je vis Christian remonter le sentier discret qui conduisait à son appartement, au-dessus de l'abri de la vedette, caché dans une crique derrière les jardins principaux. La machine bien huilée d'Atlantis continuait de fonctionner, même en l'absence de celui qui l'avait fait démarrer.

Ma réapparut, suivie de Claudia qui portait un plateau. Je souris à cette dernière, sachant qu'elle parlait encore plus rarement que moi et n'aurait jamais entamé une conversation.

— Bonjour Claudia, comment ça va ?

— Très bien, merci, répondit-elle de son gros accent allemand.

Nous étions toutes les six bilingues, Pa ayant insisté pour que nous parlions à la fois anglais et français dès le berceau. Nous ne parlions qu'anglais avec Claudia, et Ma était française jusqu'au bout des ongles. Cela se voyait dans sa tenue simple mais toujours impeccable, constituée d'une jupe et d'un chemisier en soie, les cheveux invariablement noués en un chignon. À leur contact à toutes les deux, nous avions donc développé la capacité à passer d'une langue à l'autre sans difficulté.

— Je vois que tu n'es pas encore allée chez le coiffeur, glissa Ma dans un sourire, en désignant ma longue frange blonde. Comment vas-tu, ma chérie ? me demanda-t-elle en versant le thé pendant que Claudia se retirait.

— Ça va.

— Je sais bien que non. Aucune de nous, d'ailleurs. Comment le pourrions-nous, si peu de temps après ce drame ?

— En effet.

Elle me passa ma tasse et j'y ajoutai du lait et trois cuillerées de sucre. Mes sœurs avaient beau railler ma minceur, j'étais très gourmande et ne me refusais rien.

— Comment va CeCe ?

— Elle dit qu'elle va bien, mais je ne suis pas certaine que ce soit vrai.

— Le chagrin nous touche tous de façon différente. Et souvent, il est moteur de changement. Savais-tu que Maia était partie pour le Brésil ?

— Oui, elle nous a envoyé un e-mail il y a quelques jours, à CeCe et moi. Connais-tu la raison de ce voyage ?

— J'imagine que cela a à voir avec la lettre que votre père lui a laissée. Mais quel qu'en soit le motif, je suis contente pour elle. Cela aurait été horrible qu'elle reste seule ici à se morfondre. Elle est trop jeune pour se cacher. Après tout, tu ne sais que trop bien combien voyager élargit nos horizons.

— C'est vrai. Mais j'ai assez vagabondé.

— Ah oui ?

Je hochai la tête, sentant soudain le poids de la conversation sur mes épaules. En temps normal, CeCe aurait été près de moi pour parler en notre nom à toutes les deux. Mais Ma garda le silence, alors je dus poursuivre par moi-même.

— J'ai vu bien assez de choses.

— J'en suis certaine, répondit Ma en riant doucement. Y a-t-il ne serait-ce qu'un seul endroit que vous n'avez pas exploré CeCe et toi ces cinq dernières années ?

— L'Australie et l'Amazonie.

— Et pourquoi cela ?

— CeCe a une peur bleue des araignées.

— Bien sûr ! s'exclama Ma en tapant dans ses mains, ses souvenirs refaisant surface. Et pourtant, petite fille, elle ne semblait avoir peur de rien. Rappelle-toi comment elle choisissait toujours les rochers les plus hauts pour se jeter dans la mer.

— Ou pour les escalader, ajoutai-je.

— Et tu te souviens qu'elle retenait sa respiration si longtemps sous l'eau que j'avais souvent peur qu'elle se noie ?

— Oh que oui, répondis-je sombrement.

Elle avait essayé de m'entraîner dans ses sports extrêmes, mais voilà une chose que j'avais toujours refusée. Lors de nos voyages en Asie, elle avait passé des heures à faire de la plongée ou à tenter d'escalader les vertigineux volcans de la Thaïlande et du Vietnam. Mais qu'elle soit sous l'eau ou en altitude, je l'attendais tranquillement avec un livre, allongée sur le sable.

— Elle a toujours été un esprit libre, soupira Ma. Si courageuse… Et puis un jour – elle avait sept ans il me semble –, je l'ai entendue hurler et j'ai cru qu'il lui était arrivé quelque chose de grave. Mais non, il y avait juste une araignée de la taille d'une pièce de vingt centimes au plafond, dans sa chambre. Qui l'eût cru ? fit-elle en secouant la tête.

— Elle a aussi peur du noir.

— Ah tiens, je n'étais pas au courant.

Le regard de Ma s'assombrit et j'eus comme l'impression d'avoir insulté ses talents maternels – cette femme que Pa Salt avait engagée pour s'occuper des bébés qu'il avait adoptés, puis des enfants et des jeunes filles que nous étions devenues ; celle qui nous avait tenu lieu de mère, de parents, lorsque Pa voyageait à l'étranger. Elle n'avait de lien biologique avec aucune d'entre nous. Et pourtant, nous lui étions toutes tendrement attachées.

— Elle a honte d'avouer qu'elle fait souvent des cauchemars.

— C'est donc pour cette raison que tu t'es installée dans sa chambre ? demanda-t-elle. Et pour cela que tu m'as réclamé peu après une veilleuse ?

— Oui.

— Je pensais que c'était pour toi, Star. Cela prouve que l'on ne connaît jamais ceux qu'on a élevés aussi bien qu'on le croit… Bon, et Londres alors ?

— Ça me plaît, mais nous n'y sommes que depuis peu. Et puis…

Je poussai un soupir, incapable d'exprimer ma douleur.

— Tu dois faire ton deuil, finit Ma pour moi. Et tu as peut-être l'impression de ne pas pouvoir profiter de l'endroit où tu es ces temps-ci, quel qu'il soit.

— Exactement, néanmoins je voulais venir ici.

— Et c'est un plaisir de t'avoir, chérie. Rien que pour moi. Cela ne s'est pas produit souvent.

— En effet.

— Souhaites-tu changer cette situation, Star ?

— Je… oui.

— C'est une évolution naturelle. CeCe et toi n'êtes plus des enfants. Cela ne vous empêche pas de rester proches toutes les deux, mais il est important que vous meniez chacune votre propre vie. Je suis certaine que CeCe ressent la même chose.

— Non, justement pas. Elle a besoin de moi. Je ne peux pas l'abandonner.

Je laissai soudain éclater toute ma frustration, mes craintes et ma colère envers moi-même et cette situation. Malgré ma retenue habituelle, je ne parvins pas à contenir l'immense sanglot qui s'élevait du fond de mon âme.

— Oh, ma chérie, me glissa doucement Ma en venant s'agenouiller devant moi pour me prendre les mains, tandis qu'un nuage masquait le soleil. Tu n'as aucune honte à avoir. Cela fait parfois du bien de se laisser aller.

Et c'est ce que je fis. Ce n'était pas vraiment des pleurs, plutôt des gémissements, déversant un torrent de mots et de sentiments trop longtemps enfermés.

— Désolée, désolée, marmonnai-je quand Ma sortit un paquet de mouchoirs de sa poche pour éponger le raz-de-marée de mes larmes. Je suis juste… bouleversée pour Pa…

— C'est normal, et tu n'as aucune raison de t'excuser, me rassura-t-elle alors que je me reprenais peu à peu, me sentant aussi vidée qu'une voiture au réservoir d'essence complètement à sec. Je me suis souvent inquiétée que tu gardes trop de choses. Me voilà donc rassurée, sourit-elle. Maintenant, si tu montais te reposer un moment dans ta chambre avant le dîner ?

Je la suivis à l'intérieur. La maison avait une odeur si particulière, une odeur que j'avais souvent essayé de décomposer afin de la recréer dans mes logements successifs – une touche de citron, de bois de cèdre, de gâteaux à peine sortis du four… mais, bien sûr, elle était plus que la somme de ces composantes, elle était unique, propre à Atlantis.

— Veux-tu que je t'accompagne ? me demanda Ma quand je pris le chemin des escaliers.

— Non, ça va aller.

— Nous discuterons encore tout à l'heure, ma chérie, mais si tu as besoin de moi, tu sais où me trouver.

J'arrivai au dernier étage de la maison où nous avions toutes les six nos chambres. Ma y avait elle aussi une suite, avec sa salle de bains et son petit salon. La chambre que je partageais avec CeCe se trouvait entre celle d'Ally et celle de Tiggy. J'ouvris la porte et souris face à la couleur de trois des murs. À quinze ans, CeCe avait traversé une phase gothique et avait alors voulu les peindre en noir. Je m'y étais opposée et lui avais suggéré le violet, comme compromis. Elle avait ensuite insisté pour décorer elle-même le quatrième mur, à côté de son lit.

Après avoir passé toute une journée enfermée dans notre chambre, une CeCe au regard vitreux avait émergé peu avant minuit.

— Tu peux voir maintenant, avait-elle déclaré en m'entraînant dans la pièce.

J'avais contemplé le mur, frappée par l'éclat des couleurs : un fond bleu nuit d'une grande beauté, entrecoupé de touches plus claires de céruléen et, au centre, un amas flamboyant d'étoiles dorées. J'en avais immédiatement reconnu la forme – CeCe avait peint les Sept Sœurs des Pléiades… nous.

En regardant plus attentivement, je m'étais aperçue que chaque étoile était constituée de petits points précis, comme des atomes combinés pour donner vie à l'ensemble.

Depuis, j'avais eu le loisir d'observer le mur de mon lit et continuais de trouver de nouveaux petits détails que je n'avais encore jamais remarqués. Toutefois, malgré les compliments enthousiastes de Pa et de nos autres sœurs, CeCe n'avait plus rien peint de ce style.

Face à la fresque, douze ans plus tard, j'estimais toujours que c'était la plus belle œuvre d'art de ma sœur.

Voyant que mon sac de voyage avait déjà été ouvert et que les quelques vêtements que j'avais apportés avaient été soigneusement pliés sur la chaise, je m'assis sur mon lit, soudain mal à l'aise. Il n'y avait pratiquement rien de « moi » dans cette chambre. Et je ne pouvais en vouloir qu'à moi-même.

Je m'approchai de ma commode, ouvris le dernier tiroir et sortis la vieille boîte à biscuits où j'avais rangé mes trésors. Je me rassis sur le lit et en sortis une enveloppe. Après avoir passé dix-sept ans dans une boîte en métal, elle était abîmée, mais douce sous mes doigts. J'en extirpai le contenu, une carte en vélin épais où était toujours attachée une fleur séchée.

Tu vois, ma chérie, nous avons réussi à la faire pousser après tout.
Ton Pa qui t'aime

J'effleurai les pétales délicats – très fins et presque transparents, mais encore cernés du bordeaux éclatant qui avait sublimé la toute première floraison de notre plante, dans le jardin que j'avais aidé Pa à créer pendant les vacances scolaires.

Pour cette entreprise, j'avais dû me lever tôt, bien avant CeCe. Elle se réveillait tard en général, surtout quand elle avait fait des cauchemars – qui se produisaient en général entre deux et quatre heures du matin – et ne remarquait donc jamais mes absences matinales. Pa me retrouvait au jardin, aussi frais que s'il était debout depuis des heures, ce qui était peut-être le cas. Quant à moi, j'étais encore un peu endormie, mais excitée de découvrir ce qu'il avait à me montrer, quoi que ce soit.

Parfois, il s'agissait simplement de quelques graines dans sa main ; d'autres fois, d'une jeune plante délicate qu'il avait rapportée de l'un de ses voyages. Nous nous asseyions sous la tonnelle couverte de roses, munis de l'énorme et très ancienne encyclopédie botanique de Pa, et il tournait les pages de ses mains puissantes et bronzées jusqu'à ce que nous trouvions la provenance de notre trésor. Après nous être renseignés sur son habitat naturel, sur ses goûts et ses aversions, nous arpentions le jardin à la recherche de l'endroit idéal pour le planter.

En réalité, songeais-je à présent, il suggérait un emplacement et je le suivais. Mais je n'avais jamais eu cette impression. J'avais toujours eu le sentiment que mon opinion comptait.

Je pensais souvent à la parabole de la Bible qu'il m'avait un jour racontée, tandis que nous étions à l'œuvre : qu'il fallait prendre soin de chaque créature dès le début de sa vie. Ainsi, elle grandirait, se fortifierait et durerait des années.

— Tu sais, les hommes sont comme des graines, m'avait-il glissé en souriant un jour que j'utilisais mon arrosoir d'enfant et qu'il se frottait les mains pour les débarrasser de la tourbe au doux parfum. Du soleil, de la pluie… et de l'amour, voilà tout ce dont nous avons besoin.

En effet, notre jardin s'épanouissait et, grâce à ces belles matinées de jardinage avec Pa, j'appris l'art de la patience. Quand parfois, quelques jours après avoir planté une espèce, je retournais la voir et m'apercevais qu'elle n'avait pas poussé du tout, ou que son état s'était détérioré, j'interrogeais Pa sur les raisons de cet échec.

— Star, me disait-il alors en prenant mon visage dans ses mains burinées, tout ce qui a de la valeur met du temps à se développer. Mais quand ce sera le cas, tu seras heureuse d'avoir persévéré.

En refermant la boîte à biscuits, je décidai de me lever tôt le lendemain matin pour retourner dans notre jardin.

* * *

Ce soir-là, je dînai avec Ma sur la terrasse, à la lueur des bougies. Claudia nous avait préparé des côtelettes d'agneau cuites à la perfection, accompagnées de carottes et de brocolis du potager. Plus j'en apprenais sur l'art culinaire, plus je voyais à quel point elle était douée.

— As-tu décidé où tu veux t'installer ? me demanda Ma à la fin du repas.

— CeCe a son cours d'art à Londres.

— Je sais bien, mais c'est à toi que je pose la question, Star.

— Elle est en train d'acheter un appartement qui surplombe la Tamise. Nous y emménagerons le mois prochain.

— Je vois. Est-ce qu'il te plaît ?

— C'est très… grand.

— Ce n'était pas ma question.

— Je peux y vivre, Ma. C'est vraiment un endroit fantastique, ajoutai-je, me sentant coupable de ma réticence.

— Et tu suivras tes leçons de cuisine pendant que CeCe fera ses expérimentations artistiques ?

— C'est ça.

— Quand tu étais plus jeune, je pensais que tu deviendrais peut-être écrivain. Après tout, tu es diplômée en littérature anglaise.

— J'adore lire, c'est certain.

— Star, tu te sous-estimes. Je me souviens encore des histoires que tu écrivais étant enfant. Il arrivait à Pa de me les lire.

— C'est vrai ?

Cette révélation me remplit de fierté.

— Oui. Et n'oublie pas que tu as été prise à Cambridge, une possibilité que tu as déclinée.

— Oui.

Même moi je perçus le ton brusque de ma réponse. Cette pensée m'était encore douloureuse, neuf ans plus tard...

— Ça ne t'embête pas si je postule à Cambridge ? avais-je demandé à CeCe. Mes professeurs estiment que j'ai mes chances.

— Bien sûr que non, Sia. Tu es si intelligente, je suis certaine qu'on t'y déroulera le tapis rouge ! Moi aussi, je vais me renseigner sur des universités en Angleterre, même si je doute d'être acceptée quelque part, cancre comme je suis. Dans ce cas, je te suivrai quand même et je travaillerai dans un bar ou quelque chose du genre, avait-elle répondu en haussant les épaules. Je m'en fiche. L'important c'est qu'on soit ensemble, pas vrai ?

À l'époque, j'étais tout à fait de son avis. À la maison et au pensionnat, quand les autres filles sentaient notre proximité et nous laissaient entre nous, nous représentions tout l'une pour l'autre. Nous nous mîmes donc d'accord sur d'autres universités qui nous plaisaient à toutes les deux, où nous pourrions chacune étudier ce qui nous intéressait sans être séparées. Je postulai tout de même à Cambridge et, à ma grande surprise, fus acceptée au Selwyn College, sous réserve de notes suffisantes à mes examens de fin d'année.

À Noël, assise dans le bureau de Pa, je l'avais regardé lire la lettre d'acceptation. Il s'était tourné vers moi et j'avais lu la fierté et l'émotion dans ses yeux. Il avait alors pointé du doigt le petit sapin paré de décorations anciennes. Au sommet, brillait une étoile en argent.

— Te voilà, avait-il déclaré en souriant. Vas-tu accepter cette place ?

— Je... je ne sais pas. Je vais voir ce que fait CeCe.

— Il faut que ce soit ta décision. Tout ce que je peux dire, c'est qu'à un moment ou à un autre, tu dois choisir ce qui est le mieux pour toi, avait-il ajouté en insistant sur ses mots.

Par la suite, CeCe et moi avions reçu des offres pour plusieurs universités auxquelles nous avions postulé ensemble. Il ne nous restait plus qu'à attendre avec angoisse le résultat de nos examens.

Deux mois plus tard, nous étions toutes deux assises sur le pont du *Titan*, le somptueux yacht de Pa, au milieu de nos sœurs. Nous faisions notre croisière familiale annuelle – cette année-là autour de la côte sud de la France – et CeCe et moi serrions chacune nerveusement l'enveloppe qui contenait les notes de nos examens suisses. Pa venait de les extraire de la pile de courrier qui nous était remise tous les deux jours par hors-bord, où que nous soyons sur l'eau.

— Alors, les filles, avait-il souri en voyant notre expression tendue, souhaitez-vous les ouvrir ici, ou en privé ?

— Autant en finir tout de suite, avait répondu CeCe. Toi d'abord, Star. Je sais que j'ai probablement raté de toute façon.

Sous les yeux de Pa et de toutes mes sœurs, j'avais ouvert mon enveloppe d'une main tremblante pour en sortir deux feuilles de papier.

— Alors ? s'était enquise Maia, impatiente.

— J'ai 5,4 de moyenne… et 6 en anglais.

Tout le monde m'avait félicitée et applaudie, et mes sœurs m'avaient serrée dans leurs bras.

— À toi maintenant, CeCe, avait lancé Électra, la benjamine, une étincelle dans les yeux.

Nous savions tous que CeCe avait eu beaucoup de difficultés à l'école, à cause de sa dyslexie, alors qu'Électra était capable de réussir n'importe quel examen, pour peu qu'elle laisse de côté sa paresse naturelle.

— Quels que soient les résultats, je m'en fiche, avait répondu CeCe sur la défensive, pendant que je lui faisais les signes pour « bonne chance » et « je t'aime ».

Elle avait ouvert l'enveloppe en la déchirant et j'avais retenu mon souffle pendant qu'elle parcourait les documents.

— Je… oh mon Dieu ! Je…

Nous étions tous pendus à ses lèvres.

— J'ai réussi ! Star, j'ai réussi ! Je vais pouvoir étudier l'histoire de l'art dans le Sussex !

— C'est merveilleux ! avais-je répondu, sachant à quel point elle avait travaillé dur.

Mais j'avais aussi remarqué l'expression interrogatrice de Pa. Il savait que j'allais devoir prendre une décision.

— Félicitations, chérie, avait-il dit à CeCe en lui souriant. Le Sussex est un endroit magnifique et, bien sûr, il abrite les falaises des Sept Sœurs.

* * *

Plus tard, CeCe et moi avions assisté à un superbe coucher de soleil sur la Méditerranée, assises sur le pont supérieur.

— Je comprendrai très bien si tu veux aller à Cambridge, Sia, au lieu d'étudier dans le Sussex avec moi. Je ne voudrais surtout pas t'en empêcher. Mais… avait-elle poursuivi, la lèvre inférieure tremblante, je ne sais pas ce que je ferai sans toi. Dieu seul sait comment je réussirai à écrire ces dissertations sans ton aide.

Cette nuit-là, sur le bateau, j'avais entendu CeCe s'agiter dans son sommeil et pousser des gémissements. Un de ses terribles cauchemars commençait. Reconnaissant désormais les signes précurseurs, je m'étais levée de mon lit pour me glisser dans le sien, murmurant des paroles de réconfort, tout en sachant très bien que je n'arriverais pas à la réveiller. Ses plaintes s'étaient accentuées et elle s'était mise à crier des mots indéchiffrables que j'avais renoncé à comprendre.

Comment pourrais-je la laisser ? Elle a besoin de moi… et j'ai besoin d'elle…

Et c'était vrai, à l'époque.

J'avais donc décliné Cambridge et accepté la place que m'offrait l'université du Sussex, avec ma sœur. Et puis, au milieu du troisième trimestre de son programme de trois ans, CeCe avait annoncé qu'elle abandonnait.

— Tu comprends, Sia, n'est-ce pas ? Je sais peindre et dessiner, mais je suis incapable d'écrire des pages et des pages sur les peintres de la Renaissance et leurs foutus tableaux de la Vierge qui n'en finissent pas. Je n'y arrive pas. Je suis désolée, mais ce n'est pas pour moi.

CeCe et moi avions donc quitté la chambre que nous partagions à l'université pour louer un appartement miteux. Et tandis que j'assistais aux cours, elle prenait le bus jusqu'à Brighton pour travailler en tant que serveuse.

L'année suivante, je n'avais jamais été aussi proche du désespoir, pensant au rêve auquel j'avais renoncé.

3

Après le dîner, je m'excusai auprès de Ma et montai dans notre chambre. Je sortis mon portable et vis que j'avais reçu quatre textos et plusieurs appels manqués – tous de CeCe. Comme promis, je lui avais envoyé un message en atterrissant à Genève. Je répondis brièvement que tout allait bien, que j'allais me coucher tôt et que je l'appellerais le lendemain. Puis j'éteignis mon téléphone, je me glissai sous ma couette et, allongée dans mon lit, j'écoutai le silence. Il était si rare pour moi de dormir seule dans une chambre, dans une maison vide qui était autrefois si animée et pleine de vie. Ce soir, je ne serais pas réveillée par les gémissements de CeCe. Je pouvais dormir d'une traite jusqu'au matin si je le souhaitais.

Toutefois, en fermant les yeux, je me rendis compte qu'elle me manquait.

* * *

Le lendemain matin, je me levai tôt comme prévu et enfilai un jean et un pull à capuche, avant de prendre ma pochette plastique et de descendre sur la pointe des pieds. J'ouvris doucement la porte de la maison et empruntai l'allée à ma gauche, en direction du petit jardin de Pa. Dans ma main, je serrais la pochette renfermant sa lettre, les coordonnées et la traduction de l'inscription grecque.

À pas lents, j'errai autour des plates-bandes que nous avions disposées ensemble, évaluant l'évolution de notre progéniture. En juillet, les fleurs arrivaient à leur plein épanouissement : les zinnias multicolores, les asters violets, les pois de senteur regroupés comme de minuscules papillons, et les roses qui grimpaient tout autour de la tonnelle, ombrageant le banc.

Je pris conscience qu'il ne restait désormais plus que moi pour prendre soin d'elles. Si Hans, notre jardinier de toujours, était la « nounou » de nos plantes en l'absence de Pa et moi, je n'étais pas sûre qu'il les aime autant que nous. C'était un peu idiot, évidemment, de considérer les plantes comme des enfants. Mais comme Pa me l'avait souvent rappelé, leur processus de croissance était similaire.

Je m'arrêtai pour admirer une plante que j'affectionnais particulièrement. Elle arborait de délicates fleurs rouge-violet, suspendues à des tiges élancées au-dessus d'une masse luxuriante de feuilles vertes.

— Elle s'appelle *Astrantia major*, m'avait indiqué Pa lorsque nous avions planté les graines minuscules dans des pots, plus de vingt ans plus tôt. On pense que son nom vient d'*aster*, « étoile » en latin, comme toi. Quand elle s'épanouit, elle nous offre de magnifiques fleurs en forme d'étoiles. Je dois toutefois te prévenir qu'elle est parfois compliquée à faire pousser, d'autant que j'ai rapporté ces graines d'un autre pays et qu'elles sont vieilles et sèches. Mais si nous y parvenons, il est ensuite facile de s'en occuper. Elle n'a besoin que d'une bonne terre et d'un peu d'eau.

Quelques mois plus tard, Pa m'avait emmenée dans un coin ombragé du jardin pour transplanter les jeunes plants, qui avaient miraculeusement germé grâce à nos soins attentionnés.

— À présent, nous devons nous armer de patience et espérer que leur nouvelle maison leur conviendra, avait-il déclaré en essuyant la terre de nos mains.

Il avait ensuite fallu à l'Astrantia encore deux ans avant de fleurir, mais depuis lors elle s'était joyeusement multipliée, semant ses graines comme bon lui semblait. Après l'avoir contemplée un instant, je cueillis une fleur et caressai ses pétales fragiles du bout des doigts. Et l'absence de Pa me frappa alors douloureusement.

Je me détournai pour me diriger vers le banc sous la tonnelle de roses. Le bois était encore recouvert de rosée et je l'essuyai du revers de ma manche. Quand je m'assis, j'eus l'impression que l'humidité s'infiltrait jusque dans mon âme.

Je regardai la pochette plastique qui contenait les enveloppes. Et je me demandai alors si je n'avais pas commis une erreur en refusant d'ouvrir ma lettre en même temps que CeCe.

Les mains tremblantes, je saisis l'enveloppe de Pa et, après une profonde inspiration, l'ouvris. Elle renfermait une lettre, ainsi qu'une sorte d'écrin à bijou petit et mince. Je dépliai la lettre et me mis à lire.

Atlantis
Lac Léman
Suisse

Star chérie,

Il me semble tout à fait approprié de t'écrire, puisque nous savons tous les deux qu'il s'agit là de ton moyen de communication préféré. Je garde précieusement les longues lettres que tu m'as envoyées du pensionnat et de l'université. Ainsi que celles que tu m'as ensuite expédiées des quatre coins du globe.

Comme tu le sais sans doute à l'heure qu'il est, j'ai essayé de vous donner à chacune assez d'informations sur votre patrimoine génétique. Même si j'aime à penser que vous êtes véritablement mes filles, et que vous faites autant partie de moi que n'importe quel enfant biologique, ces informations pourraient un jour vous être utiles. Néanmoins, j'accepte également le fait que vous ne voudrez pas forcément toutes vous lancer à la découverte de vos origines. Toi notamment, ma Star chérie – sans doute la plus sensible et la plus complexe de toutes mes filles.

Cette lettre a été pour moi la plus longue à rédiger – en partie parce que je l'ai écrite en anglais, plutôt qu'en français, et que ma maîtrise de la grammaire et de la ponctuation est loin d'égaler la tienne ; je te prie donc de pardonner mes fautes éventuelles. Mais également parce que j'avoue ne pas savoir comment te donner juste assez d'informations pour te mettre sur la bonne voie, mais pas trop, afin de ne pas perturber ta vie si tu choisis de ne pas entreprendre cette aventure.

Curieusement, les indices que j'ai donnés à tes sœurs sont essentiellement inanimés, alors que les tiens nécessiteront une certaine communication verbale, tout simplement parce que la piste menant à tes origines a été profondément enfouie au cours des années, et que tu auras besoin de l'aide d'autrui pour la déterrer. Je n'en ai moi-même découvert les détails que récemment, mais s'il y a bien quelqu'un capable d'y arriver, c'est toi, ma brillante Star. Ta vive intelligence associée à ta compréhension de la nature humaine – acquise à travers des années d'observation et, surtout, d'écoute – te seront précieuses si tu décides de suivre la piste.

Je te donne donc une adresse – tu la trouveras sur une petite carte attachée au dos de cette lettre. Et si tu décides de t'y rendre, interroge ceux que tu y rencontreras au sujet d'une femme du nom de Flora MacNichol.

Enfin, avant de te faire mes adieux, je me sens dans l'obligation de te dire que, dans la vie, parfois, il nous faut prendre des décisions difficiles et souvent déchirantes qui, au moment où nous les prenons, risquent de peiner des gens que nous aimons. Souvent, cependant, les changements induits par les décisions en question finissent également par être bénéfiques pour ceux que nous avions blessés. Et les aident à avancer.

Star chérie, je ne vais pas insister ; nous savons tous les deux très bien à quoi je fais référence. J'ai appris au cours de mes années sur cette Terre que rien n'est immuable – et refuser le changement est la plus grande erreur que les hommes puissent commettre. Il se manifeste qu'on le veuille ou non, d'une multitude de façons. Accepter ce changement est essentiel pour vivre heureux sur notre magnifique planète.

Ne prends pas soin uniquement du merveilleux jardin que nous avons créé ensemble, mais aussi du tien, ailleurs. Et surtout, prends soin de toi. Suis ta propre étoile. Il est temps.

Ton père qui t'aime,

Pa Salt

Je levai les yeux vers l'horizon et regardai le soleil apparaître de l'autre côté du lac, surgissant d'un nuage et chassant la pénombre. Je me sentais engourdie et encore plus déprimée qu'avant d'ouvrir la lettre. Peut-être en avais-je trop attendu, alors qu'il n'y avait en somme dans les mots de Pa que peu de choses dont nous n'avions pas parlé de son vivant, lorsque je me plongeais dans ses yeux pétillants de gentillesse et que je sentais sa main doucement posée sur mon épaule tandis que nous jardinions ensemble.

Je retirai le trombone qui liait la carte de visite à la lettre et lus l'inscription.

Librairie Arthur-Morston
190 Kensington Church Street
Londres W8 4DS

Je me souvins être déjà passée à Kensington en autobus. Au moins, si je décidais d'aller voir cet Arthur Morston, je n'aurais pas à aller bien loin, à la différence de Maia, qui était partie au Brésil. Je sortis alors la citation de la sphère armillaire qu'elle avait traduite pour moi.

Le chêne et le cyprès ne peuvent croître dans leur ombre mutuelle.

Je souris, consciente que cela nous décrivait parfaitement CeCe et moi. Elle, si forte et intraitable, les pieds fermement ancrés au sol, et moi, grande mais maigre, ébranlée par le vent le plus léger. Je connaissais déjà cette citation. Elle était tirée du *Prophète,* d'un philosophe du nom de Khalil Gibran. Et je savais également qui se tenait – du moins en apparence – « dans l'ombre »…

Néanmoins, je ne savais pas comment quitter cette ombre au profit du soleil.

Je repliai soigneusement la feuille de papier, puis sortis l'enveloppe renfermant les coordonnées qu'Ally avait déchiffrées. Elle avait noté le lieu correspondant à celles-ci. De tous les indices, c'était celui-là qui m'effrayait le plus.

Voulais-je savoir où Pa m'avait trouvée ?

Je décidai que, pour l'instant, je m'en passerais. Je souhaitais continuer d'appartenir à Pa et Atlantis.

Après avoir replacé l'enveloppe dans la pochette, je sortis l'écrin et l'ouvris.

Il abritait une petite figurine noire d'un animal, en onyx peut-être, reposant sur un socle en argent. Je l'extirpai de la boîte pour l'examiner. Les lignes élancées indiquaient clairement qu'il s'agissait d'un félin. Sur le socle, j'aperçus un sceau ainsi qu'une inscription :

Panthère

Dans les globes oculaires brillaient deux minuscules pierres de couleur ambre. J'eus comme l'impression que la panthère me faisait un clin d'œil dans le faible soleil du matin.

— À qui appartenais-tu ? Et qui était cette personne pour moi ? murmurai-je.

Je replaçai la figurine dans son écrin et me levai pour rejoindre la sphère armillaire. La dernière fois que je l'avais vue, toutes mes sœurs étaient amassées autour, se demandant ce qu'elle signifiait et pourquoi Pa avait choisi de nous laisser un tel héritage. J'observai le globe doré central et les bandes en argent qui l'enveloppaient comme une cage élégante. C'était un ouvrage d'une grande finesse, les contours des continents se détachant fièrement dans les sept mers qui les entouraient. Je fis le tour de la sphère et remarquai les noms grecs d'origine de toutes mes sœurs – Maia, Alcyone, Célaéno, Taygète, Électra… et, bien sûr, le mien : Astérope.

Qu'y a-t-il dans un nom ? songeai-je en m'appropriant cette interrogation de la Juliette de Shakespeare, comme toutes les fois où je m'étais demandé si mes sœurs et moi avions adopté les caractéristiques de nos prénoms mythologiques, ou si c'étaient eux qui nous avaient adoptées. Contrairement aux autres, la personnalité de mon homonyme semblait peu connue. J'avais parfois pensé que c'était pour cela que je me sentais si invisible dans la fratrie.

Maia, la beauté ; Ally, la meneuse ; CeCe, la pragmatique ; Tiggy, la protectrice ; Électra, la boule de feu… et puis moi. Apparemment, j'étais la pacificatrice.

Si rester dans l'ombre était synonyme de paix, alors c'était peut-être moi, en effet. Et peut-être que si un parent vous définissait dès la naissance, alors, malgré votre véritable personnalité, vous essayiez de vous conformer à cet idéal. En tout cas, chacune de mes sœurs correspondait parfaitement à sa personnalité mythologique.

Mérope…

Je posai soudain les yeux sur la septième bande et me penchai pour la voir de plus près. À la différence des autres, celle-ci ne comportait pas de coordonnées. Ni de citation. La sœur manquante ; le septième bébé que nous attendions toutes, mais que Pa Salt n'avait jamais ramené à la maison. Existait-elle ? Ou Pa Salt avait-il pensé, perfectionniste comme il était, que la sphère armillaire et son héritage pour nous ne seraient pas complets sans son nom ? Peut-être que si l'une de nous six avait une fille, elle devrait l'appeler « Mérope », et les sept bandes seraient ainsi occupées.

Je me rassis lourdement sur le banc, essayant de me rappeler si Pa avait un jour mentionné une septième sœur. Aussi loin que je me souvienne, il ne m'en avait jamais touché mot. À vrai dire, il m'avait rarement parlé de lui ; il avait toujours été bien plus intéressé par les événements de ma vie à moi. Et bien que je l'aime autant qu'il était possible pour une fille d'aimer son père, et qu'il ait été pour moi la personne la plus chère, à l'exception de CeCe, je m'aperçus soudain que j'ignorais presque tout de lui.

Tout ce que je savais, c'était qu'il était passionné de botanique et possédait de toute évidence une immense fortune. Mais la façon dont il l'avait obtenue demeurait un mystère aussi grand que la septième bande de la sphère armillaire. Et pourtant, je m'étais toujours sentie extrêmement proche de lui. Je n'avais jamais eu l'impression qu'il me cachait quoi que ce soit.

Peut-être n'avais-je simplement jamais posé les bonnes questions. Peut-être qu'aucune de nous six ne l'avait fait.

Je me levai et errai à nouveau dans le jardin, évaluant l'état des plantes et faisant mentalement une liste pour Hans.

En regagnant la maison, je me rendis compte qu'après avoir tant souhaité y revenir, je voulais maintenant repartir rapidement à Londres. Et prendre ma vie en main.

4

Fin juillet, il faisait chaud et humide à Londres. D'autant que je passais mes journées dans une cuisine étouffante et sans fenêtre à Bayswater. Durant ces trois semaines, j'avais l'impression d'apprendre les compétences culinaires de toute une vie. Je coupais, hachais, émincais des légumes dans tous les sens, jusqu'à avoir le sentiment que mon grand couteau était devenu une extension de mon bras. Je pétrissais la pâte à pain jusqu'à en avoir des crampes, et me réjouissais à l'avance du moment où il s'agirait de goûter.

Chaque soir, nous étions renvoyés chez nous avec l'instruction de planifier menus et temps d'exécution, et au matin nous préparions sur notre plan de travail tous les ingrédients et les ustensiles nécessaires. À la fin du cours, nous astiquions chaque recoin jusqu'à ce qu'il étincelle, et j'éprouvais une satisfaction secrète en sachant que CeCe ne viendrait jamais semer son désordre dans cette cuisine.

Mes camarades formaient un groupe hétéroclite : hommes et femmes, allant de jeunes gens privilégiés à des ménagères qui s'ennuyaient et souhaitaient pimenter leurs dîners dans le Surrey.

Par chance, le rythme effréné de ce stage avait permis de reléguer au deuxième plan les sombres pensées que m'inspirait ma propre situation stagnante. Et le fait que CeCe soit aussi occupée que moi aidait également. Lorsqu'elle ne se souciait pas de choisir des meubles pour notre nouvel appartement, elle arpentait Londres en long et en large à bord des bus rouges, à la recherche d'inspiration pour ses installations artistiques du moment. Cela signifiait récolter tout un bazar aux quatre coins de la ville et le décharger dans notre salon minuscule : des morceaux de métal tordus qu'elle avait récupérés à la casse, une pile de tuiles rouges, des bidons d'essence vides et malodorants et – sans doute le plus troublant – un mannequin à moitié calciné fait de toile et de paille.

— Les Anglais brûlent des effigies d'un certain Guy Fawkes lors de grands feux début novembre. Comment celui-ci a fait pour résister jusqu'à juillet, Dieu seul le sait, m'avait-elle expliqué. Apparemment, ils en veulent à ce type parce qu'il a essayé de faire sauter le Parlement il y a des centaines d'années. Un truc de fou !

La dernière semaine du stage, on devait nous placer en équipes de deux pour préparer un déjeuner entrée-plat-dessert.

* * *

— Voici arrivé ton dernier jour, Sia, me fit remarquer CeCe le lendemain, tandis que je buvais mon café en vitesse dans la cuisine. Bonne chance pour la compétition !

— Merci. À tout à l'heure, lui lançai-je en quittant l'appartement.

J'empruntai Tooting High Street pour prendre le bus – le métro était plus rapide, mais j'aimais profiter de la ville pendant mon trajet. L'itinéraire du bus était dévié en raison de travaux au niveau de Park Lane. Par conséquent, nous n'empruntâmes pas la route habituelle, nous passâmes par Knightsbridge puis devant le magnifique dôme du Royal Albert Hall.

Sur le chemin, j'écoutai ma musique de prédilection : « Au matin » de Grieg – qui m'évoquait tant Atlantis – ainsi que *Roméo et Juliette* de Prokofiev... deux œuvres que m'avait fait découvrir Pa Salt. Je rendais grâce à Dieu pour l'invention des iPods – étant donné le goût prononcé de CeCe pour le hard rock, le vieux lecteur de CD de notre chambre avait souvent résonné de voix hurlantes et de guitares métalliques. Lorsque le bus marqua un arrêt, je cherchai un point de repère familier dans la rue, mais ne reconnus rien du tout. À l'exception du nom inscrit sur l'enseigne d'une boutique à ma gauche, au moment où le bus repartit. *Arthur Morston…*

Je tendis le cou pour regarder en arrière, me demandant si je ne l'avais pas inventé, mais il était trop tard. Lorsque nous tournâmes à droite, j'aperçus un panneau qui indiquait *Kensington Church Street.* Un frisson me parcourut : je venais de voir l'incarnation de l'indice de Pa Salt.

J'y songeais encore au moment d'entrer dans la cuisine avec les autres étudiants.

— Bonjour, ma puce. Prête à faire des étincelles aux fourneaux ? me salua Piers, mon coéquipier, en se frottant les mains d'excitation.

Je déglutis avec difficulté. J'étais féministe, au sens le plus pur du terme – je croyais en l'égalité des sexes, sans aucune domination ni de l'un, ni de l'autre. Et je détestais être appelée « ma puce », que ce soit par un homme ou par une femme.

— Alors, lança Marcus en tendant à chaque équipe ce qui ressemblait à une carte blanche. Au verso de votre carte, vous trouverez le menu que vous devrez préparer. Vos trois plats doivent être prêts à être goûtés à midi précis. Vous avez donc deux heures. Allez, les chéris, bonne chance. À présent, retournez votre carte.

Aussitôt, Piers me prit la carte des mains. Je dus regarder par-dessus son épaule pour entrapercevoir ce que nous étions censés cuisiner.

— Mousse de foie gras avec toast, saumon poché accompagné de gratin dauphinois et de haricots verts sautés. Suivis d'un Eton mess pour le dessert, lut Piers à voix haute. Je vais m'occuper de la mousse de foie gras et du saumon poché, cela va sans dire, puisque la viande et le poisson, c'est mon truc, ce qui te laisse les légumes et le dessert. Tu vas devoir commencer par la meringue.

J'avais envie de répliquer que la viande et le poisson étaient ma spécialité à moi aussi. Et de loin les éléments les plus intéressants de ce menu d'été. J'y renonçai en me disant que la surenchère ne servait à rien – comme l'avait dit Marcus, l'intérêt de cet exercice était le travail d'équipe – et me mis au travail.

À l'approche de la fin des deux heures imparties, j'étais prête et sereine, tandis que Piers disposait frénétiquement pour la deuxième fois la mousse de foie gras qu'il avait décidé de refaire au dernier moment. Je jetai un coup d'œil à son saumon encore en train de cuire, sachant pertinemment qu'il l'avait laissé trop longtemps. Lorsque j'avais essayé de le mettre en garde, il avait balayé ma remarque d'un revers de main, agacé.

— Ça y est, c'est fini ! Arrêtez tout ! s'exclama Marcus, sa voix résonnant dans la pièce.

Tous les cuisiniers reposèrent leurs ustensiles et s'écartèrent de leurs assiettes, à l'exception de Piers, qui ignora l'ordre du chef et prit le saumon à la hâte pour le placer à côté des pommes de terre et des haricots.

Finalement, après avoir à tour de rôle encensé et descendu en flèche les autres menus, Marcus se retrouva face à nous. Comme je m'y attendais, il fit l'éloge de la présentation et de la texture de la mousse de foie gras, adressant un sourire entendu à son cuisinier préféré.

— Merveilleux, bravo. Passons au saumon.

Il prit une bouchée, fit une grimace et se tourna directement vers moi.

— Ce n'est pas bon, c'est même infect. C'est beaucoup trop cuit. Ces haricots… et ce gratin, en revanche, poursuivit-il en goûtant les deux, sont parfaits.

De nouveau, il sourit à Piers et je regardai mon partenaire, m'attendant à ce qu'il corrige la méprise de Marcus. Piers détourna les yeux et garda le silence, tandis que le chef passait à l'Eton mess.

Mon dessert ressemblait à une tulipe prête à s'ouvrir, la meringue formant l'abri où se cachait le mélange de fraises – macérées dans de la liqueur de cassis – et de crème Chantilly. La présentation n'avait rien de désordonné, contrairement au nom du dessert, et je savais que Marcus ne pouvait que l'adorer, ou le détester.

— Star, la présentation est créative et le mess en lui-même est à tomber. Félicitations.

Il nous attribua alors le premier prix pour l'entrée, ainsi que pour le dessert.

Dans les vestiaires, j'ouvris mon casier avec un peu plus de force que nécessaire et récupérai mes vêtements de ville pour me changer.

— Je suis stupéfaite que tu aies gardé ton calme à la cuisine.

Entendant ces mots qui reflétaient parfaitement mon état d'esprit, je levai les yeux. C'était Shanthi, une magnifique Indienne qui devait avoir à peu près mon âge. À part moi, c'était la seule personne qui ne s'était pas jointe au groupe pour prendre un verre au pub à la fin de chaque journée du stage. Elle n'en était pas moins populaire auprès des participants, grâce à l'énergie sereine et positive qu'elle dégageait en toutes circonstances.

— J'ai vu Piers bousiller le saumon. J'étais juste à côté. Pourquoi n'as-tu rien dit quand Marcus t'a accusée ?

Je haussai les épaules et secouai la tête.

— Cela n'a pas d'importance. Ce n'était qu'un morceau de saumon.

— Quand bien même. C'était une injustice à ton égard. Et les injustices devraient toujours être réparées.

Je sortis mon sac du casier, ne sachant pas quoi répondre. Les autres filles partaient déjà, pour le pot de fin de stage. Elles nous dirent au revoir, et nous restâmes seules Shanthi et moi au vestiaire. Pendant que je nouais les lacets de mes baskets, je la regardai brosser ses épais cheveux ébène, puis appliquer un rouge à lèvres sombre de ses longs doigts élégants.

— Au revoir, lui lançai-je en me dirigeant vers la porte.

— Que dirais-tu de prendre un verre ? Je connais un petit bar à vin très sympa à l'angle de la rue. C'est un endroit tranquille, je pense que ça te plairait.

J'hésitai un instant, n'aimant pas tellement les discussions en tête à tête. Je sentais son regard posé sur moi et finis par accepter.

Nous nous rendîmes donc dans le bar au bas de la rue et nous installâmes dans un coin.

— Alors, Star l'énigmatique, commença Shanthi dans un sourire. Parle-moi de toi.

Étant donné que c'était la question que je redoutais toujours, j'avais une réponse toute prête.

— J'ai grandi en Suisse, j'ai cinq sœurs, toutes adoptées, et je suis allée à l'université du Sussex.

— Et qu'as-tu étudié ?

— La littérature anglaise. Et toi ? m'enquis-je, préférant que la discussion tourne autour d'elle.

— Je suis britannique de première génération, issue d'une famille indienne. Je suis psychothérapeute et j'exerce surtout auprès d'adolescents dépressifs à tendances suicidaires. Malheureusement, il y en a beaucoup ces temps-ci, soupira Shanthi. En particulier à Londres. Les parents font subir une telle pression à leurs enfants… je vois ça tous les jours.

— Alors pourquoi ce stage de cuisine ?

— Parce que j'adore ça ! C'est ce que je préfère, ajouta-t-elle en souriant jusqu'aux oreilles. Et toi ?

Maintenant que je savais qu'elle avait l'habitude de faire parler les autres, j'étais encore plus sur mes gardes.

— Moi aussi j'adore cuisiner.

— As-tu l'intention d'en faire ton métier ?

— Non. Je pense que ça me plaît parce que je suis douée pour ça, même si cela sonne un peu égocentrique.

— Égocentrique ? s'étonna Shanthi en riant, de son timbre chaud et musical. Je crois que nourrir le corps est aussi un moyen de nourrir l'âme. Et cela n'a absolument rien d'égocentrique. Tu sais, c'est très bien de se faire plaisir en pratiquant ce pour quoi on a des facilités. Et la passion sublime nos réalisations. Quelles sont tes autres passions, Star ?

— Les jardins et…

— Oui ?

— L'écriture. J'aime écrire.

— Et moi j'adore lire. Plus que tout le reste, c'est cela qui m'a ouvert l'esprit et m'a éclairée. Je n'ai jamais eu l'argent nécessaire pour voyager, mais les livres m'emmènent partout. Où habites-tu ?

— À Tooting. Mais nous allons bientôt déménager à Battersea.

— Moi aussi j'habite à Battersea ! Juste à côté de la Queenstown Road. Tu vois où c'est ?

— Non. Je ne connais pas encore bien Londres.

— Oh, où as-tu vécu depuis la fin de tes études alors ?

— Nulle part en fait. J'ai beaucoup voyagé.

— Tu en as de la chance. Je rêve d'explorer le monde, mais, comme je te le disais, je n'en ai encore jamais eu les moyens. Comment as-tu fait, toi ?

— Ma sœur et moi travaillions où que nous soyons. En général, elle était serveuse dans un bar et je m'occupais du ménage.

— Mon Dieu, Star, tu es bien trop belle et intelligente pour récurer des toilettes, mais cela t'honore. Tu m'as l'air d'être en recherche perpétuelle… incapable de te fixer nulle part.

— C'était plutôt dû à ma sœur. Je ne faisais que la suivre.

— Où est-elle à présent ?

— Chez nous. Nous habitons ensemble. C'est une artiste et elle s'apprête à commencer un cycle préparatoire au Royal College of Art.

— Je vois. Dis-moi… as-tu quelqu'un dans ta vie ?

— Non.

— Moi non plus. Et as-tu déjà eu des relations sérieuses ?

— Non, répondis-je avant de consulter ma montre, sentant le rouge me monter aux joues avec toutes ses questions. Je vais devoir y aller.

— Bien sûr.

Shanthi finit son verre d'une traite, puis me suivit hors du bar.

— J'ai été ravie de faire plus ample connaissance avec toi, Star. Voici ma carte avec mon numéro de téléphone. N'hésite pas à m'envoyer un petit message pour me donner de tes nouvelles. Et si tu as besoin de parler ou quoi que ce soit, je suis là.

— Entendu. Salut.

Je m'éloignai rapidement. J'étais très mal à l'aise dès qu'il s'agissait de parler de « relations ». Avec qui que ce soit.

* * *

— Te voilà enfin !

CeCe m'attendait dans l'entrée exiguë de notre appartement, les mains sur les hanches,

— Où étais-tu donc passée, Sia ?

— Je suis allée prendre un verre avec une amie, répondis-je en passant devant elle pour me rendre aux toilettes, fermant la porte à la hâte.

— Tu aurais pu me prévenir. Je t'avais préparé quelque chose pour fêter la fin de ton stage. Mais maintenant, ça doit être tout froid et immangeable.

CeCe cuisinait très rarement, voire jamais. Quand je n'étais pas là pour la nourrir, elle s'achetait un plat à emporter.

— Désolée, je ne savais pas. J'arrive dans deux secondes.

J'écoutai à travers la porte et l'entendis s'éloigner de son pas lourd habituel. Après m'être lavé les mains, je repoussai ma frange de mes yeux, pliant légèrement les genoux pour m'observer dans le miroir.

— Il faut que ça change, annonçai-je à mon reflet.

5

Août était arrivé et Londres ressemblait à une ville fantôme. Tous ceux qui pouvaient se le permettre avaient fui le climat britannique qui, capricieux, était tantôt humide et nuageux, tantôt ensoleillé, souvent lourd. La véritable Londres était endormie, attendant que ses occupants reviennent de leurs contrées étrangères pour faire repartir ses activités quotidiennes.

J'étais moi aussi quelque peu hébétée. Si j'avais souffert d'insomnies les jours suivant la mort de Pa Salt, il m'était désormais difficile de quitter mon lit le matin. CeCe, au contraire, débordait d'énergie, insistant pour que je l'accompagne choisir un réfrigérateur ou le carrelage parfait pour notre nouvel appartement.

Un samedi étouffant, où je serais bien restée au lit avec un livre, elle exigea que je me lève et me traîna en bus jusqu'à la boutique d'un antiquaire, convaincue que j'adorerais les meubles qui y étaient entreposés.

— Nous y voilà, se réjouit-elle en lisant l'arrêt du bus. Le magasin se trouve au numéro 159, donc tout près d'ici.

Nous descendîmes et j'eus le souffle coupé en m'apercevant que, pour la deuxième fois en l'espace d'une dizaine de jours, je me retrouvais à quelques mètres de la porte de la librairie Arthur-Morston. CeCe tourna à gauche, se dirigeant vers la boutique d'à côté, mais je restai en arrière, jetant un bref coup d'œil dans la vitrine. Elle regorgeait de vieux livres, le genre d'ouvrages que je rêvais de pouvoir un jour collectionner, et qui orneraient les étagères des deux côtés de la cheminée que j'imaginais dans mon futur salon.

— Dépêche-toi, Sia, il est presque quatre heures ! Je ne sais pas à quelle heure ils ferment le samedi.

Je la suivis et pénétrai dans un magasin rempli de meubles orientaux – des tables laquées pourpres, des armoires noires aux portes décorées de papillons délicats, ainsi que des bouddhas dorés, souriants et sereins.

— Ça ne te fait pas regretter de ne pas avoir acheté de conteneur quand nous voyagions ? demanda CeCe en faisant les yeux ronds devant les prix, avant de me faire le signe pour « beaucoup d'argent ». Il doit bien y avoir un moyen de trouver les mêmes choses ailleurs pour moins cher.

Nous sortîmes du magasin et, après avoir parcouru les vitrines des autres boutiques anciennes de la rue, nous repartîmes vers l'arrêt de bus. Nous l'attendîmes un moment, face à la librairie Arthur-Morston. Ma sœur Tiggy m'aurait dit que c'était le destin. Sans aller aussi loin, c'était en tout cas une drôle de coïncidence.

* * *

Une semaine plus tard, alors que CeCe était à l'appartement pour évaluer l'avancée des travaux, j'allai acheter une bouteille de lait à l'épicerie du coin. Tandis que j'attendais ma monnaie au comptoir, mon regard fut attiré par un titre, en bas à droite du *Times*.

NOYADE DU CAPITAINE DE *LA TIGRESSE*
LORS D'UNE TEMPÊTE PENDANT LA FASTNET

Mon cœur fit un bond dans ma poitrine – ma sœur Ally participait actuellement à la course de la Fastnet, et le nom du bateau cité m'était terriblement familier. La photo au-dessous du titre était celle d'un homme, mais cela ne calma pas mon angoisse. J'achetai le journal et lus l'article à toute vitesse, folle d'inquiétude. Je soupirai de soulagement en voyant que jusque-là, au moins, il n'y avait pas d'autres victimes. Néanmoins, le temps semblait abominable et les trois quarts des bateaux avaient été forcés de se retirer de la course.

J'envoyai aussitôt un message à CeCe et relus l'article dès mon retour à l'appartement. Notre sœur avait beau être navigatrice professionnelle depuis des années, l'idée qu'elle puisse mourir lors d'une course ne m'avait jamais effleuré l'esprit. Tout chez Ally était si… plein de vie. Elle n'avait peur de rien et j'admirais, autant que j'enviais, son tempérament de battante.

Je lui envoyai un court message pour lui dire que j'avais appris le drame et lui demander de me contacter de toute urgence. Mon portable sonna au moment où je cliquai sur « envoyer ». C'était CeCe.

— Je viens d'avoir Ma au téléphone. Elle m'a appelée. Ally était à la Fastnet et…

— Je sais, je viens de lire la nouvelle dans le journal. Mon Dieu, Cee, j'espère qu'elle va bien.

— Ma dit que quelqu'un l'a appelée pour la rassurer à son sujet. Évidemment, le bateau a quitté la course.

— Dieu soit loué ! Quelle horreur pour Ally… perdre un coéquipier de cette façon.

— C'est affreux. Enfin bon. Je serai bientôt à la maison. Notre nouvelle cuisine est géniale. Tu vas l'adorer.

— J'en suis sûre.

— Oh, et nos deux lits ainsi que le double pour la chambre d'amis ont été livrés eux aussi. Tout cela prend enfin forme. J'ai hâte de m'y installer. À plus.

CeCe raccrocha et je m'émerveillai de sa capacité à revenir aussi rapidement à des aspects pratiques après une mauvaise nouvelle, même si je savais que c'était sa façon à elle de la surmonter. Je me demandai pour la millième fois si le moment n'était pas venu de prendre mon courage à deux mains pour dire à CeCe qu'à l'âge avancé de vingt-sept ans, il serait peut-être plus approprié d'avoir chacune notre chambre. Si jamais nous recevions des invités, je pourrais sans problème dormir quelques jours avec elle. Il semblait ridicule de partager une chambre quand nous en avions une deuxième à disposition.

Un jour, Star, tu vas devoir remédier à cette situation…

Mais, comme toujours, je remis cette discussion à plus tard.

* * *

Deux jours plus tard, alors que je rangeais mes quelques affaires dans des cartons en vue du prochain déménagement, je reçus un appel de Ma.

— Ma ? Est-ce que tout va bien ? As-tu des nouvelles d'Ally ? Elle n'a pas répondu à mes textos… As-tu réussi à la joindre ?

— Non, mais je sais qu'elle n'est pas blessée. J'ai parlé à la mère de la victime. Tu as sans doute lu qu'il s'agissait du skipper du bateau d'Ally. Quelle femme adorable… déclara-t-elle en laissant échapper un soupir. Apparemment, son fils lui avait laissé mon numéro pour qu'elle m'appelle, au cas où il lui arriverait quelque chose. Elle pense qu'il avait peut-être eu une prémonition.

— De quoi, de sa propre mort ?

— Oui… En fait, Ally et lui s'étaient fiancés en secret. Il s'appelait Theo.

J'encaissai cette nouvelle en silence.

— Je crois que Theo savait qu'Ally, sous le choc, serait incapable de nous contacter elle-même, poursuivit Ma. D'autant qu'elle n'avait encore annoncé à aucune de vous sa relation avec lui.

— Et toi, tu étais au courant ?

— Oui, elle était si amoureuse… Elle était ici il y a quelques jours. Elle m'a dit que c'était l'homme de sa vie. Je…

— Ma, je suis tellement navrée.

— Excuse-moi, chérie, même si je sais qu'il est propre à la vie de donner et de reprendre, cette situation est particulièrement tragique pour Ally, si peu de temps après la mort de votre père.

— Où est-elle ?

— À Londres, avec la mère de Theo.

— Penses-tu que je devrais aller la voir ?

— Je crois que ce serait bien que tu assistes à l'enterrement. Celia, la mère de Theo, m'a dit qu'il aurait lieu mercredi à quatorze heures, en l'église de la Sainte-Trinité à Chelsea.

— CeCe et moi serons là, Ma. Promis. As-tu contacté Maia, Tiggy et Électra ?

— Oui, mais aucune ne pourra faire le déplacement.

— Et toi ? Pourras-tu venir ?

— Je... Non, Star. Mais je suis certaine que CeCe et toi pouvez toutes nous représenter. Dites à Ally que nous l'embrassons très fort.

— Bien entendu.

— Je te laisse le soin de prévenir CeCe pour l'enterrement. Et toi, Star, est-ce que ça va ?

— Plus ou moins. Mais je... je suis effondrée pour Ally.

— Moi aussi, chérie. Ne lui en veux pas si elle ne répond pas à tes messages – elle ne répond à personne en ce moment.

— D'accord. Merci pour ton appel en tout cas.

Lorsque CeCe rentra à la maison, je lui expliquai aussi calmement que possible ce qui était arrivé. Et lui indiquai la date de l'enterrement.

— Je suppose que tu as dit à Ma que nous ne pourrions pas y assister ? Nous serons noyées dans les cartons, si peu de temps après le déménagement.

— CeCe, nous *devons* y aller. Il nous faut être là pour Ally.

— Et les autres ? Où sont-elles ? Pourquoi est-ce à *nous* de perturber notre programme ? Bon sang, nous ne connaissions même pas ce type.

— Comment peux-tu dire une chose pareille ? fis-je en me levant, sentant toute la colère latente que j'avais accumulée sur le point d'exploser. Il ne s'agit pas de son fiancé, mais d'Ally, notre sœur ! Elle a toujours été là pour nous, et maintenant c'est elle qui a besoin de *nous* mercredi prochain ! Et nous irons la soutenir, point !

Je partis m'enfermer dans la salle de bains. Je ne souhaitais pas voir CeCe tandis que je tremblais de rage, et décidai de prendre un bain. Dans la jungle de béton confinée qui m'entourait, la baignoire m'avait souvent fourni une échappatoire.

Je me plongeai dans l'eau, puis pensai à Theo qui n'avait pas réussi à en réchapper. Prise de panique, je me redressai aussitôt, éclaboussant le linoléum abîmé.

CeCe avait dû entendre ma respiration saccadée et frappa à la porte.

— Sia ? Tout va bien ?

Je déglutis avec difficulté, essayant d'inspirer profondément pour remplir d'air mes poumons – de l'air que Theo n'avait pas trouvé et ne respirerait jamais plus.

— Oui.

— Tu as raison. Je suis vraiment désolée, continua CeCe après avoir marqué une longue pause. Évidemment que nous devons être là pour Ally.

— Oui, il le faut, affirmai-je en tirant sur la bonde avant d'attraper ma serviette.

* * *

Le lendemain, le déménageur embauché par CeCe arriva devant notre immeuble avec son camion. Après avoir chargé nos affaires – essentiellement tout le bazar de CeCe pour son nouveau projet artistique –, nous allâmes récupérer les meubles que nous avions achetés dans divers magasins du sud de Londres.

Trois heures plus tard, nous gagnâmes Battersea. Après avoir signé les papiers nécessaires au bureau de vente du rez-de-chaussée, CeCe prit possession des clés de notre nouveau logement. Elle ouvrit la porte, puis fit le tour du vaste séjour.

— Je n'arrive pas à croire que tout ça est à moi. Et à toi aussi, évidemment, ajouta-t-elle généreusement. Nous sommes en sécurité maintenant, Sia, pour toujours. Nous avons notre maison à nous. N'est-ce pas fantastique ?

— Si.

Alors elle me tendit les bras et, sachant à quel point ce moment était important pour elle, j'allai m'y blottir. Nous restâmes un moment ainsi enlacées dans cet espace vide et caverneux, gloussant comme les enfants que nous avions été, stupéfaites d'être désormais aussi adultes.

* * *

Après notre installation, CeCe se levait tôt chaque matin afin de rassembler plus de matériel pour ses installations avant son premier semestre de cours, début septembre. Aussi passais-je mes journées seule dans l'appartement. Je m'occupais en défaisant les cartons de draps, de serviettes et d'ustensiles de cuisine qu'avait commandés CeCe. En disposant une série de couteaux de cuisine particulièrement aiguisés dans le bloc prévu à cet effet, j'eus l'impression d'être une jeune mariée en train d'aménager sa première maison de couple. Sauf que c'était loin d'être le cas.

Après avoir fini de tout déballer, je m'attelai à la terrasse que j'avais bien l'intention de transformer en un petit jardin suspendu. J'utilisai le peu d'économies qui me restaient, ainsi que la quasi-totalité de la pension mensuelle de Pa Salt, pour acheter tout ce qui me permettrait de créer rapidement un petit paradis de verdure et de couleur. Quand le livreur du centre de jardinage installa sur la terrasse le gros pot en terre cuite contenant un magnifique camélia couvert de petits boutons blancs, je sus que Pa Salt se retournerait dans sa tombe à la vue de cette folie, mais je repoussai cette pensée, me persuadant que, pour cette fois, il comprendrait.

Le mercredi qui suivit, je nous sortis à toutes les deux des vêtements sombres de circonstance – CeCe dut se contenter d'un jean noir, ne possédant pas une seule jupe ou robe.

Maia, Tiggy et Électra nous avaient toutes trois contactées par e-mail ou par texto, pour que nous transmettions leurs tendres pensées à Ally. Et le jour de la cérémonie, Tiggy, celle de mes sœurs dont j'étais sans doute la plus proche après CeCe, m'appela pour me redemander de vive voix de bien embrasser Ally pour elle.

— Je regrette tellement de ne pas être là, soupira-t-elle. Mais la saison de la chasse bat son plein et nous avons beaucoup de cerfs et de biches blessés en ce moment.

Je lui promis d'embrasser Ally et souris en pensant à ma jeune sœur, si douce, et à sa passion pour les animaux. Elle travaillait dans une réserve de cerfs en Écosse, un emploi qui lui correspondait parfaitement. Tiggy était aussi légère qu'une biche – je me souvenais très bien d'avoir assisté à l'un de ses spectacles de danse à l'école et d'avoir été subjuguée par la grâce de ses mouvements.

CeCe et moi traversâmes le pont en direction de Chelsea, où avait lieu l'enterrement de Theo.

— Tu as vu toutes ces caméras et ces photographes ? murmura CeCe tandis que nous faisions la queue pour entrer dans l'église. Tu crois qu'on devrait attendre qu'Ally arrive, pour lui dire bonjour ?

— Non. Asseyons-nous quelque part au fond. Je suis sûre que nous pourrons la voir après la cérémonie.

La grande église était déjà bondée. Quelques personnes eurent la gentillesse de se serrer un peu sur un banc du fond, et nous pûmes ainsi nous asseoir. En me penchant sur le côté, j'aperçus l'autel, à une vingtaine de mètres de nous. J'étais émue et impressionnée de voir ces centaines de personnes venues dire au revoir à Theo. Il devait vraiment être apprécié.

Le silence se fit soudain et l'assemblée se tourna pour voir huit jeunes hommes porter le cercueil le long de la nef, suivis par une dame blonde petite et menue, appuyée sur le bras de ma sœur.

Je regardai Ally et lus toute la peine et la tension sur son visage. Quand elle passa près de moi, j'eus envie de me lever pour la serrer dans mes bras, sans attendre, de lui dire à quel point j'étais fière d'elle. Et combien je l'aimais.

La cérémonie fut l'une des heures les plus douloureuses, mais aussi les plus inspirantes de mon existence. J'écoutai les éloges de cet homme que je n'avais jamais rencontré, mais que ma sœur aimait. Lorsque nous fûmes invités à prier, je me pris la tête dans les mains et pleurai pour Theo, parti bien trop jeune, et pour ma sœur, dont la vie aussi s'arrêtait momentanément avec ce deuil. Je pleurai également la perte de Pa Salt, qui n'avait pas donné à ses filles la possibilité de lui dire au revoir. Ce fut alors que je compris pourquoi ces rituels ancestraux étaient si essentiels : ils apportaient une structure dans un moment de chaos émotionnel.

Je regardai Ally s'approcher de l'autel, entourée d'un petit orchestre. Elle adressa un triste sourire à l'assistance avant de positionner sa flûte traversière, un instrument qu'elle avait pratiqué avec passion pendant de nombreuses années. La célèbre mélodie des marins, *The Sailor's Hornpipe*, retentit dans l'église. Tout le monde autour de moi se leva et croisa les bras, pour se lancer dans la danse qui accompagnait traditionnellement ce morceau, et je suivis le mouvement. Très vite, toute l'assemblée s'agita et plia les genoux au rythme de la musique. Lorsque la dernière note s'éleva, une clameur générale résonna, ainsi qu'une salve d'applaudissements. C'était un moment que je n'oublierais jamais, je le savais.

Je me tournai vers CeCe et vis des larmes ruisseler le long de ses joues. La voir pleurer comme un bébé, elle qui laissait rarement filtrer son émotion, me toucha encore plus profondément.

Je lui pris la main.

— Ça va ?

— Magnifique, marmonna-t-elle en s'essuyant les yeux sur son bras. Juste magnifique.

Le cercueil de Theo fut transporté hors de l'église, suivi de sa mère et d'Ally. Je croisai brièvement le regard de ma sœur et vis un semblant de sourire se dessiner sur son visage. CeCe et moi nous joignîmes à la procession quand arriva notre tour, et nous nous retrouvâmes sur le parvis, ne sachant ni l'une ni l'autre très bien quoi faire.

— Tu ne crois pas que nous devrions juste nous en aller ? interrogea CeCe. Il y a tant de gens ici. J'imagine qu'Ally va devoir leur parler à tous.

— Nous devons lui dire bonjour. Au moins pour l'embrasser.

— Ah, la voilà.

Nous vîmes Ally, avec ses boucles dorées ondulant autour de son visage anormalement pâle, émerger de la foule et se diriger vers un homme qui se tenait seul. Quelque chose dans leur langage corporel me fit comprendre qu'il ne valait mieux pas les interrompre, mais nous nous rapprochâmes. Elle finit par se détourner de son interlocuteur et son visage s'illumina quand elle nous aperçut.

Sans un mot, CeCe et moi nous jetâmes à son cou et l'étreignîmes aussi fort que possible. Puis CeCe prit la parole pour lui exprimer toute notre tristesse. Pour ma part, il m'était difficile de dire quoi que ce soit ; je savais que j'étais de nouveau au bord des larmes. Et je sentais que ce n'était pas à moi de les verser.

— N'est-ce pas, Star ? m'encouragea néanmoins CeCe.

— Oui, parvins-je à souffler. La cérémonie était vraiment belle, Ally.

— Merci.

— Et c'était merveilleux de t'entendre jouer de la flûte. Tu n'as pas perdu ton doigté, ajouta CeCe.

— Écoutez, il faut que je parte avec la mère de Theo, mais nous nous verrons au buffet chez elle, n'est-ce pas ? suggéra Ally.

— On ne peut pas venir, malheureusement, répondit CeCe. Mais tu sais, notre appartement est de l'autre côté du pont, à Battersea, donc quand tu te sentiras un peu mieux, appelle-nous et viens nous voir, d'accord ?

— Ça nous ferait vraiment plaisir de te voir Ally, ajoutai-je en la serrant de nouveau dans mes bras. Toutes les filles pensent fort à toi. Prends soin de toi, d'accord ?

— Je vais essayer. Et merci encore d'être venues. Ça me va droit au cœur.

Ally nous adressa un sourire reconnaissant et un dernier signe de la main avant de rejoindre la limousine noire qui les attendait, elle et la mère de Theo.

— Bon, nous aussi, nous ferions bien d'y aller.

CeCe se mit en route, mais je restai en arrière pour regarder la limousine s'éloigner. Ally, ma sœur si merveilleuse, si courageuse, si belle et, comme je le croyais jusque-là, invincible. Voilà qu'elle semblait si fragile, comme si un coup de vent pouvait la faire s'envoler. Tandis que j'accélérais le pas pour rattraper CeCe, je me rendis compte que c'était l'amour qui avait eu raison de sa force.

Et à cet instant, je me promis que moi aussi, un jour, j'expérimenterais la joie et la douleur de son intensité.

* * *

Je fus soulagée quand, deux jours plus tard, Ally tint parole et m'appela. Nous décidâmes qu'elle viendrait déjeuner le lendemain pour voir notre appartement, même si CeCe serait absente, occupée à prendre des photos de la centrale électrique de Battersea pour l'un de ses projets. Et cette après-midi-là, je composai un menu de circonstance.

Lorsque la sonnette retentit, l'appartement embaumait ce que j'espérais être le parfum rassurant des petits plats maison. Shanthi avait eu raison : je voulais nourrir l'âme d'Ally.

— Salut ma belle, comment ça va ? lui demandai-je en l'embrassant.

— Oh, je m'en sors, répondit-elle en me suivant à l'intérieur.

Mais je voyais bien que c'était loin d'être le cas.

— Ouah ! Cet endroit est fantastique ! s'exclama-t-elle en s'avançant vers la baie vitrée pour contempler la vue.

Il faisait assez doux dehors et nous nous installâmes sur la terrasse. Elle admira mon jardin improvisé pendant que je servais les assiettes, puis me demanda de nos nouvelles, à CeCe et moi. Je voyais à quel point elle s'efforçait de rester forte comme elle l'avait toujours été pour s'en sortir, sans jamais demander de compassion.

— Mon Dieu, c'est délicieux, Star ! Je te découvre toutes sortes de talents cachés. Mes capacités de cuisinière sont tout ce qu'il y a de plus basique et je serais incapable de faire pousser du cresson, alors tout ça… s'enthousiasma-t-elle en faisant de grands gestes en direction de mes plantes.

— Ces derniers temps, je réfléchis à ce qu'est véritablement le talent, m'aventurai-je. Enfin, est-ce que les choses qui nous viennent facilement sont des dons ? Par exemple, as-tu dû faire des efforts pour jouer si bien de la flûte ?

— Non, je ne crois pas. En tout cas pas au début. Mais ensuite, pour m'améliorer, j'ai dû m'entraîner des heures et des heures. Je ne pense pas que le simple fait d'avoir du talent puisse compenser le travail pur et dur. Regarde les grands compositeurs par exemple : il ne suffit pas d'entendre des mélodies dans sa tête, il faut apprendre à les coucher sur le papier et à les orchestrer. Cela demande des années de pratique et d'apprentissage. Je suis sûre que nous sommes des millions à avoir une capacité naturelle pour quelque chose, mais à moins de l'exploiter et de nous y consacrer, nous ne pourrons jamais atteindre notre plein potentiel.

J'assimilai ses propos en hochant la tête, un peu perdue eu égard à mes propres talents.

— Tu as fini, Ally ? demandai-je, voyant qu'elle n'avait presque pas touché à son assiette.

— Oui. Excuse-moi, Star. C'était excellent, vraiment, mais j'ai très peu d'appétit ces derniers temps.

Après cela, nous évoquâmes nos sœurs et leurs activités récentes. Je lui parlai de CeCe, de son université et de ses installations qui l'occupaient beaucoup. Ally quant à elle commenta le déménagement surprise de Maia à Rio, à quel point c'était merveilleux qu'elle ait enfin trouvé le bonheur.

— Cela m'a vraiment mis du baume au cœur. Et c'est si bon de te voir, Star.

— Moi aussi ça me fait très plaisir. Où vas-tu aller à présent, à ton avis ?

— En fait, je vais peut-être aller en Norvège pour suivre les coordonnées laissées par Pa Salt et découvrir mon lieu de naissance.

— Excellente idée.

— Tu crois ?

— Pourquoi pas ? Les indices de Pa pourraient changer ta vie. Ça a été le cas pour Maia…

Après le départ d'Ally, accompagné de la promesse d'une prochaine visite, je montai lentement dans la chambre et récupérai ma pochette plastique dans une commode en forme de petit escalier, choisie par CeCe une fois de plus.

Je détachai la carte de visite au dos de la lettre de Pa et la contemplai de nouveau. Et je revis alors l'espoir que j'avais lu dans les yeux d'Ally lorsqu'elle m'avait confié son projet de voyage en Norvège. Prenant une profonde inspiration, je saisis enfin l'enveloppe où reposait la localisation de mes coordonnées. Et je l'ouvris.

* * *

Le lendemain matin, au réveil, je découvris une légère brume suspendue au-dessus de la Tamise, et lorsque je sortis m'occuper de mes plantes, je trouvai la terrasse humide de rosée. À part mes petits arbustes et mes roses qui se flétrissaient, il était impossible de voir le moindre coin de verdure, si ce n'est avec des jumelles. J'inspirai l'odeur changeante de la saison et souris.

L'automne était clairement en route. Et je raffolais de l'automne.

Je remontai chercher mon sac à main et ma pochette plastique, puis, sans donner le temps à mon esprit trop analytique de réfléchir au chemin que j'empruntais, je me dirigeai vers l'arrêt de bus le plus proche.

Une demi-heure plus tard, je descendis une fois de plus devant la librairie Arthur-Morston. Je jetai un coup d'œil dans la vitrine, où étaient disposés d'anciens livres de géographie, sur un fond de velours violet usé. Je remarquai que la carte d'Asie du Sud-Est, qui était ouverte, faisait encore référence à la Thaïlande sous le nom de « Siam ».

Au centre de la vitrine se trouvait une petite mappemonde jaunissante sur un socle, assez semblable à celle qu'avait Pa Salt dans son bureau. Je ne distinguais rien au-delà de la vitrine – il faisait clair dehors, mais la boutique était aussi sombre que toutes les librairies de l'époque de Dickens que j'avais imaginées à travers mes lectures. J'errai à l'extérieur ; entrer m'entraînerait dans un voyage que je n'étais pas sûre d'être prête à entreprendre.

Mais à quoi rimait ma vie actuelle ? Elle était vide, sans but, et totalement inutile pour qui que ce soit. Pourtant, j'avais tellement envie de me rendre utile.

Je sortis la pochette plastique de mon sac et me remémorai les derniers mots de Pa Salt, espérant qu'ils m'insuffleraient la force dont j'avais besoin. Enfin, je poussai la porte du magasin et une clochette tinta. Je mis quelques instants à m'habituer à l'obscurité. L'endroit me faisait penser à une vieille bibliothèque, avec son plancher sombre et sa cheminée en marbre. Celle-ci était encadrée par deux fauteuils en cuir, installés de part et d'autre d'une table basse recouverte d'une montagne de livres.

Je me penchai pour en ouvrir un, faisant s'élever des moutons de poussière qui se dispersèrent comme de minuscules flocons de neige. Je me redressai et m'aperçus que le reste de la pièce était occupé par d'innombrables étagères, croulant sous les ouvrages.

Je regardai tout autour de moi, enchantée. Pour moi, c'était ça le paradis.

Je me dirigeai vers l'une des étagères, à la recherche d'un auteur ou d'un titre que je connaîtrais. Beaucoup de ces livres étaient en langue étrangère. Je m'arrêtai pour parcourir ce qui ressemblait à une édition originale de Flaubert, puis avançai vers la section consacrée à la littérature anglaise. Je descendis un exemplaire de *Raison et sentiments* – probablement mon roman préféré de Jane Austen – et feuilletai ses pages jaunies avec délicatesse, pour ne pas abîmer le papier vieillissant.

J'étais si captivée par ma lecture que je ne remarquai pas qu'un homme grand m'observait, à l'arrière de la librairie.

Je sursautai en le voyant et refermai vivement le livre, me demandant s'il était « inconvenant » – pour reprendre un terme d'Austen – de l'avoir ouvert.

— Une amatrice d'Austen, hein ? Pour ma part, je suis plutôt un adepte de Brontë.

— J'adore les deux.

— Bien sûr, j'imagine que vous savez qu'à leur apogée, Charlotte et Jane n'étaient pas les meilleures amies du monde. Charlotte déplorait que les suppléments littéraires se pâment devant la prose plus… disons, « pragmatique » de sa concurrente. Charlotte mettait tout son cœur romantique dans son écriture.

— C'est vrai ?

J'essayais de distinguer les traits de mon interlocuteur mais, en raison de la pénombre, je ne voyais que sa stature très haute et mince, ses cheveux blond roux, ses lunettes en corne et ce qui ressemblait à une redingote édouardienne. Pour ce qui est de son âge, le manque de lumière aurait pu lui donner aussi bien trente que cinquante ans.

— Oui. Dites-moi, cherchez-vous quelque chose en particulier ?

— Je… non, pas vraiment.

— Libre à vous de parcourir les rayons alors. Et si vous souhaitez vous plonger dans un autre ouvrage que celui d'Austen, n'hésitez pas à vous installer dans l'un des fauteuils. Vous voyez, c'est autant une bibliothèque qu'une librairie. Je suis de l'avis que la bonne littérature devrait être partagée. Pas vous ?

— Si, absolument, dis-je avec conviction.

— Appelez-moi si vous avez besoin d'aide pour trouver un ouvrage. Et si nous ne l'avons pas, je pourrai vous le commander.

— Merci.

À ces mots, le libraire disparut dans l'arrière-boutique, me laissant seule dans la pièce.

Un bruit soudain perça le silence poussiéreux. C'était mon portable ; mortifiée, je le mis en mode silencieux, mais pas avant que l'homme ne réapparaisse, un doigt sur les lèvres.

— Veuillez m'excuser, mais c'est notre seule règle ici. Pas de portable autorisé. Auriez-vous l'obligeance de prendre votre appel à l'extérieur ?

— Évidemment. Merci. Au revoir.

Rouge comme une écrevisse, je quittai la librairie, honteuse comme une écolière turbulente prise en flagrant délit d'envoi de textos à son petit copain sous son bureau. C'était d'autant plus ironique que personne ne m'appelait jamais, à part Ma et CeCe. Sur le trottoir, je consultai l'écran et vis un numéro que je ne connaissais pas, alors j'écoutai le message vocal.

« Salut Star, c'est Shanthi. Marcus m'a donné ton numéro. Je voulais juste prendre de tes nouvelles. Appelle-moi à l'occasion. À bientôt ma belle. »

Je fus prise d'une colère irrationnelle que son appel m'ait valu une sortie aussi peu digne de la librairie. Après avoir mis si longtemps à rassembler tout mon courage pour y entrer, je me sentais incapable d'y retourner à présent. Quand j'aperçus le bus qui me ramènerait à Battersea, je traversai la rue et m'y faufilai.

Tu es pathétique, Star, vraiment, me réprimandai-je. *Tu aurais dû y retourner directement.* Mais je ne l'avais pas fait. Pourtant, j'avais apprécié ma courte conversation avec le libraire, ce qui était un miracle en soi. Et voilà que j'étais de nouveau en route vers mon appartement vide et ma vie dénuée de tout intérêt.

De retour à la maison, je fixai un mur nu et décidai d'acheter des étagères pour l'habiller.

Comme écrivait Cicéron : « Une pièce sans livres, c'est comme un corps sans âme. »

Mais l'aménagement de la terrasse m'ayant laissée sans le sou jusqu'au mois suivant, il me fallait également trouver du travail. Dépendre des fonds posthumes de Pa Salt n'aiderait en rien, surtout pas mon amour-propre. Je décidai que, dès le lendemain, j'interrogerais les bars et les restaurants de la grand-rue, pour voir s'ils cherchaient une femme de ménage. Étant donné mon manque d'aisance relationnelle, je n'étais certainement pas faite pour m'occuper des clients en salle.

Je montai pour me doucher et remarquai que le tiroir du bas de ma commode était resté ouvert après que j'y eus pris la pochette contenant la lettre de Pa Salt, les coordonnées et la citation. Je fus saisie d'horreur en m'apercevant que j'ignorais où elle était passée. Je redescendis l'escalier en courant pour la chercher, le cœur battant la chamade. Je vidai mon sac, mais elle n'y était pas. Je tâchai de me rappeler si je l'avais à la main au moment d'entrer à la librairie. Oui. Mais après cela...

Je ne pouvais qu'espérer l'avoir posée sur la table basse de la boutique pour parcourir les étagères.

J'allumai mon ordinateur et trouvai le numéro de téléphone de la librairie sur son site Internet. Quand j'appelai, je tombai directement sur le répondeur, la voix bien reconnaissable de l'homme que j'avais rencontré m'indiquant que quelqu'un me rappellerait dès que possible, si je laissais un numéro. Je m'exécutai, priant Dieu pour que le libraire me joigne sans attendre. Car si cette pochette était perdue, il en était de même de mon lien avec le passé. Et, peut-être, avec mon avenir.

6

Le lendemain, à mon réveil, je consultai aussitôt mon portable pour voir si j'avais un message de la librairie. Comme ce n'était pas le cas, je n'eus d'autre choix que de repartir vers Kensington Church Street.

Une heure plus tard, j'entrai chez Arthur-Morston pour la deuxième fois. Rien n'avait changé depuis la veille – et par chance, ma pochette se trouvait bien sur la table devant la cheminée. Je ne pus m'empêcher de pousser un petit cri de soulagement en voyant qu'il ne manquait rien.

Le magasin était désert et la porte de l'arrière-boutique fermée, me permettant sans problème de m'en aller sans déranger personne. Mais si la tentation était forte, je ne devais pas oublier la raison pour laquelle j'étais venue ici au départ. En outre, la clochette avait dû alerter de ma présence. C'était la moindre des politesses d'indiquer que j'avais trouvé ce que je cherchais avant de partir.

De nouveau, mon portable rompit le silence et je sortis en courant avant de répondre.

— Miss d'Aplièse ?

— Oui ?

— Bonjour, j'appelle de la librairie Arthur-Morston. Je viens d'avoir votre message. Je vais tout de suite descendre voir si je trouve ce que vous avez perdu.

— Oh… À vrai dire, je suis actuellement devant la boutique. J'y étais avant que vous m'appeliez et j'ai bien retrouvé ma pochette sur la table où je pensais l'avoir laissée hier.

— Pardonnez-moi. Je n'ai pas dû entendre la cloche. Voyez-vous, j'ai ouvert, puis je suis remonté en vitesse. Un livre va être mis aux enchères aujourd'hui et… (Il fut interrompu par une sonnerie stridente.) Ah, c'est mon représentant qui m'appelle. Veuillez m'excuser un instant…

Je n'entendis plus rien à l'autre bout du fil, jusqu'à ce qu'il reprenne le téléphone.

— Pardonnez-moi, miss d'Aplièse, j'ai dû décider de mon offre maximale pour une première édition d'*Anna Karénine*. Un exemplaire fabuleux, le plus beau que j'aie jamais vu, et dédicacé par l'auteur qui plus est, même si je crains que les Russes et leurs roubles ne l'emportent sur mes livres sterling dérisoires. Quoi qu'il en soit, ça vaut le coup de tenter sa chance, vous ne croyez pas ?

— Euh… oui, répondis-je, perplexe.

— Comme vous êtes là, ou presque, voulez-vous venir prendre une tasse de café ?

— Non… ça ira, merci.

— Bon, revenez dans tous les cas.

Il raccrocha et j'hésitai encore une fois sur le trottoir, étonnée par l'étrange gestion de cette boutique. Mais comme il l'avait dit, j'étais là, et je bénéficiais à présent d'une invitation pour discuter avec l'homme qui était peut-être Arthur Morston lui-même.

— Bonjour, me salua le libraire en apparaissant à l'arrière de la boutique, tandis que j'entrais à nouveau. Navré pour tout cela, et pardonnez-moi encore de ne pas vous avoir rappelée plus tôt pour votre objet égaré. Êtes-vous certaine que je ne peux pas vous persuader de prendre une tasse de café ?

— Tout à fait. Merci.

— Ah ! Vous n'êtes pas une de ces jeunes femmes qui assimilent la caféine à l'héroïne, si ? Je dois avouer que je ne fais pas confiance aux gens qui boivent du décaféiné.

— Je vous rassure, si je ne bois pas ma tasse du matin, ma journée commencera mal.

— Très bien.

Je le regardai s'asseoir. À présent qu'il était plus près et mieux éclairé, j'estimai qu'il avait aux alentours de trente-cinq ans, très grand et maigre comme un clou, tout comme moi. Ce jour-là, il portait un impeccable costume de velours trois pièces, les manchettes ressortant de la veste, amidonnées et immaculées, le tout agrémenté d'un nœud-papillon et d'une pochette assortie à motif cachemire, soigneusement pliée. Sa peau était pâle, comme si elle n'avait jamais vu le soleil, et ses longs doigts s'entrelaçaient autour de la tasse de café qu'il tenait à la main.

— J'ai froid. Et vous ? s'enquit-il.

— Pas particulièrement.

— Nous sommes presque en septembre et, d'après les prévisions météo, il fait moins de treize degrés. Et si nous faisions du feu pour égayer ce matin gris et brumeux ?

Avant que j'aie eu le temps de dire quoi que ce soit, il se leva pour s'atteler à la tâche. Quelques minutes plus tard, de grandes flammes s'élevaient du foyer, diffusant une délicieuse chaleur.

— Asseyez-vous donc, m'invita-t-il en indiquant le fauteuil, et je m'exécutai. Vous n'êtes pas très bavarde, j'ai l'impression. Savez-vous que l'humidité est le pire fléau pour un livre ? me demanda-t-il, sans même me donner la possibilité de répondre à sa remarque précédente. Ils ont séché tout l'été, voyez-vous, et il faut prendre soin d'eux et de leurs pages fragiles, afin que celles-ci ne jaunissent pas.

Il se tut alors et je fixai le feu en silence.

— Sentez-vous libre de partir quand vous voudrez. Je ne voudrais pas vous retenir.

— Ne vous inquiétez pas pour ça.

— Au fait, pourquoi êtes-vous venue à la librairie hier ?

— Pour regarder les livres.

— Passiez-vous simplement dans le coin ?

— Pourquoi cette question ? fis-je, me sentant soudain coupable.

— C'est juste que la majorité des ventes se fait désormais en ligne. Les gens qui viennent physiquement ici sont pour l'essentiel des habitants du quartier que je connais depuis des années. Et puis, vous n'êtes ni âgée, ni chinoise, ni russe… En d'autres termes, vous ne ressemblez pas à mes clients ordinaires, commenta-t-il, songeur, en m'observant derrière ses lunettes en corne. J'ai trouvé ! s'exclama-t-il, ravi, en frappant dans ses mains. Vous êtes décoratrice, c'est ça ? Quelque oligarque vous a chargée de meubler son somptueux appartement d'Eaton Square, et vous devez notamment lui trouver des montagnes de livres pour qu'il puisse montrer à ses amis illettrés à quel point il est cultivé ?

J'éclatai de rire.

— Non, absolument pas.

— Bon, tant mieux alors, fit-il, visiblement soulagé. Pardonnez-moi d'être attaché à mes ouvrages comme s'il s'agissait de ma progéniture. L'idée qu'ils puissent être considérés comme de simples ornements – ignorés, sans jamais être lus – m'est insupportable.

Cette conversation était en train de devenir la plus étrange que j'aie jamais eue avec qui que ce soit. Au moins, cette fois-ci, ce n'était pas uniquement de ma faute.

— Bon, reprenons. Pourquoi êtes-vous ici ? Ou plutôt, pourquoi êtes-vous entrée hier, avant d'oublier quelque chose et de devoir revenir ?

— Je… J'ai été envoyée ici.

— Ha ! Vous travaillez donc bien pour un client ! lança-t-il d'un ton triomphal.

— Non, pas du tout. C'est mon père qui m'a donné votre carte.

— Je vois. Peut-être était-il un de nos clients ?

— Je n'en sais rien.

— Alors pourquoi vous aurait-il donné ma carte ?

— À vrai dire, je n'en ai pas la moindre idée.

Une fois de plus, j'eus envie de rire face à la tournure saugrenue que prenait cet échange. Je décidai de lui expliquer la situation.

— Mon père est mort il y a trois mois environ.

— Toutes mes condoléances, miss d'Aplièse. Quel nom singulier, d'ailleurs, ajouta-t-il après coup. Je ne l'avais jamais entendu. Cela ne compense en rien le fait que votre père soit récemment décédé, bien sûr. De fait, c'était une remarque très indélicate de ma part. Je vous prie de bien vouloir m'en excuser.

— Ne vous en faites pas. Puis-je vous demander si vous êtes Arthur Morston ?

J'ouvris la pochette et en sortis la carte de visite pour la lui montrer.

— Mon Dieu, non, répondit-il en examinant la carte. Arthur Morston est mort il y a plus de cent ans. C'était le propriétaire d'origine, voyez-vous ; il a ouvert la librairie en 1850, bien avant que les Forbes – ma famille – ne la reprenne.

— Mon père était assez âgé lui aussi. Il avait plus de quatre-vingts ans à sa mort. C'est ce que nous pensons, en tout cas.

— Nom d'une pipe ! s'exclama-t-il en me regardant avec attention. Cela démontre à quel point les hommes restent fertiles, même avec les années.

— En fait, il nous a adoptées, mes cinq sœurs et moi.

— En voilà une histoire intéressante. Mais pour en revenir à nos moutons, pourquoi votre père vous a-t-il envoyée ici parler à Arthur Morston ?

— Il n'a pas précisé que je devais parler à Arthur Morston en particulier, c'est juste ce que j'ai pensé, étant donné que la carte indiquait ce nom-là.

— Que vous a-t-il dit de faire à votre arrivée ici ?

— De me renseigner au sujet de… (Je consultai rapidement la lettre de Pa pour vérifier le nom exact) d'une certaine Flora MacNichol.

Le libraire me fixa intensément. Il finit par reprendre la parole :

— Ah oui ?

— Oui. La connaissez-vous ?

— Non, miss d'Aplièse. Elle aussi est décédée avant ma naissance. Toutefois, évidemment, j'en ai entendu parler…

J'attendais qu'il poursuive, mais il n'en fit rien, se contentant de regarder dans le vide, perdu dans ses pensées. Au bout d'un moment, le silence devint gênant – même pour moi. M'assurant cette fois-ci de ne pas oublier ma pochette, je me levai.

— Je suis vraiment confuse de vous avoir dérangé. Vous avez mon numéro, donc si...

— Non, non... Je dois une nouvelle fois vous présenter des excuses, miss d'Aplièse, je me demandais si je devrais oui ou non augmenter mon offre maximale pour l'exemplaire d'*Anna Karénine.* Ces ouvrages sont si rares, vous savez. Mouse va m'étrangler, mais j'ai tellement envie de l'acheter. Quelle était votre question déjà ?

— Si vous connaissiez Flora MacNichol, répondis-je lentement, perplexe de voir la vitesse à laquelle son esprit passait d'un sujet à un autre.

— Ah oui, bien sûr, mais pour l'instant, je crains de devoir vous laisser, car j'ai décidé que je ne pouvais vraiment pas laisser ces Russes triompher. Je vais vite monter pour appeler mon agent et lui demander d'augmenter mon offre avant le début de l'enchère.

Il se leva et sortit une montre à gousset de sa poche, l'ouvrant comme le Lapin blanc d'*Alice au pays des merveilles.*

— Juste à temps. Auriez-vous la gentillesse de vous occuper de la librairie en mon absence ?

— D'accord.

— Merci.

Je le regardai rejoindre à grandes enjambées la porte de l'arrière-boutique. Puis je me rassis, me demandant s'il était fou ou si c'était moi qui avais perdu la raison. Mais au moins nous avions eu une conversation et j'avais prononcé les mots pour lesquels j'étais venue. En quelque sorte, j'avais enclenché ma quête...

Je passai ensuite un agréable moment à me familiariser avec les rayonnages, dressant dans ma tête la liste de ce que j'aimerais ranger dans la bibliothèque de mes rêves. Shakespeare, évidemment, et Dickens, sans oublier F. Scott Fitzgerald et Evelyn Waugh... Et puis certains ouvrages récents que j'adorais aussi, qui n'avaient pas encore eu le temps de devenir des classiques mais qui, j'en étais persuadée, seraient tout aussi précieux pour les collectionneurs dans deux cents ans, malgré l'usure de leur reliure en cuir.

Personne n'entra tandis que je parcourais les étagères. Arrivée à la section de la littérature pour enfants, je découvris l'intégrale des livres de Beatrix Potter – *Madame Piquedru la blanchisseuse* étant pour moi indétrônable.

Je m'installai près de la cheminée et commençai à tourner les pages. Ce faisant, j'eus une vision très nette d'un Noël de ma petite enfance. J'avais trouvé ce livre sous le sapin et, le soir, Pa Salt m'avait prise sur ses genoux pour me le lire, au coin du feu qui, tout l'hiver, crépitait joyeusement au salon. Je me rappelais l'avoir écouté en contemplant les montagnes couvertes de neige par la fenêtre, enveloppée de chaleur et de beaucoup, beaucoup d'amour.

— En paix avec moi-même, murmurai-je.

Voilà ce que je souhaitais retrouver.

— Ça y est ! m'avertit le libraire, me sortant de mes souvenirs. Traitez-moi d'irraisonnable si vous voulez, mais il me faut ce livre, tout bonnement. Cela fait des années que je le cherche. Mouse va me dire que je nous ruine et me passer un sacré savon – amplement mérité, j'en ai conscience. Dieu que j'ai faim ! C'est à cause du stress. Et vous ?

Je consultai ma montre et vis que plus d'une heure s'était écoulée depuis qu'il avait disparu à l'étage. Il était déjà treize heures.

— Je ne sais pas.

— Puis-je vous tenter ? Il y a un excellent restaurant au coin de la rue qui m'offre gentiment chaque jour ce qui est au menu. C'est plus excitant de ne jamais être certain de ce qu'on aura dans son assiette, plutôt que de choisir soi-même, vous ne trouvez pas ?

— J'imagine.

— Et si je filais chercher nos plats de l'autre côté de la rue pour voir si je peux vous allécher ? Je vous dois au moins le déjeuner, pour vous remercier d'avoir eu la gentillesse de tenir la boutique pendant que je m'angoissais pour cette vente aux enchères.

— D'accord.

— Beatrix Potter, hein ? fit-il en jetant un œil au livre que je tenais dans les mains. Quelle ironie. À bien des égards. Elle connaissait Flora MacNichol, mais dans la vie rien n'arrive par hasard, si ?

Sur ces mots, il sortit et, si j'avais eu la moindre intention de disparaître en son absence, sa remarque mystérieuse m'en empêchait. Je m'occupai du feu comme Pa Salt me l'avait enseigné, regroupant les braises pour qu'elles ne se consument pas trop vite afin de ne pas les gaspiller, ce qui permettait également d'obtenir une chaleur stable et constante.

Me retrouvant de nouveau seule, j'en profitai pour lire *Le Conte de Sophie Canétang* et celui de *Tom Chaton*. Je m'apprêtai à me plonger dans *Jérémie Pêche-à-la-Ligne* quand mon compagnon de déjeuner – dont j'ignorais toujours le nom – réapparut, chargé de deux sacs en papier.

— Ça m'a l'air excellent aujourd'hui, annonça-t-il en tournant la clé dans la serrure avant de retourner la pancarte *Fermé*. Je n'aime pas être dérangé quand je suis à table. C'est mauvais pour la digestion. Je vais chercher des assiettes. Oh, et puis un bon verre de sancerre blanc pour accompagner le poisson, ajouta-t-il en filant dans l'escalier.

Sa façon de parler désuète et maniérée m'amusait. J'avais beau m'être habituée à l'anglais saccadé des classes aisées de Londres, mon nouvel ami mettait la barre encore plus haut. *Un pur excentrique britannique*, pensai-je, et cela le rendait fort sympathique à mes yeux. Il n'avait pas peur d'être lui-même, et je ne savais que trop bien la force de caractère que cela nécessitait.

— Bon, j'espère que vous aimez la sole. Quant aux haricots verts, ils me semblent sautés à la perfection, déclara-t-il en revenant armé d'une bouteille de vin bien fraîche, d'assiettes, de couverts et de deux serviettes blanches parfaitement amidonnées.

— C'est un poisson que j'aime beaucoup, oui. Et en effet, les haricots verts sont étonnamment difficiles à cuire comme il faut.

— Vous êtes cuisinière ? s'enquit-il en retirant la protection de deux barquettes en aluminium.

L'aspect me rappelait les plats servis dans l'avion. J'espérais toutefois que ce serait meilleur.

— Non, mais j'aime cuisiner. J'ai suivi un cours il y a quelques semaines et j'ai justement dû servir des haricots.

— Je ne suis pas snob en matière culinaire, au sens moderne du terme ; je me moque de ce que j'enfile dans mon gosier, mais je suis intransigeant sur la cuisson. Le problème, c'est que je suis gâté. Clarke's est l'un des meilleurs restaurants de Londres et voilà ce qu'il nous a préparé aujourd'hui. Prendrez-vous un peu de vin ? me demanda-t-il en disposant mon plat sur une assiette en porcelaine, qu'il plaça devant moi avec précaution.

— En général, je ne bois pas au déjeuner.

— Et moi j'estime qu'il est bon de briser les mauvaises habitudes. Tenez.

Il me versa un verre et me le tendit.

— Tchin-tchin ! s'exclama-t-il, avant d'avaler une grande gorgée et d'attaquer son poisson avec voracité, tandis que je mangeais le mien à petites bouchées. C'est vraiment délicieux, miss d'Aplièse, m'encouragea-t-il. Ne me dites pas que vous êtes au régime !

— Non. Je n'ai pas non plus l'habitude de manger au déjeuner.

— Comme l'enseigne le dicton : « Petit déjeuner de roi, déjeuner de prince et dîner de pauvre. » Une maxime si simple à suivre, et pourtant la race humaine l'ignore et se plaint ensuite de grossir. Non pas que le poids soit un problème pour vous et moi.

— Non.

Je rougis en attaquant mon plat, remarquant qu'il avait déjà fini le sien. Il avait raison – c'était succulent. Il m'observait avec attention, ce que je trouvais très désagréable. Je bus une gorgée de vin, essayant de rassembler mon courage pour poser les questions que j'avais en tête. Après tout, j'étais venue pour trouver des réponses.

— Vous avez dit que Flora MacNichol connaissait Beatrix Potter ?

— En effet. D'ailleurs, cette librairie appartenait à miss Potter pendant un temps. Avez-vous fini ? fit-il, les yeux rivés sur la dernière bouchée qu'il restait sur ma fourchette. Je vais débarrasser et emporter le tout à l'étage. Je déteste voir les assiettes vides, pas vous ?

Dès que j'eus reposé ma fourchette, il saisit mon assiette ainsi que la bouteille de vin. Il emporta également son verre vide mais laissa le mien, voyant qu'il était encore à moitié plein.

Je bus une autre gorgée de vin, sans grand enthousiasme, et me rappelai qu'il me faudrait lui demander son nom à son retour. Soutirer des informations à cet homme était une opération délicate.

Lorsqu'il réapparut, il portait un plateau avec une cafetière et deux tasses en porcelaine.

— Prenez-vous du sucre ?

Il posa dangereusement le tout sur un vieux dictionnaire, et je m'interrogeai brièvement sur la valeur de l'ouvrage.

— Pour ma part, j'ai la dent très sucrée, m'informa-t-il.

— Moi aussi. Trois, s'il vous plaît.

— Ah, moi j'en prends toujours quatre.

— Merci, fis-je quand il me tendit ma tasse, et j'eus l'impression d'avoir été transportée à la table du Chapelier fou. Comment Flora MacNichol connaissait-elle Beatrix Potter ? réessayai-je.

— Elles étaient voisines à une époque.

— Dans la région de Lake District ?

— Tout à fait, confirma-t-il d'un air approbateur. Connaissez-vous la vie des écrivains, miss d'Aplièse ?

— Je vous en prie, appelez-moi Star. Et vous êtes… ?

— « Star » est votre prénom ? s'enquit-il, dubitatif.

— Oui. En fait, c'est le diminutif d'Astérope.

— Ah ! Aha ! s'exclama-t-il en souriant, avant de glousser. Quelle délicieuse ironie encore une fois ! Astérope, la femme – ou la mère, selon les mythes – d'Œnomaos, le roi de Pise. Vous êtes l'une des Sept Sœurs des Pléiades, la troisième fille d'Atlas et de Pléioné, après Maia et Alcyone, et avant Célaéno, Taygète, Électra et Mérope… « Bien des nuits j'ai vu les Pléiades s'élever dans l'ombre veloutée, briller comme une nuée de lucioles prises dans une tresse argentée… »

— Tennyson, dis-je automatiquement, reconnaissant la citation d'un livre de Pa.

— C'est exact. Feu mon cher père, dont j'ai hérité cette librairie, avait étudié les lettres classiques à Oxford, et mon enfance a donc été peuplée de mythes et de légendes… même si ce n'est pas moi qui ai été nommé en hommage à un roi grec mythique, mais c'est une autre histoire…, bifurqua-t-il, et j'eus peur que son attention se soit de nouveau égarée. Non, c'est ma sainte mère, paix à son âme, qui a choisi mon prénom. Elle avait étudié la littérature, à Oxford elle aussi, et c'est d'ailleurs là que mes parents se sont connus et ont débuté leur idylle. J'ai les livres dans le sang, si je puis dire. Peut-être est-ce votre cas, à vous aussi. Alors, savez-vous quoi que ce soit de votre famille biologique ?

— En fait, c'est la raison de ma présence ici. Mon père m'a laissé ces… indices pour découvrir d'où je viens, répondis-je en ouvrant ma pochette.

— Ha ! Voilà qui est excitant ! s'enthousiasma-t-il en tapant dans ses mains. J'adore le mystère. Les indices sont-ils là-dedans ?

— Oui, mais toutes les informations dont je dispose, en plus de la carte de cette librairie, ce sont les coordonnées du lieu de ma naissance, et ça.

Je posai l'écrin sur la table devant lui, l'ouvris et en sortis la panthère. Mon cœur battait de peur, face à la confiance que j'accordais à cet étranger en partageant avec lui des informations que je n'avais même pas encore révélées à CeCe. Ses longs doigts ajustèrent ses lunettes sur son nez pour mieux examiner l'adresse de ma naissance, puis la panthère. Il me les rendit et s'appuya contre son dossier. Il ouvrit la bouche pour parler, et je me penchai pour entendre ses réflexions.

— C'est l'heure du gâteau, déclara-t-il enfin. Même si pour ce genre de choses, il n'y a pas d'heure !

Il disparut à nouveau à l'étage et redescendit muni de deux parts gluantes de gâteau au chocolat.

— En voulez-vous ? C'est terriblement bon. Je l'achète le matin à la pâtisserie, sur le chemin. Mon niveau de sucre chute entre trois et cinq heures de l'après-midi, alors c'est ça, ou la sieste.

— Oui, merci. Moi aussi j'adore le gâteau. Au fait, comment vous appelez-vous ?

— Nom d'une pipe ! Ne vous l'ai-je toujours pas dit ? Je suis sûr de vous l'avoir indiqué à un moment ou à un autre.

— Non, je vous assure.

— Eh bien… toutes mes excuses. Ma mère m'a donné le nom de ses deux livres préférés. Par conséquent, je suis soit un chat roux en surpoids, soit l'incarnation fictionnelle d'une célèbre écrivaine qui s'est enfuie en France avec son amante, en se faisant passer pour un homme. Alors, quel est mon prénom ? me défia-t-il.

— Orlando.

Et il vous va comme un gant, pensai-je.

— Miss d'Aplièse, vos connaissances littéraires m'impressionnent au plus haut point. Selon vous, suis-je plus un chat roux en surpoids ou une femme travestie en homme ?

Je retins un petit rire.

— Ni l'un ni l'autre. Vous êtes *vous,* tout simplement.

— Et je crois, miss d'Aplièse, que vous vous y connaissez bien mieux en littérature que ce que vous laissez paraître, déclara-t-il pensif.

— Je l'ai étudiée à l'université, mais je suis loin d'être une spécialiste en la matière.

— Vous vous sous-estimez. Peu d'hommes et de femmes sur cette Terre connaîtraient le chat roux et le célèbre roman biographique de…

Je le regardai chercher le nom de l'auteur et compris qu'il continuait à me tester.

— Virginia Woolf, répondis-je. L'histoire s'inspire de la vie de Vita Sackville-West et de sa liaison avec Violet Trefusis. Quant à *Orlando the Marmalade Cat,* c'est une série de livres pour enfants de Kathleen Hale. Une de ses meilleures amies, l'artiste-peintre Vanessa Bell, était la sœur de Virginia Woolf et avait elle aussi eu une liaison avec Vita Sackville-West. Mais vous savez sans doute tout ça…

Tandis que ma voix s'étiolait, je fus soudain gênée de ce flot de paroles. J'avais simplement été transportée par l'enthousiasme d'avoir trouvé un autre grand amoureux des livres.

Orlando garda un moment le silence, le temps de digérer mes propos.

— J'étais au courant de certains éléments, oui, mais pas de tout. Et je n'avais jamais fait le lien entre les auteurs de ces deux livres complètement différents. Comment êtes-vous parvenue à ce rapprochement ?

— J'ai écrit mon mémoire sur le Bloomsbury Set.

— Aha ! Comme vous l'avez peut-être remarqué, miss d'Aplièse, mon esprit volette de-ci, de-là. C'est une abeille à la recherche de nectar et, une fois qu'elle a butiné, elle passe à autre chose. Le vôtre, au contraire, est plus stable. Je crois que vous cachez bien votre jeu. Dites-moi, comment se fait-il que vous connaissiez tant de choses et que vous les dissimuliez si bien ? Vous êtes aussi mystérieuse qu'un croissant de lune. Miss d'Aplièse… Star, Astérope, quel que soit le nom de plume que vous souhaitiez utiliser, cherchez-vous du travail ?

— Oui. J'en ai besoin, car je suis à sec, répondis-je en toute honnêteté, en essayant de ne pas paraître trop désespérée.

— Ha ! Moi aussi je suis fauché, tout comme la boutique, après ma petite folie d'aujourd'hui. Évidemment, le salaire serait misérable, mais je vous nourrirais bien.

— Misérable comment, le salaire ? demandai-je à la hâte avant qu'il ne bifurque vers un autre sujet.

— Oh, je ne sais pas. Le dernier étudiant que j'ai employé gagnait assez pour avoir un toit. Dites-moi ce dont vous avez besoin.

En vérité, je savais que je serais prête à le payer *lui*, rien que pour venir là tous les jours.

— Deux cent cinquante livres par semaine ?

— Adjugé, lança-t-il avant de m'offrir un large sourire, dévoilant ses dents mal rangées. Je dois vous prévenir, je ne suis pas très doué pour les rapports sociaux. J'ai conscience que certaines personnes me trouvent un peu étrange. J'ai parfois l'impression de les perturber quand elles entrent ici. C'est mieux sur Internet, vous savez ? Je serais incapable de vendre des noix à un écureuil, mais je recèle de bons livres.

— Quand voulez-vous que je commence ?

— Demain. Si cela vous est possible ?

— Dix heures ?

— Parfait. Je vais vous chercher un jeu de clés là-haut.

Il se releva et s'apprêtait à s'élancer vers l'escalier, quand je l'arrêtai.

— Orlando ?

— Oui ?

— Souhaitez-vous voir mon CV ?

— Pourquoi diable voudrais-je voir une chose pareille ? Je viens de vous soumettre à l'entretien le plus rigoureux possible. Et vous l'avez réussi haut la main.

Quelques minutes plus tard, j'avais récupéré mes indices dans ma pochette et Orlando m'avait remis une série de clés en laiton. Il me raccompagna à la porte.

— Merci, miss... comment souhaitez-vous que je vous appelle ?

— Star ira très bien.

— Miss Star. À demain alors.

— Oui.

Il me rappela alors que je m'étais déjà engagée dans la rue.

— Et, miss Star ?

— Oui ?

— Rappelez-moi de vous en dire plus au sujet de Flora MacNichol. Et de son lien avec votre figurine.

J'avais l'impression d'avoir retraversé l'armoire et d'avoir quitté Narnia. Dehors, la librairie Arthur-Morston semblait un univers parallèle. Sur le chemin du retour, je sentis une petite bulle de bonheur et d'excitation croître en moi. Je fredonnais en préparant le dîner et me demandais si j'allais raconter à CeCe cette journée extraordinaire. Au bout du compte, je l'informai simplement que j'avais trouvé du travail dans une librairie et que je commençais dès le lendemain.

— C'est bien pour le moment, je suppose, me dit-elle. Mais ce n'est certainement pas en vendant des vieux livres pour quelqu'un d'autre que tu vas faire fortune.

— Je sais, mais cet endroit me plaît.

Je quittai la table dès que possible et sortis sur le balcon pour m'occuper de mes plantes. Mon nouveau travail ne présentait peut-être pas grand intérêt pour les autres, mais moi j'en étais enchantée.

7

Mes deux premières semaines à la librairie se déroulèrent comme le jour de mon arrivée. Orlando passait le plus clair de la matinée à l'étage – qui restait pour moi un espace inconnu – et j'étais censée l'appeler si je n'étais pas en mesure de répondre à une demande, ou si un client souhaitait voir l'un des ouvrages les plus précieux, qui étaient conservés dans un énorme coffre rouillé au sous-sol. Mais les demandes, et les clients en général, étaient rares.

Je commençais à reconnaître ce qu'Orlando appelait ses « habitués » : essentiellement des retraités, qui prenaient un livre sur une étagère et s'enquéraient poliment du prix, lequel était souvent écrit au dos, sur une étiquette. Après ces formalités, ils allaient s'installer dans l'un des fauteuils en cuir pour le lire au coin du feu. Souvent, ils restaient là plusieurs heures, plongés dans leur lecture, puis repartaient après m'avoir remerciée avec courtoisie. Un homme très âgé, en veste de tweed élimée, vint notamment chaque jour pendant une semaine pour s'asseoir avec *Chez les heureux du monde*. J'avais remarqué qu'il glissait chaque fois un morceau de papier pour marquer sa page, avant de ranger le roman sur l'étagère.

Orlando m'avait fourni le matériel pour préparer du café dans l'alcôve à l'arrière du magasin, que j'étais censée offrir à tout « client » qui passait la porte. L'une de mes missions consistait à acheter un demi-litre de lait frais le matin, sur mon chemin, qui finissait souvent dans l'évier, faute d'amateurs.

Ce fut dans l'alcôve, au-dessus de l'étagère, qu'un tableau attira mon attention. Je reconnus immédiatement le style des illustrations et me hissai sur la pointe des pieds pour mieux voir. Il s'agissait d'une lettre dont l'encre s'était estompée avec le temps. Les minuscules aquarelles qui ornaient la page avaient, quant à elles, bien mieux résisté aux années, et je m'émerveillai de leur perfection. Je collai presque mon nez contre le verre pour déchiffrer les mots, et devinai une date et les contours d'un nom.

« Ma chère Fl… »

Le reste du prénom était trop délavé pour être lisible. Mais la signature, écrite dans une graphie petite et précise, en bas de la page, était sans équivoque : « *Beatrix* ».

— Fl… murmurai-je.

Se pouvait-il que cette lettre soit adressée à *ma* Flora MacNichol ? Orlando avait dit qu'elle connaissait Beatrix Potter. J'étais décidée à lui poser la question.

À treize heures précises, Orlando dévalait l'escalier et sortait de la librairie. Cela semblait être le signal implicite pour ceux qui lisaient près du feu qu'il était temps de partir. À son retour, il verrouillait la porte et tournait la pancarte pour indiquer « Fermé ».

Assiettes en porcelaine, couverts et serviettes amidonnées faisaient leur apparition et nous nous mettions à table.

C'était mon moment préféré de la journée. J'adorais l'écouter tandis que son esprit batifolait d'un sujet à un autre, chacun ponctué d'une citation littéraire. Cela devint pour moi un jeu d'essayer de deviner quel thème en particulier mènerait au suivant. Cependant j'échouais le plus souvent, car il bifurquait sur des tangentes soudaines et obscures. Je parvins à déduire que sa « sainte » mère, Vivienne, avait péri dans un accident de voiture tragique quand Orlando n'avait que vingt ans et qu'il était en deuxième année à Oxford. Son père avait été si effondré qu'il était parti en Grèce, pour « se noyer dans l'ouzo et la misère des dieux de la mythologie ». Il était mort d'un cancer quelques années plus tôt.

— Je suis donc moi aussi orphelin, avait-il ajouté d'un ton théâtral.

Sa conversation était aussi parfois parsemée de questions relatives à mon enfance à Atlantis. Pa Salt, en particulier, semblait le fasciner.

— Qui était-il donc ? Pour savoir tout cela… marmonna Orlando un jour, après que je lui eus avoué que je ne connaissais même pas le pays de naissance de Pa.

Néanmoins, malgré son obsession pour mon père, il ne me donnait jamais spontanément d'informations au sujet de Flora MacNichol. Lorsque je lui parlai de la lettre de Beatrix Potter, il ne réagit pas comme je l'espérais.

— Oh, cette vieille chose, fit-il en agitant la main vers le cadre. Beatrix écrivait souvent aux enfants.

Et il changea tout de suite de sujet, sans me laisser le temps de creuser la question.

Je me promis de rassembler mon courage sous peu, pour lui demander plus d'informations mais, même si je n'en apprenais pas davantage à propos de Flora MacNichol, mes journées étaient remplies de livres merveilleux. Le seul fait de les toucher et de humer leur parfum quand je répertoriais les nouvelles arrivées au stylo-plume dans un grand livre relié en cuir m'emplissait de joie. Orlando m'avait fait passer un test d'écriture avant de me laisser noircir le papier d'encre. On m'avait toujours fait compliment de ma graphie claire et élégante, mais je n'avais jamais envisagé qu'une compétence de plus en plus archaïque deviendrait un jour un atout.

* * *

Un matin au début de ma troisième semaine, dans le bus qui m'emmenait à la librairie, je me demandai si je n'aurais pas dû naître à une autre époque. Quand la vie était moins trépidante et que les missives destinées aux êtres chers mettaient plusieurs jours – voire des mois – à leur parvenir, plutôt que d'arriver par e-mail en un instant.

— Saperlipopette ! J'exècre les technologies modernes ! s'exclama Orlando en écho à mes propres pensées, lorsqu'il arriva comme d'habitude à dix heures et demie, une boîte de pâtisseries à la main. Hier soir, à cause d'une pluie torrentielle, tout Kensington a été frappé par une panne du réseau téléphonique, emportant Internet par la même occasion. Et je n'ai pas pu enchérir pour un exemplaire particulièrement incroyable de *Guerre et Paix*. J'ai une passion pour ce livre, soupira-t-il en me regardant, abattu. Au moins, Mouse sera soulagé que je ne dépense pas une nouvelle fois l'argent que nous n'avons pas. À propos, je lui ai parlé de toi l'autre jour.

J'avais déjà plusieurs fois entendu parler de ce Mouse, mais je n'avais pas très bien compris qui était cette personne pour Orlando. Ni même s'il s'agissait d'un homme ou d'une femme.

— Ah oui ?

— Tout à fait. Es-tu libre ce week-end, miss Star ? Je dois me rendre à High Weald pour l'anniversaire de Rory. Mouse sera là lui aussi. Je me disais que tu pourrais voir la maison, rencontrer Marguerite et discuter de Flora MacNichol.

— Oui... je n'ai rien de prévu, répondis-je, consciente que je devais saisir cette opportunité avant qu'Orlando ne change d'avis.

— Très bien, alors. Rendez-vous samedi à Charing Cross, dans la voiture de première classe du train de dix heures pour Ashford. J'aurai ton billet avec moi. Il me faut à présent m'éclipser à l'étage pour voir si le wi-fi – notre grand Dieu des Temps modernes – a daigné réapparaître à nous autres mortels.

— Où se trouve « High Weald », en fait ?

— Ne te l'ai-je pas précisé ?

— Non.

— Dans le Kent, évidemment, fit-il avec légèreté, comme si cela tombait sous le sens.

Le restant de la semaine, je fus déchirée entre l'excitation et la peur de l'inconnu. J'étais allée une fois dans le Kent lors d'un voyage universitaire, pour visiter Sissinghurst, le château et les somptueux jardins où avait habité la poétesse et romancière Vita Sackville-West. Je m'en souvenais comme d'un comté tranquille et verdoyant – le « jardin de l'Angleterre », comme on le surnommait.

* * *

Comme promis, Orlando était déjà dans le wagon quand j'arrivai à la gare de Charing Cross samedi matin. Sa veste en velours bleu nuit et son écharpe à motif cachemire – sans parler de l'énorme panier à pique-nique qui occupait toute la table que nous étions censés partager avec nos voisins de voyage – composaient une image incongrue à bord du train moderne.

— Ma chère miss Star, me salua-t-il quand je m'assis près de lui. Parfaitement à l'heure, comme toujours. La ponctualité est une vertu qui mériterait d'être louée plus souvent. Café ?

Il ouvrit le panier pour en extraire une Thermos et deux tasses en porcelaine, ainsi que des assiettes de croissants tout frais, encore chauds, enveloppés dans des serviettes en tissu. Le train démarra tandis qu'Orlando me servait le petit déjeuner, en me contant toutes sortes de choses décousues comme à son habitude, et je remarquai le regard perplexe des passagers les plus proches. J'étais heureuse qu'il n'y ait personne en face de nous.

— Combien de temps dure le trajet ?

Il sortit deux assiettes de fruits joliment arrangés et retira le film alimentaire, avant de me répondre.

— Une heure environ. Marguerite viendra nous chercher à la gare d'Ashford.

— Qui est-ce ?

— Ma cousine.

— Et Rory ?

— Un charmant petit garçon, qui fêtera demain ses sept ans. Mouse sera là lui aussi, même si, contrairement à toi, le pauvre n'a aucune notion du temps. À présent, si tu veux bien m'excuser, je vais faire un somme.

Il rangea les assiettes dans le panier, avant de rassembler soigneusement toutes les miettes présentes sur la table et sur ses vêtements dans une serviette. Puis il croisa les bras sur sa poitrine, comme pour se protéger de coups de feu, et s'assoupit.

Trente minutes plus tard, nous approchions d'Ashford mais je n'osais pas le réveiller. Au moment où je commençais à m'inquiéter, il ouvrit soudain les yeux.

— Nous descendons dans deux minutes, miss Star.

Le quai était baigné d'une douce lumière d'automne et nous le longeâmes en esquivant les autres voyageurs.

— Le progrès a un coût, se plaignit Orlando. Avec cette nouvelle gare qu'ils construisent pour l'Eurotunnel, nous ne connaîtrons plus jamais la paix et la tranquillité par ici.

En sortant de la gare, je remarquai qu'il avait gelé pendant la nuit et, avec le froid, mon souffle formait de petites volutes de fumée.

— La voilà, lança Orlando en se dirigeant à grandes enjambées vers une Fiat 500 usée. Très chère Marguerite, c'est si gentil de venir nous chercher, dit-il tandis qu'une femme sculpturale, aussi grande que lui, extirpait ses longs membres de sous le volant de la minuscule voiture.

Elle fit la bise à Orlando, puis désigna l'énorme panier d'un air contrarié.

— Comment veux-tu qu'on fasse rentrer ça dans la voiture ? Surtout avec une invitée !

Je sentis ses grands yeux sombres me jauger. Ils étaient d'une couleur saisissante – presque violets.

— Permets-moi de te présenter miss Astérope d'Aplièse, plus couramment appelée Star. Miss Star : ma cousine, Marguerite Vaughan.

— En voilà un nom inhabituel, déclara la femme en s'approchant de moi – et je vis aux légères rides sur sa peau claire qu'elle devait avoir la quarantaine, alors que je la pensais plus jeune. Quel plaisir de faire votre connaissance, poursuivit-elle. Je m'excuse pour le manque de considération de mon cousin. À cause de ce panier ridicule, vous allez être un peu serrée à l'arrière. Le café de la gare n'est quand même pas si mauvais, fit-elle en grondant Orlando des yeux, tandis que celui-ci tâchait tant bien que mal de charger le panier sur la banquette. Mais bon, vous savez comment il est, conclut-elle en m'adressant un chaleureux sourire complice.

— En effet, répondis-je en lui rendant son sourire.

— Personnellement, je pense qu'il mériterait de parcourir les huit kilomètres qui nous séparent de la maison à pied, en pénitence, pour que vous puissiez vous asseoir confortablement. Allez, Orlando, j'ai beaucoup à faire à la maison. Je dois encore préparer tout le déjeuner.

— Pardonne-moi, miss Star. Je n'ai pas réfléchi.

Il ressemblait à un enfant contrit. Il me tint la porte et je me hissai à l'arrière, me serrant contre le panier, les bras le long du corps.

Nous partîmes sur les routes boisées de la campagne anglaise, Marguerite et Orlando à l'avant, tous deux si grands que le haut de leur tête frôlait presque l'habitacle. J'avais de nouveau l'impression d'être un enfant et m'occupai en regardant par la fenêtre, admirant la beauté du paysage.

Orlando parlait avec enthousiasme des livres qu'il avait achetés et vendus, et Marguerite le gronda gentiment d'avoir trop dépensé pour *Anna Karénine* – Mouse l'en avait informée, apparemment – mais l'affection dans sa voix était sans équivoque. Assise derrière elle, j'étais assez proche pour sentir son parfum, une odeur musquée réconfortante qui emplissait la voiture.

Ses épais cheveux bruns ondulaient naturellement sur ses épaules et, quand elle se tourna vers Orlando pour lui parler, je remarquai son nez aquilin, ou « romain », comme disait Pa Salt. Elle n'était pas belle au sens courant du terme et, à voir son jean et son vieux pull, accordait peu d'importance à son apparence. Cependant, elle était très séduisante et je m'aperçus que je souhaitais lui plaire – un sentiment inhabituel.

— Est-ce que ça va derrière ? me demanda-t-elle. Nous ne sommes plus très loin.

— Oui, merci.

J'appuyai la tête contre la vitre, tandis que les haies épaisses filaient à mes côtés, leur hauteur exagérée à cause de la petite taille de la voiture, et que les routes de campagne devenaient de plus en plus étroites. Il était si bon de se retrouver hors de Londres, au milieu d'une étendue de verdure entrecoupée seulement de quelques cheminées en brique rouge. Nous tournâmes à droite et franchîmes un vieux portail pour nous engager dans une allée si accidentée qu'Orlando et Marguerite se cognèrent la tête au plafond.

— Il faut vraiment que je demande à Mouse de venir avec son tracteur pour boucher ces nids-de-poule avant l'hiver, dit-elle à Orlando. Nous y voilà, Star, ajouta-t-elle en se garant devant une grande maison élégante en brique rouge.

Les fenêtres irrégulières étaient entourées de lierre et de glycine et des cheminées hautes et étroites, caractéristiques de l'architecture Tudor, s'élevaient dans le ciel de septembre. À voir l'extérieur, je m'imaginais une demeure truffée de coins et de recoins, plutôt qu'une succession de pièces vastes et grandioses – l'édifice n'avait rien de majestueux ; on aurait plutôt dit qu'il avait vieilli tranquillement, s'intégrant peu à peu à la campagne environnante. Il évoquait une époque révolue, une époque dont je raffolais dans mes lectures, et je ressentis une pointe d'envie.

Je suivis Marguerite et Orlando vers la magnifique porte d'entrée en chêne massif, et aperçus un petit garçon qui roulait dangereusement dans notre direction sur une bicyclette rouge vif. Il poussa un étrange cri étouffé et essaya de nous faire un signe de la main, ce qui causa une chute immédiate.

— Rory !

Marguerite courut vers lui, mais il s'était déjà relevé. Il parla de nouveau, et je me demandai s'il était étranger, car je ne comprenais pas ce qu'il disait. Elle épousseta les vêtements du petit garçon, après quoi il ramassa sa bicyclette pour venir nous saluer.

— Regarde qui est là, fit Marguerite en se tournant directement vers lui pour lui parler. C'est Orlando et son amie, Star. Tu essayes de dire « Star » ? l'encouragea-t-elle en insistant sur le *st* de mon prénom.

— Ss-t-aahh, dit-il en s'approchant de moi, sourire aux lèvres, avant de lever une main et d'écarter les doigts comme une étoile.

Il avait des yeux verts curieux, encadrés par de grands cils noirs. Ses cheveux dorés et ondulés brillaient au soleil, et les fossettes de ses joues roses témoignaient de sa gaieté. C'était le genre d'enfant à qui il était impossible de dire non.

— Il préfère qu'on l'appelle « Superman », n'est-ce pas, Rory ? gloussa Orlando en brandissant son poing, comme Superman en plein vol.

Rory hocha la tête, puis me serra la main avec toute la dignité d'un super-héros, avant de se tourner vers Orlando les mains en l'air. Son oncle le serra dans ses bras et le chatouilla avant de le reposer à terre, puis s'accroupit devant lui et lui parla avec les mains, tout en articulant les mots clairement.

— Joyeux anniversaire ! J'ai ton cadeau dans la voiture de Marguerite. Tu veux venir le chercher avec moi ?

— Oui, s'il te plaît, répondit Rory, alliant lui aussi le geste à la parole, et je compris alors qu'il était sourd.

Je passai mentalement en revue le vieux catalogue des signes que j'avais appris avec Ma, plus de vingt ans plus tôt, tout en les regardant partir main dans la main vers la Fiat.

— Entrons, Star, me proposa Marguerite, ils pourraient en avoir pour un moment.

Je la suivis dans un hall où trônait un large escalier Tudor qui, d'après sa rampe merveilleusement sculptée, était authentique. Nous empruntâmes un couloir aux vieilles dalles irrégulières et je m'imprégnai de l'atmosphère, parfumée de poussière et de fumée, imaginant les milliers de feux qui avaient été allumés au fil des siècles pour chauffer les occupants de la demeure. À cet instant, je ressentis une grande jalousie vis-à-vis de cette femme qui habitait cet endroit incroyable.

— Je vous emmène directement à la cuisine, j'en ai peur, car je dois me mettre au travail. Veuillez excuser le désordre – nous avons je ne sais combien d'invités pour l'anniversaire de Rory, et je n'ai même pas encore épluché les pommes de terre.

— Je vais vous aider, offris-je au moment où nous pénétrions dans une pièce basse de plafond qui s'agençait autour d'une grande cheminée accueillant un fourneau en fonte.

— Eh bien, vous m'aideriez en nous servant à boire à toutes les deux, suggéra-t-elle, ses grands yeux reflétant la beauté et la chaleur de sa maison. Le garde-manger est là-bas ; je sais qu'il y a une bouteille de gin, et j'ose espérer qu'il y a du tonic dans le réfrigérateur. Sinon, nous devrons faire preuve d'inventivité. Bon, où ai-je bien pu mettre l'épluche-légumes ?

— Le voilà, annonçai-je en le récupérant sur la longue table en chêne, jonchée de journaux, de paquets de céréales, d'assiettes sales et d'une chaussette de football boueuse. Et si vous preniez les boissons pendant que je m'occupe des légumes ?

— Non, Star, vous êtes notre invitée...

J'avais déjà attrapé le sac de pommes de terre et pris une casserole sur une étagère. Je m'équipai d'un journal vieux d'une semaine pour mettre les épluchures et m'assis à la table de la cuisine.

— Je vais chercher le gin alors, fit-elle en souriant, reconnaissante.

Durant l'heure qui suivit, j'épluchai tous les légumes, préparai le rôti de bœuf, l'enfournai, puis entrepris de ranger la cuisine. Après avoir trouvé le gin et y avoir ajouté du tonic peu gazeux, Marguerite me laissa aux commandes et partit s'occuper de son fils, saluer les invités déjà arrivés et mettre le couvert. Je fredonnai en m'affairant dans ce qui était la cuisine de mes rêves – mis à part la saleté et le désordre. La chaleur du fourneau emplissait la pièce et, levant les yeux vers les fissures du plafond, j'imaginai les vieux murs jaunissants recouverts d'une bonne couche de peinture blanche. Je débarrassai la table en chêne, tachée de cire laissée par des bougies ruisselantes, puis fis la vaisselle, lavant l'équivalent d'une semaine d'assiettes, de poêles et de casseroles.

Lorsque tout fut sous contrôle, je regardai par la fenêtre ce qui devait autrefois être le potager de la maison. Je sortis par la porte de la cuisine et vis qu'il était désormais en piteux état. Un buisson de romarin avait toutefois résisté au temps et j'en coupai quelques brins pour donner du goût aux pommes de terre.

Je m'imagine bien habiter ici, songeai-je quand Marguerite revint. Elle s'était changée et portait à présent un chemisier en soie couleur miel, un peu froissé, ainsi qu'un foulard violet qui faisait ressortir ses yeux.

— Mon Dieu, Star, vous êtes sensationnelle ! Cela fait des années que je n'ai pas vu la cuisine aussi ordonnée ! Merci. Vous cherchez du travail ?

— J'en ai déjà avec Orlando.

— Je sais bien, et je suis si heureuse que vous soyez là pour lui. Peut-être pourriez-vous, à l'occasion, le dissuader de dépenser de grosses sommes d'argent pour financer ce qui est en train de devenir sa bibliothèque personnelle.

— Vous savez, il vend beaucoup de livres sur Internet, répliquai-je pour le défendre, pendant que Marguerite se versait une autre dose de gin.

— Je sais, répondit-elle avec tendresse. Bon, Rory s'amuse comme un fou dans le salon à ouvrir tous ses cadeaux et Orlando est descendu chercher du vin à la cave pour les invités, donc je peux m'asseoir cinq minutes. Mouse est encore en retard, soupira-t-elle en consultant sa montre, mais nous ne décalerons pas le déjeuner. Je suppose que vous vous êtes rendu compte ce matin que Rory était sourd ?

— Oui, confirmai-je, songeant que, comme celui de son cousin, l'esprit de Marguerite passait d'un sujet à un autre à l'instar d'un papillon.

— Et ce depuis sa naissance. Il entend un peu de son oreille gauche, mais son appareil auditif ne peut pas faire de miracles. Je... Je veux qu'il n'ait jamais l'impression de ne pas pouvoir faire quelque chose, d'être moins bien que les autres. Ce que les gens peuvent dire parfois... soupira-t-elle en secouant la tête. C'est le petit garçon le plus intelligent et le plus merveilleux qui soit.

— Orlando et lui semblent très proches, m'aventurai-je.

— C'est Orlando qui lui a appris à lire quand il avait cinq ans, après avoir maîtrisé la langue des signes britannique pour pouvoir communiquer avec lui. Il est entré à l'école primaire locale, et il apprend même la langue des signes aux autres enfants. Il a un orthophoniste formidable qui travaille chaque semaine avec lui pour l'encourager à parler et à lire sur les lèvres, et il se débrouille comme un chef. C'est fou à quel point les enfants apprennent vite à cet âge-là. Venez, il est temps que je vous présente aux convives, au lieu de vous maintenir enfermée à la cuisine comme Cendrillon.

— Cela ne me pose aucun problème, je vous assure. Je vais jeter un œil au rôti. J'espère que cela ne vous dérangera pas, mais j'ai ajouté du miel et des graines de sésame que j'ai trouvés dans le garde-manger, pour relever les carottes.

— Mon Dieu ! Bien au contraire ! Je n'ai jamais été très douée pour la cuisine, et c'est merveilleux que vous ayez pu vous occuper du déjeuner. Entre Rory, cette maison difficile à entretenir, les factures à payer… sans parler de mon travail, je ne sais plus où donner de la tête. On m'a proposé d'aller peindre une fresque en France, une commande en or, mais je ne sais pas si je peux laisser Rory… Pardonnez-moi, Star, ce ne sont pas vos problèmes.

— Vous êtes peintre ?

— En tout cas, c'est ce que j'aimerais penser, même si quelqu'un m'a dit récemment que je n'étais bonne qu'à dessiner des motifs de papier peint, me confia-t-elle en haussant un sourcil. Quoi qu'il en soit, je vous dois un grand merci pour votre aide aujourd'hui.

— Je l'ai fait avec joie, je vous assure. À quelle heure voulez-vous déjeuner ? Le rôti est prêt, il a juste besoin de reposer un peu.

— Comme cela vous arrange. Tous ceux qui viennent à High Weald ont l'habitude d'attendre aussi longtemps qu'il le faut.

— Dans une demi-heure ? Si vous avez des œufs, je peux faire des Yorkshire puddings pour accompagner la viande.

— Oh, ce n'est pas cela qui manque ; les poules gambadent librement autour du potager. On vit d'omelettes ici. Je vais vous en chercher, fit-elle en entrant dans le garde-manger.

— Mag ! J'ai faim !

Je me retournai et aperçus Rory.

— Salut, fis-je avec les mains, avant d'imiter le mouvement d'Orlando plus tôt, tapant deux fois dans mes mains, puis frottant mes paumes en avant et en arrière. Joyeux anniversaire, parvins-je ainsi à dire.

Il sembla stupéfait, puis sourit. Il montra ensuite le fourneau du doigt et tapota sur son poignet comme s'il y avait une montre, avant de hausser les épaules dans un geste interrogateur.

— Le déjeuner sera prêt dans trente minutes.

— D'accord.

Rory alla voir le rôti.

— Vache, fis-je en mettant mes index sur ma tête, comme de petites cornes.

Il éclata de rire et me montra le signe correct. Je lui coupai un petit morceau de viande et le lui tendis.

— C'est bon.

Il leva ses deux pouces.

— Merci, exprimai-je en plaçant mes doigts contre mon menton avant d'éloigner la main, espérant que les langues des signes anglaise et française étaient similaires.

— Ne me dites pas que vous connaissez aussi la langue des signes ! s'exclama Marguerite en sortant du garde-manger.

— J'ai appris les rudiments quand j'étais petite, mais je ne suis pas très douée, n'est-ce pas, Rory ?

Le petit garçon se tourna vers sa mère et lui fit une série de gestes rapides, provoquant l'hilarité de celle-ci.

— Il dit que vous êtes très mauvaise en langue des signes, mais que votre « vache » vous rattrape. Apparemment, vous cuisinez bien mieux que moi. Petit monstre, fit-elle en lui ébouriffant les cheveux.

— Mouse est là, annonça Rory en regardant par la fenêtre et en faisant un petit geste rapide de la main, comme un animal qui détale.

— Il était temps. Star, ça vous embête si je vous laisse un moment ici pendant que je vais m'occuper de mes invités ? s'enquit Marguerite en posant sur la table les œufs pour les Yorkshire puddings.

— Pas du tout.

Rory attrapa les mains de sa mère et la tira hors de la cuisine.

— Je promets d'être de retour pour vous aider pour le service ! lança-t-elle par-dessus son épaule.

— Ne vous inquiétez pas, répondis-je en partant à la recherche de farine.

Au cours de la demi-heure qui suivit, je mis en pratique certaines des astuces que j'avais apprises lors de mes cours de cuisine et, quand Marguerite revint, le déjeuner était prêt. J'avais sorti des plats de la commode en sapin et elle haussa les sourcils de surprise quand je lui tendis le premier pour qu'elle l'emporte à la salle à manger.

— Mon Dieu, j'avais oublié que nous avions toute cette porcelaine. Star, vous êtes vraiment un ange.

— Cela ne me dérange pas du tout. Je l'ai fait avec plaisir.

Et c'était la vérité. J'avais rarement l'occasion de cuisiner pour d'autres personnes que pour CeCe. Je me disais que je pourrais mettre une annonce dans notre journal local pour proposer mes services quand un homme apparut dans la cuisine.

— Bonjour, on m'a envoyé couper le rôti. Où se trouve-t-il ? interrogea-t-il d'un ton sec.

Il avait les cheveux indisciplinés, légèrement grisonnants au niveau des tempes, et des traits marqués, dominés par des yeux verts que je sentis me jauger. Il portait un pull col V mangé par les mites sur une chemise dont le col s'effilochait, ainsi qu'un jean. Il s'approcha de moi, me dominant de sa haute taille. Il affichait une nette ressemblance avec Orlando, mais cet homme en était une version bien plus sauvage – et beaucoup plus négligée – et je me demandai s'il s'agissait du frère qu'il avait mentionné.

Reprenant mes esprits, je répondis à sa question.

— Il est là, sur le fourneau.

— Merci.

Je l'observai subrepticement et remarquai son attitude tendue, alors qu'il sortait un couteau du tiroir. Son silence pendant qu'il tranchait la viande m'indiqua qu'il ne possédait rien de la l'amabilité naturelle des membres de sa probable famille. Il me donnait l'impression d'être une intruse et je me sentis soudain mal à l'aise dans cette cuisine, me demandant si je ne ferais pas mieux de gagner la salle à manger. Au moment où je m'apprêtais à le faire, Marguerite réapparut.

— Tu as bientôt fini, Mouse ? Les invités vont finir par manger leur assiette si tu ne te dépêches pas.

— Ces choses prennent un certain temps, répondit-il, d'un ton toujours aussi froid.

— Venez avec moi, Star, laissons Mouse opérer sa magie.

Chaque fois que j'avais imaginé le fameux Mouse, il est certain que ce n'était *pas* ce personnage qui m'était venu à l'esprit. Malgré sa beauté extérieure, cet homme avait le pouvoir de glacer l'atmosphère en quelques secondes. Je suivis Marguerite jusqu'à une salle à manger basse de plafond, égayée par un feu qui dansait dans la cheminée, espérant seulement que je ne me retrouverais pas à côté de cet homme pour le déjeuner.

— Te voilà, ma chère, m'accueillit Orlando, dont les joues rouges indiquaient qu'il avait profité du vin qu'il avait monté de la cave. Ça m'a l'air absolument délicieux.

— Merci.

— Viens t'asseoir près de moi. Mouse sera ton autre voisin, comme ça vous pourrez discuter de Flora MacNichol. Il a fait des recherches à son sujet récemment.

— Star, puis-je te présenter au reste de la table ? fit Marguerite.

Le fait qu'elle me tutoie me fit plaisir. Elle s'exécuta, et je saluai la demi-douzaine de nouveaux visages, essayant en vain de retenir leur nom et leur lien de parenté ou d'amitié avec Rory.

— Mouse est-il un parent à toi ? demandai-je à Orlando à voix basse.

— Bien sûr, ma chère ! gloussa-t-il. C'est mon frère aîné. Ne te l'avais-je pas dit ? Je l'ai forcément mentionné à un moment ou un autre.

— Non.

— Et avant que tu ne le dises, j'ai conscience qu'il a volé toute la beauté et l'intelligence de nos parents, ce qui fait de moi l'avorton de la famille. Un rôle que j'assume sans problème.

Tu es peut-être chétif, et moins beau que ton frère, mais tu incarnes la chaleur et l'empathie, deux qualités dont il semble dénué...

Mouse contourna la table à grandes enjambées pour venir s'installer près de moi. À ce moment-là, Orlando se leva.

— Messeigneurs, mesdames et messieurs, permettez-moi de porter un toast à monsieur Rory à l'occasion de son septième anniversaire. À ta santé et à ta richesse, jeune homme ! lança-t-il, tout en parlant simultanément en langue des signes.

Il leva son verre, suivi par l'assemblée. Rory rayonnait de bonheur. Tout le monde se mit ensuite à applaudir et, entraînée par la bonne humeur des convives, je me joignis à eux.

— Joyeux anniversaire, marmonna Mouse, sans faire le moindre effort pour le dire à Rory en langue des signes.

— Bon, le moment est venu d'attaquer ! déclara Marguerite.

J'étais coincée entre les deux frères – l'un qui, comme d'habitude, avalait sa nourriture aussi vite qu'un broyeur à déchets, et l'autre qui semblait peu intéressé par son assiette. Je balayai du regard les convives, gais et détendus sous l'effet du vin, et ressentis soudain un frisson de plaisir. Je pensai alors au chemin parcouru depuis la mort de Pa. Le simple fait que je sois attablée pour déjeuner au milieu d'inconnus tenait du miracle.

Un pas après l'autre, Star, un pas après l'autre…

Je revivais aussi tous les déjeuners dominicaux à Atlantis avec Pa Salt, quand, plus jeunes, nous vivions encore toutes à la maison. Je n'avais pas souvenir de la présence d'invités, mais entre Ma, Pa, et nous six, nous étions déjà huit – bien assez pour donner lieu à la convivialité et aux bavardages auxquels j'assistais ici. Ces repas en famille m'avaient manqué.

Je me rendis compte que l'homme de glace assis à ma droite me parlait.

— Orlando m'a dit que vous travailliez pour lui.

— En effet.

— Je doute que vous survivrez longtemps. C'est rarement le cas.

— Du calme, mon vieux, l'interrompit Orlando avec bonhomie. Star et moi, nous ne nous en tirons pas si mal, pas vrai ?

— Tout à fait, acquiesçai-je d'un ton bien plus affirmé qu'à l'accoutumée, désireuse de défendre mon employeur, certes un peu étrange mais très gentil.

— En tout cas, il a besoin de quelqu'un pour mettre de l'ordre dans ses affaires. La librairie tourne à perte depuis des années désormais, mais il refuse d'écouter. Tu sais que tu devras bientôt te défaire de cette boutique, Orlando. Elle se trouve dans l'une des rues les plus chères de Londres. Elle se vendrait à un très bon prix sur le marché.

— Pourrions-nous parler de cela une autre fois ? Mélanger les affaires au plaisir de la bonne chère me donne toujours des indigestions, répliqua Orlando.

— Vous voyez ? Il trouve toujours une excuse pour se défiler.

Mouse fit cette déclaration à voix basse et, quand je me tournai vers lui, je vis qu'il me fixait.

— Vous pourriez peut-être lui faire entendre raison. Ce commerce pourrait même être entièrement piloté en ligne. Les charges de la librairie sont astronomiques et la fréquentation, comme nous le savons tous les deux, extrêmement faible. Cette affaire ne tient pas debout.

Je détournai les yeux de son regard vert étrangement hypnotisant.

— Je crains de ne rien connaître au fonctionnement de la librairie, répondis-je.

— Pardonnez-moi, c'est déplacé de ma part de parler de tout cela à une employée.

En particulier quand l'employeur peut tout entendre, pensai-je avec colère. En l'espace de quelques secondes, il avait réussi à me rabaisser et à me traiter avec condescendance, annulant aussitôt ses froides excuses.

— Alors, quel est le lien entre vous et Flora MacNichol, exactement, miss… ?

— D'Aplièse, répondit Orlando pour moi. Et cela t'intéressera peut-être d'apprendre que son prénom complet est « Astérope », ajouta-t-il en insistant sur ces mots, fixant son frère en frétillant les sourcils, comme une chouette enthousiaste.

— Astérope ? Comme l'une des Sept Sœurs des Pléiades ?

— Oui, confirmai-je sèchement.

— Elle se fait appeler « Star ». Ce qui lui va très bien, tu ne trouves pas ? ajouta gentiment Orlando.

Mouse ne répondit pas, mais je doutais qu'il soit d'accord. Il fronçait les sourcils, comme si quelque chose en moi le déconcertait au plus haut point.

— Mon frère m'a indiqué que votre père était mort il y a peu ? finit-il par reprendre.

— Oui.

Je croisai mon couteau et ma fourchette, ne souhaitant pas approfondir cette question.

— Mais ce n'était pas votre véritable père ?

— Non.

— Même s'il vous traitait comme s'il l'était ?

— Oui, il était merveilleux pour nous toutes.

— Alors vous ne pensez pas que le sang crée un lien inextricable entre un parent et un enfant ?

— Comment le pourrais-je ? Je n'ai jamais rien connu de la sorte.

— Non, j'imagine.

Mouse se tut et je fermai les yeux, me sentant soudain au bord des larmes, ce qui était ridicule. Cet homme ne savait rien de mon père, et son interrogatoire était dénué de toute empathie. Orlando me pressa très brièvement la main et me lança un regard compatissant.

— Je suis sûr qu'Orlando vous a informée que je faisais des recherches sur l'histoire de la famille, reprit Mouse. Il y a toujours eu beaucoup de confusion entre les différentes… factions, et je me disais que j'allais m'efforcer de tirer tout cela au clair, une fois pour toutes. Et, évidemment, je me suis intéressé à Flora MacNichol.

Je remarquai le ton désobligeant de sa voix, au moment où il prononçait son nom.

— Qui était-elle ?

— La sœur de notre arrière-grand-mère, Aurelia, répondit Orlando, tandis que mon voisin de droite gardait le silence.

Ce dernier finit par pousser un profond soupir.

— L'histoire est plus compliquée que cela, comme tu le sais, Orlando, mais ce n'est pas le moment de la raconter.

— Je te prie de m'excuser, miss Star, Marguerite m'a réquisitionné pour l'aider à débarrasser, m'annonça Orlando en se levant.

— Je peux vous donner un coup de main, dis-je en me levant à mon tour.

— Non, refusa-t-il en m'intimant gentiment à me rasseoir. Tu as déjà cuisiné notre excellent déjeuner, et je ne te permettrai sous aucun prétexte d'être en plus de corvée de vaisselle.

Tandis qu'il s'éloignait, je songeai que récurer toutes les toilettes de cette énorme demeure serait plus agréable que de rester assise à côté de l'homme répondant au nom de Mouse. Mon imagination avait déjà transformé la souris en gros rat d'égout.

— Avez-vous une quelconque idée du lien qui unissait votre père à Flora MacNichol ?

Le Rat d'égout parlait de nouveau. Je décidai de répondre poliment :

— Aucune. Mais je ne pense pas qu'il y en ait eu un. Mon père nous a laissé, à mes sœurs et moi, des indices quant à notre héritage, pas au sien. Par conséquent, tout lien potentiel doit se trouver entre elle et *moi*.

— Vous voulez dire que vous êtes peut-être un autre coucou dans le nid de High Weald ? Laissez-moi vous dire que vous n'êtes pas la première dans l'histoire des Vaughan-Forbes.

Il saisit son verre de vin pour le vider d'une traite, et je me demandai ce qui avait bien pu lui arriver pour le rendre aussi amer. J'ignorai son insinuation, comme quoi j'étais une pique-assiette, et refusai de lui donner le plaisir de voir que celle-ci m'avait blessée. Utilisant ma technique bien rodée du silence pour contrer le silence, je croisai les mains sur mes genoux et patientai. Je savais que je pouvais remporter n'importe quelle bataille sur ce front-là. Et en effet, il finit par reprendre la parole.

— Je suppose que je dois m'excuser pour la deuxième fois de notre courte relation. Je suis certain que vous n'êtes pas une chercheuse d'or et que vous suivez simplement la piste laissée par votre défunt père. Orlando m'a aussi indiqué qu'il vous avait légué autre chose en guise d'indice ?

Avant que j'aie le temps de répondre, un gigantesque gâteau parsemé d'innombrables bougies apparut à la porte de la salle à manger, dans les mains d'Orlando, et les convives entonnèrent en chœur « Joyeux anniversaire ». On prit des photos de Marguerite et d'Orlando souriant derrière Rory. Je jetai un coup d'œil au Rat d'égout et lus une expression morose sur son visage, avant de me rendre compte, en regardant ses yeux tandis qu'il observait Rory, qu'il s'agissait plutôt d'une profonde tristesse.

Après que nous eûmes savouré le gâteau au chocolat moelleux qu'Orlando avait apporté de Londres dans son panier à pique-nique, et bu du café dans un salon qui, pour ajouter à la maison de mes rêves, abritait deux énormes bibliothèques en chêne de part et d'autre de la grande cheminée, Orlando se leva.

— Il est temps d'y aller, miss Star. Nous devons prendre le train de cinq heures. Marguerite, déclara-t-il en allant l'embrasser sur les deux joues, ce fut un plaisir, comme toujours. J'appelle un taxi ?

— Je vais vous emmener, lança une voix du fauteuil d'en face.

— Merci, vieille branche, dit Orlando à son frère.

Marguerite se leva avec difficulté et je lus l'épuisement dans ses yeux quand elle se tourna vers moi.

— Star, promets-moi que tu reviendras bientôt nous rendre visite et que, cette fois, tu me permettras de te préparer à déjeuner !

— Avec joie, répondis-je en toute honnêteté. Merci pour ton accueil.

Rory apparut près de nous. Il ouvrait et fermait les mains avec excitation, et je m'aperçus qu'il répétait encore et encore le signe d'étoile qu'il utilisait pour mon prénom.

— Reviens vite, ajouta-t-il de sa curieuse petite voix, avant d'enrouler ses bras autour de ma taille.

— Au revoir Rory, répondis-je quand il relâcha son étreinte.

En regardant au-dessus de sa tête, je vis le Rat d'égout qui nous fixait.

— Merci pour cet incroyable gâteau, entendis-je Marguerite glisser à Orlando. Tout compte fait, cela valait le coup de trimballer ce panier ridicule jusqu'ici !

Comme convenu, nous suivîmes le Rat d'égout jusqu'à une Land Rover aussi vieille et usée que la Fiat de sa cousine.

— Monte à l'avant, miss Star. Mouse et toi avez bien plus de choses à vous dire que lui et moi. Cela devient si ennuyeux quand on connaît trop bien quelqu'un, observa Orlando en se hissant à l'arrière avec son grand panier.

— Il ne me connaît pas, grogna le Rat d'égout, au moment de démarrer le moteur. Même si c'est ce qu'il croit.

Je ne fis aucun commentaire, ne souhaitant pas m'immiscer dans une guerre entre les deux frères, et nous démarrâmes dans un silence total qui se prolongea tout le long du trajet. Je tâchai de me distraire en contemplant les arbres baignés d'or et d'ambre par le coucher de soleil automnal, qui cédait peu à peu au crépuscule. Je n'avais vraiment pas envie de retourner à Londres.

— Merci bien, Mouse, dit Orlando quand nous arrivâmes à la gare.

— Vous avez un numéro de téléphone ? surgit la voix du Rat d'égout dans la pénombre.

— Oui.

— Notez-le ici, m'intima-t-il en me tendant son portable.

Il vit mon hésitation.

— Je vais m'excuser pour la troisième fois aujourd'hui et je promets que, si vous me donnez votre numéro, je vous contacterai au sujet de Flora MacNichol.

— Merci.

J'entrai rapidement mon numéro, pensant qu'il s'agissant seulement d'une tentative de politesse, et qu'il ne m'appellerait jamais.

Dans le train, sur le chemin du retour, Orlando s'endormit presque immédiatement. Je fermai moi aussi les yeux, revivant les événements de la journée et pensant à la famille intéressante et inhabituelle d'Orlando.

Et à High Weald…

Au-delà de toute autre considération, j'avais trouvé la maison où je pourrais vivre heureuse pour le restant de mes jours.

8

— On peut dire que tu as fait sensation auprès de ma drôle de famille, déclara Orlando en arrivant à la librairie le lendemain matin, gâteau à la main comme toujours pour notre pause de l'après-midi.

— Pas auprès de ton frère.

— Oh, ne prête pas attention à Mouse. Il se montre toujours soupçonneux envers ceux à qui il ne trouve pas de défaut. On ne sait jamais ce qui se cache derrière les réactions d'autrui, jusqu'à, eh bien, jusqu'à les comprendre, m'expliqua-t-il de façon ambiguë. Pour ce qui est de ton déjeuner royal, j'envisage de me débarrasser des barquettes en aluminium et de te nommer responsable des repas de notre petit établissement. Même si je doute que la cuisine, à l'étage, convienne à une professionnelle comme toi. Me caches-tu d'autres talents ? me demanda-t-il en me regardant, pensif.

— Non.

Je me sentis rougir, comme chaque fois que je recevais un compliment.

— Tu es drôlement talentueuse, tu sais. Où as-tu appris la langue des signes ?

— Ma nurse m'en a enseigné les bases françaises quand j'étais petite. Mais, pour l'essentiel, ma sœur et moi inventions nos propres signes. C'est parce que je n'aimais pas tellement parler.

— Et voilà *encore* une de tes qualités. Si l'on n'a rien d'intéressant à dire, mieux vaut garder le silence. C'est la raison pour laquelle j'aime tant discuter avec Rory, il est si curieux de tout, si perspicace. Et son langage s'améliore à toute vitesse maintenant.

— Marguerite m'a dit que tu étais merveilleux avec lui.

Ce fut à son tour de rougir.

— C'est gentil de sa part. Je suis très attaché à mon neveu. Il est malin comme un singe et se débrouille bien à l'école même si, malheureusement, il lui manque une figure paternelle pour le guider. Loin de moi l'idée d'être à même d'endosser ce rôle, mais je fais de mon mieux.

Je mourais d'envie de demander qui était le père de Rory et *où* il se trouvait, mais je ne voulais pas être indiscrète.

— À présent, je dois me mettre au travail, même si je suis sûr que j'avais autre chose à te dire. Tant pis, ça me reviendra.

Je voyais que l'attention d'Orlando – qui s'était maintenue bien plus longtemps que d'habitude sur un seul sujet – était passée à autre chose. Alors j'allumai le feu et préparai le café que personne ne boirait, avant d'aller épousseter les étagères, me souvenant des remarques du Rat d'égout à propos des charges de la librairie. Et de tout l'argent qu'ils gagneraient s'ils vendaient la boutique. Je n'arrivais même pas à envisager une telle possibilité. Chaque fois qu'Orlando était absent, c'était comme un poulailler privé de son coq ; il s'agissait de son habitat naturel et tous deux étaient inextricablement liés.

Le temps était froid et pluvieux et je savais qu'aucun des habitués ne pousserait la porte, alors je descendis *Orlando* d'une étagère et m'assis près du feu pour le relire. Bizarrement, mon esprit n'arrivait pas à se concentrer sur les mots. Il ne cessait de rejouer la journée de la veille, tentant de comprendre la dynamique familiale et surtout, très clairement, l'image de High Weald et de sa beauté calme m'apparaissait sans discontinuer.

* * *

Je ne reçus aucune nouvelle du Rat d'égout, comme je m'y attendais. Et petit à petit, je me résignais à ne pas revoir High

Weald, canalisant plutôt mon énergie sur la façon dont je pourrais un jour, moi aussi, acquérir une telle demeure.

Au fur et à mesure que les journées raccourcissaient et que le gel s'installait sur mon chemin vers la librairie, les visites de nos habitués se faisaient encore plus rares. Alors, poussée par mon nouvel objectif, un jour que je n'avais rien d'autre à faire, je m'assis devant la cheminée et pris des notes pour le roman que je souhaitais écrire, laissant les encouragements de Pa Salt vaincre mes doutes quant à ma capacité à le faire. Absorbée par les idées qui affluaient, je n'entendis pas Orlando descendre l'escalier. Ce n'est que lorsque qu'il se racla fortement la gorge que je levai les yeux et l'aperçus qui me regardait.

— Désolée, désolée… marmonnai-je en refermant vivement mon cahier.

— Pas de problème. Miss Star, je suis venu te demander si tu avais déjà des engagements pour ce week-end.

Je retins un sourire en entendant la formulation si officielle de sa question.

— Non, je n'ai rien de prévu de particulier.

— Dans ce cas… puis-je te soumettre une proposition ?

— Je t'écoute.

— Marguerite a accepté un gros contrat en France. Elle doit s'y rendre deux jours pour discuter des modalités et « faire du repérage », comme diraient certains.

— Elle m'en avait parlé, en effet.

— Elle m'a demandé si nous accepterions de passer le week-end à High Weald, pour nous occuper de Rory en son absence. Elle est prête à te payer…

— Je n'ai pas besoin qu'on me paye, répliquai-je, un peu insultée qu'elle me considère comme une employée.

— Non, bien sûr que non. Pardonne-moi, j'aurais dû d'emblée te dire que le principal motif de sa requête est que Rory t'apprécie et que tu pourrais peut-être lui fournir la touche maternelle qui me fait défaut.

— J'en serais heureuse, répondis-je, ravie à l'idée de revoir High Weald.

— C'est vrai ? Mon Dieu, voilà qui me fait plaisir et m'ôte une épine du pied. Je ne me suis jamais occupé seul d'un enfant. Je ne saurais pas par où commencer pour le rituel du bain, *et cetera.* Puis-je dire à Marguerite que la réponse est oui ?

— Tout à fait.

— Affaire conclue. Nous partirons donc demain soir par le train de dix-huit heures. Je vais réserver deux places en première classe. Les transports sont devenus un tel cauchemar, surtout le vendredi. Bon, je suis en retard pour aller chercher nos barquettes surprise. Mais à mon retour nous déjeunerons, puis nous passerons l'après-midi à rafraîchir ta connaissance de la langue des signes.

Quand il eut refermé la porte derrière lui, je sautillai de joie au milieu de la boutique. C'était mieux que tout ce que j'aurais pu imaginer. Tout un week-end – deux nuits – dans le cadre de mes rêves !

— Merci, lançai-je au plafond de la librairie. Merci.

* * *

Le train pour Ashford était bondé et certains passagers n'avaient même pas de place assise dans notre voiture de première classe. Par chance, Orlando s'était abstenu d'apporter son panier géant, le troquant contre une valise usée en cuir, ainsi qu'un sac en toile débordant de provisions, dont il sortit une demi-bouteille de champagne et deux flûtes.

— Je fête toujours la fin de la semaine de cette façon. À la tienne, miss Star ! lança-t-il au moment où le train quittait Charing Cross.

Une fois qu'il eut bu son champagne, Orlando croisa les bras sur sa poitrine et s'endormit. Mon portable tinta soudain et je vis que j'avais reçu un texto. Je présumai qu'il venait de CeCe, qui avait été mécontente lorsque je lui avais annoncé que je repartais dans le Kent pour le week-end, avec mon patron.

Mais le message provenait d'un numéro inconnu.

J'ai appris que vous veniez à High Weald avec mon frère. J'espère que nous pourrons convenir d'un moment pour nous voir et parler de Flora MacNichol. O.

Je réfléchis à l'initiale finale, fascinée que le prénom des deux frères commence par la même lettre.

Une heure plus tard, nous descendîmes du train et trouvâmes un taxi. Nous partîmes en direction de High Weald à travers les routes de campagne plongées dans l'obscurité.

— Lando ! Staah ! nous accueillit Rory.

Son neveu pendu au cou comme un chimpanzé, Orlando régla la course. Je me retournai et aperçus, sur le pas de la porte, une silhouette qui faisait déjà tinter ses clés de voiture.

— Maintenant que vous êtes là, je vais y aller, annonça Mouse tandis qu'Orlando et moi nous dirigions vers lui, ralentis par nos bagages. Je lui ai donné ce qu'il restait dans la cuisine, mais ce n'était pas grand-chose et je crains qu'il n'ait encore faim. Je suis certain qu'il est content que vous soyez là tous les deux. Si vous avez besoin de quoi que ce soit, tu sais où me trouver, dit-il à Orlando, avant de se tourner vers moi. Vous avez mon numéro, contactez-moi quand cela vous arrange. Si un tel moment se présente.

Après un bref signe de tête, il monta dans sa voiture et s'éloigna.

— Saperlipopette, j'ai l'impression que nous sommes parents, me chuchota Orlando tandis qu'il portait Rory et sa valise à l'intérieur et que je m'occupais du sac de provisions et de mon bagage.

— Tu aimes les crêpes ? tentai-je en langue des signes.

Orlando éclata de rire devant l'air perplexe de Rory. Alors je fis avec soin le geste associé à chaque lettre. Le petit garçon hocha vivement la tête.

— Avec du chocolat et de la glace ? épela-t-il patiemment pour moi à son tour, avant de gigoter pour descendre des bras de son oncle et me prendre la main.

— Nous allons en chercher. Va donc défaire ta valise pendant ce temps, suggérai-je à Orlando par-dessus la tête de Rory, sachant à quel point il aimait être organisé.

— Merci, répondit-il avec reconnaissance.

Il n'y avait pas de sauce au chocolat, mais je trouvai une barre chocolatée dans le garde-manger et la fis fondre pour la mettre sur les crêpes avec la glace. Rory les dévora pendant que je lui expliquais lentement qu'il devrait m'aider avec la langue des signes, parce que j'avais beaucoup de retard par rapport à lui. Quand j'eus essuyé sa bouche pleine de chocolat, il bâilla.

— Dodo ? dis-je avec un geste.

Il fronça les sourcils, réticent à cette idée.

— Et si nous allions chercher Orlando ? Je suis sûre qu'il raconte de merveilleuses histoires.

— Oui.

— Tu vas devoir me montrer où est ta chambre.

Il m'emmena en haut du magnifique escalier, puis le long d'un grand couloir au parquet grinçant, jusqu'à la dernière porte.

— Ma chambre.

En entrant, la première chose que je remarquai au milieu des affiches de football, de la couette Superman et du désordre général, furent les peintures collées n'importe comment sur les murs.

— Qui les a faites ? lui demandai-je tandis qu'il grimpait dans son lit.

— Moi, indiqua-t-il avec son pouce.

— Ouah, Rory, elles sont magnifiques, dis-je en faisant le tour de la pièce pour mieux les contempler.

Il y eut de brefs coups à la porte et Orlando entra.

— Tu arrives à point nommé. Rory voudrait que tu lui lises une histoire, l'informai-je dans un sourire.

— Alors je serai heureux de me plier à cet exercice. Quel livre ?

Le petit garçon désigna *Le Lion, la Sorcière blanche et l'Armoire magique* et Orlando leva les yeux au ciel.

— Encore ? Quand donc pourrons-nous passer à la suite du *Monde de Narnia* ? Je t'ai dit cent fois que *La Dernière Bataille* était peut-être mon livre préféré de tous les temps.

Ne souhaitant pas déranger leur rituel du coucher, je me dirigeai vers la porte, mais quand je passai à côté du lit de Rory, il ouvrit grand les bras. Et je le serrai dans les miens.

— Bonne nuit, Stah.

— Bonne nuit, Rory.

Avec un sourire et un geste de la main, je quittai la chambre.

Puisque Orlando et Rory étaient joyeusement occupés, je descendis errer dans le salon faiblement éclairé, m'arrêtant pour regarder les photos disposées çà et là autour de la pièce. La plupart étaient des photos granuleuses en noir et blanc de gens en tenue de soirée, et je souris à la vue d'un cliché en couleur de Rory assis fièrement sur un poney, Marguerite debout à ses côtés.

Poursuivant ma découverte de la maison, je m'engageai dans un couloir jusqu'à une pièce qui ressemblait à une salle d'études. Un bureau anglais, de style ancien, était parsemé de documents, des livres étaient empilés par terre, et un cendrier ainsi qu'un verre à vin vide se tenaient dans un équilibre précaire sur le large bras d'un vieux canapé en cuir. Plusieurs gravures pendaient aux murs, dont le papier peint rayé délavé témoignait d'une pièce qui n'avait pas été rénovée depuis bien longtemps. Au-dessus de la cheminée se trouvait le portrait d'une très belle femme blonde en tenue édouardienne. J'enjambai une corbeille à papier débordante pour mieux contempler le tableau, puis sursautai en entendant des pas dans l'escalier au-dessus de ma tête. Je regagnai la cuisine à la hâte, ne souhaitant pas qu'Orlando sache que j'avais fouiné dans la maison.

— À présent que j'ai bordé mon neveu, pensons à nous, annonça-t-il en me présentant une bouteille de vin rouge et six œufs. Je peux m'occuper de la première, si tu veux bien transformer le reste en omelette pour notre dîner.

— D'accord.

Comme je connaissais déjà la cuisine, ce fut rapide et, un quart d'heure plus tard, nous étions déjà attablés, partageant notre repas avec complicité. *Tout comme un vieux couple*, pensai-je. Ou peut-être plutôt comme un frère et une sœur.

— Demain, Rory et moi te ferons visiter le domaine. Étant donné ton penchant avoué pour la botanique, tu risques de frémir d'horreur à la vue de l'état des jardins. Cela dit, je trouve une certaine beauté à leur fouillis. Les restes d'une époque révolue, *et cetera*, soupira-t-il. Et à la racine de tout cela – pour utiliser une métaphore de circonstance – intervient le manque de fonds.

— Je trouve la maison parfaite ainsi.

— Ça, ma chère, c'est parce que tu ne dois ni y habiter, ni financer son entretien. Par exemple : la grande salle de High Weald, qui accueillait autrefois d'élégantes réceptions, est fermée depuis des années par manque d'argent pour la restaurer. Et je suis persuadé qu'après un week-end à dormir sur un matelas bosselé en crin de cheval et à pâtir de la pénurie d'eau chaude pour te laver, sans parler du fait que les chambres sont glaciales à cause de l'absence d'un système de chauffage moderne, tu changeras d'avis. Esthétiquement parlant, je suis d'accord avec toi mais, d'un point de vue pratique, cette demeure est un cauchemar. L'hiver, en particulier.

— Ça ne me dérange pas. J'ai l'habitude de me passer d'un certain confort, fis-je en haussant les épaules.

— Dans les pays chauds, peut-être, mais je peux t'assurer que cela n'a rien à voir. La vérité, c'est qu'après la guerre, comme beaucoup de familles, les Vaughan ont connu des périodes difficiles. Je trouve assez ironique de penser que notre petit Rory deviendra un jour « lord », alors qu'il n'aura à régir qu'un vieux manoir décrépit.

— Un lord ? Je n'en avais aucune idée. De qui héritera-t-il ce titre ? De son père ?

— Oui. Bon, ponctua Orlando pour rapidement changer de sujet, que peut-on trouver dans cette cuisine en guise de dessert ?

* * *

Je me réveillai le lendemain matin dans une chambre qu'il me semblait avoir vue dans un film historique à la télévision. Le lit où j'avais couché était en laiton et, chaque fois que je me retournais, les poignées des quatre pieds tintaient comme des cloches de Noël à cause de la construction bancale, et le matelas était aussi cabossé que ce qu'Orlando m'avait annoncé. Le papier peint à motifs pelait par endroits, et le tissu des rideaux présentait des déchirures. En voulant descendre du lit, je m'aperçus qu'il était si haut que même mes longues jambes pendouillaient à quelques centimètres du plancher et, en me rendant à la salle de bains, je regardai le poêle en fonte avec envie, rêvant d'allumer un feu pour repousser le froid.

Pendant la nuit, j'avais été tourmentée par de drôles de rêves, ce qui ne m'arrivait presque jamais. En général, je dormais paisiblement et, le matin venu, ne me rappelais rien des intrigues nocturnes concoctées par mon cerveau. Songeant à CeCe et à ses cauchemars fréquents, je sortis mon portable pour la prévenir que j'étais bien arrivée, avant de me rendre compte qu'il n'y avait absolument aucun réseau.

Je regardai par la fenêtre, découvrant les délicates frondes de gel qui s'étaient invitées sur les petits carreaux, au travers desquels des lueurs matinales annonçaient l'aube d'une journée d'automne ensoleillée – le genre de journées que j'adorais. Je m'habillai aussi chaudement que possible et descendis.

Quand j'arrivai dans la cuisine, Orlando était déjà là en train de bâiller, vêtu d'une robe de chambre en soie à motifs cachemire, d'une écharpe en laine, ainsi que d'une paire de pantoufles bleu canard des plus excentriques.

— Voilà notre cuisinière bienaimée ! Rory et moi avons sorti des saucisses et du bacon du réfrigérateur, et bien sûr nous avons des œufs à foison. Que dis-tu d'un petit déjeuner anglais complet pour bien commencer la journée ?

— Bonne idée, convins-je.

Nous mîmes tous la main à la pâte, notamment Rory qui s'occupa de remuer le mélange pour le pain perdu – une préparation qu'il n'avait jamais goûtée et qu'il jugea « délicieuse ».

— Alors, jeune homme, ce matin nous allons emmener miss Star visiter le domaine, ou du moins ce qu'il en reste, en espérant que notre déjeuner du dimanche ne nous tombe pas sur la tête.

— Comment ça ? l'interrogeai-je.

— C'est la saison de la chasse aux faisans. Mouse en apportera un ou deux pour que tu nous les prépares comme toi seule sais le faire. Peut-être que pendant que nous autres hommes nous adonnons à nos ablutions, tu pourrais dresser une liste de ce dont tu as besoin pour agrémenter le gibier, et je demanderai à la ferme locale de nous livrer le tout, suggéra-t-il en se levant. Au fait, les arbres du verger portent encore des fruits qui finissent par pourrir à terre. Si cela n'est pas trop compliqué, peut-être aimerais-tu en utiliser quelques-uns pour faire une tarte ?

Je pris un morceau de papier et un feutre dans le tiroir. N'ayant encore jamais préparé de faisan, je cherchai des livres de recettes dans la cuisine mais, n'en trouvant pas, décidai que je devrais faire preuve d'imagination.

Une demi-heure plus tard, nous avancions dans l'allée verglacée. Orlando avait prévu un parcours qui devait apparemment nous emmener aux confins des terres familiales, puis dans ce qu'il appelait « le joyau de la couronne de High Weald ».

— Du moins ça l'était il y a soixante-dix ans, précisa-t-il.

Rory nous précédait à bicyclette et, au moment où il atteignit le portail, Orlando lui cria de s'arrêter à cause de la route, mais il n'en fit rien.

— Dieu tout-puissant ! Il ne peut pas m'entendre ! paniqua-t-il en s'élançant à sa poursuite.

J'eus un aperçu des dangers auxquels le petit garçon serait confronté en grandissant, et de la surveillance constante qu'il nécessitait. Je me mis moi aussi à courir, le cœur battant, pour me retrouver nez à nez avec un Rory tout sourire, qui venait d'émerger d'un buisson sur le bas-côté de la route.

— J'étais caché ! Je vous ai eus !

— Oui, ça c'est sûr, mon vieux, le gronda Orlando en langue des signes, tandis que nous reprenions tous deux notre souffle et notre équilibre. Tu ne dois jamais rouler sur la route. Il y a des voitures.

— Je sais. Mag me l'a dit.

Orlando rangea le vélo derrière le portail.

— Maintenant, traversons ensemble.

C'est ce que nous fîmes, Rory entre nous, nous tenant chacun par la main. J'étais étonnée qu'il appelle sa mère par un diminutif de son prénom ; une famille tout à fait bohême, pensai-je, tandis qu'Orlando nous faisait passer par une ouverture dans la haie de l'autre côté. Des champs s'étendaient à perte de vue bordés par des rangées d'arbustes à droite et à gauche, et je regardai Rory tourner la tête pour tout observer. Il fut le premier à repérer les mûres tardives et nous les ramassâmes ensemble, même si la plupart finirent dans la bouche du petit garçon.

— Voici la piste équestre qui longe l'ancien domaine, déclara Orlando quand nous l'empruntâmes. Est-ce que tu montes, miss Star ?

— Non, j'ai peur des chevaux, avouai-je, me rappelant ma seule et unique leçon avec CeCe, quand j'avais été trop terrifiée ne serait-ce que pour m'asseoir sur l'animal.

— Ce n'est pas non plus ma passion. Mouse, en revanche, est un excellent cavalier, évidemment. D'ailleurs, il est doué pour tout. Cela dit, j'ai parfois de la peine pour lui. Je suis d'avis qu'avoir trop de dons peut être aussi terrible que de n'en posséder aucun, ne penses-tu pas ? Chaque chose avec modération, c'est ma devise. Sans quoi la vie trouve un moyen de prendre sa revanche.

Au cours de notre promenade, je remarquai que les haies regorgeaient de petits oiseaux ; l'air était pur et frais et j'inspirais à pleins poumons, après des semaines passées en ville. Le soleil brillait dans les cheveux de Rory, lui donnant des reflets bronze, à l'instar des arbres qui nous offraient leurs dernières couleurs chatoyantes avant l'hiver.

— Regardez ! cria le petit garçon en distinguant un tracteur au loin. Mouse !

— En effet, confirma Orlando en plissant les yeux et en mettant une main en visière. Rory, tu as une vue d'aigle !

— Bonjour ? nous demanda-t-il.

— Il n'aime pas être dérangé quand il travaille, nous mit en garde Orlando juste avant qu'une rafale de coups de fusil ne retentisse au loin. Et la chasse est ouverte. Nous ferions mieux de rentrer. Les faisans vont tomber tout autour de nous, vite et fort, et ils ont la mauvaise habitude d'endommager tout dans leur chute, êtres vivants compris.

Orlando repartit à vive allure, et nous le suivîmes vers la maison.

— Ton frère est agriculteur alors ?

— Je ne le définirais pas comme tel, au vu des autres cordes qu'il a à son arc, mais étant donné la constante pénurie de main-d'œuvre due à la crise financière familiale, il n'a souvent pas le choix.

— Est-ce lui le propriétaire de ces terres ?

— Elles nous appartiennent à lui et moi. Dans les années 1940, le domaine a été divisé entre frère et sœur. Notre branche – celle de notre grand-mère, Louise Forbes – a hérité du terrain de ce côté de la route, ainsi que de Home Farm. Tandis que notre grand-oncle, Teddy Vaughan, le grand-père de Marguerite, a récupéré la maison principale et les jardins. Ainsi que le titre, évidemment. Tout cela est bien féodal, mais c'est l'Angleterre, miss Star.

Nous retraversâmes la route pour reprendre l'allée de High Weald. Je me demandais quelle branche de la famille avait tiré la courte paille au moment du partage du domaine, mais je ne savais rien de la valeur des terres agricoles par rapport à celle des propriétés dans la région.

— Rory ! s'exclama Orlando encore une fois, se précipitant pour rattraper son neveu qui roulait à toute vitesse vers la maison. Il est temps de montrer à Star les jardins.

Le petit garçon leva les pouces en signe d'approbation, avant de repartir comme une flèche sur un chemin qui contournait la demeure.

— Nom d'une pipe, je serai soulagé quand ce sera fini, déclara Orlando. Je vis dans la crainte qu'il lui arrive quelque chose sous notre garde. Je suis tellement content que tu sois avec moi, Star. Sans toi, je n'aurais pas eu la permission de venir.

Cette remarque me surprit. Je le suivis le long du chemin menant à l'arrière de la maison. Nous émergeâmes sur une grande terrasse pavée, et je retins ma respiration en contemplant le vaste jardin clos.

J'avais l'impression d'avoir atterri sur les terres du château de la Belle au bois dormant et de devoir me frayer un chemin au milieu de la forêt d'épines et des gigantesques mauvaises herbes qui l'enveloppaient. Nous descendîmes les marches et, tandis que nous arpentions un labyrinthe d'allées embroussaillées, j'aperçus les restes de tonnelles en bois qui devaient jadis être couvertes de magnifiques roses grimpantes. Les innombrables bordures et plates-bandes avaient conservé leur tracé d'origine, mais ne contenaient plus de plantes et les arbustes, qui s'étaient échappés des limites prédéfinies, couvraient les allées.

Je m'arrêtai pour admirer un if ancien et majestueux qui dominait le jardin, et dont les racines avaient fendu les sentiers pavés qui l'entouraient. L'ensemble avait un charme à la fois sauvage et désolé, m'insufflant l'infime espoir que ces spécimens qui avaient survécu sans entretien puissent être récupérés.

Je fermai les yeux et fis apparaître l'image d'un jardin inondé de roses, de magnolias et de camélias, les lignes droites de haies parfaitement taillées cédant la place à des céanothes bleus et poudrés… chaque coin et recoin rempli de *vie*, d'une vie splendide et abondante…

— Tu peux imaginer la magnificence passée, déclara Orlando, comme s'il avait lu dans mes pensées.

— Oh que oui, murmurai-je.

Rory parcourait les allées mangées par les mauvaises herbes, manœuvrant sa bicyclette avec une grande expertise autour des plantes en saillie, comme s'il passait une sorte d'examen.

— Il faut que je te montre les serres où mon arrière-grand-père prenait soin d'espèces du monde entier. Mais pour l'heure, fit Orlando, penses-tu pouvoir nous concocter quelque chose pour le déjeuner ? Ensuite, pour ce soir, j'ai commandé un filet de bœuf. La viande de la ferme du coin est la meilleure que j'aie jamais goûtée. Nom d'une pipe, cette promenade m'a épuisé, déclara-t-il en bâillant. Dieu merci, j'habite en ville. À la campagne, il n'y a pas grand-chose à faire à part marcher, tu ne trouves pas ? Et si on ne s'adonne pas à cette activité, on se sent si coupable…

Après le déjeuner, Orlando se leva de table.

— J'espère que vous m'excuserez si je monte faire une petite sieste. Je suis certain que vous allez vous divertir sans difficulté tous les deux en mon absence.

— C'est bon tout ce que tu prépares, me complimenta Rory avec les mains pendant que son oncle quittait la cuisine.

— Merci. Tu m'aides à faire la vaisselle ?

J'indiquai l'évier plein et le petit garçon fit une moue peu enthousiaste.

— Si tu me donnes un coup de main, je t'apprendrai à faire des brownies au chocolat. Ils sont délicieux.

Nous nous mîmes au travail et, juste au moment où j'autorisais Rory à lécher le saladier, la porte de service s'ouvrit et j'entendis des bruits de pas. Je me retournai et vis le Rat d'égout entrer dans la cuisine. Rory et moi le regardâmes avec étonnement.

— Bonjour.

— Bonjour, répondis-je.

— Rory, salua-t-il le garçonnet d'un hochement de tête.

Celui-ci fit un signe de la main, avant de replonger dans ce qu'il restait du mélange chocolaté.

— Ça sent bon, reprit notre visiteur.

— Nous sommes en train de préparer des brownies.

— Rory doit être enchanté alors.

— Voulez-vous boire quelque chose ? Une tasse de thé ? murmurai-je, sa présence me rendant nerveuse.

— Seulement si vous en prenez vous aussi.

— C'est le cas, confirmai-je en allumant la bouilloire. Rory, viens là qu'on nettoie tout ça.

Je pris un torchon pour lui essuyer les mains et la bouche, sous le regard fixe du Rat d'égout.

— Star, est-ce que tu peux me mettre *Superman* ?

— A-t-il le droit de regarder un film ? demandai-je au Rat d'égout.

— Pourquoi pas ? Viens, Rory, je vais t'allumer ça.

Le temps qu'il revienne à la cuisine, le thé infusait dans une grande théière en faïence sur la table.

— Il fait un froid de canard au salon. J'ai fait du feu. Merci pour le thé, dit-il en s'asseyant, toujours vêtu de son anorak. Je suppose qu'Orlando fait sa sieste. Mon frère a ses petites habitudes.

J'aperçus l'esquisse d'un sourire affectueux sur son visage, mais elle disparut aussi vite.

— Il se trouve que ce n'est pas lui que je suis venu voir, c'est vous. Tout d'abord, pour vous remercier d'être présente ce week-end. Cela m'évite de devoir faire office de baby-sitter au moment où les chasseurs sont sur nos terres.

— Je suis persuadée qu'Orlando se serait très bien débrouillé sans moi.

— Marguerite ne l'aurait jamais permis.

— Pourquoi donc ?

— Ne vous a-t-il rien dit ? En plus d'être asthmatique, Orlando souffre d'épilepsie sévère, et ce depuis l'adolescence. C'est plus ou moins contrôlé ces temps-ci, mais Marguerite était inquiète qu'il fasse une crise, sachant que Rory ne peut pas se faire comprendre par téléphone. Il apprend à envoyer des textos, bien sûr, mais comme il n'y a aucun réseau à High Weald, ça ne lui est pas d'une grande utilité.

— Je n'en savais rien.

Je me levai et allai vérifier la cuisson des brownies pour dissimuler le choc que je ressentais après cette nouvelle.

— C'est une bonne chose alors, cela prouve qu'Orlando est sage et prend bien ses médicaments. Puisque vous travaillez avec lui, je crois qu'il est important que vous soyez au courant, au cas où. Orlando a honte de sa maladie et n'en parle pas volontiers, mais il faut savoir qu'en cas de crise, il peut y rester s'il ne reçoit pas d'assistance médicale immédiate. Nous avons failli le perdre à deux reprises quand il était plus jeune. Et l'autre chose…

Il marqua un temps d'arrêt et je retins ma respiration en attendant qu'il poursuive.

— Je voulais m'excuser pour mon impolitesse lors de votre dernier passage ici. Beaucoup de choses me préoccupent ces temps-ci.

— Ce n'est pas grave.

— Si, ça l'est. Mais comme vous avez dû vous en rendre compte, je ne suis pas quelqu'un de très sympathique.

Cette phrase remportait la palme de l'excuse la plus égocentrique que j'aie entendue de toute ma vie. Je sentis la colère monter en moi, comme si j'absorbais la chaleur du fourneau.

— Quoi qu'il en soit, je vous ai apporté ceci. Il s'agit de ma transcription raccourcie des journaux de Flora MacNichol. Ils vont de ses dix à ses vingt ans.

— D'accord. Merci, parvins-je enfin à dire aux brownies face à moi.

— Bon, je vais vous laisser tranquille.

J'entendis ses pas traverser la cuisine en direction de la porte. Puis une pause.

— Juste une dernière question…

— Quoi ?

— Avez-vous apporté la figurine avec vous ? J'aimerais la voir.

Je savais que c'était puéril, mais mon irritation face à ses manières exaspérantes prit le dessus.

— Je… je n'en suis pas certaine. Je la chercherai, répondis-je.

— Très bien. Je reviendrai demain. Au fait, notre déjeuner dominical est dans le vestibule. Au revoir.

Une fois remise, après avoir bu d'une traite deux verres d'eau pour apaiser la rage brûlante que je ressentais envers ce convive que je ne souhaitais en aucune manière à ma table, j'ignorai le tas de feuilles posé proprement sur la table et me rendis au vestibule. J'y trouvai deux faisans accompagnés d'un assortiment de fruits et légumes dans un cageot.

J'aurais eu honte d'admettre que le plus gros des oiseaux m'aida à calmer ma fureur et à me défouler. Je le plumai méchamment, le vidai de ses entrailles et lui coupai la tête, les pattes et les ailes avec force. Quand j'eus terminé, je m'assis, éreintée, me demandant pourquoi une personne qui n'était rien pour moi soulevait au plus profond de mon être une telle colère et une telle frustration.

Je manipulai le manuscrit devant moi, frémissant à la simple pensée que cet homme ait touché ces mêmes pages. Cependant, il s'agissait d'un indice potentiel dans la quête de mon passé. Et quoi que je ressente pour son transcripteur, une cause bien plus noble m'avait amenée à High Weald.

Je trouvai une assiette et y plaçai trois brownies, coinçant le manuscrit sous mon autre bras. Puis j'allai chercher Rory que je découvris scotché à l'écran de télévision, fasciné par Christopher Reeve filant dans le ciel.

Je lui tapotai l'épaule pour attirer son attention et lui montrai l'assiette de gâteaux.

— Merci !

Je le regardai se servir avant de reporter son attention sur le film. Voyant qu'il était joyeusement occupé, j'alimentai le feu avant de m'installer dans le grand fauteuil près de la cheminée. Je posai le manuscrit sur mes genoux et débutai ma lecture.

Flora

Esthwaite Hall, Lake District

Avril 1909

9

Flora Rose MacNichol courait à toute allure dans l'herbe, le bas de sa jupe mouillé par la rosée du matin. La douce lumière de l'aube brillait sur le lac, faisant scintiller les plaques de glace, vestiges d'une gelée tardive.

Je peux arriver à temps, s'encouragea-t-elle tandis qu'elle s'approchait de l'eau et virait à droite. Ses bottes noires usées dansaient avec légèreté sur les buttes familières, ces monticules de terre dure, typiques de la région des Lacs, qui ne tenaient aucun compte des attentions permanentes du jardinier, refusant obstinément de se transformer en pelouse soyeuse.

Juste à temps, Flora atteignit le rocher lisse, comme abandonné au bord de l'eau. Personne ne savait comment, ni pourquoi, il s'était retrouvé là ; c'était un orphelin solitaire, séparé de ses nombreux frères et sœurs qui peuplaient les vallées environnantes. Similaire à une énorme pomme dont on aurait croqué un morceau, il avait servi d'observatoire parfait à plusieurs générations de MacNichol venues contempler le spectacle du lever de soleil derrière les montagnes, de l'autre côté du lac.

Quand elle s'y installa, les premiers rayons illuminèrent le ciel bleu délavé. Une alouette volait en parfaite synchronisation avec son reflet sur l'eau – une silhouette argentée de l'oiseau. Flora soupira d'aise et respira à pleins poumons. Le printemps était enfin arrivé.

Contrariée d'avoir oublié, dans sa précipitation, son carnet à dessin et sa boîte d'aquarelle pour immortaliser ce moment, elle se contenta d'admirer le soleil qui se libérait de ses attaches à l'horizon et éclairait les deux sommets coiffés de neige, baignant la vallée d'une douce lumière dorée. Puis elle se releva, prenant conscience qu'elle avait également oublié son châle et qu'elle claquait des dents sous le froid mordant du matin. De minuscules sensations de brûlures commencèrent à picoter la peau délicate de son visage, comme des piques lancées par un arc céleste. Elle leva les yeux et vit qu'il s'était mis à neiger.

— En effet, c'est le printemps !

Flora éclata de rire et repartit vers Esthwaite Hall en haut de la colline, consciente qu'elle devrait changer sa jupe et ses bottes trempées avant de pouvoir faire son apparition à la table du petit déjeuner. Cet hiver-là lui avait semblé plus long que jamais et elle espérait que les vents violents qui fouettaient la neige ne seraient bientôt qu'un lointain souvenir. Et quand les hommes, les animaux et la nature sortiraient de l'hibernation, son univers renaîtrait lui aussi, se parant de la vitalité et des couleurs qui lui avaient tant manqué.

Pendant les interminables mois d'obscurité, elle s'était assise à l'une des fenêtres de sa chambre pour saisir la moindre lumière et dessiner la vue au fusain, songeant que si elle devait la peindre, ce serait en noir et blanc de toute façon. Et que, tout comme les tirages d'une séance photographique à laquelle sa mère l'avait soumise avec Aurelia, sa jeune sœur, le résultat ne serait qu'une pâle copie de la réalité.

Aurelia… la belle, la lumineuse Aurelia… Sa sœur lui rappelait une poupée de porcelaine qu'elle avait reçue une année pour Noël, avec ses grands yeux bleus bordés d'épais cils noirs, éclairant la perfection de son visage.

— Une onctueuse crème couleur pêche, contre du gruau… marmonna Flora, satisfaite de sa juste description de leur différence physique.

Elle repensa au matin de la séance de photos, quand elles s'étaient toutes les deux habillées dans sa chambre, revêtant chacune leur plus belle robe. En regardant leur reflet dans le miroir doré, Flora avait remarqué la douceur et la rondeur des traits et de la silhouette d'Aurelia. En comparaison, son visage et son corps à elle paraissaient anguleux et taillés au burin. Sa sœur était naturellement féminine, depuis ses pieds minuscules jusqu'à ses doigts délicats, et elle rayonnait de gentillesse. Flora avait beau manger du porridge épaissi avec de la crème, elle n'arrivait pas à obtenir les courbes divines d'Aurelia et de leur mère. Lorsqu'elle avait exprimé ce regret, sa sœur lui avait donné une pichenette affectueuse.

— Chère Flora, combien de fois faudra-t-il que je te dise à quel point tu es belle ?

— Je me vois très bien dans un miroir. Mon seul point fort, ce sont mes yeux, mais ils ne suffisent certainement pas à faire tourner les têtes.

— On dirait des flambeaux, brillant comme deux saphirs dans le ciel nocturne, l'avait réconfortée Aurelia en la serrant dans ses bras.

Malgré la gentillesse de sa cadette, il était difficile pour elle de se sentir à sa place. Leur père avait les cheveux roux dorés et la peau pâle de ses aïeux écossais, et sa sœur avait hérité de la beauté blonde de leur mère. Flora, elle, était affublée de ce que son père appelait avec une certaine cruauté un nez en bec d'aigle, un teint cireux et d'épais cheveux noirs qui refusaient catégoriquement de se laisser enfermer dans un chignon.

Elle s'arrêta en entendant le faible appel d'un coucou, loin dans les chênes à l'ouest du lac, et sourit avec ironie. *Un coucou dans le nid. C'est tout à fait moi.*

Repartant d'un pas léger sur les touffes d'herbe rêche, elle arriva au pied des marches usées qui menaient à la terrasse. Ses lourdes dalles à l'allure de pierres tombales étaient recouvertes de la mousse et de toutes les feuilles de l'hiver. La maison s'élevait au-dessus, ses nombreuses fenêtres scintillant dans la pâle lumière du matin. Andrew MacNichol, son arrière-arrière-grand-père, avait fait bâtir Esthwaite Hall cent cinquante ans plus tôt, non dans un souci esthétique, mais pour protéger ses occupants des rudes hivers de la région des Lacs. C'était un bâtiment gris foncé austère, aux murs en argile rustique provenant des montagnes avoisinantes. Les toitures arboraient une architecture basse et défensive, leurs bords aiguisés et menaçants. La demeure se dressait au-dessus du lac d'Esthwaite Water, fidèle et immuable au milieu du paysage sauvage.

Flora contourna la maison pour entrer par la porte de service, dans la cuisine, où le jeune livreur avait déjà déposé les provisions pour la semaine. Mrs Hillbeck, la cuisinière, et Tilly, la fille de cuisine, préparaient le petit déjeuner.

— Bonjour, miss Flora. J'imagine que vos bottes sont encore trempées ? demanda Mrs Hillbeck en la regardant les délacer.

— Oui. Pourriez-vous les mettre à sécher sur le fourneau ?

— Si ça ne vous dérange pas qu'elles sentent ensuite le hareng fumé que mange votre père au petit déjeuner, répondit la cuisinière en coupant de gros morceaux de boudin noir pour les mettre dans une poêle.

— Merci, fit Flora en les lui tendant. Je viendrai les récupérer plus tard.

— Si j'étais vous, je demanderais une nouvelle paire à votre mère, miss Flora. Elles ont connu des jours meilleurs. Les semelles sont si usées qu'elles vont finir par se trouer, gloussa Mrs Hillbeck en prenant les bottes par les lacets pour les mettre à sécher.

Flora sortit de la cuisine, songeant qu'il serait en effet merveilleux d'avoir de nouvelles bottes, mais sachant qu'elle ne pouvait pas en réclamer. Alors qu'elle longeait le couloir obscur, elle fut assaillie par une forte odeur de moisissure. Tout comme il n'y avait pas d'argent pour de nouvelles chaussures, il n'y en avait pas non plus pour remédier à l'humidité qui avait commencé à s'infiltrer à travers les épais murs de pierre, flétrissant le papier peint vieux de cent ans de style chinois – une explosion de fleurs et de papillons – qui ornait les murs de la chambre de sa mère.

Les MacNichol appartenaient à la catégorie de la « noblesse appauvrie », une expression que Flora avait entendu un client murmurer à un autre alors qu'elle attendait d'être servie à la boutique du village de Near Sawrey. Elle n'avait donc pas été surprise lorsque sa mère, Rose, lui avait annoncé que la famille ne pouvait tout simplement pas se permettre de l'envoyer à Londres pour faire ses débuts dans le monde et être présentée à la Cour.

— Tu comprends, n'est-ce pas, Flora chérie ?

— Bien sûr, Maman.

La jeune fille s'était réjouie intérieurement d'échapper ainsi à ce cirque qui consistait à se pomponner, se parfumer et s'habiller comme une poupée pour toute la durée de la saison en ville. Elle frémissait à l'idée de se retrouver entourée de filles gloussant comme des imbéciles, trop sottes pour comprendre que le principe de cet événement s'apparentait à une vulgaire foire au bétail, où la génisse la plus jolie revenait au mâle le plus offrant. Ce qui, dans ce cas de figure, signifiait séduire le fils d'un duc qui hériterait d'un vaste domaine à la mort de son père.

Et puis Flora abhorrait Londres. Les rares fois qu'elle y avait accompagné sa mère pour rendre visite à sa tante Charlotte dans son imposante maison à Mayfair, la jeune fille s'était sentie oppressée par les rues bondées et par les bruits de sabots incessants, mélangés aux rugissements des automobiles qui devenaient si populaires, même chez elle, dans son Lake District bienaimé.

Néanmoins, Flora avait également conscience que, puisqu'elle n'avait pas été présentée avec les autres jeunes filles de son âge, ses chances de rencontrer un mari de rang et de statut convenables pour elle étaient fortement réduites.

— Je finirai sans doute vieille fille, murmura-t-elle en montant le large escalier en acajou pour se précipiter dans sa chambre avant que sa mère ne puisse remarquer sa jupe trempée. Et je m'en fiche, déclara-t-elle sur un ton de défi en entrant dans la pièce où de nombreuses paires d'yeux minuscules se tournèrent vers elle pour l'observer de leurs cages.

— Je vous aurai vous, hein ? fit-elle, sa voix s'adoucissant tandis qu'elle s'approchait de la première cage et levait le loquet pour permettre à Posy, une grosse lapine grise, de lui sauter dans les bras.

Elle l'avait sauvée de la gueule de l'un des chiens de chasse de son père, et c'était le plus ancien membre de sa ménagerie.

Flora cala Posy sur ses genoux pour caresser ses longues oreilles soyeuses – dont la gauche avait été raccourcie par la mâchoire du chien avant l'intervention de la jeune fille. Laissant ensuite l'animal sautiller, elle salua ses autres petits camarades de chambre : deux loirs, un crapaud répondant au nom d'Horace qui logeait dans un vivarium de fortune, ainsi qu'Albert, un rat blanc au poil lisse et brillant qu'elle avait hérité du fils du palefrenier et baptisé en mémoire du défunt mari de la reine Victoria. Sa mère avait été horrifiée.

— Flora, je t'assure que je n'ai rien contre ta passion pour les animaux, mais quand même, partager ta chambre avec une telle bête !

Rose n'avait pas informé Alistair, son mari, de l'existence d'Albert, mais elle avait fixé des limites après que Flora eut rapporté une couleuvre trouvée dans les bois. Ses hurlements quand elle l'avait découverte avaient résonné dans le salon et Sarah, l'unique bonne restante au domaine, avait dû courir chercher les sels.

— Vous nous avez fait peur à tous avec cette créature ! avait-elle grondé Flora en revenant du chevet de sa mère, son accent de la région des Lacs encore plus prononcé sous le coup de l'angoisse.

La couleuvre avait alors été dûment reconduite à son habitat naturel.

Flora retira ses vêtements humides et servit à ses compagnons leurs petits déjeuners respectifs, versant de petits tas de noisettes et de graines de tournesol dans des bols, et disposant du foin et des feuilles de chou sur des plateaux. Pour Horace, le crapaud, elle avait une poignée de vers de farine que son père utilisait comme appâts pour la pêche. Elle enfila à la hâte un chemisier propre en popeline qu'elle boutonna jusqu'au cou, ainsi qu'une jupe bleue à motif floral, puis s'observa dans la glace. Comme le reste de leur garde-robe de tous les jours, à elle et à sa sœur, le tissu était un peu décoloré et le style n'était pas très à la mode, mais au moins – leur mère insistait sur ce point – les vêtements étaient bien coupés. Flora ajusta le col étroit et se regarda de plus près.

— On dirait Sybil, marmonna-t-elle face à son reflet.

Il s'agissait d'un phasme qu'elle avait gardé près d'un an dans son vivarium avant qu'Horace ne s'y installe. Elle avait été folle de joie en découvrant que sa chère Sybil avait eu des petits. Elle ne les avait toutefois pas remarqués avant qu'ils n'aient quasiment atteint leur taille adulte, tant ils se fondaient bien dans leur environnement.

Des créatures fantômes… Tout comme elle : douées pour être invisibles.

Elle rentra une mèche rebelle dans son col, replaça Posy dans son clapier et descendit rejoindre sa famille pour le petit déjeuner.

Lorsqu'elle entra dans la salle à manger lugubre, ses parents et sa sœur étaient déjà assis autour de la table usée en acajou. Tandis qu'elle s'approchait, un soupir désapprobateur émana de derrière le journal *The Times*.

— Bonjour, Flora. Je suis heureuse que tu te sois enfin décidée à descendre, la salua sa mère en haussant un sourcil à la vue de ses pieds déchaussés. As-tu bien dormi, chérie ?

— Oui, merci Maman.

Sarah posa un bol de porridge devant elle en lui adressant un sourire enjoué. La bonne s'occupait des deux sœurs depuis leur naissance et savait pertinemment que l'odeur de la viande suffisait à donner la nausée à Flora. Après des années au cours desquelles elle avait refusé catégoriquement d'avaler le petit déjeuner habituel composé de hareng fumé, de boudin noir et de saucisses que mangeaient Aurelia et ses parents, il avait été décidé qu'elle aurait droit à du porridge à la place. Elle avait fait le vœu qu'aucun animal ne serait jamais servi sur une assiette lorsqu'elle deviendrait maîtresse de maison.

— Aurelia, chérie, tu m'as l'air pâle, observa Rose en tournant son attention vers sa cadette. Est-ce que ça va ?

— Oui, merci, répondit celle-ci avant de couper un morceau de saucisse et de le porter délicatement à ses lèvres.

— Tu dois te reposer autant que possible ces prochaines semaines. La saison en ville peut parfois être épuisante et tu viens à peine de te remettre de ce mauvais rhume.

— Oui, Maman, répondit la jeune fille, toujours patiente avec le pinaillage de Rose.

— Je trouve pour ma part qu'Aurelia a une mine éclatante, déclara Flora.

Sa sœur lui sourit, reconnaissante. De santé fragile, Aurelia était traitée par ses parents et par toute la maisonnée comme la poupée à laquelle elle ressemblait tant. Et à présent, plus que jamais, tout le monde redoutait qu'elle tombe malade. Leur mère avait annoncé un mois plus tôt qu'Aurelia, *elle*, irait à Londres et serait présentée à la Cour. On espérait qu'elle plairait à un jeune homme riche issu d'une famille comme la leur. Et, surtout, que sa douceur et sa beauté l'emporteraient sur le manque de fortune familiale.

Bien que Flora n'ait nulle envie d'être elle-même « présentée dans le monde », elle était froissée à l'idée que tante Charlotte, la sœur de sa mère, qui assumerait les dépenses liées à l'entrée d'Aurelia dans la bonne société, n'ait pas pensé à en faire de même pour l'aînée de ses nièces.

Le petit déjeuner se poursuivit dans son silence habituel. Alistair n'aimait pas que la famille bavarde, prétendant que cela l'empêchait de se concentrer sur l'actualité du monde. Flora regarda subrepticement son père. Tout ce qu'elle voyait, c'était son crâne dégarni, ressortant comme une demi-lune au-dessus de son journal, des mèches grisonnantes poussant encore autour de ses oreilles. *Comme il a vieilli depuis la guerre des Boers,* pensa-t-elle avec tristesse. Alistair avait reçu une balle dans la jambe droite et, même si les chirurgiens avaient réussi à sauver le membre endommagé, il boitait fortement depuis et marchait avec une canne. La conséquence la plus dramatique de cette blessure était que l'ancien officier de cavalerie, qui avait passé sa vie à cheval, ne pouvait même plus chasser à courre, tant la douleur était forte.

En dix-neuf ans, Flora ne se rappelait qu'une ou deux conversations avec son père ayant dépassé la politesse de base. Alistair utilisait son épouse comme émissaire pour communiquer à sa fille toute volonté ou toute contrariété qu'il puisse avoir à son égard. Pour la centième fois, Flora se demanda pourquoi sa mère l'avait épousé. Avec sa beauté, son intelligence et son rang, elle avait forcément eu moult prétendants. Flora ne pouvait que supposer que son père possédait des profondeurs cachées qu'elle n'avait jamais eu la chance de découvrir.

Alistair replia méticuleusement son journal, signalant la fin du petit déjeuner. Un léger hochement de tête de la part de Rose indiqua à ses deux filles qu'elles pouvaient sortir de table. Elles repoussèrent leur chaise et se levèrent.

— N'oubliez pas que les Vaughan viennent demain pour le thé, donc ce soir vous prendrez toutes les deux un bain. Sarah, pourrez-vous les faire couler avant le dîner ?

— Oui, Madame, répondit Sarah en faisant la révérence.

— Et Aurelia, tu porteras ta robe en mousseline rose.

— Très bien, Maman, accepta Aurelia avant de quitter la salle à manger en compagnie de sa sœur.

— Elizabeth Vaughan va faire son entrée dans le monde en même temps que moi, déclara Aurelia tandis qu'elles traversaient le hall, ses pas résonnant dans la demeure tandis que les pieds de Flora, à peine protégés par ses bas, glissaient sans bruit sur les dalles de granit glacial. Maman dit que nous leur avons rendu visite dans le Kent quand nous étions petites, mais je n'en ai absolument aucun souvenir. Et toi ?

— Moi si, malheureusement, répondit Flora tandis qu'elles montaient l'escalier. Le fils, Archie, qui devait avoir six ans quand j'en avais quatre, m'a bombardée de pommes dans leur verger. J'avais des bleus partout. C'était le garçon le plus insupportable que j'avais jamais rencontré.

— Je me demande s'il s'est amélioré, gloussa Aurelia. Il doit donc avoir vingt et un ans à présent.

— Nous verrons bien, mais s'il décide encore une fois de me lancer des pommes, je répliquerai tout simplement avec des pierres.

Aurelia éclata de rire.

— Ne fais pas ça, je t'en prie. Lady Vaughan est la plus vieille amie de Maman, et tu sais à quel point elle l'adore. En tout cas, cette visite me permettra de connaître au moins une personne avant mon arrivée à Londres. J'espère qu'Elizabeth m'appréciera, parce que je suis sûre que les jeunes filles sont beaucoup plus sophistiquées dans le Sud. J'aurai l'impression d'être une fille de ferme en comparaison.

— Et moi, je suis certaine que ce n'est pas ainsi que tu apparaîtras une fois bien habillée et pomponnée, la rassura Flora en ouvrant la porte de sa chambre. Tu seras la débutante la plus ravissante de la saison, j'en suis persuadée. Même si je ne t'envie pas, ajouta-t-elle en ouvrant la cage de Posy pour la laisser gambader librement.

— En es-tu absolument sûre, Flora ? s'enquit Aurelia en s'asseyant sur le lit de sa sœur. Malgré tes affirmations, je suis inquiète que cette situation t'attriste. Après tout, il est injuste que j'aie droit à mon entrée dans le monde, alors que tu as été privée de cette chance.

— Que feraient tous mes animaux sans moi ?

— C'est vrai, même si je serais curieuse de voir la tête de ton futur mari quand tu insisteras pour partager la chambre conjugale avec ta ménagerie ! lança Aurelia en soulevant Posy dans ses bras.

— S'il se comporte mal, je lui enverrai Albert aux trousses.

— Dans ce cas, pourrai-je moi aussi emprunter ton rat si nécessaire ?

— Avec joie. Aurelia, reprit Flora en faisant la grimace, nous savons toutes les deux que le seul but de la saison est de te trouver un époux. As-tu envie de te marier ?

— À vrai dire, je ne suis pas certaine du mariage en tant que tel, mais j'aimerais bien tomber amoureuse, ça oui. N'est-ce pas le cas de toutes les filles ?

— Tu sais, je commence à penser qu'une vie de vieille fille me conviendrait très bien. J'habiterais dans un cottage au milieu de mes animaux qui me voueraient un amour inconditionnel. Cela me semble bien plus sûr que d'aimer un homme.

— Mais assez ennuyeux, non ?

— Peut-être, mais de toute façon je suis *moi-même* assez ennuyeuse.

Flora prit les deux loirs, Maisie et Ethel, dans l'une de ses paumes et ils s'y blottirent avec plaisir, enroulant leur queue touffue autour de leur tête, tandis qu'elle nettoyait leur cage de son autre main.

— Bon sang, Flora, quand cesseras-tu de te rabaisser ? Tu étais une excellente élève, tu parles français couramment et tu dessines et peins comme une déesse. À côté, je suis un cancre.

— Qui est-ce qui se rabaisse à présent ? la taquina Flora. Par ailleurs, nous savons toutes les deux très bien que la beauté est une qualité bien plus prisée chez les femmes. Ce sont les filles jolies et distrayantes qui trouvent un bon parti, pas les vieux os sans charme comme moi.

— Ce qui est sûr, c'est que tu me manqueras terriblement quand je serai mariée. Tu pourrais peut-être m'accompagner dans ma nouvelle maison ? Parce que je ne sais vraiment pas ce que je ferai sans toi. Bon, je dois redescendre, annonça Aurelia en laissant Posy sauter à terre. Maman souhaite me parler au sujet de mon calendrier à Londres.

Se retrouvant seule, Flora s'imagina déambulant bruyamment dans la future maison de sa sœur – comme le personnage de la tante célibataire qui apparaissait si souvent dans des romans qu'elle avait lus. Elle descendit de son lit et se rendit à son bureau pour prendre son journal intime dans le tiroir du bas, fermé à clé. Elle souleva la couverture de soie et, retroussant ses manchettes en dentelle pour ne pas les tacher d'encre, commença à écrire.

10

Le lendemain matin, Flora attela son poney, Myla, à la carriole afin de se rendre à Hawkshead pour récupérer le cageot de restes de choux et de vieilles carottes que lui avait gentiment gardé Mr Bolton, le marchand de fruits et légumes. Elle savait que ses parents n'approuvaient pas ces escapades, estimant inapproprié que la fille aînée d'Esthwaite Hall soit vue à bord d'autre chose que d'une calèche, mais Flora ne s'était pas laissée dissuader.

— Après tout, Maman, puisque Papa et toi avez laissé partir notre cocher, il n'y a plus que Stanley pour me conduire au village, et je trouve très injuste de le lui demander, sachant qu'il a déjà tant de travail à l'écurie.

Sa mère pouvait difficilement objecter sur ce point et avait fini par accepter. Ces derniers temps, elle avait même commencé à demander à sa fille de faire quelques commissions pour elle lorsqu'elle se rendait au village.

Pauvre Maman, pensa Flora en soupirant, imaginant à quel point la situation devait être difficile pour elle. Elle gardait encore un souvenir émerveillé de son séjour dans la maison d'enfance de sa mère, quand elle avait quatre ans. Elle avait eu l'impression d'un véritable palace : des vingtaines de bonnes et de valets de pied, ainsi qu'un majordome dont le visage semblait avoir été sculpté dans du marbre, tous au garde-à-vous au moment où la fille de la maison était entrée avec sa famille. Les deux petites filles avaient été emmenées à la salle de jeux par l'ancienne nurse de leur mère et Flora n'avait jamais vu ses grands-parents. Toutefois, si elle se souvenait bien, Aurelia avait brièvement quitté la nurserie pour leur être présentée.

Après avoir fini ses courses, Flora donna une pièce au jeune garçon à qui elle avait demandé de veiller sur le poney et remonta sur le banc en bois avec un cageot rempli de légumes et un sachet de *pear drops* – des friandises en forme de poire, les préférées d'Aurelia.

Il faisait beau et, en sortant de Hawkshead, elle décida d'emprunter le chemin le plus long autour du lac d'Esthwaite Water, en passant par le village de Near Sawrey, afin de voir le début de la floraison des jonquilles et des crocus sauvages. Même l'air paraissait plus léger et la brève bourrasque de neige du matin avait à peine embrassé la terre avant de fondre. En sortant de Near Sawrey pour prendre la route qui la ramènerait chez elle, Flora leva les yeux vers la ferme qu'on apercevait en haut de la pente, à gauche.

Pour la centième fois, Flora hésita à s'y arrêter afin de se présenter à son habitante solitaire et de lui rappeler leur rencontre, des années plus tôt. Et pour lui dire combien elle l'inspirait depuis lors.

Comme toujours, après avoir fait ralentir Myla, le courage lui fit défaut. *Un jour, j'irai frapper à sa porte,* se promit-elle. Car derrière les murs robustes de l'édifice vivait l'incarnation de tous ses rêves et de tous ses espoirs pour l'avenir.

Myla dépassa Hill Top Farm au trot et, au moment où elle guidait la carriole sur le pont bossu, au-dessus du ruisseau qui bouillonnait sur son lit de galets, Flora était si absorbée par ses pensées qu'elle n'entendit pas le martèlement des sabots qui arrivaient à toute allure sur sa gauche. Quand elle s'engagea dans le virage juste après le pont, un cheval et son cavalier apparurent brutalement quelques mètres devant elle. Myla prit peur, se cabrant si haut que les roues avant de la carriole quittèrent la route l'espace de quelques secondes, ballottant Flora sur le banc qui penchait dangereusement sur le côté. S'accrochant au bord, la jeune fille essaya de se redresser tandis que le cavalier tirait les rênes de sa monture pour l'arrêter, à quelques centimètres des narines dilatées de Myla.

— Qu'est-ce qui vous prend, vous êtes fou ? cria Flora tout en essayant de calmer son poney terrifié. N'avez-vous donc aucun sens de la route ?

À ce moment-là, Myla décida de partir au galop vers la maison, aussi vite que possible, loin de cet étalon bai qui lui barrait la route. Flora vacilla en avant, perdant tout contrôle de la carriole, et Myla fila devant le cheval et le cavalier, droit vers son havre de sécurité. Flora aperçut brièvement l'expression choquée dans les yeux bruns foncés du responsable.

Elle dut rassembler toutes ses forces pour s'accrocher au banc d'une main, tout en tirant en vain sur les rênes de l'autre. Ce ne fut que lorsqu'elles passèrent le portail de la propriété que Myla ralentit le pas, les flancs ruisselant de sueur. Flora arriva à l'écurie secouée et méchamment contusionnée.

— Miss Flora ! Mon Dieu ! Que s'est-il passé ? s'inquiéta Stanley, le palefrenier, en essayant de calmer le poney paniqué.

— Un cavalier est arrivé de nulle part et Myla a pris peur et a fui à toute allure, expliqua la jeune fille, au bord des larmes, en tendant les rênes à Stanley et en acceptant sa main pour descendre de la carriole.

— Miss Flora, vous êtes pâle comme un linge.

À présent sur la terre ferme, elle se sentit soudain au bord de l'évanouissement et s'appuya sur l'épaule du palefrenier.

— Voulez-vous que j'appelle Sarah pour qu'elle vous accompagne à la maison ?

— Non, je vais rester assise ici quelques minutes. Auriez-vous la gentillesse de m'apporter un peu d'eau ?

— Oui, miss Flora.

Après l'avoir aidée à s'asseoir sur une balle de foin, Stanley alla lui chercher un verre d'eau. Flora se rendit compte qu'elle tremblait comme une feuille.

— Voici pour vous, miss, dit Stanley à son retour. Vous êtes sûre que vous ne voulez pas que j'appelle Sarah ? Vous n'avez vraiment pas bonne mine, je vous assure.

— Non, répondit-elle aussi fermement que possible. Ne dites rien, s'il vous plaît.

Si quelqu'un apprenait qu'elle avait perdu le contrôle de la carriole, en public qui plus est, ce serait la fin de ses escapades, et par conséquent de sa liberté.

— Comme vous voudrez, miss.

Flora quitta l'écurie, la tête haute mais les jambes en coton et tous les os de son corps terriblement douloureux. Elle traversa les pelouses vers la maison, consciente que rien dans son regard ne devait trahir cette mésaventure devant ses parents.

En entrant dans la cuisine, elle vit l'expression angoissée de Mrs Hillbeck qui sortait un gigot d'agneau du four.

— Où étiez-vous donc passée, miss Flora ? Votre mère est descendue il y a dix minutes à peine pour nous demander si nous vous avions vue. Ils sont déjà en train de se mettre à table pour le déjeuner.

— J'étais… sortie.

— Miss Flora ?

— Oui ?

— Vous avez de la terre sur le nez et vous êtes toute décoiffée.

— Avez-vous un torchon ?

— Bien sûr.

Sarah nettoya le visage de Flora, tout comme quand elle était petite.

— C'est parti ?

— Oui, mais vos cheveux…

— Pas le temps, merci.

Flora quitta la cuisine en courant, passant les doigts dans ses cheveux à l'aveuglette pour essayer de rentrer ses mèches rebelles dans son chignon. Elle marqua un arrêt à la porte de la salle à manger, écouta un instant le ronronnement étouffé de la conversation puis, prenant une profonde inspiration, entra dans la pièce. Six têtes se tournèrent aussitôt vers elle.

— Je vous prie de bien vouloir m'excuser, Maman, Papa, lady Vaughan, miss Vaughan et Ar…

Tandis qu'elle prononçait ces mots, le regard de Flora avait passé en revue les visages autour de la table, jusqu'à ce qu'il s'arrête sur une paire d'yeux sombres, écarquillés de surprise et d'inquiétude.

— … Archie, cracha-t-elle.

Voilà donc le misérable qui avait failli la faire chuter de la carriole – le méchant petit garçon qui l'avait bombardée de pommes tant d'années auparavant ! Un adulte à présent, mais tout aussi insupportable.

— Mon fils étant à présent majeur, vous devez l'appeler « lord Vaughan », la corrigea lady Vaughan.

— Pardonnez-moi, je ne savais pas, parvint-elle à articuler en s'asseyant.

— Où étais-tu donc passée, Flora ? lui demanda sa mère, d'une voix douce, mais les yeux brillant de tout ce qu'elle ne pouvait pas dire.

Flora remarqua que sa mère était particulièrement élégante.

— J'ai été… retardée sur le chemin du retour à cause d'une… charrette qui s'était renversée et bloquait la route, répondit Flora, optant pour une demi-vérité. Veuillez m'excuser, Maman, j'ai dû faire un détour avec la carriole.

— Ta fille conduit elle-même la carriole ? interrogea lady Vaughan, ses traits saillants formant une moue de désapprobation.

— C'est bien sûr exceptionnel, chère Arabella, mais ce matin notre cocher était indisposé et Flora devait se rendre de façon urgente à Hawkshead.

— Pardonnez-moi, Maman, répéta Flora au moment où le déjeuner était enfin servi.

Elle eut beau tout faire pour se concentrer sur Elizabeth, la sœur d'Archie qui, à côté d'elle, ne tarissait pas de superlatifs pour décrire sa garde-robe pour la saison de Londres, elle sentait sur elle le regard désolé de « lord » Archie de l'autre côté de la table. Aurelia avait été placée à sa droite et faisait de son mieux pour engager la conversation, mais il semblait aussi distrait que Flora. Tandis que celle-ci luttait contre le dégoût que lui inspirait le plat principal à base d'agneau de lait, laissant la viande sur le côté de son assiette, elle se réconfortait à l'idée d'attirer Archie à l'écurie par la ruse, pour pouvoir asséner un coup de poing bien senti dans son nez aristocratique. Au bout de ce qui sembla à Flora une éternité, Alistair recula sa chaise et annonça qu'il se retirait dans son bureau pour s'occuper de ses papiers.

— Arabella, Elizabeth et moi allons passer au salon, déclara Rose en se levant. Nous avons beaucoup de choses à nous raconter, n'est-ce pas ma chère ?

— Assurément, répondit lady Vaughan.

— Aurelia, et si tu montrais les jardins à Archie ? Il m'a l'air de faire assez chaud, à condition de bien te couvrir. Aurelia a attrapé un terrible rhume il y a quelques semaines, mais voilà ce qui arrive quand on habite au nord, loin de tout, expliqua Rose à son amie.

* * *

Étant la seule à ne pas avoir reçu d'instructions, Flora monta péniblement l'escalier jusqu'à sa chambre. Une fois dans son sanctuaire, elle ferma la porte à clé et s'effondra sur son lit, soulagée de pouvoir enfin se reposer.

Le crépuscule commençait à s'installer quand elle fut réveillée par de petits coups à sa porte. Elle se redressa avec précaution.

— Qui est-ce ?

— C'est moi, Aurelia. Je peux entrer ?

Flora se força à se lever et alla ouvrir d'un pas raide.

— Archie m'a raconté ce qui s'était passé tout à l'heure. Comment te sens-tu ? demanda Aurelia, les yeux ronds d'inquiétude. Il était si préoccupé pour toi et se sentait terriblement mal. Il n'a parlé de rien d'autre pendant notre promenade. Il a même insisté pour t'écrire un billet d'excuse et je lui ai promis de te le transmettre. Tiens.

Aurelia tendit une enveloppe à Flora.

— Merci, répondit celle-ci en la rangeant dans sa poche.

— Tu ne l'ouvres pas ?

— Plus tard.

— Flora, je comprends que vos entrevues jusqu'à présent ont été... malheureuses, mais je t'assure, Archie est extrêmement gentil. Je pense que tu l'apprécierais si tu lui donnais sa chance. Du moins, c'est mon cas... énormément.

Flora vit le regard de sa sœur se tourner rêveusement vers la fenêtre.

— Bon sang, Aurelia ! Tu ne vas pas me dire que tu as déjà un faible pour lui, si ?

— Je… non, bien sûr que non, mais même toi tu dois admettre qu'il est terriblement beau. Et si accompli. J'ai l'impression qu'il a lu tous les livres jamais écrits, et puis il a passé un an à voyager en Europe, alors il est très cultivé. Je me sentais assez nigaude pendant notre conversation.

— Archie a eu le privilège de recevoir une éducation digne de ce nom, ce que, malheureusement, les femmes ne semblent pas mériter, répliqua Flora.

Aurelia savait qu'il était inutile d'essayer de discuter avec sa sœur quand elle était de mauvaise humeur.

— Eh bien… C'est ainsi, et puisque nous ne pouvons rien y faire, nous devons l'accepter. Parfois, j'ai l'impression que tu n'aimes pas être une femme.

— Tu as raison, peut-être que ça ne me convient pas. Enfin, poursuivit Flora, s'adoucissant en voyant la gêne d'Aurelia. Ne prête pas attention à moi, chérie, je me sens blessée non seulement physiquement, mais aussi dans mon orgueil. Je suppose que nos hôtes sont partis ?

— Oui, mais j'espère les voir souvent pendant la saison. Leur demeure londonienne se trouve sur la place qui jouxte la maison de tante Charlotte. Et Elizabeth a été si gentille avec moi, elle m'a parlé de toutes les filles avec qui nous allions sortir. Même Archie a confié qu'il participerait peut-être à deux ou trois bals cette année.

Revoilà le regard de tout à l'heure, pensa Flora tandis qu'Aurelia semblait s'échapper dans une douce rêverie.

— Vas-tu descendre pour le dîner ? finit par interroger Aurelia. Je peux toujours dire à Maman que tu as la migraine et elle demandera à Mrs Hillbeck de te monter un plateau. Tu es toute pâle.

— Merci. Je pense que c'est mieux que je reste au lit, je ne me sens pas dans mon assiette ce soir.

— Je reviendrai te voir après le dîner. Tu es sûre que tu ne veux pas que je dise la vérité à Maman ?

— Non. Elle ferait des histoires et cela ne servirait à rien. Ça va, je t'assure.

Quand sa sœur eut quitté la pièce, Flora enfouit sa main dans sa poche et manipula l'enveloppe qui s'y trouvait. Elle la sortit et envisagea de la déchirer et de la jeter au feu, tout simplement, puisqu'elle se moquait de ce qu'Archie avait bien pu écrire. Finalement, gagnée par la curiosité, elle l'ouvrit et, remarquant la belle calligraphie, lut son contenu.

Ma chère miss MacNichol,

J'implore votre pardon pour le malheureux incident de ce matin. J'ai eu bien du mal à reprendre le contrôle de mon cheval et, quand je l'ai maîtrisé, je suis parti derrière vous pour voir si vous aviez besoin d'aide, mais je ne vous ai pas retrouvée.

Je souhaite aussi m'excuser pour mon comportement détestable avec les pommes sauvages. Avant la nouvelle catastrophe d'aujourd'hui, j'avais décidé de vous demander pardon a posteriori*, et de vous remercier de ne pas avoir fait ce que la plupart des autres petites filles auraient fait à votre place, à savoir aller voir votre mère en pleurs. Cela m'a épargné une raclée.*

Si je puis faire quoi que ce soit pour me racheter à vos yeux, j'aimerais beaucoup essayer. Nos rencontres ont été turbulentes jusqu'ici, mais j'espère avoir la possibilité de prendre un nouveau départ à l'avenir. Je prie pour que la troisième fois soit la bonne.

Je vous verrai sans doute à Londres cette saison. D'ici là, sachez que je me confonds en excuses.

Votre humble serviteur,

Archie Vaughan

Flora fit voler la lettre dans la chambre. Elle la regarda flotter brièvement dans l'air, comme un papillon paniqué, et décida qu'Archie Vaughan devait avoir l'habitude d'écrire des lettres élégantes aux femmes. Même si elle détestait l'admettre, Aurelia avait raison. Ce jeune homme avait un corps musclé et des traits ciselés, adoucis par de petites fossettes. Ses cheveux bruns ondulés lui retombaient négligemment sur le front et ses yeux rieurs ne faisaient qu'ajouter à son charme. Il était véritablement beau, c'en était presque énervant.

Mais sa personnalité, c'était autre chose.

— Il imagine qu'on lui passera toujours tout. Eh bien, pas cette fois, marmonna Flora en allant s'agenouiller douloureusement devant les cages.

Les bruits furtifs généralisés de ses compagnons lui avaient rappelé qu'il était grand temps de leur donner à manger. Tendant la main vers le cageot où elle conservait graines et légumes, elle gémit de désespoir.

— Et avec tout ça, votre dîner a dû tomber de la carriole !

11

— Flora, ma chérie, je me disais qu'il nous faudrait parler de cet été.

— Oui, Maman.

Flora se tenait dans le boudoir de sa mère tandis que celle-ci, assise face à sa coiffeuse à triple miroir, mettait ses boucles d'oreilles en perle pour le dîner.

— Assieds-toi, je t'en prie.

Flora se percha sur un tabouret damassé bleu et attendit que sa mère reprenne la parole. Le visage de Rose était encore aussi joli et lisse qu'il devait l'être lorsqu'elle avait fait ses débuts dans le monde, mais Flora aperçut la tension autour des lèvres de sa mère, ainsi que la légère ride d'inquiétude entre ses sourcils blonds.

— Comme tu le sais, Aurelia et moi partirons pour Londres dans une semaine. Et ton père se rendra dans les Highlands pour son habituel séjour de chasse avec ses cousins. La question est de savoir où tu iras, toi, déclara Rose en regardant le reflet de Flora dans le miroir, avant de marquer une pause. Je sais que tu hais la ville et ne souhaites pas nous accompagner à Londres.

Vous ne m'avez même pas posé la question, pensa Flora.

— Mais en même temps, poursuivit Rose, les femmes ne sont pas les bienvenues pour la chasse en Écosse. J'ai donc parlé au personnel, et ton père et moi pensons que la meilleure solution pour toi serait de rester ici au domaine. Qu'en dis-tu ?

Quelles que soient les émotions contradictoires qui tournoyaient dans sa tête, Flora savait que sa mère ne souhaitait entendre qu'une réponse.

— Je serais heureuse de rester, Maman. Après tout, dans le cas contraire, je m'inquiéterais pour mes animaux.

— En effet.

Une brève expression de soulagement traversa le visage de sa mère.

— Même si, évidemment, vous allez me manquer, Aurelia, Papa et vous.

— Tout comme toi tu vas nous manquer. Mais au moins la question est résolue. Je vais informer ton père de ta décision.

— Oui, Maman. Je vous laisse vous préparer pour le dîner.

— Merci.

Flora se leva et gagna la porte. Elle était sur le point de l'ouvrir lorsqu'elle vit que sa mère s'était retournée pour la fixer.

— Flora ?

— Oui, Maman ?

— Je t'aime tendrement. Et je suis désolée.

— De quoi ?

— Je...

La jeune fille regarda sa mère contrôler son émotion.

— Rien, murmura Rose. Rien.

* * *

— Tu es rayonnante, affirma Flora une semaine plus tard, tandis qu'elle se préparait à dire au revoir à sa mère et à sa sœur sur le perron.

— Merci, répondit Aurelia en faisant une légère grimace. Je dois avouer que cette robe de voyage en velours est horriblement lourde et inconfortable. Et mon corset est si serré que je ne pense pas réussir à respirer avant d'arriver à Londres et de pouvoir l'enlever !

— En tout cas, cette tenue te va à ravir et je suis sûre que tu seras la plus belle débutante de la saison. Rends-moi fière, d'accord ? lui dit Flora en la serrant dans ses bras.

— Aurelia, il est temps d'y aller, annonça Rose en apparaissant derrière elle, avant d'embrasser Flora sur les deux joues. Prends soin de toi, ma chérie, et tâche de ne pas trop courir partout en notre absence.

— Je ferai de mon mieux.

— Au revoir, Flora chérie, lui lança Aurelia avant de l'étreindre une dernière fois.

Elle lui souffla ensuite un baiser en montant dans la vieille calèche qui les emmènerait à la gare de Windermere, après quoi elles changeraient à Oxenholme pour prendre le train vers Londres.

Même pour Flora, qui n'avait cure du lustre et des apparences, la calèche ressemblait à un vestige. Elle savait que son père était très peiné qu'ils ne puissent pas se permettre d'acheter une voiture à moteur. Aurelia se pencha par la fenêtre pour lui faire des signes de la main tandis que le cheval s'éloignait dans l'allée. Flora agita la main en retour jusqu'à ce que la calèche ait disparu derrière le portail. Puis elle rentra dans la maison sombre qui semblait partager son sentiment d'abandon. Son père était parti la veille pour les Highlands et, tandis que ses pas résonnaient dans le hall, Flora fut soudain prise de panique à l'idée des deux mois de silence qui s'annonçaient.

Une fois dans sa chambre, elle prit Posy dans ses bras et caressa ses oreilles soyeuses pour se réconforter, décidant que cette solitude serait un bon entraînement pour son futur célibat. Elle devait l'accepter.

* * *

Privée de la routine qu'elle suivait depuis l'enfance, Flora prit le parti de se créer la sienne. Levée à l'aube, elle s'habillait à la hâte et, peu tentée par l'idée d'un petit déjeuner solitaire à la salle à manger, rejoignait Mrs Hillbeck, Sarah et Tilly à la cuisine pour bavarder autour d'une tasse de thé, de pain frais et de confiture. Puis elle sortait, munie de sandwichs au fromage fourrés dans une grande sacoche en toile, aux côtés de son équipement de dessin.

Elle avait toujours pensé bien connaître la campagne autour de chez elle, mais ce ne fut que cet été-là qu'elle découvrit pleinement toute sa splendeur.

Elle se promenait dans les collines qui entouraient Esthwaite Water, relevant ses jupes malmenées pour franchir les murets en pierre qui divisaient les terres arables depuis des siècles. Avec la discipline d'un naturaliste chevronné, elle cataloguait chaque trésor qu'elle croisait sur sa route, comme la petite saxifrage violette qu'elle trouva nichée sur un rocher escarpé. Elle était à l'affût des gazouillis aigus des gros-becs casse-noyaux, des roulades des jaseurs, et ses doigts effleuraient tendrement l'herbe piquante des vallées, ainsi que les pierres rugueuses, chauffées par le soleil.

Par l'une des journées les plus chaudes du mois de juin, Flora partit se promener sur la rive d'un lac de montagne aussi calme qu'un miroir, dans l'espoir de trouver une fleur qu'elle n'avait encore rencontrée que dans ses livres de botanique. Après des heures de recherche sous une chaleur étouffante, elle tomba enfin nez à nez avec les fleurs vives de silènes fuchsias, accrochés aux roches minérales. Frappée par le contraste entre les pétales à volants et leur habitat rustique, elle s'allongea sur le sol ensoleillé pour en faire un croquis.

Elle dut s'assoupir en raison de la chaleur car, quand elle rouvrit les yeux, le soleil couchant lui caressait doucement l'épaule. Elle leva les yeux vers les pins sylvestres et, à travers les branches, aperçut la silhouette d'un faucon pèlerin, haut perché.

C'était si rare qu'elle cessa de respirer pour l'observer. Son plumage lisse brillait dans la lumière déclinante et son bec recourbé se dressait sous la brise. L'espace d'un instant, ni l'oiseau ni la jeune femme ne bougèrent. Puis, déployant majestueusement ses ailes en faisant frémir la branche, le faucon s'élança dans les airs.

Flora rentra chez elle au crépuscule et alla immédiatement peindre le rapide croquis qu'elle avait réalisé du faucon en plein vol.

Elle passait la plupart de ses soirées plongée dans son livre préféré, un ouvrage de la naturaliste Sarah Bowdich. Elle comparait les fleurs qu'elle avait cueillies aux photographies du livre et ajoutait le nom latin de chaque espèce à son album, au-dessous des spécimens séchés. Elle se sentait étrangement coupable d'enfermer quelque chose de si vivant et de si éclatant entre les pages d'un livre, mais au moins sa beauté se trouvait désormais préservée au-delà de sa durée de vie naturelle.

La jeune fille ajouta également à sa ménagerie un chaton qu'elle avait trouvé à moitié noyé près d'un lac. Assez petit pour tenir dans sa paume et les yeux encore clos, Flora supposait qu'il n'avait que quelques jours. Par miracle, le petit animal avait réussi à s'extraire de ce qui aurait été sa tombe aquatique. Sa détermination à survivre avait ému Flora et, puisque personne n'était là pour l'en empêcher, le chaton noir se retrouva à partager la chaleur de son lit.

Elle l'appela « Panthère » après l'avoir découvert en train de fixer Posy d'un air affamé à travers les barreaux de son clapier, bien que la lapine soit cinq fois plus grosse que lui. Il fut bientôt pleinement remis de sa mésaventure et commença à exercer ses griffes minuscules en grimpant aux rideaux de la chambre. Flora savait qu'une fois sevré, elle devrait le porter à la cuisine, sans quoi toute sa ménagerie finirait dans son estomac.

Aurelia lui écrivait une fois par semaine, faisant un rapport détaillé de ses aventures à Londres.

Je suis soulagée que la présentation elle-même soit derrière moi. J'ai cru m'évanouir d'angoisse pendant que j'attendais mon tour pour être présentée au roi et à la reine. Entre nous, Flora, Alexandra est bien plus belle et délicate qu'elle n'apparaît en photo, et le roi est plus gros et plus laid ! À ma grande surprise, je n'ai pas manqué de cavaliers lors des bals auxquels j'ai assisté, et deux d'entre eux ont demandé à me rendre visite chez Tante Charlotte. L'un est vicomte et, d'après Maman, possède la moitié du Berkshire, tu peux donc t'imaginer son ravissement ! Mais moi je suis loin d'en être éprise ; il est à peine plus grand que moi – et tu connais ma petite taille – et puis il boite, parce que, apparemment il a eu la polio étant enfant. J'éprouve de la compassion envers lui, mais il n'a rien d'un prince charmant, même si ce n'est pas de sa faute.

À propos de « prince », Archie Vaughan a escorté sa sœur, Elizabeth, lors d'un bal la semaine dernière. Et, mon Dieu, cela ne fait aucun doute que c'est le plus bel homme de Londres. Les autres débutantes étaient jalouses quand il m'a invitée à danser, non pas une, mais trois fois ! *Tante Charlotte a trouvé cela presque indécent ! Nous avons un peu parlé ensuite et il m'a demandé de tes nouvelles, déconcerté que tu ne sois pas avec nous à Londres. Je lui ai expliqué que tu détestais la vie citadine et que tu étais donc restée à Esthwaite Hall. Il m'a dit qu'il espérait que tu lui avais pardonné. J'avoue être un peu amoureuse de lui, même si quelque chose chez lui me perturbe.*

Voilà pour les nouvelles jusqu'ici. Maman t'embrasse. Je suis certaine que tu imagines combien elle est heureuse de retrouver cette vie mondaine. Ici, tout le monde semble la connaître et elle était de toute évidence très populaire avant d'épouser Papa. Elle dit qu'elle t'écrira bientôt.

Tu me manques, ma chère sœur.

Aurelia

— Ma parole ! lança Flora à Panthère qui était grimpé sur ses genoux pendant qu'elle lisait la missive. Ce serait bien ma veine de me retrouver avec Archie Vaughan comme beau-frère.

* * *

Quelques jours plus tard, par une chaude après-midi de juillet, Flora dessinait à la table du jardin. Elle avait déniché un grand chapeau en toile d'origine inconnue, abandonné dans la salle des bottes, et il la protégeait désormais des puissants rayons du soleil. Panthère gambadait dans l'herbe, chassant les papillons, et il était si adorable que Flora abandonna son croquis de fleurs et s'assit sur la pelouse pour essayer de rendre justice à son compagnon sur le papier.

Elle sursauta en entendant soudain des pas derrière elle. Elle se retourna, pensant qu'il s'agissait sans doute de Tilly qui rentrait du marché. Au lieu de cela, elle se retrouva dans l'ombre d'Archie Vaughan et croisa son regard ténébreux.

— Bonjour, miss MacNichol. Veuillez m'excuser de vous déranger, mais j'ai mal aux phalanges à force de frapper à la porte, alors j'ai fait le tour de la maison à la recherche d'une âme qui vive.

— Mon Dieu, je… bredouilla Flora en se relevant vivement tandis que les poils de Panthère se hérissaient et qu'il sifflait férocement face à cet étranger. Tous les domestiques sont sortis. Et, comme vous le savez, ma famille est absente en ce moment, expliqua-t-elle d'un ton brusque.

— Alors comme ça, vous êtes une véritable orpheline dans votre propre maison.

— Loin de là, répliqua-t-elle. C'est juste que Londres ne m'intéresse pas et que j'ai préféré rester ici.

— Pour cela, au moins, nous sommes du même avis. Surtout pendant la saison de l'accouplement, quand la nouvelle fournée des jeunes femelles innocentes doivent battre des cils d'un air aguicheur, afin de surpasser leurs rivales pour remporter le prix du mâle le plus coté.

— Et vous considérez-vous comme un « prix », lord Vaughan ? Un « mâle très coté » ? Ma sœur m'a dit que vous aviez assisté à un bal la semaine dernière.

— Bien au contraire. Malgré notre pedigree et l'ancienneté de notre famille, nous sommes ruinés. Vous savez peut-être que mon père est mort lors de la dernière guerre des Boers, il y a sept ans, et le navire *Vaughan* est resté sans capitaine jusqu'à ce que j'atteigne la majorité, il y a quelques mois. Toutefois, je vous assure que je fais de mon mieux pour échapper aux griffes de toute riche héritière qui croise mon chemin.

Flora ne s'attendait pas à ce qu'il réponde avec une telle franchise à sa remarque désinvolte.

— Puis-je vous demander ce que vous faites ici ?

— Je reviens des Highlands. J'y étais avec votre père et ses cousins pour quelques jours de chasse. La route est encore longue jusqu'à Londres, alors je me suis dit que j'allais faire d'une pierre deux coups.

— Et quels sont les deux « coups » au juste ?

— Premièrement, faire une pause dans mon voyage et, deuxièmement, passer ici en espérant que vous seriez là et que vous m'accorderiez quelques minutes de votre compagnie. Je souhaite m'excuser en personne pour ce qui est arrivé en avril. Et, éventuellement, me restaurer un peu. Même si cela me semble compromis, sachant que le personnel est absent pour le moment.

— Il n'y a rien de plus facile, lord Vaughan. Je suis tout à fait capable de vous faire du thé et je pourrais même aller jusqu'à vous préparer un sandwich.

— Une dame qui sait faire du thé et des sandwichs ! Je pense que ma mère et ma sœur en seraient bien incapables.

— Cela n'a rien de compliqué, marmonna Flora. Souhaitez-vous rester au jardin pendant que je m'en occupe ?

— Non, je vais vous accompagner et admirer vos talents culinaires.

— Comme vous voudrez, répondit Flora vivement.

Ils gravirent les marches menant à la terrasse. Elle était furieuse d'avoir laissé sa colère s'évanouir face au charme et à l'honnêteté du jeune homme. Déterminée à ne pas se laisser adoucir, elle accéléra le pas quand ils entrèrent dans la cuisine. Voyant que la bouilloire était déjà pleine, elle la plaça sur la cuisinière, puis saisit une miche de pain, du beurre et du fromage et s'affaira à la table.

— Vous êtes une parfaite petite femme de la campagne à ce que je vois ! déclara Archie en s'asseyant sur une chaise.

— Ne me prenez pas de haut, lord Vaughan. Surtout quand c'est pour vous que je prépare des sandwichs.

— Puis-je vous demander une faveur, miss MacNichol ? Étant donné les circonstances informelles, peut-être pourriez-vous essayer « Archie » ? Et moi « Flora » ?

— Je ne vous accorde certainement pas la permission de m'appeler Flora. Nous nous connaissons à peine, répliqua-t-elle en posant violemment les sandwichs sur une assiette. Les hommes du coin les mangent avec la croûte. Est-ce que cela vous convient ?

— Nom d'une pipe, vous êtes drôlement farouche.

Il fit un petit sourire en coin quand elle lui tendit son assiette, voyant bien qu'elle aurait préféré la lui lancer.

— Aïe ! cria-t-il soudain, donnant une tape à la boule de poils qui venait de lui mordre la cheville. Votre chat ne semble pas m'apprécier beaucoup non plus.

Flora réfréna un sourire en prenant Panthère dans ses bras, avant de se détourner pour verser l'eau dans la théière.

— Miss MacNichol, pourrions-nous prendre un nouveau départ ? Sachant que le premier incident des pommes a eu lieu quand je n'étais qu'un morveux de six ans et que le second était un regrettable accident.

Elle se retourna vers lui.

— Lord Vaughan, je n'ai aucune idée de ce que vous faites ici, ni de la raison pour laquelle vous semblez vous préoccuper de ce que je pense de vous alors qu'à Londres, d'après les dires de ma sœur, la moitié des jeunes femmes ne cessent de vanter vos attributs. Si c'est juste parce que vous ne supportez pas l'idée qu'il existe une femme au monde que vous ne puissiez séduire, alors je suis désolée pour vous, mais il va falloir vous y faire. Bon, et si nous allions sur la terrasse ?

— Oui, laissez-moi emporter tout cela et prenez-le, lui, répondit Archie en désignant Panthère. Ce tigre féroce en habits de chaton doit être gardé sous contrôle, au cas où il voudrait m'attaquer de nouveau. Vous avez choisi votre compagnon à la perfection, miss MacNichol.

Il souleva le plateau et se dirigea vers la porte. Dehors, le soleil brillait gaiement, formant un contraste saisissant avec la froideur qui régnait entre les jeunes gens. Flora servit le thé et regarda Archie dévorer les sandwichs avec la croûte, consciente de son intolérable impolitesse. Si sa mère l'avait vue, elle l'aurait sévèrement admonestée pour son comportement, mais Flora ne pouvait pas se résoudre à faire la conversation. Et de toute évidence, Archie non plus.

— Si vous voulez bien m'excuser, finit-elle par déclarer, je dois aller récupérer mon carnet à dessins avant qu'il ne prenne l'humidité.

Elle se leva en indiquant la pelouse.

— Je vous en prie. Et s'il vous plaît, emmenez ce tigre avec vous.

Quand elle revint, Archie était debout.

— Merci pour votre hospitalité. Je suis seulement triste que vous sembliez avoir une fausse impression de moi et que je ne puisse pas vous convaincre de me donner une autre chance. À bientôt, miss MacNichol.

— Mon impression n'est pas fausse, j'en suis convaincue, mais ma sœur n'est pas de mon avis et sera ravie de s'occuper de vous si jamais vous revenez par ici.

Flora posa son carnet sur la table et Archie le regarda avec intérêt.

— Puis-je jeter un coup d'œil ?

— Il n'y a rien d'intéressant. Juste des croquis, je…

Mais Archie avait déjà ouvert le carnet et feuilletait les dessins au fusain.

— Miss MacNichol, vous sous-estimez votre talent. Certaines de vos œuvres sont remarquables. Ce faucon… et ce dessin de votre tigre noir…

— Il s'appelle Panthère.

— Ce nom lui va comme un gant. En tout cas, c'est magnifique, absolument magnifique. Vous avez vraiment l'œil pour la nature et les animaux.

— Je dessine pour le plaisir, c'est tout.

— Mais j'imagine que c'est le cas de tous les grands artistes, non ? La passion vient de l'intérieur, le besoin de s'exprimer à travers n'importe quel moyen artistique.

— Oui, convint Flora à contrecœur.

— Lors de mon grand voyage en Europe, j'ai vu de nombreuses œuvres d'art tout à fait stupéfiantes. Et pourtant beaucoup de leurs créateurs vivaient dans la pauvreté – esclaves de leurs muses. J'ai eu l'impression que rares étaient ceux qui ne souffraient pas, d'une façon ou d'une autre. Souffrez-vous vous aussi, miss MacNichol ? demanda Archie en levant les yeux des croquis pour les tourner vers Flora.

— Quelle étrange question ! Ce n'est pas parce que je choisis de peindre ou de dessiner que je souffre d'un quelconque trouble mental ou émotionnel.

— Tant mieux. Car je ne voudrais pas que vous éprouviez de la peine ou de la douleur. Ni que vous vous sentiez seule. Même si je suppose que c'est parfois le cas ces temps-ci, livrée à vous-même dans ce vieux mausolée, non ? insista Archie.

— Je ne suis pas seule. J'ai les domestiques et mes animaux pour me tenir compagnie.

— Votre sœur a en effet mentionné votre... *collection* de vie sauvage quand je l'ai vue à Londres. Apparemment, vous avez même adopté un serpent un jour.

— Une couleuvre inoffensive, oui, concéda Flora, prise de court par cette soudaine pluie de questions, qui n'était pas sans lui rappeler les pommes qu'il lui avait autrefois lancées. Je n'ai pas eu la permission de la garder.

— Je crois que même moi je rechignerais à l'idée d'un serpent vivant sous mon toit. Vous êtes une femme tout à fait étonnante. Je dois admettre que vous me fascinez.

— Je suis heureuse que ma bizarrerie vous amuse.

— Eh bien, je vous salue, miss MacNichol, déclara Archie après un silence. Vous excellez dans l'art de transformer la remarque la plus positive en un commentaire désobligeant. Que puis-je faire de plus pour recevoir votre pardon ? J'ai tout essayé, notamment sillonner le pays en voiture quand j'aurais très bien pu prendre le Scotch Express entre Édimbourg et Londres. Voilà la vérité, ajouta-t-il.

Flora sentit sa frustration. Comme si sa confession l'avait vidé de toute son énergie, Archie se rassit soudain.

— J'ai quitté la chasse plus tôt que prévu pour pouvoir vous rendre visite. Mais puisqu'il est évident que je n'arriverai pas à gagner votre sympathie, quels que soient mes efforts, je vais reprendre ma route et m'arrêter dans un hôtel plus au sud.

Flora l'examina. Son manque d'expérience avec les hommes – surtout aussi mondains qu'Archie – entravait son instinct naturel. Elle ne comprenait tout simplement pas pourquoi il avait pris la peine de faire ce grand détour pour venir s'excuser en personne, quand il semblait en mesure de séduire n'importe quelle femme à Londres.

— Je... je ne sais pas quoi dire.

— Peut-être pourriez-vous envisager de m'accorder quelques jours en votre compagnie ? Et pendant ce temps, nous pourrions discuter de tous les sujets qui vous passionnent, d'après votre sœur. Sachant qu'ils m'intéressent moi-même énormément.

— Comme par exemple ?

— J'adore la botanique, miss MacNichol, et bien que je doute posséder des connaissances aussi vastes que les vôtres, j'aime penser que je progresse petit à petit. Notre jardin à High Weald ne dispose pas de cet arrière-plan de beauté pure, mais il est aussi joli, à sa façon. Avez-vous eu l'occasion de visiter Kew Gardens à Londres ?

— Non, répondit Flora, s'égayant rien que d'y penser. Mais j'ai toujours rêvé d'y aller. J'ai lu qu'on y trouvait des espèces du monde entier, d'aussi loin que d'Amérique du Sud.

— En effet, et le nouveau directeur, sir David Prain, est très inspiré. Il a eu la gentillesse de nous apporter son aide pour nos jardins. J'ai découvert que, grâce au climat plus doux du Sud de l'Angleterre, des plantes originaires de pays étrangers arrivaient à se développer, si elles étaient bien abritées. Je serais heureux de voir la flore autochtone qui doit pousser en abondance par ici. J'aimerais assembler une collection de plantes originaires de toute l'Angleterre… Aïe !

Panthère avait escaladé la jambe d'Archie et ronronnait à présent sur ses genoux, ses griffes aiguisées pétrissant la toile de son pantalon. Voyant que même son chat lui avait pardonné, Flora finit par se radoucir.

— Si vous pensez que je peux vous aider dans votre apprentissage, je serai heureuse de vous montrer ce que nous avons dans la région.

— Merci, fit Archie, et elle vit ses traits se détendre tandis qu'il levait une main hésitante pour caresser Panthère. Je serai reconnaissant pour toute expertise que vous voudrez bien me transmettre.

— Mais où allez-vous loger ?

— J'ai déjà réservé une chambre dans un pub à Near Sawrey. À présent, pouvez-vous me faire visiter ce beau jardin ? s'enquit-il en se levant et en lui offrant le bras qui n'était pas occupé à tenir délicatement le chaton ravi.

Au début de leur promenade, Flora fit de son mieux pour tester les connaissances d'Archie, ne sachant pas encore très bien s'il s'agissait ou non d'un nouveau stratagème du jeune homme pour l'insulter ou la rabaisser. Néanmoins, elle s'aperçut bientôt que son intérêt et son savoir étaient bien réels. Il parvint à nommer toutes les plantes sans hésiter, à l'exception d'une fleur en forme d'étoile, la *Parnassia palustris.*

— Je crois qu'elle est assez rare et préfère le climat du Nord de l'Angleterre, ce qui explique sans doute pourquoi vous ne la reconnaissez pas.

Alors qu'ils erraient le long des plates-bandes, Archie lui raconta que, petit garçon, il suivait le jardinier comme un chien.

— Malheureusement, lui aussi a péri pendant la guerre des Boers. Je suis rentré d'Oxford l'année dernière et, n'ayant pas de fonds pour employer du personnel pour le jardin, j'ai dû m'éduquer moi-même. Et, ce faisant, je me suis découvert une nouvelle passion. Vous devriez me voir à la maison, en salopette, ajouta-t-il dans un sourire. Lors de ma prochaine visite, je pourrai la porter si vous voulez. Il ne faut pas se fier aux apparences, miss MacNichol, plaisanta-t-il en levant un doigt menaçant.

— Mais c'est cette « apparence » qui a fait de vous le chouchou de ces dames, à Londres, répliqua Flora, soupçonneuse.

— Cela m'empêche-t-il d'avoir une passion pour la botanique ? Ou pensiez-vous tout simplement que je n'étais qu'un mufle aux mœurs dissolues qui passait son temps à faire ribote et à dilapider sa fortune ?

Flora baissa les yeux, gênée.

— D'accord, poursuivit-il en notant son expression, je n'ai que vingt et un ans et aime bien faire la fête de temps en temps, de préférence en compagnie de jolies femmes. Malheureusement, comme vous le savez aussi, l'aristocratie anglaise n'est plus aussi riche qu'autrefois et mon héritage se limite au domaine mal en point de High Weald, sans compte en banque bien garni pour le restaurer. Je souhaite faire mon possible pour préserver sa splendeur, du moins à l'extérieur. Le jardin clos est connu pour sa beauté. Et si cela signifie me salir les mains, je n'y vois aucun inconvénient.

* * *

Ce soir-là, Flora s'assit à son bureau pour écrire son journal, perplexe face à la tournure qu'avaient pris les événements. Après avoir noté chaque bribe de conversation qu'elle se rappelait, elle rangea son journal dans son tiroir. Elle n'avait en général aucun mal à s'endormir mais, cette nuit-là, elle ne trouva pas le sommeil, trop absorbée par ses réflexions et par sa découverte de la personnalité d'Archie. Et par le fait qu'il avait réussi à la persuader, avant de partir, de l'emmener voir la chaîne des Langdale Pikes le lendemain.

— Ce garçon est une véritable énigme, murmura-t-elle à Panthère dont la tête minuscule reposait près d'elle sur l'oreiller. Et je me déteste de commencer à l'apprécier.

12

— Bonjour, miss MacNichol ! lança Archie quand ils se retrouvèrent comme convenu dans la cour de l'écurie. Je nous ai apporté de quoi déjeuner. Et ne vous inquiétez pas, j'ai laissé la croûte de tous les sandwichs.

Il hissa le panier à pique-nique sur la carriole et tendit la main à Flora pour l'aider à monter. Tandis qu'il prenait place à côté d'elle et qu'elle saisissait les rênes, la jeune fille sourit en voyant son accoutrement. Il portait un vieux pantalon en sergé, ainsi qu'une chemise à carreaux mal taillée. Quant à ses pieds, ils étaient chaussés de grosses bottes d'ouvrier.

— J'ai emprunté ces vêtements au gérant du pub où je loge, au village, expliqua-t-il en notant son air intrigué. Le pantalon est un peu trop large pour moi, alors je l'ai resserré à l'aide d'un bout de ficelle. Est-ce que ma tenue convient pour notre expédition ?

— Tout à fait, lord Vaughan. Un vrai campagnard.

— Puisque nous allons passer la journée dans des circonstances inhabituelles, serait-il possible à présent de laisser de côté les formalités ? Je suis juste Archie, le fermier, et vous Flora, la laitière.

— Laitière ! Suis-je tombée si bas ? demanda-t-elle en feignant d'être vexée, tout en faisant démarrer le cheval. Ne pourrais-je pas au moins être une femme de chambre ?

— Ah, mais dans toutes les histoires que j'ai lues, c'est toujours la laitière que l'on décrit comme étant la plus belle. Ce n'était pas une insulte, mais un compliment.

Flora se concentra sur la conduite de la carriole, heureuse que son chapeau de soleil ombrage son visage qu'elle sentait rougir. C'était le tout premier compliment sur son apparence physique que lui faisait un homme, et elle ne savait absolument pas comment répondre.

Nichée entre les pics qui, majestueux, se dressaient haut dans les nuages, la vallée verdoyante de Langdale cédait peu à peu à la roche brute, au fur et à mesure que le regard s'élevait.

Archie aida Flora à descendre de la carriole et ils levèrent les yeux vers les montagnes.

— « Dans les combinaisons qu'elles forment, qu'elles se surplombent l'une l'autre, ou qu'elles se dressent en arêtes à l'instar des vagues d'une mer tumultueuse… »

— « … et dans la beauté et la variété de leurs surfaces et de leurs couleurs, rien ne les dépasse », finit Flora pour lui. Je suis une fille des Lacs, je connais bien Wordsworth, indiqua-t-elle en haussant les épaules face à l'étonnement évident du jeune homme.

— C'est ce que j'aime à la montagne. Nous sentons notre insignifiance. Nous ne sommes que des grains de sable dans ce vaste cosmos.

— Oui, et c'est peut-être pour cela que les Londoniens sont si imbus d'eux-mêmes.

— Les citadins ont l'impression d'être les maîtres de leur propre univers dans leurs villes créées de toutes pièces, alors qu'ici…

Archie n'acheva pas sa phrase, se contentant d'inspirer profondément l'air pur.

— Avez-vous déjà gravi l'une de ces montagnes, Flora ?

— Bien sûr que non. Je suis une fille. Maman aurait une attaque si je suggérais une telle idée.

— Cela vous plairait-il ? Demain ? l'interrogea Archie en lui prenant la main. Ce serait une aventure. Laquelle choisirions-nous ? Celle-ci ? fit-il en lui lâchant la main pour désigner l'un des pics. Ou celle-là peut-être ?

— Si nous en gravissons une, il faut bien sûr que ce soit la plus haute. Et il s'agit de Scafell Pike, répondit Flora en montrant la plus grande montagne, dont le sommet était masqué par une auréole de nuages. C'est la plus haute d'Angleterre, et mon père dit que la vue de la cime est sans égale.

— Alors, êtes-vous partante ?

— Pas en robe !

Archie éclata de rire.

— Dans ce cas vous devrez emprunter un pantalon. Qu'en dites-vous ?

— D'accord, tant que c'est notre secret.

— Évidemment, la rassura-t-il en tendant la main pour remettre une mèche rebelle derrière l'oreille de la jeune fille. Je passerai vous prendre demain devant le portail, à six heures et demie précises.

* * *

Ce soir-là, pour la première fois de sa vie, Flora entra dans la penderie de son père. Elle ouvrit la porte d'une main hésitante, bien qu'il n'y ait personne pour la surprendre – Sarah était chez elle dans le petit cottage qu'elle partageait avec sa mère, et Tilly et Mrs Hillbeck bavardaient à la cuisine comme tous les soirs. Il faisait froid dans cette pièce et elle frissonna légèrement. Il y régnait une odeur de poussière et d'humidité, agrémentée d'une pointe d'eau de Cologne de son père. Des ombres striaient le lit étroit et, sur la table de nuit, une horloge marquait les secondes d'absence de son propriétaire.

Flora ouvrit les lourdes portes en chêne de l'armoire. Elle tâta le portant des pantalons et finit par en choisir un en tweed, que portait son père pour la chasse. Prenant conscience qu'elle aurait aussi besoin de chaussettes, elle ouvrit un tiroir d'une commode en acajou qui lui semblait destinée à cet usage. Néanmoins, le tiroir était rempli de papiers. Dans un coin, elle découvrit un petit paquet d'enveloppes crème regroupées avec de la ficelle. Flora reconnut l'écriture de sa mère et se demanda s'il pouvait s'agir de lettres datant d'avant leur mariage. Terriblement tentée de les ouvrir, sachant qu'elles pourraient l'aider à comprendre le mystère du couple que formaient ses parents, elle referma vivement le tiroir pour s'en empêcher. Elle trouva les chaussettes et s'empara également d'une chemise épaisse avant de repartir vers la porte.

Elle eut à peine le temps d'effleurer la poignée que la tentation fut la plus forte. Elle revint vers la commode, laissa tomber les vêtements sur le lit et rouvrit le tiroir. Après avoir extirpé la première lettre du paquet, elle la déplia et lut son contenu.

Cranhurst House
Kent
13 août 1889

Mon cher Alistair,

Dans une semaine, nous serons mariés. Je ne saurais assez vous remercier d'être mon chevalier et de sauver mon honneur. En retour, je promets d'être l'épouse la plus fidèle et la plus irréprochable qu'un homme puisse souhaiter. Mon père m'a indiqué qu'il avait déjà procédé au virement et j'espère que celui-ci est bien arrivé sur votre compte.

J'ai hâte de vous voir et de découvrir ma nouvelle maison.

Affectueusement,
Rose

Flora lut et relut la missive, essayant de comprendre ce qu'entendait sa mère par « sauver mon honneur ». Qu'avait-elle pu faire de si terrible ?

— En tout cas, quoi que cela puisse être, cela explique leur mariage, soupira-t-elle dans le vide.

Sa mère était probablement tombée amoureuse d'un homme qui ne convenait pas à ses parents – c'était souvent le cas dans les livres. Flora se demanda qui cela avait bien pu être. Si Rose ne parlait jamais de sa jeunesse, Aurelia avait fait remarquer dans ses lettres que tous à Londres semblaient la connaître. Flora fit glisser la lettre dans son enveloppe et la replaça soigneusement dans le paquet avant de le ranger dans le tiroir. Elle récupéra le tas de vêtements sur le lit et quitta la pièce.

* * *

Elle se leva à six heures le lendemain matin et enfila à la hâte le pantalon, la chemise et les chaussettes de son père. Descendant sur la pointe des pieds à la salle des bottes, elle emprunta les grosses chaussures de marche de Sarah – qui étaient trop petites pour elle mais dont elle devrait se contenter – ainsi qu'une casquette en tweed de son père. Elle laissa un mot au personnel, expliquant qu'elle sortait pour la journée afin de cueillir des fleurs à peindre, puis s'éclipsa de la maison. Elle s'engagea dans l'allée et, quand elle eut passé le portail, elle découvrit une Rolls-Royce flambant neuve garée sur l'accotement. Archie lui ouvrit la portière.

— Bonjour ! la salua-t-il en souriant face à son accoutrement. Vous êtes particulièrement ravissante aujourd'hui, Flora la laitière. Parfaitement habillée pour voyager dans la Silver Ghost.

— Au moins ces vêtements sont pratiques, répliqua-t-elle.

— En fait, avec cette casquette vissée sur la tête, on pourrait presque vous prendre pour un garçon. Tenez, mettez ces lunettes de conduite pour compléter votre tenue.

Elle les ajusta en fronçant les sourcils.

— Encore heureux que personne ne puisse me reconnaître dans la région.

— Vous imaginez ce que diraient votre mère et votre sœur si elles vous voyaient ? demanda-t-il en démarrant le moteur.

— Je ne préfère pas. Et comment diable possédez-vous une auto comme celle-ci, alors que vous m'avez affirmé que votre famille était ruinée ? Papa dit qu'elles coûtent les yeux de la tête.

— Malheureusement, elle n'est pas à moi. Le propriétaire d'un domaine voisin me l'a prêtée pour me remercier de lui avoir permis d'utiliser un cottage de High Weald. Je lui ai promis de ne poser aucune question. Même s'il est vrai que la femme de ce pauvre homme attend actuellement leur sixième enfant en autant d'années, si vous voyez ce que je veux dire.

— Absolument pas, répondit-elle bien sagement.

— Quoi qu'il en soit, je suis heureux de faire un peu rouler la voiture dans les montagnes. Mr Turnbull, mon logeur, très arrangeant soit dit en passant, m'a laissé lui emprunter un vieux sac à dos militaire, et j'y ai glissé un pique-nique ainsi que deux couvertures, au cas où.

Flora regarda par la fenêtre vers le ciel surplombant les pics, au loin. Elle fronça les sourcils en voyant l'épaisse couche de nuages.

— J'espère que nous n'avons pas choisi le seul jour en plusieurs semaines où les cieux s'ouvriront, s'inquiéta-t-elle.

— Par chance, il fait bon ce matin.

— Peut-être, mais mon père dit souvent que la température chute brutalement en altitude. Il a gravi la plupart des montagnes depuis qu'il habite ici.

— Dans ce cas, nous allons devoir trouver une grange où garer la voiture. J'ai promis à Felix, sous peine de mort, que je lui rendrais sa Rolls en bon état, et je ne peux pas prendre le risque qu'elle se fasse tremper.

Un fermier du coin accepta gentiment d'abriter la Rolls-Royce mais, en la laissant, Archie regarda avec méfiance ses enfants aux yeux écarquillés – sans parler des poulets – qui semblaient impatients d'y grimper.

— Papa dit qu'il lui a fallu environ quatre heures pour atteindre le sommet, indiqua Flora quand ils se mirent en route vers la vallée, foulant l'herbe drue.

— Votre père est un randonneur chevronné, je pense que cela nous prendra plus longtemps, tempéra Archie en sortant une carte de son sac à dos. Le gérant du pub nous a suggéré un bon itinéraire. Regardez, fit-il en prenant un bâton pour dessiner un chemin sur un carré de terre. Nous devons aller vers le sud en direction d'Esk Hause, puis continuer vers Broad Crag Col.

Archie ouvrit la marche, carte à la main.

— Que sont tous ces petits points blancs sur le flanc de la montagne ? s'enquit-il.

— Des moutons. Ils sèment partout des souvenirs de leur passage.

— Nous pourrons peut-être monter sur leur dos en cas de fatigue ! Ce sont des animaux tellement utiles, ils nous fournissent à la fois des vêtements chauds et des plats délicieux.

— J'exècre le goût de l'agneau, répliqua Flora. J'ai déjà décidé que je n'offrirai pas de viande à ma table, quand j'aurai ma propre maison.

— Ah oui ? Que servirez-vous à la place ?

— Eh bien, des légumes et du poisson, évidemment.

— Dans ce cas, je ne suis pas sûr de vouloir venir dîner chez vous à l'avenir.

— Libre à vous.

Flora haussa les épaules et partit devant lui. Les deux premières heures, l'ascension fut aisée sur les pentes les moins raides de la montagne. Ils s'arrêtaient de temps en temps près des ruisseaux qui couraient vers la vallée, recueillant dans leurs mains l'eau de source pour se désaltérer et se rafraîchir. Ils suivaient les sentiers foulés à maintes reprises par des grimpeurs avant eux, bavardant agréablement à propos de tout et de rien, aussi bien de leurs livres préférés que de morceaux de musique. Puis la pente se fit plus raide et ils se turent afin de préserver leur souffle pour escalader les rochers irréguliers qui jonchaient le flanc de la montagne.

— Je pense que nous avons parcouru au moins les deux tiers du chemin, déclara Archie en montant sur un affleurement avant de lever la tête vers le sommet. Allez, regardez l'arête là-haut, nous y sommes presque.

Une heure plus tard, ils atteignirent la cime de la montagne. Hors d'haleine, ils s'arrêtèrent côte à côte, euphoriques de leur prouesse. Puis Flora fit lentement le tour du sommet, admirant la vue splendide qui s'offrait à eux.

— J'ai lu dans un livre hier soir que, par temps clair, on peut apercevoir l'Écosse, le pays de Galles, l'Irlande et l'île de Man, l'informa Archie en la rejoignant. C'est dommage que nous ne soyons pas accompagnés d'un photographe pour immortaliser ce moment. Puis-je vous aider à monter sur le cairn qui indique le point le plus haut ?

— Oui, merci.

Archie lui prit la main et l'aida à garder l'équilibre tandis qu'elle escaladait l'immense tas de pierres. Puis il la lâcha et elle ouvrit les bras en regardant le bleu du ciel.

— J'ai l'impression d'être tout en haut du monde !

— C'est le cas – du moins en Angleterre, fit-il en riant.

Quand elle descendit, il tendit les bras et l'attrapa par la taille. Il la souleva et, après l'avoir posée à terre, maintint son étreinte quelques instants.

— Flora, permettez-moi de vous dire que vous êtes absolument ravissante quand vous êtes heureuse.

Elle sentit une nouvelle fois le rouge lui monter aux joues.

— Je meurs de faim, annonça Flora pour faire diversion à sa gêne, tandis qu'une brume soudaine enveloppait les jeunes gens d'humidité, faisant disparaître la vue.

— Moi aussi. Que dites-vous de redescendre au soleil pour manger notre pique-nique ? Mr Turnbull m'a conseillé de nous diriger vers Lingmell, au nord-ouest ; le chemin est bien balisé par des cairns. Il dit que la vue sur la vallée de Wasdale y est spectaculaire, nous pourrions nous installer là.

— Alors ouvrez la voie vers nos sandwichs.

Archie souleva son sac à dos et ils quittèrent le sommet. Vingt minutes plus tard, Flora déclara qu'elle n'en pouvait plus, alors ils s'assirent sur un rocher plat et Archie déballa leur déjeuner.

— Les sandwichs au fromage n'ont jamais été aussi divins, murmura-t-elle. Je regrette juste de ne pas avoir pensé à emporter mon carnet et mon fusain. Je dois essayer de mémoriser cette vue pour pouvoir la recréer sur le papier.

Flora ôta sa casquette, laissant sa chevelure dégringoler sur ses épaules, puis tourna le visage vers la chaleur du soleil.

— Vous avez des cheveux absolument magnifiques, la complimenta Archie en enroulant une boucle autour de son doigt.

Quelque chose à l'intérieur de Flora tressaillit étrangement sous ce contact intime.

— Ils sont aussi forts et épais que des câbles de remorquage et ma mère ne sait absolument pas de qui je tiens ça. Si vous glissez et que vous tombez sur le chemin, je vous en lancerai une poignée et vous pourrez vous y hisser pour remonter.

Flora sourit et se tourna vers Archie qui la fixait, une drôle d'expression dans les yeux.

— Qu'y a-t-il ?

— Il serait déplacé de vous confier ce que je pensais. Tout ce que je puis dire, c'est que vous êtes d'une compagnie charmante quand vous êtes ainsi d'humeur euphorique.

— Merci. Et moi je souhaite vous dire que je vous ai enfin pardonné d'avoir failli me tuer. Par deux fois.

— Alors nous sommes amis ?

L'espace d'un instant, le visage d'Archie s'immobilisa très près du sien.

— Oui.

Tous deux s'allongèrent sur le rocher chauffé par le soleil et Flora se rendit compte qu'elle ne s'était jamais sentie aussi détendue en présence de quelqu'un, ce qui était un retournement de situation radical.

— D'où vient ton talent pour le dessin, à ton avis ? lui demanda-t-il.

— Je n'en ai aucune idée, en revanche je sais qui m'a inspirée. Tu peux probablement apercevoir sa maison d'ici.

— Et de qui s'agit-il ?

— Beatrix Potter, un écrivain pour enfants. Quand j'avais sept ans, elle est venue à Esthwaite Hall pour le thé, avec ses parents. J'étais assise dans le jardin où j'essayais de dessiner une chenille que je venais de trouver sur une feuille, notant les différences avec une limace. Elle m'a fait compliment de ma chenille et m'a demandé si je lui permettais de me montrer comment la dessiner plus facilement. Puis, une semaine plus tard, j'ai reçu une enveloppe à mon nom. J'étais tout excitée : on ne m'avait encore jamais rien envoyé par la poste. C'était une lettre de miss Potter. Mais ce n'était pas une lettre classique, parce qu'elle racontait l'histoire de Cedric la Chenille et de son ami Lewis la Limace, agrémentée de minuscules aquarelles. Je la garde très précieusement.

— J'ai entendu parler de miss Potter et de ses livres. Ils l'ont rendue célèbre ces dernières années.

— En effet, mais quand je l'ai connue, elle ne l'était pas encore. Et maintenant elle habite à Near Sawrey, tout près de la taverne où tu loges.

— Et l'as-tu revue depuis son arrivée dans la région ?

— Non. Ces temps-ci, elle est si demandée que je me vois mal frapper à sa porte sans avoir été invitée.

— Vit-elle seule ?

— Je crois, oui.

— Dans ce cas, elle aurait peut-être besoin de compagnie. Ce n'est pas parce qu'elle a acquis une certaine renommée qu'elle n'a pas envie qu'on lui rende visite. Surtout une jeune femme pour qui elle a été source d'inspiration.

— Tu n'as pas tort, mais je n'ai pas encore trouvé le courage de le faire. C'est mon héroïne, tu comprends. Un jour, j'espère mener la même vie qu'elle.

— Comment ? Une célibataire vieillissante avec des plantes et des animaux comme seule compagnie ?

— Tu veux dire une femme indépendante qui gagne sa vie et a réussi à choisir sa destinée ? riposta Flora.

— Tu crois que ton destin, c'est de vivre seule ?

— Comme mes parents n'ont pas jugé bon que je sois présentée à la Cour, contrairement à ma sœur cadette, je me suis habituée à l'idée que je ne me marierais sans doute jamais.

— Flora, fit Archie en tendant une main hésitante vers la sienne, le fait que tu n'aies pas bénéficié d'une entrée officielle dans le monde ne t'empêche absolument pas de tomber amoureuse et de partager ta vie avec un homme. Peut-être y avait-il des raisons…

— Oui. Mes parents n'avaient pas les moyens nécessaires, ni le soutien financier de tante Charlotte, dont profite Aurelia aujourd'hui.

— Ce n'est pas vraiment ce que je voulais dire. Parfois, il y a des… circonstances qui nous échappent, et qui influencent les actions d'autrui.

— Tu veux dire que je ne suis pas une beauté, contrairement à Aurelia ?

— Absolument pas ! Tu es merveilleuse, à la fois à l'extérieur et à l'intérieur.

— S'il te plaît, Archie, je comprends que tu essaies d'être gentil et je sais pourquoi. Allez, il est temps de redescendre cette montagne. Tu vois les nuages qui s'amassent au-dessus de nos têtes ? J'ai peur qu'une bourrasque n'arrive.

Flora se releva, souhaitant soudain que cette conversation n'ait jamais commencé. Elle se sentait étrangement vulnérable, et son humeur avait changé aussi rapidement que les nuages avaient éclipsé le soleil.

Un quart d'heure plus tard, les cieux se déchaînèrent et tous deux s'allongèrent face contre terre pour être moins touchés par le vent qui les fouettait de gouttes de pluie aussi pointues que des aiguilles.

— Tiens, déclara Archie en fouillant dans son sac à dos, abritons-nous sous cette couverture.

Flora en attrapa un coin et la tira au-dessus de sa tête. Archie fit de même avec l'autre extrémité et ils se retrouvèrent ainsi côte à côte dans l'obscurité. Leur protection inadaptée fut vite trempée.

— Salut, chuchota-t-il, et elle sentit son souffle sur sa joue. On se connaît, non ? Je m'appelle Archie, fermier du coin.

— Et moi c'est Flora, la laitière, répondit-elle, ne pouvant s'empêcher de sourire.

— Ça empeste les crottes de mouton ici, non ?

— Je crois que c'est l'odeur préférée des campagnards de cette partie du monde.

— Flora ?

Les lèvres du jeune homme cherchèrent les siennes, et il l'embrassa. De petites flèches de désir irradièrent de la bouche de Flora à tout son corps. Elle avait beau commander à ses lèvres de se détacher, elles refusaient d'obéir. Il l'attira plus près de lui, l'enveloppant de ses bras et de sa chaleur. Le baiser sembla durer un long moment, tandis que les intentions de Flora de vieillir seule s'envolaient aussi vite que l'un des nuages noirs au-dessus de leurs têtes. Quand la pluie cessa, la jeune fille finit, non sans peine, par s'écarter de lui.

— Mon Dieu, Flora, lança Archie d'une voix haletante, qu'est-ce que tu m'as fait ? Tu es renversante ! Je t'adore…

Il voulut l'embrasser de nouveau, mais cette fois Flora résista, puis souleva la couverture et se redressa, étourdie de choc et de plaisir. Archie émergea lui aussi quelques secondes plus tard, et ils restèrent assis en silence.

— Mes excuses les plus sincères, j'ai peur que mes sentiments aient pris le dessus. Maintenant tu vas sans doute ajouter ce comportement déplacé à ma liste d'incartades. Mais je te supplie de ne pas le faire, Flora. Je n'ai tout simplement pas pu m'en empêcher. Je pense vraiment ce que j'ai dit : même si c'est inconvenant, je t'adore. Si tu veux la vérité, je ne pense à rien ni à personne d'autre depuis que j'ai posé les yeux sur toi en avril.

— Je...

— Écoute-moi, fit-il en lui prenant la main. C'est une des dernières fois que nous serons seuls tous les deux. Le seul motif pour lequel j'ai accompagné Elizabeth au bal à Londres, c'est que j'espérais t'y voir avec ta sœur. Puis je me suis rappelé que ton père m'avait invité à venir chasser avec lui dans les Highlands et c'était la parfaite excuse pour passer te voir sur le chemin du retour. Ces trois derniers jours avec toi ont été... sublimes. S'il y a deux personnes qui vont parfaitement ensemble, c'est bien toi et moi. Tu dois le ressentir aussi, non ?

Flora voulut se lever, mais Archie ne lui lâcha pas la main.

— S'il te plaît, crois-moi, l'implora-t-il. Je veux que tu me regardes et que tu te souviennes de chaque mot que j'ai prononcé, en sachant que c'est la vérité. Je dois repartir ce soir, car j'ai promis à ma mère que je serais de retour à la maison demain. Mais je t'écrirai et nous nous reverrons.

Son regard était sombre mais déterminé tandis qu'il pressait la main de Flora encore plus fort dans la sienne.

— Fais-moi confiance. Quoi qu'il arrive, tu dois me faire confiance.

Flora se tourna vers lui, bouleversée par cette soudaine effusion de sentiments. Après à peine trois jours ensemble, *comment* pouvait-elle lui faire confiance ?

— Nous ferions mieux d'y aller ou Sarah commencera à s'inquiéter, déclara-t-elle en détournant les yeux du regard insistant d'Archie.

— Oui, bien sûr.

Il lui lâcha la main, comme une corde tendue se cassant net, laissant la jeune fille étrangement démunie.

Ils descendirent la montagne en silence, aussi refroidis à l'intérieur qu'à l'extérieur.

Ils atteignirent enfin la voiture et Flora, épuisée et désorientée, dut faire de gros efforts pour garder les yeux ouverts. Ils n'échangèrent pas un mot pendant le trajet, chacun perdu dans ses pensées. Quand ils arrivèrent enfin au portail d'Esthwaite Hall, Archie arrêta la voiture.

— Flora, je dois rentrer chez moi réparer une terrible erreur que j'ai commise. Mais je te jure de le faire. Et je t'en supplie, n'oublie pas ce qui s'est passé entre nous ces trois derniers jours. Essaie de te souvenir que c'était bien réel. Tu me le promets ?

Flora le regarda dans les yeux et inspira profondément.

— Oui.

— Au revoir alors, Flora chérie.

— Au revoir.

La jeune fille sortit de la Rolls, claqua la portière et repartit chez elle d'un pas chancelant. Elle avait l'impression que la terre se dérobait sous ses pieds. En arrivant à la cuisine, elle trouva Sarah en train de grignoter une part de gâteau, les pieds sur le fourneau, et Mrs Hillbeck assise à la table, Panthère blotti dans les bras. Toutes deux levèrent les yeux, stupéfaites, avant d'éclater de rire.

— Miss Flora ! Où diable êtes-vous allée ? Et qu'est-ce que c'est que cet accoutrement ? Vous m'avez l'air à moitié noyée, s'exclama Sarah en se remettant de son étonnement.

— C'est le cas, répondit-elle.

Elle leur était reconnaissante de lui fournir cette impression de normalité dont elle avait besoin pour retrouver ses repères physiques et émotionnels. Sarah frottait déjà ses cheveux avec un chiffon en mousseline pour les sécher.

— Je reviens des montagnes, dit la jeune fille d'un air rêveur.

— Et elles ne vous ont pas ratée, marmonna Sarah. Ma pauvre chérie, montez vite enlever ces vêtements trempés. Je vais vous apporter du thé et vous faire couler un bain.

— Merci.

Flora gagna lentement la salle des bottes et retira les chaussures de marche boueuses de ses pieds endoloris. Elle se rendit dans sa chambre en boitillant et fut accueillie par les piétinements mécontents de ses animaux affamés. Elle se déshabilla, puis se dépêcha de glisser feuilles et graines à travers les barreaux. Une vague d'épuisement s'abattit soudain sur elle et elle s'allongea sur son lit.

Lorsque Sarah arriva avec le thé, elle la découvrit profondément endormie.

13

Flora passa la semaine qui suivit au lit, affaiblie par un terrible rhume. Avec la fièvre, l'épisode d'Archie prenait une tournure de rêve, et elle commençait à se demander si elle n'avait pas tout imaginé.

Lorsqu'elle se sentit enfin assez bien pour quitter son lit, elle descendit à petits pas sur ses jambes en coton et, dans le hall, découvrit plusieurs lettres qui lui étaient adressées sur le plateau d'argent prévu à cet effet. Il y en avait deux d'Aurelia et une de sa mère. Sur l'enveloppe de la quatrième, elle reconnut la graphie élégante d'Archie. Elle s'assit sur la première marche de l'escalier et, les mains tremblantes, ouvrit la missive.

High Weald
Ashford, Kent
le 5 juillet 1909

Ma si chère Flora,

J'espère que tu vas bien, même si pour ma part j'ai souffert d'un mauvais rhume les jours après notre escapade en montagne. Je voulais te dire que je pensais chacun de mes mots. Je te demande d'être patiente avec moi, car je dois m'efforcer de résoudre une situation complexe – née de mon empressement à prendre les meilleures décisions pour tous ceux que j'aime.

J'ai conscience de te parler en énigmes mais, malheureusement, les projets s'étaient mis en route avant que je ne te voie, et je dois à présent faire de mon mieux pour m'en extirper. La situation étant délicate, je te suggère de brûler cette lettre, car je sais que de telles missives ont l'habitude de tomber entre les mauvaises mains. Et je ne veux surtout pas te causer du tort.

Entre-temps, je te supplie à nouveau de me faire confiance, et demeure ton ami et ton admirateur le plus ardent,

Archie Vaughan

P.S. S'il te plaît, transmets toutes mes amitiés à Panthère. J'espère qu'il veille bien sur toi.

Flora lut et relut ses mots, essayant d'en comprendre le sens. Quand ils commencèrent à danser sur la page devant elle, elle replia la lettre en soupirant et la remit dans son enveloppe.

Pour essayer de penser à autre chose, elle saisit celles d'Aurelia. La première regorgeait de commérages racontés avec enthousiasme.

Il y a déjà eu deux annonces de fiançailles et Maman et moi avons été invitées aux deux fêtes qui ont suivi. À vrai dire, de nombreux jeunes hommes me courtisent, mais aucun deux n'a su voler mon cœur. J'étais déçue car ton ennemi juré, Archie Vaughan, était apparemment souffrant et a donc dû annuler la visite qu'il prévoyait à Londres. Maintenant je doute de le voir avant la fin de la saison, avant que tout le monde reparte à la campagne pour l'été ou, dans certains cas, à l'étranger. J'avoue qu'Esthwaite Hall va me paraître un peu ennuyeux après Londres, mais j'ai vraiment hâte de te voir, ma sœur chérie. Tu n'as pas idée à quel point tu m'as manqué.

— « Ennemi juré »… hah !

Flora posa la lettre et songea à tout ce qui avait changé depuis le départ d'Aurelia. Le cœur lourd, elle dut reconnaître les sentiments de sa sœur à l'égard d'Archie. Aurelia souhaitait seulement que Flora apprécie le jeune homme et lui pardonne. Elle serait horrifiée si elle apprenait la vérité.

Flora remonta dans sa chambre, glissa les lettres dans la poche en soie au dos de son journal, puis rangea celui-ci dans un tiroir de son bureau qu'elle ferma à clé. Elle fit monter au ciel une prière silencieuse – et plutôt égoïste – pour qu'un homme… n'importe quel homme qui ne soit pas Archie, vole le cœur d'Aurelia avant la fin toute proche de la saison. Elle était prête à partager beaucoup de choses avec sa sœur, mais elle savait pertinemment que sa nouvelle passion pour Archie Vaughan ne pourrait jamais en faire partie.

Elle s'allongea sur le lit et ouvrit la deuxième lettre d'Aurelia.

4, Grosvenor Square
Londres
le 7 juillet 1909

Ma si chère sœur,

C'est à la fois triste et heureuse que je t'écris pour t'annoncer qu'après tout, je ne rentrerai pas à la maison aussi vite que je le pensais. Lady Vaughan m'a invitée à passer quelques jours à High Weald ! Elizabeth m'a vanté la beauté de la propriété et j'ai hâte de découvrir les jardins légendaires qu'elle m'a décrits. Comme tu peux l'imaginer, ce qui me réjouit le plus dans ce séjour, c'est qu'Archie sera là. On m'a dit qu'il ne s'était pas encore tout à fait remis de son rhume et que c'est pour cela qu'il n'était pas revenu à Londres, où il manque à tout le monde. Maman rentrera donc seule à Esthwaite Hall et j'espère que tu me pardonneras de prolonger mon absence dans le Sud – et que tu en comprendras également les raisons. Je reviendrai à la maison en septembre et continuerai à t'écrire entre-temps.

Je t'embrasse fort, Flora chérie,
Aurelia

Une violente douleur s'empara du cœur de Flora. Une douleur qui surpassait de loin celle de toutes les ampoules aux pieds, de tous les accès de fièvre et de tous les deuils d'animaux de sa ménagerie. Aurelia allait séjourner à High Weald. C'est elle qui verrait en premier la maison que lui avait décrite Archie et, plus horrible encore, ses jardins bienaimés.

L'esprit traître de Flora se représenta Aurelia dans l'une de ses belles robes, sa tête blonde coiffée d'un grand chapeau de soleil orné de fleurs, en train de faire le tour des jardins avec Archie. Prise de nausée, elle s'effondra sur ses oreillers, craignant de vomir sur la fourrure noire et brillante de Panthère.

Lorsque Sarah frappa à la porte une heure plus tard pour s'enquérir de ce dont elle avait envie pour le déjeuner, la jeune fille fit semblant de dormir. Elle doutait de retrouver un jour l'appétit.

* * *

Sa mère revint de Londres la première semaine d'août. Flora voyait que Rose était tendue et mit cela sur le compte de sa tristesse d'être de nouveau à la campagne après tous les divertissements citadins. Trois jours plus tard, son père rentra des Highlands. Lui aussi paraissait malheureux mais, dans son cas, c'était permanent. Peut-être était-ce aussi dû à l'absence d'Aurelia, et au fait que l'imagination débordante de Flora élabore de noirs scénarios de sa sœur avec Archie à High Weald, toujours est-il que la maison dans son ensemble semblait recouverte d'un voile de morosité.

À présent pleinement rétablie de son rhume, Flora reprit sa routine habituelle, se levant tôt afin de chercher de la nourriture pour ses compagnons, partant faire des commissions en carriole à Hawkshead et dessinant tous les nouveaux trésors qu'elle découvrait lors de ses promenades sous le doux soleil de l'après-midi. Quand elle était à la maison, elle entendait des chuchotements derrière la porte du bureau de son père et, au dîner, la conversation était encore plus guindée qu'à l'accoutumée.

Alors que le mois d'août poussait ses derniers soupirs, Rose demanda à sa fille de venir la voir après le petit déjeuner. Flora se sentait soulagée en frappant à la porte du petit salon ce matin-là : quelle que soit la nouvelle que devait lui annoncer sa mère, ce serait une averse bienvenue après des semaines de temps lourd.

— Bonjour, Maman, fit-elle en entrant.

— Viens t'asseoir, Flora.

La jeune fille s'installa dans le fauteuil que lui avait indiqué sa mère. Une belle lumière traversait les fenêtres et illuminait les couleurs délavées du vieux tapis Mahal. Un feu avait été allumé dans la cheminée, signe de l'arrivée de l'automne.

— Flora, ces dernières semaines, ton père et moi avons beaucoup discuté de l'avenir de… notre famille.

— Je vois.

— J'espère que ce que j'ai à te dire ne sera pas un choc pour toi. Tu as beau être peu bavarde, j'ai conscience que tu remarques tout ce qui se passe autour de toi.

— Ah oui ? s'étonna Flora.

— Tout à fait. Tu es une jeune femme intelligente et perspicace.

Flora sut alors que la nouvelle serait mauvaise car, jusque-là, elle ne se souvenait pas avoir entendu un tel compliment dans la bouche de sa mère.

— Merci, Maman.

— Je ne vais pas y aller par quatre chemins, ton père va vendre Esthwaite Hall.

Flora eut le souffle coupé et Rose poursuivit en évitant le regard de sa fille.

— Ces dernières années, chaque penny est allé à son entretien, ce qui explique pourquoi nous vivons de façon si frugale. Le fait est qu'il n'y a tout simplement plus d'argent. Et, à raison, ton père refuse de s'endetter pour mener les réparations nécessaires. Il y a un acheteur qui est prêt à payer un bon prix et dispose des fonds nécessaires pour restaurer le Hall. Ton père nous a trouvé une maison dans les Highlands près du Loch Lee, et c'est là que nous déménagerons au mois de novembre. Je suis navrée, Flora. Je sais à quel point, plus que nous tous, tu aimes notre maison et ses environs. Mais il n'y a rien à faire.

Flora ne répondit pas, elle en était incapable.

— Ce n'est pas idéal, je te l'accorde et… reprit Rose en déglutissant avec difficulté, luttant pour ne pas céder à l'émotion, ce départ sera difficile pour moi aussi, c'est sûr, mais c'est ainsi.

Quant à toi, ton père et moi pensons que nous aurions tort de t'emmener avec nous dans un endroit aussi isolé, alors que tu es encore jeune et que tu as besoin de compagnie. Je t'ai donc trouvé une situation chez des particuliers à Londres qui, à mon avis, te conviendra très bien.

Flora eut alors une vision d'elle-même en train de nettoyer le fourneau ou d'éplucher des pommes de terre dans une cuisine au sous-sol.

— Et quelle est-elle, Maman ? réussit-elle enfin à articuler, la gorge sèche.

— Une très bonne amie à moi souhaite donner des cours supplémentaires à ses deux filles. Je lui ai parlé de tes talents pour le dessin et la peinture, ainsi que de tes connaissances en botanique. Elle m'a demandé si cela t'intéresserait de t'installer chez elle et d'enseigner ces disciplines à ses filles.

— Je vais devenir gouvernante ?

— Pas au sens commun du terme, non. La maison que tu vas rejoindre est riche et le personnel y est nombreux pour s'occuper des enfants et de leur éducation. Ton rôle sera plutôt celui d'une tutrice.

— Puis-je demander le nom de cette amie ?

— Elle s'appelle Alice Keppel. Elle est très respectée dans la société londonienne.

Flora hocha la tête ; le nom de cette dame ne lui disait rien. Elle ne connaissait d'ailleurs *aucun* nom de la société londonienne, très respecté ou non.

— Il s'agit d'une femme qui fréquente le meilleur monde, des gens très haut placés, et c'est un honneur qu'elle t'ait choisie pour une telle fonction, ajouta sa mère, une étrange expression sur le visage. Eh bien voilà, c'est dit. Tu partiras chez elle début octobre.

— Et Aurelia ? Ira-t-elle avec vous dans les Highlands ?

— À son retour du Kent, elle habitera chez tante Charlotte à Londres. Du moins, temporairement. Nous espérons que, bientôt, Aurelia aura sa propre maison.

Le cœur de Flora s'accéléra.

— Elle va se marier ? Avec qui ?

— Je suis certaine que ta sœur te l'annoncera dès que les fiançailles seront confirmées. À présent, Flora, as-tu des questions ?

— Non.

À quoi bon ? Son destin était déjà scellé.

— Ma chérie, je suis tellement désolée, fit Rose en tendant une main hésitante vers sa fille. Je regrette que les choses ne puissent être différentes pour toi et moi. Mais elles sont ce qu'elles sont, et nous n'avons d'autre choix que de nous en accommoder.

Flora ressentit soudain de l'empathie à l'égard de sa mère, qui semblait aussi abattue qu'elle.

— Je… m'habituerai à ma nouvelle situation, j'en suis persuadée. Dites à Mrs Keppel… dites-lui que je lui suis très reconnaissante.

Et avant de se couvrir de honte en éclatant en sanglots bruyants et désespérés, Flora quitta rapidement la pièce. À l'étage, elle ferma la porte de sa chambre à clé, s'effondra sur son lit, enfouit la tête sous les couvertures et pleura aussi silencieusement que possible.

Tout s'est envolé… ma maison, ma sœur, ma vie…

Panthère s'était lui aussi glissé sous les couvertures et sentir sa douce fourrure chaude provoqua un nouveau flot de larmes.

— Et que va-t-il t'arriver ? Et à Posy ? Et aux autres ? J'imagine mal comment Mrs Keppel, s'énerva-t-elle en crachant son nom, pourrait accepter un vieux crapaud et un rat dans sa maison *respectable.* Je vais donner des leçons à des enfants ! Bon sang, Panthère, je n'en connais presque aucun, alors les éduquer… Je ne suis même pas sûre de les apprécier tant que ça.

Panthère l'écouta avec patience, ronronnant dans son oreille en guise de réponse.

— Comment Papa et Maman ont-ils pu me faire ça ?

Flora rejeta ses couvertures en arrière et se redressa, tournant les yeux vers la vue magnifique d'Esthwaite Hall de l'autre côté de la fenêtre. Le chagrin avait cédé la place à la colère et elle se leva pour faire les cent pas, réfléchissant désespérément à une solution pour sauver, seule, sa maison bienaimée. Quand elle eut épuisé toutes les possibilités – il n'y en avait aucune, tout simplement – elle ouvrit toutes les cages. Ses animaux bondirent dans la chambre pour gambader, puis s'attroupèrent autour de leur maîtresse, comme pour la protéger.

— Mon Dieu, soupira la jeune fille désespérée, en les attirant contre elle. Que vais-je bien pouvoir faire ?

* * *

Tandis qu'une brume commençait à flotter au-dessus du lac, au petit matin, et que le soleil se couchait chaque soir plus tôt, Flora passait le plus de temps possible loin de la maison. Son père ne lui avait toujours pas parlé directement de la vente, ni de son départ imminent pour Londres. Les repas se déroulaient sans aucun changement, et la jeune fille en vint même à se demander si son père lui dirait au revoir quand elle partirait deux semaines plus tard.

Le seul signe que quelque chose se préparait fut l'arrivée de plusieurs fourgons pour charger des meubles – destinés à une vente aux enchères ou à la nouvelle demeure écossaise de ses parents, Flora n'aurait su le dire. Lorsqu'elle vit les déménageurs apporter des caisses vides dans la bibliothèque, elle s'y précipita et, telle une voleuse, se hâta de rassembler autant de ses livres préférés qu'elle en pouvait porter, avant de se précipiter à l'étage munie de son butin.

L'heure était au ramassage du foin à Esthwaite et dans les environs et, du fait du temps anormalement doux, tous les habitants du village avaient déserté leur maison au profit des champs où ils œuvraient pour rapporter le foin avant le début des pluies. Flora se promenait avec son panier, saluant les visages familiers à qui elle devrait bientôt dire adieu et récoltant autant d'échantillons végétaux différents que possible. Ce n'était sûrement pas à Londres qu'elle trouverait d'intéressants spécimens de faune et de flore à dessiner.

Le plus urgent cependant était de trouver une solution pour sa ménagerie. Si elle relâchait ses petits compagnons, aucun d'entre eux ne survivrait dans la nature après toutes ces années passées à Esthwaite Hall, logés et nourris. Mais que pouvait-elle faire d'autre ?

Et puis, tôt un matin, à son réveil, la réponse lui apparut évidente. Après le petit déjeuner, elle se para de son plus joli bonnet et se rendit à l'écurie pour atteler le poney à la carriole.

— Allez, fit-elle à Myla en la faisant démarrer, qui ne tente rien n'a rien.

Quelques instants plus tard, Flora tira sur les rênes pour arrêter le poney devant Hill Top Farm et l'attacha à un poteau. Puis elle lissa sa robe et son bonnet et ouvrit le portail en bois. En remontant l'allée, elle remarqua les plates-bandes bien entretenues, regorgeant de dahlias et de colchiques violets. À sa gauche, derrière une barrière verte en fer forgé, s'étendait un potager où elle aperçut de gros choux et les touffes feuillues de bottes de carottes. La façade de la maison était couverte de glycine et des cognassiers japonais égayaient ses murs de leurs abondantes fleurs rouges.

Flora marqua un arrêt devant la porte en chêne, la seule chose qui la séparait à présent de son héroïne. Son courage faiblit un instant, mais elle songea alors au destin certain de sa ménagerie si elle n'essayait pas et cogna le heurtoir en étain. Quelques secondes à peine s'écoulèrent avant qu'elle n'entende des bruits de pas qui s'approchaient. La porte s'ouvrit, laissant place à des yeux brillants et curieux.

— Bonjour. Que puis-je faire pour vous ?

Flora reconnut immédiatement miss Potter. Elle s'était attendue à ce que ce soit une bonne qui lui ouvre et se retrouva pantoise. La femme était assez débraillée. Elle s'essuyait les mains sur un tablier couvert de taches de fruits, enfilé sur une jupe en laine grise et un chemisier blanc tout simple.

— Vous ne vous souvenez sans doute pas de moi, commença-t-elle d'une voix timide, mais je m'appelle Flora MacNichol et j'habite à Esthwaite Hall, non loin d'ici. Un jour, vous êtes venue prendre le thé avec vos parents et ensuite vous m'avez écrit une lettre qui contenait l'histoire d'une chenille et d'une limace…

— Oh, mais bien sûr que je me rappelle ! Eh bien, miss MacNichol, vous avez drôlement grandi. Voulez-vous entrer ? Je suis en train de préparer de la confiture de mûres et je dois la surveiller. C'est la première fois que je m'y essaye, voyez-vous.

— Merci, répondit Flora, incrédule de se voir invitée chez la célèbre miss Potter.

Elle pénétra dans une entrée richement décorée qui tranchait avec l'extérieur simple de la demeure. Près de l'escalier, une horloge de parquet égrenait les secondes avec élégance et, contre le mur, une grande commode en chêne regorgeait de petits trésors. Tout était très soigné, un peu comme dans une maison de poupées, et Flora pouvait presque imaginer les souris des contes de miss Potter arpenter le cottage à toute allure et y semer le désordre. Elle se pinça discrètement pour s'assurer que c'était bien réel.

Les deux femmes se dirigèrent vers la cuisine où flottait une forte odeur de sucre brûlé.

— Oh non, ça a encore pris au fond, se lamenta miss Potter en se précipitant vers une casserole dont le contenu bouillait un peu trop joyeusement. Je dois continuer à remuer, excusez-moi. En général, c'est Mrs Cannon qui s'occupe de cela pour moi, mais j'ai pensé que ce serait bien que j'apprenne moi aussi. Je vous en prie, asseyez-vous et dites-moi ce qui me vaut le plaisir de votre visite.

— Je… eh bien, en fait, je suis venue vous demander un service, ou du moins des conseils.

Flora s'installa près de la table, chassant involontairement un gros chat tigré qui miaula de contrariété en sautant de la chaise. Il ne s'agissait tout de même pas de Tabitha Tchutchut en personne ? se demanda Flora, perplexe.

— Ne faites pas attention à Tom, c'est un râleur. Quel genre de service exactement ?

Flora se racla la gorge.

— Je… J'ai secouru un certain nombre d'animaux, qui résident actuellement dans ma chambre.

— Tout comme moi quand j'étais enfant ! se réjouit miss Potter. Et quels animaux avez-vous ?

Flora passa en revue sa ménagerie tandis que miss Potter remuait la confiture en l'écoutant avec attention.

— Oui, j'avais moi aussi tous les animaux que vous avez cités, à part le crapaud. Quoique peut-être, à un certain moment... Enfin bon, vous ne m'avez toujours pas dit comment je peux vous rendre service.

— Comme vous le savez probablement, Esthwaite Hall va être vendu. Je vais déménager à Londres et travailler dans une famille pour enseigner la botanique, le dessin et la peinture aux enfants. Et pour être honnête, je ne sais absolument pas quoi faire de mes pauvres petits amis orphelins.

— Aha ! s'exclama miss Potter en retirant la casserole du feu. La réponse est évidente : ils doivent venir vivre à Hill Top avec moi. Toutefois, je ne peux pas garantir qu'ils bénéficieront de toute l'attention à laquelle ils sont habitués, car ces temps-ci je suis particulièrement occupée. J'écris des livres, vous voyez.

— Je sais, miss Potter, je les ai tous.

— C'est vrai ? Comme c'est gentil de votre part. Bon, en ce qui concerne votre problème, je possède un grand abri de jardin qui est chaud et sec et que j'utilise régulièrement pour loger oiseaux blessés et autres malheureux. Votre ménagerie y serait la bienvenue. Votre crapaud y trouverait toutes sortes d'insectes, et nous y gardons des graines à portée de main pour nos autres animaux, même si je me suis rendu compte que je ne devais plus donner de graines de chanvre aux lapins – un jour elles ont mis mon pauvre Benjamin dans un drôle d'état. Vous dites que vous avez un rat albinos ? Il faudra que je veille à ce que Tom n'entre jamais dans l'abri.

Tandis que miss Potter évoquait toutes ses installations pour accueillir au mieux les nouveaux arrivants, Flora ressentit une grande reconnaissance et un immense soulagement.

— J'ai aussi Panthère, un chaton, ajouta-t-elle avec espoir.

— Celui-là risque de poser problème, car mon cher Tom règne sur ce petit monde depuis bien longtemps et n'appréciera sans doute pas d'avoir de la concurrence. Avez-vous envisagé d'autres possibilités pour votre Panthère ?

— Aucune à laquelle je puisse me fier.

— Dans ce cas, je vais interroger les habitants des environs et je suis sûre que nous trouverons quelqu'un pour l'adopter.

Puis-je vous demander votre aide pour filtrer la confiture et la verser dans les pots ?

— Bien sûr.

La jeune fille se leva sur-le-champ et miss Potter posa un plateau de bocaux sur la table. Côte à côte, toutes deux passèrent la confiture à travers une étamine pour la débarrasser des pépins des mûres, puis entreprirent de la verser dans les pots.

— C'est une baie si accommodante, nota miss Potter, presque avec affection. Elle mûrit sous la pluie et, comme vous le savez, ce n'est pas cela qui manque par ici. Alors, êtes-vous impatiente de partir pour Londres ?

— Absolument pas. Je ne vois pas comment je vais supporter de quitter Esthwaite, avoua Flora. Tout ce que j'aime est ici.

— Pourtant vous le devez, et vous y parviendrez, déclara miss Potter en raclant le fond de la casserole. J'ai grandi à Londres, et vous y trouverez de nombreux parcs et jardins magnifiques, sans parler du musée d'Histoire naturelle… Oh, et puis Kew Gardens bien sûr ! Mon conseil, ma chère, c'est de profiter au maximum de cette expérience. Ne dit-on pas que ça fait du bien de changer d'air ?

— Je vais essayer, miss Potter.

— C'est bien, l'encouragea-t-elle tandis qu'elles plaçaient des disques de cire sur la confiture, avant de visser les couvercles sur les pots. À présent, je crois que nous avons mérité un bon verre de sirop de fleurs de sureau. Pouvez-vous vous en charger pendant que je range le résultat de notre travail dans le garde-manger ?

Flora s'exécuta, désireuse de confier à miss Potter que celle-ci menait exactement la vie qu'elle-même désirait. Craignant que cela ne semble étrange, elle se contenta de tendre le verre de sirop à son héroïne, essayant de graver ce moment dans sa mémoire pour qu'il la réconforte dans son avenir incertain.

— Dessinez-vous toujours, miss MacNichol ? Je me souviens que c'était le cas lorsque vous étiez plus jeune.

— Oui, mais essentiellement la nature, et quelques animaux de temps en temps.

— Qu'y a-t-il d'autre à dessiner ? fit miss Potter en riant. En outre, la faune et la flore sont des critiques bien moins effrayantes que les hommes. Alors, comme ça, vous allez devenir une sorte de gouvernante. Ne souhaitez-vous donc pas vous marier ? Vous êtes assurément assez charmante pour plaire à un mari.

— Je… peut-être. Mais la vie ne m'a pas encore présenté une telle opportunité.

— Ma chère, j'ai quarante-trois ans, et je l'attends encore, cette opportunité ! Et malheureusement, il faut de nombreuses années pour réparer les cœurs brisés, déclara miss Potter, le regard soudain triste. Dites-moi, reprit-elle, qui sera votre employeur à Londres ?

— Une certaine Mrs Keppel. Je crois que mes élèves s'appellent Violet et Sonia.

À ces mots, miss Potter rejeta la tête en arrière et éclata de rire.

— S'il vous plaît, qu'y a-t-il de si drôle ?

— Oh, pardonnez-moi, je suis puérile. Mais ma chère, on vous a sûrement avertie des… relations de Mrs Keppel, non ?

Ne voulant pas sembler naïve, Flora cacha sa perplexité.

— Je… si, bien sûr.

— Il est certes dommage de quitter la beauté des Lacs, mais habiter chez ces gens s'annonce extrêmement intéressant ! Bon, il faut vraiment que je m'active, car moi aussi je dois me rendre demain à Londres, pour voir ma pauvre mère souffrante, et j'ai encore beaucoup à faire ici avant de partir. Sentez-vous libre de déposer votre ménagerie ces prochains jours. Si je ne suis pas rentrée, Mr et Mrs Cannon, qui habitent dans l'autre aile de la ferme, seront heureux de s'en occuper. Soyez assurée qu'ils savent que, chez moi du moins, les animaux ont la priorité. Vos petits amis seront traités comme des… princes, conclut miss Potter en riant de nouveau, avant de raccompagner Flora à la porte.

— Au revoir, miss Potter. Je ne saurais vous remercier assez pour votre gentillesse.

— Nous autres amateurs des lacs et des animaux, nous devons nous serrer les coudes, vous ne croyez pas ? Au revoir, miss MacNichol.

14

Les quelques jours qui lui restaient dans sa maison d'enfance s'égrainèrent à toute vitesse, et le malheur de Flora s'accrut au fur et à mesure qu'elle voyait les biens de sa famille s'entasser dans des caisses. On lui présenta une grande malle où ranger ses affaires et ses trésors, pour que ses parents les emportent avec eux en Écosse. Tandis qu'elle sortait ses journaux recouverts de soie – des archives détaillées de sa vie à Esthwaite – pour les envelopper dans du papier marron, elle ne put s'empêcher d'en relire des passages, pleurant tout ce qu'elle s'apprêtait à perdre.

Ses parents étaient si préoccupés qu'ils lui adressaient rarement un mot gentil. Bien qu'elle se soit habituée à leur attitude distante, Flora se sentait de plus en plus seule. Au fond, songeait-elle, elle serait peut-être même soulagée quand le moment viendrait pour elle de partir pour Londres.

En outre, Archie n'avait plus donné de nouvelles, et Flora avait décidé que, quoi qu'il lui ait promis, elle ferait mieux de ranger les souvenirs de leurs journées de complicité avec le reste de son passé. Étant donné les sentiments évidents d'Aurelia à son égard, clairement exprimés dans les lettres qu'elle lui avait envoyées de High Weald, c'était la seule option sensée. Non que cette résolution aide beaucoup. La jeune fille continuait de penser à lui jour et nuit.

Le plus pénible fut de faire ses adieux à ses animaux bienaimés quand elle les installa dans l'abri de miss Potter et qu'elle donna ses instructions à Mrs Cannon. La séparation se révéla cependant un peu plus supportable lorsque Flora vit le ravissement de Ralph et Betsy, les aînés de Mrs Cannon, qui prirent immédiatement Maisie et Ethel – les deux loirs – et promirent de bien s'en occuper.

Quant à Panthère, Sarah, qui avait refusé de partir pour les Highlands « en raison de toutes les tiques et les mites », le prendrait avec elle dans le joli cottage qu'elle partageait avec sa mère à Far Sawrey. Au moins, Flora était soulagée de savoir ses animaux bien lotis, même si, elle, ne l'était pas.

* * *

Le matin de son départ pour Londres, le cœur aussi lourd que le gros rocher d'Esthwaite Water, Flora descendit saluer l'aube de la terre des Lacs pour la dernière fois.

Dehors, le paysage lui offrit une ultime merveilleuse vision à emporter avec elle. Les cieux d'automne étaient embrasés de marbrures violettes et écarlates, et l'air perlé de brume. Assise sur le gros rocher lisse, elle inspira à pleins poumons l'air frais et pur.

— Adieu, souffla-t-elle, fermant les yeux afin d'imprimer cette image dans son esprit, pour toujours.

De retour dans sa chambre, elle s'habilla en vitesse, enfila sa cape de voyage et appela Panthère. D'habitude, il émergeait de sous les couvertures, encore à moitié endormi, s'étirant paresseusement, ses yeux ambre indiquant son irritation d'être ainsi dérangé. Mais cette fois il n'apparut pas et, après avoir regardé dans tous les recoins de sa chambre, Flora déduisit qu'elle avait dû laisser la porte entrouverte quand elle était sortie plus tôt et que le chaton l'avait suivie au rez-de-chaussée.

Tilly et Mrs Hillbeck s'affairaient déjà dans la cuisine.

— Votre mère nous a demandé de vous préparer un pique-nique. Le voyage est long jusqu'à Londres, déclara Tilly en attachant les lanières en cuir du panier.

— Avez-vous vu Panthère ? leur demanda-t-elle en regardant sous la table. Je le cherche partout, sans succès. Il faut que je lui dise au revoir…

— Il n'a pas pu aller bien loin, miss Flora, j'en suis sûre, mais votre mère vous attend déjà près de la porte. Je vais le chercher pour vous, ne vous inquiétez pas, la rassura Sarah en sortant du garde-manger.

— Au revoir, miss Flora, et bonne chance dans cette ville barbare. Je ne voudrais pas être à votre place, renifla Mrs Hillbeck. Je vous ai fait des friands aux groseilles – je sais que vous les adorez.

— Merci. S'il vous plaît, promettez-moi que vous veillerez sur Panthère et que vous m'écrirez pour me dire qu'il va bien !

— Bien sûr, ma chère. De votre côté, faites bien attention à vous. Vous allez nous manquer, ajouta Mrs Hillbeck, la larme à l'œil.

La jeune fille balaya une dernière fois la cuisine du regard, dans l'espoir de retrouver son chaton, puis sortit rejoindre sa mère.

— Flora, nous devons partir maintenant, sans quoi nous allons rater notre train.

Rose se tenait royalement dans le hall, les mains rentrées dans un manchon en fourrure pour se protéger de la fraîcheur matinale. Flora s'avança vers la porte, suivie de Sarah qui portait le panier à pique-nique.

— Dis au revoir à ton père. Je t'attendrai dans la voiture.

À sa grande surprise, son père était descendu dans l'entrée, s'appuyant sur sa canne encore plus lourdement que d'habitude.

— Flora, ma chère. Je… eh bien, en fait… je suis navré de la tournure prise par les événements.

— Ce n'est pas votre faute si nous n'avons pas d'argent pour garder la maison, Papa.

— Non, c'est à dire que… reprit Alistair en regardant ses pieds. Je ne faisais pas directement référence à cela, mais merci. Je suis certain que tu écriras régulièrement à ta mère, et j'aurai ainsi vent de tes aventures. Je te souhaite bonne chance pour l'avenir. Au revoir, ma chère.

— Merci, Papa. Au revoir.

Flora s'éloigna et ressentit soudain une profonde tristesse face à l'irrévocabilité de l'adieu de son père. En montant dans la calèche, elle jeta un regard à Esthwaite Hall. Quand le cocher démarra, elle se demanda si c'était la dernière fois qu'elle voyait la propriété. Ou son père.

* * *

Une fois installée dans la voiture de première classe pour le long trajet jusqu'à Londres, Flora garda le silence, observant le paysage qui, très vite, abandonnait vallées et collines au profit d'une platitude peu familière, et pleurant intérieurement tout ce qu'elle venait de perdre. À l'inverse, au fur et à mesure que défilaient les kilomètres et que le train éloignait les passagers de leur terre, l'humeur de Rose s'égayait.

— Peut-être devrais-je te parler un peu de la famille Keppel.

— Oui, Maman.

Flora n'écouta qu'à moitié sa mère s'extasier de la merveilleuse maison à Portman Square, du haut rang qu'occupait la famille dans la société et des deux filles, Violet et Sonia, qui avaient quinze et neuf ans.

— Évidemment, Violet est une beauté, quant à Sonia… eh bien, pauvre agneau, disons qu'elle a d'autres qualités pour compenser son physique quelconque. Elle est plutôt douce et gentille, alors que Violet n'est pas facile. Mais bon, fit Rose en regardant par la fenêtre et en esquissant un léger sourire, ce n'est pas étonnant, étant donné la vie qu'elle a menée.

— Quelle vie, Maman ?

— Oh, se reprit Rose, c'est peut-être juste que l'aîné d'une fratrie est toujours très gâté.

Ce fut au tour de Flora de détourner les yeux, mais pas avant de voir rosir les joues de sa mère. Elles savaient toutes les deux que, dans leur famille, cela n'avait pas été le cas.

À une heure, Rose annonça qu'elle avait faim et Flora ouvrit docilement le panier à pique-nique.

— Je trouve la nourriture de la voiture restaurant absolument immangeable, ajouta-t-elle tandis que Flora lui tendait une assiette et une serviette.

Toutes deux poussèrent un petit cri en voyant surgir du panier une minuscule boule noire qui, après un rapide coup d'œil à son nouvel environnement, disparut sous les jupes de sa maîtresse.

— Dieu tout-puissant ! Que fabrique-t-il ici, Flora ? s'enquit Rose avec un regard noir. Tu ne l'as quand même pas amené en cachette ?

— Bien sûr que non, Maman ! C'est lui qui est venu tout seul, répondit-elle en récupérant Panthère et en le serrant contre elle, les yeux humides de joie.

— Que va-t-on bien faire de lui à notre arrivée à Londres ? Je suis persuadée que les Keppel n'accepteront pas d'animal chez eux, étant donné les gens qu'ils reçoivent.

— Maman, je comprends que Panthère puisse être vu comme un désagrément mais, d'après mon expérience, la plupart des enfants adorent les chatons, et il se pourrait que Violet et Sonia aussi.

— En tout cas, ça commence mal, soupira Rose. Ça commence très mal.

* * *

Panthère profondément endormi à l'intérieur du panier – comme s'il comprenait le jeu qu'il devait jouer –, mère et fille descendirent du train à la gare d'Euston.

— Cette chère Alice m'a informée qu'elle nous enverrait Freed, son chauffeur, pour nous accueillir. Ah, le voilà.

Flora accéléra le pas pour ne pas perdre dans la foule sa mère qui avançait à grandes enjambées vers un petit homme moustachu, vêtu d'un élégant manteau vert bouteille aux boutons en cuivre étincelants. Il retira sa casquette et leur fit un salut. L'odeur et le bruit incessant des moteurs et des passagers donnaient le tournis à Flora. Même Panthère miaula de peur et de mécontentement des profondeurs du panier à pique-nique.

— Bonsoir, madame, mademoiselle, soyez les bienvenues à Londres, déclara Freed, avant de sommer le porteur de les aider avec les bagages. Avez-vous fait bon voyage ? s'enquit-il poliment tandis qu'ils sortaient de la gare, suivis du porteur qui poussait le chariot chargé de bagages.

Luisant sous le soleil de fin d'après-midi, une automobile les attendait. Flora et sa mère s'installèrent sur la banquette en cuir moelleux, tandis que Freed faisait ronronner le moteur. Ils s'engagèrent alors dans les grandes rues de Londres.

Flora observa les citadins élégants qui déambulaient sur Marylebone Road, ainsi que les immeubles imposants qui semblaient percer le ciel. Des miaulements plaintifs s'élevaient du panier sans discontinuer, mais Flora n'osait pas l'ouvrir pour réconforter Panthère tant que sa mère était à ses côtés.

La voiture fit le tour d'un parc magnifique, bordé de grandes maisons en briques, et s'arrêta devant l'une d'elles. Aussitôt, la porte s'ouvrit et un valet de pied apparut pour aider les dames à descendre. Elles entrèrent dans la maison, et il proposa à Flora de prendre son panier.

— Non, merci monsieur. J'ai des… présents pour la famille à l'intérieur, mentit rapidement la jeune fille.

On les débarrassa chacune de leur cape et de leur chapeau, avant de les conduire en haut d'un escalier étroit jusqu'à un petit salon qui, à première vue, ressemblait davantage à une serre, remplie d'orchidées parfumées, de lys et d'énormes œillets dans des vases en cristal taillé.

Sur un canapé jonché de ravissants coussins trônait sans doute la femme la plus belle – ou en tout cas la mieux habillée – que Flora ait jamais vue. Ses épais cheveux auburn dégringolaient sur ses épaules en boucles sophistiquées, des rangées de perles accentuaient sa peau d'albâtre et un profond décolleté révélait une poitrine impressionnante. Pour couronner le tout, elle avait des yeux d'un bleu extrêmement vif et, le temps que la dame se lève pour les accueillir, Flora était déjà subjuguée.

— Ma chère Rose, s'exclama-t-elle en étreignant la mère de Flora. Le voyage a-t-il été fatigant ? J'espère que non.

— Non, Alice, c'était tout à fait confortable, même si Flora et moi sommes toutes deux soulagées d'être arrivées.

— J'imagine. Voici donc la fameuse Flora, ajouta Alice Keppel en tournant vers la jeune fille son regard pénétrant. Bienvenue chez moi, ma chère. J'espère que tu seras très heureuse ici. Mes filles ont hâte de faire ta connaissance. Nannie m'a appris que la petite Sonia avait passé la journée à faire des dessins à ton intention. À leur grand regret, elles sont en train de prendre leur bain, après quoi elles iront se coucher, mais je leur ai promis de te les présenter demain matin sans faute.

Un triste gémissement sortit du panier et une minuscule patte noire apparut sous le couvercle.

— Qu'as-tu donc là-dedans ? s'enquit Mrs Keppel tandis que tout le monde dans la pièce tournait les yeux vers le panier.

— C'est un… chaton, répondit Flora en jetant un coup d'œil au visage horrifié de sa mère. S'il vous plaît, Mrs Keppel, je n'avais pas l'intention de l'amener avec moi, mais il s'est débrouillé pour voyager clandestinement.

— C'est vrai ? Quel petit malin, fit-elle en riant. Voyons voir à quoi ressemble ce clandestin. Je suis sûre que les filles seront absolument ravies.

Flora entreprit de détacher les lanières en cuir du panier, tandis que Rose, très embarrassée, marmonnait des excuses. Ignorant son amie, Mrs Keppel se pencha et, dès que Flora eut ouvert le couvercle, souleva Panthère d'une main experte.

— Que tu es beau, jeune homme, et farceur aussi, à ce que je vois. J'avais un chat semblable à Duntreath, quand j'étais petite. Je suis certaine qu'il sera très apprécié à la nurserie.

Quand Mrs Keppel rendit Panthère à sa maîtresse, celle-ci aurait pu tomber à genoux et baiser les pieds de cette femme.

— Bon, nous dînerons à huit heures, et j'ai invité de vieux amis à toi, ma chère Rose. Miss Draper, notre gouvernante, va vous conduire à vos chambres où vous pourrez vous reposer et vous changer. Flora, je t'ai mise dans une chambre près de celle de ta mère. J'espère qu'elle te plaira, ajouta-t-elle en serrant les mains de la jeune fille dans les siennes. Bienvenue.

En montant au deuxième étage à la suite de miss Draper, Flora se demandait si l'accueil généreux de Mrs Keppel était authentique ou si elle jouait la comédie. S'il était bien réel, c'était l'accueil le plus chaleureux qu'elle ait jamais reçu de la part d'une étrangère. Au moment où Rose s'apprêtait à disparaître dans sa chambre, Flora fut frappée par une pensée soudaine et prit sa mère à part.

— Maman, je n'ai rien de convenable à me mettre pour le dîner, chuchota-t-elle.

— Tu as raison. Pardonne-moi, j'aurais dû prévoir une telle éventualité, mais je ne savais pas que Mrs Keppel souhaitait te présenter à la société. Je vais lui dire que tu es éreintée après notre voyage et demander à l'une des bonnes de te monter un plateau. Demain, à mon départ, je te laisserai la robe du soir que j'ai apportée. Il faudra l'ajuster, mais je suis persuadée qu'il y a une couturière parmi le personnel. Comme tu peux l'imaginer, la garde-robe de Mrs Keppel est vaste.

— Merci, Maman.

La gouvernante emmena Flora un peu plus loin dans le couloir et ouvrit la porte d'une chambre spacieuse et haute de plafond, richement meublée. Un joli bouquet de fleurs trônait sur la commode et de douces serviettes de toilette étaient entreposées près d'un lavabo.

— Si vous avez besoin de quoi que ce soit, miss, sonnez et demandez Peggie, indiqua la gouvernante en désignant la bonne derrière elle qui fit alors une petite révérence. Elle descendra également votre chat à la cave pour qu'il fasse ses… besoins.

— Merci, répondit Flora.

Elle s'apprêtait à ajouter qu'elle ne verrait pas d'inconvénient à s'occuper elle-même de Panthère, mais les deux domestiques avaient déjà quitté la pièce. Elle s'approcha de la fenêtre, la nuit était tombée et la place était désormais éclairée par des lampes à gaz. Des voitures s'arrêtaient devant les maisons voisines, laissant descendre leurs élégants passagers, coiffés de hauts-de-forme noirs et brillants ou de larges chapeaux à plumes.

Se détournant de la fenêtre, elle vit que Panthère se sentait déjà tout à fait à son aise : assis au milieu du grand lit en cuivre, il faisait sa toilette bien tranquillement. Elle grimpa près de lui et s'allongea, levant les yeux vers le plafond immaculé, dépourvu de toute fissure et de toute tache d'humidité.

— Mon Dieu, ils doivent être riches si même leurs domestiques logent dans des chambres comme celle-ci, murmura-t-elle.

À ces mots, ses paupières se fermèrent et elle s'assoupit. Plus tard, elle sursauta en entendant des petits coups à sa porte. Elle se redressa, désorientée, ne se rappelant pas où elle était.

— Je t'ai réveillée, ma chérie ? demanda Rose en entrant dans la chambre.

Elle portait une robe couleur émeraude et le diadème familial qui, d'ordinaire, languissait dans le coffre-fort d'Esthwaite Hall, étant donné le peu d'occasions qu'elle avait de l'arborer. Ce soir-là, Rose semblait étinceler autant que les diamants dont elle était coiffée.

— J'imagine que ce voyage m'a fatiguée, Maman. J'espère que Mrs Keppel n'est pas offensée que je ne descende pas dîner.

— Elle comprend très bien. Regarde, je t'ai apporté quelque chose. Je pense que cela t'irait bien, annonça Rose en tendant à sa fille un écrin à bijoux.

Quand elle l'ouvrit, Flora poussa un petit cri de surprise en découvrant le collier de perles de sa mère et les boucles d'oreilles assorties. Rose sortit le collier et l'attacha autour du cou de Flora. Ensemble, elles admirèrent le reflet de la jeune fille dans le miroir.

— Ma mère me l'a offert lorsque j'ai fait mes débuts dans la société londonienne. Je l'ai gardé précieusement pendant toutes ces années, mais le moment est venu de te le transmettre, expliqua-t-elle en posant doucement la main sur l'épaule de sa fille.

— Merci, Maman, répondit Flora, profondément touchée.

— J'espère vraiment que tu te plairas ici. J'ai l'impression que Mrs Keppel t'apprécie déjà.

— Je suis sûre que tout ira bien. Mrs Keppel m'a l'air d'une grande gentillesse.

— En effet. À présent, je dois descendre dîner. Mrs Keppel m'a demandé de t'informer qu'elle te retrouverait demain matin, à huit heures précises, à la nurserie du troisième étage, pour te présenter aux enfants et au reste du personnel. Toi et moi, nous nous dirons au revoir plus tard. Je prendrai demain le train pour les Highlands, afin d'aller préparer la nouvelle maison avant l'arrivée de ton père. Peggie va t'apporter ton dîner dans ta chambre. Dors bien, Flora, fit-elle en lui embrassant le haut de la tête.

— Oui, Maman. Bonne nuit.

15

Le lendemain matin, Flora se réveilla au milieu des bruits inhabituels de la maison et de la rumeur de la ville. À sept heures, on frappa à sa porte et Peggie entra avec un plateau, avant d'allumer un feu dans la cheminée.

En buvant son thé, Flora s'émerveilla de la richesse de ce foyer qui avait des domestiques pour s'occuper des domestiques. Lorsque Peggie sortit, Panthère fermement coincé sous le bras, elle enfila ce qu'elle trouva de mieux dans sa maigre garde-robe : une robe bleue en lin, dont Sarah avait agrémenté l'ourlet en y brodant des fleurs. Alors qu'elle attachait sa chevelure indisciplinée, Peggie réapparut avec le chaton.

— Vous êtes prête, miss ? On vous attend dans la nurserie.

Flora souleva Panthère et suivit la bonne à l'étage supérieur, jusque dans une pièce aux murs blancs lumineux percés par de grandes fenêtres offrant une merveilleuse vue sur le parc en contrebas. Mrs Keppel se tenait près de la cheminée, à côté de ses deux filles. Sonia, la plus jeune, portait un sarrau blanc fraîchement amidonné, ainsi que des souliers vernis noirs à boucles. Violet, sa sœur de quinze ans, arborait une jupe avec ce qui ressemblait à une chemise d'homme, ainsi qu'une cravate.

— Mes chéries, dites bonjour à miss MacNichol.

— Bonjour, miss MacNichol, répétèrent poliment les deux enfants.

Flora leur sourit et les salua à son tour. Elle vit que Violet, malgré son accoutrement étrange, était déjà une copie conforme de sa mère : très jolie, dotée de courbes féminines et de très beaux yeux bleus. Sonia était plus brune, plus maigre et avait un teint similaire à celui de Flora. Le contraste entre les deux sœurs lui rappela aussitôt celui qui existait entre elle et Aurelia.

— Comment s'appelle ce chat ? demanda Violet. Peut-on le prendre sans crainte ? Il a l'air féroce avec ses griffes.

— Je vous présente Panthère, et je vous assure qu'il est parfaitement apprivoisé. Toutefois, il n'aime pas qu'on l'embête, ajouta Flora, percevant le tempérament capricieux de Violet.

— Puis-je le caresser ?

Sonia s'approcha en tendant une main prudente.

— Bien sûr.

Elle déposa Panthère dans les bras de la petite fille et se prit immédiatement d'affection pour elle en voyant le chaton frotter sa tête contre les doigts de Sonia, les yeux plissés de contentement.

— À présent, Flora, puis-je te présenter à Nannie et à Mlle Claissac ? intervint Mrs Keppel au moment où deux femmes entraient.

L'une était assez imposante et portait une robe grise et un tablier impeccable ; l'autre était une petite blonde bien en chair qui regarda Flora comme si elle sentait mauvais.

— Je suis heureuse de faire votre connaissance, déclara Flora en s'obligeant à faire la révérence à Nannie, cette force de la nature qui, de toute évidence, dirigeait la nurserie.

— Moi aussi, miss MacNichol, répondit-elle d'un ton bien plus doux que celui auquel s'attendait Flora, avec une pointe de grasseyement écossais.

— *Enchantée,* fit Mlle Claissac en français. Vous pouvez m'appeler « Moiselle », ajouta-t-elle avec dédain.

— Moiselle donne des cours à Sonia dans la salle de classe, expliqua Mrs Keppel. Quant à Violet, elle se rend à l'école de miss Wolff à South Audley Street.

— Et il ne faut pas que je sois en retard, Maman, déclara Violet en regardant l'horloge au mur. Vita doit déjà m'attendre dehors.

— Bien sûr, ma chérie. À présent, je vous laisse voir toutes les trois comment organiser l'emploi du temps des filles pour leur permettre de passer une heure par jour avec miss MacNichol.

— Oui, madame, répondit Nannie en faisant une révérence respectueuse mais maladroite.

Soudain, Violet éternua et sa mère se tourna vers elle, inquiète.

— J'espère que tu n'es pas en train de t'enrhumer, Violet chérie.

— Non, c'est sans aucun doute à cause de *ça*, répondit l'adolescente en pointant du doigt Panthère, toujours confortablement installé dans les bras de Sonia.

Flora retint sa respiration, mais Mrs Keppel se contenta de hausser les épaules.

— Je ne crois pas à ces prétendues « allergies ». La meilleure chose que tu puisses faire, c'est justement de t'habituer à la fourrure des animaux.

Flora appréciait Mrs Keppel de plus en plus.

Violet partit pour l'école et Panthère quitta Sonia à contrecœur afin de la laisser suivre Moiselle pour ses leçons du matin. Flora se retrouva seule avec Nannie, et toutes deux essayèrent de trouver une heure dans la journée pendant laquelle la jeune fille pourrait enseigner le dessin et la botanique aux enfants. Néanmoins, entre les cours de danse, la gymnastique, les visites culturelles au musée avec Moiselle, sans parler des innombrables événements sociaux de l'après-midi, cela semblait impossible.

— Peut-être à six heures ? tenta Flora en indiquant désespérément un blanc sur l'emploi du temps.

— Certains jours éventuellement, miss MacNichol, mais souvent elles doivent descendre prendre le thé avec… un ami de leur mère.

— Eh bien, nous devons trouver une solution, sans quoi je ne les verrai jamais.

— Je vais parler avec Moiselle et voir si elle ne pourrait pas libérer Sonia deux ou trois heures par semaine, le matin, la réconforta Nannie. Et, bien sûr, vous êtes la bienvenue si vous souhaitez vous joindre à nous à la nurserie pour le déjeuner et le dîner, même si je suppose que vous dînerez très bientôt en bas. Bon, fit Nannie en se levant, je dois y aller.

Comme elle n'avait pas reçu d'autres instructions, Flora redescendit dans sa chambre. Elle s'assit sur son lit et se demanda ce qui avait bien pu pousser Mrs Keppel à l'employer, puisqu'il était évident qu'elle n'avait nul besoin d'elle.

On frappa à la porte et Peggie entra.

— Miss MacNichol, votre mère vous attend dans le petit salon de Mrs Keppel.

— Merci, Peggie.

Flora descendit au premier étage et trouva sa mère déjà vêtue de sa cape de voyage.

— Bonjour, Flora. Que penses-tu des filles ?

— Toutes deux m'ont l'air gentilles, même si pour l'instant je n'ai passé que quelques minutes avec elles.

— Tant mieux. Je suis persuadée que tu te plairas ici, Flora. Mrs Keppel est une femme très bienveillante et compréhensive. Et tu vas faire la connaissance de la plus haute société. J'espère que tu ne me décevras pas.

— Je ferai de mon mieux, Maman.

— Tu as bien notre nouvelle adresse ?

— Oui, et j'écrirai souvent.

— Dans ce cas, je compte sur toi pour me donner toutes les nouvelles intéressantes de Londres. J'avoue être un peu jalouse ; j'aimerais tellement rester moi aussi. Au revoir, ma chérie, je prie pour que cette décision ait été la bonne. Pour nous tous.

Rose embrassa sa fille, puis quitta rapidement la pièce.

Flora sentait des larmes lui piquer les yeux. Elle s'approcha de la fenêtre pour regarder sa mère monter dans la voiture. Même si c'était elle qui se voyait privée de sa maison bienaimée, Flora avait tout de même l'impression que c'était sa mère qu'on bannissait.

— Tout va bien, ma chère ? lui demanda Mrs Keppel en entrant au petit salon.

— Oui, merci, répondit Flora en essuyant vite ses larmes.

— J'imagine à quel point il est dur pour toi de quitter les lacs et ta famille. Mais je t'en prie, considère cette maison comme la tienne, et nous tous comme une famille de substitution. Ma couturière viendra te voir demain à dix heures. Nous devons te constituer une garde-robe afin que tu puisses être présentée, et puis, poursuivit Mrs Keppel en tournant autour de Flora comme un aigle jaugeant sa proie, cette magnifique chevelure a besoin d'une bonne coupe.

— Vraiment, madame, je peux me débrouiller avec les vêtements que j'ai apportés, et mes cheveux ont été coupés il y a quelques semaines seulement.

— Ma chère, peut-être que *toi* tu peux t'en accommoder, mais sûrement pas *moi* !

— Je pensais qu'on me donnerait peut-être un uniforme.

— Un uniforme ! Dieu tout-puissant, tu penses avoir été engagée comme domestique ? s'exclama Mrs Keppel avant de partir dans un rire mélodieux. Ma chère Flora, la situation est de plus en plus absurde ! Je crois que je vais te surnommer « Cendrillon », ajouta-t-elle en faisant gentiment asseoir Flora près d'elle sur la méridienne. Sois assurée que tu n'es pas une domestique dans cette maison, mais une jeune amie de la famille qui loge ici en invitée. Quand je vais rapporter à Bertie ce que tu pensais, il va trouver cela hilarant ! Pour l'heure, néanmoins, jusqu'à ce que ta garde-robe soit prête, je dois te confiner dans les étages supérieurs avec mes filles. Au moins, cela te donnera l'occasion de faire connaissance avec elles. Sonia est si douce, et Violet… eh bien, soupira Mrs Keppel, je crois qu'elle a besoin d'être conseillée et guidée par une fille plus âgée. Elle est à un âge si vulnérable et si impressionnable.

— Je ferai de mon mieux pour les aider toutes les deux.

— Merci, ma chère. À présent, je dois aller me changer. J'attends des invités pour le déjeuner.

Flora quitta le petit salon de Mrs Keppel, ne comprenant absolument pas ce qui poussait cette femme à vouloir dépenser du temps et de l'argent pour *elle*. Elle était arrivée en pensant qu'elle deviendrait une sorte de gouvernante. Et voilà qu'elle ne savait plus quelle serait sa place dans la maison.

Cependant, d'après le peu qu'elle en avait vu, il ne s'agissait pas là d'une famille ordinaire. Et Alice Keppel n'avait rien d'une femme traditionnelle.

Flora accepta l'offre de Nannie et déjeuna avec Moiselle et Sonia à la nurserie. Sonia bavardait gaiement, heureuse d'avoir une nouvelle personne à qui parler.

— Moiselle dit que vous allez peut-être m'apprendre à peindre ? Et à reconnaître les fleurs.

— Oui, j'aimerais beaucoup, si nous trouvons le temps.

— S'il vous plaît, trouvez le temps, chuchota la petite fille à Flora quand Moiselle se leva pour prendre le dessert sur la table roulante. Je déteste Moiselle et je hais les cours.

— Je ferai mon possible, lui chuchota Flora en retour.

— Avez-vous une sœur, miss MacNichol ?

— Oui.

— L'aimez-vous ?

— Énormément. Je l'adore.

— Même Nannie dit que Violet est une chipie. Et elle n'est pas très gentille avec moi.

— C'est le cas de certaines sœurs mais, au fond, elles vous aiment.

Sonia ouvrit la bouche pour faire une autre remarque, mais se retint en voyant Moiselle revenir.

— Je vais essayer d'aimer ma sœur davantage, se contenta-t-elle de dire avec gravité.

Après le déjeuner, Nannie emmena Sonia pour lui faire un brin de toilette et la pomponner avant qu'une voiture ne conduise la petite fille à un cours de danse, alors Flora se retira dans sa chambre pour lire. Puis, ressentant le besoin de prendre l'air, elle descendit avec Panthère.

Au rez-de-chaussée, à peine avait-elle ouvert une porte arrière donnant sur une sorte de cour que Mr Rolfe, le majordome, l'attrapa par le bras.

— Où allez-vous, miss MacNichol ?

Flora expliqua sa mission et Mr Rolfe prit un air très embarrassé en lançant un regard furtif vers une pendulette d'officier.

— Je vais demander à Peggie de sortir le chaton, déclara-t-il.

— Je me disais que je pourrais en profiter pour prendre l'air moi aussi.

— C'est impossible actuellement. Mrs Keppel attend un invité pour le thé d'un instant à l'autre.

Mr Rolfe appela Peggie, qui apparut aussitôt et prit Panthère des bras de Flora.

— Ne vous inquiétez pas, miss, je vais m'en occuper pour vous. J'adore les chats, vraiment.

La bonne sortit à la hâte et Mr Rolfe escorta Flora vers l'escalier principal, se retournant sans cesse vers la porte d'entrée. Alors qu'elle remontait, Flora entendit une calèche s'arrêter devant la maison.

— Le voilà, Johnson. Ouvrez, voulez-vous ? indiqua Mr Rolfe au valet de pied qui s'empressa de s'exécuter.

Flora aurait aimé rester pour découvrir qui était cet invité spécial mais, trop effrayée par le majordome pour lui désobéir, elle monta l'escalier en vitesse, passant devant le petit salon de Mrs Keppel, d'où émanait un parfum fleuri entêtant. Une fois à l'étage supérieur, elle se pencha légèrement au-dessus de la rampe et entendit une voix d'homme, ainsi que des pas lourds qui montaient l'escalier. L'invité mystérieux avait une toux rauque et profonde, et une forte odeur de cigare se répandit dans la cage d'escalier. Alors qu'elle se penchait davantage pour essayer de l'apercevoir, elle sentit une main sur son épaule qui l'attirait en arrière.

— Bon, miss MacNichol, mieux vaut ne pas espionner dans cette maison, la réprimanda Nannie d'un air amusé.

Une porte se referma à l'étage du bas et les bruits de pas s'estompèrent.

— Mrs Keppel ne doit jamais être dérangée lorsqu'elle reçoit l'après-midi. C'est compris ?

— Oui, Nannie.

Rouge de honte, la jeune fille se retira dans sa chambre.

16

Deux semaines plus tard, Flora retint sa respiration et crut que ses côtes allaient se briser tandis que Barny, la femme de chambre de Mrs Keppel, serrait le corset qu'elle lui avait fait enfiler.

— Voilà, c'est fait.

— Mais je ne peux pas respirer…

— Non, aucune femme vêtue de la sorte d'ailleurs, mais regardez, dit Barny en désignant le reflet de Flora dans le miroir. À présent, vous avez une taille. Vous allez vous y habituer, miss MacNichol, comme toutes les dames. Les baleines se détendront avec le temps.

— Je peux à peine bouger…

Barny assembla une bande de soie bleue et fit signe à Flora de se placer au milieu.

— Mrs Keppel a raison, cette couleur vous va très bien. Elle a d'ailleurs raison sur tout, déclara Barny avec approbation en attachant les minuscules boutons en perles au dos de la robe.

— C'est vrai, acquiesça vivement Flora.

Si elle était Cendrillon, alors Mrs Keppel était sans aucun doute la bonne fée du 30, Portman Square. De la fille de cuisine jusqu'aux invités élégants qui apparaissaient presque tous les soirs pour le dîner aux étages inférieurs, tout le monde l'adorait. Elle semblait entourée d'une aura presque magique. Elle n'avait jamais besoin de hausser la voix pour obtenir ce qu'elle souhaitait ; en général, un mot suffisait.

— On dirait une reine, avait lancé Flora à Nannie, des étoiles plein les yeux, en rentrant de sa première sortie avec Mrs Keppel et ses filles.

Elles s'étaient rendues au magasin de jouets de Morrell où le personnel s'était incliné devant la moindre de ses exigences.

Si guindée d'ordinaire, Nannie avait éclaté de rire en voyant l'expression de Flora.

— C'est bien vrai, miss MacNichol, qui en douterait ?

Flora commençait à comprendre le fonctionnement de la maison et les personnalités qui la dominaient. Tout comme Mrs Keppel elle-même, les employés qui travaillaient pour elle étaient, dans l'ensemble, charmants, et semblaient honorés de faire partie de ce foyer. Mr Rolfe et Mrs Stacey, la cuisinière, faisaient la loi, tandis que miss Draper, la gouvernante, et Barny avaient le privilège de préparer Mrs Keppel et son salon privé pour ses réceptions, ce qui signifiait des heures d'assortiment floral, de rangement, d'habillage, de coiffage et de maquillage.

Flora appréciait le peu qu'elle avait vu du mari de Mrs Keppel, « Mr George », comme l'appelaient les domestiques – un géant au visage bienveillant et à la voix douce. Chaque soir, Sonia disparaissait dans le salon de son père pour s'installer sur ses genoux et écouter des histoires d'aventure qu'elle racontait ensuite à Flora.

Au cours des deux semaines précédentes, celle-ci avait passé l'essentiel de son temps à la nurserie, s'efforçant d'aider Nannie et Moiselle, n'ayant rien d'autre à faire. Le soir, elle réunissait les enfants autour du feu et leur racontait des anecdotes de son enfance à Esthwaite Hall, tandis qu'elles faisaient chauffer de petites crêpes. Violet feignait le désintérêt, la tête enfouie dans un cahier, bien qu'elle passe plus de temps à mâchonner son crayon qu'à écrire, mais Flora savait qu'elle l'écoutait.

— Tu conduisais la carriole avec ton propre poney ? avait-elle demandé quand Flora leur avait parlé de Myla, comme pour confirmer qu'elle prêtait une oreille attentive, malgré les apparences.

— En effet.

— Sans cocher ? Ni nurse ? Ni domestique ?

— Tout à fait.

— Oh, comme j'aimerais avoir ce genre de liberté, avait soupiré Violet avant de vite se replonger dans son cahier.

Au moins, songea Flora en revenant au présent, elle possédait désormais assez de vêtements pour habiller la cour du roi. Elle espérait donc que Mrs Keppel accepterait qu'elle se promène dans le parc de l'autre côté de la rue, voire plus loin dans Londres. Après avoir passé tant de temps à l'intérieur, Panthère n'était pas le seul à se sentir comme un animal en cage.

— Puis-je vous coiffer, miss MacNichol ?

— Merci.

Flora s'assit devant le miroir de la coiffeuse et Barny entreprit de dompter sa chevelure longue et épaisse à l'aide d'une brosse plate en argent.

Bien que Flora comprenne bien à présent le rythme de la maison, il lui restait un mystère à élucider : l'identité de l'hôte qui rendait visite à Mrs Keppel l'après-midi. Elle savait toujours quand il allait venir, car le foyer entier entrait alors dans un état de tension palpable. Mabel et Katie astiquaient les baguettes en laiton de l'escalier dès sept heures du matin, quand Flora se levait. Elles commençaient en haut de la maison et descendaient jusqu'au rez-de-chaussée. À midi, le fleuriste arrivait pour remplir le petit salon de roses parfumées et, après le déjeuner, Barny disparaissait dans le boudoir afin de préparer sa maîtresse.

Quand arrivait l'invité, tout le monde se retirait précipitamment et le silence s'abattait sur la maison tandis que l'homme à la toux rauque montait l'escalier, laissant une odeur de tabac froid dans son sillage. Certains soirs, à six heures précises, Violet et Sonia, vêtues de leur plus belle robe, étaient emmenées au premier étage pour prendre le thé au petit salon.

Lorsque l'hôte repartait dans sa calèche somptueuse – Flora en avait aperçu le toit de la fenêtre de sa chambre –, tous les habitants de la maison semblaient pousser un soupir de soulagement, et tout rentrait dans l'ordre. Flora mourait d'envie de glaner des informations auprès de l'une ou l'autre des filles de Mrs Keppel, pour découvrir avec qui elles prenaient le thé derrière la porte close du petit salon, mais elle ne voulait pas être indiscrète.

— Voilà, miss Flora. Cela vous plaît-il ? s'enquit Barny en reculant pour admirer son œuvre.

Flora contempla la coiffure réalisée par la femme de chambre, mais doutait que les peignes maintiennent ses cheveux plus de quelques minutes. Toutefois, elle était surprise de voir le changement que pouvaient apporter de beaux vêtements et des cheveux bien coiffés.

— J'ai l'air… différente.

— Je dirais que vous êtes ravissante, miss, répondit Barny en souriant. Je crois que vous êtes prête pour descendre. Mrs Keppel souhaite vous voir dans son salon privé.

Flora se leva et se dirigea avec peine vers la porte, gênée par le volume de sa robe et l'étroitesse de son corset.

— Merci, Barny, parvint-elle à prononcer en sortant dans le couloir, juste au moment où Sonia descendait avec Nannie.

— Boudiou !

C'était la nouvelle expression favorite de Sonia, que Mabel, la bonne du petit salon, avait employée lorsqu'une grosse araignée avait jailli du seau à charbon.

— Tu es très jolie, Flora ! Pour un peu, je ne te reconnaîtrais pas.

— Merci.

Flora gloussa et lui fit une révérence maladroite.

— Où vas-tu ?

— Ta maman m'a invitée à rejoindre ses invitées au salon.

— Oh, cela veut dire que tu vas te retrouver au milieu de plein de dames à boire du thé et à manger des gâteaux, n'est-ce pas, Nannie ?

— En effet, ma chérie.

— Cela va être mortellement ennuyeux, Flora. Pourquoi ne viens-tu pas plutôt écouter l'orgue de Barbarie, caresser le singe et manger une glace au parc avec nous ?

— J'aimerais bien, glissa Flora à l'oreille de la petite fille avant de se diriger vers le petit salon de Mrs Keppel.

Lorsque celle-ci aperçut sa protégée, son visage rayonna de satisfaction.

— Ma chère, tu es l'incarnation de la jeune femme du monde, belle et raffinée. Allons donc accueillir les dames que j'ai invitées pour faire ta connaissance, déclara Mrs Keppel en lui tendant le bras. Et j'ai une surprise pour toi. Ta sœur est là.

— Aurelia ? C'est merveilleux ! Je ne savais même pas qu'elle était de retour à Londres.

— Eh bien, elle a dû se lasser d'attendre dans le Kent que quelque chose se produise. Même si elle a insisté pour amener son amie insipide, miss Elizabeth Vaughan, glissa à mi-voix la maîtresse de maison tandis qu'elles entraient au salon. J'ai appris que celle-ci s'était fiancée à un producteur de thé, imagine un peu. Elle partira pour Ceylan peu après son mariage. Ne la trouves-tu pas inintéressante ?

— Je... ne la connais pas assez pour juger sa personnalité, mais elle m'a toujours semblé gentille.

— Tu es si discrète. Cela te sera bien utile à Londres, répondit Mrs Keppel d'un air approbateur, au moment où l'horloge sonnait trois heures et où une calèche s'arrêtait devant la maison. À présent, montrons à ta sœur – et à Londres – comme tu t'es épanouie.

* * *

— Flora ! Est-ce bien toi ? s'exclama Aurelia en l'étreignant. Tu es... superbe ! Et ta robe... ajouta-t-elle en contemplant la dentelle coûteuse au niveau du col et des manchettes, ainsi que le motif complexe des broderies de la jupe. Elle est absolument divine. J'ai l'impression que toi aussi tu as désormais une marraine, Flora chérie, lui souffla-t-elle à l'oreille. Et pas des moindres ; Mrs Keppel est l'une des femmes les plus influentes de Londres.

Après avoir salué Elizabeth qui, aux anges, se pavanait avec son énorme bague de fiançailles en saphir, Flora entraîna Aurelia à l'écart.

— En effet, Mrs Keppel est d'une extrême bienveillance. Et toi, raconte-moi, je veux tout savoir de ton été.

— Dans ce cas, je ferais mieux de rester pour le dîner, et même pour le petit déjeuner, soupira Aurelia, sans joie.

Les deux sœurs regardaient Mrs Keppel accueillir chacune de ses invitées avec attention et gentillesse.

— Si seulement Maman nous voyait : ses deux filles assises parmi la crème de la société londonienne. Elle serait très fière.

— À part une fois où j'ai accompagné Mrs Keppel et ses filles faire des achats, c'est ma première « sortie ». Elle ne souhaitait pas qu'on me voie tant que ma nouvelle garde-robe n'était pas arrivée.

— Cela ne m'étonne pas. Elle reçoit chez elle la fine fleur londonienne.

— Je t'avoue que la tournure prise par les événements me laisse perplexe. Je croyais avoir été envoyée ici pour servir de tutrice aux filles de Mrs Keppel, mais celle-ci semble avoir d'autres idées.

— Si elle a choisi d'appuyer tes débuts dans le monde, tu as beaucoup de chance. Même si certaines portes lui sont fermées… Mais puisque tu vis sous son toit, je suis certaine que tu es déjà au courant de…

— Flora, ma chère !

Tante Charlotte apparut devant elles et Flora se leva, voulant faire à sa tante un petit salut en signe de respect, mais se sentant une nouvelle fois ligotée et gênée dans ses mouvements.

— Tante Charlotte, comment allez-vous ?

— La saison m'a épuisée, évidemment. Mais toi, ma chère nièce, tu es absolument resplendissante. J'ai l'impression que Londres te réussit.

— Je commence à peine à apprendre comment tout fonctionne ici, ma tante.

— C'est un miracle que Mrs Keppel ait décidé de te faire entrer dans le monde. Mais bon, on comprend pourquoi. Il faut vite que tu nous rendes visite à Grosvenor Square. Cela a été un tel plaisir d'avoir cette chère Aurelia à la maison ! Je serai très triste quand elle partira rejoindre vos parents. À présent, je te prie de m'excuser, mais je dois aller toucher deux mots à lady

Alington à propos de notre petite association caritative pour les orphelins.

— Tu vas partir en Écosse ? s'étonna Flora en se tournant vers sa sœur.

— Oui, acquiesça Aurelia, le regard soudain sombre.

— Je suis pourtant sûre que des dizaines d'hommes ne rêvent que de t'épouser, non ?

— Il y en avait, oui, mais j'ai décliné leurs attentions et je crains qu'ils n'aient porté leur dévolu ailleurs. Mon vicomte du Berkshire a demandé l'une de mes amies en mariage. Leurs fiançailles ont été annoncées dans le *Times* cette semaine.

— Personne n'a donc réussi à voler ton cœur ?

— Oh si, c'était bien là le problème. Et d'ailleurs, ça l'est toujours.

— Comment ça ? interrogea Flora le cœur lourd, connaissant déjà la réponse.

— Eh bien, quand j'ai été invitée à séjourner chez les Vaughan à High Weald, je pensais que… qu'Archie ferait sa demande. Il était allé chasser avec Papa en juillet et je savais que… qu'ils avaient discuté de certaines choses. Alors j'ai refusé les autres demandes que j'avais reçues, supposant que j'avais été invitée dans le Kent pour qu'Archie me fasse la sienne. Mais nous avons vécu sous le même toit pendant un mois et j'avais l'impression qu'il faisait tout pour m'éviter. En fait, je le voyais rarement, en dehors des repas. Et, oh… fit Aurelia en se mordant la lèvre alors que les larmes lui montaient aux yeux. Flora, je l'aime tant.

— Je… Peut-être attend-il juste le bon moment, bredouilla Flora, tiraillée entre le soulagement de son cœur traître et la culpabilité d'être sans doute la cause du malheur de sa sœur.

— Flora chérie, c'est gentil de ta part d'essayer de me consoler, mais s'il avait voulu les saisir, il n'aurait pas pu y avoir plus d'occasions. Sa mère l'encourageait constamment à m'accompagner dans les jardins – qui sont absolument superbes au demeurant. Mais lors de ces promenades, il ne parlait que de ses projets pour les réapprovisionner de toutes sortes de plantes exotiques dont le nom ne me disait absolument rien ! Ensuite, nous rentrions à la maison et il disparaissait dans sa serre chérie, et… J'ai fini par décider qu'il valait mieux pour moi rentrer à Londres, conclut Aurelia en se mordant de nouveau la lèvre.

— Peut-être se rendra-t-il compte que tu lui manques et te suivra-t-il ici, suggéra platement Flora.

Horrifiée, elle commençait enfin à comprendre la lettre d'Archie.

— Non, je ne peux plus abuser de la générosité de tante Charlotte. Je dois rentrer à la maison.

— Oh, Aurelia, je suis tellement navrée. Peut-être Archie n'est-il tout simplement pas du genre à vouloir se marier.

— Là n'est pas la question. Si Papa a décidé de vendre Esthwaite Hall, c'est en partie pour me doter d'assez d'argent pour aider les Vaughan à entretenir High Weald, puisque cela deviendrait ma nouvelle maison. Tu sais combien Maman et Mrs Vaughan étaient proches dans leur enfance. Elles ont tout organisé et c'est de cela que Papa et Archie devaient parler lors de leur séjour de chasse en Écosse, ajouta Aurelia en baissant encore la voix, apercevant Elizabeth à quelques mètres seulement.

— Je vois, répondis Flora, prenant brutalement conscience des tenants et des aboutissants de cette situation.

— Je n'ai d'autre choix que de faire mes bagages pour les Highlands. N'est-ce pas ironique ? fit Aurelia en esquissant un triste sourire. Moi qui retourne chez Papa et Maman après avoir échoué, et toi, ici à Londres, sous la protection de Mrs Keppel. Non que je sois jalouse de toi, évidemment, Flora chérie.

— Aurelia, crois-moi, j'ai eu le cœur brisé quand Maman m'a annoncé que nous devions quitter Esthwaite. Tu sais à quel point cette propriété m'était chère. Elle me manque tellement ; je donnerais n'importe quoi pour y retourner.

— Je sais, ma chère sœur, répondit Aurelia en lui prenant la main. Pardonne-moi pour mon attitude misérable, mais si je ne peux pas t'en parler à toi, à qui le pourrais-je ?

— Tout de même, si Papa et Archie ont conclu un accord, il doit l'honorer, non ? s'enquit Flora en fronçant les sourcils.

— Quand bien même il le ferait, je ne voudrais plus l'épouser. Après toutes ses attentions à mon égard au début de la saison, il semblait distrait et désintéressé quand je suis arrivée dans le Kent. J'ai le sentiment que quelqu'un d'autre a volé son cœur. Mais je n'ai absolument aucune idée de qui il s'agit.

Aurelia poussa un profond soupir et Flora aurait voulu disparaître sous terre, emportant avec elle son cœur fourbe, ainsi qu'Archie.

— Mais bon, assez parlé de mes problèmes. Raconte-moi ta vie chez les Keppel.

Flora s'efforça de parler à Aurelia de Violet, de Sonia, et de ses activités quotidiennes, mais ses pensées revenaient sans cesse à la trahison dont elle se sentait coupable. Elle fut soulagée lorsque Mrs Keppel arriva pour la présenter à ses amies.

— Elles sont toutes impatientes de faire la connaissance de la belle jeune femme fraîchement arrivée chez nous, indiqua la maîtresse de maison en souriant.

Elle prit Flora par le bras et lui fit faire le tour de la pièce, l'exhibant comme s'il s'agissait d'un trophée personnel. En effet, nombreuses étaient celles qui semblaient véritablement ravies de la rencontrer. De temps à autre, Flora jetait un coup d'œil à Aurelia qui, assise sur la méridienne, l'air découragé, essayait de faire la conversation à une vieille femme toute vêtue de noir.

Tandis que les invitées commençaient à prendre congé, Flora voulut retrouver sa sœur et s'excusa auprès de la comtesse Torby, qui venait de l'inviter à une soirée.

— Dame Nellie Melba chantera pour nous. Elle vient de rentrer de sa tournée et nous fera le plaisir de s'arrêter à Kenwood House, se vanta la comtesse devant le cercle d'admiratrices qui s'était formé autour de Flora.

Aurelia s'approcha pour lui dire au revoir.

— Quand pars-tu pour l'Écosse ?

— À la fin de la semaine. Le plus tôt sera le mieux, soupira-t-elle. Londres n'est pas bienveillante envers ceux qui ont échoué.

— Viendras-tu me rendre visite avant ton départ ?

— Bien sûr, et s'il te plaît, ne t'en fais pas pour moi. Peut-être rencontrerai-je un grand propriétaire dans les Highlands et deviendrai-je maîtresse d'un somptueux domaine, ajouta-t-elle avec un faible sourire. Il est temps pour moi d'oublier Archie Vaughan. Au revoir, ma sœur chérie.

Une fois que tout le monde fut parti et que Mabel et le valet de pied eurent débarrassé tasses et assiettes, Mrs Keppel fit signe à Flora de s'asseoir dans le fauteuil en face du sien, près de la cheminée.

— Eh bien, Flora, ta première incursion dans la société londonienne semble avoir été un triomphe ! Je crois que tu seras bien occupée dans les semaines à venir, tant tu as reçu d'invitations. Tout le monde m'a fait beaucoup de compliments sur toi.

— Merci. Toutefois, je ne dois pas oublier mes obligations envers vos filles.

— Ma chère, ne vois-tu pas qu'il ne s'agissait que d'un prétexte que je vous ai donné à ta mère et toi pour te permettre de venir vivre sous mon toit ? Évidemment, ne t'ayant jamais vue, je n'étais pas sûre de comment tu… présenterais… Puis tu es arrivée, si élégante, si cultivée et absolument charmante ! Après cette après-midi, un somptueux dîner cette semaine et un thé bien plus… *intime*, toutes les familles de Londres voudront que tu honores leur maison de ta présence. Tu es devenue la coqueluche de cette ville !

Flora regardait cette femme stupéfiante, dans la confusion la plus totale.

— Mrs Keppel, j'ai beau réfléchir, je ne comprends pas pourquoi quelqu'un souhaiterait m'inviter. Après tout, je n'ai même pas été présentée à la Cour.

— Ne vois-tu pas que cela te rend encore plus fascinante ?

— À vrai dire, non, avoua Flora. Loin de moi l'idée de manquer de reconnaissance, mais pour moi qui avais accepté mon sort, voir ma situation changer aussi soudainement sans raison apparente est un peu… surprenant.

— Ma chère, je comprends bien. Un jour, tout s'expliquera, mais je crois que ce n'est pas à moi de le faire. Tout ce que je te demande pour l'instant, c'est de me faire confiance. Je vais te guider au mieux. Tu ne le sais pas, mais il y a de nombreuses similitudes entre nous. Tant que je suis en mesure de le faire, je souhaite t'aider.

Pas plus avancée, Flora ne put qu'acquiescer.

Ce soir-là, elle s'allongea avec précaution, soulagée d'être délivrée de son corset. Scrutant ses côtes, elle compta tous les minuscules hématomes violets qui étaient apparus et se demanda comment Mrs Keppel et ses amies pouvaient endurer cette souffrance chaque jour de leur vie.

Panthère vint se blottir contre elle et elle lui raconta ses malheurs en caressant ses oreilles duveteuses.

— Après tout, je mérite de souffrir pour ce que j'ai fait. À moins qu'Archie nous ait menti à toutes les deux et soit tout compte fait le méchant garçon que je croyais autrefois. Je ne peux qu'espérer avoir eu raison quand j'ai dit à Aurelia qu'il n'était pas du genre à se marier… Quant à moi, j'avoue ne pas comprendre ce qui m'arrive, comme Alice quand elle tombe dans le terrier du Lapin blanc, ce qui fait de toi le chat du Cheshire, je suppose. Panthère chéri, que diable faisons-nous dans cette maison ?

En guise de réponse, le chaton se contenta de ronronner d'aise.

17

— Miss Flora, il vous faut immédiatement descendre au petit salon.

— Pourquoi donc ?

— Vous avez de la visite.

— Qui donc ? Est-ce ma sœur ?

— Non, il s'agit d'un gentilhomme.

— Comment s'appelle-t-il ?

— Pardonnez-moi, miss Flora, mais je l'ignore.

La jeune femme suivit Peggie dans l'escalier, soulevant sa lourde jupe de laine pour ne pas tomber. Elle découvrit Mrs Keppel debout près du feu avec Archie Vaughan.

— Ma chère Flora, n'est-il pas délicat de la part de lord Vaughan de nous rendre visite pour voir si tout se passe bien pour toi dans ta nouvelle maison ? Je lui ai assuré que tu ne vivais pas au grenier, avec pour seule nourriture de l'eau et des souris mortes, mais il a insisté pour que je le lui prouve. La voici, lord Vaughan, jugez par vous-même.

Flora aurait pu trouver bien des qualificatifs pour décrire la raison de la présence d'Archie, mais sûrement pas « délicat ».

— Bonjour, miss MacNichol.

— Bonjour, lord Vaughan.

— Vous êtes vraiment... en forme.

— Je suis en bonne santé en effet, merci. Et vous ?

— Je me suis remis de mon rhume, oui.

Flora évitait son regard et Mrs Keppel, en bonne fée qu'elle était, intervint pour briser le silence.

— Veux-tu un peu de sherry, Flora ? Cela éloignera tout rhume, j'en suis sûre.

— Merci.

Elle accepta le verre et tous trois trinquèrent – à quoi, Flora se le demandait.

— Mrs Keppel, je vois que vous avez enrichi votre collection d'ornements Fabergé. Celui-ci est ravissant, déclara Archie poliment en désignant de la tête un petit œuf incrusté de pierres précieuses sur la table.

— Comme c'est aimable à vous de le remarquer, lord Vaughan. À présent, veuillez m'excuser, mais je dois aller voir Mrs Stacey pour le menu de demain soir et le fleuriste devrait arriver d'un moment à l'autre. Transmettez mon meilleur souvenir à votre mère.

— Je n'y manquerai pas.

Mrs Keppel quitta la pièce, non sans avoir lancé un regard entendu à Flora.

Les deux jeunes gens restèrent debout en silence, Flora parcourant la pièce des yeux tout en étant consciente qu'il la fixait. Souffrant le martyre entre son corset et ses nouvelles chaussures, elle finit par se rendre.

— Et si nous nous asseyions ? proposa-t-elle.

Elle s'effondra presque dans un fauteuil et indiqua à Archie de prendre place en face d'elle. Elle but une gorgée de sherry pour se réchauffer, attendant qu'il prenne la parole.

— Pardonnez-moi, miss MacNichol… Puis-je t'appeler Flora ?

— Non. Vous n'y êtes pas autorisé.

Archie déglutit avec difficulté.

— Non… Je dois vous expliquer… vous ne comprenez pas.

— Vous avez tort, j'ai vu ma sœur pas plus tard qu'hier. Je comprends tout.

— Je vois. Puis-je savoir ce qu'elle vous a dit ?

— Que vous et mon père vous étiez mis d'accord pour qu'Esthwaite Hall soit vendu, afin de fournir à Aurelia une dot qui permettrait, par votre mariage à tous les deux, de renflouer High Weald.

Archie détourna les yeux.

— Oui, voilà une juste appréciation de la situation.

— Si ce n'est que, lord Vaughan, ma sœur m'a confié que même si les occasions n'avaient pas manqué à High Weald, vous ne l'avez toujours pas demandée en mariage. Et ayant refusé nombre de prétendants bien nés, Aurelia se retrouve désormais obligée de se retirer dans la maison de nos parents dans les Highlands écossais. Sachant que leur déménagement est entièrement dû au fait que notre maison de la région des Lacs ait été vendue pour financer votre avenir, à vous et à ma sœur.

— C'est vrai, répondit-il après un long silence.

— Alors, lord Vaughan, veuillez me dire exactement ce que vous faites assis dans le petit salon de Mrs Keppel avec moi, alors que vous devriez vous hâter d'empêcher ma sœur de repartir chez mes parents embrasser l'avenir solitaire et isolé auquel vous l'avez condamnée.

— Mon Dieu, Flora ! Tes mots pourraient tuer un homme sur le coup. As-tu pensé à coucher tout cela sur le papier ?

— Je ne suis pas d'humeur à plaisanter, lord Vaughan. Et je vous prie de renoncer à m'appeler Flora.

— Je vois que, tout comme je constate votre élégance et votre grande beauté…

— *Assez !* s'exclama Flora en se levant, tremblant de rage. Pourquoi avoir ainsi joué avec ma sœur et moi ? Et comme si cela ne suffisait pas, pourquoi avoir escroqué mon père en lui faisant vendre la maison qui est dans la famille depuis cinq générations ?

— Ne devinez-vous donc pas ?

— Très mal, lord Vaughan.

— Laissez-moi vous expliquer ce que vous ignorez, commença Archie en se levant pour faire les cent pas dans la pièce, s'arrêtant seulement pour se resservir de sherry. Quand j'ai connu votre sœur à Esthwaite, j'avais décidé que la femme que j'épouserais importait peu, après toutes les fiancées potentielles que ma mère avait fait défiler devant moi. Vous connaissez ma réputation et je ne la renie pas. J'ai fait la cour à un certain nombre de femmes au fil des ans. Pour ma défense, ce n'était pas pour flatter mon ego, mais bien en raison d'un besoin désespéré de trouver quelqu'un qui volerait mon cœur. Vous pensez peut-être, miss MacNichol, comme cela semble être le cas de beaucoup de femmes, que les hommes ne sont pas romantiques. Mais je vous assure que, du moins dans mon cas, vous vous trompez. Moi aussi je lis Dickens, Austen et Flaubert... et souhaitais trouver l'amour.

Flora, qui fixait les flammes dans la cheminée, but sa dernière gorgée de sherry et garda le silence.

— Lorsque j'ai connu votre sœur, j'avais, en toute honnêteté, perdu espoir de le trouver. Et Maman, comme vous pouvez l'imaginer, se réjouissait de la possibilité qu'Aurelia – la fille de sa plus vieille amie – devienne ma promise. Elle et votre mère en avaient déjà discuté et votre mère avait accepté de parler à votre père d'une éventuelle vente d'Esthwaite. Vous savez sans doute qu'elle a toujours détesté cette maison, la voyant comme une punition pour ses... écarts de conduite passés. L'idée d'avoir une excuse pour rendre visite à sa fille et à l'une de ses amies les plus chères dans le Kent quand bon lui semblerait, et pour y séjourner aussi longtemps qu'il lui plairait, compensait, je crois, le désagrément de déménager dans les Highlands, une région si chère au cœur de votre père.

— Quels « écarts de conduite » ? riposta Flora. Vous vous permettez également d'insulter ma mère ?

— Pardonnez-moi, Flora, j'essaie simplement d'expliquer ce qui a mené à la situation actuelle. S'il vous plaît, laissez-moi poursuivre.

Flora se remit à fixer les flammes en haussant les épaules.

— Pour parler sans détours, votre sœur m'a plu quand je l'ai vue à Londres. Je l'ai trouvée douce et jolie et je pensais que, même sans en être amoureux, je pourrais vivre avec elle. Ainsi, lors de la chasse en Écosse, j'ai convenu avec votre père que je la demanderais en mariage et qu'Esthwaite Hall serait vendu.

— Dans ce cas, pourquoi *diable* m'avoir rendu visite sur le chemin du retour ?

— En fait, je… je ne sais pas, répondit Archie en la regardant avec intensité. Tout ce que je peux dire – et je sais bien que cela ne vous suffira pas comme explication –, c'est que quelque chose en moi me poussait à le faire. Flora : la petite fille que j'avais bombardée de pommes puis, des années plus tard, failli tuer en galopant vers Esthwaite Hall, et qui n'a jamais rien dit à sa mère, contrairement à ce que toute autre petite fille aurait fait. Et, à présent, devenue adulte, si intelligente, fière et intrépide, emplie d'une force intérieure que je n'avais encore jamais perçue chez une femme. Et puis belle aussi, évidemment. Pardonnez-moi, Flora, je suis un homme après tout.

— Vous avez raison. Cette explication ne me suffit pas, finit par répondre la jeune fille.

— Vous me fasciniez. À tel point que je suis venu vous voir, malgré l'accord que j'avais conclu avec votre père. Et tout ce que j'avais imaginé, quand je pensais à la femme que je souhaiterais épouser, est apparu devant mes yeux au cours des quelques jours que nous avons passés ensemble. J'ai alors pris conscience que ce que j'avais toujours cherché se trouvait juste sous mon nez depuis le début.

Flora n'osait pas respirer ; elle continuait de se concentrer sur les flammes qui dansaient avec une telle légèreté dans la cheminée, en totale contradiction avec le poids du regard d'Archie posé sur elle.

— Je suis donc reparti d'Esthwaite en vous disant que je devais remédier à une situation dans laquelle je m'étais empêtré. Mais alors, tout s'était déjà enclenché et Aurelia est arrivée quelques jours plus tard à High Weald. J'ai fait de mon mieux pour l'éviter, mais je voyais bien que sa frustration et celle de ma famille croissaient de jour en jour. Malgré cela, j'ai tenu bon et ai réussi à ne *pas* la demander en mariage, et elle a fini par s'en aller. J'ai bien vu sa détresse, mais rien ne peut ébranler mon cœur et ma résolution. Car c'est *vous* que j'aime.

Archie s'assit lourdement sur la méridienne. Un silence pesant s'installa au petit salon.

— Ne voulez-vous pas s'il vous plaît répondre à ma déclaration, miss MacNichol ? Elle vient du fond du cœur, implora le jeune homme.

Enfin, Flora tourna les yeux vers lui et se leva.

— Voici ma réponse : vous dites que c'est pour moi que vous avez fait tout cela. C'est faux. C'est dans *votre* intérêt que vous avez agi ainsi. Pour quelque raison malavisée, vous pensiez que je détenais la clé de votre bonheur. Et, dans la quête de celui-ci, vous avez causé la perte de notre maison de famille à laquelle, je vous le rappelle, j'étais profondément attachée, forçant mes parents à s'exiler en Écosse. Mais, surtout, vous avez brisé le cœur de ma sœur et l'avez humiliée devant toute la société londonienne. Alors, je vous le demande, lord Vaughan, en quoi tout ou partie de cela pouvait-il être pour *moi* ?

La colère montait en elle et elle commença à faire les cent pas.

— Ne voyez-vous pas ce que vous avez fait ? En poursuivant vos propres désirs égoïstes, vous avez détruit ma famille !

— La poursuite de l'amour est souvent égoïste, non ? Je pensais… je croyais que vos sentiments étaient réciproques.

— Vous vous trompez, mais même si tel était le cas, je ne mettrais jamais mes propres sentiments au-dessus des besoins de ceux que j'aime.

— Alors, vous êtes bien la personne que je croyais, murmura-t-il, presque pour lui-même. Et bien sûr, Flora, vous avez raison, ajouta-t-il en poussant un profond soupir. Que suggérez-vous donc que nous fassions ?

— Il n'y a pas de « nous », répondit-elle, lasse à présent. Il ne pourra jamais y avoir de « nous ». Néanmoins, si vous souhaitez vraiment prouver que vous m'aimez, et retrouver un semblant d'intégrité, hâtez-vous de retrouver Aurelia et demandez-la enfin en mariage. Et tâchez de la convaincre que vous l'aimez.

— C'est ce que vous voulez ?

— Oui.

— Et vous n'admettez aucun sentiment à mon égard ?

— Non.

Archie leva le regard pour croiser celui de Flora et ne lut que de la colère dans ses yeux.

— Qu'il en soit ainsi, lâcha-t-il d'une petite voix. Si c'est ce que vous souhaitez, je vais me plier à votre volonté.

— C'est ce que je souhaite.

— Alors je vais prendre congé et vous souhaiter bonne chance pour l'avenir.

— Et moi de même.

Flora le regarda quitter la pièce.

— Moi aussi je t'aime, murmura-t-elle affligée en entendant sa calèche s'éloigner dans la rue.

18

Par chance, les projets de Mrs Keppel laissaient peu de temps à Flora pour s'appesantir sur le fait qu'elle avait délibérément renvoyé Archie dans les bras de sa sœur.

Le lendemain soir, la campagne de Mrs Keppel commença pour de bon. Flora, parée d'une robe bleu cobalt en satin duchesse et d'un collier de saphirs emprunté pour l'occasion, fut présentée lors d'un dîner officiel. Autour de rafraîchissements au salon, un océan de visages vint l'entourer, admirant sa beauté et son élégance et louant la maîtresse de maison d'avoir fait venir la jeune fille à Londres.

— Ce n'est que justice qu'elle soit elle aussi introduite dans le monde. Je fais simplement de mon mieux pour le lui permettre, expliqua Mrs Keppel en souriant à ses hôtes.

Flora avait été assaillie de tant de noms et de titres que la tête lui tournait à force d'essayer de tous se les rappeler. Elle fut donc soulagée en reconnaissant la comtesse Torby qu'elle avait vue lors du thé quelques jours plus tôt, ainsi que les Alington, qui habitaient de l'autre côté de la place et dont les enfants jouaient avec Sonia et Violet.

Le dîner fut servi dans une salle à manger splendide au même étage que le salon. Flora fut heureuse d'être placée à la gauche de George Keppel, qui se tourna vers elle, lui souriant sous sa moustache impeccablement recourbée.

— Miss MacNichol – Flora – quel plaisir de vous avoir près de moi ce soir, déclara-t-il en lui servant du vin rouge pour l'aider à se détendre. Même si cela doit être un choc de vivre en ville après la beauté des Lacs, j'espère que vous avez trouvé ici de quoi encourager votre passion pour l'art et la botanique. Les nombreuses galeries dont nous disposons à Londres vous en apprendront davantage que n'importe quel livre. Je compte sur vous pour insuffler vos passions à mes filles.

— Je ferai de mon mieux.

Flora n'écouta qu'à moitié la réponse de Mr George, tendant soudain l'oreille en entendant lady Alington, de l'autre côté de la table, prononcer le nom de « Vaughan ».

— Il semble que la fille ait déniché un fiancé convenable. Quant au coureur de jupons qui leur tient lieu de fils, la rumeur court que…

— Flora ? Est-ce que ça va ? Vous êtes toute pâle, s'inquiéta Mr George.

— Toutes mes excuses, je suis juste un peu fatiguée.

— Cela ne m'étonne pas, ma chère. J'espère que Violet ne vous a pas cassé les pieds avec sa dernière lubie de poème.

— Elle possède une forte personnalité, répondit Flora avec prudence. C'est une qualité.

Un éclat de rire retentit à sa gauche. Les grands yeux de lady Sarah Wilson brillaient d'amusement.

— Cette chère Alice dit que vous avez un don pour la diplomatie, miss MacNichol.

Flora se sentait mal à l'aise dans ces conversations acérées de la société londonienne.

— Je ne commente que ce que j'ai eu l'occasion d'observer, lady Sarah. Appréciez-vous votre foie gras ?

Il y eut dix plats – au moins sept de trop, aux yeux de Flora. Elle avait grignoté l'accompagnement de la viande, choquée face au nombre d'animaux que Mrs Stacey avait dû faire rôtir ou mijoter ce jour-là.

Lorsque Mr George emmena enfin les hommes pour boire du brandy et fumer des cigares, Flora suivit les femmes au salon et prit son café en silence, tandis qu'autour d'elle retentissaient les commérages, essentiellement au sujet de femmes qui avaient été aperçues en ville avec des hommes qui n'étaient pas leurs maris. Elle écoutait avec horreur et fascination à la fois. Peut-être était-elle naïve, mais elle avait toujours supposé que le mariage était sacro-saint.

— Alors, avez-vous quelque jeune homme en tête pour Flora ? demanda lady Alington à Mrs Keppel.

— Peut-être Flora a-t-elle sa propre idée sur la question, rétorqua la maîtresse de maison en lançant à la jeune fille un regard perçant.

— Oh, et qui est donc l'heureux élu ?

— Je... mon Dieu, je viens d'arriver à Londres, répondit Flora avec diplomatie.

— Je suis certaine que les gentilshommes ne vont pas tarder à se bousculer au portillon, qui plus est avec le parrainage de Mrs Keppel. L'hiver ne va pas manquer de bals au cours desquels vous aurez l'occasion de repérer des hommes du monde. Même si la plupart des partis convenables sont déjà pris.

Depuis qu'elle avait été forcée d'exclure Archie, Flora était revenue à son idée d'origine de passer le reste de sa vie seule.

Quand tous les invités furent partis, Mrs Keppel l'embrassa sur les deux joues.

— Bonsoir, ma chère, et permets-moi de te dire que tu t'en es très bien sortie. J'ai été fière de toi ce soir. Vous voyez, George, j'avais raison à son sujet, ajouta-t-elle à l'intention de son mari tandis qu'il lui donnait le bras.

— En effet, très chère, vous arrive-t-il d'ailleurs de vous tromper ? l'entendit Flora répondre tandis que maître et maîtresse de maison montaient l'escalier.

* * *

Flora avait demandé à Moiselle et à Mrs Keppel la permission d'emmener Sonia à Kew Gardens pour la journée. Mr Rolfe avait déjà donné au chauffeur de l'automobile l'instruction de les y conduire et Flora trépignait d'excitation à l'idée de se retrouver dans la nature et d'observer des spécimens rares – même si la distraction qu'elle avait organisée risquait fort de lui rappeler Archie.

Je ne le laisserai pas gâcher cette sortie, se dit-elle fermement.

— Désolée, miss Flora, annonça Peggie en arrivant dans sa chambre avec son plateau de petit déjeuner, mais Mrs Keppel souhaite que vous vous joigniez à elle et à son invité cette après-midi pour le thé. Elle dit que vous devrez remettre votre escapade à un autre jour.

— Oh, fit Flora en se mordant la lèvre. Savez-vous qui est l'invité en question ?

— Vous le saurez bien assez tôt, miss. Barny viendra vous aider à vous préparer à trois heures précises.

Un peu plus tard, à la nurserie, Flora dut consoler Sonia de sa déception.

— Ne t'inquiète pas, je suis sûre que cela ne dérangera pas Moiselle que nous allions nous promener à St. James Park ce matin à la place. Nous allons lui promettre de parler français tout au long du trajet, ajouta-t-elle en lui faisant un clin d'œil. Comment vas-tu, Violet ? demanda-t-elle en se tournant vers l'aînée.

— Bien, merci. Ma meilleure amie, Vita, va venir déjeuner ici après les cours. Nous avons l'après-midi libre.

— Je vois.

— Je m'attends à ce que vous soyez ici à une heure sans faute, Nannie, indiqua Violet à la nurse avant de quitter la pièce pour partir à l'école.

Nannie haussa un sourcil face à l'arrogance de Violet.

— Et je peux vous assurer que miss Sackville-West, c'est une autre paire de manche ! chuchota Nannie à Flora. Je suis bien contente de ne pas l'avoir dans ma nurserie. Vous devriez les entendre toutes les deux, en train de parler livres comme deux spécialistes de littérature. Elle se prend très au sérieux, cette petite. Et Violet est complètement obsédée par son amie, c'est un fait.

— Dans ce cas j'ai hâte de la rencontrer.

— Quant à vous, miss Flora, je dirais que, d'une façon ou d'une autre, c'est une journée intéressante qui vous attend…

La promenade au parc avec Sonia était exactement ce dont Flora avait besoin. Il faisait beau, quoique frais en ce matin d'octobre, et les feuilles commençaient à se parer d'innombrables nuances d'ambre, d'or et de rouge, tombant à terre pour créer un tapis éclatant sous leurs pieds.

— Regarde, dit Flora en indiquant le toit d'un bâtiment élevé, en bordure du parc. Tu vois toutes les hirondelles qui se rassemblent ? Elles se préparent à partir au sud, jusqu'en Afrique. L'hiver approche.

— En Afrique ? s'exclama Sonia, en observant les oiseaux. C'est drôlement loin. Que se passe-t-il si elles se sentent fatiguées pendant qu'elles traversent la mer ?

— Bonne question, et à vrai dire je ne saurais te répondre. Peut-être qu'elles descendent se poser sur un bateau. Regarde, un écureuil ! Il est sans doute en train de constituer des réserves de noix et de noisettes pour l'hiver. Bientôt il hibernera ; nous ne le reverrons plus avant le printemps.

— J'aimerais bien être un écureuil, déclara Sonia en retroussant son petit nez. Ça me plairait de dormir tout l'hiver moi aussi.

Rentrant juste à l'heure pour le déjeuner, Flora s'assit à table avec les enfants et le personnel de la nurserie. Violet leva à peine les yeux de tout le repas, tout absorbée qu'elle était par sa conversation à mi-voix avec son amie, une adolescente aux yeux noirs et à la peau cireuse, au torse mince et aux cheveux bruns courts. Si elle n'avait pas su qu'il s'agissait d'une fille, Flora aurait très bien pu la prendre pour un garçon. Elle était frappée par l'étrange intimité entre les deux adolescentes : Violet touchait constamment la main de Vita et, à un moment donné, posa même légèrement la main sur sa cuisse.

— Nannie, Vita et moi allons nous retirer dans ma chambre. Vita souhaite me lire ses nouveaux poèmes.

— Ah oui ? marmonna Nannie. Veillez à être de retour ici pour trois heures, quand la nurse de miss Vita viendra la chercher. L'invité de votre mère arrive à quatre heures et il faut alors que la maison soit calme. Quant à vous, miss Flora, vous les rejoindrez à cinq heures, ajouta-t-elle en emmenant Sonia se laver le visage, tandis que Vita et Violet quittaient la pièce bras dessus, bras dessous.

À trois heures, Barny pénétra dans la chambre de Flora, une robe sur le bras.

— Mrs Keppel souhaite que vous portiez celle-ci pour le thé, je l'ai donc portée à la lingerie pour la faire rafraîchir.

Flora s'assit devant la coiffeuse pour permettre à Barny de discipliner ses boucles et de les attacher à l'aide de peignes en nacre bien serrés. Elle se soumit ensuite à l'épreuve redoutée du corset. Malgré la générosité manifeste de Mrs Keppel, elle avait l'impression d'être une poupée grandeur nature que sa propriétaire faisait coiffer et pomponner selon son humeur. Cependant, Flora ne pouvait rien y faire au risque de paraître terriblement ingrate. Tandis que Barny attachait la robe rayée bleu et blanc, Flora songea à la pression imposée aux femmes par la société, suggérant que les hommes tenaient à ce qu'elles soient toujours bien habillées, maquillées et parées de leurs plus beaux atours. Et pourtant, lorsqu'elle avait escaladé Scafell Pike vêtue d'un pantalon de son père, cela n'avait absolument pas semblé déranger Archie...

— Miss Flora ?

— Oui ? répondit la jeune fille, s'extirpant de sa rêverie.

— Pouvez-vous serrer davantage les boucles d'oreilles ? Que se passerait-il si l'une d'elles tombait dans votre tasse cette après-midi !

— Mon Dieu, ce serait en effet catastrophique, fit-elle, luttant pour ne pas sourire.

— Je vais vous appliquer un peu de rose à joues pour vous donner bonne mine, après quoi vous serez prête à descendre quand on vous appellera. Restez assise tranquillement avec un livre et miss Draper viendra vous chercher le moment venu.

— Merci.

— Bonne chance, miss.

Barny sortit de la chambre et Flora fronça les sourcils, se demandant pourquoi elle avait besoin de « chance » pour boire une tasse de thé avec l'invité mystère, qu'elle entendit arriver dix minutes plus tard. Pour patienter, Flora sortit son journal où elle finit de rapporter sa terrible conversation avec Archie. Le seul fait de l'écrire lui fit monter les larmes aux yeux. Enfin, on frappa à la porte et miss Draper fit son apparition.

— Mrs Keppel souhaite que vous la rejoigniez dans son salon.

— Très bien.

Flora suivit la gouvernante au premier étage et sentit le silence tendu qui accompagnait toujours la présence de l'invité spécial de Mrs Keppel.

— Prête ? s'enquit miss Draper.

— Oui.

Elle leva une main pour frapper à la porte du petit salon et Flora remarqua que ses doigts tremblaient légèrement.

— Entrez, indiqua la voix de Mrs Keppel à l'intérieur.

— Et pour l'amour du ciel, n'oubliez pas de faire la révérence quand elle vous présentera, siffla miss Draper en tournant la poignée.

— Flora, ma chère, l'accueillit Mrs Keppel en s'approchant d'elle. Tu es ravissante aujourd'hui, ne trouvez-vous pas, Bertie ?

Elle prit Flora par la main et la conduisit vers un gentilhomme à la barbe grise, dont l'imposant séant occupait tout l'espace du canapé à deux places.

La jeune fille sentit un regard perçant la jauger tandis que Mrs Keppel l'entraînait plus près, jusqu'à ce qu'elle ne se tienne qu'à quelques centimètres de lui. La pièce était remplie d'un nuage de fumée de cigare et le gentilhomme prit une autre bouffée sans cesser de l'observer. Flora sursauta en voyant quelque chose se mouvoir près de la jambe de l'invité, avant de s'apercevoir qu'il s'agissait d'un fox-terrier qui avait soulevé ses oreilles brunes en l'entendant arriver et venait à présent la saluer.

— Bonjour, toi, fit Flora en souriant au petit chien et en tendant instinctivement la main pour le caresser.

— Flora, voici mon très cher ami Bertie. Bertie, je vous présente miss Flora MacNichol.

Comme on le lui avait indiqué, Flora fit une profonde révérence qu'elle espérait gracieuse. En se relevant aussi élégamment que possible, elle s'aperçut que le visage du gentilhomme lui était très familier. Au cours du silence qui suivit, tandis qu'il continuait de la fixer de façon très dérangeante, Flora fit enfin le lien. Et elle sentit ses jambes s'affaiblir.

— Ne vous avais-je pas dit que c'était une beauté ? demanda Mrs Keppel pour briser le silence. Viens t'asseoir près de moi, Flora.

Elle suivit la maîtresse de maison jusqu'à la méridienne placée en face de l'homme qui se faisait appeler « Bertie ». Flora était soulagée de pouvoir s'asseoir, sans quoi elle serait tombée à terre sous le choc.

Le gentilhomme ne répondit pas, se contentant de fixer Flora.

— Je vais sonner pour qu'on nous apporte le thé. Je suis certaine qu'une tasse nous ferait du bien à tous.

Alors que Mrs Keppel appuyait sur la sonnette à côté de la cheminée, Flora voyait que même le calme olympien de sa marraine semblait ébranlé par le silence. Enfin, Bertie porta de nouveau son cigare à ses lèvres et le ralluma.

— Vous plaisez-vous à Londres, miss MacNichol ? s'enquit-il.

— Oui, beaucoup, merci…

Sa voix s'étiola quand elle s'aperçut qu'elle ne savait pas comment elle était censée l'appeler.

— Je vous en prie, en privé, vous pouvez m'appeler Bertie, comme ma chère Mrs George. Nous sommes entre amis ici. Et peut-être êtes-vous un peu trop grande pour m'appeler Roiroi, comme Violet et Sonia.

Il sourit à ces mots, ses yeux bleus brillant d'amusement, et la tension dans la pièce se dissipa en partie.

— Alors, reprit-il après une autre bouffée de cigare, comment va votre chère maman ?

— Je… Elle va bien, merci. Ou du moins, je crois, sachant que je ne l'ai pas vue depuis son départ pour l'Écosse.

— Bertie, je vous ai dit que les parents de Flora avaient quitté leur maison des Lacs pour s'installer dans les Highlands, vous souvenez-vous ? intervint Mrs Keppel.

— Ah oui, et c'est un très bon choix. L'Écosse est sans aucun doute ma région préférée des îles Britanniques. Balmoral, en particulier. Connaissez-vous les Highlands, miss MacNichol ?

— J'y suis allée quand j'étais petite, pour rendre visite à mes grands-parents paternels, et j'avais trouvé cela magnifique.

Flora s'efforçait de se calmer pour former des phrases cohérentes. Elle était surprise par le timbre de voix de « Bertie », avec sa prononciation presque teutonne qui lui donnait l'air d'être étranger.

Miss Draper et le valet de pied arrivèrent avec le thé et une table roulante chargée de canapés, de gâteaux et de pâtisseries. Une petite ombre noire fila devant miss Draper, et le terrier qui jusqu'alors avait fait preuve d'une sagesse exemplaire, se rua vers la créature en aboyant vivement. Sans réfléchir, Flora se leva d'un bond et souleva le chat terrifié dans ses bras. Les aboiements du chien furent ponctués d'un grand éclat de rire.

— Caesar, aux pieds ! ordonna son maître, et le terrier battit retraite pour reprendre sa place initiale. Qu'est-ce donc que ce chat, miss MacNichol ?

— Il s'appelle Panthère, répondit Flora en le caressant pour le calmer.

— Il est magnifique. Comment s'est-il retrouvé avec vous ?

— Je l'ai repêché d'un lac alors qu'il n'était qu'un chaton minuscule.

— Flora, emmène Panthère dehors s'il te plaît, la somma Mrs Keppel.

— En ce qui me concerne, c'est inutile, Mrs George. Vous savez à quel point j'aime les animaux.

Flora s'exécuta et relâcha Panthère dans le couloir, avant de refermer la porte et d'aller se rasseoir. Mrs Keppel servit le thé, mais la jeune fille savait qu'elle n'y toucherait pas, de peur que sa main ne tremble si violemment qu'elle renverse tout le contenu de sa tasse sur sa jolie robe.

— Miss MacNichol, sachez que vous avez un compagnon d'arme fort malin et rusé en la personne de Mrs George, déclara Bertie en souriant tendrement à Mrs Keppel, avant de prendre une bouffée de cigare. Car, en toute honnêteté, jamais je n'aurais pensé connaître le jour où…

De quel jour s'agissait-il, Flora ne le saurait jamais, car l'inhalation de la fumée provoqua une violente quinte de toux qui se transforma en étouffement. Le teint déjà rougeaud de l'hôte passa à une couleur betterave, et des larmes commencèrent à couler le long de ses joues tandis qu'il luttait pour respirer. Mrs Keppel lui versa un verre d'eau et se pressa à côté de lui sur le canapé pour porter le verre à ses lèvres, le forçant à boire.

— Bon Dieu ! Ce n'est pas de l'eau qu'il me faut, mais du brandy !

Il sortit un grand mouchoir de son pardessus et, repoussant l'eau en éclaboussant généreusement Mrs Keppel, se moucha à grand bruit.

— Bertie, il faut vraiment que vous renonciez aux cigares, le gronda-t-elle en se levant pour se diriger vers le décanteur. Tous les médecins que vous voyez vous le disent. Ces satanées choses vont finir par signer votre arrêt de mort.

Elle lui tendit le brandy qu'il avala d'une traite avant de rendre son verre pour une deuxième rasade.

— Balivernes ! C'est à cause de ce fichu climat britannique, de cette humidité permanente. Vous souvenez-vous à quel point j'étais en forme à Biarritz ?

— Bertie, vous savez pertinemment que c'est faux. La dernière fois que nous étions là-bas, vous…

— Assez ! rugit-il, avant de boire rapidement son second brandy et de se tourner vers Flora.

— Voyez-vous ce que je dois supporter, miss MacNichol ? On me traite comme un enfant à la nurserie.

— C'est parce qu'on tient à vous, répliqua Mrs Keppel avec fermeté.

Flora attendit une autre explosion, mais quand Mrs Keppel se rassit près de lui et lui prit la main, il hocha placidement la tête.

— Je sais, ma chère. Néanmoins j'ai l'impression que tout le monde cherche à me gâcher mes petits plaisirs ces derniers temps.

— Tout le monde cherche à veiller à ce qu'aucun d'entre nous n'ait à endurer la douleur de vous perdre.

— Assez parlé de tout cela, fit-il en agitant la main, comme pour écarter une mouche. Miss MacNichol doit avoir une bien mauvaise première impression de moi. Parlez-moi donc un peu de vous. Qu'est-ce que vous aimez dans la vie ?

— La campagne, répondit Flora spontanément. Bien sûr, s'empressa-t-elle d'ajouter, c'est parce que c'est ce que j'ai toujours connu, et j'aurais peut-être tout autant aimé la vie citadine si j'avais grandi ici. Je découvre petit à petit la beauté de Londres.

— Nul besoin de vous justifier, miss MacNichol. Si le destin avait été plus clément, j'aurais moi aussi choisi la campagne. Dites-moi, montez-vous à cheval ?

— Oui, répondit simplement Flora, incapable de l'appeler « Bertie ». Même si j'avoue que j'aurais bien du mal à le faire sur Rotten Row. J'ai appris à monter à cheval sur des terrains accidentés et ne suis pas du tout gracieuse sur la selle.

— Ah, c'était le bon temps ! s'exclama-t-il en tapant dans ses mains comme un enfant. Dans ma jeunesse, rien ne me plaisait plus que de traverser les landes écossaises au galop. Quelles autres activités vous réjouissent ?

— J'aimerais pouvoir vous répondre la couture, la poésie, ou le piano mais, à vrai dire, tout ce que j'aime se trouve à l'air libre. Les animaux, par exemple...

— Je partage entièrement votre avis ! lança-t-il en regardant avec affection le chien qui agitait la queue à ses pieds. Et pour ce qui est des arts... eh bien, étant donné ma situation, je suis dans l'obligation de les tolérer et de les applaudir. Cependant vous ne sauriez imaginer les soirées interminables que j'ai passées au théâtre ou à l'opéra, devant des œuvres censées m'inspirer spirituellement ou psychologiquement, ou à des récitals de poésie dont je ne comprenais pas un mot...

— Bertie ! Vous êtes injuste envers vous-même, intervint Mrs Keppel. Vous êtes extrêmement cultivé.

— Uniquement parce que je n'ai pas le choix. Cela fait partie du métier, ajouta-t-il en adressant un clin d'œil à Flora.

— Je prends beaucoup de plaisir à peindre les animaux, mais je n'arrive pas à saisir les hommes. Ils semblent beaucoup trop... compliqués.

Flora espérait que sa réponse les apaiserait tous les deux.

— Bien dit ! s'exclama Bertie en tapant sa cuisse colossale.

— Bertie, votre carrosse attend dehors. Vous avez un engagement ce soir et…

— Oui, je suis au courant, grogna-t-il en levant les yeux au ciel avant de regarder Flora d'un air complice. Miss MacNichol, Mrs George a raison. Je dois prendre congé pour servir la nation et la reine.

Flora se leva aussitôt et s'apprêtait à refaire une profonde révérence quand il lui fit signe de s'approcher.

— Venez là, ma chère.

Elle s'exécuta et fut stupéfaite quand il prit ses mains dans les siennes, révélant ses doigts chargés de bagues incrustées de rubis cabochons et de couronnes dorées.

— Ce fut un véritable plaisir de faire votre connaissance, miss MacNichol. Cela me rappelle que Mrs George est toujours bien guidée par son instinct. À présent, venez donc m'aider à me relever.

Il quitta le canapé avec l'aide de Mrs Keppel. Bien que Flora soit grande, il la dominait de toute sa hauteur.

— J'espère sincèrement que nous aurons l'occasion de passer plus de temps ensemble à l'avenir. De préférence à la campagne. À Duntreath, peut-être ? s'enquit-il en se tournant vers Mrs Keppel qui opina du chef.

— Bien sûr.

— Bon, miss MacNichol – Flora – je dois prendre congé. Au revoir, ma chère.

— Au revoir.

— Venez, Bertie, je vais vous raccompagner jusqu'en bas.

Sur ces mots, Mrs Keppel, le fox-terrier et le roi du Royaume-Uni de Grande-Bretagne et d'Irlande et des Dominions britanniques d'outre-mer, Défenseur de la foi et empereur des Indes quittèrent le petit salon.

19

Sonia, prête à aller se coucher avec des papillotes dans les cheveux, l'arrêta sur le palier de la nurserie.

— Tu as rencontré Roiroi ?

— Oui.

— Il est gentil, n'est-ce pas ? Au début, il paraît gros et effrayant, mais il ne ferait pas de mal à une mouche.

— Tu as tout à fait raison, répondit Flora en souriant et en embrassant la petite fille sur le front. Bonne nuit.

— Flora, tu veux bien venir me raconter une de tes histoires, s'il te plaît ? Elles sont tellement plus intéressantes que les livres d'images que me lit Nannie !

— Demain, d'accord ?

— C'est toujours ce que disent les grandes personnes, marmonna Sonia en faisant la moue, tandis que Nannie s'approchait pour l'emmener à l'étage supérieur.

— Non, je te promets de le faire. Va vite te coucher maintenant, fais de beaux rêves.

Souhaitant se distraire après une après-midi chargée en émotions, Flora poursuivit son chemin dans la nurserie et trouva Violet blottie dans un fauteuil près du feu, un livre à la main.

— Je te dérange ? demanda-t-elle doucement.

Violet sursauta et leva les yeux de son ouvrage.

— Ce serait grossier de répondre par l'affirmative.

— Dans ce cas, je vais te laisser.

— Non, viens, fit Violet en lui indiquant un fauteuil en face du sien.

Flora traversa la pièce et s'assit.

— Qu'est-ce que tu lis de beau ?

— Keats. Vita m'a offert ce recueil en guise de cadeau d'anniversaire tardif.

— C'est généreux de sa part. Je dois avouer que j'ai du mal à distinguer un bon poème d'un mauvais.

— Ce n'est que mon opinion, bien sûr, mais je trouve qu'avec les poètes romantiques comme Keats, peu importe de bien connaître la littérature. Ce qui importe pour les comprendre, c'est d'avoir connu l'amour.

— Je ne suis pas certaine de te suivre… répondit Flora, même si elle était presque sûre d'avoir saisi le sens des propos de Violet.

— Eh bien, avant que je rencontre Vita et qu'elle m'explique la poésie, moi aussi, je trouvais tous ces vers très ennuyeux, précisa l'adolescente en fixant les flammes dans l'âtre. Mais à présent, je lis les mots de Keats et je les vois comme une expression universelle de l'amour, pour ceux qui ne sont pas en mesure de l'exprimer eux-mêmes. Tu comprends ?

— Je crois que oui. Continue, je t'en prie.

— Et donc, le simple fait que Vita m'offre cette anthologie indique qu'elle souhaite que je lise les mots qu'elle-même ne se sent pas capable de prononcer.

— Tu veux dire que tu crois qu'elle t'aime ?

— Tout comme moi je l'aime. Tu penses que c'est mal ?

Le regard bleu et direct de Violet, si semblable à celui de sa mère, défiait Flora. Fatiguée d'avoir passé la journée à peser ses mots avant d'ouvrir la bouche, la jeune femme répondit en toute honnêteté.

— Il existe de nombreuses formes d'amour. On peut aimer un parent d'une façon, un frère ou une sœur d'une autre, un amant, un ami, un animal… chacun d'une façon propre.

Le visage de Violet se détendit et ses yeux s'éclairèrent.

— Oui, exactement ! Mais, Flora, comment peut-on choisir qui nous aimons, quand c'est la société qui nous l'impose ?

— Disons que, même si extérieurement nous devons nous plier aux diktats de la société, nos sentiments profonds peuvent exister malgré les apparences.

Violet garda un moment le silence, puis sourit. Pour la première fois depuis que Flora la connaissait, elle semblait heureuse.

— Tu comprends ! s'exclama-t-elle en refermant son livre. Je ne voyais pas très bien ce que te trouvait Maman au départ, mais maintenant je le sais et je suis contente que tu sois là. Toi aussi tu as été amoureuse. Bonne nuit, Flora.

Tandis que Violet s'éloignait, Barny apparut à la porte.

— Excusez-moi, miss Flora, Mrs Keppel se demandait si vous ne voudriez pas la rejoindre dans son boudoir avant qu'elle sorte dîner.

La jeune femme se leva et suivit la bonne à l'autre extrémité du couloir où se trouvait la suite privée de Mr et Mrs Keppel.

— Flora, entre et viens t'asseoir près de moi, la somma Mrs Keppel, assise à sa coiffeuse comme une impératrice.

Flora prit place sur un fauteuil recouvert de velours et admira les cheveux lâchés de Mrs Keppel qui tombaient en cascade de boucles naturelles sur ses épaules. Elle portait une robe en dentelle de Chantilly qui mettait particulièrement en valeur sa poitrine généreuse. Flora songea qu'elle ne l'avait jamais vue aussi belle.

— Je souhaitais te dire que tu avais fait très bonne impression à Bertie aujourd'hui.

— Et moi, je l'ai trouvé très gentil, répondit prudemment la jeune femme.

— Il n'est plus ce qu'il était, malheureusement. Il est malade et refuse de faire quoi que ce soit pour remédier à la situation. Toutefois, c'est un homme sage et bienveillant pour qui j'ai beaucoup de tendresse.

— Oui, Mrs Keppel.

— Barny, voulez-vous bien nous laisser quelques minutes ?

— Oui, madame.

La bonne quitta la pièce et Mrs Keppel se tourna vers Flora.

— Ma chère, fit-elle en serrant les mains de Flora dans les siennes. Je n'étais pas certaine qu'il soit sage de te présenter à Bertie, mais tu n'aurais pas pu mieux t'en tirer.

— Vraiment ? J'étais horriblement nerveuse.

— Tu as simplement été toi-même et, comme le roi a observé avant son départ, aussi naturelle qu'une fleur sauvage écossaise poussant au milieu des ajoncs.

— Je suis… heureuse d'avoir recueilli son approbation.

— Oh, Flora, souffla Mrs Keppel en poussant un profond soupir. Tu ne sais à quel point. Et combien je te suis reconnaissante d'être… telle que tu es. Il m'a mise en garde de ne pas gâter ta nature, de ne pas faire de toi une autre dame du monde, de m'assurer que ta pureté ne soit pas abîmée par la vie en ville. Il espère avoir l'occasion de passer du temps avec toi à l'avenir. Cependant, comme tu ne lui as pas été présentée officiellement, je préférerais – et lui aussi – que la rencontre de cette après-midi et toutes celles qui suivront restent secrètes.

— Oui, même si Sonia et Violet savent toutes les deux que je l'ai vu.

— Évidemment ! gloussa Mrs Keppel. Je ne parle pas des occupants de cette maison. L'une des raisons pour lesquelles Bertie aime venir ici, à Portman Square, c'est qu'il y trouve une parfaite discrétion, qui manque tant dans sa vie. Tu comprends ?

— Oui, Mrs Keppel.

— Très bien. Dans ce cas, je suis sûre que Bertie et toi pourrez apprendre à mieux vous connaître.

— Oui, cela me plairait. Je…

— Qu'y a-t-il, ma chère ?

— Je me demandais juste si Mr George était… dans le secret des visites du roi ici, s'enquit Flora, en rougissant de son insinuation.

— Bien sûr que oui ! Bertie et lui sont de grands amis et ils chassent souvent ensemble quand le roi vient à Duntreath en automne.

Se sentant idiote d'avoir posé la question, Flora rougit de plus belle.

— Dans cette maison, personne n'a de secrets pour quiconque. À présent, je dois appeler Barny car nous partons dîner à Marlborough House dans une demi-heure, annonça la maîtresse de maison en pressant la sonnette sur sa coiffeuse. Le

Premier Ministre se joint à nous ce soir, ce qui signifie que nous passerons la soirée à discuter des dernières singeries en date de Guillaume II.

Flora s'émerveillait de la capacité de cette femme à citer des noms célèbres aussi naturellement que si elle recrachait des noyaux de cerise.

— J'espère que vous passerez un agréable moment.

— Je suis persuadée du contraire, mais merci quand même. Oh, je viens de me rappeler que demain tu es censée rendre visite à ta sœur et à ta tante, à Grosvenor Square. J'ai d'autres obligations et ne pourrai t'accompagner, mais Freed te conduira là-bas.

— Merci.

— À présent, ma chère, je te renouvelle toutes mes félicitations pour ta conduite de cette après-midi. Je suis certaine que ce n'est que la première d'une longue série d'entrevues avec Bertie.

* * *

— Ma sœur chérie !

Flora fut accueillie par une chaleureuse étreinte à l'entrée du salon de tante Charlotte. Aurelia referma la porte derrière elles.

— J'ai demandé à tante Charlotte de te parler en privé, car j'ai de toute urgence besoin de tes conseils.

La cadette conduisit vivement Flora vers le canapé et s'assit à côté d'elle. Cette dernière songea à quel point l'humeur de sa sœur avait évolué depuis la dernière fois qu'elle l'avait vue. Ses jolis yeux brillaient de vie et elle avait une mine superbe. Et Flora savait pertinemment pourquoi.

S'il vous plaît mon Dieu, aidez-moi à masquer ma douleur…

— Je t'ai demandé de venir me voir parce que, depuis notre dernière entrevue, j'ai reçu un visiteur.

— Ah oui ? Et qui donc ?

— Archie Vaughan ! s'exclama-t-elle. Il est passé il y a deux jours, au moment où je finissais de faire mes bagages. Tu comprends, je suis censée partir après-demain pour l'Écosse. Tu peux t'imaginer à quel point j'étais surprise de le voir.

— Mon Dieu oui ! lança Flora, feignant l'étonnement.

— Naturellement, je pensais qu'il venait simplement me dire au revoir par politesse. Il est entré ici, a refermé la porte et a aussitôt pris mes mains dans les siennes en me disant qu'il avait commis une terrible erreur ! Je n'en revenais pas.

— J'imagine en effet.

— Je lui ai demandé de préciser le type d'« erreur » auquel il se référait, et il m'a alors expliqué à quel point la responsabilité du mariage l'avait soudain effrayé, qu'il avait pensé peut-être ne pas être fait pour se marier – exactement comme tu l'avais dit ! – et qu'il avait craint de me décevoir comme époux, ce qui l'avait retenu de me demander en mariage à High Weald.

— Je vois.

— Il m'a avoué que ce n'est qu'après mon départ qu'il avait pris conscience de combien je lui manquais.

À ces mots, le regard d'Aurelia s'égara tandis qu'elle revivait cet instant.

— C'est drôlement… romantique.

— Et quand sa mère l'a informé que je m'apprêtais à quitter Londres pour rejoindre l'Écosse d'un jour à l'autre, il a su qu'il devait m'en empêcher. Il a donc accouru ici.

— Et il t'a demandée en mariage ?

— Oui ! Oh, Flora, il m'a suppliée de le pardonner pour sa terrible erreur de jugement et a aussitôt posé un genou à terre en sortant la bague de fiançailles en émeraude la plus somptueuse qui soit.

— Et quelle a été ta réponse ?

— C'est justement là que j'espère que tu seras fière de moi. Je lui ai dit qu'à cause du retournement soudain de situation, je devais prendre quelques jours pour y réfléchir. Et voilà pourquoi je t'ai demandé de venir. Tu es si sensée en matière de sentiments, chère Flora. Que dois-je faire selon toi ?

Flora ravala toute considération personnelle.

— Peut-être que la première question à poser est pourquoi tu n'as pas immédiatement accepté. Qu'est-ce qui t'a retenue ?

— Eh bien, je t'ai confié il y a quelques jours seulement que je refuserais toute demande de sa part, même si c'était sans doute pour me protéger et épargner ma fierté. Par ailleurs, je ne suis toujours pas certaine qu'il m'aime comme moi je l'aime.

— A-t-il dit qu'il t'aimait ?

— Oui… ou du moins, il m'a assuré que son monde serait dépeuplé sans moi.

— Cela me semble clair alors ! lança Flora en se forçant à sourire. Le sens est le même, quels que soient les mots choisis par Archie.

— Tu crois ? interrogea Aurelia d'un air suppliant. Peut-être que j'en attends trop, ou que je suis trop romantique mais, malgré ses explications, son hésitation initiale me donne l'impression qu'il avait des réserves.

— Qu'il a maintenant résolues, et qui n'avaient rien à voir avec toi.

— Je lui ai demandé si quelqu'un d'autre avait volé son cœur. Il m'a juré que non.

Le rythme cardiaque de Flora s'accéléra.

— Alors tout ce qu'il t'a dit doit bien te suffire pour accepter sa demande, non ?

— Oui, mais tu te souviens que j'avais d'autres prétendants plus tôt dans la saison, et eux me courtisaient avec ardeur et passion, raisonna Aurelia en se levant pour faire les cent pas. Ils me couvraient de fleurs et de billets doux et, bien que je ne veuille pas d'eux, il ne faisait aucun doute qu'*eux* voulaient de moi. Avec Archie, j'ai plutôt l'impression que c'est *moi* la prétendante assidue, poursuivant un homme qui a toujours semblé… indifférent à mon égard.

— Malgré mon expérience limitée, je sais que beaucoup d'hommes envisagent l'amour bien différemment des femmes. Certains sont ouvertement romantiques, mais beaucoup ne le sont pas. Songe à notre père : il est évident qu'il adore Maman, mais il n'est pas très démonstratif avec elle.

— Tu crois vraiment qu'il l'adore ? Je me suis toujours posé la question. Et je ne veux certainement pas d'un mariage comme le leur.

Flora se rendit compte qu'elle avait perdu du terrain en donnant l'union distante de ses parents comme exemple.

— Peut-être est-ce simplement qu'on apprend aux hommes à ne pas dévoiler leurs émotions…

Aurelia s'était arrêtée de déambuler et fixa sa sœur, une lueur de suspicion dans les yeux.

— Je sais que tu n'as jamais apprécié Archie, que tu ne lui as jamais fait confiance. Je t'avoue être surprise de tes efforts pour le défendre.

— Mes sentiments envers lui n'entrent pas en jeu ici. J'essaie seulement d'être pragmatique et aussi honnête que possible avec toi. Tu as voulu connaître mon opinion et je te l'ai donnée. Il a pris conscience de ses erreurs et souhaite t'épouser. Je doute que tu puisses demander davantage, surtout étant donné l'alternative…

— Je sais bien. Jusqu'à la demande d'Archie, je pensais mourir de chagrin à l'idée d'être bannie en Écosse avec Papa et Maman.

— Dans ce cas, tu tiens ta réponse.

— Oui, sauf que je ne supporterais pas de songer qu'Archie ne m'aime pas véritablement et ne m'épouse que pour récupérer ma dot et sauver la propriété de sa famille.

— Ma chère Aurelia, je crois que lord Vaughan a prouvé à maintes reprises qu'il était libre de ses choix et qu'on ne saurait le forcer à faire quoi que ce soit contre son gré.

— Tu crois vraiment que je dois dire oui ?

Ignorant sa douleur, Flora acquiesça.

— Et malgré ton antipathie à son égard, tu accepteras d'être ma première demoiselle d'honneur et de danser à mon mariage ?

— Évidemment.

Le nuage qui s'était installé sur le visage d'Aurelia s'envola.

— Tu m'as convaincue. Demain après-midi, lorsqu'il viendra, je lui dirai que j'accepte de l'épouser. Merci, ma sœur chérie, je ne sais pas ce que je ferais sans toi. Maintenant que la décision est prise, sonnons pour qu'on nous apporte du thé. Je me sens vraiment faible après toute cette angoisse.

Une heure plus tard, épuisée par sa duperie, Flora remonta dans la voiture à cheval, aidée par Freed. Elle avait fait ce qu'il fallait en persuadant Aurelia d'accepter la main d'Archie.

Cependant, le doute la rongea tout au long du trajet vers Portman Square. Tout ce que souhaitait Aurelia était qu'Archie l'aime en retour et Flora savait que c'était la seule chose qu'il ne pourrait jamais lui donner.

* * *

— Je suppose que tu es déjà au courant de la nouvelle ?

Mrs Keppel lui tendit le *Times* et Flora lut l'annonce.

— Oui, Aurelia m'avait informée de la demande de lord Vaughan.

— Et tu es contente qu'ils se marient avant Noël ? C'est bien court pour des fiançailles.

— Peut-être ont-ils le sentiment d'avoir déjà perdu un temps précieux. Je suis très heureuse pour tous les deux, ils s'aiment tendrement.

Quelque chose d'étrange passa dans le regard de Mrs Keppel.

— Alors, moi aussi j'en suis heureuse et enverrai un mot de félicitations au nom de toute la maisonnée.

— Tout comme j'enverrai le mien.

— Justement, une lettre est arrivée pour toi ce matin par coursier, de la maison londonienne des Vaughan. J'ai dit à Mr Rolfe que je te la remettrais personnellement.

— Merci.

Aussi calmement que possible, Flora prit la lettre de la main blanche délicate de sa marraine.

Celle-ci la regarda tripoter l'enveloppe.

— Ma chère Flora, je suis à la maison cette après-midi et ne reçois aucun visiteur si, une fois que tu auras lu la lettre, tu souhaites me rejoindre pour le thé.

— Je... merci.

Flora quitta le petit salon et se précipita dans sa chambre. Elle ferma soigneusement la porte, puis s'assit sur son lit et fixa la missive. La seule vue de l'écriture lui faisait monter les larmes aux yeux. Elle déchira l'enveloppe et déplia la feuille de papier, les mains tremblantes.

18, Berkeley Square
Mayfair
19 octobre 1909

J'ai agi selon ta volonté, même si je sais que c'est injuste pour nous trois. Maintenant qu'elle a dit oui, j'ai suggéré que nous nous mariions dès que possible.

Malgré tout, je t'aime.

Archie

* * *

Plus tard cette après-midi-là, Flora hésitait à l'entrée du salon de Mrs Keppel.

— Ah, ma chère, je t'attendais.

— C'est vrai ?

— Bien sûr, répondit-elle comme si cela allait de soi. Ferme la porte derrière toi. Le thé est déjà servi, nous ne serons donc pas dérangées.

Flora s'avança vers sa marraine d'un pas lent, tiraillée par l'indécision, elle qui ne s'était jamais confiée à personne.

— Assieds-toi donc, ma chère, et réchauffe-toi près du feu.

Mrs Keppel tendit une tasse de thé à Flora et la jeune femme le but avec plaisir.

— Bon, nous pouvons boire notre thé en bavardant agréablement de tout et de rien, ou bien nous pouvons parler de la véritable raison qui t'amène ici. Qu'est-ce que tu préfères ?

— Je… je ne sais pas.

— L'amour est un sentiment si troublant, n'est-ce pas ? Et, tout comme moi, tu préfères être ta seule conseillère en la matière. Mon cher Bertie me dit toujours que la connaissance donne du pouvoir et que s'il est tentant de céder ce pouvoir à autrui en échange de réconfort, il est peu judicieux de le faire. Toutes les deux, nous avons choisi de suivre cet adage.

— En effet, répondit la jeune femme, stupéfaite par sa perspicacité.

— Alors, Flora, tu es au courant de *mon* secret. Tout le monde à Londres croit comprendre ma relation avec le roi et n'a de cesse de la critiquer. Mais les commérages malveillants de ces gens et leur volonté de ternir ma réputation les rendent aveugles. La vérité est que je l'aime. Quelqu'un qui ne nous connaît pas pourrait affirmer que notre relation est une imposture et que je ne cherche qu'à servir mon ambition personnelle, tout comme cette personne pourrait dire que ton rejet de lord Vaughan était cruel. Mais je sais que c'est ton amour pour ta chère sœur qui t'a fait agir ainsi.

— Mrs Keppel, que dites-vous ? Je… personne n'envisage la moindre relation entre lord Vaughan et moi…

— Bien sûr, et je doute que quiconque ait deviné la situation, à part moi. J'ai vu votre visage à l'un et à l'autre après votre entrevue il y a quelques jours. Le malheur y était clairement lisible. Votre secret est en sécurité avec moi. Je t'en prie, Flora, fais-moi confiance et décharge-toi de ce poids avant qu'il ne te rende folle.

Flora finit par tout lui raconter. Mrs Keppel l'écouta avec bienveillance, lui servit un verre de sherry et lui tendit un mouchoir en dentelle. Quand elle eut terminé son récit, Flora se sentit plus légère.

— Tu n'es ni la première, ni la dernière, à envoyer l'homme que tu aimes dans les bras d'une autre parce que tu as le sentiment que c'est ce qui est juste. J'ai moi-même été confrontée à une situation très similaire avant d'épouser mon cher George ou de rencontrer Bertie. Tu as agi avec intégrité pour la plus noble des raisons, et il te faut maintenant tourner la page.

— Je sais. Et c'est là le plus difficile.

— Le meilleur moyen d'y parvenir est de te distraire autant que possible, et je serai plus qu'heureuse de t'en donner l'occasion, déclara Mrs Keppel en souriant. Plusieurs bals s'annoncent et je t'assure qu'avant le mariage de ta sœur, nous t'aurons trouvé au moins deux prétendants prêts à faire leur demande.

— C'est gentil, mais à l'heure actuelle, aucun prétendant potentiel ne m'intéresse.

— C'est parce que tu n'as pas encore fait leur connaissance, répondit sa marraine, les yeux brillants. Nous commencerons par une soirée à Devonshire House, puis il y aura un bal somptueux à Blenheim. Ce n'est pas la porte à côté, mais je pense que cela vaudrait la peine, et puis…

— Mrs Keppel ?

— Oui, ma chère ?

— Pourquoi faites-vous tout cela pour moi ?

Elle détourna les yeux pour fixer les flammes, puis regarda de nouveau Flora.

— Parce que tu es comme l'enfant que nous n'avons jamais eu.

Star

Octobre 2007

20

Je sentis une main me tapoter plusieurs fois l'épaule et je revins au présent. Je levai les yeux et vis le générique de fin de *Superman* à l'écran, ainsi que Rory debout à côté de moi.

— *Superman II* maintenant ?

Je consultai ma montre, il était cinq heures et demie de l'après-midi.

— Non, répondis-je en secouant la tête. Je crois que cela suffit pour aujourd'hui. Tu veux voir le faisan ? proposai-je au petit garçon pour le distraire.

Il opina du chef avec enthousiasme et je me levai pour m'extraire du fauteuil et du passé, sachant que le moment était mal choisi pour me lancer dans l'analyse de ce que j'avais lu, ou pour me demander si tout cela pouvait avoir un quelconque rapport avec ma propre existence. À la cuisine, Orlando triait les différentes denrées livrées par la ferme.

— Tu gagnes encore des points pour ta plumaison minutieuse du faisan, m'annonça-t-il en souriant. Tu seras soulagée d'apprendre que je viens de récupérer la balle qui l'a envoyé dans un monde meilleur et que nous ne risquerons donc pas de nous casser une dent.

Il souleva alors une petite soucoupe contenant trois morceaux de plomb. Rory en saisit aussitôt un pour l'observer.

— Pauvre oiseau, le plaignit-il.

— Eh oui, mais grâce à lui nous aurons demain un merveilleux déjeuner. Miss Star, voici pour le festin de ce soir.

Je vis un magnifique steak rouge sang étendu sur la plaque de marbre devant lui.

— Je ne connais personne d'autre capable de rendre justice à sa perfection. Si cela ne te dérange pas, je préfère dîner à huit heures précises. Cela laisse ensuite trois bonnes heures pour digérer avant d'aller se coucher, précisa Orlando en consultant l'horloge.

— Dans ce cas, je ferais mieux de m'y mettre.

— Pendant ce temps-là, je vais emmener ce petit gars pour une partie d'échecs. Le perdant fera la vaisselle.

— Mais c'est toujours toi qui gagnes, Oncle Lando, se lamenta Rory tandis que tous deux quittaient la pièce.

Je préparai la viande et les légumes, puis m'assis, inspirant avec bonheur le parfum dégagé par la cuisson et profitant de la chaleur merveilleuse de la cuisine. Songeant à ce que je venais de lire, je m'aperçus que la figurine que m'avait léguée Pa devait être le chat adoré de Flora, plutôt qu'une véritable panthère comme je l'avais cru. Puis je pensai à Flora elle-même qui, selon Pa Salt, avait un lien avec moi. Il était certain que nous présentions des points communs, à savoir notre intérêt pour la botanique et notre amour de la nature. Néanmoins, des millions de personnes partageaient ces passions et, d'après le manuscrit, il était bien plus probable que je sois parente d'Aurelia.

Le pire, c'est que je souhaitais de toutes mes forces trouver un lien, quelque chose qui me connecterait inextricablement à High Weald et me permettrait d'entrer dans cette famille extraordinaire, dont deux membres en particulier m'étaient de plus en plus chers.

Quand nous eûmes savouré le filet de bœuf et qu'Orlando l'eut jugé « héroïque », j'emmenai Rory prendre un bain, incertaine des règles pour ce genre de choses. Je le laissai prendre les devants et il détacha ses appareils auditifs avant de les poser avec précaution sur une étagère.

— Je sors ? lui demandai-je au moment où il se plongeait dans le bain moussant que je lui avais fait couler.

Mais il secoua la tête.

— Parle-moi. Raconte-moi une histoire sur ta famille, Star.

Alors, je m'installai sur l'abattant démodé en bois des toilettes et, à grand renfort de mimes et d'expressions faciales quand il me manquait les signes appropriés, j'offris à Rory un condensé de mon enfance à Atlantis, injectant çà et là des anecdotes sur les bêtises que nous avions pu faire, CeCe et moi.

— Pas sages du tout, les sœurs ! gloussa Rory en sortant de la baignoire et en s'enveloppant dans la serviette que je lui tendais. Moi aussi, je veux une sœur ou un frère, ajouta-t-il, son regard vert soudain sérieux. Ça a l'air amusant.

Je l'aidai à enfiler son pyjama et lui donnai ses appareils auditifs. Il les réinséra dans chacune de ses oreilles, puis enveloppa ses bras autour de mon cou et me posa un baiser sur la joue.

— Tu veux bien être ma sœur, Star ?

— Avec plaisir, souris-je en l'accompagnant dans sa chambre.

Quelques minutes plus tard, Orlando apparut sur le pas de la porte, l'air hésitant.

— Ablutions terminées ?

— Oui. Bonne nuit, petit ange, dis-je en embrassant Rory.

— Bonne nuit, Star.

* * *

Le lendemain, après le petit déjeuner, je fis dorer les pattes du faisan dans une grande casserole en fonte avant d'y ajouter des baies, des herbes aromatiques ainsi que du vin rouge, laissant mijoter le tout dans l'espoir de créer une sauce riche et goûteuse. Puis j'enveloppai les filets dans du bacon et les mis de côté pour plus tard. Rory s'était installé à la table de la cuisine pour dessiner et moi, à côté, je commençai à rouler la pâte pour faire une tarte aux fruits. J'avais regardé CeCe peindre des centaines de fois et son art était en général très précis, alors que Rory mélangeait les couleurs sur sa palette d'aquarelle pour obtenir la teinte souhaitée, avant de donner des coups de pinceau d'un air très détendu. Lorsque j'enfournai la tarte, je vis qu'il avait réalisé un paysage automnal que j'aurais été bien incapable de reproduire, même si j'avais eu des mois à ma disposition.

— Stupéfiant, dis-je pendant qu'il signait son œuvre, et je remarquai qu'il écrivait avec difficulté et maladresse, ce qui tranchait totalement avec son aisance pour le dessin.

— J'aime peindre.

— Nous aimons tous ce pour quoi nous sommes doués, lui répondis-je en souriant.

Orlando était sorti ce matin-là. Il n'avait pas précisé où, mais je sentais que cette escapade ne l'enchantait guère. Il revint au moment où je réduisais les pommes de terre en purée, Mouse sur les talons.

— Regardez, fit Rory en indiquant son dessin. Pour Star.

Orlando le félicita en bon oncle qu'il était, alors que Mouse se contenta d'y jeter un vague coup d'œil.

— Et si j'allais chercher la bouteille de vacqueyras que j'ai décantée pour accompagner le faisan de Star ? lança Orlando en se dirigeant vers le garde-manger.

— Tu as lu ma transcription ? me demanda Mouse d'une voix brusque.

— Oui, merci.

Je lui indiquai le tas de feuilles que j'avais soigneusement reposé près du téléphone.

— Tu as trouvé ça instructif ?

— Très.

— J'aimerais voir la figurine si tu l'as.

— En fait, je ne crois pas l'avoir apportée au bout du compte, répondis-je, espérant ne pas rougir, ce qui se produisait généralement quand je ne disais pas la vérité.

— C'est dommage. Orlando pense que c'est une œuvre de Fabergé.

— Je la chercherai de nouveau avant de partir.

— Ce serait bien.

Le téléphone sonna et Mouse décrocha.

— Bonjour, Marguerite. Oui, tout va bien ici. Lui aussi, oui, n'est-ce pas, Rory ?

— Oui ! cria Rory pour que sa mère l'entende. Bien !

— À quelle heure vas-tu rentrer ?

Je m'affairai au fourneau pour ne pas donner l'impression d'écouter la conversation.

— Je vois. Pour moi c'est impossible, mais je vais demander à Orlando et Star. Orlando ?

— Oui ? fit celui-ci en ressortant du garde-manger, bouteille à la main.

— On a demandé à Marguerite de prolonger son séjour en France. Elle veut savoir si Star et toi pourriez rester quelques jours de plus ici pour vous occuper de Rory.

— Malheureusement non. J'ai deux ventes aux enchères très importantes à Londres, auxquelles je dois absolument assister. Et toi, Mouse ?

— Non. Tu sais tout ce que j'ai à faire à la ferme en ce moment. En plus, Rory est en vacances et...

Je posai les yeux sur Rory qui, assis entre les deux frères, tournait la tête d'un côté et de l'autre pendant qu'ils s'adonnaient à leur match de tennis verbal, se sentant sans doute aussi insignifiant que la balle métaphorique qu'ils se renvoyaient.

— Je peux rester, moi, les interrompis-je soudain. Je veux dire, si tu n'as pas besoin de moi à la librairie, Orlando.

— Je peux y réfléchir, certainement.

Rory tapota les mains d'Orlando et lui dit vivement en langue des signes :

— Oui, s'il te plaît, laisse Star rester ! Bonne cuisine !

Il y eut un moment de silence et le regard des deux frères tomba sur moi.

— Étant donné la pénurie de clients à la librairie, elle n'a sans doute rien de mieux à y faire que la poussière, déclara Mouse.

Mes poils se hérissèrent, mais je luttai pour me contrôler. Je voyais qu'Orlando enrageait lui aussi intérieurement.

— Évidemment, le plus important, c'est que Rory soit content, finit-il par déclarer.

— Très bien, alors, as-tu entendu notre discussion, Marguerite ? Star va rester et Rory se réjouit de cet arrangement, expliqua Mouse dans le combiné. Et je ne serai pas loin de toute façon. Tiens-nous au courant de ton horaire de retour mercredi, d'accord ? Allez, au revoir.

— Le déjeuner est prêt, annonçai-je à Orlando qui nous avait servi un verre de vin à tous les trois.

— Merveilleux. Nous allons manger ici, d'accord ? Et je... *nous*, se corrigea-t-il en lançant un regard vers son frère, te sommes profondément reconnaissants pour ton offre.

— Pas de problème, répondis-je en me tournant de nouveau vers la cuisinière.

Après le déjeuner qui, je dois moi-même l'avouer, fut un triomphe étant donné que c'était la première fois que je cuisinais un faisan, Mouse accompagna Orlando à la gare d'Ashford afin qu'il prenne le train pour Londres. La froideur entre les deux frères était palpable et je supposais qu'elle était due à leur rencontre matinale, ainsi qu'à la conversation avec Marguerite.

Mouse avait dit qu'il repasserait dire bonsoir à Rory mais, à huit heures passées, il n'y avait toujours aucun signe de lui. J'éteignis *Superman*, donnai son bain au petit garçon et le mis au lit.

Une fois dans ma chambre, je fouillai dans mon sac à la recherche de la lettre de Pa Salt et du chat noir. J'observai soigneusement la petite créature, me remémorant les descriptions saisissantes que Flora faisait de Panthère.

— Est-ce bien toi ? lui demandai-je.

S'il s'agissait d'une figurine de Fabergé, comme l'avait suggéré Mouse, alors c'était un objet de grande valeur. Peut-être Mrs Keppel, qui appréciait les créations du joailler, avait-elle offert ce chat à Flora...

La seule façon de le savoir était de le montrer au Rat d'égout... *Mouse*, me corrigeai-je. Il ne fallait surtout pas que ce surnom m'échappe un jour en public.

J'allai dans la salle de bains et me glissai rapidement dans le bain moussant que j'avais fait couler pour Rory – le réservoir d'eau chaude ne permettait de remplir qu'une baignoire par jour. Puis je me hâtai de regagner ma chambre pour me vêtir chaudement avant de redescendre.

J'errais face à la porte de la maison, me demandant si je devais fermer à clé pour la nuit, quand une silhouette apparut derrière moi dans l'obscurité. Je sursautai et poussai un cri.

— Ce n'est que moi, fit Mouse. Je suis entré par la porte de service pendant que tu étais à l'étage. Je voulais juste te donner ça.

Il me tendit deux énormes clés en laiton.

— Merci.

— Merci à toi de faire ça. Il est évident que Rory t'aime déjà. Marguerite dit qu'elle rappellera demain. Cela ne lui ressemble pas d'avoir accepté de rester plus longtemps que prévu. Il doit se tramer quelque chose, marmonna-t-il. Elle travaille en général dans la région, pour pouvoir au moins rentrer le soir pour Rory. Mais il semble que sa réputation se soit étendue. Enfin bon, tu vas avoir besoin de provisions pour les prochains jours. Si tu veux bien m'écrire une liste, je passerai la chercher demain matin. Ce sera tôt, en revanche.

— Pas de problème, répondis-je. Cela t'embête si j'utilise le téléphone fixe pour prévenir ma sœur que je ne rentrerai pas ce soir ? Mon portable ne marche pas ici.

— Fais comme chez toi. Et si tu as besoin d'envoyer un e-mail, tu peux venir chez moi. Il te suffit de tourner à droite au portail et de traverser la route. « Home Farm » est ensuite indiqué à quelques mètres sur la gauche. Ce n'est pas luxueux, mais il y a le wi-fi.

— Ça devrait aller.

— Et si tu mettais la main sur cette figurine, j'aimerais vraiment la voir. Il y a plusieurs trous dans l'histoire de notre famille que j'aimerais combler.

— Je vais encore regarder dans mon sac.

— J'espère que tu vas finir par la trouver. Bonne nuit, alors.

— Bonne nuit.

Quand il fut sorti, je fermai la porte à double tour. Puis je me rendis dans la cuisine et appelai CeCe.

— Sia ! Où es-tu donc ? Et pourquoi m'appelles-tu d'un numéro bizarre ?

J'expliquai la situation de mon mieux et il y eut un long silence.

— Alors, si j'ai bien compris, non seulement cette famille te paye des cacahouètes pour travailler de longues heures dans une librairie, mais en plus maintenant elle t'utilise comme baby-sitter et comme cuisinière non rémunérée ?

— Orlando a dit que je toucherais mon salaire même en mon absence, et Marguerite me donnera également quelque chose.

— Le problème avec toi, c'est que tu as trop bon cœur.

— C'était une urgence, et j'étais la seule à pouvoir les dépanner. Et puis, cela ne me dérange pas, je t'assure. J'adore cet endroit, répondis-je en toute honnêteté.

— Veille au moins à ce qu'ils te paient ce qu'ils te doivent. Tu me manques, Sia. Cet appartement est bien trop grand pour une seule personne.

— Je serai bientôt de retour à la maison et, si tu as besoin de moi, tu peux me joindre à ce numéro.

— Je sécherai mon dernier cours mercredi pour que nous puissions dîner ensemble. J'ai l'impression de t'avoir à peine vue ces dernières semaines.

— Je sais, je suis désolée. Dors bien, Cee.

— Je vais essayer. Salut.

Elle raccrocha brutalement et je soupirai en me dirigeant vers le salon pour m'assurer que le feu ne risquait pas de faire brûler la maison pendant la nuit – une autre règle d'or de Pa –, puis j'éteignis les lumières et montai me coucher. Je passai la tête dans la chambre de Rory, qui dormait paisiblement, et remerciai le ciel de pouvoir passer deux nuits de plus dans cette merveilleuse demeure.

21

Je me levai tôt le lendemain matin, réveillée par Rory qui vint sauter sur mon lit en disant qu'il avait faim. Lorsque Mouse arriva dans la cuisine pour récupérer ma liste de courses, nous prenions notre petit déjeuner.

— Ça sent drôlement bon ! s'exclama Mouse à ma grande surprise.

C'était rare de l'entendre prononcer une remarque positive.

— Tu en veux ? C'est juste du pain perdu.

— Je n'en ai plus mangé depuis mon enfance. Avec plaisir, si c'est possible…

— Il y a aussi du café tout chaud sur la table, ajoutai-je.

Rory tapota le bras de son oncle et lui demanda en langue des signes :

— Je peux venir sur le tracteur ?

— Quoi ?

Mouse avait à peine levé les yeux vers lui.

— Rory veut savoir s'il peut t'accompagner sur ton tracteur, traduisis-je en posant son assiette devant lui un peu plus brutalement que nécessaire.

— Mon Dieu, non, répondit-il en commençant à dévorer le pain perdu avec un appétit qui avait clairement manqué les dernières fois que j'avais cuisiné pour lui. Qu'est-ce que c'est bon, j'adore les recettes pour les enfants. Bon, lança-t-il avant de vider sa tasse de café et de se lever en attrapant la liste de courses sur la table. Je vous apporterai tout ça quand je pourrai.

Un instant plus tard, il avait disparu.

— Pas de tracteur ?

L'expression triste du petit garçon me brisa le cœur.

— Pas aujourd'hui, Rory. Mais va vite t'habiller, et ensuite tu pourras faire un tour à vélo, hein, qu'est-ce que tu en dis ?

Rory roula jusqu'au verger où nous ramassâmes autant de pommes et de prunes que nous pouvions en porter. Les vieux arbres avaient cruellement besoin d'être taillés, mais je savais qu'il faudrait attendre la fin de l'hiver.

— On ne va jamais manger tout ça ! s'étonna Rory tandis que nous rapportions les fruits à la maison dans une brouette grinçante que j'avais dénichée.

— Non, mais on peut en faire des tartes et des bonnes confitures.

— On *fait* la confiture ?

— Eh oui.

Son étonnement me fit rire et je me rendis compte qu'il avait dû grandir en pensant que l'essentiel de ce qu'il mangeait venait de la fée invisible du supermarché.

Je passai l'après-midi à confectionner des tartes, et Rory réclama son habituel *Superman*. Après lui avoir mis le DVD, je retournai à la cuisine pour me préparer une tasse de thé et contrôler la cuisson des pâtisseries. Je brûlais d'envie de réorganiser les placards et le garde-manger, mais je me retins, consciente que ce n'était pas à moi de le faire.

Je sortais la dernière tarte du four quand la porte de service s'ouvrit et que Mouse apparut chargé de deux sacs remplis de courses.

— Et voilà, déclara-t-il en les posant sur la table. Tu as l'intention de faire une fête ? s'enquit-il en désignant les pâtisseries.

— J'utilise juste les fruits du verger.

Il sortit une bière de l'un des sacs et l'ouvrit.

— Tu en veux une ? offrit-il.

— Non merci.

— Tout va bien avec Rory ?

— Très bien, oui.

Je plongeai la main dans un des sacs et en sortis des saucisses. Je les disposai sur une plaque de cuisson avant de les enfourner.

— Je vais faire des frites maison, ajoutai-je en ouvrant un sac de pommes de terre et en sortant un éplucheur du tiroir. J'espère que ça va plaire à Rory.

— Étant donné que Marguerite et lui se nourrissent essentiellement d'œufs et de haricots en boîte, je suis sûr qu'il sera ravi. Moi aussi d'ailleurs, s'il y en a assez.

Je souris intérieurement face à son enthousiasme nouveau pour ma cuisine.

— Bien sûr, répondis-je en indiquant le gros sac de pommes de terre. Je vais prévenir Rory que tu es là.

Je me dirigeai alors vers la porte.

— Juste, avant que tu y ailles…

Le ton de sa voix me retint et je me retournai pour lui découvrir un visage soudain grave.

— Dis-moi si, honnêtement, tu as cette figurine de Fabergé avec toi. Soit tu ne l'as vraiment pas, soit tu ne veux tout simplement pas me la montrer. Je comprendrais que tu ne me fasses pas confiance. Après tout, je suis loin d'avoir été accueillant avec toi. Je sais que tout le monde pense que je suis complètement nul. Et à juste titre.

Voilà qu'il s'apitoyait de nouveau sur son sort. S'il s'attendait à ce que je le contredise, il se mettait le doigt dans l'œil. Comme je gardais le silence, il poursuivit :

— Et si nous passions un accord ? Je te raconte le reste de ce que je sais de l'histoire de notre famille, et tu me montres le chat. Parce que si c'est bien un Fabergé, j'ai ma petite idée sur la personne qui l'a offert à Flora MacNichol.

— Je…

— Mouse !

Rory entra en trombe dans la cuisine et notre conversation tourna court.

Au cours du dîner, Mouse était bien plus gai qu'il ne l'avait été jusque-là. Je ne savais pas s'il faisait de son mieux pour me donner une fausse impression de sécurité avant de rendosser son attitude morose, une fois qu'il aurait obtenu ce qu'il voulait, ou si cette bonne humeur était simplement due aux frites. Quoi qu'il en soit, j'étais contente pour Rory que Mouse fasse au moins un effort pour communiquer avec lui. Quand nous eûmes débarrassé, je leur suggérai de jouer au morpion. J'expliquai les règles à Rory et il se prêta ensuite volontiers au jeu, criant de joie chaque fois qu'il remportait une partie. Je savais que Mouse le laissait gagner, et ça aussi, c'était un progrès.

— Il est l'heure d'aller au lit, annonça soudain Mouse.

Je levai les yeux vers l'horloge et vis qu'il était encore tôt, mais Rory s'était déjà levé, à l'instar d'un jeune soldat ayant reçu des ordres de son sergent-major.

— Je vais t'emmener prendre ton bain, dis-je en lui tendant la main.

— Bonne nuit, Mouse.

— Bonne nuit, Rory.

Le petit garçon s'agita gaiement dans la baignoire, puis pencha la tête en arrière et ferma les yeux pendant que je lui lavais les cheveux. Il s'immergea ensuite dans l'eau, puis revint à la surface et ouvrit les yeux.

— Star ?

— Oui ?

Il sortit les mains de l'eau pour me faire des signes.

— Je ne crois pas que Mouse m'aime beaucoup.

— Je crois que si, mais il est nul pour ça, répondis-je en lui montrant mes mains et les siennes.

— C'est pas difficile. Nous allons lui apprendre.

— Bonne idée.

Après l'avoir aidé à enfiler son pyjama, je l'emmenai dans sa chambre.

— Veux-tu que je te lise une histoire ou suis-je trop mauvaise ? lui demandai-je en le chatouillant.

— Tu es bien meilleure que Mouse, donc oui, s'il te plaît.

Rory se retourna avant moi pour découvrir Mouse dans l'embrasure de la porte, et je fus alors soulagée qu'il ne comprenne pas la langue des signes.

— Tu veux que je te borde, Rory ? demanda Mouse.

— Oui, s'il te plaît.

— Bonne nuit, dis-je en embrassant le petit garçon sur le front avant de quitter sa chambre.

— Tu te débrouilles drôlement bien avec lui, me complimenta Mouse un peu plus tard en entrant dans la cuisine où je terminais de faire la vaisselle.

— Merci.

— Je suppose que tu as déjà travaillé avec des enfants sourds ?

— Non, jamais.

— Alors, comment… ?

Je lui expliquai brièvement comment j'avais été amenée à apprendre la langue des signes. Il sortit une bière du réfrigérateur et l'ouvrit.

— C'est intéressant que Rory et toi vous soyez immédiatement plu, sachant que tu es quelqu'un de très peu bavard. Tu ne te livres pas beaucoup, hein ?

Toi non plus, pensai-je.

— Tu habites avec ta sœur, n'est-ce pas ?

Il s'en était donc souvenu.

— Oui.

— As-tu un petit ami ? Un partenaire ?

— Non. Et toi ?

Et puis ça ne te regarde absolument pas.

— J'ai pleinement conscience que personne ne voudrait de moi, et cela ne me dérange pas plus que cela.

Je ne voulais pas me sentir forcée à répondre. Dans le silence, je rangeai assiettes et couverts.

— En fait, finit-il par reprendre, révélant plus d'informations qu'il n'en avait l'intention au départ – comme n'importe qui après un long silence – j'ai été marié.

— Oh.

— Elle semblait penser que je n'étais pas si horrible que ça.

Je gardai le silence.

— Mais ensuite… Elle est morte.

Je sus alors que j'étais vaincue. Il était impossible de ne pas répondre à une telle déclaration.

— Je suis désolée.

Je me retournai vers lui qui se tenait près de la table, l'air gauche.

— Moi aussi. Mais c'est la vie… et la mort, non ?

— En effet, répondis-je en pensant à Pa Salt.

Il y eut une autre courte pause, puis il jeta un coup d'œil à l'horloge.

— Je vais y aller. Je dois m'occuper de trois mois de comptabilité. Merci pour le dîner.

Abandonnant sa bière à moitié pleine sur la table, Mouse sortit par la porte de service.

* * *

Cette nuit-là, je ne parvins pas à trouver le sommeil. Je me sentais affreusement coupable après son départ abrupt qui, je le savais, avait été causé par la froideur de ma réponse quand il m'avait avoué être veuf. Au-delà de sa grossièreté habituelle, il m'avait révélé une partie intime de lui-même. Et je lui avais servi une platitude dénuée de toute compassion.

Tout compte fait, je m'étais abaissée à son niveau.

Je finis par me lever avec le soleil à six heures et demie, m'habillai chaudement et descendis à la cuisine. Puis je m'adonnai à la seule activité qui avait le don de me calmer : je fis un gâteau.

Après le petit déjeuner, je demandai à Rory s'il pouvait m'emmener à la ferme de Mouse, et il acquiesça avec enthousiasme.

— Je me disais que nous pourrions lui apporter ce gâteau en guise de cadeau.

— Oui, fit Rory en levant les deux pouces. Mouse est très seul.

Nous nous mîmes en route, Rory à bicyclette et moi à pied et j'inspirai le parfum si caractéristique de l'automne anglais : la riche odeur de décomposition des feuilles mortes tandis que la campagne se débarrassait des restes de l'été, prête à renaître au printemps suivant.

— Ici.

Rory désigna un panneau qui nous conduisit à une allée envahie par les mauvaises herbes. Il pédalait vivement devant, tandis que je le suivais plus lentement avec le gâteau. Enfin, la maison apparut : une demeure robuste en brique rouge, dénuée de toutes les fioritures de sa voisine d'en face. Si High Weald était aristocratique, Home Farm était simple et d'apparence plus confortable.

Au centre de la façade se dressait une grande porte, à la peinture rouge – sans doute vive autrefois – fanée et écaillée. La maison était agrémentée d'un alignement de buissons de lavande qui, même s'ils auraient eu besoin d'être remplacés, embaumaient l'air de leur doux parfum. Rory contourna la maison à toute allure et se dirigea droit vers la porte arrière.

— Tu peux frapper ? indiquai-je, et il s'en donna à cœur joie, appréciant les vibrations.

Il n'y eut pas de réponse.

— Frappe encore, suggérai-je.

— Toujours ouvert. On entre ?

— D'accord.

Me sentant coupable comme une voleuse, je suivis Rory et me retrouvai dans une cuisine qui était une version miniature de celle que nous avions quittée un peu plus tôt. À part que celle-ci était encore plus en désordre, la table en sapin presque invisible sous les tasses à café sales, les journaux et ce qui ressemblait à un grand livre de comptabilité, débordant de reçus et de factures. Le courant d'air causé par la fermeture de la porte derrière nous fit voler quelques papiers à terre. Je posai le gâteau et me baissai pour les ramasser, juste au moment où Mouse pénétra dans la cuisine par l'intérieur de la maison.

Il fixa les reçus dans ma main et fronça les sourcils.

— Ils étaient par terre, me justifiai-je d'une petite voix en les reposant sur la table. Nous t'avons apporté un petit cadeau. Rory, donne la boîte à Mouse.

— C'est Star qui l'a fait. Pour toi, expliqua-t-il avec les mains.

Mouse observa la boîte avec méfiance, comme si elle contenait une bombe.

— C'est un cake au citron.

— Merci.

— Je t'en prie.

Nous restâmes debout là, dans un silence gênant, et je frissonnai dans cette pièce froide. Ni le feu ni le fourneau n'étaient allumés, et le confort promis par l'extérieur de la maison faisait clairement défaut à l'intérieur.

— Tout va bien ? s'enquit Mouse.

— Oui.

— Tant mieux. Dans ce cas, si vous voulez bien m'excuser tous les deux, j'ai du travail qui m'attend.

— D'accord.

Rory et moi regagnâmes la porte de service. Je posai la main sur la poignée puis m'arrêtai, décidant que je devais me comporter en adulte.

— Ce soir, nous mangerons du hachis Parmentier, si tu veux te joindre à nous pour le dîner.

Puis j'ouvris la porte et nous sortîmes dans le froid de cette journée d'octobre.

Je passai l'après-midi à jouer au morpion avec Rory. Quand il en eut marre, je lui appris les règles de la bataille navale. Toutefois, je n'étais pas certaine qu'il ait compris le concept : au lieu de tracer des croix dans les cases pour marquer les positions de sa flotte, il dessinait soigneusement ses bateaux, ce qui au moins l'occupait puisqu'il insistait pour que chaque représentation miniature soit parfaite, la gommant dans le cas contraire.

Une fois que j'eus mis son DVD chéri de *Superman*, je bâillai en remplissant la bouilloire. Je repensai à Atlantis et à ce que mes sœurs et moi faisions pour nous distraire pendant les vacances, m'émerveillant de la capacité de Ma à nous gérer toutes les six, qui plus est compte tenu de nos différences d'âge. Je m'aperçus que je ne me rappelais pas m'être un jour ennuyée – j'avais toujours eu CeCe et mes autres sœurs pour me divertir. Enfant unique, Rory n'avait pas de camarade de jeu. Je me rendis compte que j'avais été extrêmement chanceuse.

Après avoir assemblé le hachis Parmentier, je le laissai dans le four pour qu'il finisse de cuire, puis montai faire le lit de Rory et le mien. M'asseyant sur ce dernier, les doigts raides à cause du froid, je récupérai l'écrin abritant Panthère. Puisque le cake au citron ne semblait pas nous avoir réconciliés, et que je me sentais encore coupable de mon comportement de la veille, je glissai la petite boîte dans la poche arrière de mon jean avant de redescendre, sachant que la montrer à Mouse était ma seule option pour me faire pardonner.

Sept heures, puis huit heures passèrent. Je baignai Rory puis le couchai, avant de repartir dans la cuisine pour débarrasser le dîner. J'étais sur le point d'éteindre les lumières de la pièce et d'aller m'installer auprès du feu pour lire, quand s'ouvrit la porte arrière.

— Désolé, je suis en retard. J'ai été retenu, annonça Mouse. Il reste un peu de hachis Parmentier ?

J'acquiesçai et allai le chercher dans le garde-manger, avant de le mettre au four.

— Il va falloir quelques minutes pour le réchauffer.

Ne sachant pas bien quoi faire, j'errai un instant près de la table.

— Je prendrais bien une bière. Tu veux un peu de vin ? me demanda-t-il.

— Pourquoi pas.

Mouse alla chercher les boissons.

— À la tienne, lança-t-il en faisant tinter sa cannette contre mon verre. Au fait, merci pour le gâteau. J'en ai mangé au déjeuner et c'était absolument succulent. Je suis aussi venu te dire que je ne serai pas là demain. Je dois aller à Londres pour discuter avec Orlando de la vente de la librairie.

— Ça va lui briser le cœur, répondis-je, horrifiée. Il y tient comme à sa propre vie.

— Crois-tu que je ne le sais pas ? répliqua-t-il vivement. Mais nous ne pouvons pas continuer comme ça. Comme je te l'ai dit, et à lui aussi, le commerce peut très bien s'effectuer en ligne. L'argent de la vente pourrait au moins rembourser les dettes que nous avons accumulées. Et puis, il faut que j'achète de nouveaux équipements pour l'exploitation. Je comprends tes sentiments, mais malheureusement la vie est cruelle, Star, c'est ainsi.

— Je sais.

Je me mordis la lèvre pour bloquer les larmes qui menaçaient de se former.

— L'un de nous deux doit vivre dans la réalité, je le crains et, pour être franc, si je ne fais pas quelque chose maintenant, la banque risque de déclarer la faillite de la librairie et de la saisir comme actif pour compenser notre dette. Ce qui signifie qu'elle serait vendue pour un dixième de sa valeur et que nous ne toucherions quasiment rien.

— Oui, je comprends bien, mais tu dois te rendre compte de la perte que cela représente. C'est un héritage…

— Un héritage ? s'exclama-t-il d'un ton railleur. Notre famille n'a jamais eu beaucoup de chance – ou peut-être devrais-je dire de *raison* – en matière d'argent. Ce n'est que très difficilement que nous gardons encore High Weald. Marguerite aussi est endettée jusqu'au cou.

— Mon Dieu, offris-je platement, avant d'aller sortir le hachis du four, ne sachant pas quoi ajouter.

— Enfin bon, ce n'est pas ton problème, je sais. Si ce n'est que tu vas peut-être devoir trouver un autre travail dans quelques mois. Et pour couronner le tout, les prix de l'immobilier sont en chute libre à cause de la crise, c'est bien notre veine. Comme on dit, un malheur n'arrive jamais seul.

— Ne t'inquiète pas pour moi, c'est Orlando qui va souffrir.

— Tu es très attachée à lui, n'est-ce pas.

— Très.

— Comme lui tient à toi. Rares sont ceux qui arrivent à gérer son excentricité. De nos jours, on lui diagnostiquerait sans doute un trouble obsessionnel compulsif ou un syndrome du genre, sans parler de son obstination à vivre comme il y a cent ans, ajouta-t-il en secouant la tête. Quand nous étions petits, c'était toujours Orlando qui bénéficiait de l'attention de notre mère. C'était son chouchou ; à partir de neuf ans, il n'est plus allé à l'école et c'est elle qui assurait ses cours à la maison, à cause de son asthme sévère. Tous deux se terraient à la bibliothèque pour lire les ouvrages de leur Dickens adoré. Mon frère n'a jamais dû vivre dans le monde réel. Comme il le dit toujours, le passé était une époque bien plus douce et civilisée.

— Si l'on fait abstraction des horribles guerres à répétition, nuançai-je. Ainsi que du manque d'antibiotiques et de soins de santé pour les pauvres.

Il me regarda stupéfait, puis éclata de rire.

— Très juste. Sans parler de la prison pour non-paiement des dettes.

— Orlando n'y serait pas très à son aise, c'est sûr.

— Ni sancerre, ni chemises amidonnées au refuge pour sans-abri.

Nous partageâmes alors un sourire en coin. Je plaçai son assiette devant lui, songeant à quel point les deux frères étaient différents, un peu comme CeCe et moi.

— Beaucoup de gens, pas uniquement Orlando, aiment embellir le passé. Moi le premier, marmonna-t-il avec émotion en saisissant sa fourchette.

— Quel âge avait ta femme quand elle t'a quitté ? demandai-je prudemment, désireuse de racheter mon comportement de la veille.

— Vingt-neuf ans. Nous étions très heureux.

— Ma sœur a perdu son fiancé dans un accident de voile il y a deux mois, juste après le décès de notre père. Comme tu le dis, la vie est cruelle.

Je me forçais à parler, en pénitence, livrant bien plus d'informations que je ne l'aurais fait en temps normal.

— Je suis navré pour ta sœur. Je ne souhaiterais à personne de perdre son père et son partenaire aussi rapidement l'un après l'autre. Cela m'est arrivé à moi aussi, soupira-t-il. Pour revenir au passé, as-tu une idée de la façon dont tu pourrais être apparentée à notre famille ? Des théories ?

— Aucune.

— Comment ? Tu veux dire que tu n'as pas passé ces trois derniers jours à High Weald à fouiller les tiroirs à la recherche d'un indice ?

— Non, je…

Je sentis une chaleur coupable me monter aux joues. Mouse était si difficile à déchiffrer, je ne savais absolument pas s'il plaisantait ou s'il me faisait des reproches.

— À ta place, je ne me serais pas gêné. Regardons les choses en face, tu aurais pu penser hériter une grosse somme d'argent. Même si, dans l'état actuel des choses, nous pourrions plutôt te faire partager nos dettes.

— Je n'ai pas fouillé la maison et je n'ai aucun problème d'argent, répliquai-je d'un ton de défi.

— Tant mieux pour toi. Et pour info, Star, je plaisantais.

— Oh.

Je détestais le fait qu'il ait lu dans mes pensées.

— Excuse-moi, je sais que mon sens de l'humour est déroutant, mais je te promets que je plaisantais. Mécanisme de défense, tu vois ? Pour garder mes distances. Nous en avons tous un. Toi, par exemple, tu es très difficile à lire comme personne… Parfois, je crois savoir ce que tu penses grâce à l'expression de tes yeux bleus… mais la plupart du temps, je n'en ai strictement aucune idée.

Je détournai immédiatement le regard, et il gloussa avant de prendre une autre gorgée de bière.

— Quoi qu'il en soit, j'espérais que, lors de ton séjour ici, tu mettrais la main sur quelque chose que je n'ai pas vu depuis très, très longtemps.

— Quoi donc ?

— Comme tu as déjà pu t'en rendre compte, Flora MacNichol était un écrivain prolifique, et ce tout au long de sa vie ou presque. Ses journaux intimes – quarante ou cinquante – sont restés sur une étagère dans le bureau de Home Farm pendant des années. Mon père les a découverts dans une malle du grenier quand il rangeait la maison après la mort de mes grands-parents. C'est ainsi qu'il a appris… l'anomalie qu'il m'a révélée sur son lit de mort.

— Quelle « anomalie » ?

— Cela concerne l'héritage, quand High Weald a été partagé dans les années 1940. Pour dire les choses simplement, il avait le sentiment que notre branche, c'est-à-dire les Forbes, avait été lésée de ce qui nous revenait de droit.

— Je vois.

— Naturellement, quand j'ai entrepris mes recherches sur l'histoire de la famille, je les ai récupérés et j'ai commencé à les éplucher. Mais j'ai été confronté à une brusque interruption : il manque tous ses journaux postérieurs à 1910. Star, je sais qu'il y en avait beaucoup plus. Autrefois, ils occupaient deux étagères, et aujourd'hui ils n'en remplissent même pas une entière. L'ennui, c'est que ces années manquantes contiennent peut-être la preuve de la théorie de mon père. Non pas que je puisse remédier à la situation, il est trop tard pour cela, mais j'aimerais en avoir le cœur net, dans un sens ou dans l'autre.

— Je comprends.

— À propos, as-tu trouvé ta figurine ?

— Oui.

Il était inutile de continuer à mentir.

— Je me disais bien qu'elle réapparaîtrait. Je peux la voir ?

Je sortis l'écrin de ma poche et le lui tendis. Il ouvrit la petite boîte d'un geste solennel, puis prit une paire de lunettes dans la poche de sa chemise et étudia la figurine avec attention.

— Voyez-vous cela, fit-il à mi-voix, avant de retirer ses lunettes de son nez. Est-ce que je peux te l'emprunter une petite semaine ?

— Pourquoi ?

— J'aimerais la faire authentifier.

— Je ne suis pas sûre que...

— Tu ne me fais pas confiance, Star ?

— Si, enfin...

— Soit tu me fais confiance, soit tu ne me fais pas confiance, il n'y a pas d'entre-deux, dit-il en souriant. Alors, Astérope, Star... j'ai l'impression que nous jouons au chat...

— Et à Mouse la souris, complétai-je, et nous nous mîmes tous les deux à rire, dissipant la tension entre nous. Tu peux emporter la figurine, mais jure-moi de me la rendre. J'y tiens énormément.

— Je te le promets. Oh, au fait, Marguerite a appelé pour dire qu'elle rentrerait tard demain soir.

— Pas de problème. Je resterai jusqu'à jeudi matin et irai directement travailler à Londres.

— Merci. Bon, j'ai peur de devoir y aller, annonça-t-il en prenant une dernière gorgée de bière. Je dois faire un récapitulatif des comptes ce soir pour montrer demain à Orlando tout ce qu'il refuse de voir.

— Traite-le gentiment, d'accord ? l'implorai-je en lui tendant la figurine.

— Orlando ou ceci ? plaisanta-t-il en rangeant l'écrin dans la poche de son anorak. Je ferai de mon mieux. Mais, parfois, la vérité est douloureuse, dit-il en se dirigeant vers la porte, avant de se retourner. J'ai passé une bonne soirée, merci.

— Je t'en prie.

— À bientôt. Bonne nuit, Star.

— Bonne nuit.

22

Le lendemain, une femme arriva devant la porte de service et annonça qu'elle venait chercher Rory pour sa leçon d'équitation. Je me demandai un instant si c'était normal et sûr pour le petit garçon, mais l'étreinte avec laquelle il l'accueillit me prouva qu'elle n'était pas là pour l'enlever. Il revint les joues rougies par le froid et l'euphorie et, quand nous nous assîmes ensemble à la table de la cuisine, je lui demandai de me faire un dessin de lui. Il m'intima à ne pas regarder pendant qu'il peignait, alors j'en profitai pour préparer deux fournées de brownies – l'une à congeler, et l'autre à manger dans la journée.

Je regardai sa tête rousse penchée sur le dessin avec application, et ressentis une vague d'amour protecteur pour ce petit garçon qui s'était fait une place dans mon cœur. Que lui réservait l'avenir, étant donné ce que m'avait révélé Mouse ? High Weald lui appartiendrait-il encore quand il serait en âge de reprendre la propriété ? La bonne nouvelle, c'était qu'il semblait peu se préoccuper des problèmes des adultes et avait une nature ouverte et optimiste qui suscitait affection et sympathie.

Il a confiance en l'humanité...

— Pour toi, Star, m'annonça Rory en me tendant fièrement son dessin.

Je le pris et le contemplai. Et sentis ma gorge se nouer. Rory avait peint un dessin de lui et moi dans le jardin : lui qui me tenait la main tandis que je me penchais pour observer des fleurs. Il était parvenu à saisir ma posture, le mouvement de mes cheveux sur mes joues, et même les longs doigts qui tenaient à présent le dessin.

— Rory, c'est une merveille. Merci.

— Je t'aime, Star. Reviens vite.

— Je le garderai précieusement toute ma vie, lui dis-je en luttant pour ne pas verser de larmes. Bon, que dirais-tu d'un brownie et d'une séance de *Superman* ?

Il leva les pouces tout sourire et nous nous dirigeâmes main dans la main vers le salon.

Après notre dernière histoire du soir, je préparai mon bagage, prête à partir le lendemain matin, espérant que cela ne dérangerait pas Marguerite de m'accompagner à la gare pour que je sois à l'heure à la librairie. J'essayais de ne pas penser à la conversation qui avait certainement eu lieu entre les deux frères dans la journée. Je descendis l'escalier, caressant la rampe et essayant de graver sa beauté dans ma mémoire.

À dix heures, j'aperçus les phares d'une voiture dans l'allée. La porte principale claqua quelques secondes plus tard et j'allai accueillir la châtelaine de High Weald.

— Star chérie, me salua-t-elle en m'étreignant. Rory va bien ? Merci infiniment d'être restée avec lui. Mouse m'a dit que tu avais été merveilleuse. Y a-t-il quelque chose à grignoter ? Je meurs de faim, enchaîna-t-elle sans reprendre sa respiration.

— Oui, Rory va bien. Il dort profondément mais a hâte de te voir. Et, oui, il y a quelque chose au chaud.

— Formidable. J'ai vraiment besoin d'un verre de vin.

Elle se servit un grand verre et en but immédiatement une belle gorgée.

— J'ai l'impression d'avoir passé la journée sur la route. Le château se trouve au milieu de nulle part. Et puis, bien sûr, l'avion a eu du retard.

Malgré ses protestations, Marguerite était absolument rayonnante. Quelque chose dans la lueur de ses yeux et le rose de ses joues me disait que, où qu'elle soit allée, elle était heureuse.

— Comment cela se passe-t-il en France ?

— À merveille, répondit-elle, rêveuse. Oh, et la peinture aussi.

Elle émit un doux rire.

— Rory aussi a du talent. Il doit le tenir de toi.

— J'en doute, fit-elle en haussant les sourcils. Il joue dans une catégorie complètement différente. Son don lui vient de quelqu'un d'autre, ajouta-t-elle après un court silence. Tu sais que Mouse est allé voir Orlando à la librairie aujourd'hui ?

Elle fouilla dans son gros sac à main en cuir et en sortit un paquet de Gitanes.

— Tu veux une cigarette ?

J'en pris une en la remerciant et elle l'alluma pour moi. Cela faisait une éternité que je n'avais pas fumé de cigarette française.

— Mouse m'a dit hier soir qu'il se rendrait à Londres, oui.

Marguerite prit une longue bouffée de sa cigarette et fit tomber la cendre dans le pot d'un malheureux cactus posé sur le rebord de la fenêtre.

— Évidemment, Orlando est bouleversé. Apparemment, il a refusé net ne serait-ce que de regarder les comptes.

— J'ai hâte de retourner auprès de lui demain alors, marmonnai-je en lui servant une portion de coq au vin.

— Pour être honnête, je suis soulagée que tu sois avec lui. Et Mouse aussi. Il est passé me chercher à Gatwick sur son chemin du retour. Même s'il est peu probable qu'Orlando fasse une bêtise, on ne sait jamais. Pauvre de lui, l'argent est vraiment la cause de tous les maux.

— En effet.

Je posai l'assiette devant elle, puis me préparai une camomille et m'assis à mon tour.

— Star, tu es vraiment exceptionnelle. Cela m'a l'air divin. Quel plaisir de revenir à la maison et de trouver un plat tout prêt ! s'exclama-t-elle. Quand la librairie sera vendue, il te faudra trouver un nouvel emploi. Tu envisagerais de venir ici pour m'aider avec Rory et avec la maison ?

Je voyais qu'elle plaisantait à moitié, mais je haussai les épaules.

— Pourquoi pas.

— Évidemment, tu es beaucoup trop qualifiée - ne te sens pas insultée par cette suggestion, je t'en prie. C'est juste qu'il est si difficile de trouver quelqu'un de confiance pour Rory, et Mouse ne tarit pas d'éloges sur votre excellente relation à tous les deux. Et il se trouve qu'Hélène, la propriétaire du château, m'a proposé de peindre une autre pièce. J'adorerais accepter ce travail. C'est un endroit stupéfiant, et je m'y plais énormément.

Je restai assise en silence, consciente que Marguerite n'avait pas idée qu'elle m'offrait mon rêve. Vivre à High Weald, m'occuper de Rory, de la maison et des jardins, et être en mesure de cuisiner chaque jour pour cette famille fascinante et hors du commun. Je savais que je devais saisir cette opportunité avant que l'esprit de Marguerite volette vers quelque chose, ou *quelqu'un*, d'autre.

— Honnêtement, je serais heureuse de t'aider quand tu veux. J'adore cette maison. Et j'adore Rory.

— C'est vrai ? s'étonna Marguerite. Mon Dieu, tu es sérieuse ? Je ne pourrais pas te payer beaucoup, tu t'en doutes, mais tu aurais un lit et toutes les provisions nécessaires… Il faudrait que je demande à Orlando, mais peut-être pourrions-nous te partager entre nous deux ? Cela signifie que je pourrais accepter cette commission. Hélène souhaite que je commence dès que possible…

Sa voix s'éteignit et je lus l'excitation dans ses yeux.

— Naturellement, je ne voudrais pas abandonner Orlando, ni lui donner l'impression que je déserte la librairie. Surtout en ce moment. Mais il n'a pas vraiment besoin de moi en permanence.

— Orlando voudra ce qu'il y a de mieux pour Rory, j'en suis certaine. Et en plus, ajouta-t-elle les yeux brillants, il m'a confié que tu avais peut-être un lien de famille avec nous.

— Je ne vois pas lequel. Ou du moins, pas encore, nuançai-je.

— En tout cas, depuis ton arrivée, tu as réussi à te faire une place dans notre cœur à tous. J'ai hâte de découvrir où tu te places dans notre famille. Mouse a dû te dire à quel point l'arbre généalogique des Forbes-Vaughan était confus. Il l'est toujours, d'ailleurs.

Elle se tut soudain et bâilla.

— C'est l'heure d'aller se coucher, annonça-t-elle en se levant.

— Je vais fermer, proposai-je.

— Tu ferais ça ? Formidable.

— Cela ne te dérangerait pas de me déposer à la gare demain matin ? Je dois prendre le train de huit heures pour Londres.

— Mouse a dit qu'il s'en chargerait. Je crois qu'il souhaite te parler d'Orlando. Bonne nuit, Star, et encore merci.

* * *

Je me levai tôt le lendemain matin pour pouvoir préparer le petit déjeuner de Rory et Marguerite avant de partir.

Je rédigeai une note pour informer Marguerite que les saucisses, le bacon et les pancakes étaient au chaud dans le four et pour lui indiquer la présence des quatre tartes en bas du congélateur. Mouse frappa à la porte de service et je le suivis vers sa voiture avec mon sac.

— As-tu vu Marguerite à son retour hier soir ? me demanda-t-il tandis que nous nous engagions dans l'allée.

— Oui.

— Alors elle a dû te dire qu'Orlando n'avait pas bien pris la nouvelle.

— En effet.

— Écoute, Star, si tu arrivais par un moyen ou un autre à lui faire entendre raison, je t'en serais très reconnaissant. J'ai essayé de lui expliquer que la banque interviendra forcément si nous ne vendons pas la librairie nous-mêmes, mais il s'est littéralement bouché les oreilles et est monté en trombe dans sa chambre avant de s'y enfermer à clé.

— Comme un enfant qui fait une colère.

— Exactement. Orlando peut sembler doux et gentil, mais je ne connais personne qui soit aussi têtu que lui quand il s'agit de décisions difficiles qu'il refuse de prendre. Mais nous n'avons pas le choix, un point c'est tout. Il doit en prendre conscience.

— Je ferai de mon mieux, mais je doute qu'il m'écoute.

— Tu peux toujours tenter le coup. Il t'apprécie et te fait confiance. Essaie, au moins.

— D'accord.

— Pourras-tu m'appeler pour me dire comment il va ? me demanda-t-il quand nous arrivâmes à la gare. Hier soir, il ne répondait ni au fixe, ni à son portable.

— Entendu, promis-je en sortant de la Land Rover. Merci de m'avoir accompagnée.

— C'était le moins que je puisse faire. Et la prochaine fois que tu viendras à High Weald, je te raconterai la suite des aventures de Flora, lança-t-il par la fenêtre. Attends-toi à être ébahie. Au revoir, Star, me salua-t-il, avec un large sourire qui illumina son beau visage. Prends soin de toi.

Je lui fis un geste de la main et me dirigeai vers la gare.

En arrivant à Kensington Church Street, j'étais remplie d'appréhension. Non seulement parce que je n'avais aucune idée de ce que je découvrirais dans la librairie, mais aussi à cause des innombrables SMS et messages vocaux de CeCe. J'avais été si absorbée par ma vie à High Weald que j'avais complètement oublié de l'appeler pour la prévenir que je restais une nuit supplémentaire. Dans son dernier message, elle m'écrivait, avec ses fautes d'orthographe habituelles :

Star, si je n'est pas de nouvelles avant demain matin, j'appelle la police pour te porté disparu. Ou es-tu ?

Je me sentais horriblement coupable et lui avais alors laissé tout autant de messages d'excuses, lui disant que j'allais bien et que je la retrouverais le soir à notre appartement.

Je fus rassurée en voyant que rien n'avait changé dans la librairie et, comme Orlando n'était en général jamais là à mon arrivée, je m'occupai avec ma routine habituelle. Toutefois, ne le voyant toujours pas à onze heures, je commençai à m'inquiéter. Je regardai la porte à l'arrière du magasin qui menait à l'escalier et, je supposais, à l'appartement d'Orlando. Bien sûr, il pouvait très bien être là-haut à s'occuper de l'une de ses enchères… Mais il était étrange qu'il ne soit toujours pas apparu avec son traditionnel gâteau.

Je passai la demi-heure suivante à tourner en rond, scrutant la rue par la vitrine et hésitant à aller écouter à la porte de l'arrière-boutique.

À midi, j'étais hors de moi et décidai d'aller voir s'il était à l'étage. J'ouvris la porte qui grinça sous mes doigts, trahissant mon intrusion. Je montai les marches raides et arrivai sur un petit palier qui desservait trois portes. Hésitante, je frappai à celle de droite.

— Orlando ? C'est Star. Est-ce que tu es là ?

Il n'y eut pas de réponse, alors j'entrai dans une cuisine minuscule contenant un évier ancestral, une petite cuisinière et un réfrigérateur des années 1950. Je tentai ma chance à la deuxième porte, derrière laquelle je découvris une salle de bains tout aussi surannée, avec un immonde linoléum qui me rappelait l'appartement que je partageais avec CeCe avant notre déménagement. Je me demandais bien comment Orlando faisait pour être toujours aussi impeccable avec les commodités qu'il avait à sa disposition. C'était un véritable mystère.

Je me tournai vers la dernière porte et frappai de nouveau.

— Orlando, appelai-je, plus fort cette fois-ci. C'est moi, Star. S'il te plaît, réponds si tu es là. Je m'inquiète pour toi. Tout le monde s'inquiète, ajoutai-je d'un ton plaintif.

Toujours rien. J'essayai de tourner la poignée, mais cette fois elle résista. La porte était fermée à clé. Un bruit sourd retentit soudain à l'intérieur, comme si un gros livre était tombé par terre. Je fus saisie de peur. *Et s'il n'avait pas pris ses médicaments ?*

— S'il te plaît, je sais que tu es là, Orlando. Est-ce que ça va ? insistai-je de plus belle.

— Va-t'en, me répondit une voix étouffée.

Une vague de soulagement s'abattit sur moi. S'il allait assez bien pour être impoli, je n'avais pas de raison de m'inquiéter.

— Comme tu voudras, lui répondis-je à travers la porte. Mais je serai en bas si tu veux discuter.

Je redescendis, alimentai le feu et sortis dans la rue pour envoyer un message à Mouse, l'informant qu'au moins, Orlando était vivant, bien qu'il refuse de sortir de sa chambre.

À une heure, malgré mes espoirs, je ne perçus aucun bruit de pas dans l'escalier. J'attrapai alors mon sac à main, sortis de la librairie en fermant à clé derrière moi, et me dirigeai vers les boutiques du quartier. S'il y avait une chose susceptible d'attirer Orlando hors de sa tanière, c'était l'odeur de la cuisine.

Vingt minutes plus tard, de retour avec mes ingrédients, je montai à la cuisine minuscule. Le manque d'ustensiles se révéla problématique, mais je trouvai une petite casserole où je fis mijoter ail et échalotes, avant d'y ajouter de la crème, des herbes aromatiques et une dose de brandy pour la sauce. Je dénichai une poêle difforme pour les filets mignon, dans laquelle j'ajoutai des champignons et des tomates coupées en deux. Une fois que tout fut sous contrôle, je traversai le palier pour frapper à la porte d'Orlando, notant avec plaisir qu'un fumet appétissant emplissait tout l'appartement.

— Le déjeuner est prêt ! annonçai-je gaiement. Je vais servir les assiettes et les descendre à la boutique. Peut-être pourrais-tu prendre le vin – je l'ai mis au frais.

Puis je disposai la viande et sa garniture sur nos assiettes et m'arrêtai en haut de l'escalier.

— Ne tarde pas trop, il n'y a rien de pire qu'un filet mignon tiédasse, lançai-je avant de descendre bien précautionneusement avec mon appât.

Trois minutes plus tard, je l'entendis dans l'escalier. Ce fut un Orlando triste et débraillé qui apparut dans l'embrasure de la porte, armé d'une bouteille de sancerre et de deux verres à vin. Ébouriffé et mal rasé, il portait la robe de chambre à motif cachemire que j'avais vue à High Weald, ainsi que ses pantoufles brodées bleu canard.

— Tu as fermé la porte ? me demanda-t-il en la regardant d'un air angoissé.

— Bien sûr. C'est l'heure du déjeuner, répondis-je calmement.

Il s'avança en traînant les pieds et, pour la première fois de ma vie, je vis le cliché d'un homme ayant vieilli du jour au lendemain.

— J'espère que la viande va te plaire. Avec une sauce aux herbes et aux échalotes, l'encourageai-je.

J'avais l'impression d'être une infirmière qui parlait à un enfant.

— Merci, Star, marmonna-t-il en posant le sancerre et les deux verres. Puis il s'assit dans le fauteuil avec une extrême lenteur, comme s'il avait mal aux os. Poussant un profond soupir, il rassembla assez d'énergie pour attraper la bouteille et nous servit tous les deux généreusement.

— À la tienne, trinqua-t-il. J'ai au moins une amie et alliée.

Je le regardai avaler le contenu de son verre et le remplir aussitôt, et me demandai avec inquiétude à quoi ressemblerait un Orlando soûl.

— Mange un peu, le poussai-je.

C'était la seule fois depuis que je le connaissais que j'attaquais avant lui. Quand il se décida, il mangea comme un patient en convalescence, coupant le filet en bouchées minuscules avant de les mâcher chacune sans fin.

— C'est succulent, Star, comme tu le sais très bien. C'est moi qui…

Sa voix s'éteignit tandis qu'il prenait une autre petite bouchée de viande. Il avala, puis prit une grande gorgée de vin et reposa ses couverts en m'adressant un triste sourire.

— Aujourd'hui, même la nourriture ne parvient pas à me réjouir. Mon frère t'a tout raconté, je présume.

— Oui.

— Comment ose-t-il ? C'est d'une… cruauté ! Tout cela, ajouta-t-il en balayant la librairie des bras, c'est mon monde. Mon seul monde.

— Je sais.

— Il dit que nous allons faire faillite ou, plus exactement, que la banque va saisir tous nos biens à moins que nous ne vendions. Tu y crois, toi ?

— Malheureusement oui.

— Mais comment ? Cette… personne de la banque ne peut quand même pas prétendre voler ce qui nous appartient ! Mon frère exagère forcément, n'est-ce pas ?

Son expression était si déchirante que je déglutis avec difficulté avant de lui répondre.

— J'ai bien peur que non. Apparemment, il y a des dettes...

— D'accord, mais elles ne sont rien par rapport au prix qu'atteindrait cette boutique s'ils la vendaient. Ils doivent bien se rendre compte qu'ils ont une garantie !

— Le problème, à mon avis, c'est que les banques ne sont pas en très bonne forme elles non plus. Elles aussi sont... nerveuses. La situation économique mondiale n'est pas très saine en ce moment.

— Es-tu en train de me dire que la vente de la librairie Arthur-Morston – sans parler de celle de mon *âme* – résoudra leur crise ? Saperlipopette, Star, je m'attendais à autre chose de ta part. Je croyais que tu étais de mon côté.

— Je le suis, Orlando, je t'assure. Mais parfois la vie ne se déroule pas comme on le voudrait. C'est horrible, mais vrai. La vie n'est tout simplement pas juste. Et d'après ce que j'ai compris, la ferme aussi pâtit de cette situation.

— Comment ? ! C'est ce qu'il t'a dit ?

Le teint d'Orlando était passé de blafard à rose, puis rouge, puis violet.

— Oui. Il doit acheter de nouveaux équipements pour permettre à la ferme de s'en sortir.

Je crus alors qu'Orlando allait exploser de rage. Ses traits délicats étaient déformés par la colère et je me demandai comment un corps pouvait physiquement contrôler ce trop-plein d'émotion.

— HA ! Ha ha ha ! Et t'a-t-il informée, par hasard, de la raison pour laquelle la ferme connaît des moments difficiles ?

— Non.

— Alors, comme ça, il n'a pas cru bon de mentionner qu'il sortait rarement de sa chambre les trois ans qui ont suivi la mort d'Annie ? Qu'il a laissé toutes les terres à l'abandon, incapable qu'il était de se traîner au rez-de-chaussée et de parler au gérant de l'exploitation, qui a patienté des jours et des semaines avec les factures impayées ? Jusqu'à ce que tous les fournisseurs se retirent et que le gérant n'ait d'autre choix que de démissionner ? Des animaux sont morts sous la garde de mon frère, miss Star, de négligence et de malnutrition. Sans parler des cultures qu'il a laissé pourrir pendant des années, jusqu'à ce qu'elles perdent la volonté de vivre… Alors, que les choses soient claires : c'est la faute de mon frère si nous en sommes arrivés là. Pas la mienne.

— J'imagine que tu comprends pourquoi ? finis-je par répondre, m'aventurant pour une fois dans le silence pendant qu'Orlando se resservait du vin.

— Bien sûr que oui. Il avait perdu l'amour de sa vie. Je ne suis pas insensible à une telle tragédie. Toutefois, ajouta-t-il, l'air grave, il y a des choses que tu ignores et que je ne suis pas censé te révéler qui sont, pour moi du moins, impardonnables. Il arrive un moment dans la vie de chaque être humain où l'on se doit d'oublier sa détresse et de relever la tête pour ceux qui ont besoin de nous. Mon frère s'est apitoyé sur son sort pendant des années, voilà la vérité. Nous avons tous fait de notre mieux pour l'entourer d'amour et d'affection, mais même le cœur le plus généreux et compréhensif peut se durcir quand il voit quelqu'un se détruire consciemment.

Orlando se leva alors, les mains enfouies dans les poches de sa robe de chambre, et se mit à faire les cent pas.

— Je peux t'assurer, miss Star, que sa famille l'a aidé de toutes les façons possibles. Comme tu le sais, on peut choisir de devenir une victime ou un héros. Il a opté pour la première option. Et aujourd'hui, à cause de son attitude, moi… et tout ceci, sommes les agneaux sacrifiés, déclara-t-il en indiquant la pièce où flottaient des particules de poussière, comme des anges minuscules gravitant autour de lui dans la faible lueur d'octobre.

À ces mots, il tomba à genoux et fondit en larmes.

— Mon Dieu, quel pétrin… l'entendis-je marmonner. Nous sommes tous dans le pétrin. Tous, sans exception.

Je m'agenouillai près de lui et, d'un geste hésitant, passai mes bras autour de ses épaules. Il résista dans un premier temps, puis se blottit contre moi et je le berçai comme un petit enfant.

— Tu ne comprends pas ce que cet endroit signifie pour moi. Tu ne comprends pas…

— Si, Orlando. Et si j'en avais le pouvoir, je te permettrais de rester ici pour toujours. Je te le promets.

— Tu es quelqu'un de bien, Star. Tu es de mon côté, n'est-ce pas ?

Il leva vers moi ses yeux emplis de détresse.

— Bien sûr que oui. Et quand tu seras plus calme, je pourrai peut-être te faire part de quelques idées qui me sont venues.

— C'est vrai ? Je ferais n'importe quoi, n'importe quoi…

J'avais en effet des idées, mais toutes étaient rationnelles et je doutais qu'elles plaisent à Orlando.

— Je suis tout ouïe, lança-t-il en se relevant et en me regardant comme si je m'apprêtais à lui offrir la toison d'or. Mais tout d'abord, si je montais faire mes ablutions ? Je suis en déshabillé et moi-même je me révulse, admit-il en baissant les yeux sur sa tenue.

Il s'approcha des assiettes, mais je secouai la tête.

— Aujourd'hui est une journée inhabituelle et je vais m'occuper de débarrasser.

— Qu'il en soit ainsi. Merci pour tout, miss Star. Je savais que je pourrais compter sur toi. Et après ma toilette, je te confierai un secret.

Puis il gloussa, tout comme l'aurait fait Rory.

— Lequel ? ne pus-je m'empêcher de demander.

— Je sais où ils se trouvent.

Il sourit alors jusqu'aux oreilles, puis tourna les talons et disparut derrière la porte.

J'attendis qu'il ait atteint le haut des marches pour rassembler les reliefs de notre repas, puis je le suivis à l'étage, heureuse que notre amitié ait franchi un nouveau seuil et qu'il me laisse pénétrer dans son antre. Tout en lavant les assiettes dans l'évier minuscule, je réfléchis aux derniers mots d'Orlando. J'étais presque certaine de savoir ce dont il parlait – il ne pouvait s'agir que des journaux de Flora MacNichol. Je me sentais déchirée entre les deux frères belligérants.

De retour au rez-de-chaussée, je rouvris la boutique, sachant qu'il était plus de deux heures passées, puis me plaçai au centre de la pièce pour examiner les étagères. Je *savais* avoir aperçu une série de livres, recouverts de soie marron, au moment où j'avais descendu un ouvrage. Je connaissais également Orlando et son esprit joueur. Où mieux cacher ce qu'il avait pris à Home Farm que dans un endroit qui contenait des milliers d'objets similaires ?

Mes yeux passèrent en revue les étagères, puis je les fermai, essayant de me souvenir du livre que j'avais pris… Et je ne tardai pas à le voir dans mon esprit et à me rappeler précisément son emplacement dans les rayons.

— *Orlando*, murmurai-je, en me dirigeant vers la section de littérature britannique et en posant les yeux sur la troisième étagère en partant du bas.

Ils étaient bien là, rangés sur l'étagère classée « Fiction britannique, 1900-1950 ». Je me penchai et extirpai un volume mince, avant de l'ouvrir à la première page.

Journal de Flora MacNichol
1910

Je le refermai vivement et le remis à sa place en entendant des pas dans l'escalier. Orlando descendait les marches plus vite que d'habitude et j'eus à peine le temps d'arriver près du feu et de faire mine de le raviver qu'il entra en trombe dans la pièce.

— Tu te sens mieux maintenant ? lui demandai-je aussi calmement que possible en ajoutant du charbon dans l'âtre.

Il y eut un silence qui dura si longtemps que je dus me retourner pour en comprendre la raison. Il était violet de nouveau et, les bras croisés, s'avançait vers moi.

— Je te prie d'arrêter de me traiter avec condescendance. Comme tu m'avais apaisé, je viens de répondre à un appel de mon frère. Il m'a appris que tu avais accepté un emploi de nurse-gouvernante à High Weald.

— Je…

— Ne me mens pas, Star ! As-tu oui ou non accepté la proposition qui t'a été faite ?

— Marguerite était très embêtée parce qu'elle voudrait prolonger son travail en France, alors j'ai dit que…

— Tu m'abandonnerais et retournerais ta veste pour travailler avec l'ennemi ?

— J'ai dit que j'irais de temps en temps à High Weald pour aider Marguerite en m'occupant de Rory ! C'est tout. Elle a répondu qu'elle te demanderait si tu accepterais de me partager. Cela n'a rien à voir avec Mouse.

— Dieu tout-puissant ! Cela a *tout* à voir avec mon frère. Il fait tout le sale boulot de notre cousine, notamment m'appeler pour cette question, en prétextant vouloir s'assurer que je vais bien. Et il m'annonce qu'ils auraient besoin de toi à High Weald pour le week-end.

— Orlando, je ne vois vraiment pas de quoi tu parles.

— Oh non, sûrement pas ! Et moi qui pensais que tu étais de mon côté…

— C'est le cas, Orlando. Je t'assure !

— Non ! Ne vois-tu pas que ça arrange Mouse ? Mais ça ne m'arrange pas, moi !

Il se tut pour reprendre sa respiration, ce dont il avait grandement besoin.

— Je suis désolée, fis-je, impuissante.

— Et moi donc, répliqua-t-il en me fixant – la colère dans ses yeux avait fait place à une expression que je ne parvenais pas à déchiffrer. Allez, oust !

— Comment ça ?

— Retourne chez toi et fais tes bagages pour High Weald. Marguerite et Mouse ont besoin de toi.

— S'il te plaît, je suis ton employée, c'est envers toi que je suis loyale. Je me plais énormément ici…

— Désolé, mais si tu t'attends à ce que je me batte pour toi après cette trahison, tu peux toujours courir.

Il haussa les épaules de façon théâtrale, croisa les bras encore plus fort contre sa poitrine et se détourna de moi comme un petit garçon boudeur.

— Je n'irai pas à High Weald. Je veux rester ici.

— Et moi je te renvoie.

— Ce n'est pas juste !

— Tu l'as toi-même dit aujourd'hui, la vie est injuste.

— Oui, mais…

— Star, depuis que j'ai commis l'erreur de t'emmener dans le nid de guêpes, il est évident que tu as eu un coup de foudre pour High Weald et pour les membres les plus volubiles de ma famille. Qui suis-je pour te garder loin d'eux ? C'est le chant des sirènes, ma chère, et tu es tombée dans le piège la tête la première. Va, prends ton envol, mais prépare-toi à te faire piquer.

Si ses mots n'avaient pas été si douloureux, j'aurais ri face au caractère mélodramatique de la situation. Mais des larmes se formaient déjà dans mes yeux.

— Très bien, dis-je en passant devant lui pour récupérer mon bagage et mon sac à main. Au revoir, Orlando. Je suis vraiment navrée.

Je gagnai la porte en silence et venais de poser la main sur la poignée quand il parla de nouveau.

— Au moins, Rory profitera de tes attentions. J'en suis content. Au revoir, miss Star.

J'ouvris la porte et sortis dans la rue brumeuse où il faisait déjà sombre. Mes pieds me conduisirent automatiquement jusqu'à l'arrêt de bus de l'autre côté de la route, là où j'avais pour la première fois posé les yeux sur la librairie Arthur-Morston.

De là, je regardai la boutique et, dans la pénombre, derrière les cartes exposées en vitrine, je distinguai la silhouette d'un homme debout qui m'observait.

Je tournai la tête, incapable de supporter la dérision silencieuse d'Orlando.

23

Par chance, l'appartement était vide quand j'arrivai à la maison. Laissant tomber mon bagage dans notre chambre commune qui me paraissait encore plus suffocante après avoir passé seule les cinq nuits précédentes, j'allai prendre une longue douche. Tandis que l'eau chaude m'aspergeait, je laissai libre cours à mon chagrin et me mis à gémir, me demandant comment j'avais été assez bête et maladroite pour tout gâcher en l'espace de vingt-quatre heures.

Je m'enveloppai dans une serviette blanche moelleuse, consciente de la réponse. J'avais été trop avide. Et égoïste. À l'instar d'une femme tombant éperdument amoureuse, je n'avais pas vu les ramifications de mes actes, trop obsédée par ma proie.

Qui, comme l'avait bien résumé Orlando, n'était autre que High Weald. Et ses occupants…

Évidemment, je n'aurais jamais dû dire que j'accepterais tout emploi qu'on m'y proposerait, surtout au vu des circonstances. Non, j'aurais dû répondre que je parlerais à Orlando – qui, après tout, était celui qui m'avait introduite au départ dans ce pays des merveilles – avant d'accepter quoi que ce soit.

Mais je ne l'avais pas fait. Et je me retrouvais une fois de plus sans emploi. Car si j'allais maintenant à High Weald – le nid de guêpes, comme l'avait appelé Orlando –, le meilleur ami que j'avais jamais eu me verrait comme une traîtresse. Et cette pensée m'était insupportable.

En vidant mon sac à la recherche de ma brosse, je m'aperçus, le cœur lourd, que les clés en laiton de la librairie étaient encore rangées dans la poche intérieure. Je me souvins de ce magnifique moment où Orlando avait posé le trousseau dans ma paume en souriant, avant de l'écarter vivement de ma mémoire. Je décidai qu'il pouvait venir les chercher ou que je les déposerais si je passais dans le quartier. Mais il était hors de question que je fasse un détour pour les lui rapporter.

Je descendis me préparer une tasse de thé et découvris la cuisine, impeccable d'ordinaire, dans un état de désordre absolu. Cinq jours d'assiettes et de couverts sales étaient entassés dans l'évier – alors même que le lave-vaisselle se trouvait juste à côté. Le sol était couvert de miettes et d'éclaboussures.

— Mon Dieu, CeCe ! murmurai-je avec colère.

Laissant la cuisine telle quelle, je sortis sur ma terrasse. Heureusement, les plantes qui n'étaient pas en phase d'hibernation n'avaient pas manqué d'eau, grâce à l'abondante rosée. Je notai qu'il me faudrait rentrer le camélia avant qu'il ne souffre du froid mais, étant donné sa taille et son poids, je me contentai de protéger ses fleurs délicates d'un sac-poubelle pour le moment.

De retour à l'intérieur je me servis un verre de vin et m'installai au milieu de l'un des énormes canapés couleur crème. J'observai autour de moi cet espace parfait et stérile – tout le contraire de ce que représentait High Weald – et de nouvelles larmes me piquèrent les yeux.

Car je savais que ma place n'était dans aucun de ces deux mondes – ni dans celui créé par ma sœur, qui ne contenait presque rien de moi, ni à High Weald.

J'étais déjà couchée lorsque j'entendis claquer violemment la porte d'entrée. J'avais laissé à CeCe un mot sur le réfrigérateur, disant que j'étais rentrée avec un horrible rhume et que j'allais dormir dans la chambre d'amis, pour ne pas la contaminer. Quelques minutes plus tard, elle frappa à la porte.

— Star ? Ça va ? Je peux entrer ?

— Oui, croassai-je pathétiquement.

La porte s'ouvrit et l'ombre de CeCe apparut dans la fente de lumière.

— Ne t'approche pas trop. Je suis dans un état lamentable.

Je toussai aussi fort que possible.

— Ma pauvre. Je peux t'apporter quelque chose ?

— Non. J'ai pris des médicaments.

— Si tu as besoin de moi pendant la nuit, tu sais où me trouver.

— Oui.

— Essaie de dormir. Peut-être que tu te sentiras mieux, maintenant que tu es à la maison.

— Oui. Merci, CeCe.

De mon œil gauche à moitié ouvert, je voyais qu'elle rôdait encore à la porte et qu'elle me regardait.

— Tu m'as manqué, déclara-t-elle.

— Toi aussi.

La porte se referma et je me rendis compte que, là encore, c'était un mensonge. Je me tournai sur le côté et implorai le Ciel de m'envoyer le sommeil. Et Dieu merci, Il finit par exaucer ma prière.

* * *

En me réveillant le lendemain matin, je me sentais aussi sonnée que si je m'étais vraiment bourrée de médicaments. Descendant du lit d'un pas mal assuré, j'aperçus une feuille de papier glissée sous la porte.

Je suis partie à l'univairsité. Appèle-moi si tu as besoin de moi. Bisous. Cee

Je descendis à la cuisine et remarquai qu'elle avait été rangée et semblait aussi immaculée que d'habitude, ce qui me fit culpabiliser d'avoir menti à ma sœur la veille. Errant dans le salon, je jetai un œil dehors et vis que la journée s'annonçait bien plus belle que la précédente.

Tandis que je regardais par la baie vitrée, mes pensées m'emmenèrent spontanément à High Weald et je me demandai si Rory était déjà réveillé, et ce qu'il mangerait au petit déjeuner maintenant que je n'étais plus là pour le lui préparer. *Voyons, Star, il est avec sa mère, il est heureux…*

Cependant – peut-être était-ce plus de la vanité qu'un instinct quelconque – je *sentais* que je lui manquais.

Non.

— Ce n'est pas ta vie. Ce n'est pas ta famille. Rory n'est pas ton enfant, dis-je tout haut.

Je remontai à l'étage et, cherchant n'importe quelle activité pour remplir le vide, j'adoptai le principe de routine d'Orlando et pris une autre douche, après laquelle je m'habillai et descendis m'asseoir au bureau. Aujourd'hui, m'encourageai-je, j'allais essayer de commencer mon roman. Faire quelque chose pour moi-même, forger mon propre destin. Alors je saisis mon cahier, mon stylo, et me mis à l'ouvrage.

Des heures plus tard, je relevai les yeux et m'aperçus qu'un ardent crépuscule descendait déjà. J'avais reçu plusieurs SMS et deux messages vocaux, que j'ignorai, jusqu'à ce que la peur qu'il soit arrivé quelque chose à Orlando – ou peut-être à Rory – prenne le dessus.

« Salut, Star, Mouse à l'appareil. Je ne sais pas si Orlando t'a transmis le message, mais Marguerite va partir en France ce week-end. Elle a dit que tu accepterais peut-être de t'occuper de Rory et de la maison pendant son absence. Pourrais-tu me rappeler dès que possible ? La ligne fixe de High Weald ne marche pas, à cause d'une facture impayée apparemment, alors elle m'a demandé de t'appeler. Merci. »

L'autre message était de Shanthi qui me demandait où j'étais et comment j'allais, et qui me disait que ce serait formidable qu'on se voie bientôt. Sa voix chaleureuse me réconforta et je me promis de la rappeler pour fixer un rendez-vous. J'avais aussi deux SMS de Mouse, désespéré de toute évidence. Étant donné l'état actuel d'Orlando, la tâche de s'occuper de Rory lui reviendrait inévitablement. Je m'apprêtai à reposer mon portable quand Mouse appela de nouveau. Cette fois, je décidai que je devais répondre.

— Star, Dieu soit loué. Je commençais à me demander si je n'avais pas un faux numéro. J'ai essayé d'appeler Orlando, mais lui non plus ne répond pas.

— Non, j'imagine.

— As-tu reçu mes messages ?

— Oui.

— Et peux-tu venir à High Weald ?

— J'ai peur que non.

— Ah. Puis-je te demander pourquoi ? ajouta-t-il après une pause. D'après Marguerite, tu paraissais assez enthousiaste à l'idée de venir de temps en temps.

— Oui, mais uniquement avec l'accord d'Orlando. Et il ne me l'a pas donné.

— Il peut quand même bien se passer de toi quelques jours, pour le bien de son neveu, non ?

— Oui, d'autant qu'il m'a renvoyée hier après t'avoir eu au téléphone. Il m'a traitée de traîtresse, ajoutai-je d'un ton brusque.

Mouse poussa un long soupir à l'autre bout du fil.

— Je suis désolé, Star. Tout ce foutoir ne te concerne en rien et nous n'aurions pas dû t'impliquer dans nos histoires. Je n'ai pas réfléchi avant de l'appeler…

— Oui, et voilà le résultat.

— Et il n'y a donc aucune chance que tu viennes, ne serait-ce que pour le week-end ?

— Désolée, mais je ne peux pas. Orlando s'est montré si gentil pour moi. Je ne veux pas trahir sa gentillesse.

— Non, je vois bien. Enfin bon… il vaut sans doute mieux pour toi t'éloigner de cette famille de fous, de toute façon. Rory va être effondré – nous commençons tous à nous lasser de ses éloges à ton égard.

— Embrasse-le de ma part.

— Je n'y manquerai pas. Et peut-être que, quand la situation se sera tassée, tu changeras d'avis.

— Je ne crois pas. Désolée.

— D'accord. Je vais te laisser alors. Juste une chose encore. Peux-tu me donner ton adresse pour qu'au moins je t'envoie ce qu'on te doit pour t'être occupée de Rory la semaine dernière ?

— Ça n'a vraiment pas d'importance. J'ai été heureuse de le faire.

— Pour moi ça en a, de l'importance, alors si cela ne t'ennuie pas…

Je lui indiquai notre adresse et il me dit qu'il me posterait un chèque.

— Bon, très bien alors, ma famille perturbée et moi-même allons te laisser tranquille. Peut-être qu'Orlando se calmera et t'implorera à genoux de revenir.

— J'en doute. Tu m'as dit à quel point il était têtu, et je l'ai profondément blessé.

— Non, Star, tu n'y es pour rien. Tout est de ma faute. Dans tous les cas, bonne chance pour trouver un autre emploi et donne-moi de tes nouvelles. Salut.

— Salut.

Il raccrocha. Et malgré la fermeté de ma résolution, j'eus l'impression que cet échange téléphonique marquait la fin d'une belle histoire. Avec une maison, une famille, et ce qui était peut-être ma propre histoire. Je déglutis pour ravaler les larmes, puis me dirigeai vers la cuisine afin de préparer le dîner pour CeCe et moi. Juste nous deux, une fois de plus.

Tandis que je coupais les légumes avec beaucoup plus d'agressivité que nécessaire, je m'aperçus que j'étais revenue à la case départ, à tous les niveaux. En attendant le retour de CeCe, j'espérais que ma maladie feinte la dissuaderait de me faire une scène pour ne pas l'avoir prévenue que je restais à High Weald plus longtemps que prévu. J'envoyai ensuite un message à Shanthi – pour avoir ma propre vie, je devais bien commencer quelque part – et l'invitai à prendre le thé. Elle me répondit immédiatement qu'elle serait ravie de venir à quatre heures le lendemain après-midi. Au moins, cela me donnait une excuse pour faire un gâteau – autre chose qu'un cake au citron, songeai-je, morose, en entendant claquer la porte d'entrée.

— Salut, Sia, comment tu te sens ?

— Beaucoup mieux, merci.

Elle m'observa et fronça les sourcils.

— Tu es encore très pâle.

— Je suis toujours pâle, Cee, lui répondis-je en souriant. Je te promets que ça va. Et toi ?

— Oh, ça va, fit-elle d'un ton qui indiquait tout le contraire. Comment s'est passé ton baby-sitting ? s'enquit-elle en s'asseyant en face de moi.

— Très bien, merci. Rory est un ange.

— Tu vas y retourner ?

— Non. C'était juste pour cette fois-ci.

— Tant mieux. Quand même, Star, tu es diplômée de littérature anglaise, avec mention, tu es bilingue, et tu es tout simplement la personne la plus intelligente que je connaisse. Il faut vraiment que tu arrêtes de te sous-estimer.

Il s'agissait là d'un refrain habituel dans la bouche de CeCe et je n'avais pas très envie de poursuivre cette conversation.

— Et toi alors ? Que se passe-t-il ?

— Comment est-ce que tu sais qu'il se passe quelque chose ? Heureusement que tu es là, soupira-t-elle en se levant pour venir m'entourer de ses bras.

— Qu'est-ce qui ne va pas ?

— C'est difficile à expliquer, mais c'est comme si j'étais de retour à l'école. Tous les autres étudiants s'entendent bien, et moi j'ai l'impression d'être rejetée. En fait, c'est pire qu'à l'école, parce que tu n'es pas là. J'essaie de ne pas y faire attention, mais je pensais vraiment qu'un groupe d'artistes se comporterait différemment. Mais ce n'est pas le cas. Et ça me fait du mal, Sia, vraiment.

— Je comprends.

— Les professeurs critiquent mon travail sans arrêt. Je sais qu'ils sont payés pour ça, mais ce n'est pas un petit compliment de temps en temps qui les tuerait. En ce moment, je suis complètement démoralisée. J'ai envie de tout plaquer.

— Mais je croyais que ce qui comptait, c'était l'exposition à la fin de l'année ? Que l'école faisait venir pléthore de collectionneurs et de critiques d'art éminents pour voir le travail des étudiants ? Même si c'est dur ces jours-ci, tu ne peux quand même pas y renoncer, si ?

— Je préférerais pas, Sia, mais Pa disait toujours que la vie était trop courte pour être malheureux.

— Il disait aussi qu'il ne fallait jamais abandonner, tempérai-je.

J'étais frappée de voir que mes sœurs et moi adaptions les sages paroles de Pa à notre guise, à présent qu'il nous avait quittées.

— C'est vrai, convint CeCe en se mordant la lèvre, et je fus surprise de voir des larmes se former dans ses yeux. Il me manque vraiment. Je pensais mieux m'en sortir, mais il y a comme un trou, tu vois ?

— Oui, répondis-je d'une voix douce. Cee, tu as à peine commencé. Reste encore un peu pour voir comment la situation évolue, non ?

— Je vais essayer, mais j'ai beaucoup de mal, Sia, c'est très dur. Et tes absences n'arrangent rien.

— Je suis de retour à présent.

CeCe monta prendre une douche et je préparai un wok de légumes. Peut-être étions-nous *toutes les deux* destinées à être des étrangères dans ce monde, deux loups solitaires n'ayant personne d'autre que notre jumelle. Malgré mes efforts d'évasion récents, l'histoire et la littérature regorgeaient de récits de sœurs célibataires qui se réconfortaient l'une l'autre. Peut-être devais-je me rendre à l'évidence et accepter ma destinée.

Nous dînâmes ensemble et, pour la première fois depuis des mois, la présence de CeCe me consola au lieu de m'irriter. Tandis qu'elle me montrait des photos de ses derniers tableaux pour l'université qui, selon moi, étaient ses meilleurs depuis longtemps, je songeai que l'acceptation, couplée à un changement de perception, pourrait transformer ma situation.

Nous nous couchâmes tôt ce soir-là, toutes deux épuisées pour des raisons bien différentes.

Peut-être étions-nous plus semblables que je ne voulais le croire, pensai-je en contemplant la lune par la fenêtre. Nous craignions toutes les deux le monde cruel qui sévissait à l'extérieur de notre nid douillet.

24

Pour des raisons sans doute liées à ce bon vieil orgueil, je n'avais pas informé CeCe de mon licenciement. Alors, le lendemain, je me levai en même temps qu'elle et suivis ma routine matinale habituelle.

Quand elle fut partie, je parcourus mes livres de cuisine à la recherche d'une recette de gâteau pour Shanthi. J'optai pour une douceur typiquement anglaise – un gâteau malté aux fruits – mais avec quelques épices en clin d'œil à ses origines. Puis je me rendis au supermarché pour acheter les ingrédients nécessaires.

La sonnette retentit à quatre heures précises. Le fait que quelqu'un prenne la peine de me rendre visite me réchauffait le cœur. Je l'accueillis sur le pas de la porte.

— Star ! Cela fait trop longtemps, s'exclama-t-elle en m'étreignant.

— En effet. Entre, je t'en prie.

— Ouah ! s'émerveilla-t-elle en faisant le tour de l'immense salon. Quel endroit somptueux ! Tu m'avais caché que tu étais une riche héritière.

— Pas vraiment. C'est ma sœur qui l'a acheté. Je ne fais que partager son appartement.

— Quelle chance.

Elle me sourit et s'assit.

— Thé ? Café ?

— En fait, je vais juste prendre de l'eau. Ou une tisane quelconque qui traînerait dans tes placards. Je suis en période de jeûne, tu vois.

Je soupirai en regardant mon gâteau, tout chaud et moelleux, qui n'attendait qu'à être dévoré.

— Alors, comment ça va, *ma petite étoile* ?

— Tu parles français ?

— Oh non, répondit-elle en riant, c'est à peu près la seule chose que je sais dire et, par chance, cela contient ton nom !

— Je vais bien.

J'apportai le plateau avec sa tisane, le gâteau et une motte de beurre pour l'accompagner. L'habitude du goûter d'Orlando m'était restée et j'allais y faire honneur.

— Que fais-tu de beau en ce moment ?

— Je travaille dans une librairie.

— Laquelle ?

— Oh, je ne pense pas que tu la connaisses. Elle vend des livres rares et nous avons peu de clients.

— Mais cela te plaît ?

— Beaucoup, oui. Ou du moins, cela me plaisait… On m'a remerciée.

— Star, je suis vraiment désolée. Que s'est-il passé ?

J'hésitai à le lui dire. Après tout, je n'avais même pas réussi à aborder le sujet avec CeCe. Toutefois, Shanthi avait le don pour me faire parler. Et pour être honnête, c'était justement la raison pour laquelle je souhaitais tant la voir. J'avais besoin de me confier à quelqu'un.

— C'est une longue histoire.

— Je suis tout ouïe, déclara-t-elle en me regardant déguster une part de gâteau. D'accord, je cède, ajouta-t-elle. Cette petite douceur m'a l'air absolument délicieuse.

Après lui en avoir coupé une tranche, je lui racontai mon odyssée dans la famille Vaughan-Forbes, jusqu'au dénouement de ma triste histoire.

— Voilà où j'en suis, conclus-je en haussant les épaules. Une fois de plus, je suis au chômage.

— Ces personnages m'ont l'air absolument fascinants. J'ai toujours trouvé que les vieilles familles anglaises avaient beaucoup de panache.

— On pourrait dire ça, oui.

— Et il y a des chances que tu aies un lien de parenté avec eux ?

— Si c'est le cas, je ne le saurai jamais, dorénavant. Je doute d'avoir de leurs nouvelles.

— Et moi je suis persuadée du contraire, et ce, très bientôt. D'une personne en particulier.

— Orlando ? demandai-je avec espoir.

— Non, Star. Pas Orlando. Mais si tu ne vois pas qui cela peut être, ce n'est pas à moi de te le révéler. Et puis… j'ai aussi l'impression qu'ils cachent quelque chose.

— Ah oui ?

— Oui. Certains éléments ne sont pas logiques. Cela dit, la maison a l'air stupéfiante.

— En effet. J'adorais être là-bas. Même si ma sœur m'a dit qu'ils m'utilisaient et que je valais beaucoup mieux… J'aime m'occuper d'une maison et de ses habitants. Crois-tu que c'est mal ?

— Tu veux dire, à une époque où nous autres femmes devrions faire carrière et pulvériser le plafond de verre ?

— Oui.

— Non Star, pas du tout.

— En réalité, j'aime les choses simples. J'adore cuisiner, jardiner, rendre une maison douillette… et j'ai adoré m'occuper de Rory. Cela me rendait heureuse.

— Alors, c'est ce que tu dois rechercher. Évidemment, tu aurais besoin d'un ingrédient supplémentaire pour que la magie opère.

— Lequel ?

— Tu ne vois pas de quoi je veux parler ?

Je la regardai et compris.

— Si, l'amour.

— Exactement. Ce qui, comme tu le sais, peut prendre toutes sortes d'aspects ; rien n'oblige à ce que ce soit le duo homme-femme traditionnel. Regarde, moi, par exemple : j'enchaîne les aventures avec les deux sexes.

Je rougis, malgré moi. Shanthi observa ma réaction, un sourire en coin.

— Cela te gêne de parler de sexe, Star ?

— Je… non… enfin…

— Alors cela ne te dérangera pas que je te pose la question qui me brûle les lèvres depuis que je te connais : préfères-tu les hommes ou les femmes ? Ou les deux, comme moi ?

Je la fixai, horrifiée, implorant le canapé de m'engloutir pour m'éviter d'avoir à répondre à ces questions.

— Je suis hétéro, finis-je par marmonner. J'aime les hommes.

— C'est vrai ? Alors je me trompais à ton sujet. Ne t'inquiète pas, je vais te rayer de la liste de mes conquêtes potentielles, m'informa-t-elle en riant gentiment.

— Oui, bredouillai-je, sentant mes joues en feu. Veux-tu encore de la tisane ?

Sans attendre sa réponse, j'allai rallumer la bouilloire pour m'éloigner de son regard interrogateur.

— Tu es si belle, Star, et pourtant tu n'en sembles absolument pas consciente. La chair n'a rien de honteux, tu sais. C'est un cadeau des dieux et c'est gratuit. Tu es jeune et jolie. Tu devrais profiter du plaisir que ton corps peut t'apporter.

Je restai plantée dans la cuisine, incapable d'affronter le regard de Shanthi. Car je ne pouvais tout simplement pas poursuivre cette conversation. Alors, je demandai – ou plutôt, je *suppliai* – le Ciel de faire diversion. Et à ma plus grande stupéfaction, l'intervention divine prit la forme de la sonnerie de l'interphone.

Je saisis le combiné.

— Star ? C'est moi, Mouse. Je passais dans le coin et je me suis dit qu'au lieu de poster ton chèque, je pourrais te le remettre en personne.

— Oh.

— Peut-être peux-tu descendre le chercher. J'ai l'impression qu'il n'y a pas de boîte aux lettres.

Il avait raison, les promoteurs avaient oublié d'en installer une et le gardien était systématiquement absent. Au bout d'un instant d'atroce indécision, ma crainte d'une plus longue conversation avec Shanthi l'emporta.

— Monte, c'est l'appartement au troisième étage, juste en face de l'ascenseur.

— Merci.

— Désolée, fis-je en revenant au salon, toujours aussi embarrassée. Un ami a décidé de passer.

— Je dois y aller de toute façon, annonça-t-elle en se levant.

Je la raccompagnai à la porte, incapable de cacher mon soulagement.

— Cela m'a fait très plaisir de te voir, Star. Je suis navrée si je t'ai mise dans l'embarras.

— Pas de problème.

— Au revoir, ma petite Star.

Shanthi m'enveloppa de ses bras et me serra contre sa poitrine généreuse. Et c'est ainsi que Mouse nous trouva quand s'ouvrirent les portes de l'ascenseur.

— Désolé, s'excusa-t-il tandis que Shanthi me lâchait. Je n'interromps rien, j'espère ?

— Pas du tout, répondit celle-ci en lui offrant un sourire empli de sympathie. J'allais partir. Star est tout à vous. Comment vous appelez-vous, au fait ? ajouta-t-elle en montant dans l'ascenseur.

— Mouse.

— Ha ! Je te l'avais dit, Star !

— Je n'ai pas saisi la plaisanterie, nota Mouse en me suivant dans l'appartement quand Shanti eut disparu.

— Ne t'inquiète pas, moi non plus, répondis-je d'un ton convaincu.

— Ça m'a l'air d'être un personnage intéressant. Une amie à toi ?

— Oui. Puis-je t'offrir une tasse de thé ou de café ?

— Tu n'aurais pas de bières, par hasard ?

— Si.

— Cet endroit est stupéfiant, remarqua Mouse en s'approchant de la baie vitrée derrière laquelle les lumières de Londres scintillaient dans l'obscurité croissante. Me voilà fixé : tu n'es pas une chercheuse d'or souhaitant récupérer High Weald. Qui voudrait de ce tas de ruines en habitant ici ?

— C'est à ma sœur, expliquai-je pour la deuxième fois de la journée, en lui tendant sa bière.

— Eh bien, aux parents riches, alors ! trinqua-t-il. Cela m'arrangerait bien d'en avoir.

Il but une gorgée et je le conduisis au canapé. Il s'assit et lança un regard affamé en direction du gâteau aux fruits.

— Je peux ? Je n'ai rien mangé de la journée.

— Bien sûr.

Je lui en coupai une part et la recouvris de beurre.

— C'est absolument délicieux, comme tout ce que tu cuisines. Tu possèdes un véritable don.

— Merci, marmonnai-je.

Mesquine, je me demandais où il voulait en venir avec son offensive de charme. Car personne ne « passait dans mon coin ». Pour trouver l'entrée de notre immeuble, il fallait presque une carte et une boussole.

— Avant que j'oublie, voici pour toi, m'annonça-t-il en sortant une enveloppe de son anorak. J'espère que cela suffira. J'ai aussi ajouté deux semaines de salaire à la librairie.

— Ce n'était pas la peine, je t'assure, répondis-je, connaissant ses difficultés financières. Comment va Orlando ?

— Il est agressif et décidé à couper toute communication... ce qui explique ma venue à Londres. Je n'avais plus de ses nouvelles et je m'inquiétais pour lui. Quand je suis arrivé cette après-midi, la boutique était fermée. Mais heureusement, j'ai un double des clés. Il est toujours terré dans sa chambre et a refusé de me laisser entrer. La seule façon que j'ai trouvée pour qu'il daigne me répondre, c'est de menacer d'appeler la police et d'enfoncer la porte pour voir s'il était encore en vie.

— Rien n'a changé alors.

— Non. Je suis aussi allé voir un agent immobilier. Si la banque constate que nous prenons nos dispositions pour vendre, j'espère qu'elle renoncera à saisir la librairie pour le moment.

— As-tu prévenu Orlando ?

— Mon Dieu, non, il risquerait de se jeter par la fenêtre de désespoir. C'est vraiment dommage qu'il refuse que tu reviennes. Il passe ses jours et ses nuits à ruminer, enfermé dans sa chambre. Mais bon, il va finir par s'en remettre. Nous n'avons pas le choix quand nous perdons quelque chose que nous aimons.

— Mais cela peut prendre du temps, n'est-ce pas ? remarquai-je, en me demandant s'il comprendrait l'allusion. Après tout, cela ne fait que quelques jours.

Mouse eut l'air de se demander s'il devait se vexer ou non. Franchement, je me moquais qu'il le prenne mal.

— Tu as raison, lâcha-t-il après un long silence. Écoute, Star, une autre raison m'amène, et cela n'a rien à voir avec moi ou Orlando. C'est à propos de toi.

— Moi ?

— Oui. Après tout, la raison pour laquelle tu es entrée au départ dans la librairie était d'en apprendre davantage sur ton passé. Et maintenant, nous avons tous perturbé ta vie, sans que tu n'y sois pour rien. Alors je me suis dit que je pouvais au moins te raconter ce que je sais d'autre au sujet de Flora MacNichol. Et t'expliquer d'où vient ta figurine, à mon avis.

— Je vois.

— Elle est chez Sotheby's, d'ailleurs. Je l'y ai déposée tout à l'heure. Ils m'appelleront quand ils auront terminé l'authentification, mais ils sont presque sûrs qu'il s'agit d'une œuvre de Fabergé. Et je peux te dire que, si c'est le cas, elle vaut une fortune. Même une figurine aussi petite que Panthère peut se vendre des centaines de milliers de livres aux enchères.

— Tant que ça ?

— Tout à fait. Il semble que ton héritage soit tout trouvé. Bon, passons aux choses sérieuses.

Mouse sortit plusieurs volumes recouverts de soie d'une autre de ses grandes poches. Ils étaient identiques à ceux que j'avais découverts sur l'étagère de la librairie.

— Celui-ci, indiqua-t-il, reprend là où j'ai arrêté ma transcription. Je n'ai pas eu le temps de poursuivre le travail que j'avais entrepris, mais je les ai lus. Star, veux-tu que je t'en dise plus ?

Au-delà de toute autre considération, c'est une histoire absolument fascinante. Avec ce qu'on pourrait appeler un dénouement théâtral.

J'hésitai. Depuis la veille, je m'efforçais de mettre derrière moi les semaines passées et de marcher d'un pas déterminé vers mon propre avenir. Était-ce bon pour moi de me retrouver happée par High Weald et ses anciens occupants, désormais morts et enterrés ? Si un lien venait à s'établir entre eux et moi, je serais inextricablement connectée à cette famille pour le restant de mes jours. Et je n'étais plus certaine de le vouloir.

— D'accord, finis-je par répondre, sachant que je risquais de le regretter si je refusais.

— Cela prendra sans doute un certain temps, cela dit. La graphie de Flora est très difficile à déchiffrer, alors je vais te lire son récit, sachant que j'ai l'habitude de son écriture. Nous ne serons pas dérangés, si ? s'enquit-il en ouvrant le journal de la jeune femme.

— Pas avant un moment.

— Parfait. Allons-y alors.

Flora

Londres

Décembre 1909

25

Les Keppel n'avaient pas été invités au mariage d'Archie et d'Aurelia, qui avait lieu à High Weald, le domaine des Vaughan dans le Kent. Cette omission avait surpris Flora, sachant qu'ils semblaient si populaires à Londres. Néanmoins, Mrs Keppel ne l'avait pas mal pris.

— Franchement, nous connaissons à peine les Vaughan, avait-elle déclaré en agitant la main. Ils ont tendance à se limiter aux voisins de la région.

Flora avait accepté son explication, bien qu'elle sache que Mrs Keppel possédait une maison de campagne dans le Kent et faisait donc théoriquement partie des « voisins ».

Une automobile avait gentiment été mise à la disposition de la jeune femme pour le week-end du mariage. Assise sur la banquette arrière tandis que Freed la conduisait hors de Londres, elle se demandait comment elle parviendrait à surmonter les quarante-huit heures à venir. Elle avait imaginé des dizaines de stratagèmes pour rendre impossible sa présence. Elle avait notamment voulu se jeter dans l'escalier dans l'espoir de se casser la jambe, elle s'était volontairement rendue au parc par temps de pluie, s'offrant au vent froid de novembre et aux cascades d'eau, appelant de ses vœux une pneumonie… Mais elle paraissait indestructible, du moins physiquement. Elle se retrouvait donc en route pour le mariage de sa sœur et d'Archie Vaughan, l'homme qu'elle aimait.

Pour aggraver le tout, elle serait contrainte de voir High Weald et les jardins bienaimés d'Archie, dont il lui avait vanté la beauté avec passion l'été précédent. Cependant, elle ne devait pas oublier qu'*elle-même* avait déclenché cette série d'événements.

Elle revoyait le visage de sa mère, si animé lors de la fête de fiançailles qu'avait organisée tante Charlotte pour l'heureux couple dans sa maison de Londres. Flora avait perçu un réel soulagement – le sacrifice d'Esthwaite Hall n'avait pas été vain. Ses parents étaient déjà sur place à High Weald, prêts pour les festivités.

Il y avait huit demoiselles d'honneur en tout. Elizabeth, la sœur d'Archie, ne serait pas présente, car elle était partie pour l'île de Ceylan avec son mari. D'ailleurs, un héritier pour la plantation de thé était déjà en route.

Dans quarante-huit heures, tout sera fini et je retournerai à la maison, se répétait Flora avec détermination, au fur et à mesure que la ville laissait place aux champs labourés et aux haies dénudées par l'hiver.

Une heure plus tard, la jeune femme aperçut plusieurs cheminées hautes et fragiles qui pointaient à travers les squelettes des arbres. Alors que la voiture tournait dans l'allée, une ravissante demeure en brique rouge apparut.

— Je refuse d'aimer cette maison, murmura Flora en contemplant sa façade.

Les charmantes fenêtres irrégulières avaient partiellement lâché prise sous le poids des années, leurs gonds et charnières courbés et crochus par endroits, comme de vieilles personnes. Malgré le froid glacial, le soleil brillait, faisant scintiller le gel sur les haies de buis parfaitement taillées. C'était comme l'entrée du pays des fées.

— Nous sommes arrivés, miss MacNichol, annonça Freed avant de sortir lui ouvrir la portière.

Flora descendit et observa la grande porte voûtée en chêne avec l'appréhension d'un condamné sur le point de pénétrer dans sa prison. Les battants s'ouvrirent tandis qu'elle avançait sur le gravier et Aurelia sortit l'accueillir.

— Flora chérie ! Te voilà enfin. J'espère que le voyage n'a pas été trop fatigant.

— J'en ai eu pour deux heures à peine, c'est si près de Londres.

— Et pourtant, cela n'a rien à voir, tu ne trouves pas ? Et les environs sont bien plus doux que ceux d'Esthwaite. Bon, fit-elle en prenant sa sœur par le bras, comme il y a beaucoup à faire et tant de gens qui arrivent, je me disais que nous pourrions disparaître un moment, pour que je puisse t'avoir rien que pour moi.

Elles pénétrèrent dans un hall bas de plafond où un grand feu crépitait dans l'âtre, répandant sa chaleur sur les dalles usées.

— Monte avec moi, nous allons nous cacher dans ma chambre, glissa Aurelia en riant, entraînant Flora dans un grand escalier en bois, paré de sculptures de style Tudor.

Aurelia l'emmena ensuite au bout d'un couloir et la fit entrer dans une petite chambre qui abritait deux lits simples en cuivre. Les murs étaient recouverts des mêmes lambris en chêne qui donnaient au reste de la maison une chaleur réconfortante.

— C'est ici que je vais dormir ce soir. J'aimerais bien que tu t'installes dans le deuxième lit.

— Bien sûr, si cela te fait plaisir, répondit Flora.

— Merci. Tout cela est assez impressionnant, comme tu peux l'imaginer. Et j'ai à peine vu Archie depuis notre arrivée. Nous avons tous deux été si occupés…

Flora vit l'expression de sa sœur s'assombrir l'espace de quelques secondes, puis Aurelia se ressaisit et lui adressa un joyeux sourire.

— Tout d'abord, raconte-moi tes aventures londoniennes. D'après ce que j'ai entendu, tu es la coqueluche de la capitale.

Flora raconta brièvement les bals, soirées et dîners interminables auxquels elle avait assisté au cours des deux mois précédents.

— D'accord, d'accord, mais ce qui m'intéresse *vraiment,* c'est Freddie Soames.

— Ah oui, Freddie, fit Flora en levant les yeux au ciel. C'est une figure de proue de la société londonienne.

— Je sais bien, mais parle-moi donc de vous deux !

— Il n'y a pas de « nous deux ».

— Allons, Flora, j'ai beau être à la campagne, j'entends les rumeurs.

— Il n'est rien pour moi, je t'assure.

— Ne joue pas à l'effarouchée, tout Londres parle de l'ardeur avec laquelle il te courtise. Tout le monde prétend qu'il s'apprête à te demander en mariage.

— Londres peut dire ce qui lui plaît.

— Flora, c'est un vicomte, rien de moins ! Et un jour il deviendra comte !

— Peut-être. Mais je ne me marierai jamais pour un titre, tu le sais bien.

— Pas même pour un diadème et de vastes étendues de terres fertiles dans le Hampshire ? Tu es au courant qu'il sera là demain, n'est-ce pas ? C'est un cousin éloigné d'Archie – ou plutôt, si j'ai bien compris, un neveu, avec le décalage de génération.

— Je n'en savais rien. Il me l'a peut-être dit dans ses lettres, mais je les ai toutes jetées au feu.

— Flora ! Presque toutes les femmes qui sortaient avec moi à Londres ont épousé leur mari par défaut, parce qu'elles ne pouvaient avoir Freddie. Non seulement il est riche, mais en prime il est beau comme un dieu. Et il se languit, à tes pieds ! Au départ, il a refusé l'invitation à notre mariage, poursuivit Aurelia. Puis, quand il a appris que tu étais ma sœur, il a écrit à lady Vaughan pour revenir sur sa décision. Es-tu sûre de ne pas être un peu amoureuse de lui ?

— Certaine.

— Voilà qui me déçoit. J'espérais que tu étais au milieu d'une grande histoire d'amour et que je serais la première à en connaître tous les détails.

— Il n'y a aucun détail à donner, c'est tout.

— Pourrais-tu faire semblant ? Au moins pour demain.

— Sûrement pas, répondit Flora en riant. À présent, puis-je voir ta robe de mariée ?

* * *

Ce soir-là, au grand soulagement de Flora, le marié avait été banni de la maison et logeait avec les Sackville-West à Knole, non loin de High Weald. Le dîner fut servi dans la grande salle à manger, où les centaines de bougies des lustres avaient été allumées. Flora avait déjà rencontré les autres demoiselles d'honneur à Londres et, en experte des mondanités qu'elle était devenue, elle s'adonna de son mieux aux conversations légères de circonstance.

Sa mère paraissait plus heureuse qu'elle ne l'avait jamais vue, et même son père semblait jovial. Sa fille préférée avait pris dans ses filets le poisson qu'il voulait tant attraper pour elle – après tout, il avait sacrifié leur maison de famille pour y parvenir.

Flora fut soulagée lorsque la future mariée annonça qu'elle se retirait et qu'elle l'emmenait avec elle.

— C'est la dernière nuit que je passerai seule dans mon lit, déclara Aurelia pendant que Flora l'aidait à coiffer sa longue chevelure blonde.

— Ah oui ? Je croyais qu'une fois mariée, on pouvait dormir seule aussi souvent qu'on le souhaitait, répondit Flora d'un ton brusque. En tout cas, Mr et Mrs Keppel font chambre à part.

— Pas étonnant !

— Comment ça ?

Flora savait très bien ce que voulait dire sa sœur, mais elle voulait l'entendre de sa bouche.

— Eh bien, tu t'imagines à la place de ce pauvre Mr Keppel ? Tout le monde à Londres est au courant pour Alice et le roi. Toi aussi quand même, non ?

— Ce sont des amis proches, en effet.

— Ne me dis pas que tu es naïve au point de croire qu'ils ne sont qu'amis ! Tout le monde sait que…

— Tout le monde sait ce qu'il veut savoir. Je vis sous le toit des Keppel et n'ai rien remarqué d'inapproprié. En outre, comment Mr George pourrait-il tolérer ce que tu sous-entends ? C'est un homme fier et intègre, et Mrs Keppel l'adore.

— Si tu le dis.

— Oui. Et à l'instar de Mrs Keppel, les commérages m'indiffèrent. C'est comme une brume, dénuée de toute substance, qui va et qui vient.

— Eh bien, la « brume » du roi et de Mrs Keppel plane sur Londres comme un épais brouillard.

Aurelia croisa le regard de sa sœur dans le miroir de sa coiffeuse et son expression s'adoucit.

— Oublions donc les mariages imparfaits et concentrons-nous sur celui qui, je l'espère, sera aussi parfait que j'arriverai à le rendre.

Elle se leva du tabouret et se dirigea vers son lit. Flora repoussa les couvertures et l'aida à s'y allonger, avant de lui poser un baiser sur le front, d'éteindre la lampe et de se coucher à son tour.

— Flora ?

La voix d'Aurelia semblait faible dans l'obscurité de la vaste pièce.

— Oui ?

— Crois-tu que… j'aurai mal ?

Le cœur de Flora se serra à la pensée de l'intimité à laquelle se référait sa sœur. Elle respira profondément avant de répondre.

— À vrai dire, je ne sais pas. Mais je crois que Dieu est bon et ne nous ferait pas souffrir pour prouver notre amour à un homme. Ni pour lui donner des enfants.

— J'ai entendu des histoires effrayantes.

— Encore une fois, ce ne sont que de stupides rumeurs.

— Je veux le satisfaire.

— Et je suis certaine que ce sera le cas. Essaie juste de ne pas avoir peur. Je crois que c'est la clé.

— Vraiment ?

— Oui.

— Merci. Bonne nuit, ma sœur chérie.

— Bonne nuit, ma petite Aurelia.

Les deux jeunes femmes fermèrent les yeux et s'endormirent, vivant dans leurs rêves l'étreinte du même homme.

* * *

— Je suis prête. Comment tu me trouves ?

Aurelia portait une robe en dentelle crème qui caressait sa peau de pêche, et le diadème des Vaughan scintillait sur ses boucles dorées. Flora sourit et lui tendit un bouquet de roses rouges.

— Absolument rayonnante.

— Merci, Flora chérie. Bon, le moment est venu d'y aller.

— Oui. Papa t'attend au pied des escaliers.

— Souhaite-moi bonne chance.

Aurelia attrapa la main de Flora et la serra dans la sienne.

— Bonne chance, ma chérie.

Aurelia se dirigea vers la porte de la chambre, puis fit volte-face.

— C'est toi seule qui m'as convaincue de rendre ce jour possible. Et je ne l'oublierai jamais.

Tandis que sa sœur quittait la pièce, Flora regarda son reflet dans le miroir, où douleur et culpabilité lui semblèrent inscrites sur son visage.

Avec quatre cents invités, la vieille église du domaine était bondée au moment où la mariée, son père et les demoiselles d'honneur entrèrent dans le petit vestibule au fond.

— Flora, murmura Aurelia pendant qu'on arrangeait soigneusement sa longue traîne derrière elle, est-il là ? Peux-tu jeter un œil ?

Flora ouvrit la porte de quelques centimètres. Dans le chœur, un regard sombre croisa le sien. Elle referma vite la porte, se tourna vers sa sœur et hocha la tête.

— Il est là.

Le signal fut donné et l'orgue se lança dans la marche nuptiale. Flora suivit son père et sa sœur jusqu'à l'autel. Elle écouta les jeunes gens échanger leurs consentements, frémissant dans sa robe de soie ivoire tandis que sa sœur devenait la femme d'Archie aux yeux de Dieu. Lorsque les époux émergèrent de la sacristie, après avoir signé les registres, Flora se força à soutenir le regard appuyé d'Archie au moment où il passait devant elle au bras d'Aurelia. Elle prit sa place derrière eux dans le cortège pour sortir de l'église, dans le froid glacial.

Malgré elle, Flora apprécia la beauté pure du repas de noces de sa sœur. Noël approchant, la grande salle de High Weald était décorée de bougies, et des brins de houx et de gui pendaient des poutres du plafond, chauffés par la cheminée colossale. D'après l'un des invités, Henri VIII avait fait la cour à Anne Boleyn sous ces mêmes poutres. Les convives avaient trinqué au vin chaud plutôt qu'au champagne entre les discours, et les mince pies avaient remplacé les petits-fours.

Flora se sentait sonnée sous l'effet de la chaleur et des grandes quantités de vin et de nourriture. Elle fut contente quand Archie se leva pour annoncer une pause des festivités pendant que l'orchestre s'installait pour le bal. Elle en profita pour sortir prendre un peu l'air. Emmitouflée dans sa cape de velours, elle pénétra dans le froid du début de soirée. La nuit était tombée et la large terrasse, ainsi que le magnifique jardin clos en contrebas, scintillaient de lanternes placées le long des nombreuses bordures. Flora regrettait seulement de le voir orné de lumière artificielle plutôt que sous le soleil de l'été. Elle descendit les marches et resserra un peu plus sa cape contre elle pour déambuler dans le jardin, le bruit de la fête s'éloignant petit à petit. Elle s'arrêta à la hauteur d'un mur en briques.

— C'est beau, n'est-ce pas ?

Elle sursauta et se retourna au son de cette voix, le cœur serré. Une silhouette se tenait dans l'ombre, près d'un if gigantesque.

— Comment vas-tu, Flora ? demanda la voix du fin fond de l'obscurité.

— Bien. Et vous ?

— Je suis marié. J'ai fait ce que tu m'as demandé.

— Merci.

— Je t'aime, murmura-t-il.

Flora se figea.

— Tu ne veux pas me répondre ? Je t'ai dit que je t'aimais.

— Votre déclaration ne mérite pas de réponse. Vous avez épousé ma sœur il y a quelques heures à peine.

— Seulement sur tes ordres.

— Dieu tout-puissant ! Essayez-vous de me punir ?

— Peut-être, oui.

— Je vous en prie, si vous m'aimez comme vous le dites, arrêtez cela. Quoi qu'il y ait eu entre nous lors de ces quelques jours, cela n'est plus.

— Si c'est ce que tu crois, tu te trompes. Cela ne disparaîtra jamais.

— En voilà assez !

Flora tourna les talons pour regagner la maison. Mais une main jaillit et l'attrapa par le bras pour l'attirer plus près. Dans l'impossibilité de crier de peur d'attirer l'attention, la jeune femme se retrouva dans les bras d'Archie. Et il posa ses lèvres sur les siennes.

— Mon Dieu, Flora, comme je me suis langui de t'embrasser à nouveau…

Bien plus longtemps qu'elle ne l'aurait admis, Flora s'abandonna à la joie pure d'être dans ses bras, sa bouche contre la sienne. Finalement, une once de raison reprit le contrôle de son esprit et, dans un immense effort, elle s'arracha de l'emprise du jeune homme.

— Qu'avons-nous fait ! chuchota-t-elle. S'il te plaît, lâche-moi.

— Pardonne-moi, Flora. Je t'ai vue descendre dans le jardin et je me suis souvenu de tout ce dont nous avions parlé à Esthwaite et… je suis le seul responsable.

— Prions le Ciel pour qu'Aurelia n'ait jamais à nous pardonner, s'alarma-t-elle en frissonnant. Je t'en supplie, rends-la heureuse.

Sans attendre la réponse, Flora repartit vers la maison d'un pas chancelant.

Archie resta dans l'ombre de l'if centenaire et regarda son amour lui échapper.

26

Flora monta dans sa chambre en courant. Elle claqua la porte et s'assit sur son lit, essayant de calmer sa respiration et les battements de son cœur.

— Que Dieu me pardonne, murmura-t-elle, trop honteuse et horrifiée pour se permettre de céder au réconfort des larmes.

Presque immédiatement, on frappa à la porte. Elle laissa tomber sa cape et se leva pour ouvrir.

— Où étais-tu passée ?

— Je…

Flora crut s'évanouir en voyant Aurelia. Sa sœur, si douce d'habitude, semblait angoissée et contrariée.

— Peu importe où tu étais. Je t'attendais pour que tu m'aides à me changer !

— Oh mon Dieu, bien sûr ! J'ai dû m'assoupir…

— S'il te plaît, peux-tu te dépêcher ? Je dois retrouver Archie devant la porte de la grande salle à sept heures, et il est déjà presque six heures et demie.

Se confondant en excuses, Flora suivit Aurelia le long du couloir, puis dans une chambre immense, où trônait un énorme lit à baldaquin en bois sombre. Flora détourna rapidement les yeux, essayant de ne pas penser à son rôle imminent. Un feu avait déjà été allumé pour chauffer la chambre du jeune couple, et ses flammes projetaient des ombres dansantes sur les lourdes tapisseries aux murs.

Flora bataillait avec les petits boutons en perles au dos de la robe de mariée d'Aurelia et priait pour que ses doigts engourdis tombent sous l'effet du froid – elle ne méritait pas moins.

— Pendant le banquet, tout le monde a remarqué que Freddie Soames ne te quittait pas des yeux, déclara Aurelia tandis que Flora l'aidait à enfiler une robe de bal vieux rose. Il est totalement épris, cela ne fait aucun doute. Maman dit qu'il va bientôt fêter ses vingt-cinq ans et doit se marier assez vite. Accepterais-tu s'il te faisait sa demande ?

— Je n'y ai jamais réfléchi.

— Flora, malgré tout le temps que tu as passé chez Mrs Keppel, tu es vraiment naïve en matière de gent masculine. Je crois que je devrais laisser mes cheveux lâchés derrière, qu'en penses-tu ?

— Ce serait ravissant, répondit Flora, tentant de dissimuler sa gêne.

— Peux-tu aller chercher Jenkins ? Apparemment, ce sera ma femme de chambre attitrée – un cadeau de mariage de la mère d'Archie. Je ne suis pas sûre de beaucoup l'apprécier, mais elle est extrêmement douée pour la coiffure. Ensuite il faut que tu ailles te faire belle. Je suis certaine que Freddie t'invitera plusieurs fois à danser ce soir.

Flora trouva Jenkins, puis partit s'occuper de sa propre toilette. Elle se moquait de s'embellir pour la soirée, toutefois Aurelia avait raison : Freddie Soames la courtisait sans relâche depuis deux mois. Si la plupart des femmes de la bonne société londonienne se pâmaient à la vue du jeune homme, Flora le trouvait arrogant et ennuyeux. En outre, chaque fois qu'elle le voyait, il semblait ivre. Néanmoins, il paraissait bel et bien épris d'elle, et la société de Londres ne s'étonnerait pas d'une nouvelle annonce de fiançailles…

Entrant dans la grande salle quelques minutes plus tard, elle vit que les tables avaient été enlevées et les chaises repoussées, afin de libérer de la place pour les danseurs.

— Mesdames et messieurs, veuillez accueillir les mariés ! Lord et lady Vaughan !

Flora regarda Archie conduire Aurelia sur la piste, sous les applaudissements des convives. Il plaça un bras autour de la taille de sa femme pour la première danse traditionnelle, tandis que l'orchestre attaquait. D'autres couples les rejoignirent bientôt et la salle, emplie de parfums entêtants, devint un arc-en-ciel de belles robes tourbillonnantes.

— Me ferez-vous l'honneur de m'accorder la première danse ?

Flora sursauta en sentant le poids d'un bras sur son épaule. Elle leva la tête et se retrouva face au regard vitreux de Freddie.

— Bonsoir, lord Soames.

— Je suppose que vous avez l'impression d'être l'éternelle demoiselle d'honneur et jamais la mariée, n'est-ce pas, miss MacNichol ? dit-il en l'entraînant sur la piste, à moitié titubant. Votre robe me plaît bien, lui murmura-t-il à l'oreille.

— Merci, répondit seulement Flora en détournant la tête, son haleine alcoolisée lui donnant la nausée.

— Vous ne m'éviteriez pas par hasard ? Chaque fois que je m'approche, vous semblez disparaître.

— Je suis demoiselle d'honneur en chef, je devais m'occuper de ma sœur.

— Bien sûr. Donc, ce n'est pas vous que j'ai vue dans le jardin avec le marié, quand je vous cherchais tout à l'heure ?

Flora déglutit avec peine et lutta pour garder son calme.

— Non… J'étais à l'étage avec Aurelia pour l'aider à changer de robe.

— Vraiment ? Allons bon, j'aurais juré que c'était vous. En tout cas, qui que soit la demoiselle en question, ça n'augure rien de bon pour le mariage de votre sœur.

— Ne dites pas de choses pareilles ! Archie et Aurelia sont fidèles l'un à l'autre ! Vous faites forcément erreur.

— Il n'y avait aucune erreur possible, mais votre secret est en sécurité avec moi, ajouta-t-il au moment où s'achevait le morceau. Pas étonnant que vous ayez été si insaisissable ces dernières semaines, miss MacNichol.

— Vous vous trompez sur toute la ligne.

— Alors, prouvez-le-moi en disant que vous m'épouserez. Sans quoi, je ne vous croirai peut-être pas.

Freddie enfouit son visage dans les cheveux de sa cavalière tandis que l'orchestre entamait une nouvelle valse.

Flora inspira profondément et vit l'expression d'autosatisfaction de Freddie. Il l'avait bel et bien surprise, et ils le savaient tous les deux. Le cœur de la jeune femme battait la chamade. Si, jusqu'à présent, elle avait eu des doutes quant à la voie à suivre, elle devait s'en défaire. C'était la punition qu'elle méritait.

— D'accord.

— Quoi ? Vous acceptez de m'épouser ?

Freddie chancela brièvement, avant de reprendre son équilibre.

— Eh bien, eh bien, je dois avouer que je ne m'attendais pas à *ça*.

— Écoutez, si vous me taquiniez, dites-le s'il vous plaît et...

— Non, je ne plaisantais en aucune façon, répliqua-t-il aussitôt. Je pensais encore devoir faire preuve de patience avec vous.

Freddie s'arrêta alors brusquement de danser, provoquant un carambolage autour d'eux. Il caressa la joue de Flora qui luttait pour ne pas frémir.

— Décidément, vous êtes bien énigmatique, miss MacNichol. Je ne sais jamais ce que vous pensez. Êtes-vous sûre d'accepter de m'épouser ?

— Oui. Tout à fait.

— Et oserais-je demander si cette décision est uniquement due à vos sentiments à mon égard ?

— Quelle autre raison pourrait-il y avoir ?

— Aucune, évidemment, fit-il en riant. Malheureusement, je n'ai sur moi aucune bague à vous offrir.

Freddie parut soudain nerveux et incertain.

— Voulez-vous danser ou préférez-vous poursuivre cette conversation sur le côté ? demanda Flora, gênée d'être immobile parmi les danseurs.

— Dansons. J'apprécie que nous discutions de notre union sur la musique de Strauss. Il faut, bien sûr, que je vous présente à mes parents ; ils sont déjà au courant de mes intentions envers vous.

— En sont-ils contents ?

— Ils sont intrigués, comme tout Londres depuis votre arrivée. J'espère sincèrement que vous approuverez votre future demeure. C'est un vaste domaine.

— C'est ce que l'on m'a dit.

— Et cela vous effraie-t-il ?

— Peu de choses m'effraient, lord Soames.

— Je vois cela. Et c'est ce qui m'excite. La question est : vous laisserez-vous jamais apprivoiser ?

— Je n'aurais pas pensé qu'une femme « apprivoisée » vous exciterait.

Freddie rejeta la tête en arrière et éclata de rire.

— Mon Dieu, être votre mari sera un défi. Mais j'ai hâte de le relever.

Flora sentit les doigts de son prétendant se resserrer sur sa taille, pressant sa chair.

— Nous annoncerons nos fiançailles dès que possible. Nous pourrions même le faire maintenant, sachant que presque tout Londres est présent dans cette salle.

— Je suis d'accord.

Flora ne voulait pas d'échappatoire possible après sa conduite déplorable. Freddie la fixa.

— Êtes-vous sérieuse ? Cela ne vous gênerait pas que j'annonce nos fiançailles ce soir même ?

— Je suis tout à fait sérieuse. Que ce soit maintenant, demain ou la semaine prochaine, cela revient au même. Vous m'avez demandée en mariage, et j'ai dit oui.

— Très bien alors.

Dans une parfaite synchronisation, la valse prit fin. Freddie fendit la foule avec Flora et s'adressa au chef d'orchestre. Puis il l'attira près de lui et requit l'attention des convives.

— Mesdames et messieurs, chers amis, j'ai une annonce à vous faire. À l'occasion du mariage de sa sœur avec lord Vaughan, miss Flora MacNichol a accepté de m'épouser.

Freddie baisa la main de Flora dans un silence palpable, puis les applaudissements fusèrent. Aussitôt, Aurelia s'approcha d'eux.

— Je le savais ! s'exclama-t-elle, aux anges.

— Nous avons hâte de vous voir à Selbourne Park pour un mariage printanier, déclara Freddie en faisant signe à un serveur de lui apporter une coupe de champagne. À ma fiancée !

Il leva son verre pour porter un toast, tandis que les invités se hâtaient de trouver eux aussi de quoi trinquer.

Archie, amené par Aurelia, apparut devant eux. Flora vit la détresse dans ses yeux avant qu'il ne tourne le regard vers l'assistance.

— Cette soirée est absolument merveilleuse, et la nouvelle de ma chère belle-sœur ne fait que l'embellir encore davantage ! À Freddie et Flora !

— À Freddie et Flora ! reprit l'assemblée en chœur.

Archie fit signe à l'orchestre de reprendre et Flora se retrouva entourée de personnes venues la féliciter, notamment sa mère et son père.

— Doux Jésus ! s'exclama Rose en embrassant sa fille. Je ne m'attendais pas du tout à un tel mariage. Mrs Keppel avait raison : c'était une excellente idée de t'envoyer à Londres. Voilà que tu vas devenir vicomtesse. Ma chère Flora, tu ne mérites pas moins.

Elles s'étreignirent et, lorsque Rose s'écarta, Flora remarqua qu'elle avait les yeux brillants de larmes.

— S'il te plaît Maman, ne pleure pas.

— Pardonne-moi, je t'ai sous-estimée. J'espère qu'un jour tu me pardonneras.

— De quoi, Maman ?

— Rien, répondit Rose à la hâte. Sache simplement que, ce soir, je suis aussi fière de toi qu'une mère pourrait l'être de sa fille.

Voilà que même sa mère lui parlait par énigmes, mais Flora était trop bouleversée par les événements pour essayer de les résoudre.

— Merci, Maman.

Son père l'embrassa rapidement, gêné comme toujours par les marques d'affection.

— Bien joué, Flora, ma chère, bien joué.

Archie était le suivant.

— Félicitations, ma belle-sœur.

— Merci, répondit Flora, le cœur meurtri.

Sans un autre regard, il s'éloigna.

* * *

Mrs Keppel étreignit Flora quand, le lendemain, elle entra dans son petit salon.

— Alors, comme ça, tu me reviens fiancée ? Et es-tu heureuse ? Après tout, le vicomte Soames est le meilleur parti de Londres.

— Je suis très heureuse, oui.

— Posez le plateau ici, indiqua Mrs Keppel à Mabel, avant de se retourner vers Flora. Rapproche ton fauteuil du feu et raconte-moi la demande de Freddie. Était-ce terriblement romantique ?

— Je suppose que oui. Il m'a demandé de l'épouser pendant que nous dansions.

— Au mariage de ta sœur ! Oh, Flora, je suis enchantée pour toi.

— Mes parents vous envoient tous leurs remerciements et leur meilleur souvenir.

— C'est dommage que nous ne puissions pas les voir à Noël. Comme tu le sais, nous irons à Crichel. As-tu décidé si tu te joindras à nous ? Je sais que ta sœur t'a invitée à High Weald.

— J'aimerais beaucoup venir à Crichel. J'ai mentionné l'idée à Freddie, et il m'a dit que la propriété de sa famille était assez proche, dans la région de New Forest.

— C'est exact. Freddie et son père pourront accompagner les hommes pour la partie de chasse de la Saint-Étienne, et je te présenterai à sa mère, la comtesse. Bon, voilà qui est réglé. Les Alington seront ravis de t'accueillir chez eux.

— Merci, j'en serai honorée.

Mrs Keppel la dévisagea.

— Tu ne ressembles pas à une jeune fiancée.

— Comment cela ?

— Tu ne me parais pas très heureuse. À vrai dire, j'admets avoir été surprise par la nouvelle. Je savais que tu plaisais au vicomte Soames, mais…

— Je suis heureuse, l'interrompit Flora. Très heureuse. Et je souhaite vous remercier pour tout ce que vous avez fait pour moi. Sans vous, cette situation aurait été impossible.

— Ma jolie, rien de ceci ne se serait produit si tu n'avais pas simplement été *toi-même*. Tu le constateras, malgré leur lignée impeccable, et un nom qui remonte loin dans l'histoire britannique, les Soames… sortent de l'ordinaire. Le comte est très véhément à la Chambre des lords. Et j'ai énormément d'affection pour Daphne. C'est un sacré personnage, comme tu vas le découvrir. Avec un passé peu conventionnel. Je présume que tu vas rester ici jusqu'au mariage ? s'enquit-elle en souriant à Flora.

— Maman ne m'a pas donné d'indications contraires.

— Dans ce cas, je vais lui écrire pour voir si nous pouvons organiser ta fête de fiançailles ici même. Je suis certaine que tous nos amis voudront venir.

Flora regarda le visage de Mrs Keppel s'illuminer à cette pensée et se demanda si, dans son futur rôle de vicomtesse, elle se réjouirait elle aussi un jour de l'organisation de tels événements. Curieusement, elle en doutait.

— Voulez-vous bien m'excuser ? Je me suis couchée très tard hier soir et je me sens fatiguée après toutes ces réjouissances.

— Naturellement. Tes parents s'occupent-ils d'annoncer tes fiançailles dans le *Times*, ou veux-tu que je m'en charge ?

— Nous n'avons pas abordé la question.

— Alors, j'en parlerai à ta mère dans ma lettre. Nous nous verrons tout à l'heure, pour le dîner. Je suis persuadée que George et nos autres hôtes souhaiteront te féliciter en personne.

Flora regagna sa chambre avec lassitude. Encore des réceptions… elle voulait simplement en avoir terminé. Elle n'avait même pas été présentée à la Cour et, si cela ne suffisait pas pour la disqualifier, elle n'avait pas de dot – ses parents ne pouvaient pas se le permettre. Par quel miracle allait-elle devenir vicomtesse ?

— Panthère se demandait où tu étais passée.

Violet apparut comme un fantôme sur le palier sombre, le chat dans les bras.

— Merci de t'être occupée de lui.

— Je t'en prie, j'ai l'impression qu'il m'aime bien. Maman dit que tu t'es fiancée au vicomte Soames ?

— Oui.

— Je ne te cache pas mon étonnement.

— Pourquoi ?

— Je ne veux pas me montrer impolie à l'égard de l'homme que tu souhaites épouser, mais chaque fois que je l'ai vu, il paraissait complètement soûl. Et quand on lui parle, on se rend compte qu'il est idiot. Et pas toi.

— C'est très gentil à toi de le dire, mais je t'assure que c'est la bonne chose à faire pour moi.

— Parce que tu as peur de te retrouver vieille fille ?

— Non, parce que je veux épouser Freddie.

— Dans ce cas, bonne chance, mais pour ma part je ne me plierai pas aux règles imposées par la société.

Violet rendit Panthère à sa maîtresse et partit dans sa chambre.

— Pour ça, je te fais confiance, Violet, soupira Flora en regardant l'adolescente s'éloigner.

Elle resta un moment sur place, à caresser son chat ronronnant, submergée par le désespoir.

Ce qui était fait était fait. Elle n'avait absolument plus le droit de suivre son cœur.

* * *

Flora quitta Londres avec les Keppel la veille de Noël et arriva quelques heures plus tard à Crichel dans le Dorset, une vaste demeure en pierre beige à côté de laquelle Esthwaite semblait un simple cottage. Un énorme sapin trônait dans le hall, resplendissant à la lumière des bougies qu'allumaient les domestiques au crépuscule.

— Doux Jésus, j'aurai besoin d'un plan pour retrouver ma chambre, déclara Flora à Mrs Keppel, tandis que les trente invités buvaient un apéritif dans le luxueux salon avant le dîner.

— Ma chère, si tu trouves que c'est une grande maison, que diras-tu de Selbourne Park !

Le lendemain matin, pour Noël, le groupe se rendit à pied à l'église qui se trouvait dans le jardin – ce qui était certes pratique, mais un peu étrange, pensa Flora. Au retour de la messe, les hôtes s'adonnèrent à un échange de cadeaux somptueux. Flora remarqua que toutes les femmes recevaient de ravissantes broches ou d'exquises figurines d'animaux, de fleurs et d'arbres. Réalisées par Fabergé, comme le lui indiqua Mrs Keppel.

— Et celle-ci est pour toi, lui annonça cette dernière en lui présentant un paquet de toute beauté. C'est de la part de ton ami Bertie, chuchota-t-elle. Il te souhaite un très joyeux Noël. Ouvre donc.

Flora ne se fit pas prier et découvrit un petit chat noir brillant en onyx, avec des yeux couleur ambre qui, vit-elle en les observant de plus près, étaient de minuscules pierres semi-précieuses.

— C'est Panthère ! s'exclama Flora en lisant le nom gravé sur le socle en métal. Je l'adore !

— Il l'a fait faire tout spécialement pour toi, ajouta Mrs Keppel alors que Flora caressait la figurine.

Le jour suivant, Freddie arriva avec ses parents. Père et fils rejoignirent immédiatement les chasseurs, tandis que Mrs Keppel emmena Flora et la comtesse au salon pour qu'elles fassent connaissance.

— Venez vous asseoir près de moi, ma chère. Et je vous en prie, appelez-moi Daphne, comme j'espère pouvoir vous appeler Flora.

— Bien sûr, répondit celle-ci en se serrant à côté de cette femme imposante sur le petit canapé.

— Je vais chercher une bonne pour nous apporter des rafraîchissements, déclara Mrs Keppel en quittant la pièce.

— Ah, cette chère Alice, toujours si discrète et accommodante. Vous pouvez imaginer, ma chère, à quel point je suis soulagée que Freddie ait enfin choisi une épouse. Vous connaissez certainement son tempérament fougueux, mais je sais que vous réussirez à l'apprivoiser. Il avait besoin d'une femme qui sorte de l'ordinaire, et avec votre passé exotique, vous faites parfaitement l'affaire.

— Je… merci.

— Nous sommes une famille peu conventionnelle mais, après tout, quelle famille ne s'affranchit pas des conventions en privé ? glissa la comtesse en lui adressant un clin d'œil. Évidemment, il a fallu persuader le comte, mais il s'est habitué à l'idée. Et puis, il serait difficile de demander meilleure ascendance, n'est-ce pas ?

Elle rit aux éclats et tapota le genou de Flora. Puis elle examina la jeune femme à travers des lunettes qui pendaient à une chaîne autour de son cou volumineux. Flora voyait l'épaisse couche de poudre sur le visage de son interlocutrice, et la couleur vive qu'elle portait sur les joues et les lèvres lui faisait penser à un personnage d'une farce de Richard Sheridan.

— C'est vrai que vous êtes très jolie, poursuivit-elle. Avant que nous repartions demain, nous devons fixer une date pour que vous nous rendiez visite à Selbourne ; peut-être le troisième week-end de janvier ? Je trouve ce mois si lugubre, pas vous ?

Ce soir-là, au dîner, Flora et Daphne discutèrent de dates pour le mariage.

— Ce qui est sûr, Maman, c'est qu'en ce qui me concerne, ce ne sera jamais assez tôt, intervint Freddie en pressant sa cuisse contre celle de Flora sous la table.

— Avez-vous des préférences, chère Flora ?

— Juin ? suggéra-t-elle d'un ton neutre.

— Personnellement, je trouve qu'il est un peu commun de se marier en juin, mai est bien plus élégant, répliqua Daphne. Seriez-vous d'accord pour le deuxième vendredi du mois ? Cela s'accordera bien avec le début de la saison.

— Comme vous voudrez, Daphne, répondit Flora en baissant les yeux.

— Alors, c'est décidé ! Je vais faire imprimer les faire-part à la boutique de Mr Smythson, sur Bond Street. Naturellement, nous ne les enverrons que six semaines à l'avance, mais tous ceux qui devront être informés le seront bien avant. Plutôt vélin crème ou blanc ?

— Il n'y a plus longtemps à patienter maintenant, ma jolie, murmura Freddie au moment de rejoindre les hommes pour le brandy et les cigares. J'ai hâte d'être à notre nuit de noces. Où voudriez-vous aller pour notre lune de miel ? J'ai des amis à Venise, ou peut-être le Sud de la France ? En fait, pourquoi choisir, nous organiserons un grand tour et voyagerons tout l'été !

Tout comme avec sa mère, toute opinion qu'aurait pu avoir Flora sur la question avait été élégamment écartée. De toute évidence, cette famille avait l'habitude de tout diriger. Toutefois, en arpentant les longs couloirs de Crichel jusqu'à sa chambre, Flora songea qu'elle était bien contente d'être là plutôt qu'à High Weald où elle aurait dû supporter la vue d'Archie et Aurelia, tout juste rentrés de leur voyage de noces.

27

À Londres, janvier s'écoula sous un voile de neige fondue et de boue. Le contraste était saisissant avec les couches immaculées qui, dans la région des Lacs, recouvraient collines et vallées. Mais Flora avait peu de temps pour s'appesantir sur son passé ou son avenir. Ses journées consistaient à prendre des décisions pour l'organisation de son mariage – ou plutôt, à accepter tout ce que suggérait sa future belle-mère. Et lorsqu'elle n'était pas plongée dans les menus, les listes d'invités ou les plans de table, elle se prêtait à des essayages chez la couturière, non seulement pour sa robe de mariée, mais aussi pour son trousseau. Mrs Keppel avait écrit à ses parents, proposant d'offrir à Flora sa nouvelle garde-robe, en guise de cadeau de mariage. Mère et fille avaient protesté face à une telle générosité, mais Mrs Keppel avait écarté leurs contestations d'un revers de la main.

— C'est le moins que tu mérites. Sois assurée que cela ne perturbera pas mes caisses. Notre nouvelle vicomtesse ne peut tout de même pas se présenter pauvrement vêtue, tu ne crois pas ? poursuivit-elle en souriant, tandis que miss Draper ajustait un chapeau aux plumes d'oie scandaleusement longues sur la tête d'une Flora perplexe. Nous transformons la Cendrillon en la princesse que tu es vraiment.

Flora se rendit dans le Hampshire pour découvrir Selbourne Park et se sentit submergée par la taille spectaculaire du château.

Il lui semblait aussi grand que Buckingham Palace. Toutefois, comme lui fit remarquer la comtesse, Selbourne était bien plus ancien que la résidence royale « récente ». Tandis que des domestiques attentifs l'escortaient à droite et à gauche dans la vaste entrée pavée de marbre, elle se demanda comment elle pourrait un jour régir ces légions de personnel.

— Ne vous inquiétez pas, la rassura Daphne en la conduisant dans un salon aussi grand que deux courts de tennis. Je ne vous abandonnerai pas avant plusieurs années encore. Vous êtes sans nul doute une femme intelligente et vous apprendrez petit à petit, tout comme moi quand j'ai épousé Algernon.

Le dîner de ce soir-là ne fut pas des plus aisés, entre le comte qui grognait dans sa soupe à la tortue au sujet des derniers différends à la Chambre des lords, et les mains de Freddie qui essayaient de la toucher sous la table comme une pieuvre lubrique. Au moins, Flora s'était prise d'affection pour Daphne. La comtesse approchait de la cinquantaine, mais Flora imaginait sans peine la jeune beauté fougueuse qu'elle avait dû être lorsque, selon la rumeur, elle s'était enfuie à Gretna Green pour pouvoir épouser un « homme inapproprié ». Sa famille l'avait ramenée de force dans le Hampshire et l'avait mariée au comte.

Une assiette de *jelly* colorée fut disposée devant chacun des convives et Flora regarda Algernon l'enfourner dans sa bouche renfrognée.

— Si ce fichu Asquith réussit à faire passer cette loi...

— Oh, arrêtez, Algy, pas à table ! s'exclama Daphne, avant de se tourner vers Flora en poussant un soupir. Parlons de sujets plus réjouissants. La liste d'invités progresse à merveille, même si je suis navrée de vous annoncer que vos grands-parents ont décliné à regret...

— Mes grands-parents ?

Ne les voyant jamais, Flora avait presque oublié qu'elle en avait.

— Oui, du côté de votre mère, les Beauchamp.

— Si j'avais mon mot à dire, glissa Freddie à Flora en lui frottant la cuisse, nous nous enfuirions dès ce soir.

* * *

Un morne matin de février à Portman Square, deux jours après son vingtième anniversaire qui avait été célébré au cours d'un dîner grandiose, Flora entendit frapper à sa porte.

— Miss, Mrs Keppel vous attend dans son petit salon, annonça miss Draper.

La jeune femme descendit au premier étage, comme elle y avait été invitée. Mrs Keppel l'accueillit et Flora remarqua son teint pâle et son air exténué derrière son sourire chaleureux.

— Ma chère Flora, j'ai l'impression de t'avoir à peine vue ces dernières semaines.

— J'ai été très prise par les préparatifs du mariage.

— Je crains que ce ne soit bien plus fatigant que le mariage lui-même. Assieds-toi, je t'en prie, et raconte-moi tout.

Flora répéta consciencieusement les faits et chiffres de l'événement tandis que Mrs Keppel hochait la tête avec approbation.

— Ce sera sans nul doute la célébration de la saison. Et je serai aussi fière que n'importe quelle mère quand tu marcheras vers l'autel. À présent, j'ai une proposition à te soumettre : je me demandais s'il serait possible de t'emmener quelques jours à Biarritz le mois prochain ? Violet, Sonia et moi nous y rendrons pour notre séjour annuel et logerons chez Mr Cassel, à la Villa Eugénie. Le roi sera lui aussi en résidence dans la ville, à l'Hôtel du Palais. Je pense que ce serait revigorant pour toi après un si long hiver londonien. L'air marin te donnerait des couleurs avant le grand jour.

— Merci, mais je doute que cela plaise à la comtesse que je prenne des vacances quelques semaines à peine avant le mariage. Je pourrais en effet difficilement la laisser alors qu'il y a tant à faire.

— Oh, elle adore s'en occuper ! D'ailleurs, j'ai déjà obtenu sa bénédiction. Et celle de Freddie.

— Je vois.

Une nouvelle fois, Flora avait l'impression que sa vie ne lui appartenait pas et qu'elle devait se plier au bon vouloir de sa bienfaitrice.

— Puisque c'est décidé, je serai heureuse de me joindre à vous, ajouta-t-elle.

— Merveilleux ! C'est décidé alors. Violet et Sonia seront aux anges, j'en suis certaine. Tu sais à quel point toutes deux t'adorent. Et Bertie, lui aussi, sera ravi. Le pauvre, je m'inquiète tant pour lui. Il subit une telle pression de la part de son gouvernement, et sa santé continue de le tourmenter. Je...

Flora vit des larmes se former dans les yeux de Mrs Keppel. Jamais encore elle n'y avait lu la moindre vulnérabilité.

— Je me fais du souci pour lui, conclut-elle, avant de se reprendre et de sourire faiblement. Cet hiver a été long et froid et nous nous sentons tous aussi gris que le ciel dehors. Mais le printemps est en route, et je sais que tu vas te plaire à Biarritz. Bon, parle-moi de Freddie.

* * *

Comme l'avait promis Mrs Keppel, Daphne envoya Flora à Biarritz avec sa bénédiction.

— Bien sûr que vous devez y aller, déclara-t-elle lors d'une visite à Portman Square. Le bon air et la bonne compagnie ne peuvent que vous faire du bien avant le mariage. Et qui sait ? Peut-être devrons-nous modifier le plan de table pour accueillir un invité supplémentaire. Nous aurons alors besoin d'un très grand fauteuil, conclut-elle en riant.

Freddie, lui aussi, approuva cette escapade.

— Il faut toujours s'incliner face à une plus grande cause, dit-il en lui baisant la main. Le 13 mai, vous serez à moi. Tout à moi, ajouta-t-il en regardant son corsage avec insistance.

Flora aida Sonia et Violet à faire leurs bagages pour le voyage. Les fillettes partaient quelques jours plus tôt pour passer d'abord une semaine à Paris. Flora les rejoindrait ensuite à la Villa Eugénie, chez Mr Cassel, un invité régulier de Mrs Keppel et – comme l'en avait informée Nannie – non moins que le conseiller financier en chef du roi lui-même.

Les filles Keppel avaient chacune une grande malle, ainsi que des paniers assortis, où ranger leurs vêtements et autres affaires. Il semblait qu'elles partaient pour six mois et non un seul.

— Tu crois que Panthère pourrait se cacher dans mon panier comme il l'a fait dans le tien quand tu es partie de chez toi pour venir à Londres ? interrogea Violet.

— Je pense que c'est à lui de décider. Tu pourrais le laisser ouvert cette nuit et voir ce qui se passe !

Violet s'effondra sur son lit, l'air terriblement mélancolique.

— Oui. J'aimerais au moins emporter quelque chose que j'aime avec moi.

— Tu auras Nannie, ta sœur et ta mère. Tu les aimes, n'est-ce pas ?

— Bien sûr, mais elles font partie de la famille. Elles ne sont pas… *à moi.*

Les épaules de l'adolescente se mirent alors à trembler et des larmes coulèrent en silence le long de ses joues.

— Que se passe-t-il donc ? lui demanda Flora en s'asseyant près d'elle.

— Rien… tout… Oh, Flora ! Je l'aime tellement…

— Qui ?

— Mitya, évidemment ! Mais Rosamund la veut aussi et, pendant mon absence, elle va faire de son mieux pour me la voler. Cette pensée m'est insupportable !

D'autres larmes s'ensuivirent pendant que Flora fouillait dans sa mémoire, cherchant qui pouvait bien être cette « Mitya ». Elle comprenait parfaitement la détresse de Violet.

— Mitya t'aime-t-elle en retour ?

— Bien sûr que oui ! Sauf qu'elle ne s'en rend pas encore compte.

— Peut-être que ton absence l'y aidera. C'est parfois le cas.

— Tu crois ?

Violet leva les yeux vers elle, au comble du désespoir.

— Oui, affirma Flora pour la rassurer.

— Parce que, tu vois, je ne pourrai jamais être heureuse sans elle.

— Je comprends, Violet.

— Je sais, et je suis contente que tu viennes à Biarritz.

En se couchant ce soir-là, Flora fit le rapprochement et comprit que « Mitya » était le surnom que Violet donnait à Vita Sackville-West, l'adolescente au teint cireux qui était venue un jour déjeuner. Elle réfléchit à l'obsession de Violet pour son amie. Elle savait qu'il était assez courant d'avoir un petit faible pour d'autres filles, mais Violet avait quinze ans et Vita deux de plus. Elle se demandait si quelqu'un d'autre était au courant dans cette maison débordante d'activité. Mrs Keppel était sans doute bien trop préoccupée par sa propre situation pour avoir remarqué quoi que ce soit. Devait-elle en parler à Nannie ? Non, ce n'était pas le genre de question à aborder avec une célibataire écossaise d'âge mûr.

* * *

Le lendemain, Flora regarda les domestiques charger une automobile devant la maison. Des malles cloutées presque aussi grandes qu'elle, des dizaines de boîtes à chaussures et à chapeaux, ainsi qu'un coffre à bijoux de voyage furent entreposés dans le coffre pour partir à la gare de Victoria. Un coursier se tenait silencieusement dans l'entrée, les mains croisées devant son uniforme. Il se redressa à la vue de Mrs Keppel et de ses filles, prêt à partir pour la gare où ces dames prendraient le train pour Douvres.

— Ma chère Flora, à très vite à Biarritz. Moiselle t'accompagnera et veillera sur toi.

— Oui, Mrs Keppel. Passez un merveilleux séjour à Paris.

Elle voyait que sa marraine fourmillait d'excitation.

— Merci. Venez, les filles, nous ne devons pas retarder le train.

— Au revoir, Flora, à la semaine prochaine, lança Sonia, adorable dans son nouveau manteau de voyage rose. Je suis triste de ne pas pouvoir te montrer notre wagon privé avec ses vraies tables, ses vrais fauteuils et tout ce qu'il faut. Tu sais, Maman est traitée comme la reine d'Angleterre en France !

* * *

Une semaine plus tard, Flora et Moiselle arrivèrent à leur tour à Biarritz. Le voyage avait été long, d'abord en bateau jusqu'à Calais, puis en train jusque dans le Sud-Ouest de la France. Flora était complètement épuisée.

— Bienvenue à Biarritz, mesdemoiselles !

— *Merci, monsieur*, répondit Moiselle au valet de pied qui les avait aidées à descendre du train.

En sortant de la gare, Flora fit la grimace en découvrant le ciel gris menaçant. Sur toutes les photos et tous les tableaux qu'elle avait vus du Sud de la France, le soleil brillait. Mais ce jour-là, elle se serait crue en Angleterre.

— La Villa Eugénie n'est pas très loin, indiqua le valet de pied quand elles s'installèrent à l'arrière d'une magnifique Rolls-Royce.

Flora regarda par la fenêtre, enchantée à l'idée d'apercevoir l'océan Atlantique. Elle était rarement allée au bord de la mer, et cela remontait à sa petite enfance. Ils traversèrent la ville tranquille ; les larges promenades étaient désertes, peut-être à cause du temps peu clément, et elle admira les tamaris et les hortensias qui poussaient devant les élégantes maisons roses et crème. Flora tendit le cou pour voir le bord de mer, où les vagues écumantes venaient mourir sur le sable.

La Rolls-Royce quitta les rues pavées du centre-ville et, peu après, tourna dans l'allée d'une grande villa. Le valet de pied leur ouvrit la portière et, alors qu'elles montaient les marches menant à la porte d'entrée blanche, elles furent accueillies par un majordome en livrée.

Se sentant comme un animal transporté d'un zoo à un autre, Flora suivit Moiselle dans un vaste hall digne d'un palais, puis dans un large escalier. Le seul son perceptible était celui de leurs chaussures qui résonnaient sur les marches carrelées. Au moment où une bonne ouvrit la porte de la chambre de Flora, deux petits bras s'enveloppèrent autour de sa taille.

— Flora ! Enfin te voilà !

— Eh oui, répondit-elle en souriant, touchée par l'expression enchantée de Sonia.

— Je suis si contente de te voir, poursuivit la petite fille en suivant Flora et la bonne dans la chambre.

Les fenêtres étaient ouvertes, laissant pénétrer l'air marin, frais et purifiant. Sonia sauta sur le lit, pendant que la domestique commençait à défaire la malle de Flora.

— Nous nous ennuyons tellement depuis notre arrivée en France. Roiroi ne va pas bien, tu vois. Du coup Maman s'occupe de lui.

— Oh ? Qu'est-ce qu'il a ?

— Maman dit qu'il a attrapé un rhume à Paris et, depuis deux jours que nous sommes ici, nous ne les avons pas vus une seule fois, ni lui, ni Maman, et nous sommes restées là, toutes seules.

La petite fille s'allongea sur le grand lit, dont la tête était recouverte de soie bleue, ornée de glands dorés à chaque coin.

— Ce matelas est drôlement confortable, fit remarquer Sonia. Est-ce que je peux dormir avec toi ce soir ?

— Si Nannie te le permet, oui, bien sûr.

— Nannie est si inquiète que Maman se préoccupe pour Roiroi qu'à mon avis, elle ne nous ferait même pas de réflexion si nous passions toute une journée sans nous laver les mains !

En entendant ces mots, Flora sut que le roi était gravement malade. Quand la bonne eut quitté la chambre, elle rejoignit Sonia sur le lit et changea de sujet.

— Cette maison est magnifique, tu ne trouves pas ?

— Sans doute, mais il pleut beaucoup depuis notre arrivée, et tout le monde a l'air déprimé.

— Pour ma part, je suis excitée d'être en France. C'est la première fois que je viens dans ce pays.

— Ce n'est pas très différent de l'Angleterre, tempéra l'experte, du haut de ses neuf ans. Tout ce qui change, c'est que les gens parlent une autre langue et mangent de drôles de choses au dîner, comme des escargots !

Puis Nannie vint chercher la petite fille et Flora s'allongea, sentant ses paupières s'alourdir.

Elle fut réveillée par des coups à la porte.

— *Entrez*, fit-elle en français en se redressant.

— Miss Flora, je vous ai laissée vous reposer aussi longtemps que possible.

C'était Moiselle.

— Merci, je… quelle heure est-il ?

— Trois heures passées. Mrs Keppel a demandé si vous pouviez la rejoindre à cinq heures à l'Hôtel du Palais. Je voulais vous donner assez de temps pour vous changer.

— Est-ce que ce sera pour le dîner ?

— Elle ne l'a pas précisé, mais le roi sera certainement présent. Je vais vous envoyer la bonne pour qu'elle vous aide à vous habiller.

— Merci.

Flora ferma la fenêtre et se hâta de se préparer, l'estomac noué à l'idée de dîner avec le roi. Elle ne l'avait pas vu depuis qu'ils avaient pris le thé ensemble au mois d'octobre.

Après avoir été corsetée et ficelée dans une robe vert émeraude, elle fut emmenée en automobile à l'Hôtel du Palais. Doté de hautes fenêtres et d'une somptueuse façade rouge et blanche surplombant l'océan, le bâtiment portait bien son nom. À son entrée, Flora fut accueillie par un homme d'une grande élégance.

— Miss MacNichol ?

— Oui.

— Sir Arthur Davidson, écuyer du roi. Je vais vous conduire à ses appartements.

Elle traversa avec lui l'entrée grandiose, avant de monter dans un ascenseur. Ils sortirent dans un large couloir aux tapis somptueux et se dirigèrent vers un majordome en livrée qui se tenait devant une double porte.

— Veuillez avertir Mrs Keppel que miss MacNichol est ici, indiqua son escorte.

Le majordome opina du chef et disparut à l'intérieur. Flora patienta en silence, incertaine des convenances face à un écuyer du roi.

— Flora, ma chère ! s'exclama Mrs Keppel en franchissant la double porte et en serrant spontanément la jeune femme dans ses bras. Entre, entre, dit-elle en refermant la porte sur l'écuyer et en menant Flora dans un salon délicieusement meublé, dont les baies vitrées offraient une vue splendide sur l'océan. Bertie dort, mais il sera réveillé à temps pour le dîner. Il souhaite souper ici, dans notre salle à manger privée. Je dois te prévenir qu'il ne va pas bien du tout. Je…

Les mots de Mrs Keppel furent étouffés par une terrible toux qui retentit de la pièce d'à côté.

— Viens t'asseoir et prenons un petit verre de sherry. Je ne sais pas pour toi, mais moi, ça va me faire du bien.

Mrs Keppel s'approcha du buffet où étaient entreposées plusieurs carafes et leur servit à chacune un verre. Quand elle tendit le sien à Flora, Mrs Keppel avait les mains qui tremblaient et la jeune fille remarqua des cernes sombres sous ses yeux.

— Le roi est-il très malade ? s'aventura Flora, nerveuse.

— Il a attrapé froid à Paris et souffre depuis deux jours d'une terrible bronchite. Le docteur Reid, son médecin, et moi-même avons pris soin de lui mais, Dieu soit loué, Mrs Fletcher vient d'arriver d'Angleterre. C'est l'infirmière qui s'occupe de lui d'habitude.

Mrs Keppel vida rapidement son verre.

— Son état s'améliore-t-il ?

— Au moins il n'empire pas, même si, naturellement, cet idiot refuse de s'aider lui-même. Il insiste pour poursuivre ses activités au lieu de rester au lit, mais nous avons obtenu qu'il demeure dans ses appartements.

Une autre quinte de toux terrifiante retentit et, à son tour, Flora but une grande gorgée de sherry.

— Êtes-vous certaine que ma présence soit appropriée ici s'il est si malade ?

— Ma chère, comme je te l'ai dit, le roi refuse de céder à la maladie et je doute qu'il ait dîné seul ne serait-ce qu'une fois dans sa vie. Le marquis de Soveral, l'ambassadeur du Portugal, va également se joindre à nous mais, évidemment, le roi se contenterait difficilement de deux convives à sa table, outre son médecin. Ainsi, lorsque je l'ai informé de ton arrivée, il a tout de suite souhaité que tu viennes renforcer les rangs.

— J'en suis honorée.

— Au moins, il a arrêté de fumer ces maudits cigares ; le docteur Reid est convaincu qu'ils sont la cause de ses problèmes de bronches. Cela ne fait aucun doute que, dès qu'il ira un peu mieux, il reprendra cette mauvaise habitude. Mais que pouvons-nous faire ? C'est le roi, après tout.

Flora brûlait de demander pourquoi, si le roi était si malade, la reine n'était pas au chevet de son mari, mais elle avait le sentiment que cette question serait déplacée.

— Vous devez être bien fatiguée si vous n'avez pas dormi ces deux dernières nuits.

— En effet ; j'ai veillé sur lui tout ce temps, lui épongeant la tête au cours de ses accès de fièvre. Pour être honnête, Flora, à certains moments je craignais pour sa vie. Mais maintenant que Mrs Fletcher est arrivée, il est entre de bonnes mains. Excuse-moi, je dois me rendre auprès de lui, annonça-t-elle après avoir entendu une nouvelle quinte des plus violentes.

Au cours des quinze minutes qui suivirent, les portes de la suite s'ouvrirent et se fermèrent au fur et à mesure qu'on apportait au roi bols fumants et toutes sortes de cataplasmes aux odeurs étranges. Flora se replia le plus loin possible, près de la baie vitrée du salon, tâchant de se faire invisible.

Finalement, alors que la lumière déclinait sur la mer et que le soleil embrasait les nuages dans un splendide camaïeu de rouge et d'orange, Mrs Keppel et le docteur Reid apparurent, en pleine conversation.

— La question est la suivante : devons-nous alerter la reine ? s'enquit le médecin.

— Le roi a déjà dit qu'il ne souhaitait pas inquiéter son épouse, répondit Mrs Keppel d'un ton sec. En outre, elle abhorre Biarritz.

— Peut-être, mais ce serait tragique si… commença le médecin en se tordant les mains d'angoisse. Bien sûr, il devrait être à l'hôpital, mais il refuse d'en entendre parler.

— Je ne pense pas que ce serait une bonne idée. Imaginez-vous la frénésie de la presse si elle venait à l'apprendre ?

— Madame, bon nombre de journalistes s'agitent déjà devant l'hôtel pour demander pourquoi le roi n'effectue pas ses promenades habituelles et ne sort pas dîner. Je doute que nous puissions les maintenir à distance très longtemps.

— Alors que devons-nous faire ?

— Je vais rester auprès de lui cette nuit et surveiller son état heure après heure, mais s'il ne respire pas mieux demain matin… que le roi veuille que sa femme et le reste du monde soient au courant de son indisposition ou non, il nous faudra contacter le Palais.

Des coups à la porte les firent tous deux se retourner. Flora se leva pour aller ouvrir.

— Flora, ma chère, j'avais oublié que tu étais là.

Mrs Keppel rougit légèrement en prenant conscience que sa conversation avec le médecin avait été surprise.

— Les domestiques sont là pour préparer la table du roi, annonça l'écuyer en faisant un pas en avant.

— Oui, oui, faites-les entrer, soupira Mrs Keppel avant de lancer un regard désespéré à Flora. Il insiste encore pour se lever et dîner ici avec nous ce soir.

Mrs Keppel partit se changer pour le dîner et le docteur Reid disparut dans la chambre du roi. Flora regarda les trois domestiques disposer les assiettes en porcelaine bordées d'or, ainsi que les lourds couverts en argent, selon des angles précis avec les verres à vin en cristal, avant de se retirer aussi discrètement qu'elles étaient venues.

La jeune femme était soulagée que la toux du roi semble s'être calmée ; peut-être s'était-il enfin rendormi. En entendant la porte de la chambre s'ouvrir, elle se retourna, anxieuse, s'attendant à voir le médecin. Au lieu de cela, le roi lui-même apparut dans la pièce, habillé pour le dîner et respirant péniblement.

Flora se leva vivement et fit une profonde révérence, embarrassée. Elle sentait le regard du roi sur elle de l'autre côté du vaste salon.

— Votre Majesté.

— Doux Jésus ! On dirait la petite miss MacNichol, s'exclama-t-il, haletant.

— Oui, Votre Majesté.

— Venez donc m'aider à m'asseoir, je vous prie. Mes geôliers sont occupés dans la salle de bains, sans doute en train de préparer je ne sais quel cataplasme ou injection infâme, et j'en ai profité pour m'échapper.

Flora s'avança vers lui, écoutant sa respiration irrégulière et priant pour qu'il ne rende pas son dernier souffle en sa présence. Il lui tendit le bras et elle le prit timidement.

— Où souhaitez-vous vous asseoir ? interrogea Flora, tandis qu'ils progressaient lentement et péniblement dans la pièce.

L'effort était tel que le roi ne pouvait pas parler en marchant, et il se contenta donc de pointer du doigt son fauteuil préféré. Flora eut besoin de toute sa force pour le soutenir tandis qu'il s'asseyait lourdement. Elle le regarda combattre une nouvelle quinte de toux. Ses yeux s'emplissaient de larmes et sa respiration était de plus en plus laborieuse.

— Voulez-vous que j'appelle le docteur Reid, Votre Majesté ?

— Non ! siffla-t-il. Servez-moi juste un bon verre de brandy !

Flora se dirigea vers le plateau où étaient disposés les différents alcools, souhaitant vivement que le roi ait une autre quinte de toux qui alerte le médecin. Elle servit une petite quantité de boisson, avant de se tourner vers le roi.

— Plus que ça, voyons !

Elle s'exécuta et remplit le verre jusqu'au bord. Dès qu'elle le lui eut tendu, le roi avala le brandy en une seule gorgée.

— Un autre, murmura-t-il, et Flora n'eut d'autre choix que de répéter l'exercice. Voilà ce que j'appelle un bon médicament, dit-il en lui rendant le verre vide.

Elle replaça le verre sur le plateau et il plaça un doigt tremblant devant ses lèvres pour lui faire signe de ne pas faire de bruit. Puis il lui intima de s'asseoir, en désignant le fauteuil le plus proche du sien.

— Alors, miss MacNichol, Flora… Très joli prénom, j'approuve. C'est écossais, vous savez.

— Oui, Votre Majesté.

— C'est bizarre, n'est-ce pas ?

— Quoi donc, Votre Majesté ?

Il y eut une longue pause avant que le roi soit à même de poursuivre.

— Que vous et moi nous retrouvions seuls tous les deux. À un moment où je ne suis pas sûr de voir le jour demain.

— Je vous en prie, Votre Majesté, ne dites pas une chose pareille !

— Je…

Flora observa cet homme imposant lutter pour respirer et vit des larmes envahir ses yeux.

— J'ai commis beaucoup d'erreurs.

— Je suis sûre que non.

— Si… oh que si…

Une autre longue pause suivit.

— Je suis humain, vous voyez. Et j'ai aimé…

Flora décida que la meilleure chose à faire était de détourner les yeux, tandis que continuait le soliloque saccadé du monarque.

— … des femmes, parvint-il enfin à prononcer. Vous allez bientôt vous marier ?

— En effet.

— Un vicomte, à ce qu'il paraît ?

Il sourit soudain.

— Oui, Votre Majesté, Freddie Soames.

— Et… l'aimez-vous ?

— Je crois que cela viendra avec le temps, oui.

À ces mots, le roi éclata de rire puis, prenant conscience qu'il ne pouvait pas se le permettre dans son état, il tâcha de contrôler son hilarité.

— Vous avez de l'esprit, comme moi. Approchez-vous.

Flora se leva et prit la main qu'il lui tendait. Elle entendait plus que jamais le râle de l'agonie dans sa poitrine.

— Je n'étais pas sûr, vous voyez.

— De quoi, Votre Majesté ?

— Quand Mrs George l'a suggéré. Une femme intelligente, Mrs George… elle a toujours raison.

À ce moment-là, la porte de la chambre s'ouvrit et le docteur Reid entra au salon, suivi de l'infirmière.

— Nous pensions que vous dormiez, Votre Majesté. Vous savez que le repos est de loin le meilleur remède.

Il fixa alors Flora d'un air accusateur.

— C'est ce que vous me dites. Mais rien ne vaut… une discussion en bonne compagnie.

Le roi fit un clin d'œil à Flora, avant que la quinte de toux qu'il avait refoulée ne revienne en force.

On lui apporta de l'eau et des bols fumants, et Mrs Keppel réapparut, l'air plus frais et calme dans une robe du soir en velours bleu.

— Mrs George, où diable étiez-vous passée ?

— Enfin, Bertie, vous devriez être au lit, le gronda-t-elle.

— Où est Soveral ? Il est en retard pour le dîner. Et je meurs… de faim.

* * *

Flora quitta la suite de l'hôtel deux heures plus tard pour regagner la Villa Eugénie. Le dîner qu'elle venait d'endurer – et « endurer » était le seul verbe approprié – avait été atrocement tendu. Les invités du roi avaient écouté sa respiration de plus en plus laborieuse, en faisant comme si de rien n'était, tout en craignant qu'il ne s'effondre sous le coup des convulsions de la toux. Le monarque avait mangé ce que Flora qualifierait de dîner copieux pour au moins deux personnes, et bu – malgré le regard désapprobateur de certains convives – une quantité considérable de vin rouge.

— Je vais rester avec lui, avait annoncé Mrs Keppel à la jeune femme. Embrasse les filles pour moi et dis-leur que je les verrai quand Roiroi ira mieux.

Elles s'étaient dit au revoir et Flora avait été raccompagnée jusqu'à la Rolls-Royce qui l'attendait. Enfoncée dans le siège en cuir rembourré, elle se sentait complètement épuisée, aussi bien physiquement que mentalement, par les événements de la journée.

28

Flora ne revit pas Mrs Keppel les trois jours qui suivirent. Pour se distraire, elle se promenait avec Sonia et Violet dans l'air vivifiant du matin, avant de rentrer à la Villa Eugénie pour le déjeuner. Quand le soleil se montrait, elles passaient leur temps à dessiner et peindre les plantes insolites qui poussaient dans le jardin de la Villa.

Ayant jusque-là manifesté peu d'intérêt pour les arts plastiques, Violet avait changé d'avis en se rapprochant de Flora et ses aquarelles témoignaient d'une facilité naturelle. Néanmoins, les deux sœurs étaient troublées, ne comprenant pas pourquoi leur routine française était perturbée. Flora ne pouvait pas les éclairer, ayant reçu de Mrs Keppel la ferme indication de ne rien révéler de la gravité de l'état du roi.

— Pourquoi n'allons-nous pas pique-niquer avec Maman et Roiroi ? C'est si ennuyeux de rester à la Villa, et je n'ai encore pu porter aucune de mes nouvelles robes, se plaignit Sonia.

— Parce qu'il fait très humide et que Roiroi ne veut pas attraper froid.

— Mais le soleil brille aujourd'hui, Flora, et puis nous n'avons pas vu Maman depuis des jours maintenant. Elle aussi doit s'ennuyer.

— Je suis certaine que vous allez la voir très bientôt, et Roiroi aussi, répondit Flora avec une conviction qu'elle ne ressentait pas.

Ce soir-là, elles dînèrent de bonne heure, puis Nannie emmena Sonia prendre un bain. Restée seule avec Flora, Violet griffonnait dans le cahier qu'elle emportait toujours avec elle.

— Flora ?

— Oui ?

— Roiroi est très malade, n'est-ce pas ? Est-ce qu'il va mourir ?

— Mon Dieu, non, il a juste un mauvais rhume. Tout le monde est simplement prudent parce que c'est le roi.

— Je sais que tu mens. Mais cela n'a pas d'importance.

Elle se replongea dans son cahier, mâchonnant le bout de son crayon.

— Qu'écris-tu de beau ?

— Un poème, même si je suis très mauvaise par rapport à Vita. Je pense qu'un jour elle deviendra écrivain. J'ai l'impression qu'elle s'amuse beaucoup à Londres à préparer la saison, elle ne pense sûrement pas du tout à moi.

— Je suis persuadée du contraire, la rassura Flora, voyant s'assombrir les yeux de l'adolescente, ce qui précédait toujours ses accès de mélancolie.

— Non. Elle est si belle, comme un pur-sang indompté… libre et sauvage. Mais, bien sûr, la vie – et les hommes – se chargeront de la dompter.

— Peut-être la vie nous dompte-t-elle tous, Violet. Peut-être est-ce nécessaire.

— Pourquoi ? Pourquoi nous, les femmes, devons-nous épouser quelqu'un que d'autres choisissent pour nous ? Les choses sont en train de changer, Flora. Regarde ce que font les suffragettes pour les droits des femmes ! Les choses pourraient être différentes j'imagine, non ? Et le mariage lui-même… fit-elle en frissonnant. Je n'arrive pas à comprendre comment deux personnes qui se connaissent à peine peuvent se retrouver obligées à passer le reste de leur vie ensemble. Et faire… cette chose innommable, en étant de parfaits étrangers.

— Je suis certaine que tu comprendras tout cela en grandissant, Violet.

— Non, répondit-elle simplement. Tout le monde dit ça, mais je n'aime pas les hommes. C'est comme demander à un chat et un chien de vivre et de coucher ensemble. Nous n'avons rien en commun. Regarde Maman et Papa.

— Enfin, voyons ! D'après ce que j'ai vu, tes parents sont très heureux ensemble. Et ce sont de grands amis.

— Alors explique-moi pourquoi, en ce moment, mon père est à Londres au bureau, pendant que Maman s'occupe d'un roi souffrant ?

— Peut-être est-ce trop demander à notre époux ou à notre épouse de répondre à tous nos besoins.

— Je ne suis pas d'accord. Vita me comble à tous les niveaux. Je ne m'ennuierais jamais avec elle.

— Alors tu as de la chance d'avoir trouvé une telle amie.

— Elle est bien plus qu'une amie. Elle est… tout pour moi. Je ne m'attends pas à ce que tu comprennes, ni quiconque d'ailleurs. Je vais me coucher, annonça-t-elle brusquement en se levant. Bonne nuit, Flora.

* * *

Mrs Keppel apparut à la Villa Eugénie tôt le lendemain matin. Elle croisa Flora dans l'escalier tandis que celle-ci descendait prendre son petit déjeuner.

— Comment va le roi ? murmura la jeune femme.

— Dieu soit loué, le pire est passé. Sa fièvre est tombée et cette nuit, pour la première fois, il a dormi paisiblement.

— Quelle excellente nouvelle.

— En effet. Et ce matin, il insiste pour rejoindre des amis à déjeuner, alors je dois me préparer. Ces derniers jours ont été très longs et, en toute franchise, je suis éreintée. Les filles sont là-haut dans leur chambre ?

— Oui.

— Je vais monter les rassurer alors. Bertie va sûrement vouloir que la vie reprenne son cours normal, à présent qu'il se croit rétabli. Et aussi pour que le monde sache qu'il va bien. Il a même allumé l'un de ses horribles cigares ce matin.

Après cela, en effet, la vie redevint normale. Chaque jour, Flora aidait les filles à s'habiller pour des sorties avec leur mère et le roi.

— C'est vraiment étrange, Flora, parce qu'il y a tant de jolis endroits où nous pourrions déjeuner, pourtant Roiroi insiste pour que nous pique-niquions sur le bord de la route ! s'insurgea Sonia, en retirant violemment son chapeau de paille au retour de l'une de ces expéditions.

— C'est parce qu'il aime que tout le monde en France le voie, s'incline devant lui et lui fasse des courbettes, répondit Violet avec cynisme. Peut-être que c'est pour énerver le roi de France.

— Je n'en sais rien, reprit la plus jeune, mais en tout cas, il a l'air horriblement vieux. Et vraiment très malade.

— On pourrait dire la même chose de Caesar. Ce chien empeste, c'est insupportable, se plaignit Violet en débarrassant sa jupe des poils du chien.

Le lendemain, le majordome remit une lettre à Flora.

High Weald
Ashford, Kent
Angleterre
14 mars 1910

Très chère Flora,

Je sais que tu es actuellement avec Mrs Keppel, et Mr Rolfe à Portman Square a eu la gentillesse de me donner ton adresse à Biarritz. Car, ma chère Flora, je souhaite que tu sois la première à apprendre que tu seras tante avant la fin de l'année ! Oui, j'attends un enfant ! Je t'avoue que je suis terrifiée et que je me sens très mal, mais mon médecin me dit que c'est normal au début d'une grossesse.

Flora chérie, tu me manques énormément et je me demandais s'il te serait possible de venir quelque temps ici, à ton retour de France. Maman ne peut pas quitter les Highlands pour être avec moi, car Papa est tombé sur sa mauvaise jambe et s'est cassé la cheville. Je ne vois personne en ce moment, étant donné que je suis en trop mauvais état pour sortir. Je me sens seule, ma chère sœur. Je sais que ton mariage approche, alors je ne te retiendrais pas trop longtemps loin des préparatifs, mais peut-être pourrais-tu te libérer au moins quelques jours ? S'il te plaît, réponds-moi dès que possible et dis-moi quand je pourrai me réjouir de ta visite.

Je t'embrasse fort,

Aurelia

Lire cette lettre au petit déjeuner donna à Flora une nausée semblable à celle de sa sœur. La preuve écrite de l'intimité entre Archie et Aurelia suffit à la faire se lever de table et regagner sa chambre.

La seule pensée d'aller à High Weald la répugnait.

Arrête d'être si égoïste ! se réprimanda-t-elle en faisant les cent pas. *Aurelia a besoin de toi, et tu dois lui rendre visite.*

Elle s'assit donc à son bureau et sortit stylo-plume et papier à lettres.

Villa Eugénie
Biarritz
France
19 mars 1910

Ma chère sœur,

Mon bonheur pour toi ne connaît pas de limites. Je dois rentrer en Angleterre dans un peu plus d'une semaine. Malgré les préparatifs du mariage, je trouverai bien sûr le temps de venir te voir. Je partirai pour High Weald dès mon retour de France.

Je t'embrasse fort,

Flora

* * *

La dernière soirée de Flora à la Villa Eugénie coïncida avec la première visite du roi. Lorsqu'elle descendit au rez-de-chaussée, le salon résonnait déjà de conversations dont elle ne comprenait pas la plupart, beaucoup d'invités parlant un français rapide et indéchiffrable. Coiffée d'un diadème qui scintillait sur ses boucles luxuriantes, Mrs Keppel tenait salon. En l'observant, Flora prit conscience qu'il s'agissait de la *Cour* de sa bienfaitrice.

Un mois dans l'année, loin de l'Angleterre, elle était la reine qu'elle souhaitait tant incarner.

L'arrivée du roi fut annoncée par Caesar, le fox-terrier, qui le précéda à travers la double-porte, suivi de l'habituelle odeur de cigare. L'attention de l'assemblée quitta aussitôt Mrs Keppel pour se tourner vers lui. Flora fut soulagée en constatant qu'au moins il parvenait à respirer, même s'il avait toujours les yeux chassieux et le teint livide.

— Il paraît que vous repartez demain.

Un gentilhomme, dont la ressemblance avec le roi était déconcertante, était apparu au côté de la jeune femme. Il arborait la même moustache, la même barbe grise, jusqu'à la même corpulence.

— Oui.

— Le roi semble remis de ses ennuis de santé, n'est-ce pas ?

— En effet, Dieu merci, répondit Flora, embarrassée que son interlocuteur ne se soit pas présenté, ne sachant pas à qui elle avait affaire.

— Le roi m'a dit que vous aviez été d'un grand réconfort pendant sa maladie.

— Je ne crois pas, monsieur, je...

— Le roi pense le contraire. Et nous vous en savons gré, tous autant que nous sommes.

— Pardonnez-moi, monsieur, se rendit Flora, mais je ne suis pas sûre que nous ayons été officiellement présentés.

— Je m'appelle Ernest Cassel, et vous êtes actuellement mon invitée.

Il lui sourit, les yeux rieurs.

— Toutes mes excuses, monsieur, j'ai vu tant de nouveaux visages ces derniers mois...

— Ne vous en faites surtout pas. La bonne nouvelle, c'est que moi, je sais qui vous êtes. Permettez-moi de vous donner ma carte. Il se pourrait que vous ayez besoin de me contacter à l'avenir. Je suis non seulement votre hôte à la Villa Eugénie, mais aussi un ami proche et fidèle conseiller à la fois du roi et de Mrs Keppel. Puis-je vous escorter à la salle à manger ?

Ce n'est que plus tard, lorsqu'il s'apprêtait à prendre congé avec sa suite, que le roi vint enfin la voir. Elle lui sourit en se redressant de sa révérence.

— Je me réjouis de vous voir en si bonne forme ce soir, Votre Majesté.

— Merci, miss MacNichol. Nous nous verrons à mon retour à Londres, si Dieu le permet. Au revoir, ma chère.

Puis le roi lui baisa la main et, après lui avoir adressé un sourire, quitta la villa.

* * *

Flora arriva à High Weald deux jours plus tard. Aurelia l'accueillit à la porte et la conduisit au salon pour un thé revigorant.

— Alors, raconte-moi tout. J'arrive à peine à croire que tu as rencontré le roi !

— Il était jovial et en bonne santé, comme toujours.

— Évidemment, j'imagine que ce n'était pas la première fois que tu le voyais, étant donné la… place de Mrs Keppel dans sa vie.

— Il ne fait aucun doute que ce sont des amis extrêmement proches.

— Je comprends si Mrs Keppel t'a fait promettre de garder son secret.

— Il n'en est rien.

— Arabella prétend qu'elle exerce même le pouvoir avec le gouvernement ! Flora, pardonne-moi, j'oublie que tu es si innocente et que tu ne vois toujours que le meilleur chez les hommes et les animaux. Quoi qu'il en soit, je vais cesser de compromettre ta discrétion et plutôt te raconter tout ce qui s'est passé ici depuis la dernière fois que nous nous sommes vues.

Flora écouta sa sœur parler avec tendresse des attentions d'Archie pour son état, en détestant la fourberie de son âme.

— Il est difficile à croire que j'aurai bientôt un enfant pour me tenir occupée. Tous ici prient pour que ce soit un garçon. Alors que moi, j'espère une fille. En bonne santé, naturellement.

— Ainsi Archie est heureux de l'arrivée du bébé ?

— Oh oui, et je suis même parvenue à mettre un sourire sur le visage d'Arabella. Tu sais, je me demande parfois pourquoi Maman était si amie avec elle, confia Aurelia en baissant la voix. Peut-être était-elle plus sympathique à l'époque. Ou peut-être a-t-elle changé après la mort du père d'Archie, pendant la guerre. Mais elle n'est vraiment pas très chaleureuse.

— Je ne peux pas faire de commentaires à ce sujet, sachant qu'elle ne m'a jamais adressé plus d'une phrase ou deux. Ma pauvre, cela doit être difficile de vivre sous le même toit qu'elle.

— Au moins, elle aussi est absente ces jours-ci, nous avons donc la maison pour nous deux. Et puis, j'ai une grande nouvelle ! Sarah – la pauvre a perdu sa mère il y a quelques mois – a accepté de venir vivre ici et de devenir ma femme de chambre, notamment pour m'aider tout au long de ma grossesse et ensuite avec le bébé. Elle arrive dès demain à High Weald et j'aurai au moins l'impression d'avoir quelqu'un de mon côté dans cette maison.

— C'est merveilleux ! Mais tu ne disais pas qu'Archie était attentionné ?

— Oh, si, quand il n'est pas plongé dans un livre de botanique ou en contemplation devant une plante de sa serre. Malheureusement, il est parti pour Londres car il a des affaires à régler là-bas. Il a dit qu'il reviendrait la semaine prochaine. Selon le jour de ton départ, je doute donc que tu le verras, ce qui est bien dommage.

Flora se sentit d'abord soulagée de cette nouvelle, puis son cœur perfide prit l'ascendant et la déception l'emporta.

— C'est dommage, en effet. Mais cela signifie que je t'aurai tout à moi.

— Je sais que tu ne t'es jamais prise d'affection pour lui, mais c'est un homme bon et gentil pour moi.

— Alors c'est tout ce qui importe.

— Oui. À présent, excuse-moi, mais je crois que je ferais mieux d'aller me reposer.

Flora accompagna Aurelia jusque dans sa chambre et écarta les draps de l'énorme lit à baldaquin où dormaient sa sœur et, sans aucun doute, Archie. Elle l'aida ensuite à s'installer confortablement sur le matelas.

— Merci. Il paraît que cette nausée passera bientôt. Cela m'aide énormément que tu sois là.

Flora s'assit à son chevet jusqu'à ce qu'Aurelia ferme les yeux et s'endorme. Puis elle sortit sur la pointe des pieds et se rendit dans sa chambre pour faire un brin de toilette, mais elle se sentit attirée vers la fenêtre, d'où elle pouvait admirer le jardin illuminé par le soleil. Elle savait que les femmes enceintes pouvaient se sentir indisposées les deux ou trois premiers mois mais, à presque quatre mois de grossesse, Aurelia avait dépassé ce stade. Flora espérait que tout allait bien.

Sarah arriva le lendemain, éreintée et toute rouge après son long voyage depuis Esthwaite, mais folle de joie de retrouver ses deux « petites ».

— Maman m'a dit qu'elle viendrait d'Écosse pour la naissance mais, en attendant, Sarah est une bénédiction, déclara Aurelia ce soir-là, en rejoignant Flora dans la salle à manger pour le dîner. Elle semble ravie de son nouvel uniforme de femme de chambre, même s'il va falloir l'élargir. J'espère vraiment que les autres domestiques ne vont pas la mépriser, ni se moquer d'elle. Ils ont l'air de penser que tous les gens nés au nord leur sont inférieurs, moi y compris.

Elle émit alors un petit rire triste.

— Ne dis pas de bêtises, Aurelia chérie. Je suis persuadée que tu te fais des idées.

— Et moi je suis convaincue du contraire. Mon mari lui-même me traite de souris et me dit que je ne dois pas permettre à Arabella ou aux domestiques de commander. Peut-être ne suis-je pas faite pour être maîtresse de maison.

— Être douce et gentille n'empêche pas l'autorité et devrait, justement, inciter le respect. Tu te sens vulnérable à cause de ton état, c'est tout.

— Non, ma grossesse n'y est pour rien. C'est très étrange parce qu'à la maison, excuse-moi de dire cela, c'est toi qui semblais l'ombre, alors qu'ici, c'est *moi.* Comme les choses ont changé au cours de cette année…

— Mais tu es heureuse avec Archie ?

— Bien sûr. Tu sais à quel point je l'adore, mais maintenant, comme je porte un enfant, il ne me touche plus. Et… poursuivit-elle en soupirant, c'est difficile à expliquer, mais c'est le seul moment où j'ai le sentiment de le posséder pleinement. Tu comprendras bientôt ce que je veux dire quand tu auras épousé Freddie.

— Oui, certainement, répondit Flora en réprimant le frisson d'horreur habituel. Et si tu penses avoir des difficultés avec ton foyer, tu devrais voir ma future demeure. Je suis bien soulagée que la comtesse continue de s'en occuper, car je ne saurai pas par où commencer.

— Ma sœur, la vicomtesse… Qui l'eût cru ?

— Qui, en effet ?

Flora aussi était ravie de la présence de Sarah, qui semblait avoir apporté avec elle un peu d'air frais des Lacs. Les jours suivants, grâce à ses bons soins, Aurelia s'égaya considérablement.

— Je n'aurais jamais pensé qu'un jour je retrouverais mes deux petites. L'une mariée et enceinte, et l'autre s'apprêtant à entrer… presque dans la famille royale ! s'exclama Sarah en couchant Aurelia pour sa sieste de l'après-midi. J'ai toujours apprécié lord Vaughan, un gentilhomme si charmant. Vous vous souvenez, miss Flora, quand il vous a rendu visite à Esthwaite l'été dernier et que vous vous êtes à moitié noyés en escaladant Scafell ?

Le sang de Flora se glaça dans ses veines. Elle n'avait jamais dit à personne – encore moins à Aurelia – d'où elle revenait quand elle était apparue trempée dans la cuisine d'Esthwaite.

— Et vous avec le pantalon et la casquette de vot' père ! Je n'avais jamais rien vu de tel ! Mrs Hillbeck et moi, qu'est-ce qu'on a ri !

— Archie t'a rendu visite à Esthwaite l'été dernier ?

Aurelia fixait sa sœur, perplexe. Flora tenta de retrouver son calme.

— Oui. Il rentrait d'Écosse où il avait chassé avec Papa et a décidé de passer. Je suis sûre de te l'avoir dit, Aurelia chérie.

— Si c'est le cas, je n'en ai aucun souvenir, répondit la cadette d'un air pincé. Vous avez escaladé Scafell Pike ensemble ?

— Et comment, et elle s'est endormie avant même que j'aie eu le temps de lui faire couler son bain, gloussa Sarah. Dans sa drôle de tenue, comme un homme. Et voilà qu'elle va devenir vicomtesse dans quelques semaines !

— Ça, tu ne me l'as certainement pas dit, lança Aurelia.

— Non. J'étais très embarrassée, comme tu l'imagines. Sarah a raison, je suis rentrée à la maison en piteux état, mais Archie voulait voir les montagnes, et je n'avais d'autre choix que de les lui montrer. Bon, es-tu bien installée ? Nous allons te laisser tranquille à présent. Repose-toi bien, je vais aller lire dans ma chambre.

Flora posa un baiser sur la joue de sa sœur et, avant que son regard ne puisse la trahir, elle gagna la porte.

En sécurité dans sa chambre, elle se prit la tête dans les mains et se mit à faire les cent pas, la respiration haletante. Elle aurait aimé qu'Archie soit là, pour pouvoir lui confier ce qu'il venait de se produire. Sarah devait connaître le patron du pub qui avait prêté des vêtements à Archie, ou peut-être quelqu'un l'avait-il vue monter dans la voiture du jeune homme devant le portail d'Esthwaite – c'était une petite communauté. Comment Sarah savait que Flora avait passé cette journée avec Archie importait peu. Ce qui importait était d'expliquer à Aurelia *pourquoi* elle ne lui en avait jamais touché mot.

Au dîner ce soir-là, Aurelia ne fit aucune référence à la révélation de Sarah. Elle n'en parla pas non plus quand sa sœur l'accompagna dans sa chambre et lui souhaita une bonne nuit. Néanmoins – mais peut-être était-ce le fruit de son imagination – Flora sentait un rafraîchissement de l'attitude d'Aurelia à son égard.

Elle ne dormit pas bien cette nuit-là. Finalement, elle fut soulagée quand arriva une lettre de la comtesse lui demandant de venir quelques jours à Selbourne pour parler des préparatifs du mariage. Aurelia ne protesta pas le moins du monde lorsque Flora lui en toucha un mot.

— Tu dois y aller, évidemment. Et je me sens déjà beaucoup mieux, fit-elle en regardant avec affection Sarah, qui rangeait la chambre. Et puis Archie sera bientôt de retour à la maison.

— Je partirai tôt demain matin et ne te verrai donc peut-être pas avant de prendre la route. Mais je serai de retour dans trois jours, je te le promets.

— Merci. Maintenant que Sarah est à mes côtés, tout ira bien. Transmets mes amitiés à Freddie et à la comtesse.

Aurelia lui adressa un sourire tendu, puis roula sur le côté pour dormir. Flora quitta la pièce, sachant pertinemment que sa sœur avait des soupçons. De retour dans sa chambre, elle se dirigea droit vers son bureau et sortit de quoi écrire.

High Weald
Ashford, Kent
2 avril 1910

Aurelia est au courant de votre visite aux Lacs. Sarah, notre ancienne bonne qui est venue à High Weald pour prendre soin d'elle, lui en a parlé. Je vous en prie, tâchez de la rassurer et de lever tout doute qu'elle pourrait avoir quant à une situation inappropriée. J'ai peur pour l'état d'esprit de ma sœur et ne souhaite pas compromettre sa santé. Elle n'a jamais été forte. Vous allez être père et la naissance de votre enfant dans de bonnes conditions est de la plus haute importance.

F.

29

— Enfin ! s'exclama Freddie en embrassant la main de Flora dans le hall de Selbourne Park. Je commençais à me demander si vous nous aviez abandonnés pour de bon, l'Angleterre et moi. Comment était Biarritz ? Et le roi ? Les rumeurs londoniennes prétendent que son état est bien plus grave que ce qu'on a affirmé à ses sujets.

— Oh, il était en forme quand je suis partie, répondit Flora presque honnêtement. Il a eu un rhume, c'est tout.

— Tant mieux. Maman espère qu'il assistera à notre mariage. Nous lui avons envoyé un faire-part. Vous en a-t-il parlé, quand vous l'avez vu ?

Freddie lui offrit le bras et ils rejoignirent l'immense salon.

— Non. Son secrétaire privé organise son agenda donc, même s'il était *prévu* qu'il vienne, il ne le saurait peut-être pas. Votre mère est là ?

— Pas en ce moment, non. Elle rend visite à l'une de ses associations caritatives à Winchester. Et Papa est à Londres. Aussi sommes-nous seuls, ma chère Flora.

Freddie l'attrapa par la taille et l'attira contre lui. Il plaqua ses lèvres contre les siennes et tenta d'introduire sa langue dans sa bouche. Flora se débattit pour se libérer.

— S'il vous plaît, Freddie ! Les domestiques pourraient nous surprendre à tout moment.

— Et alors ? J'imagine qu'ils ont vu pire.

Il gloussa et essaya de l'embrasser à nouveau.

— Non ! Je ne peux pas. Nous ne sommes pas encore mariés.

Freddie desserra son emprise et fit la moue.

— Comme vous voudrez. Même si je ne vois pas quelle différence font une bague et une entrée dans le registre d'une église. J'espère que vous ne retiendrez plus votre passion pour moi après ça.

— Bien sûr que non. Nous serons alors unis aux yeux de Dieu.

Elle baissa alors chastement les yeux.

— J'ai bougrement hâte. Bon, étant donné que vous ne me laisserez pas vous approcher plus qu'un lépreux jusqu'au jour de nos noces, je vais faire apporter du thé et vous allez me raconter en détail vos aventures françaises.

Flora fut soulagée lorsque la comtesse apparut une heure plus tard. Face à Freddie, elle avait l'impression d'être la proie d'un tigre affamé. Après le déjeuner, le jeune homme partit pour – selon son expression – se défouler sur son cheval, tandis que les deux femmes s'assirent pour discuter des détails du mariage.

Retirant ses lunettes de son nez, Daphne sourit à Flora.

— Vous devez penser que tout cela est bien ridicule, ma chère. Et si ce n'est pas votre avis, c'est en tout cas le mien. Mais évidemment, nous devons suivre les conventions. Comment va la jeune Violet Keppel ? interrogea-t-elle, changeant soudain de sujet.

— Très bien. Elle et sa sœur ont hâte d'être demoiselles d'honneur.

— Je l'ai toujours trouvée assez bizarre, cette petite… lady Sackville, une de mes amies chères, me disait pas plus tard que la semaine dernière que Violet semblait faire une étrange fixation sur sa fille Vita. Qu'en pensez-vous ?

— Je sais seulement qu'elles sont amies.

— Quoi qu'il en soit, Victoria a refusé de recevoir Mrs Keppel à Knole. Ce qui me surprend, étant donné le passé scandaleux de sa propre mère. Mais c'est justement souvent ceux qui ont été écartés de leur propre milieu qui semblent les plus prompts à jeter la première pierre. Victoria désapprouve que les petites

Keppel fassent partie de votre cortège, c'est certain. J'ai eu un mal fou à convaincre Algernon que c'était la bonne chose à faire. Il n'aime pas vivre dans son époque – il est un peu vieux jeu. Bon, déclara la comtesse en tapotant la main de Flora, je crois que le moment est venu de prendre un petit remontant.

Plus tard, postée à l'une des immenses fenêtres de sa chambre, Flora contemplait les jardins qui s'étendaient à perte de vue devant elle. Derrière la haie d'ifs se trouvait un parc peuplé de cerfs, et elle voyait les animaux se déplacer comme des ombres au crépuscule. Les proportions démesurées de chaque élément de la maison lui donnaient l'impression d'être une minuscule poupée arrachée à sa maison miniature et transplantée dans une demeure humaine.

Elle songea alors à High Weald qui, bien que vaste, dégageait une atmosphère douillette et chaleureuse. Elle espérait qu'Archie recevrait sa lettre avant de quitter Londres.

Si elle ne lui parvenait pas à temps, qu'Aurelia l'interrogeait et qu'il lui avouait la vérité, tous les sacrifices de Flora auraient été vains.

* * *

Après trois jours avec Freddie, plus de temps qu'elle n'avait jamais passé en sa compagnie, Flora avait compris qu'il était incapable de la moindre concentration : souvent il lui posait une question, et à peine lui répondait-elle qu'il avait déjà l'esprit ailleurs. Un jour, pour le mettre à l'épreuve, elle lui avait parlé de son enfance et, le voyant décrocher, avait poursuivi en récitant une comptine. Il ne l'avait même pas remarqué.

Flora avait décidé de ne plus gaspiller d'énergie à converser avec lui. Le passe-temps favori de Freddie était de boire. Quand il était soûl, elle savait qu'elle pouvait monter sur la table de la salle à manger et se mettre en équilibre sur la tête, laissant apparaître ses sous-vêtements, sans qu'il y prête attention. Le dernier soir de son séjour, il invita un groupe de noceurs à dîner. La plupart étaient déjà ivres et Flora devint la cible de nombreuses plaisanteries obscènes.

Les garçons poursuivirent leurs jeux à boire au salon, laissant échapper des rires rustres et sonores, et la jeune femme prit congé. Alors qu'elle montait l'escalier, Daphne l'arrêta.

— Ma chère, je reconnais que l'attitude de mon fils ce soir n'a pas été ce que nous souhaiterions, l'une comme l'autre. Mais croyez-moi quand je vous dis que c'est la dernière fois qu'il se comporte ainsi. Il comprend ses futures responsabilités envers vous et Selbourne et s'y conformera.

— Bien sûr.

Flora baissa les yeux avec déférence. La comtesse lui prit la main.

— Souvenez-vous que le mariage n'est pas la fin de la vie d'une femme. Dans un sens, ce n'en est que le début. Et tant qu'elle donne un héritier à la famille et qu'elle fait preuve de discrétion, son existence peut même devenir tout à fait plaisante. Observez et apprenez. Bonne nuit, ma chère.

Daphne pressa la main de Flora et rejoignit ses appartements.

* * *

Ce fut avec soulagement mais inquiétude que Flora retourna à High Weald.

— Aurelia dort. Elle n'est pas bien du tout depuis votre départ, l'informa Arabella, rentrée de Londres, quand elles se croisèrent dans l'entrée. Sa nouvelle femme de chambre insiste pour lui donner toutes sortes de concoctions infâmes qui ne l'aident sûrement pas.

— Je prends les remèdes de Sarah depuis ma plus tendre enfance et les ai toujours trouvés utiles, répondit Flora sur la défensive.

— Sans doute. Bon, Cissons va vous accompagner dans votre chambre.

— Merci.

Flora suivit la gouvernante dans le couloir jusqu'à la chambre d'Aurelia. Elle ouvrit la porte, grimaçant en faisant grincer le bois épais. Il faisait noir dans la pièce mais, quand ses yeux se furent habitués à l'obscurité, elle aperçut Sarah qui somnolait dans un fauteuil près de la fenêtre. Quittant la chambre et ressentant un besoin soudain d'air frais, elle tourna les talons et redescendit l'escalier.

Une fois dehors, elle huma les premières odeurs du printemps. Des jonquilles longeaient les bas-côtés, lui rappelant Esthwaite et, quand elle pénétra dans le jardin clos, elle observa avec ravissement qu'il se réveillait de son long sommeil d'hiver.

Par chance, le jardin était désert, même si Flora s'était raisonnée au cours du voyage et se sentait calme à l'idée de croiser Archie. Quoi qu'il y ait eu entre eux, cela appartenait au passé et ne devait jamais plus être mentionné. Non seulement Archie était son beau-frère, mais il deviendrait bientôt le père de sa nièce ou de son neveu. Et Flora elle-même serait mariée dans quelques semaines. Tous deux faisaient désormais partie de la même famille et seraient forcément amenés à se côtoyer. Elle s'était donc résolue à ce que leur relation soit purement platonique, puisqu'il ne pouvait en être autrement.

Et quand je le verrai, c'est ce que je lui dirai, songeait-elle en arpentant les allées. Là, Archie avait planté des fleurs riches en nectar afin d'attirer autant d'abeilles que possible, et celles-ci vrombissaient, rassasiées et satisfaites, au-dessus des hellébores roses et des viornes blanches. L'air du jardin lui semblait si pur et plein de vie, comme s'il portait lui aussi un enfant, se dit-elle. Flora espérait avoir la chance de le voir l'été, quand il donnerait naissance à une profusion de fleurs odorantes et multicolores.

— Flora.

Une voix derrière elle la fit sursauter.

— Archie, fit-elle en se retournant vers lui. Pourquoi cherchez-vous toujours à me faire peur ?

— C'est juste que vous avez toujours la tête ailleurs et ne m'entendez pas arriver. J'ai reçu votre lettre à Londres.

— Dieu merci. J'avais peur qu'elle tombe entre de mauvaises mains. Je voulais vous avertir au cas où Aurelia mentionnerait notre… rencontre à Esthwaite.

— Merci. Je suis rentré hier et, pour l'instant, elle n'a pas abordé le sujet.

— Alors espérons que c'est oublié. Elle n'a pas l'air bien.

— Non, en effet. Mais vous, Flora, vous êtes resplendissante. Cela vous dirait-il de faire un tour ?

La jeune femme acquiesça et tous deux se promenèrent le long des allées. Tandis qu'Archie évoquait ses futurs projets pour les jardins, elle devait continuellement se remémorer sa résolution.

— Comment allez-vous ?

Archie s'arrêta soudain sous l'if majestueux. Flora se concentra sur les minuscules tiges vert clair au bout des branches, pour éviter de penser à la dernière fois qu'ils s'étaient retrouvés à cet endroit précis.

— Je vais bien. Je reviens tout juste de Selbourne où j'étais allée voir Freddie.

— Et tout se passe comme prévu ?

Flora hésita un instant avant de hocher la tête, et Archie s'en aperçut aussitôt.

— Avec moi, vous pouvez être tout à fait honnête, non ? Freddie a beau être qualifié de meilleur parti de Londres, ce n'est qu'une illusion physique et financière. Comme vous le savez sans doute à l'heure qu'il est, le vrai Freddie est un ivrogne complètement cinglé. Personnellement, je me demande s'il ne s'est pas violemment cogné la tête en tombant de son berceau quand il était petit.

— C'est sûr qu'il est… différent, oui, répondit Flora en retenant un sourire.

— Dans quelle situation nous retrouvons-nous ? Croyez-moi, au-delà de tout égoïsme de ma part, je regrette de tout mon cœur que vous l'épousiez. Pour votre bien.

— Les choses sont ce qu'elles sont. J'apprécie sa mère, cela dit.

— Ce n'est pas avec elle que vous partagerez un lit. Mais bon…

— Comment osez-vous me parler de la sorte !

Flora sentit le rouge lui monter aux joues et se répandre dans son cou.

— Pardonnez-moi. Je ne peux pas m'en empêcher. L'idée seule de vous savoir avec cet individu… Bon sang, Flora, tu comprends bien ce que je ressens, non ? Tu m'as tellement manqué ces derniers mois.

— Je vous interdis de prononcer un mot de plus.

Elle voulut s'éloigner, mais il lui saisit la main avant qu'elle puisse s'échapper. Le contact de sa peau envoya de doux frissons le long de la colonne vertébrale de Flora, mais elle les repoussa.

— Laissez-moi, Archie, marmonna-t-elle. Je dois retourner auprès d'Aurelia. Votre *femme.*

— Oui, naturellement, fit-il en poussant un profond soupir, avant de hocher légèrement la tête et de lui lâcher la main. Je vous verrai au dîner.

Flora monta directement voir si Aurelia s'était réveillée, mais Sarah lui barra l'accès à sa chambre, un doigt posé sur ses lèvres.

— Elle est énervée aujourd'hui, pauvre petite, elle se plaint d'une forte migraine. Elle m'a demandé de vous dire de la laisser tranquille, mais je suis sûre qu'elle voudra vous voir tout à l'heure.

Flora se rendit donc dans sa chambre afin de se changer pour le dîner, très embêtée qu'Aurelia refuse de la voir. Elle se remémora toutes les fois qu'elle s'était assise à son chevet, quand sa sœur était souffrante, et sentit un nœud d'angoisse se former dans son estomac. Quand elle fut habillée, elle descendit rejoindre Archie et Arabella au salon.

— Il semble que votre sœur soit de nouveau indisposée, murmura Arabella au-dessus de son verre de sherry. J'espère vraiment que cette phase passera vite. Quand je t'attendais, chéri, je poursuivais mes activités normalement. Les filles d'aujourd'hui sont si différentes.

— Peut-être sommes-nous juste *tous* différents les uns des autres, Maman, contra Archie. Je suis certain qu'Aurelia ne prend aucun plaisir à se sentir aussi mal.

— Elle attend sans doute une fille. Toutes mes conscrites qui en ont eu une ont été malades comme des chiens pendant leur grossesse.

— En ce qui me concerne, j'adorerais avoir une fille, déclara Archie. Je suis sûr qu'elles sont plus faciles que les garçons.

— Plus faciles, peut-être, mais moins utiles. Si nous passions à côté ?

Tous trois s'assirent à l'extrémité de la longue table de la salle à manger lambrissée et Flora songea à quel point il était ironique de se retrouver en face d'Archie, sa mère entre eux deux, à la place de sa sœur. Au moment où la soupe allait être servie, la porte s'ouvrit et Aurelia apparut.

— Veuillez excuser mon arrivée tardive, mais de toute évidence ce repos m'a fait du bien, car je me sens beaucoup mieux.

Tandis qu'Aurelia prenait place à côté de son mari et que la bonne se hâtait d'ajouter un couvert, Flora vit combien elle était pâle. Néanmoins, ses yeux bleus brillaient avec une étrange intensité.

— Êtes-vous certaine de vous sentir assez bien pour dîner à table, ma chérie ? demanda Archie en lui posant une main sur l'épaule.

— Et comment ! À vrai dire, je suis même affamée ! s'exclama-t-elle en riant, d'une voix fausse et haut perchée.

Flora était contente de voir qu'Archie n'aurait pas pu être plus attentionné, allant même jusqu'à couper la viande de son épouse et à lui en donner de petites bouchées, sous l'œil désapprobateur d'Arabella.

— Nous ne devons pas vous laisser dépérir, ma chérie. Vous êtes terriblement maigre.

— Je vous le rappellerai quand je serai aussi imposante qu'une maison dans quelques mois !

Au fur et à mesure que la soirée avançait et qu'elle voyait les joues de sa sœur reprendre quelques couleurs, Flora se détendit.

— Alors, dis-moi, comment était ta future demeure ? D'après ce que j'ai entendu, c'est une propriété absolument magnifique, lui demanda Aurelia.

— En effet. Et cela représentera sans nul doute un défi pour moi.

— Le mariage est un défi qu'il nous appartient à tous de relever.

— Oui.

— Et Freddie semble déjà si attaché à toi. C'est tout ce qui importe à une épouse, non ? déclara Aurelia en se tournant vers Archie, un grand sourire aux lèvres.

Flora garda le silence. Aurelia n'avait pas touché à son diplomate et la bonne vint débarrasser le dessert, tandis qu'Arabella suggérait de passer au salon pour le café.

— Cela vous embêterait-il que je regagne ma chambre à présent ? Je me sens réellement mieux, mais je ne souhaite pas exagérer. Tu veux bien m'accompagner à l'étage, Flora ?

— Bien sûr.

Les deux sœurs quittèrent ensemble la pièce. Aurelia ne prononça pas un mot dans l'escalier. Sarah se précipita vers elles quand elle les aperçut dans le couloir.

— Voulez-vous que je vous aide à enfiler votre chemise de nuit, miss Aurelia ?

— Non merci, Sarah. Je suis sûre que Flora peut s'en charger ce soir. Tu peux aller te coucher.

— Si vous avez besoin de quoi que ce soit, vous savez où me trouver. Bonne nuit, miss.

— N'est-ce pas amusant qu'elle continue à m'appeler « miss » ? Alors même que je suis une femme mariée – et, d'ailleurs, une *lady* depuis quelques mois maintenant, nota Aurelia en refermant la porte derrière elles.

— Veux-tu que je t'aide à déboutonner ta robe ?

— Merci.

Aurelia s'assit sur le tabouret en face de sa coiffeuse et Flora se posta derrière elle, regardant le reflet de sa sœur dans le miroir.

— C'est intéressant de voir à quel point les choses peuvent être différentes de ce que l'on imagine.

— Comment cela ? s'enquit Flora avec angoisse en commençant à défaire les boutons au dos de la robe d'Aurelia.

— Par exemple, j'étais convaincue qu'Archie et toi vous détestiez. Mais ensuite j'ai découvert que vous aviez passé ensemble trois journées entières à Esthwaite, l'été dernier, alors que j'étais à Londres.

— Comme je te l'ai dit, Archie rentrait simplement d'Écosse et a décidé de passer.

Flora forçait ses mains à poursuivre leur tâche, bouton après bouton. Aurelia se leva pour permettre à sa sœur de retirer la robe de ses épaules.

— Oui. C'est ce que tu m'as affirmé il y a quelques jours, et j'y ai cru, déclara la cadette, tandis que sa sœur desserrait son corset. Jusqu'à ce que je commence à réfléchir.

— À quel propos ?

— Oh, ceci et cela. Passe-moi ma chemise de nuit, ma chère sœur. Il fait frisquet.

Hébétée, Flora prit le vêtement en soie qui avait été disposé sur le lit conjugal et Aurelia leva les bras pour lui permettre de le glisser sur son corps et sur la petite bosse de son ventre.

— J'ai repensé à ce que m'avait dit Freddie le soir de mon mariage, juste après l'annonce de vos fiançailles.

— Et qu'était-ce donc ?

— Il m'a embrassée et m'a félicitée pour mon mariage, et je lui ai retourné mes meilleurs vœux pour le vôtre à venir. Alors il a ri et a chuchoté que nous ferions mieux de faire attention à nos mari et femme respectifs à l'avenir, car ils semblaient extrêmement attachés l'un à l'autre. Naturellement, je l'ai corrigé, en lui disant qu'il se trompait totalement, et qu'au contraire je m'inquiétais de leur future relation, sachant que ma sœur et mon mari se détestaient depuis l'enfance. « Oh, mais vous avez tort », m'a-t-il alors murmuré à l'oreille en me conduisant sur la piste de danse. Et il avait vu juste, n'est-ce pas, Flora ?

Aurelia s'allongea sur ses oreillers. Ses pommettes pâles avaient rosi et ses yeux étincelaient.

— Non. Freddie était ivre mort ce soir-là.

— C'est ce que j'ai pensé sur le moment, et j'ai oublié son avertissement. Jusqu'à ce que j'apprenne la visite d'Archie aux Lacs.

— Pardonne-moi de ne pas t'en avoir parlé. Cela m'est simplement sorti de la tête, je...

— Un oubli ? Voyez-vous ça. Quand je t'ai vue à Londres peu après et t'ai interrogée au sujet de l'état d'esprit d'Archie, je t'ai demandé pourquoi, selon toi, il ne m'avait pas demandée en mariage. Tu m'as répondu que tu n'en savais rien, alors même que tu avais passé trois jours en sa compagnie quelques semaines plus tôt. Si quelqu'un avait pu connaître ses raisons, c'était bien toi.

— Nous n'avons pas abordé la question… honnêtement, nous n'avons parlé que de plantes…

— Oui ! fit Aurelia en souriant tristement. Un intérêt commun pour la botanique. Mais même si vous n'avez pas discuté de ses intentions envers moi, tu dois comprendre pourquoi je trouve étrange que tu n'aies jamais évoqué la visite de mon mari.

— Oui… oui, avec le recul, j'aurais en effet dû t'en parler. Mais je venais d'arriver à Londres et j'étais assez bouleversée. Pardonne-moi, Aurelia. C'était vraiment un oubli de ma part.

— Peut-être que même avec l'avertissement de Freddie le soir de mon mariage, j'aurais pu continuer à ne pas m'inquiéter. Malheureusement, cela a occupé mon esprit. Alors, aujourd'hui, pendant que Sarah pensait que je dormais et que je savais qu'Archie était dans les jardins, je suis allée dans sa penderie. Et devine ce que j'ai trouvé, dans la poche du manteau avec lequel il est rentré hier de Londres ?

Aurelia glissa la main sous l'oreiller, en sortit une lettre et la tendit à Flora.

— Il me semble que c'est ton écriture, ma chère sœur ?

Flora tressaillit.

— Ceci ne prouve rien ! J'étais juste inquiète que tu te fasses des idées. Ce qui est exactement le cas.

— S'il te plaît, ne me prends pas pour une idiote ! s'exclama Aurelia, la voix tremblante de fureur. Cette lettre indique à elle seule une intimité évidente, une relation entre vous deux, dont je n'avais aucune idée. Et si cela ne suffisait pas, pendant que je lisais ces mots à la lumière de la fenêtre de ma chambre, je vous ai aperçus ensemble dans le jardin. Flora, mon mari te tenait la main.

— Je… commença Flora en secouant la tête – elle n'avait plus de mots pour se défendre. Pardonne-moi, ma chère sœur. Je te jure que, malgré ces terribles apparences, rien de… rien d'inconvenant ne s'est jamais produit entre Archie et moi.

— Et moi qui croyais que vous ne vous supportiez pas l'un l'autre, ricana Aurelia. Combien de poètes éclairés ont écrit qu'il n'y avait qu'un pas entre l'amour et la haine ? Il semble que la relation entre mon mari et ma sœur leur donne raison. Bon Dieu, comme vous avez dû rire de ma stupidité !

— Jamais ! Tout ce que j'ai toujours voulu, c'était qu'Archie t'épouse.

— Par pitié ! cracha Aurelia, faisant reculer Flora. Peut-être était-ce toi qu'il souhaitait épouser depuis le début, mais tu l'as supplié de me faire sa demande après m'avoir vue si chamboulée à Londres. Alors, ma *chère* sœur ? As-tu arrangé cela avec lui pour soulager ta propre culpabilité ?

Ses mots restèrent en suspens dans l'air. Flora était pétrifiée par le venin de sa sœur et la vérité mise à nue.

— Je vois, déclara Aurelia, dont les yeux s'étaient à présent emplis de larmes. Sache que je ne te remercie pas. Car tu m'as condamnée à une vie de malheur, mariée à un homme que j'aime et qui ne pourra jamais m'aimer en retour. Et maintenant je porte son enfant et aucun de nous ne peut plus s'échapper. Flora, dans quelle situation m'as-tu mise ? Et que t'ai-je donc fait pour mériter une telle cruauté ? demanda-t-elle en secouant la tête avec désolation. J'aimerais mieux mourir.

Sa voix se brisa tandis que les larmes commençaient à couler. Quand Flora s'approcha pour la réconforter, elle la repoussa avec agressivité.

— Je t'en prie, Aurelia, je te répète que je n'ai rien voulu de tout cela. Je ferais n'importe quoi plutôt que de te voir souffrir. Je vais… m'en aller, bien qu'il n'y ait rien entre Archie et moi…

— Mon mari te tenait la main dans le jardin cette après-midi même ! siffla-t-elle à travers ses larmes. Comment oses-tu poursuivre tes mensonges ? Tu me traites comme une petite fille alors que je suis une femme mariée, sur le point d'avoir mon propre enfant ! Et sais-tu ce qu'il y a de pire ? Ce n'est pas la relation que tu entretiens avec mon mari – quelle qu'elle soit – c'est le fait que je t'aie toujours fait confiance, plus qu'à quiconque sur cette Terre ! Je croyais que tu m'aimais, que tu te souciais de moi. Je t'admire depuis le jour de ma naissance. J'ai perdu non seulement mon mari – si tant est que j'en avais un au départ – mais aussi ma sœur bienaimée.

— Je t'en prie, Aurelia, pense au bébé, supplia Flora, voyant sa sœur devenir hystérique.

— Pensais-tu au « bébé » tout à l'heure, quand tu tenais la main de mon mari dans le jardin ?

— C'est lui qui m'a pris la main, je n'ai pas pu l'en empêcher…

— Ne rejette pas la culpabilité sur lui ! Je t'ai regardée rester plantée là bien plus longtemps que nécessaire, les yeux perdus dans les siens, complètement amourachée.

Flora s'écarta du lit et se dirigea vers le tabouret de la coiffeuse, craignant de s'effondrer si elle ne s'asseyait pas. Pendant un long moment, un mur de silence divisa les deux sœurs.

— Je n'ai jamais voulu te blesser, Aurelia. J'assume l'entière responsabilité de mon comportement méprisable et ne me le pardonnerai jamais.

— Encore heureux ! La question est : que vais-je devenir à présent ?

— Je comprends ta douleur, mais je t'assure qu'Archie t'est profondément attaché.

— Mais c'est toi qu'il aime. Peut-être devrions-nous le partager, tout comme ta marraine partage le roi avec sa malheureuse reine ! Peut-être pourrais-tu être sa maîtresse, tandis que je me contente de donner naissance à ses héritiers, cela te conviendrait-il ?

Flora se leva, tremblant de tous ses membres.

— Je partirai demain matin. Même si tu ne me crois pas, je sais qu'Archie et toi pouvez vivre heureux ensemble. Je lui dirai que…

— Sûrement pas ! Le moins que tu puisses faire, c'est me promettre que tu ne parleras plus jamais à mon mari, que tu ne le contacteras en aucune façon. Si nous voulons avoir l'infime possibilité d'un avenir ensemble, il ne doit en aucun cas prendre connaissance de cette conversation. Je dirai que tu as dû retourner à Londres.

— Tu n'assisteras pas à mon mariage ?

— Non. Je prétexterai que ma grossesse m'indispose. Et je me consolerai en pensant que tu seras très certainement aussi malheureuse que moi, mariée à un homme que tu ne peux pas aimer et qui, franchement, est tout à fait détestable.

— Es-tu en train de dire que tu ne veux plus jamais me voir ?

— Exactement. Je ne te considère plus comme ma sœur.

Il y eut un autre silence.

— N'y a-t-il rien que je puisse dire ou faire pour me racheter ?

— Non. Va-t'en maintenant. Au revoir, Flora.

— Je penserai à toi chaque jour, tout le reste de ma vie, et ne me pardonnerai jamais de t'avoir fait tant de mal. Au revoir, Aurelia chérie.

Les yeux pleins de larmes, mais se sentant trop coupable pour les laisser couler, Flora regarda une dernière fois sa sœur, puis quitta la chambre.

30

— Ça alors ! Je ne m'attendais pas à vous revoir si vite, miss Flora, s'exclama Nannie quand la jeune femme entra à la nurserie de Portman Square.

— J'ai des essayages à faire pour ma robe et mon trousseau, mentit-elle.

— J'imagine que les vives lumières de Londres vous manquaient, n'est-ce pas ? Et vous qui nous faisiez des descriptions lyriques de la campagne… vous êtes devenue une vraie citadine ! s'amusa Nannie.

— Mrs Keppel et les filles sont là ?

— Non, elles ne sont pas encore rentrées de France. Elles devraient revenir la semaine prochaine. Est-ce que ça va, miss ? Vous m'avez l'air perturbée, ajouta-t-elle après avoir observé Flora.

— Je vais bien, merci, répondit-elle avant de quitter la nurserie, en songeant qu'elle n'irait plus jamais « bien ».

Les jours suivants, Flora fut soulagée du calme de la maison qui lui permettait d'endurer seule son malheur. Elle partait pour de grandes promenades dans les parcs bourgeonnants de Londres, espérant trouver du réconfort dans la nature renaissante, mais celle-ci ne faisait que lui rappeler Archie puis, immédiatement, Aurelia. Tandis qu'elle continuait de marcher malgré tout avec détermination, désireuse de s'épuiser physiquement pour réussir à trouver le sommeil, la souffrance d'avoir perdu la personne qu'elle aimait le plus au monde la dévorait. Elle n'arrivait ni à se reposer, ni à se nourrir. Sa culpabilité était sans limites et elle considérait son mariage avec un homme qui la dégoûtait comme une juste punition.

* * *

Trois semaines avant le mariage, Mrs Keppel revint de France avec ses filles.

— Ma chère, comme tu as maigri ! s'exclama Alice tandis qu'elle prenait le thé avec Flora dans son petit salon. Cela doit être l'angoisse de ton mariage imminent. Je me rappelle avoir perdu deux centimètres de tour de taille avant d'épouser George.

— Comment va le roi ? s'enquit la jeune femme pour changer de sujet.

— Il s'est bien rétabli depuis que tu l'as vu, mais il est soumis à une terrible pression de la part de son gouvernement qui est déterminé à le pousser – ou plutôt, à le *forcer* par un chantage – à accepter des modifications constitutionnelles qu'il n'approuve pas. Je suis heureuse qu'il soit parti un peu à l'étranger, à l'abri de tout cela. Il ne fait aucun doute que cette pression a affecté sa santé, sans parler de son état d'esprit. Il est affaibli, comme tu l'as vu à Biarritz. Je suis tellement navrée pour lui, le pauvre. C'est un roi – et un homme – bien meilleur que ce que certains estiment.

Flora quitta le salon quelque temps plus tard, songeant que Mrs Keppel n'avait pas l'air bien non plus. Et se demandant quels secrets elle cachait, *elle*.

Les deux semaines qui suivirent, au fur et à mesure que se rapprochait le jour tant redouté, Flora était contente d'être occupée. Elle avait assisté au dernier essayage à Worth, avec ses sept demoiselles d'honneur, après avoir expliqué à Daphne qu'Aurelia ne se sentait pas en état de participer, en raison de sa grossesse. Violet avait surpris la conversation et était venue la voir, plus tard à la maison.

— Flora, je suis vraiment désolée que *ta sœur* ne puisse pas être ta demoiselle d'honneur en chef.

La nouvelle habitude de Violet de parsemer ses propos de mots français irritait toute la maisonnée, et Flora lui adressa un faible sourire.

— Je voudrais juste dire que, puisque je suis la plus âgée de tes demoiselles d'honneur, je serai honorée de la remplacer si tu le souhaites.

— C'est vraiment gentil de ta part, et je suis certaine que j'aurai besoin de ton aide. J'ai essayé le diadème que je porterai le jour du mariage, et Dieu seul sait comment je supporterai son poids, répondit Flora, touchée par la proposition.

Violet s'assit sur le lit de la jeune femme et l'observa pendant que celle-ci se préparait pour le dîner.

— Flora ? Puis-je être honnête avec toi ?

— Cela dépend.

— Eh bien, je ne veux pas être désagréable, mais tu m'as l'air parfaitement *misérable* ces jours-ci. Ne te réjouis-tu donc pas de te marier ?

— Bien sûr que si… mais, comme n'importe quelle fiancée, je suis nerveuse.

— Aimes-tu Freddie ?

La franchise de Violet méritait une réponse tout aussi franche.

— Je… je ne le connais pas assez bien pour l'aimer. Mais je suis persuadée que cela viendra avec le temps.

— Je crois que je refuserai simplement de me marier. Je préférerais de loin rester célibataire que de devoir épouser quelqu'un que je n'aime pas. Tout le monde me dit que je changerai d'avis, mais je sais que non. Pas comme Vita… Elle, c'est une vraie girouette.

À ces mots, l'expression de l'adolescente s'assombrit.

— Comment cela ?

— Elle va faire son entrée dans le monde cet été et ne parle plus que de ses nouvelles robes et des jeunes hommes qui lui rendent déjà visite à Knole. Et après tout ce qu'elle m'a dit…

— Les gens changent, Violet. Parfois le monde ne peut tout simplement pas être tel que nous souhaiterions qu'il soit.

— Quand j'étais petite, je croyais aux contes de fées. Toi aussi ?

— Oui, comme tous les enfants.

— Peut-être est-ce différent pour moi : j'ai grandi avec une mère qui porte un diadème et passe ses vacances en compagnie du roi d'Angleterre. J'ai toujours été traitée comme une princesse. Pourquoi devrais-je grandir et croire autre chose ? Je veux juste… poursuivit Violet en poussant un soupir théâtral. Je veux juste être avec la personne que j'aime. Est-ce mal ?

— Non, admit Flora en déglutissant avec difficulté. Ou du moins, il n'y a rien de mal à le *souhaiter*. Que cela se réalise ou non est une autre histoire.

— Et pas un conte de fées.

Violet se redressa et laissa pendre ses jambes du lit.

— Tout le monde ne mérite peut-être pas une fin heureuse, déclara Flora, plus à elle-même qu'à l'adolescente.

Violet se leva et se dirigea vers la porte.

— Moi si.

Elle quitta la pièce et Flora repensa à celle qu'elle avait été à Esthwaite, quand elle aussi croyait aux contes de fées.

* * *

Un jour pluvieux de début mai, Flora fut convoquée au petit salon de Mrs Keppel.

— Veuillez nous laisser, ordonna la maîtresse de maison à la bonne. Nous ne voulons pas être dérangées.

Étonnée par ce ton brusque inhabituel, Mabel quitta la pièce à la hâte et Flora se demanda ce qui s'était passé. Elle n'avait jamais vu Mrs Keppel manquer de politesse envers son personnel.

— Assieds-toi, je t'en prie.

Flora s'exécuta et Mrs Keppel s'approcha du feu, saisit le tisonnier et attaqua avec violence les braises brûlantes.

— Nous avons beau être au mois de mai, il fait froid ici, tu ne trouves pas ? Et Bertie, paraît-il, a attrapé un nouveau rhume. Pourtant, devine où il dîne ce soir ? Chez cette Keyser ! Il va jouer au bridge avec *elle* alors qu'il vient de rentrer à Londres. Dieu seul sait ce qu'il lui trouve. Pardonne-moi, Flora, fit Mrs Keppel en se laissant tomber dans un fauteuil. Peut-être est-ce inapproprié de te confier mes préoccupations, mais à qui d'autre le pourrais-je ?

Flora n'avait aucune idée de qui « la Keyser » pouvait être, mais devinait que Mrs Keppel n'était peut-être pas la seule « compagne » du roi.

— Puis-je vous servir un verre de sherry ? proposa-t-elle, faute d'inspiration.

— Un brandy serait sans doute mieux. À l'instar de Bertie, je me sens enrhumée. En règle générale, bien sûr, il part directement pour sa croisière en Méditerranée après son séjour en France. Mais étant donné la crise politique actuelle, il a dû revenir plus tôt en Angleterre, sans quoi ses détracteurs se seraient empressés de critiquer son absence. Et où est son épouse ? Elle l'a laissé seul et se promène dans les îles grecques ! N'y a-t-il aucune femme qui se préoccupe vraiment de ce pauvre homme ?

Flora lui tendit le verre de brandy demandé et Mrs Keppel le prit d'une main tremblante.

— Merci, ma chère. Excuse-moi de ne pas être moi-même.

— Je ne crois pas qu'il faille vous excuser de vous soucier du bien-être du roi.

— Tant de Londoniens croient que j'agis de manière intéressée, mais ma relation avec Bertie n'a strictement rien d'égoïste. J'aime cet homme, c'est tout. Est-ce un crime ?

— Je ne crois pas, non.

— Oui, il a commis des erreurs, poursuivit Mrs Keppel en reposant son verre, mais quand notre mère nous dit que nous ne méritons pas de fouler la même terre que notre père, quand notre place légitime de monarque nous est refusée parce qu'elle ne nous juge pas apte à prendre sa place, quelles sont les conséquences sur un enfant, encore plus sur le prince de Galles ? Qu'était-il censé faire pendant toutes ces années où, forcé à rester oisif, il attendait d'endosser le rôle qui lui revenait de droit ? Et tout cela à cause de l'amour aveugle de sa mère pour son père prétendument parfait. Laisse-moi te dire, Flora, que personne n'est parfait. Bertie a tant souffert du dédain constant de sa mère.

Flora était choquée par la diatribe de sa marraine. Elle était née sous le règne de la reine Victoria, la souveraine la plus puissante de tout le monde chrétien, l'*essence* même de la maternité, avec sa nombreuse famille et son mari aimant. Les propos de Mrs Keppel contrastaient tant avec l'image de Madone que Flora avait de la souveraine que la jeune femme avait du mal à les assimiler.

— Et voilà qu'à force de prouver au monde par tous les moyens possibles qu'il *peut* être un bon roi, il est épuisé, tout simplement. Et sa santé se dégrade à vue d'œil. Flora, fit-elle en lui attrapant la main de ses doigts gelés, je crains pour sa vie. Vraiment.

— J'imagine qu'il est entouré de gens qui s'occupent bien de lui au Palais, non ?

— Tu serais surprise. Bertie est entouré, oui, mais d'hommes et de femmes faibles qui se contentent de faire ce qu'il leur demande, qui vivent pour lui faire plaisir, à lui ou à quiconque occupe le pouvoir. Être proche d'un souverain, c'est apprendre que, malgré les nombreuses personnes qui gravitent autour de lui, il est véritablement l'homme le plus solitaire au monde.

* * *

Flora ne fit qu'apercevoir Mrs Keppel par la fenêtre de la nurserie le lendemain soir, au moment où elle quittait la maison, les plumes de son large chapeau en velours frémissant à chacun de ses pas agités. Violet rejoignit la jeune femme à la fenêtre, Panthère dans les bras.

— Maman est très bizarre ces derniers temps. Est-ce que Roiroi est malade à nouveau ?

Flora s'efforça de répondre d'un ton léger.

— Je suis sûre que tout va bien.

Elle ne vit pas du tout sa bienfaitrice le lendemain ; soit celle-ci était sortie, soit elle restait dans ses appartements. Flora espérait que le roi n'était pas victime d'une nouvelle attaque de bronchite, comme celle qu'il avait endurée à Biarritz.

Le matin suivant, alors qu'elle s'apprêtait à sortir avec Sonia pour profiter d'une belle journée de printemps et dessiner les delphiniums bourgeonnant dans le parc en face de la maison, elle croisa Mrs Keppel dans l'entrée.

— Comment va-t-il ? lui murmura-t-elle.

— Le docteur Reid dit qu'il est au plus mal. Il est sous assistance respiratoire et a demandé que je vienne le voir. La reine n'est toujours pas rentrée.

Mrs Keppel monta dans la calèche et Flora partit à pied pour le parc avec Sonia.

À cinq heures et demie, Flora vit la calèche s'arrêter devant la maison et Mrs Keppel en émerger. Plus tard, elle descendit dîner, mais seul Mr George l'attendait à la salle à manger. Il l'accueillit avec un sourire fatigué.

— J'ai peur que Mrs Keppel ne soit indisposée ce soir, elle dîne dans sa chambre, l'informa-t-il. Je suppose que vous avez appris que le roi était souffrant ?

— Oui.

— Une annonce devant Buckingham Palace indique que « l'état de Sa Majesté est le motif d'une certaine inquiétude ». Mon épouse y était avec lui aujourd'hui et confirme que le roi est gravement malade. Dieu merci, la reine est rentrée de sa croisière et se trouve actuellement au Palais.

— Nous ne pouvons que prier, finit-elle par répondre.

— En effet, acquiesça tristement Mr George. C'est exactement ce que m'a dit ma femme ce soir.

* * *

— Miss Flora, êtes-vous réveillée ?

La jeune femme ouvrit les yeux en sursaut, n'ayant aucune idée de l'heure qu'il était.

— Que se passe-t-il ? s'enquit-elle en apercevant Barny à sa porte, debout dans la pénombre.

— C'est Mrs Keppel, elle est dans tous ses états. Si vous pouviez aller la voir…

— Bien sûr. Où est-elle ?

— Dans son boudoir. Voyez si vous réussissez à la calmer.

En fait, Flora n'aurait pas eu besoin que Barny lui indique où était Mrs Keppel, les tristes sanglots qui s'élevaient derrière la porte l'y auraient conduite. Elle frappa deux fois par principe, puis entra.

Mrs Keppel arpentait la pièce en long et en large, dans sa chemise de nuit et sa robe de chambre en soie. Ses épais cheveux auburn tombaient en désordre sur ses épaules,.

— Que se passe-t-il ? S'agit-il du roi ?

Mrs Keppel s'arrêta, vit qu'il s'agissait de Flora et reprit ses déambulations tandis que la jeune femme refermait la porte derrière elle.

— Non. C'est la reine ! Hier soir, elle est rentrée de Grèce, après avoir passé toutes ces semaines loin de Bertie alors qu'il était au plus mal, et elle m'a bannie du Palais ! À présent, je ne suis plus autorisée à le voir alors qu'il va peut-être mourir ! Comment peut-elle me faire ça ? Comment ?

Elle se laissa tomber à terre, se recroquevilla sur le tapis et fondit en larmes. Flora s'approcha et s'agenouilla près d'elle. Finalement, Mrs Keppel se calma suffisamment pour être à nouveau en mesure de parler.

— Flora, je l'aime. Et lui aussi ! Il m'aime et a besoin de moi ! Je sais qu'il veut m'avoir auprès de lui !

Elle fouilla dans la poche de sa robe de chambre et en sortit une lettre qu'elle déplia.

— Regarde, fit-elle en y enfonçant l'index, lis-moi ça.

Flora prit le billet des mains tremblantes de sa marraine.

Ma chère Mrs George,

Si mon état s'aggrave grandement, j'espère que vous viendrez me remonter le moral, et même si je n'avais aucune chance de m'en sortir, j'espère que vous me rendriez visite – pour que je puisse vous dire au revoir et vous remercier pour votre amitié et toute votre gentillesse depuis que j'ai la chance de vous connaître. Je suis convaincu que tous ceux qui ont un peu d'affection pour moi permettront de réaliser les souhaits que j'ai exprimés dans ces lignes.

— Je vois, fit doucement Flora.

— Que dois-je faire ?

— Eh bien, il est le roi et vous êtes sa sujette. Et… cette lettre décrète qu'il souhaite que vous alliez le voir.

— Mais puis-je la montrer à la reine ? Sa femme ? Ne serait-il pas déplacé d'utiliser ce billet pour implorer d'être aux côtés d'un homme qui n'a plus que quelques heures à vivre sur cette Terre, afin de lui dire au revoir ? Je veux juste… lui dire… au revoir.

Flora se sentit désemparée. Ce n'était pas à elle de dire à la maîtresse du roi si elle devait courir le voir sur son lit de mort, ignorant le mécontentement de la reine. Tout ce qu'elle pouvait faire, c'était se mettre dans la peau d'une femme qui aimait un homme et voulait le voir avant qu'il meure.

— Je crois, déclara Flora en inspirant profondément, que j'irais au Palais. Oui, j'irais. Ne serait-ce que parce que même si vous n'arrivez pas à accéder à la chambre du roi, vous saurez que vous avez essayé d'exaucer la requête de votre souverain. Oui, poursuivit-elle en regardant Mrs Keppel dans les yeux. Voilà ce que je ferais.

— Mes détracteurs au Palais me haïront encore davantage.

— Peut être. Mais pas lui.

— Dieu sait ce qu'il adviendra de moi à son départ… Je n'ose y penser.

— Il n'est pas encore parti.

Mrs Keppel leva ses bras tremblants et étreignit la jeune femme.

— Si chère Flora, tu es un rayon de soleil pour moi. Et pour le roi. Je lui transmettrai ton affection.

— Je vous en prie, oui. Je suis extrêmement attachée à lui.

— Et lui a beaucoup de tendresse pour toi.

Mrs Keppel essuya ses larmes et se releva du tapis.

— Je vais aller au Palais et, si on ne me laisse pas approcher mon amour, tant pis. Mais au moins, j'aurai essayé. Merci, Flora. Peux-tu m'envoyer Barny pour qu'elle m'aide à m'habiller ? Je ne dois pas porter de noir, déclara-t-elle en frissonnant. Non, je dois porter une couleur vive qui l'égaiera.

— Bien sûr. Bonne chance, lui souhaita Flora avant de quitter la pièce.

* * *

Tout au long de la journée, les résidents du 30, Portman Square retinrent leur respiration, attendant le retour de Mrs Keppel. Nannie arrivait avec de réguliers bulletins de santé du roi transmis par Mrs Stacey qui, elle, récoltait les rumeurs de la rue par le biais des commerçants qui sonnaient à la porte de service, chargés des livraisons pour la maisonnée.

Sonia vint s'asseoir à côté de Flora dans la nurserie.

— Crois-tu que Roiroi s'apprête à monter au ciel ? Tous les domestiques disent qu'il va mourir.

— S'il nous quitte, je suis certaine qu'il ira au ciel, oui. C'est un homme d'une grande bonté.

— Je sais qu'il fait peur à certains, mais il a toujours joué avec moi. Et puis il est gentil, bien que je n'aime pas beaucoup son chien, alors je crois qu'il va pousser des ailes à Roiroi et qu'il ira vivre sur un nuage avec Dieu. Après tout, Lui aussi est roi.

— Oui, Il l'est, répondit Flora à la petite fille qui s'était blottie contre elle, le pouce dans la bouche.

La nuit tombait lorsque Flora entendit enfin la calèche s'arrêter devant la maison et, par la fenêtre, elle aperçut une silhouette en sortir, à moitié portée par le valet de pied. La jeune femme se précipita en haut des escaliers et se pencha au-dessus de la rampe, tendant l'oreille pour discerner la voix de Mrs Keppel. Elle n'entendit qu'un grand silence.

— Mr et Mrs Keppel vont dîner dans leurs appartements, miss Flora. Je vous apporterai un plateau dans votre chambre, l'informa Mrs Stacey qui, remarqua la jeune femme, était de noir vêtue.

À minuit, elle était encore éveillée et écouta les cloches de l'église voisine sonner minuit, comme un glas. Puis, peu avant une heure du matin, elle entendit les cloches retentir plaintivement, tout autour de Londres.

* * *

— Il est parti, que Dieu le bénisse, que Dieu bénisse le roi, annonça Nannie à Flora quand elle arriva à la nurserie le lendemain matin. Les filles sont inconsolables. Peut-être pourriez-vous aller les voir ?

— Naturellement.

Flora entra et trouva les deux sœurs blotties l'une contre l'autre dans un fauteuil, Panthère étendu sur les genoux.

— Oh Flora, Roiroi est mort pendant la nuit ! C'est affreux ! s'exclama Sonia.

— Oui, c'est très triste.

— Que va faire Maman maintenant ? Nous n'irons plus jamais à Biarritz, et elle ne sera plus reine, déclara Violet.

— Roiroi sera toujours roi et votre mère sera toujours reine, répondit doucement Flora en les attirant contre elle.

— Des milliers de personnes se sont attroupées devant le Palais, mais il y en a aussi beaucoup à notre porte, indiqua Nannie, postée à la fenêtre donnant sur la rue. Tous ces gens voudraient qu'elle s'exprime, mais que peut-elle dire ? Mrs Keppel était la reine du peuple, vous voyez, mais bien sûr, elle n'est pas là.

— Où est-elle ? s'enquit Flora.

— Elle est partie avec Mr George chez les James, à Grafton Street. Nous allons bientôt les y rejoindre. Restez avec les enfants pendant que je prépare les bagages.

Flora acquiesça.

— Je veux voir Maman, sanglota Sonia sur l'épaule de la jeune femme. Pourquoi est-elle partie avec Papa, sans nous ?

— Les gens tristes recherchent souvent un peu de calme.

— Alors pourquoi ne pouvons-nous pas simplement fermer les rideaux de notre maison et être tristes ici, tous ensemble ?

— Ce serait sans doute difficile avec tous ces gens qui font du bruit dehors, ma chérie, répondit Flora en caressant les cheveux de la petite fille.

Violet se dégagea des bras de Flora et se leva.

— Pourquoi sont-ils allés chez les James ? Je déteste aussi bien la maison que ses habitants. Pourquoi les gens sont-ils si indiscrets ? Ne peuvent-ils pas simplement nous laisser tranquilles ? s'énerva l'adolescente en regardant la foule amassée dehors, devant leur porte.

— Eux aussi sont en deuil et souhaitent se sentir proches de ceux qui étaient proches de Roiroi.

— J'aimerais pouvoir rejoindre tous les gens près du Palais… être invisible et pleurer Roiroi, comme eux.

— Vous devez toutes les deux vous montrer grandes et courageuses, comme Roiroi l'aurait voulu.

— Nous allons essayer, mais nous ne sommes pas encore des adultes, Flora, juste des *enfants*, répliqua Violet avec dédain, sortant vivement de la nurserie.

Flora la suivit pour trouver Nannie.

— Savez-vous quelles sont les directives en ce qui me concerne ? Suis-je censée venir avec vous ?

— Mrs Keppel ne vous a pas mentionnée, miss Flora. Mes instructions se limitent à emmener les enfants et Moiselle à Grafton Street.

— Je vois.

— Comme vous allez vous marier dans une semaine, peut-être pensait-elle que vous iriez chez votre sœur ou dans la famille de votre fiancé ?

— Oui, naturellement.

— C'est la fin d'une époque, miss Flora, soupira Nannie en secouant la tête. Désormais, rien ne sera jamais plus comme avant, pour aucune d'entre nous.

Du hall d'entrée, Flora dit au revoir aux filles de la main, les larmes aux yeux, tandis qu'elles montaient dans la calèche avec Nannie et Moiselle et que badauds et journalistes étaient tenus à distance par les policiers. Mr Rolfe referma la porte de la voiture à cheval et Flora songea à quel point les curieux ressemblaient à des vautours, dans leurs habits noirs de deuil. En remontant l'escalier, elle se demanda si elle reverrait un jour les Keppel.

Une fois dans sa chambre, la maison sinistrement silencieuse, la jeune femme écrivit un télégramme à Freddie pour lui demander si elle pouvait arriver à Selbourne au plus vite, puis le confia à Mr Rolfe pour qu'il l'envoie. Elle savait qu'elle ne pourrait trouver refuge à High Weald.

Après avoir fait ses bagages, elle retourna vers la fenêtre et vit que la foule avait commencé à se disperser. Et avec la tombée de la nuit, le silence envahit la rue – *un silence de mort,* pensa-t-elle. Elle tâcha de ne se sentir ni blessée, ni abandonnée. Après tout, comme l'avait supposé Nannie, Mrs Keppel avait sans doute considéré que Flora avait au moins deux refuges, si tant est qu'elle ait réfléchi dans la tourmente de son chagrin.

Elle ouvrit la fenêtre et s'assit sur le rebord, Panthère dans les bras, pour contempler le ciel nocturne dégagé.

— Au revoir, roi chéri. Et bon voyage, souffla-t-elle en regardant les étoiles.

31

— Vous avez de la visite, miss Flora, annonça Peggie en entrant dans sa chambre.

— Qui est-ce ?

— La comtesse de Winchester. Je l'ai installée au salon du rez-de-chaussée et lui ai servi du thé.

— Merci.

Flora était soulagée que la comtesse ait répondu à son télégramme un jour à peine après qu'elle l'eut envoyé, bien que surprise que Daphne se soit déplacée en personne. Elle descendit au salon et trouva sa future belle-mère assise sur la méridienne, vêtue d'une somptueuse robe en velours sombre, des saphirs noirs brillant sur un bandeau dans ses cheveux grisonnants.

— Si chère Flora, toutes mes condoléances, fit-elle en se levant pour la prendre dans ses bras.

— Ce n'est pas à moi qu'il faut présenter des condoléances, plutôt au pays, et au monde en général.

— Disons que c'est une grande perte pour nous tous, répondit Daphne avant d'inviter Flora à s'asseoir, endossant son rôle habituel d'hôtesse. Tout cela est bien tragique, n'est-ce pas ? Et ce drame ne pouvait arriver à un pire moment.

— Il me semble qu'aucun moment n'est bon pour perdre le roi d'Angleterre.

— Naturellement, mais dorénavant le mariage ne pourra avoir lieu la semaine prochaine. Toute forme de célébration serait vue comme un affront contre le roi.

— Il faudra le retarder, en effet.

— Oui, je suis sûre que vous comprenez. Surtout au vu des… circonstances.

Flora ne saisit pas ce commentaire, mais poursuivit tout de même.

— Je suppose que vous avez reçu mon télégramme. Les Keppel ont quitté la maison et cela ne me semble pas correct de rester ici. J'espérais pouvoir venir à Selbourne jusqu'à mon mariage avec Freddie.

— Vous pouvez sûrement séjourner dans le Kent, chez votre sœur, non ?

— Ce ne serait pas très… opportun.

— Ah non ? Je croyais que cette chère Aurelia appréciait votre compagnie ? demanda Daphne en l'examinant.

— Oui, en effet, nous avons toujours été proches… Mais je ne peux pas aller là-bas, c'est tout, se contenta de conclure Flora, n'ayant pas réussi à trouver d'explication plausible.

— Je vois.

Le silence s'empara de la pièce. Après quelques instants, Daphne finit par pousser un profond soupir.

— Ma chère, étant donné la situation, maintenant que le roi est mort, je dois vous informer que le mariage ne peut plus avoir lieu. Je suis certaine que vous comprenez.

Flora regarda Daphne, abasourdie.

— Le mariage est annulé ?

— Oui.

— Je… pouvez-vous m'expliquer pourquoi ?

Daphne s'accorda un long moment pour rassembler ses pensées avant de parler.

— Puis-je vous servir un peu de thé ?

— Non merci. Je vous prie de me dire pourquoi je ne peux plus épouser Freddie. Je comprends qu'il faille retarder la cérémonie, mais…

— À cause de qui vous *êtes*, ma chère. Vous vous rendez bien compte qu'au moment où tout le monde compatit avec la reine après sa terrible perte, ce serait complètement inapproprié.

— Oh, répondit Flora, à cause de Mrs Keppel.

— Oui, il y a cela aussi.

— Je comprends.

— Je ne suis pas certaine que ce soit le cas, ma chère, mais pour ma part, tout ce que je puis dire, c'est que je suis extrêmement peinée par ce retournement imprévu de situation. Je crois que vous auriez pu apporter à Freddie la stabilité dont il a besoin, et j'avais hâte de vous accueillir dans notre famille. Mais à présent, mon mari ne peut plus cautionner une union entre vous et son héritier. Et comme vous le savez, les femmes ne peuvent contredire leur mari. Ne soyez pas chagrinée, ma chère. C'est ainsi que les choses ont évolué, et vous n'y êtes absolument pour rien.

Flora garda le silence. Elle avait l'impression d'être une feuille ballottée par le vent, impuissante, sans aucune prise sur son propre destin.

— Si vous ne pouvez trouver refuge chez votre sœur, peut-être pourriez-vous rejoindre vos parents en Écosse ? suggéra Daphne.

— Peut-être, oui.

— Il n'y a plus grand-chose à dire alors. Soyez assurée que Freddie est effondré, comme nous tous, mais il s'en remettra, tout comme vous. Au revoir ma chère, et que Dieu vous bénisse.

Sur ces mots, Daphne se leva et se dirigea vers la porte. Après son départ, Flora resta pétrifiée dans son fauteuil. Elle se sentait tout engourdie… sa libération soudaine ne lui causait ni soulagement, ni peur de l'avenir. Dans cette maison, sa vie semblait avoir commencé, puis fini.

— Ou peut-être fini et commencé, marmonna-t-elle, essayant de se reprendre.

Le crépuscule tombait sur la ville – un crépuscule que le roi ne verrait jamais plus. Les rues environnantes étaient aussi silencieuses qu'un cimetière, comme si tous les Londoniens s'étaient repliés chez eux pour pleurer leur défunt monarque.

Flora s'affaissa dans son fauteuil et une larme coula le long de sa joue tandis qu'elle se le remémorait dans cette maison, avec sa forte présence et son goût pour la vie. Elle dut s'assoupir car, lorsqu'elle ouvrit les yeux en entendant la sonnette, il faisait complètement nuit. Elle tâtonna dans l'obscurité jusqu'à la porte du salon, l'ouvrit légèrement.

Elle entendit Mrs Stacey et Peggie qui montaient l'escalier.

— Va voir si miss Flora est dans sa chambre, et je vais allumer les lampes du salon. Ce serait bien de savoir quand elle a l'intention de partir – Mr George a envoyé tout à l'heure un messager pour me demander de fermer la maison jusqu'à nouvel ordre. Je vais m'occuper de la naphtaline et j'ai envoyé le valet de pied chercher les housses de protection des meubles au grenier.

— À sa place, je quitterais Londres dès que possible. Ne serait-ce que par respect pour la reine.

— Je ne suis même pas sûre qu'elle soit au courant, répondit Mrs Stacey.

— Il serait pourtant bon qu'elle le sache ; tout Londres semble informé !

— Allez, zou ! Va voir si elle est là-haut pendant que j'allume le salon.

Flora s'écarta de la porte quand Mrs Stacey entra, la faisant sursauter.

— Doux Jésus, miss Flora ! Vous m'avez fait une jolie frayeur.

— Toutes mes excuses.

— Un visiteur est là pour vous, annonça Mrs Stacey en allumant les lampes. Je vais le conduire ici et demander à Mabel d'alimenter le feu. Il fait bien froid ici.

— De qui s'agit-il ?

— De Mr Ernest Cassel, miss Flora.

Mrs Stacey quitta la pièce et Flora s'approcha du grand miroir doré surplombant la cheminée pour arranger ses cheveux. Elle se demandait quelle pouvait bien être la raison d'une visite de sir Ernest Cassel, et ce que voulait dire Peggie en affirmant qu'elle devait quitter Londres par respect pour la reine. Elle en déduisait que sa réputation devait être entachée par son association avec Mrs Keppel…

— Bonsoir, ma chère miss MacNichol.

Mr Cassel entra au salon et vint lui baiser la main. Il avait les yeux rouges, le teint pâle.

— Mr Cassel, asseyez-vous, je vous en prie.

— Merci. Je suis désolé de vous déranger en ce moment de deuil ; c'est un jour terrible pour nous tous qui connaissions et aimions le roi. Et, naturellement, pour ses sujets. Il serait stupéfait et enchanté de voir une telle effusion de sentiments de la part de son empire bienaimé. Des milliers de personnes veillent encore devant Buckingham Palace. Quand on pense qu'il croyait ne jamais réussir à suivre les pas de sa mère, ni de son père. Je... eh bien... fit-il avec émotion. C'est un bel hommage.

— Puis-je vous demander ce qui vous amène, monsieur ? Mrs Keppel n'est plus ici.

— Je le sais. Je suis allé la voir à Grafton Street pour présenter en personne mes condoléances, à elle et à sa famille. Elle était indisposée, et la petite Sonia m'a expliqué que sa maman était folle de chagrin et ne voulait même pas voir ses propres filles.

— Elle l'aimait tant.

— Je le crois, oui. Et, pour être franc, peut-être pleure-t-elle aussi sur son propre sort. Son « règne » est également révolu, en même temps que celui du roi.

— C'est un moment extrêmement difficile pour elle.

— Et pour ses filles. Même si, la connaissant, je suis certain qu'elle va vite s'en remettre, mais il est tout à fait normal qu'elle fasse profil bas pendant quelque temps.

— Savez-vous, par hasard, si elle a réussi à obtenir une audience avec le roi avant sa mort ?

— Oui, j'étais présent. Et tout l'épisode a été des plus malheureux. Quand elle a vu le roi, Mrs Keppel est devenue parfaitement hystérique. La reine a dû demander à ce qu'elle sorte de la pièce. Ce n'était pas l'attitude digne à laquelle elle nous a habitués... soupira Mr Cassel, mais qui garde sa dignité face à la mort ? Aussi, quand j'étais à Grafton Street, ai-je demandé à vous voir et ai-je été très surpris d'apprendre que vous étiez restée là. Vous semblez avoir été véritablement abandonnée.

— Oh, je suis certaine que ce n'était pas volontaire. Comme vous l'avez dit, Mrs Keppel est folle de chagrin. Et elle savait que je trouverais refuge chez ma sœur ou mon fiancé.

— Votre loyauté vous honore, toutefois je peux vous assurer que tout ce qu'a fait Mrs Keppel dans sa vie a toujours été parfaitement réfléchi. Peut-être comprenez-vous pourquoi elle jugeait important de se dissocier de vous en ce moment ?

— Non, répondit Flora d'un air sombre. Bien que vous ne soyez pas le premier à me rendre visite aujourd'hui. La comtesse de Winchester, la mère de mon fiancé, le vicomte Soames, est venue m'annoncer cette après-midi que mon mariage de la semaine prochaine n'était pas seulement repoussé en raison de la mort du roi, mais tout bonnement annulé. Pour toujours.

— Alors le roi est sage en effet, car il l'avait anticipé.

— Ah oui ? Était-ce à cause de mon association avec Mrs Keppel ?

— En partie, oui, mais pas uniquement.

Flora se leva et se réchauffa les mains près du feu, vaincue par la frustration, l'épuisement et la peine.

— Mr Cassel, depuis mon arrivée sous ce toit, il y a sept mois, j'ai le sentiment d'être un pion innocent dans un jeu dont je suis la seule à ignorer les règles. Pardonnez-moi de me montrer aussi directe, mais je vous *supplie* de me dire pourquoi on m'a fait venir à Londres au départ. J'étais une jeune fille de dix-neuf ans issue d'une bonne famille mais sans plus, dont les parents n'avaient même pas les moyens de permettre à leur aînée d'être présentée à la Cour. Puis je me retrouve soudain parrainée par Mrs Keppel, dans les plus hauts échelons de la société, à prendre le thé avec le roi lui-même ! Et voilà qu'un vicomte me demande en mariage, me destinant un jour à devenir comtesse et à vivre dans l'une des plus vastes propriétés de toute l'Angleterre.

Essoufflée et bouleversée, Flora marqua une pause, puis regarda Mr Ernest Cassel droit dans les yeux.

— Et maintenant que le roi est mort, Mrs Keppel m'a laissée tomber et mon mariage est annulé. Sincèrement, je ne comprends aucun de ces brusques revirements de situation et c'est exaspérant ! J'ai sans cesse l'impression que tout le monde sait quelque chose que j'ignore. Je…

— Miss MacNichol, je comprends à présent très bien pourquoi vous vous décrivez comme un pion innocent. Comme les autres, je supposais que vous étiez au courant. Laissez-moi vous servir un verre de brandy.

— Je ne bois pas de brandy, merci.

— Voyez cela comme un médicament. Vous allez en avoir besoin.

Il se leva et se dirigea vers le plateau des carafes tandis que Flora, embarrassée d'avoir montré ses émotions, faisant de son mieux pour retrouver son calme.

— Tenez, buvez ma chère, cela va vous réchauffer.

— Je vous en prie, je n'ai jamais souhaité venir à Londres et, réflexion faite, je suis ravie d'être délivrée d'un mariage avec un homme que je n'aurais jamais aimé. Ne craignez donc pas de heurter davantage ma sensibilité. Le simple fait que vous soyez ici avec moi ce soir, le soir de la mort de notre roi, confirme que vous devez détenir les réponses dont j'ai besoin.

— Pardonnez-moi si, en cette triste soirée, vous faites ressortir mes émotions. L'année dernière, le roi m'a confié qu'il avait des doutes quant à l'idée de Mrs Keppel de vous inviter à venir habiter sous son toit. Mais ensuite, bien sûr, il s'est pris d'affection pour vous et, comme le prévoyait Mrs Keppel, ne l'a aimée que davantage pour vous avoir introduite dans sa vie, surtout à un moment où ses jours étaient comptés, car il le savait. Juste après vous avoir vue à Biarritz, il m'a convoqué pour me demander de prendre des dispositions pour vous quand son heure viendrait. Il m'a prié de vous donner ceci.

Mr Cassel ouvrit son cartable et en sortit une mince enveloppe qu'il tendit à Flora.

— Par ailleurs, le roi m'avait demandé de lui apporter de l'argent – une grosse somme – en billets. Je le lui ai apporté quand je suis allé le voir hier soir, et l'ai déposé près de son lit. Il m'a remercié en me disant qu'il espérait pouvoir transmettre cet argent à qui il souhaitait. Malheureusement, très peu après, il est tombé dans le coma. L'un de ses conseillers m'a rendu la grosse enveloppe, trouvant inapproprié qu'une telle somme d'argent liquide repose près du lit du roi. Il y avait près de dix mille livres sterling. Je savais pour qui était cet argent. Et me voilà.

Il replongea la main dans son cartable et en sortit un paquet enveloppé de papier marron, qu'il plaça entre les mains tremblantes de Flora.

— Vous ne voulez tout de même pas dire que l'argent était pour moi, si ? Je connaissais à peine le roi. Je ne l'ai vu que trois fois…

— Ma chère, je suis très étonné que Mrs Keppel ne vous ait jamais rien dit. Et j'aurais préféré que le devoir de vous révéler la vérité ne m'incombe pas.

Il but le reste de son brandy, sous le regard impatient de la jeune femme.

— Miss MacNichol – Flora…

— Oui ?

— Vous êtes sa fille.

Flora savait que cette courte phrase resterait à jamais gravée dans son esprit. Tandis qu'elle fixait l'obscurité derrière la fenêtre, elle se demanda pourquoi cette idée ne lui était jamais venue à l'esprit. Cependant, elle savait que *même si* elle lui était venue, elle l'aurait écartée en raison de son apparente absurdité. À présent, voyant les enveloppes sur ses genoux et, assis en face d'elle, celui qui avait été le plus proche conseiller du roi, tout devenait logique.

La maîtresse et l'enfant illégitime…

Décidant que, tout compte fait, le brandy était de mise, elle but une gorgée de la boisson qu'elle avait ignorée jusque-là.

— Pardonnez-moi, monsieur, c'est un sacré choc. Y a-t-il des preuves à cette affirmation ?

— Toutes les personnes concernées savent que c'est la vérité. Notamment, et surtout, votre père. Votre *véritable* père, précisa-t-il. Vous comprenez qu'après la liaison du roi avec votre mère, il ne fallait pas que sa… situation délicate soit rendue publique. Votre mère a ainsi accepté de se marier aussitôt et de quitter Londres.

— Ce qui explique pourquoi mes grands-parents ne voulaient pas me voir, ni assister à mon mariage…

— C'est aussi la raison pour laquelle vous n'avez pas eu droit à vos débuts dans le monde, contrairement aux autres jeunes filles. Comment auriez-vous pu en effet être présentée à la reine, qui aurait très certainement su qui vous étiez ?

— Cela aurait été délicat, en effet. Quant à mon père – enfin, le mari de ma mère – je comprends à présent sa distance avec moi. Il devait être au courant.

— Sans aucun doute. Si vous compariez l'acte de mariage de vos parents et votre acte de naissance, vous remarqueriez qu'il y a une… incohérence de trois mois dans les dates.

Flora repensa à la lettre qu'elle avait découverte dans la commode de son père.

— Oui. Et je sais également que de l'argent a changé de mains. Je crois que mon… *beau*-père a été payé pour épouser ma mère. Est-ce qu'il… est-ce que le roi aimait ma mère ?

— Je ne peux pas répondre à votre question, pardonnez-moi, mais ce qui est certain, c'est qu'il avait beaucoup de tendresse pour vous.

— Mrs Keppel était-elle au courant de la relation entre ma mère et le roi ?

— Elles ont commencé à sortir ensemble dans le monde. Elles étaient amies.

— Tout Londres savait qui j'étais, murmura-t-elle. Et pas moi. Moi aussi, je faisais partie de la cour « alternative » du roi…

— Et cette cour le rendait très heureux.

— Pourquoi Mrs Keppel m'a-t-elle fait venir à Londres ?

— Encore une fois, je ne sais pas exactement si elle souhaitait vous présenter à votre père pour *votre* bien, ou pour celui du roi. Ou, de fait, pour elle-même, afin de s'attirer ses faveurs. Néanmoins, vous avez tous deux fait connaissance et, à plusieurs reprises, le roi m'a confié à quel point il appréciait votre compagnie. Il voyait de nombreux points communs entre vous. Votre apparition dans sa vie lui a apporté une grande joie, miss MacNichol. S'il avait vécu plus longtemps, je suis certain que vous seriez devenus encore plus proches.

— Et avec tout cela, je suis devenue un objet de convoitise pour ceux qui savaient que j'étais la fille du roi, et qu'il m'avait reconnue, malgré l'illégitimité de ma naissance... Voilà pourquoi Freddie s'intéressait à moi. La comtesse évoquait sans cesse ma « belle lignée » et envisageait même que le roi assiste à notre mariage...

— Cela a peut-être eu une incidence sur les événements, oui. Toutefois, maintenant que le roi est mort, et que la reine lui survit...

— L'illusion créée par la baguette magique de Mrs Keppel a disparu comme un rêve, termina Flora. En tout cas, quoi que m'ait apporté le passé et quoi que me réserve l'avenir, je suis heureuse d'avoir au moins pu passer un peu de temps avec lui, déclara-t-elle dans un faible sourire.

— Il était fier de vous, miss MacNichol, mais devait l'être en secret. J'espère que vous comprenez.

— Oui.

— Et à présent, comme vous l'avez évoqué, une nouvelle époque commence ; l'ancienne cour touche à sa fin, et nous qui en avons fait partie, nous sommes évincés et devons nous confronter à un avenir incertain. Au nom du roi, j'espère que le contenu de cette enveloppe vous permettra d'accueillir cet avenir avec sérénité et que vous n'hésiterez pas à l'utiliser. Toute fausse fierté serait en effet déplacée, car cet héritage vous revient de droit. Le roi vous voyait comme un esprit libre, une jeune femme innocente, non ternie par tout le protocole et les égards réservés aux membres de la famille royale. Quel que soit votre avenir, employez son héritage avec sagesse. Que comptez-vous faire à présent ? Allez-vous partir quelque temps chez votre sœur ?

— Je ne peux pas.

— Les portes vous y sont déjà fermées ?

— Oui.

Flora décida de ne pas donner de détails.

— N'oubliez surtout pas que vous n'êtes pas responsable de la situation dans laquelle vous vous trouvez. Vous ne devez ressentir aucune culpabilité. Vous n'êtes pour rien dans les machinations dont vous avez été l'objet. C'est un simple accident de naissance. Cela a été votre malédiction et, je l'espère sincèrement, votre joie récente.

— C'était en effet un grand plaisir de faire la connaissance du roi.

— À présent, miss MacNichol, je dois prendre congé. Comme vous l'imaginez, j'ai beaucoup à faire, mais je sais que vous étiez au plus haut dans les pensées du roi avant sa mort.

— Merci d'avoir pris le temps de venir me voir.

Flora se leva et Ernest Cassel l'imita.

— Ne me remerciez pas. Je suis très embêté de devoir vous laisser seule dans cette maison.

— Si, vraiment, je vous remercie. Pour le meilleur ou pour le pire, vous m'avez donné les réponses que je cherchais depuis mon arrivée à Londres. Maintenant que je sais, je vais pouvoir aller de l'avant.

— Et je serai toujours à votre service. Si vous souhaitez que je vous aide à investir votre héritage, n'hésitez pas à me contacter. Et permettez-moi de vous dire que la grâce avec laquelle vous avez accueilli ce que j'ai dû vous révéler ce soir prouve que vous êtes une grande princesse. Et bien la fille de votre père. Bonne nuit, miss MacNichol.

Ernest Cassel s'inclina, puis sortit du salon à la hâte – Flora sut d'instinct que c'était pour cacher son émotion. Panthère sur les talons, elle remonta sagement dans sa chambre, comme s'il s'agissait d'une soirée comme les autres. Les lampes à gaz avaient été allumées et elle s'allongea sur son lit pour observer la grosse enveloppe. Une étrange sensation de calme l'avait envahie ; ce qu'elle venait d'apprendre n'était pas plus étonnant que les événements des sept mois précédents. À présent, tout s'emboîtait comme un puzzle.

Le sommeil s'empara d'elle, accordant à son esprit bouleversé de se reposer. Elle se réveilla au petit matin, juste avant l'aube. Et, Panthère ronronnant près d'elle, elle ouvrit la première enveloppe.

26 avril 1909

Ma chère Flora,

(Je félicite votre mère pour le choix de ce prénom – vous savez que j'ai toujours eu un faible pour l'Écosse.)

Comme vous le saurez désormais si vous lisez ceci, je suis votre père biologique. Si vous en doutez, comme c'était assurément mon cas avant que Mrs Keppel ne me suggère de faire votre connaissance, n'en doutez plus. Ma chère, vous avez même mon nez ! Pour cela, je compatis, car ce n'est pas le plus beau nez qui soit, mais il sied noblement sur votre visage. Je reconnais beaucoup de moi en vous et en toute franchise, Flora, je ne le souhaitais pas particulièrement, bien que votre conception soit indéniable : je peux confirmer que votre mère n'avait encore jamais connu d'homme lorsqu'a commencé notre brève liaison.

Tout d'abord, je vous prie de me pardonner pour mon comportement envers elle et, par conséquent, envers vous. J'espère que vous comprenez la situation dans laquelle je me suis retrouvé. Je n'ajouterai rien à ce sujet, si ce n'est que j'étais heureux quand j'ai appris qu'elle s'était mariée et était ainsi en sécurité.

Puisque vous lisez ces mots, Ernest Cassel a dû vous remettre également une somme qui, je l'espère, vous permettra d'envisager l'avenir sans crainte. Je vous en supplie, estimez-vous heureuse de ne pas mener la vie de vos demi-frères et sœurs. Je nourris l'espoir qu'au moins l'un de mes enfants pourra goûter une vie affranchie du protocole et des exigences qui incombent aux membres de la famille royale. Profitez de la liberté que vous offre l'anonymat, une liberté que j'aurais tant souhaitée. Et, surtout, restez fidèle à vous-même.

À présent, ma chère Flora, je vous souhaite bonheur, amour et épanouissement. Et je suis triste de ne pas avoir eu plus de temps pour mieux vous connaître.

N'oubliez pas les brefs moments que nous avons partagés.

Au nom de toutes les personnes concernées, je vous supplie de brûler ce billet.

La lettre était signée de la main d'Edward, avec le sceau royal.

Flora ouvrit ensuite le paquet, se doutant déjà de son contenu – des centaines de billets.

Elle remit l'argent dans la grosse enveloppe et glissa la lettre dans la poche en soie à l'arrière de son journal. Puis elle se leva et sonna pour appeler Peggie. Elle lui demanda de prévenir Freed qu'elle aurait besoin qu'il l'accompagne bientôt à la gare de Euston.

* * *

Après être montée dans le train et s'être installée dans un wagon, elle se tourna vers la fenêtre. Panthère miaulait dans son panier et, comme elle était seule dans sa voiture, elle le prit dans ses bras.

— Ne pleure pas, mon chéri, murmura-t-elle. Nous rentrons à la maison.

Star

Londres

Octobre 2007

32

— Et voilà. Sacrée histoire, n'est-ce pas ?

La voix de Mouse était apaisante et j'avais fermé les yeux, oubliant où j'étais tandis qu'il me transportait près de cent ans en arrière. Le style riche et descriptif de Flora – celui qu'adorait Orlando et qu'il continuait lui-même d'employer – ne faisait qu'accentuer les images qui s'étaient formées dans mon esprit.

Le véritable père de Flora... un roi. Mais là n'était pas la question. J'avais la gorge serrée face à l'émotion qu'elle avait ressentie et décrite de façon si poignante dans son journal. Et je me demandais quelle serait ma réaction si la même chose m'arrivait.

— Star ? Ouhou ?

Je m'efforçai de me concentrer sur la silhouette assise sur le canapé en face de moi.

— Cette... histoire. Penses-tu qu'elle soit réelle ? murmurai-je. C'était quand même le roi d'Angleterre...

— Cela se pourrait tout à fait. Edward est connu pour avoir eu un certain nombre de maîtresses tout au long de son règne. J'ai vérifié les éléments historiques, et j'ai découvert une grossesse apparemment attribuée à Edward VII. Je pense même que ce serait un miracle qu'il n'y en ait pas d'autres.

— Quelle horreur pour la reine. Je suis stupéfaite que Mrs Keppel ait été un tel pilier de la société.

— Ce qui est certain, c'est que, dans les milieux anglais aisés, la monogamie n'est devenue un prérequis du mariage qu'assez récemment. À l'époque de Flora, les mariages arrangés entre les grandes familles d'Angleterre étaient la norme : de simples contrats d'affaires. Une fois qu'un héritier était né, hommes et femmes étaient libres de prendre maîtresses et amants, pour peu qu'ils soient discrets.

— Es-tu historien ?

— J'ai étudié l'architecture à l'université. Mais ce qui est intéressant, c'est de voir que les besoins et les désirs des hommes sont étroitement liés aux bâtiments qu'ils occupent. Des passages secrets menant d'un boudoir à un autre, par exemple... indiqua Mouse en observant mon expression. Tu m'as l'air un peu guindée, Star. Cela te choque ?

— J'ai des principes moraux, répondis-je aussi calmement que possible.

Ce n'était pas la question à me poser après ma conversation avec Shanthi.

— C'est tout à ton honneur. Alors, es-tu excitée d'avoir peut-être un lien de parenté avec notre famille royale britannique ? Après tout, ton père t'a laissé comme indice un chat Fabergé qui était un cadeau d'Edward VII lui-même.

— Pas vraiment, admis-je.

— Peut-être le serais-tu si tu étais anglaise. Je connais bon nombre de personnes qui feraient tout pour prouver un lien avec la famille royale. Nous autres Britanniques sommes le peuple le plus snob et arriviste qui soit. Je suis sûr que la société est bien plus égalitaire en Suisse.

— Oui. Savoir ce qui est arrivé à Flora après son retour aux Lacs m'intéresse davantage.

— Tout ce que je peux te dire c'est...

J'entendis alors le déclic de la clé magnétique et me levai aussitôt.

— Ta sœur ?

— Oui.

— Il faut que j'y aille de toute façon.

Mouse se préparait à partir quand CeCe entra dans la pièce.

— Mon Dieu, Sia, j'ai passé une journée de m…

Elle se tut net en apercevant Mouse près du canapé.

— Salut, moi c'est Mouse, se présenta-t-il.

— CeCe, la sœur de Star.

— Enchanté, fit-il alors que CeCe passait en trombe devant lui pour gagner la cuisine. Bon, je vais y aller alors.

Je le suivis jusqu'à la porte.

— Tiens. Garde-les, me dit-il en me tendant les journaux de Flora. Tu voudras peut-être les relire. Et puis, jette un œil au revers de la couverture en soie, me glissa-t-il à l'oreille.

— Merci, répondis-je, honorée qu'il me fasse assez confiance pour me remettre les précieux documents.

— Sia ? Tu as préparé le dîner ? Je meurs de faim ! cria CeCe de la cuisine.

— Tu ferais mieux de la rejoindre. Salut, Star.

Puis il se pencha et me déposa un léger baiser sur la joue.

— Salut.

Je claquai la porte dès qu'il fut sorti, la joue brûlante là où il m'avait embrassée.

* * *

Je me levai avant CeCe le lendemain matin et, quand elle descendit, je lui avais préparé des tartines au miel en guise d'offrande de paix, sachant que c'étaient ses préférées.

— Je dois filer, m'annonça-t-elle quand elle eut fini. À plus tard !

Je montai récupérer les journaux. Depuis le départ de Mouse la veille, je mourais d'envie de m'y replonger. Je décidai de ne pas m'appesantir sur la grossièreté de CeCe à son égard, ni sur le fait qu'elle ne m'ait même pas demandé qui il était.

Je tâtai la couverture de chaque journal et trouvai bientôt ce que je cherchais. Je sortis délicatement la mince feuille de papier cachée dans la poche en soie à l'arrière du journal. Je la dépliai avec précaution et lus la lettre que le roi d'Angleterre avait adressée à Flora, sa fille naturelle. Je m'émerveillai que cette missive soit restée secrète pendant près de cent ans. Je la replaçai dans sa cachette, puis m'intéressai aux dernières pages du journal, déchiffrant tant bien que mal la graphie de la jeune femme. Et je songeai à la possibilité d'être apparentée aux plus grands de ce pays. Néanmoins, je connaissais assez bien Pa Salt pour savoir que mon chemin vers mes origines ne serait pas linéaire. Et quelque chose me disait que le voyage ne s'arrêtait pas là.

L'ennui était que je ne pouvais pas le faire seule. Et il n'y avait sur Terre que deux personnes susceptibles de m'y aider, dont l'une était désormais hors de portée. Quant à l'autre... eh bien, disons que je ne connaissais pas du tout Mouse.

Je me rendis compte alors que j'aurais pu lui remettre les clés de la boutique. Je devais les rendre et briser le dernier lien qu'il me restait avec Orlando et le monde magique de la librairie Arthur-Morston. J'avais également besoin d'une recommandation, que j'estimais mériter. Je rédigeai une lettre à Orlando et décidai que, si la boutique était fermée, je la déposerais avec les clés dans la boîte aux lettres. Par ailleurs, il me fallait sortir de cet appartement, sans quoi je ruminerais ce que m'avait dit Shanthi la veille.

En montant dans le bus, je songeais que ce n'étaient pas ses interrogations sur mon orientation sexuelle qui m'avaient déstabilisée. Après tout, au cours de nos voyages avec CeCe, on nous avait souvent prises pour un couple. Nous ne nous ressemblions pas du tout comme deux sœurs – elle avec sa peau couleur caramel et sa petite stature, moi avec mon physique longiligne et mon teint pâle. Et nous manifestions physiquement une affection évidente. Ce n'était même pas le fait que Shanthi m'ait avoué clairement qu'elle me trouvait séduisante... c'était ce qu'elle avait dit d'*autre* qui m'avait troublée. Perspicace, elle avait touché un point sensible.

Je descendis du bus et me dirigeai vers la librairie, priant pour qu'Orlando soit encore barricadé à l'étage, ce qui me permettrait de laisser les clés et mon message, puis de filer. Je poussai la porte que je trouvai ouverte. Mon estomac se noua à l'idée de devoir affronter mon ancien employeur.

Par chance, il n'y avait aucun signe de lui dans la boutique, alors je déposai la lettre et les clés sur la table et rebroussai chemin. Sur le point de sortir, je m'arrêtai brusquement : il était bien irresponsable de laisser ainsi en évidence le trousseau de clés d'un magasin bondé de livres rares. Je les récupérai et les emportai dans l'alcôve, à l'arrière de la boutique. Je les rangeai dans un tiroir en me disant que j'enverrais un texto à Orlando pour le prévenir.

Tournant les talons pour me retirer au plus vite, je m'aperçus que la porte qui menait à l'étage était entrouverte. Et que, derrière celle-ci, un pied chaussé d'un richelieu noir parfaitement ciré formait un angle étonnant sur le sol. Je réprimai un cri et, prenant une profonde inspiration, ouvris la porte autant qu'il m'était possible de le faire.

Je découvris Orlando, gisant dans le vestibule minuscule qui menait à l'escalier, la tête sur la première marche, le traditionnel gâteau du goûter encore dans la main et une estafilade sanguinolente en plein milieu du front.

— Oh mon Dieu !

Je me baissai et entendis sa faible respiration.

— Orlando, c'est Star. Est-ce que tu m'entends ?

Il ne répondit pas, alors j'appelai les Urgences et expliquai à mon interlocutrice ce qui s'était passé, le plus succinctement possible. Elle me demanda si le blessé souffrait d'une quelconque pathologie et je me souvins soudain de ce que m'avait appris Mouse.

— Oui, il est épileptique.

— D'accord. Je vous envoie une ambulance.

Puis elle m'expliqua comment placer Orlando en position latérale de sécurité. Je fis de mon mieux pour suivre ses instructions, ce qui n'était pas évident car, même s'il n'était pas lourd, j'avais un mètre quatre-vingts à bouger dans un espace des plus restreints au bas d'un escalier. Heureusement, quelques minutes plus tard, j'entendis une sirène et vis un clignotant bleu à travers la vitrine de la librairie.

— Par ici ! lançai-je aux ambulanciers en les voyant entrer. Je n'arrive pas à le réveiller…

— Ne vous inquiétez pas, mademoiselle, nous allons nous occuper de lui.

Je me levai pour leur céder la place près d'Orlando. Ils lui attachèrent une sonde au doigt et effectuèrent quelques contrôles, et j'en profitai pour appeler Mouse. Tombant sur son répondeur, je lui expliquai la situation aussi calmement que possible.

— Il est en train de reprendre connaissance, mademoiselle. Il s'est méchamment cogné la tête, nous allons donc l'emmener à l'hôpital pour vérifier que tout va bien. Vous voulez monter ?

Tandis qu'ils portaient Orlando sur la civière, je récupérai les clés dans le tiroir, fermai la librairie derrière moi et montai dans l'ambulance.

* * *

Quelques heures plus tard, Orlando était assis dans son lit d'hôpital, pâle et hébété, mais au moins était-il conscient. Un médecin m'avait expliqué qu'il avait eu une crise d'épilepsie et avait dû chuter dans les escaliers, se cognant violemment la tête et perdant connaissance.

— Le choc a causé des commotions cérébrales, mais le scanner ne montre aucune lésion du cerveau. Nous allons le garder cette nuit en observation, et il devrait se sentir assez bien demain pour rentrer chez lui.

— Désolé, lança une voix rauque derrière nous.

— Orlando, tu n'as pas à t'excuser.

— Tu as été merveilleuse pour moi, et voilà que tu me sauves la vie. Je te serai éternellement reconnaissant, miss Star, éternellement reconnaissant, s'émut-il, laissant couler une petite larme le long de sa joue.

Il s'endormit alors et je sortis prendre un peu l'air. J'écrivis un message à CeCe pour la prévenir que j'étais à l'hôpital et que je rentrerais peut-être tard. Juste au moment où je m'apprêtais à retourner à l'intérieur, mon téléphone sonna.

— Star, désolé. J'ai passé toute la journée sur ce foutu tracteur et il n'y a jamais de réseau dans ce trou paumé, expliqua Mouse, d'une voix angoissée. Je suis à la gare d'Ashford. Je serai à l'hôpital dans une heure environ. Comment va-t-il ?

— Il s'apitoie sur son sort, mais ça va.

— Je te garantis qu'il n'a pas bien pris ses médicaments. Peut-être était-ce pour protester contre la vente de la librairie. Cela ne m'étonnerait pas de sa part.

— Je ne pense pas qu'il mettrait consciemment sa vie en danger.

— Tu ne le connais pas aussi bien que moi. En tout cas, je ne sais pas ce qui se serait passé sans ton intervention. Heureusement que tu l'as trouvé.

— J'y retourne. À tout à l'heure.

Je raccrochai et retraversai les portes de l'hôpital.

Orlando fut déplacé dans une chambre particulière et, quand les infirmières eurent procédé à leurs contrôles et qu'il fut bien installé, je pus aller le voir.

— Il est tout à vous, marmonna l'une des infirmières en passant devant moi.

— Qu'est-ce que tu as fait pour contrarier les infirmières ? lui demandai-je en m'asseyant.

— Qui, moi ? J'ai juste demandé si elles avaient de l'Earl Grey à la place de l'eau de vaisselle qu'elles appellent thé. Ce n'est pas le cas, et apparemment il n'y a pas de gâteau non plus.

— Il est bien plus tard que trois heures.

— Je suppose, répondit-il en regardant l'obscurité par la fenêtre. Mon estomac a dû perdre deux heures de la journée à cause de mon… incident. Il souffre de toute évidence de décalage horaire.

— Sans doute.

— Je croyais que tu étais rentrée chez toi et m'avais abandonné, ajouta Orlando.

— Je devais passer des appels. Mouse est en route vers l'hôpital.

— Alors je vais prier les infirmières de lui faire barrage.

— Orlando, c'est ton frère !

— En ce qui me concerne, il n'aurait pas dû s'embêter à faire le déplacement. Mais je suis sûr que tu seras contente de le voir.

Je gardai le silence. Bien qu'il se comporte comme un enfant gâté, j'étais secrètement soulagée qu'il semble redevenu lui-même.

— Je te présente mes excuses, miss Star, reprit-il au bout d'un moment. Je suis conscient que toute cette situation n'a rien à voir avec toi. Et que mes mots étaient cruels et inutiles. La vérité, c'est que ta compagnie m'a manqué. D'ailleurs, quand je suis tombé aujourd'hui, j'étais parti pour t'appeler, afin d'implorer ton pardon et de te demander si tu voudrais bien revenir travailler avec moi. À moins, bien sûr, que tu aies accepté cette proposition à High Weald.

— Non.

— Tu as déjà trouvé un autre emploi ?

— Non. C'est à toi que je suis fidèle.

— Même si, dans la rage du désespoir, j'ai agi sans réfléchir et t'ai renvoyée ?

— Oui.

— Eh bien cela, c'est quelque chose, s'étonna Orlando en formant un faible sourire. Alors, veux-tu bien revenir à la librairie ? Du moins, tant que le navire littéraire n'aura pas coulé ?

— Oui. Elle m'a manqué – et toi aussi.

— C'est vrai ? Mon Dieu, miss Star, comme c'est gentil à toi de le dire. Tu es un véritable ange de miséricorde pour nous tous. Et, naturellement…

Il marqua une pause et ferma les yeux pendant si longtemps que je craignis qu'il n'ait de nouveau perdu connaissance.

— Oui, Orlando ? l'encourageai-je.

Il rouvrit les yeux.

— Je comprends qu'il serait égoïste de ma part de te garder pour moi tout seul. Quand d'autres – Rory, en particulier – ont besoin de toi. J'ai décidé que je devais placer son bonheur avant le mien et accepter de te partager.

Il referma les yeux et fit un geste las de la main.

— Tu as ma bénédiction pour aller à High Weald chaque fois que cela sera nécessaire.

Il y eut de brefs coups à la porte et une infirmière entra.

— Votre frère est arrivé, Mr Forbes.

— Laisse-le entrer. Il veut juste s'assurer que tu vas bien, intimai-je à Orlando avant même qu'il ait eu le temps d'ouvrir la bouche.

Il me fixa, puis hocha la tête comme un enfant obéissant. S'il avait été surpris par ma fermeté, il n'était pas le seul.

Mouse entra dans la pièce et s'avança vers nous. Il paraissait épuisé – bien plus que son frère dans son lit d'hôpital.

— Salut, mon vieux. Comment tu te sens ?

— Ta présence n'améliore pas mon état, répondit-il laconiquement avant de détourner la tête pour regarder par la fenêtre.

— Je constate qu'il est en voie de guérison, me dit Mouse d'un ton ironique.

— Oui, répondis-je en me levant pour lui céder ma chaise.

— S'il te plaît, ne pars pas à cause de mon frère, déclara Orlando avec amertume.

— Il faut vraiment que j'y aille. Sois sage, ou essaie au moins.

Je souris et embrassai Orlando sur le front.

— Donne-moi des nouvelles du patient, lançai-je à l'attention de Mouse.

— Je n'y manquerai pas. Et merci encore, Star. Tu es notre héroïne.

* * *

Pendant le dîner avec CeCe plus tard ce soir-là, mon portable sonna.

— Excuse-moi, je dois répondre.

Je me levai de table, sentant le regard agacé de ma sœur dans mon dos, et sortis sur la terrasse.

— Salut Star, commença Mouse. Juste un rapide bulletin de santé. Si tout va bien, Orlando devrait sortir demain. Néanmoins, le médecin ne souhaite pas qu'il reste seul ces prochains jours, à cause de son épilepsie et de sa blessure à la tête. Dans son état, il risque de faire d'autres crises, d'autant que – comme je le soupçonnais – mon frère a admis avoir « oublié » de prendre ses médicaments ces derniers temps. Résultat, que cela lui plaise ou non, je vais devoir l'emmener dans le Kent avec moi.

— Veux-tu que je vienne vous aider ? Orlando m'a donné son accord.

— Star, si cela ne te dérange pas, ce serait formidable. Marguerite repart pour la France dimanche soir et Orlando a dit très clairement qu'il refusait de loger à Home Farm avec moi, ce qui signifie que tu aurais à la fois Rory et Orlando avec toi à High Weald. Envoie-moi par texto l'horaire de ton train dimanche et je viendrai te chercher à la gare.

— D'accord, ça marche. Bonne soirée.

Je raccrochai et rentrai à l'intérieur.

— Qu'est-ce que veut cette famille maintenant ?

— Je dois me rendre à High Weald dimanche. Mon patron sera en convalescence là-bas et il a besoin de mon aide.

— Tu veux dire qu'il a besoin de toi comme infirmière non rémunérée, grogna CeCe. Bon sang, Sia, on te paye un salaire de misère et, disons-le, tu n'es qu'assistante de magasin, après tout.

— Comme je te l'ai déjà dit, j'adore la maison et cette famille. Cela n'a rien de pénible, répliquai-je en empilant les assiettes pour les porter dans l'évier. Est-ce qu'on peut changer de sujet ? Je vais y aller, point final.

— Tu sais quoi, Sia ? déclara CeCe après un silence. Tu as changé depuis que tu as fait la connaissance de cette famille. Tu as vraiment changé.

33

Peut-être avais-je changé, en effet. Comme face à une dépendance, envers une personne ou une drogue, j'avais reçu le feu vert pour retourner à High Weald, et toute raison pour ne pas y aller s'était envolée de mon esprit, comme de la fumée emportée par le vent. Mon portable sonna alors que je débarrassais le petit déjeuner et je vis qu'il s'agissait d'Orlando.

— Bonjour, comment tu te sens ? lui demandai-je.

— Au moins je ne suis plus détenu, mais j'ai été emmené sans cérémonie dans le froid polaire de High Weald. Contre ma volonté, évidemment. Je vais parfaitement bien et suis en mesure de prendre soin de moi-même. Je n'apprécie guère d'être traité comme un enfant de trois ans.

— Je suis sûre que Mouse ne fait que suivre les ordres du médecin.

— La seule lueur à l'horizon, c'est qu'il paraît que tu vas bientôt nous rejoindre. Je pourrai me réjouir de ta bonne cuisine, dans le désert de mon malheur.

— Je prends le train demain, oui.

— Dieu merci. Franchement, je ne sais pas comment ce pauvre Rory arrive à survivre. Je ne serais pas étonné qu'il souffre de malnutrition et de scorbut. Le Kent a la réputation d'être le « jardin de l'Angleterre », et pourtant nous nous nourrissons de haricots en conserve et de pain grillé. Je vais appeler le magasin de la ferme et commander des provisions sur-le-champ et, à ton arrivée, nous mangerons comme des rois. Et puis, pourrais-je te demander un service ?

— Lequel ?

— Pourrais-tu passer récupérer mon ordinateur à la librairie ? Je crois qu'il se trouve sur mon lit, à l'étage. J'ai un client qui cherche un Fitzgerald, et un autre un Trollope à offrir pour Noël. Je suis sûr qu'il y a Internet à Tenterden et, nécessité faisant loi, je devrai bien m'en accommoder.

— Mouse a Internet à Home Farm, lui rappelai-je.

— Je suis au courant, miss Star, puisque techniquement cette maison m'appartient à moi aussi. Mais au vu des circonstances, je ne frapperais pas à sa porte même si j'étais au bord de la mort, encore moins pour la vente d'un livre.

— Oui, je peux passer à la librairie, répondis-je, ignorant sa remarque.

— Merci, et j'ai hâte de te voir demain.

— Au revoir, Orlando.

Je pris le bus vers Kensington High Street et, sur le chemin de la librairie, m'achetai trois gros pulls en laine, des chaussettes pour la nuit et une bouillotte en prévision du froid.

Une fois à la librairie, je montai jusqu'à la chambre d'Orlando. Toute la pièce était entièrement recouverte de livres. Une pile d'entre eux faisait office de table de nuit et une lampe se tenait en équilibre précaire sur *Robinson Crusoé.* L'ordinateur portable trônait au milieu du lit, sur l'édredon délavé, entouré d'autres livres encore, au point que je me demandais comment Orlando trouvait de la place pour dormir la nuit.

Je redescendis avec l'ordinateur, songeant qu'il n'y avait aucun doute quant à l'amour de la vie d'Orlando. Et il s'agissait d'un amour bien agréable : au détour d'une page, il était transporté de par le monde et le temps, loin de la corvée de la réalité.

Je traversai la boutique, puis une pensée me frappa et je m'approchai de la section « Fiction britannique, 1900-1950 ». Je vis avec stupéfaction qu'une partie de l'étagère était désormais vide : les journaux de Flora MacNichol avaient disparu, ne laissant derrière eux qu'une ligne de poussière. En sortant de la librairie, je me demandai si Orlando les avait déplacés vers une autre section, ou s'il avait un autre projet pour ces volumes.

Le voyage vers High Weald m'était désormais familier et je ne paniquai pas lorsque, arrivée à Ashford, je ne vis pas la voiture de Mouse. Il finit par apparaître, me lança un rapide « salut » et nous démarrâmes à toute vitesse.

— Je suis bien content que tu sois là. Jouer les infirmières pour mon frère n'est pas une partie de plaisir. Je sais que tu l'aimes beaucoup, mais bon sang, qu'est-ce qu'il peut être pénible quand il veut. Il refuse toujours de m'adresser la parole.

— Il va finir par accepter la situation, j'en suis sûre.

— Il devra peut-être revenir à la raison plus vite que prévu. J'ai reçu un appel des propriétaires de la boutique jouxtant la librairie. Ils vendent des antiquités d'Extrême-Orient et, apparemment, leurs affaires prospèrent, avec tous les Russes qui achètent des propriétés à Londres. Ils ont fait une offre pour la librairie. C'est une offre intéressante et l'agent pense qu'il peut la faire monter encore un peu en agitant la menace de la mettre en vente sur le marché.

— Et les livres alors ? Où iraient-ils ? Sans parler d'Orlando.

— Dieu seul le sait, répondit Mouse d'un air sombre. Je ne m'attendais pas à devoir réfléchir si vite à ce genre de questions. Mais étant donné la baisse des prix de l'immobilier, nous devons prendre cette offre en considération.

— Restera-t-il de l'argent pour permettre à Orlando de trouver un nouvel abri, pour lui et ses livres ?

— Une fois que la librairie sera vendue et que nous aurons payé nos dettes, le reste des fonds sera partagé entre nous deux. Et étant donné qu'Orlando a un stock d'une valeur de plusieurs centaines de milliers de livres sterling dans cette boutique, nous ne nous en sortirons pas si mal que cela. Il aura largement de quoi louer un autre local, s'il le souhaite.

— Tant mieux.

— Pour être honnête, Orlando n'est pas le seul responsable de cette situation. Elle est aussi le résultat de ma mauvaise gestion de la ferme. Enfin bon, soupira Mouse, comme on dit, il ne faut pas vendre la peau de l'ours avant de l'avoir tué, et nous devons attendre de voir si nos acheteurs potentiels sont sérieux. J'espère que cela ne te dérange pas que je file, j'ai un million de choses à faire, m'annonça-t-il en se garant dans la cour de High Weald.

— Pas de problème.

Je sortis de la Land Rover et Mouse alla récupérer ma valise dans le coffre.

— Pourrais-tu faire en sorte que Rory soit prêt pour partir à l'école demain à huit heures et demie ? C'est à moins d'un kilomètre, dans ce qui s'appelle pompeusement le village de High Weald. Est-ce que tu conduis ?

— Oui. J'ai passé mon permis en Suisse, il y a huit ans.

— Formidable. Cela nous faciliterait la tâche si tu pouvais utiliser la Fiat de Marguerite. Je vais t'ajouter sur son assurance.

— D'accord.

Je n'étais pas très rassurée, étant donné mon manque de pratique et, surtout, à l'idée de conduire à gauche.

Mouse repartit et je traînai ma valise jusqu'à la porte d'entrée, qui s'ouvrit immédiatement sur un comité d'accueil.

— Star !

Rory se jeta dans mes bras, me faisant presque tomber à la renverse.

— Le salut est arrivé ! Dieu soit loué, s'exclama Orlando derrière le petit garçon.

Il prit ma valise et la plaça au pied de l'escalier. Puis il nous emmena dans la cuisine, où la table était chargée des provisions qu'il avait commandées. Je soupirai intérieurement face à ces dépenses exagérées – malgré sa crise financière, il semblait que la famille Forbes n'ait jamais appris à faire des économies.

— Je ne savais pas très bien ce que tu voudrais, alors j'ai acheté tout ce qui me passait par la tête. Je dois t'avouer que nous espérions un gigot d'agneau pour ce soir. D'ailleurs, Rory et moi avons déjà coupé des brins de romarin. Savez-vous qu'une fois que vous en faites pousser un buisson dans votre jardin, cela porte malheur de l'abattre ? déclara-t-il en en plaçant un brin sous son nez, comme une fausse moustache, faisant éclater Rory de rire. Je me souviens que ce romarin était déjà là quand j'étais comme toi une demi-portion. À présent, miss Star, que pouvons-nous faire pour t'aider ?

Nous nous mîmes à table deux heures plus tard, après quoi nous fîmes une partie de Scrabble, qu'Orlando remporta haut la main.

— Oncle Lando est si intelligent, indiqua Rory avec les mains, quand je le conduisis à l'étage. Il a dit que Mouse voulait le forcer à vendre sa librairie.

— Peut-être. Allons te mettre au lit, et je vais envoyer Orlando te lire une histoire.

— Bonne nuit, Star, je suis content que tu sois revenue.

— Moi aussi. Bonne nuit, Rory.

* * *

— Bonjour, fit Mouse quand Rory et moi nous installâmes dans la Land Rover.

Je jetai un coup d'œil dans sa direction tandis qu'il démarrait et songeai de nouveau qu'il paraissait complètement épuisé.

— Fais attention au trajet, d'accord, Star ? Comme ça, tu pourras ensuite emmener Rory à l'école.

Je me concentrai sur la route qu'il empruntait. Au bout de sept minutes seulement, après de nombreux virages, nous nous garâmes devant une charmante école ancienne, construite près d'un espace vert au cœur du village.

— Star, viens avec moi, me signifia Rory en me tirant par le bras.

Nous franchîmes le portail et nous joignîmes aux mères qui accompagnaient leurs enfants de l'autre côté de la cour de récréation. Tandis que les enfants pendaient leur manteau, Rory me tendit les bras pour un câlin.

— Tu viendras me chercher, d'accord ?

Une petite fille arriva pour lui donner la main.

— Viens, Rory, on va être en retard.

Après un dernier signe de la main dans ma direction, il partit dans le couloir avec son amie.

— Tout va bien ? s'enquit Mouse quand je remontai dans la voiture.

— Oui. Rory semble vraiment se plaire ici.

— Pour l'instant, du moins. L'école a été formidable avec lui, mais rien ne dit qu'il pourra poursuivre son éducation dans l'enseignement classique. Tu crois que tu pourrais aller le chercher ce soir ? J'ai un rendez-vous à trois heures et demie.

— D'accord.

— Les clés sont dans le pot à crayons près du téléphone. Appelle-moi en cas de problème.

Je descendis en haut de l'allée et il repartit sans un mot de plus. Dans la cuisine, Orlando était assis à la table, l'air pensif.

— Il y a du merveilleux bacon au réfrigérateur et des champignons du coin. Que j'aime les champignons, annonça-t-il en m'adressant un regard de côté.

— Comment tu te sens ? demandai-je en récupérant les ingrédients.

— Je me porte comme un charme, même si j'avoue n'avoir jamais compris cette expression botanique. Que fais-tu de beau aujourd'hui ?

— Je vais m'entraîner à conduire la Fiat. Je dois aller chercher Rory à l'école à trois heures et demie.

— Parfait ! Dans ce cas, tu pourras peut-être m'intégrer à tes projets. Je dois me rendre à Tenterden. Cette charmante petite ville abrite la librairie la plus merveilleuse qui soit, où ma mère m'emmenait quand j'étais enfant… Et puis, sortit-il de sa rêverie, l'épicerie fine prépare la meilleure mousse de saumon fumé que j'aie jamais goûtée.

Après avoir allumé le moteur réticent de la Fiat et avoir fait quelques allers-retours dans l'allée pour m'habituer à son drôle de levier de vitesses, je me mis en route pour Tenterden avec mon passager, tout aussi nerveux que moi. Les indications d'Orlando étaient aussi peu fiables que la voiture que je conduisais et nous nous cognâmes l'un contre l'autre, crissâmes et calâmes tout au long des étroites routes de campagne. Quand nous atteignîmes Tenterden, j'avais les nerfs en pelote. Je parvins à trouver une place de parking à côté du parc communal dont les arbres presque dénudés protégeaient une rangée de maisons en bardeaux bien entretenues.

— Je t'assure que notre voyage éprouvant en valait la peine, déclara Orlando en traversant le parc à grandes enjambées.

Je le suivis et, en effet, j'avais l'impression d'avoir été transportée à une époque bien plus douce. Un clocher surplombait les vieilles maisons à colombages, et les gens bavardaient devant des boutiques colorées, ou assis sur des bancs dans le parc.

Orlando s'arrêta brusquement devant un café et me tint la porte pour que j'y pénètre. Une dame leva les yeux du comptoir et nous adressa un large sourire.

— Mr Orlando ! Quel plaisir de vous voir.

— Tout le plaisir est pour moi, Mrs Meadows. Comment vous portez-vous ?

— Les temps sont durs pour les magasins indépendants. Vous avez dû voir ce qui s'est passé à côté.

Elle indiqua la gauche avec son pouce.

— Non, nous sommes arrivés de l'autre côté. Que s'est-il passé ?

— Mr Meadows a dû fermer la librairie. Nous ne nous en sortions plus avec les deux loyers. Et c'est le café qui rapporte, alors nous avons choisi de garder celui-ci.

Orlando semblait avoir reçu un coup de poing dans le ventre.

— La librairie a fermé ?

— Oui, il y a deux mois, mais pour l'instant, nous n'avons pas réussi à trouver de repreneur. Restez-vous déjeuner ?

— Oui, répondit Orlando. Qu'y a-t-il de bon aujourd'hui ?

— Tourte au poulet et purée.

— Deux alors, s'il vous plaît. Avec deux verres de…

— Sancerre, compléta Mrs Meadows. Vous avez l'air aussi maigrichon que d'habitude, Mr Orlando. Cette jeune femme ne vous nourrit pas ? s'enquit-elle en me souriant.

— Je vous assure qu'elle me nourrit aussi bien que vous autrefois. Viens, miss Star.

Nous nous assîmes à une table en sapin noueux et Orlando s'écroula sur sa chaise en bois en secouant la tête.

— Quel chagrin. Voilà qu'une autre partie de mon ancienne vie a disparu. La librairie Meadows était un phare de paix et de tranquillité qui illuminait mes souvenirs d'enfance. Et voilà que c'en est terminé.

Quand nous eûmes terminé nos tourtes au poulet qui étaient en effet délicieuses, Orlando demanda à Mrs Meadows si l'établissement était doté du haut débit. Elle l'emmena alors dans un bureau à l'arrière du café.

Pendant qu'Orlando réglait ses affaires, j'allai explorer Tenterden et savourai le côté délicieusement anglais de la petite ville, avec ses maisons et ses boutiques pittoresques, alignées le long d'étroites rues pavées. Je passai devant un magasin de jouets dont la vitrine regorgeait de toiles d'araignées, de balais et d'araignées en plastique. Nous étions l'avant-veille d'Halloween et je décidai qu'il serait amusant pour Rory de le fêter, comme mes sœurs et moi l'avions toujours fait à Atlantis. Pa Salt nous avait appris que les Sept Sœurs des Pléiades approchaient leur point culminant dans le ciel la nuit du 31 octobre, alors nous avions toujours eu l'impression que c'était notre propre fête de famille. Lorsqu'il était à la maison, Pa nous emmenait dans son observatoire et, une par une, nous laissait regarder l'amas d'étoiles dans son télescope. De nous toutes, c'était toujours moi qui avais des difficultés à trouver *mon* étoile – Astérope. Elle ne semblait pas briller aussi fort que celle de mes sœurs.

— Mais tu as *deux* étoiles à ton nom, chérie. C'est juste qu'elles sont si proches l'une de l'autre qu'on a l'impression qu'elles n'en forment qu'une seule. Tu vois ?

Ce jour-là, Pa Salt m'avait soulevée de nouveau pour que j'atteigne le télescope. Et j'avais vu mes étoiles.

— Peut-être que je suis ton étoile jumelle, était intervenue CeCe.

— Non, toi tu as ta propre étoile, lui avait gentiment répondu Pa. Et elle est tout près.

Après avoir trouvé un costume d'Harry Potter pour Rory, j'achetai un chapeau et une cape de sorcière pour moi, et une tenue de magicien pour Orlando. Au moins je savais que, lui, je n'aurais aucun mal à le persuader de se déguiser. Je m'arrêtai ensuite devant des oreilles de souris, complétées par la queue et les moustaches. Je gloussai intérieurement et les ajoutai à mes emplettes. Je repartis le long de la rue principale avec mon sac bien rempli, et complétai mes achats par une belle citrouille.

— Doux Jésus ! Laissez une femme seule à proximité de magasins et elle mettra sa famille sur la paille en un clin d'œil, s'exclama Orlando en me rejoignant.

— J'ai acheté des choses pour Halloween.

— High Weald regorge déjà de fantômes du passé, mais je suppose qu'on peut en ajouter encore quelques-uns. Maintenant, regarde ça, fit-il en indiquant la boutique à côté de l'épicerie, dont la vitrine était mangée par une grande pancarte « À LOUER ». Comme c'est triste, soupira-t-il.

* * *

Quand Halloween arriva, je m'étais habituée aux excentricités de la Fiat. Je déposai Rory à l'école en lui disant qu'une surprise l'attendrait à High Weald le soir. Sur le chemin du retour, je poursuivis ma route quelques mètres plus loin et tournai à gauche, vers Home Farm. *Au pire, il refusera,* pensai-je en frappant à la porte de service.

— C'est ouvert, cria-t-on de l'intérieur.

Mouse était assis à la table de la cuisine, la tête penchée au-dessus du grand livre de ses comptes.

— Salut, Star, me salua-t-il en m'adressant le premier sourire depuis plusieurs jours. Comment vas-tu ?

— Bien, merci.

— Il se trouve que moi aussi. J'ai des nouvelles. Je vais mettre de l'eau à chauffer, annonça-t-il en se levant pour remplir une vieille bouilloire en fer. Nos voisins de Londres ont augmenté leur offre de rachat de la librairie et souhaitent procéder à la transaction dès que possible. Il est même envisageable que l'argent soit sur nos comptes d'ici à Noël.

— Oh.

— Ça n'a pas l'air de te faire particulièrement plaisir.

— Je pense à Orlando, c'est tout.

— Mieux vaut cela plutôt que de se retrouver tous les deux à la rue, sans le sou. Et il y aura assez pour qu'Orlando loue une boutique dans les environs, voire pour qu'il s'achète une petite maison, si c'est ce qu'il souhaite.

— Je suis venue pour t'inviter à nous rejoindre ce soir, à High Weald. C'est Halloween, et nous allons tous nous déguiser.

— Bonne idée, déclara-t-il, me surprenant par sa réponse positive. Mon Dieu, Star, je suis tellement soulagé. Tu n'imagines pas à quel point notre situation financière était mauvaise.

— Puis-je te demander d'attendre demain pour en parler à Orlando ? Je ne voudrais pas que cela gâche la soirée de Rory.

— Entendu. Comment va-t-il ?

— Très bien.

— Et toi ? Tu as bonne mine. Ce pull te va bien. Il est assorti à tes yeux. Au fait, tu n'as pas encore mis la main sur ces journaux à High Weald, si ? s'enquit-il soudain.

— Non, désolée.

Je ne mentais qu'à moitié. Après tout, ils avaient disparu de nouveau.

— Qui sait où ils sont passés. C'est dommage de ne pas pouvoir confirmer ce que m'a confié mon père avant de mourir. Mais peut-être vaut-il mieux ne pas déterrer le passé. As-tu eu des nouvelles de Marguerite ?

— Elle a appelé hier soir. Son travail avance bien.

— Et je suis certain que ce n'est pas uniquement l'attrait des fresques, de l'argent et du bon vin qui l'a poussée à repartir si vite en France. Mon petit doigt me dit qu'elle a rencontré quelqu'un.

— Tu crois ?

— Cela fait des années que je ne l'ai pas vue si épanouie. C'est incroyable ce que peut faire l'amour. Il vous illumine de l'intérieur, observa-t-il avec un petit sourire triste. As-tu déjà été amoureuse ?

— Non, répondis-je en toute honnêteté.

— C'est dommage.

Je me levai brusquement. Le tournant intime que prenait cette conversation me mettait mal à l'aise.

— Bon. Rendez-vous pour le dîner à sept heures précises. D'ailleurs, ajoutai-je en me dirigeant vers la porte de la cuisine, nous avons prévu un costume pour toi aussi.

* * *

Quand Rory fut rentré de l'école, nous allumâmes la citrouille et la plaçâmes près de la porte d'entrée. Puis nous enfilâmes chacun notre costume.

— C'est la première fois que je joue à Halloween, annonça le petit garçon tout excité. Marguerite dit que c'est une idée américaine et que nous ne devons pas la fêter.

— Je crois que l'origine de l'idée n'a pas d'importance, pourvu qu'elle soit bonne. Et c'est toujours amusant de se déguiser.

Nous descendîmes l'escalier pour montrer le costume de Rory à Orlando, qui était déjà à la cuisine avec cape, chapeau et longue barbe blanche. Il aurait facilement pu envisager une nouvelle carrière en tant que doublure de Dumbledore.

— Tu as l'air tout à fait maléfique, observa Orlando en voyant ma tenue de sorcière.

— Star est une gentille sorcière, répondit Rory en me serrant dans ses bras.

C'est alors qu'arriva Mouse, et Orlando se tourna vers moi, les sourcils froncés.

— Tu ne m'avais pas dit que cet individu se joindrait à nous, me glissa-t-il en aparté comme au théâtre, bien assez fort pour que son frère l'entende.

— Est-ce que Mouse a un costume ? interrogea Rory.

— Bien sûr ! Le voici.

Je sortis le sac et le tendis à Mouse. Il regarda à l'intérieur et fronça à son tour les sourcils.

— Vraiment, Star, ce n'est pas du tout mon truc.

— Pour faire plaisir à Rory ? lui chuchotai-je. Peut-être juste les oreilles.

Je les extirpai du sac et les lui présentai.

— Comme ça, tu peux être une vraie souris ! cria Rory, enchanté. Je vais t'aider à les mettre.

J'allai remuer la soupe à la citrouille, n'osant pas regarder si Mouse cédait face à l'enthousiasme du petit garçon.

— Comment ça va, Orlando ? demanda Mouse en se dirigeant vers le garde-manger.

Il ne reçut pas de réponse et revint avec de la bière et du vin. Il m'en proposa un verre et je levai les yeux vers lui, réprimant un gloussement à la vue des oreilles que Rory lui avait placées très approximativement sur la tête. Je levai les bras pour les arranger.

— Ça te va bien, lui dis-je en souriant.

— Merci, marmonna-t-il en regagnant la table.

Malgré la tension entre les deux frères, la joie de Rory était contagieuse. Nous mangeâmes la soupe, puis j'apportai des « fantômes hachés » et des « araignées de terre » que j'avais façonnées avec de la purée, avant de les frire. Après le dessert, je sortis le DVD du premier film d'*Harry Potter*, que j'avais acheté en ville.

— Ça vous dit de le regarder ? demandai-je à tous les trois.

— Pas *Superman* ? demanda Rory, une pointe de déception dans la voix.

— Non, mais je pense que ça va te plaire, l'encourageai-je. Tu veux bien le mettre, Dumbledore ?

— Avec plaisir. Cela fait un an que j'essaie de persuader Rory de me laisser lui lire les livres. Viens, Harry, je vais te conduire à Poudlard et à toutes ses merveilles, s'exclama Orlando en se levant et en agitant sa baguette magique.

— Je dois y aller, annonça Mouse en retirant ses oreilles et en les posant sur la table. Merci pour cette soirée, Star. Rory a adoré.

— J'en suis contente.

— Tu es vraiment parfaite avec lui.

Alors il s'approcha de moi et, après une pause, me serra soudain dans ses bras. Je levai la tête vers lui et aperçus l'expression dans ses yeux tandis que son visage descendait vers le mien. Puis, comme s'il avait changé d'avis, il me posa un baiser appuyé sur le front.

— Bonne nuit, souffla-t-il.

— Bonne nuit.

Il me lâcha, partit vers la porte de la cuisine et disparut.

Bien que le premier volet d'*Harry Potter* soit l'un de mes films préférés, je le regardai à peine, mon esprit revenant sans cesse à l'instant où Mouse s'était penché vers mes lèvres.

— Allez jeune homme, il est grand temps d'aller au lit, dis-je en soulevant du canapé mon Harry Potter réticent, pendant que le générique de fin défilait à l'écran.

— Pas d'histoire ce soir, mon vieux, il est tard, ajouta Orlando. Dors bien et fais de beaux rêves.

Après avoir couché Rory, je redescendis à la cuisine, dans l'optique de faire la vaisselle.

— Halte là ! lança Orlando en brandissant sa baguette quand je vins récupérer les tasses de chocolat chaud au salon. Tu ne t'arrêtes jamais, hein ? S'il te plaît, miss Star, assieds-toi. J'ai l'impression que nous n'avons pas discuté depuis des jours et des jours.

Je m'installai dans le fauteuil près du feu, reproduisant notre disposition habituelle dans la librairie.

— D'accord. De quoi veux-tu parler ?

— De toi.

— Oh, fis-je étonnée, m'étant préparée à une autre effusion de malheur au sujet de la vente de la librairie.

— De toi, oui ! répéta-t-il. Tu as beaucoup fait pour notre famille, en particulier pour Rory et moi. Par conséquent, je voudrais te donner quelque chose en échange.

— Ce n'est pas nécessaire, Orlando, je t'assure. Je…

— Rien de financier, bien sûr, mais, à mon sens, quelque chose de bien plus précieux.

— Ah oui ?

— Oui. Tu vois, miss Star, je n'ai pas oublié la raison qui t'a amenée à la librairie Arthur-Morston au départ : c'est ton père qui t'a envoyée pour que tu partes à la découverte de tes origines.

— En effet.

— Au départ, bien sûr, j'étais méfiant – comme le serait n'importe qui si une étrangère lui annonçait un lien avec sa famille. En particulier quand l'histoire de la famille en question est aussi complexe que celle de la nôtre. Tu m'as demandé qui était Flora MacNichol, et je t'ai répondu qu'il s'agissait de la sœur de notre arrière-grand-mère – en d'autres termes, notre arrière-grand-tante, ce qui est la vérité. Mais pas *toute* la vérité.

— Je vois.

— J'en doute fort. D'ailleurs, je suis le seul à connaître toute la vérité. Car, miss Star, durant ces terribles années de maladie dans mon enfance, tout ce que je pouvais faire pour m'évader, c'était lire.

— Mouse m'en a parlé.

— Certainement. Mais même lui ignore que, lors de mon voyage littéraire vorace dans la bibliothèque de Home Farm, j'ai lu tout ce que contenaient les étagères. Y compris les journaux de Flora MacNichol. Tous, sans exception.

Je décidai d'entrer dans le petit jeu d'Orlando.

— D'accord. Et tu sais qu'il en manque ? Mouse les cherche désespérément pour l'aider dans ses recherches sur l'histoire de la famille. Sais-tu où ils se trouvent ?

— Naturellement.

— Pourquoi ne pas le lui avoir dit ?

— À vrai dire, j'avais le sentiment qu'il n'effectuait pas ses recherches animé des meilleures intentions. Miss Star, tu dois comprendre que mon frère est un homme très amer et très perturbé depuis la mort de sa femme – et de notre père. Je pensais que les informations contenues dans les journaux ne feraient qu'alimenter sa rage intérieure. Je t'assure que, pendant longtemps, il était difficile d'obtenir un mot aimable de sa part, tant il était enlisé dans son chagrin. Il n'était plus lui-même.

— Et en quoi les journaux auraient-ils aggravé la situation ?

— Mouse t'a probablement déjà confié que notre père lui avait révélé certaines... informations, avant de mourir. Mouse s'est alors mis en tête de découvrir la vérité à propos du passé et c'est devenu une obsession. Juste parce qu'il n'avait pas d'avenir auquel se raccrocher. Tu comprends ?

— Oui. Mais quel est le rapport avec moi ?

— J'y viens... déclara-t-il en attrapant un sac en toile à côté de son fauteuil pour en sortir plusieurs cahiers recouverts de soie, à l'aspect familier. Sais-tu ce que c'est ?

— Les journaux de Flora MacNichol.

— Exactement. Bien entendu, je les ai récupérés à Home Farm il y a un moment, pour les cacher parmi les milliers de livres de la librairie. Comme tu le sais, il faudrait un mois entier pour les y trouver, ajouta-t-il avec malice.

Je décidai de ne pas le décevoir en lui disant que je les y avais découverts par hasard.

— Alors, miss Star, les voici. La vie de Flora MacNichol entre 1910 et 1944. Ces cahiers contiennent la preuve écrite de la tromperie qui s'est produite dans notre famille, et ses incidences au fil des ans. Et qui, ajouterai-je, ont fortement contribué à la situation dans laquelle nous nous trouvons tous les trois aujourd'hui.

Je gardai le silence, supposant qu'il parlait de Mouse, Marguerite et lui.

— Alors, étant donné la noblesse de tes actes envers les Forbes ruinés, j'estime qu'il est juste que je continue de t'orienter dans la bonne direction, en reprenant là où mon frère t'a laissée.

— D'accord, merci.

— Bon, jusqu'où exactement es-tu arrivée avec Mouse ?

— Flora a découvert qui était son véritable père et va quitter Londres pour rentrer chez elle.

— Alors, je propose de reprendre l'histoire à ce moment-là. Pardonne-moi si je saute certains passages – nous avons plus de trente ans à couvrir. Quelques-uns de ces volumes sont assez ennuyeux, mais je t'assure que le dénouement en vaut la peine. Commençons. Tu as raison quand tu dis que Flora est repartie « chez elle », dans la région des Lacs. Elle est parvenue à regagner Near Sawrey et est allée trouver refuge chez Beatrix Potter. Puis, quelques mois plus tard, elle a utilisé les deniers de son père pour s'acheter une petite ferme, non loin de celle de son amie. Et, les années suivantes, elle a vécu presque en recluse, s'occupant de sa terre et de ses animaux.

— Elle était encore si jeune, juste la vingtaine… murmurai-je.

— Un peu de patience, miss Star. Je viens de te dire que sa situation allait s'améliorer.

Orlando saisit le premier journal de la pile et le feuilleta rapidement, avant d'en ouvrir un autre.

— Nous sommes donc dans la région des Lacs, en février 1919, un matin glacial et enneigé…

Flora

Near Sawrey, région des Lacs

Février 1919

34

Flora dégagea un étroit passage dans la neige devant sa porte ; une tâche ingrate, d'autant que son travail risquait d'être anéanti à tout moment par le ciel menaçant. Toutefois, elle devait sortir de son cottage pour aller voir Beatrix qui se remettait d'une bronchite sévère. Il était inutile d'emmener Giselle, son poney qui, de race nordique, aurait dû être habitué à ce climat, mais gémissait dès que la neige lui dépassait le jarret, refusant catégoriquement de bouger.

Vêtue de l'épais pantalon en tweed qu'elle s'était confectionné – infiniment plus pratique qu'une jupe – et chaussée de grosses bottes, elle prit son panier de provisions et s'engagea sur la pente givrée pour rejoindre un sentier caché sous une épaisse couche de neige.

Comme toujours, elle s'arrêta en apercevant les fenêtres d'Esthwaite Hall qui scintillaient de l'autre côté du lac. Un lac si gelé qu'elle aurait pu enfiler une paire de patins et le traverser en quelques minutes. Cet hiver-là était le plus rude des neuf ans que Flora avaient passés dans la région depuis son retour. Elle avait eu la tristesse de perdre plusieurs moutons, comme les autres fermiers des environs.

Au loin, elle apercevait Castle Cottage, la maison où habitait Beatrix depuis son mariage avec ce cher William Heelis, avocat de profession. C'était Beatrix qui avait informé Flora que

Wynbrigg Farm était en vente, lui suggérant de l'acheter. La jeune femme avait suivi les conseils de son amie et avait rénové le cottage et réapprovisionné la ferme.

Beatrix n'était plus aussi jeune qu'autrefois, bien qu'elle s'entête à le nier et parte toujours en excursion au sommet des collines, à la recherche de moutons ou d'une nouvelle variété de fleur sauvage qu'elle n'aurait pas encore dans son jardin. Beaucoup de ces plantes finissaient d'ailleurs aussi chez Flora, si son amie lui en donnait une bouture.

Ce soir fatidique de 1910 quand elle s'était enfuie de Londres, sachant seulement qu'elle devait retourner auprès de ses lacs bienaimés, Beatrix l'avait sauvée. Beaucoup de villageois pensaient que l'auteur était une sorte de sorcière au mauvais caractère, mais Flora avait vu et senti la gentillesse de son cœur. C'était la meilleure – ou plutôt, la seule – amie de Flora.

Et la solitude était un faible prix à payer pour avoir son indépendance, songeait Flora en marchant d'un pas lourd dans la neige qui lui arrivait aux genoux. Au moins avait-elle été frappée bien moins durement que la plupart par la Grande Guerre, n'ayant personne à perdre. Même si elle n'aurait pu dire sans mentir qu'elle n'avait pas pensé constamment à ceux qu'elle aimait encore. Archie Vaughan hantait ses rêves et ses cauchemars, malgré sa détermination à ne pas penser à lui lorsqu'elle était éveillée.

Mais sa ferme l'occupait, et la guerre l'avait obligée à apprendre l'art de l'autosuffisance. La laiterie avait connu une pénurie et avait pompé le lait de ses quelques vaches pour les jeunes gens en France, poussant Flora à acheter une chèvre afin de répondre à ses propres besoins. Les chevaux d'attelage avaient eux aussi été réquisitionnés pour la guerre, et elle n'avait pu garder que Giselle, son poney. Les légumes également se faisaient rares, alors Flora avait commencé à cultiver son propre potager, tout comme elle élevait des poules pour leurs œufs. Malgré la faim, elle n'avait jamais été tentée de leur tordre le cou. Elle n'avait pas mangé un seul morceau de viande depuis son retour aux lacs.

Parfois, elle repensait aux dîners grandioses de Portman Square – l'abondance indécente de nourriture et de chair animale – et remerciait le Ciel d'avoir désormais la possibilité de gérer sa maison comme elle l'entendait, bien que le menu soit frugal.

— Es-tu encore en vie ? demanda-t-elle à l'air glacial, une image d'Archie se formant dans son esprit.

En vérité, demeurer dans l'ignorance était insupportable. Flora avait raconté toute sa triste histoire à Beatrix, lors de son arrivée neuf ans plus tôt, et celle-ci l'avait suppliée de contacter sa sœur pour lui dire où elle se trouvait – et pour prendre des nouvelles de tous les deux. « La guerre, ça change tout », avait déclaré Beatrix, mais Flora savait que rien ne pourrait jamais effacer son horrible trahison. Ni l'expression d'Aurelia quand elle avait dit à Flora qu'elle ne voulait plus jamais la voir.

De temps à autre, elle avait des nouvelles de ses parents par le biais des bavardages du village, et c'était avec une profonde tristesse qu'elle avait appris le décès de son père deux ans plus tôt. Elle avait écrit une lettre à sa mère en Écosse, mais ne l'avait jamais envoyée. L'amertume que nourrissait la jeune femme envers Rose, à la suite de son abandon après la mort du roi, l'avait rendue incapable de communication. Elle avait appris récemment que Rose avait quitté les Highlands pour partir vivre à l'étranger – mais personne ne semblait savoir où.

L'hiver était toujours la période la plus difficile pour elle, car elle ne pouvait pas s'adonner à assez de travail physique pour s'épuiser et bannir de son esprit les sombres pensées qui s'y amassaient. Elle avait hâte que le printemps arrive et que ses journées soient de nouveau bien remplies. À bout de souffle après son effort dans la neige, elle arriva à Castle Cottage et frappa à la porte. Comme d'habitude, elle fut d'abord accueillie par les deux chiens pékinois de Beatrix.

— Ma chère Flora, entre donc, l'invita Beatrix, tandis qu'une vague d'air chaud enveloppait la jeune femme frigorifiée. J'ai fait un gâteau avec mon dernier œuf et je viens de le sortir du four. William est parti à son bureau de Hawkshead, dans la neige, alors autant que ce soit toi qui le manges pendant qu'il est chaud. Mrs Rogerson m'a aidée à le préparer.

— Merci beaucoup. Et je vous ai apporté des œufs frais, indiqua Flora en retirant ses gants pour poser avec précaution les trois œufs sur la table. Vous sentez-vous un peu mieux, chère Beatrix ?

— Beaucoup mieux, oui, je te remercie. C'était un mauvais rhume qui s'était propagé dans ma poitrine.

— Je vous ai aussi apporté du camphre, ainsi qu'un pot de miel de ma récolte de l'année dernière.

Elle sortit les produits de son panier, puis s'assit à la table de la cuisine, tandis que Beatrix lui coupait une part de gâteau, la minceur de la génoise largement compensée par la quantité de confiture qu'elle abritait. Flora porta le gâteau à ses lèvres en savourant son doux parfum et, soudain, une pensée la frappa.

— Quel jour sommes-nous ?

— Le 16 février, me semble-t-il.

— Mon Dieu ! s'exclama Flora en riant. Me croirez-vous si je vous dis que c'est mon anniversaire ? Et vous m'avez offert du gâteau !

— Ça alors ! Je n'aurais pas pu décider de le faire pour une meilleure raison. Joyeux anniversaire, Flora.

Beatrix s'assit et pressa la main de la jeune femme dans la sienne.

— Merci.

— Rappelle-moi, quel âge as-tu aujourd'hui ?

— J'ai… vingt-neuf ans, répondit Flora après avoir réfléchi quelques secondes.

— Tu es encore si jeune. À peine plus que la moitié de mon âge. Je pense toujours que tu es plus âgée que cela. C'est à prendre comme un compliment, bien sûr.

— J'ai moi aussi ce sentiment. J'ai l'impression d'avoir déjà vécu bien longtemps.

— Je suis une femme de la campagne, mais même moi je ressens parfois le besoin de retourner à Londres pour retrouver un peu de civilisation. Et je me demande si tu ne devrais pas en faire de même. Surtout maintenant que la guerre est terminée.

— Je suis contente ainsi, répliqua Flora, un peu agacée.

— Je sais bien, ma chère, mais William et moi nous disions pas plus tard qu'hier soir que nous nous inquiétons pour toi. Tu es encore jeune et belle…

— S'il vous plaît, Beatrix, il est inutile de me flatter.

— Ce n'est pas mon intention. Je ne fais qu'indiquer la réalité. Refuses-tu toujours de contacter ta famille ? Peut-être pourrais-tu suggérer à ta sœur de lui rendre visite dans le Sud, pour enterrer les vieux démons ?

— Nous en avons déjà parlé, et la réponse est toujours non. Aurelia ne souhaite plus jamais me voir. Que pourrais-je lui apporter à part un douloureux rappel du passé ?

— Et l'amour, Flora ?

La jeune femme fixa Beatrix, perplexe. Son amie n'était pas du genre sentimentale et elle ne comprenait pas pourquoi elle abordait une telle question. Elle avala le reste du gâteau et se leva.

— Je dois y aller. Merci pour vos gentils vœux, mais je vous assure que je vais parfaitement bien. Au revoir.

Beatrix regarda sa jeune amie quitter la cuisine et repartir dans la neige d'un pas décidé. L'isolement et la solitude dans lesquels vivait Flora continuaient de la préoccuper.

* * *

Quatre mois plus tard, par une journée ensoleillée de juin, une Flora en pleurs finit par ouvrir la porte après les coups insistants de Beatrix.

— Mon Dieu ! s'exclama celle-ci en voyant son expression bouleversée. Que s'est-il donc passé ?

— C'est Panthère ! Il s'est endormi sur mon lit comme d'habitude hier soir, mais ce matin, il… il… ne s'est pas réveillé.

— Oh, ma chère, soupira tristement Beatrix en refermant la porte. Je suis navrée.

— Je l'aimais tant ! Il était mon seul lien avec le passé, vous comprenez. En fait, il était *tout* ce que j'avais…

Beatrix conduisit Flora dans la cuisine, la fit asseoir et mit de l'eau à chauffer.

— Allons, allons. Il a eu une belle et longue vie.

— Il n'avait que dix ans. Il paraît que beaucoup de chats vivent bien plus longtemps.

Flora baissa la tête, les épaules secouées de sanglots silencieux.

— Au moins, il a passé son temps sur Terre heureux et en bonne santé. Et nous savons toutes les deux qu'il n'y a rien de pire que d'assister à l'agonie douloureuse d'un vieil animal.

— Mais c'était si soudain ! Je ne m'y attendais pas du tout, je ne comprends pas.

— Les voies du Seigneur sont impénétrables. Où est-il à présent ? s'enquit Beatrix en remplissant la théière.

— Il est encore sur mon lit. Il y semble si confortablement installé, je n'ai pas le cœur de le déplacer.

— Tu vas devoir faire preuve de sang-froid. Panthère doit être enterré. Veux-tu que je t'aide ?

— Oui… répondit Flora, les yeux débordant de larmes. Pardonnez-moi d'être aussi sentimentale. Vous savez que j'ai perdu beaucoup d'animaux au fil des ans, mais Panthère occupait une place spéciale dans mon cœur.

— Bien sûr. Il y a des animaux comme ça.

— Est-ce ridicule de dire que, sans lui, je me sens désormais terriblement seule ?

Beatrix plaça une tasse de thé fumant devant la jeune femme.

— Pas du tout. J'imagine que tu as une boîte vide dans ton armoire ; si j'allais la chercher pour y placer ce cher Panthère ? Quand je serai redescendue, tu pourras lui dire au revoir avant que je la ferme. Puis nous déciderons où l'enterrer dans le jardin.

— Merci.

Flora lui adressa un triste sourire et Beatrix quitta la pièce pour préparer le cercueil du chat.

* * *

Après avoir enterré Panthère et fait de son mieux pour consoler une Flora effondrée, Beatrix quitta Wynbrigg Farm et repartit vers Castle Cottage. Ouvrant un tiroir de son bureau, elle sortit la lettre qu'elle avait reçue quelques jours plus tôt pour la relire. Son contenu lui tira des larmes. Pendant le dîner, elle discuta de la situation avec William.

— J'ai rendu visite à Flora ce matin pour lui soumettre l'idée, mais j'y ai renoncé en la voyant car ce n'était pas le moment. Elle était bouleversée par la perte de son chat.

William tapota sa pipe, l'air pensif.

— Ce que tu viens de me dire rend ta suggestion d'autant plus valable. Et le mieux, selon moi, serait de la mettre devant le fait accompli. Au pire, elle refusera.

— Tu as peut-être raison.

* * *

Une semaine plus tard, Flora, encore effondrée, vit Beatrix arriver chez elle, un gros paquet dans les bras.

— Bonjour Flora ! lança-t-elle en entrant dans le cottage. Tes plates-bandes sont merveilleuses, en particulier tes étoiles de Perse – un excellent ajout.

— Merci, répondit Flora même si, depuis la mort de Panthère, elle s'était peu occupée de ses fleurs. Qu'est-ce que c'est que… *ça* ?

Beatrix écarta la couverture qui couvrait le paquet.

— Ça, ma chère, c'est un bébé.

— Mon Dieu.

La jeune femme s'approcha et regarda le visage minuscule de l'enfant qui dormait à poings fermés.

— Et que fait-il ou elle ici exactement ?

— Il, c'est un petit garçon de deux semaines. Tu sais que je suis l'une des marraines de l'hôpital local et ce bout de chou a été amené quelques heures après sa naissance. Une voisine a entendu ses cris dans la maison près de la sienne à Black Fell. Malheureusement, elle a découvert que la mère était décédée après l'avoir mis au monde. Ce petit être hurlait entre ses jambes, encore rattaché par le cordon ombilical. Elle a coupé celui-ci avec une scie à pain, envoyé son mari chercher le croque-mort et amené le bébé à l'hôpital. Puis-je m'asseoir ? Il est plus lourd qu'il n'en a l'air. Un petit gaillard, hein ? susurra tendrement Beatrix au bébé.

Flora conduisit Beatrix dans la cuisine et la fit asseoir, émerveillée par ce nouveau penchant maternel de son amie.

— Où est le père de cet enfant ?

— C'est une histoire tragique. Le père était berger et a été envoyé se battre en France il y a trois ans. Sa dernière permission date du mois d'août et, peu après son retour au front, il a péri dans les tranchées lors de la bataille d'Épehy, quelques semaines à peine avant l'armistice. Son corps n'a jamais été rapatrié, ajouta Beatrix, refoulant ses larmes. Et maintenant, ce petit garçon est orphelin. J'espère seulement qu'ils sont réunis au Ciel. Qu'ils reposent en paix auprès de Dieu.

— Le bébé n'a-t-il pas d'autre famille ?

— D'après la voisine, non. Tout ce qu'elle a pu dire au personnel de l'hôpital était que la mère venait de Keswick et s'appelait Jane. Lorsque je suis arrivée pour ma visite mensuelle, on m'a raconté le sort tragique du bébé. Je suis allée le voir, et j'avoue avoir été conquise et émue par sa détresse.

— Il a l'air en pleine forme maintenant.

Le bébé remuait dans son sommeil, sous le regard attendri des deux amies. Ses minuscules lèvres roses formèrent une moue de désapprobation, avant d'émettre un son de succion.

— Il va bientôt se réveiller et il aura faim. Il y a un biberon dans mon panier, tu veux bien le réchauffer ? On m'a dit que les bébés n'aimaient pas boire froid.

— C'est du lait maternel ? s'enquit Flora, fascinée, en réchauffant le biberon au bain-marie.

— Tous les bébés sont sevrés avec du lait animal dilué dans de l'eau. Parfois le lait de vache leur donne la colique, auquel cas on le remplace par du lait de chèvre, plus digeste.

Flora hésita un instant avant de poser la question qui lui brûlait les lèvres.

— Que fait ce bébé ici avec vous ? Pensez-vous l'adopter avec William ?

— Mon Dieu, non ! Malgré ma tristesse de ne pas être mère, je me rends bien compte qu'il serait injuste de recueillir un enfant à mon âge. Flora, ma chère, tu sembles oublier que j'ai cinquante-deux ans, je pourrais être sa grand-mère ! Quelle idée, ajouta-t-elle en riant. William et moi ne serons probablement plus de ce monde à la majorité de ce petit homme.

— Donc vous vous occupez juste de lui pour la journée ?

— Oui.

Le bébé s'agitait de plus belle, sortant ses bras minuscules de sous la couverture en s'étirant.

— Au cours de mes visites à l'hôpital, poursuivit Beatrix, je vois de nombreux bébés et enfants malades, mais celui-ci est un battant. Malgré les circonstances traumatisantes de sa naissance, les infirmières m'ont dit qu'il s'était entièrement remis. Cela t'embêterait-il de le prendre un peu ? J'ai terriblement mal aux bras.

— Je... je n'ai jamais porté de bébé, j'ai peur de le faire tomber ou de lui faire mal...

— Aucun risque. Nous avons toutes les deux été des bébés et, malgré la maladresse inévitable de nos mères, nous avons survécu. Tiens. Je vais chercher le biberon.

Beatrix déposa l'enfant dans les bras de Flora qui fut surprise par sa solidité. Malgré sa taille minuscule, il remuait dans tous les sens et miaulait tout comme Panthère pour qu'on le nourrisse, dégageant une incroyable énergie. Sa détermination à vivre émut Flora aux larmes.

— J'ai fait couler une goutte sur ma main pour m'assurer que le lait était à bonne température, indiqua Beatrix en lui tendant le biberon.

— Que dois-je en faire ? interrogea Flora tandis que le bébé, sentant sans doute le lait si proche, mais hors de portée, commençait à pousser des cris.

— Le mettre dans sa bouche, évidemment !

La jeune femme approcha la tétine des lèvres roses qui, bizarrement, s'étaient soudain serrées l'une contre l'autre.

— Il n'en veut pas, constata-t-elle, perplexe.

— Alors fais tomber un peu de lait sur ses lèvres. Voyons, Flora, je t'ai vue cent fois t'occuper d'agneaux et les encourager à boire. Il te suffit d'adopter la même technique.

La jeune femme suivit ces conseils et, après quelques secondes de crispation, elle parvint enfin à introduire la tétine dans la bouche du petit garçon qui commença à boire avidement. Les deux femmes poussèrent un soupir de soulagement et le calme régna de nouveau dans la cuisine.

— Que va-t-il devenir ? murmura Flora au bout d'un moment.

— Qui sait ? Maintenant qu'il va bien, il ne peut plus rester à l'hôpital. On m'a demandé de me renseigner dans les environs pour lui trouver un foyer mais, si je ne parviens pas à lui trouver de famille d'accueil, il sera envoyé dans un orphelinat à Liverpool. Il paraît que c'est un endroit affreux, précisa Beatrix en frissonnant. Et ensuite, quand il sera assez grand, on lui trouvera un emploi quelconque dans une filature de coton s'il a de la chance, ou dans une mine à charbon s'il n'en a pas.

— Est-ce vraiment le mieux que puisse espérer cet enfant innocent ? s'exclama Flora horrifiée en regardant l'expression paisible du bébé.

— Malheureusement, oui. Peut-être aurait-il été préférable pour lui d'être emporté avec sa mère, tout compte fait. Il a bien peu de perspectives d'avenir, d'autant que le nombre d'enfants trouvés croît tous les mois. Beaucoup de veuves se retrouvent contraintes d'abandonner leur enfant, n'ayant plus les moyens de les élever sans le soutien de leur mari.

— Nous avons quand même vu assez de vies gâchées comme cela, non ?

— Le gâchis entraîne le gâchis, ma chère. Le monde entier essaie de se remettre de sa quasi-destruction. Pardonne-moi de le dire, mais à l'abri ici, bien au chaud, il est très facile de se couper de ce qui se passe un peu plus loin. Lorsque je me rends à Londres, je vois le désespoir des soldats mutilés, mendiant dans la rue. Cette pauvreté n'est rien d'autre que l'épilogue de cette abominable guerre.

— Il a fini de boire, il s'endort, déclara Flora en reposant le biberon sur la table. Beatrix, pourquoi avez-vous amené ce bébé ici ?

— Parce que je voulais que tu le voies.

— C'est tout ?

— Oui, en quelque sorte. Même si…

— Quoi ?

— Parfois, je me fais du souci pour toi. J'ai peur que tu ne te sois isolée du monde extérieur.

— Peut-être est-ce ce que je souhaite. Comme vous, je préfère les animaux aux hommes.

— C'est faux, Flora, et tu le sais. Ma plus grande source de joie est justement un autre être humain. Sans mon mari, ma vie serait bien vide.

— Tenez, fit la jeune fille en passant le bébé endormi à son amie. Le voilà rassasié.

— Pour le moment. Veux-tu bien me donner mon panier ?

Flora s'exécuta et regarda Beatrix envelopper l'enfant dans sa couverture.

— Merci de l'avoir amené ici. Comment s'appelle-t-il ? demanda Flora en les raccompagnant jusqu'au portail.

— On lui a donné le nom de Teddy, parce que toutes les infirmières veulent le câliner, répondit Beatrix en souriant tristement. Au revoir, Flora.

Ce soir-là, Flora s'assit pour écrire son journal, mais il lui était impossible de se concentrer. Les immenses yeux du bébé la hantaient. Elle finit par renoncer et fit les cent pas dans son salon impeccable. Chaque chose était à sa place, à l'endroit précis où elle l'avait posée. Personne ne venait jamais déranger l'ordre sûr et tranquille qu'elle s'était créé.

Elle se prépara une boisson à base de plantes, comme le préconisait toujours Nannie à Violet et Sonia avant le coucher.

Violet… chère Violet, si passionnée et encore sous le joug de son amour irrésistible pour son amie, Vita Sackville-West. Flora savait que Vita s'était mariée quelques années plus tôt, mais Beatrix lui avait récemment fait part de rumeurs qui couraient à Londres : les deux jeunes femmes auraient renouvelé leur amour. Comme toujours quand il s'agissait de sa vie passée, Flora avait fait la sourde oreille, mais elle avait tout de même compris que la tendresse entre les deux amies d'enfance s'était épanouie en véritable passion.

Flora soupira en pensant que Violet, objet de commérages à cause de sa liaison scandaleuse, était bien la fille de sa mère. Elle avait été à bonne école – et avait appris toute sa vie que la notoriété était normale.

Alors qu'*elle* avait fui…

Une fois dans son lit, elle écouta une chouette hululer – la seule créature encore éveillée tandis que s'égrenaient les longues heures trop calmes de la nuit. La solitude s'abattit sur elle tandis qu'elle redescendait de sa chambre pour s'asseoir à son bureau. Elle sortit une clé de l'un de ses tiroirs, ouvrit un petit casier, et glissa la main dans le compartiment secret. Elle récupéra l'un de ses journaux et ses doigts tâtèrent la poche en soie à l'arrière, afin d'en extraire la lettre que son père – Edward – lui avait transmise par le biais de Mr Ernest Cassel.

Profitez de la liberté que vous offre l'anonymat, une liberté que j'aurais tant souhaitée. Et surtout, restez fidèle à vous-même…

Elle contempla un moment la signature. « Edward… »

— Teddy ! s'exclama-t-elle soudain.

Alors Flora MacNichol rit pour la première fois depuis de longues années.

— Évidemment, murmura-t-elle. Évidemment.

35

Le jeune Teddy emménagea chez Flora deux jours plus tard. Leur acclimatation mutuelle fut ponctuée de hauts et de bas. Flora avait tendance à considérer le nourrisson comme un agneau orphelin nécessitant de la chaleur, de l'amour et, surtout, du lait, néanmoins elle était décontenancée par la nausée qu'elle ressentait quand elle devait changer ses couches, alors qu'elle pouvait nettoyer toutes sortes d'excréments d'animaux sans sourciller.

Teddy était loin d'être un bébé accommodant ; après son dernier biberon, elle le couchait dans son berceau de fortune – un tiroir rempli de couvertures et placé près du poêle – comme un chiot ayant perdu sa mère. Elle montait alors sur la pointe des pieds, se changeait pour la nuit, se glissait entre ses draps et fermait les yeux, soulagée. Toutefois, à peine quelques minutes plus tard, les gémissements commençaient.

Elle essayait de les ignorer, sur les conseils de Beatrix qui lui avait indiqué que, comme les animaux, les bébés devaient être « dressés », mais Teddy ne semblait pas disposé à respecter les règles. Au fur et à mesure qu'augmentaient les cris, Flora savait qu'il s'agissait d'une guerre d'usure que Teddy finissait toujours par remporter.

Le seul moment où il paraissait paisible était quand il était blotti près d'elle, dans son lit. Alors, même si elle avait conscience de tendre le bâton pour se faire battre, elle finit par céder pour de bon, l'épuisement physique, mental et émotionnel prenant le pas sur ses principes éducatifs.

Une certaine tranquillité revint alors au cottage, mais la ferme pâtissait du manque de temps et d'attention de Flora, et elle n'eut d'autre choix que d'employer un jeune du village pour s'occuper des tâches quotidiennes.

Même si sa routine était complètement bouleversée par le bébé, le fait de sentir un autre cœur battre dans ses bras chaque nuit aida son propre cœur gelé à fondre.

Avec le retour du soleil d'été, elle commença à emmener Teddy en promenade, en le portant en écharpe – les sentiers accidentés se prêtant peu à l'usage d'un landau. Elle ignorait les regards curieux des villageois ; elle imaginait sans difficulté les commérages qu'elle suscitait et s'en amusait intérieurement. Au fil des jours, elle retrouva peu à peu le sentiment de paix et d'épanouissement qu'elle pensait avoir perdu pour toujours. Jusqu'à ce qu'elle reçoive de la visite, par une chaude journée de juillet.

Juste après avoir couché Teddy pour sa sieste de l'après-midi, elle s'affairait dans le jardin, s'occupant de ses pauvres plates-bandes qui, après un mois de négligence, pleuraient aussi fort que Teddy pour attirer son attention. Tandis qu'elle séparait le liseron des lupins, transpirant sous le soleil estival, elle songeait à la capacité qu'avait la nature à reprendre le dessus, dès qu'on lui en laissait la possibilité.

— Bonjour, Flora.

Ses mains, pleines de terre et de mauvaises herbes, se figèrent.

— C'est moi, Archie Vaughan. Tu te souviens de moi ?

J'ai dû attraper une insolation, pensa-t-elle. Se souvenait-elle de lui ? L'homme qui la hantait depuis neuf ans ? C'était la question la plus absurde que son esprit solitaire ait jamais posée.

— Puis-je entrer ?

Elle se retourna pour mettre fin à cette hallucination ridicule, mais elle eut beau secouer la tête et cligner plusieurs fois des yeux, la silhouette qui patientait derrière le portail refusait de disparaître.

— Ridicule ! s'exclama-t-elle avec force.

— Qu'est-ce qui est « ridicule » ? répondit l'hallucination.

— Toi.

Elle se dirigea alors résolument vers le portail, ayant lu assez de livres pour savoir qu'en cas de déshydratation, on pouvait voir des oasis qui disparaissaient aussitôt qu'on s'en approchait.

— Ah oui ?

Elle avait atteint le portail et se trouvait désormais assez proche de la silhouette pour sentir son odeur familière, et même son souffle léger sur sa joue.

— Va-t'en, s'il te plaît ! lui ordonna-t-elle, désespérée.

— Flora, je t'en prie… c'est moi, Archie. M'as-tu oublié ?

Alors le mirage tendit la main et lui toucha la joue, provoquant des sensations impossibles dans un rêve. Le contact de la main d'Archie sur sa joue sembla aspirer le sang de ses veines jusqu'à la dernière goutte et elle vacilla, s'agrippant au portail pour ne pas tomber tandis que sa tête tournait.

— Mon Dieu, Flora.

Et soudain, le sol l'attira irrésistiblement et elle s'effondra dans l'allée.

— Pardonne-moi, entendit-elle vaguement en sentant une légère brise lui caresser le visage. J'aurais dû envoyer un télégramme pour t'avertir de ma venue. Mais je craignais que tu t'arranges alors pour être absente.

La douce voix lui fit ouvrir les yeux et Flora découvrit une sorte d'éventail beige en calicot qui s'agitait au-dessus d'elle. Quand elle retrouva une vue nette, elle s'aperçut qu'il s'agissait en fait de son chapeau de soleil et que, derrière, un visage la contemplait : plus mince que dans ses souvenirs, presque émacié, les tempes grisonnantes. Ses yeux n'étaient plus vifs et brillants, c'étaient ceux d'un homme durement éprouvé par la vie.

— Peux-tu te lever ? Nous devons te mettre à l'ombre.

— Oui.

Elle s'appuya lourdement sur lui et il l'aida à regagner la maison. Une fois à l'intérieur, elle lui indiqua la cuisine.

— Il vaudrait sans doute mieux que tu t'allonges, non ?

— Sûrement pas ! rétorqua-t-elle, se sentant aussi bête qu'une héroïne de romance à quatre sous. Peux-tu aller me chercher un peu d'eau ? Tu trouveras la cruche dans le garde-manger.

Il lui versa un verre et elle but avidement. Il ne la quittait pas des yeux. Elle eut soudain une vision de ce qu'il devait voir : une femme au visage ridé par le chagrin, la solitude et le climat rude des Lacs. Ses cheveux étaient hirsutes comme à l'accoutumée, débordant de leur chignon, et elle portait une blouse sale et peu seyante. Un pantalon en coton couvert de taches d'herbe et des sabots en bois complétaient l'ensemble. Elle n'était vraiment pas à son avantage.

— Tu es si belle, murmura Archie. Les années n'ont rien ôté à ton charme.

Elle rit, pensant que le soleil l'avait aveuglé *lui*.

— Que fais-tu ici ? lui demanda-t-elle d'un ton brusque, déjà remise de son malaise. Comment m'as-tu trouvée ?

— Je vais commencer par la deuxième question, en te répondant que ta famille sait depuis des années où tu habites. Tu ne seras pas surprise d'apprendre que Stanley, le vieil employé d'écurie d'Esthwaite Hall, s'est empressé de rapporter ton retour ici à ta mère. Et Rose a écrit à Aurelia.

— Je vois.

— Tu comprendras que, pour que notre mariage survive, il était préférable pour nous trois de couper tout contact. Cependant, de loin, Aurelia veillait sur toi.

— Voilà qui me surprend.

— Le temps guérit les blessures, Flora. Et ces dernières années, nous nous sommes tous rendu compte que la vie était fragile et qu'il nous restait peut-être peu de temps, poursuivit Archie, l'air grave.

— En effet.

Le silence se fit tandis que, le regard dans le vide, tous deux se remémoraient le passé.

— Je suis ici parce que Aurelia souhaitait réparer ses torts, reprit sombrement Archie.

— C'est *nous deux* qui étions coupables.

— En effet, mais c'est Aurelia qui t'a bannie de sa vie. Quand notre enfant est né le mois dernier, sa première pensée a été de t'écrire. Elle estimait qu'il était temps.

— Un nouveau bébé ? Combien en avez-vous à présent ?

— Juste celui-là. Je…

Flora entendit le tremblement dans la voix d'Archie et lut l'expression sur son visage. Alors elle comprit.

— Non, murmura-t-elle.

— Aurelia s'en est allée il y a trois semaines, dix jours après la naissance. Je suis tellement navré, Flora. Tu sais qu'elle a toujours été fragile, et la grossesse a eu raison de sa santé.

Elle ferma les yeux tandis qu'ils s'emplissaient de larmes. Sa sœur, si belle, si douce, avait cessé de respirer. Elle ne verrait jamais plus ses yeux bleus limpides, si gais et pleins d'espoir. Même dans son exil, elle avait toujours senti la présence de sa sœur. L'irrévocabilité de la situation l'horrifiait. Combien elle regrettait tout le temps perdu…

— Mon Dieu… mon Dieu… bredouilla-t-elle. Cette pensée m'est insupportable. Est-ce que nous y avons… contribué ? Je veux que tu saches que j'aurais été heureuse de donner ma propre vie pour sauver la sienne.

— Je le sais mieux que quiconque. Tu as sacrifié ton propre bonheur pour le sien. Et, en toute honnêteté, au début de notre mariage, c'était… difficile. D'autant que nous n'arrivions pas à avoir ce dont nous avions besoin pour nous lier – un enfant. Aurelia a perdu notre premier bébé, puis a subi d'autres fausses couches. Peu après, la Grande Guerre est arrivée. J'ai rejoint le corps royal d'aviation et ai été absent de High Weald presque quatre années. Nous avons continué à essayer d'avoir un enfant, en vain. Le médecin nous avait prévenus qu'il serait préférable pour la santé d'Aurelia de ne pas insister, mais elle ne voulait rien entendre. Et l'automne dernier, elle est de nouveau tombée enceinte. Nous avons… j'ai une fille.

— Je… oh, Archie…

— Je suis tellement triste d'être ici pour cette terrible nouvelle. Mais Aurelia a insisté.

— Insisté pour quoi ?

— Pour que je vienne te voir en personne, afin de te remettre ceci. C'était sa dernière volonté avant de mourir.

Il sortit une enveloppe de la poche de sa veste et la lui tendit. La vue de l'écriture familière suffit à bouleverser Flora.

— Sais-tu ce qu'elle contient ?

— J'ai une idée, oui.

Elle prit l'enveloppe les mains tremblantes, terrifiée à l'idée des mots accablants qu'elle devait renfermer. Alors Archie posa la main sur la sienne.

— N'aie pas peur. Je t'ai dit qu'elle souhaitait s'excuser. Veux-tu bien l'ouvrir ?

— Excuse-moi.

Flora se leva et quitta la cuisine pour rejoindre le salon. Elle s'assit dans un fauteuil et rompit le cachet de cire.

High Weald
Ashford, Kent
16 juin 1919

Ma si chère sœur,

J'ai tant de choses à dire mais, comme tu le sais, je ne suis pas aussi à l'aise que toi avec la plume. Et je m'affaiblis de jour en jour, alors je te prie de pardonner la relative brièveté de cette missive.

Tu m'as terriblement manqué, Flora chérie. Pas un jour ne passe sans que je pense à toi. Au départ, oui, je t'ai haïe mais, récemment, j'ai commencé à me repentir des actes engendrés par ma jalousie il y a neuf ans. Nous avons perdu tant de temps qu'il est aujourd'hui impossible de rattraper.

Ainsi, alors que je contemple ma fille chérie qui, allongée paisiblement dans son berceau, ignore qu'elle grandira sans sa mère, je dois essayer d'arranger les choses. Flora, je ne veux pas que Louise soit élevée sans présence maternelle. Malgré tout l'amour que lui portera Archie, il ne pourra jamais lui apporter la tendresse de bras féminins, ni une oreille attentive pour la guider quand elle deviendra femme.

Ma chère Sarah restera, bien sûr, pour s'occuper des besoins fondamentaux de Louise, mais elle n'est plus toute jeune. Et nous savons toutes deux que son éducation et sa vision du monde sont limitées, bien qu'elle n'y soit pour rien.

Cela m'amène à la faveur que je dois te demander : je me suis récemment renseignée à ton sujet et je sais que tu vis seule. Si tu es disposée à quitter ton isolement, je te supplie d'envisager de déménager à High Weald pour élever ma fille comme ton propre enfant.

Je suis certaine que tu l'aimeras de tout ton cœur d'or. Et aussi, que tu pourras réconforter mon pauvre mari dans son chagrin. Flora, tu n'as pas idée de ce qu'il a enduré pendant la guerre, et voilà qu'il va perdre sa femme et devoir élever seul notre fille... c'est plus que je ne peux supporter pour lui.

S'il te plaît, réfléchis au moins à la possibilité d'un tel arrangement et permets-moi de laver mon âme immortelle de mon péché d'égoïsme. Tu as souffert assez longtemps ainsi. Cette lettre t'étonnera peut-être, mais je me suis rendu compte avec le temps qu'on ne choisit pas qui l'on aime. Et Archie a reconnu être le principal responsable de ce qui s'est produit il y a toutes ces années. Il m'a raconté la façon dont il t'avait poursuivie et induite en erreur au sujet de l'accord déjà passé entre Père et lui en Écosse.

Flora chérie, je suis épuisée et ne puis écrire bien davantage. Mais le monde a connu d'immenses tourments ces derniers temps et, crois-moi, mon souhait le plus fervent avant de partir est d'éviter d'autres souffrances à ceux que j'aime. Je souhaite qu'ils trouvent le bonheur.

Je prie pour que ton cœur comprenne et me pardonne. Et, si cela te convient, je te serai éternellement reconnaissante d'élever ma fille chez elle, avec amour et compassion.

Je t'aime, ma chère sœur.

Prie pour moi également.

Aurelia

Flora regarda par la fenêtre, les sens engourdis par cette lettre extraordinaire. La générosité qui en émanait était presque pire que les récriminations que la jeune femme estimait mériter.

— Flora ? Est-ce que ça va ? s'enquit une voix à la porte.

— Elle me demande de la pardonner, *elle*. Mon Dieu, Archie, elle n'aurait pas dû. C'est nous qui l'avons fait souffrir.

— Oui, même si l'essentiel de la culpabilité repose sur mes épaules. J'étais aveuglé par mon amour pour toi.

— Comment a-t-elle réussi à trouver tant de clémence en son cœur ? À sa place, je doute d'en avoir été capable. Et maintenant, je ne pourrai jamais lui dire que votre mariage n'était pas l'unique raison de mon exil.

— Ah non ?

Flora hésita puis, décidant que le temps des secrets était révolu, elle se dirigea vers son bureau. Elle récupéra la lettre de la poche en soie de son journal de 1910 et la tendit à Archie.

— C'était aussi à cause de ceci.

Elle le regarda la lire. De temps à autre, il haussait un sourcil surpris.

— Eh bien, ça alors…

— Étais-tu au courant ? Je crois que tout Londres le savait à l'époque.

— Pour être honnête, j'avais entendu des rumeurs à propos de tes… liens avec une certaine famille, mais n'y avais jamais porté crédit. En outre, quand l'ancien roi est mort, il a emporté dans sa tombe tous les commérages au sujet de sa cour, tandis que les courtisans se bousculaient pour obtenir une place de choix auprès de George V. Alors, poursuivit-il en esquissant le premier sourire depuis son arrivée, dois-je désormais t'appeler « Princesse Flora » ? Doux Jésus, je ne sais pas quoi dire, si ce n'est que cela explique bien des choses…

— Il n'y a rien à en dire, mais tu comprends à présent pourquoi j'ai immédiatement quitté Londres. Le monde pleurait aux côtés de la reine et, à l'instar de Mrs Keppel, j'étais un rappel indésirable des écarts de conduite de son mari.

— Mais *contrairement* à Mrs Keppel, tu n'étais responsable d'aucune de ses incartades. Et alors que tu as eu la dignité de t'éloigner de la société, elle est revenue à Londres et n'a absolument pas renoncé à sa vie d'antan. Quant à sa fille Violet, elle est actuellement sous les feux de la rampe. Vita s'est enfuie en France avec elle après l'armistice, laissant son mari et ses deux enfants. On ne parle plus que de ça à Londres ; il paraît même que Violet l'a encouragée à abandonner sa famille. La famille Keppel n'a aucune pudeur, alors que toi, tu t'es comportée avec grâce et dignité, comme la princesse que tu es.

— Je ne sais pas si « grâce » est un terme approprié.

Elle sourit alors elle aussi en regardant son accoutrement.

— Ces qualités viennent de l'intérieur, Flora. Dis-moi à présent, que penses-tu des dernières volontés d'Aurelia ?

— Archie, je suis bouleversée. Et puis…

Comme si, par ces mots, Flora avait donné un signal, des gémissements sonores retentirent à l'étage.

— Quel est ce bruit ? s'enquit Archie en fronçant les sourcils.

— Excuse-moi, fit-elle en se levant, Teddy doit avoir faim.

En montant chercher le bébé qui, assurément, serait tout transpirant, bruyant et malodorant, elle gloussa en silence. Même si, en effet, sa vie avait été d'un calme plat au cours des neuf années précédentes, c'était à son tour de surprendre Archie Vaughan. *Et quelle surprise*, pensa-t-elle en redescendant avec le petit garçon dans les bras.

Elle se dirigea vers la cuisine pour lui donner son biberon et Archie l'y rejoignit quelques minutes plus tard, poussé par la curiosité.

— Tu as un enfant, constata-t-il tandis qu'elle se concentrait pour maintenir le biberon selon l'angle préféré de Teddy.

— Oui.

— Je vois.

Elle entendit un long soupir échapper des lèvres d'Archie.

— Le père habite-t-il ici avec toi ? finit-il par demander.

— Non, il n'est plus de ce monde.

— C'était ton mari ?

— Non.

— Mais alors…

Elle garda le silence assez longtemps pour que l'imagination d'Archie s'active, bien qu'elle n'ait prononcé aucun mensonge. Alors seulement, elle lui expliqua la situation.

— C'est un enfant trouvé. Il habite avec moi depuis à peine un mois. J'espère l'adopter.

Sur ces mots, elle leva les yeux, étouffant un éclat de rire face à l'expression de soulagement d'Archie.

— Il s'appelle Teddy, ajouta-t-elle.

— Naturellement... pour Edward, répondit-il, comprenant aussitôt le lien avec le prénom du véritable père de Flora. J'avoue être abasourdi.

— C'était aussi mon cas au départ, quand j'ai décidé de le recueillir. Mais maintenant... je ne pourrais plus me passer de lui.

Elle regarda Teddy qui, rassasié, gazouillait de contentement, et l'embrassa tendrement sur la tête.

— Quel âge a-t-il ?

— Presque six semaines. Il est né la dernière semaine de mai.

— Quelques jours à peine avant l'arrivée de Louise alors, début juin. Ils pourraient être jumeaux.

— Ils viennent toutefois de mondes très différents. Le père de ce petit homme était berger, tué pendant la Grande Guerre.

— Je peux te dire que la mort frappe sans distinction sociale, peu lui importe que tu sois noble ou mendiant. Quelle que soit l'origine du père de Teddy, s'il s'est battu et a perdu la vie pour son pays, c'est un héros. Un jour tu devras le dire à son fils, déclara Archie avec véhémence.

— Je n'ai pas encore décidé quoi lui dire.

— Alors, maintenant tu es versée dans les soins maternels et...

Les mots d'Archie restèrent suspendus dans l'air, mais Flora savait où il voulait en venir.

— Où est Louise en ce moment ? demanda-t-elle.

— Sarah s'occupe d'elle à High Weald. Et s'il t'est difficile d'envisager de venir élever Louise du fait de... ce changement de circonstances, je ferai de mon mieux, avec l'aide de Sarah, pour être à la fois le père et la mère de ma fille.

— Mais si je venais à High Weald, que deviendrait Teddy ? Accepterais-tu que je l'emmène ? Car, si tu ne penses pas pouvoir accueillir mon enfant, je ne pourrai me résoudre à déménager.

— Flora, ne vois-tu donc pas que cela ne pourrait mieux tomber ? Louise aurait un camarade de jeu – un frère, rien de moins – pour lui tenir compagnie. Ils grandiraient ensemble...

Elle lut alors le désespoir dans les yeux d'Archie. Elle n'aurait su dire si c'était pour sa fille, son épouse défunte, ou pour lui-même.

— Puis-je le prendre ? demanda-t-il soudain.

— Bien sûr.

Flora souleva Teddy et le plaça dans les bras d'Archie.

— Quel beau petit gars, avec ses cheveux blonds et ses grands yeux. Paradoxalement, Louise hérite de mon côté et est toute brune. Teddy ressemble plus à Aurelia. Salut, toi, murmura-t-il en tendant un doigt que Teddy attrapa fermement dans son poing minuscule. Je pense qu'on s'entendrait bien tous les deux.

Flora avait le sentiment d'être poussée à prendre une décision à laquelle elle n'avait pas encore eu le temps de réfléchir. Elle se leva et reprit Teddy.

— Peux-tu nous laisser à présent ? Je ne peux pas te donner de réponse immédiatement. Tu présumes sans doute que mon existence ici est vide, mais il se trouve que je sacrifierais beaucoup de choses si je venais à High Weald. Je m'occupe d'une ferme ; de nombreux animaux dépendent de moi. Et malgré certains moments de solitude, j'adore ma maison et ma vie ici, encore plus maintenant que j'ai un si merveilleux compagnon. Tu me demandes de tout abandonner du jour au lendemain.

— Pardonne mon égoïsme, Flora. Même si cela semble la solution idéale de mon point de vue, je conviens que ce ne soit pas le cas pour toi.

— Merci d'être venu me voir. Je t'écrirai pour te faire part de ma décision.

— J'attendrai ta lettre avec impatience, mais prends autant de temps que nécessaire.

Ils gagnèrent la porte d'entrée et Flora l'ouvrit.

— Au revoir, Archie.

— Flora, sache que j'accepterai ta présence à High Weald quelles que soient tes conditions. Et je ne prétends nullement qu'il y aura une… relation entre nous, bien que ma flamme pour toi brûle toujours. Je me sens coupable, mais je ne peux rien y faire. Cet amour fait partie de moi. Toutefois, la personne la plus importante dans ce triste désordre, c'est ma fille privée de mère. Je vais maintenant respecter ta volonté et te laisser tranquille. Au revoir.

Tandis qu'Archie repartait dans l'allée, Flora remarqua qu'il boitait fortement.

* * *

Les deux jours qui suivirent, elle lut et relut la lettre de sa sœur. Elle emmenait Teddy en promenade dans les collines, demandant aux brins d'herbe qui lui chatouillaient le nez quand ils s'allongeaient à l'ombre d'un arbre, aux alouettes qui s'élevaient dans l'air et au ciel lui-même de la guider dans son choix.

Néanmoins, la nature gardait le même silence que son âme sur cette question. Un beau jour, désireuse de mettre fin au tourment de son esprit, elle attacha Teddy dans son écharpe de portage et partit rendre visite à sa conseillère et meilleure amie.

Beatrix la fit asseoir dans son jardin et, autour d'un thé, Flora lui raconta le nouveau chapitre de sa vie.

— Eh bien, tu sembles avoir le don pour attirer les situations rocambolesques. Mais bon, tes origines étaient déjà extraordinaires. Tout d'abord, je te présente toutes mes condoléances pour la perte de ta pauvre sœur. Si jeune et, si j'en crois la lettre que tu m'as lue, si généreuse. Et maligne, ajouterai-je.

— Comment cela ?

— Ne vois-tu pas que son cadeau d'adieu à son mari et à sa sœur qu'elle aimait était de trouver un moyen de vous réunir ? D'après ce que tu m'as confié, elle a toujours été pleinement consciente de vos sentiments mutuels. Et en même temps, cela lui permettrait de donner une véritable mère à sa fille bienaimée, au lieu de la faire élever par une nurse âgée. Ne comprends-tu pas qu'elle souhaitait vous offrir à tous les trois le bonheur qu'elle estimait que vous méritiez ?

— Peut-être. Mais si je décidais d'y aller, que penseraient les gens ?

— Comme si cela nous importait, à toi ou à moi ! s'amusa Beatrix. Et qu'y aurait-il de plus naturel que l'arrivée de la sœur célibataire de la défunte mère pour s'occuper de sa nièce ? Je te garantis que personne n'aurait rien à redire.

— Et si... ?

— Archie et toi repreniez votre relation ? acheva Beatrix pour elle. Encore une fois, je crois qu'après une période de temps suffisante, tout le monde se réjouirait pour l'enfant dénué de mère et le pauvre veuf, revenu de la guerre en héros pour subir si vite un autre événement tragique.

— Et Archie lui-même ? Comment pourrait-il ne serait-ce que me regarder sans éprouver de culpabilité ?

— Flora, si j'ai appris une chose au cours de mon passage sur cette Terre, c'est qu'il faut regarder vers l'avant, non en arrière. Et je te garantis que ton lord Vaughan a vu assez de morts et de destruction pendant la Grande Guerre pour s'en convaincre. Comme ta sœur l'écrit dans sa lettre, on ne choisit pas qui l'on aime. Il a même la bénédiction de son épouse ! Il n'y a plus de secrets, plus de raison de se sentir coupable. Tu connais mon pragmatisme : malheureusement, les morts sont partis et il est inutile de prendre une décision – qui s'avèrerait sans doute mauvaise – par culpabilité.

— Vous pensez donc que Teddy et moi devrions aller habiter à High Weald ?

— Flora, ma chère, cela me semble évident. Un être humain sans amour est comme un bouton de rose sans eau. Il survivra un temps, mais ne s'épanouira jamais. Et tu ne peux pas nier que tu l'aimes.

— Non, en effet.

— Et tu dis que lui aussi t'aime encore. Je trouve cette solution parfaite à tous les égards. Louise a besoin d'une mère et Teddy d'un père. Le seul malheur dans tout cela, c'est que je perdrais ma chère voisine.

— Vous me manqueriez terriblement, Beatrix. Ainsi que mes animaux et mes lacs adorés.

— Rien ne s'obtient jamais sans un minimum de sacrifices. Je serai heureuse de te racheter Wynbrigg Farm, si tu souhaites la vendre. Mes terres s'étendent rapidement. J'ai récemment rédigé mon testament et, à ma mort, toutes mes propriétés foncières iront au National Trust, afin d'être rendues aux habitants des Lacs et conservées *ad vitam aeternam*. Mais revenons à ton casse-tête. Je ne peux rien dire de plus pour t'aider, si ce n'est de ne pas t'appesantir trop longtemps sur ta décision. Il est si facile de se dissuader de changer de vie. Surtout quand ce bouleversement nous effraie. N'oublie jamais que chaque jour qui passe est un jour en moins de ton avenir. À présent, je vais devoir vaquer à mes occupations. J'ai reçu une nouvelle série de lettres de mes jeunes lecteurs américains au sujet de mon cher Petit-Jean des Villes. J'aime tant répondre en personne à chacun des enfants.

— Bien sûr. Merci pour tout, Beatrix. Je ne sais pas ce que je serais devenue sans vous.

Flora alla récupérer Teddy qui, allongé sous un arbre, gazouillait avec les oiseaux au-dessus de lui. Elle sentit sa gorge se nouer en envisageant la vie sans son amie.

Et à cet instant, elle sut qu'elle avait fait son choix.

36

Flora ne s'était plus rendue dans le Sud de l'Angleterre depuis la mort du roi, son père. Lorsqu'elle pénétra dans le hall d'entrée de High Weald, elle fut assaillie par un flot de souvenirs, mais aussi profondément choquée de l'état de la maison et des jardins dont elle gardait si bonne impression. Archie l'accompagna dans les jardins, attentif à maintenir une distance respectueuse entre eux deux tandis qu'il claudiquait à ses côtés, et elle nota que le manque d'entretien avait pris le pas sur la magie d'autrefois.

— Comme tu le sais, la famille Vaughan a toujours peiné avec ses finances, indiqua Archie d'un air sombre. Il était difficile pour Aurelia de s'occuper de la propriété pendant mon absence, sachant que les jeunes gens du village étaient eux aussi partis combattre en France. Et ma mère est morte quelques mois après le début de la guerre, la laissant seule maîtresse à bord.

À l'étage, dans la nurserie, Sarah accueillit Flora dans un mélange de joie et de larmes.

— Quelle tragédie, fit-elle en reniflant tandis qu'elle emmenait la jeune femme vers le berceau pour lui présenter sa nièce.

Après toutes ces années, Aurelia a enfin eu le bébé qu'elle désirait tant, mais elle n'est plus là pour la voir. Elle est ravissante, et toute gentille, comme sa mère.

Flora prit Louise dans ses bras et se sentit aussitôt enveloppée d'une vague d'amour protecteur.

— Bonjour, toi, roucoula-t-elle.

À cet instant, Teddy se mit à hurler dans son couffin de voyage. Sarah le souleva aussitôt.

— C'est un enfant costaud. Lord Vaughan m'a raconté son histoire et la mort de ses parents. C'est très généreux de votre part de l'avoir accueilli, miss Flora, vraiment. Je sais que votre sœur aurait approuvé.

Au cours des deux premières semaines, Flora passa l'essentiel de son temps avec les bébés, avec l'aide de Sarah. La première nuit, Flora décida de laisser Teddy avec Louise dans la nurserie, au lieu de continuer à le faire dormir avec elle. Il hurla d'indignation à s'en étouffer, obligeant Flora à rester avec eux, jusqu'à ce que Sarah propose de la relayer un soir. Reconnaissante, Flora alla se coucher et passa sa première nuit tranquille depuis des semaines. Le lendemain au réveil, elle courut paniquée à la nurserie, craignant qu'il soit arrivé quelque chose à Teddy. Elle découvrit Sarah en train de tricoter dans un fauteuil près de la fenêtre.

— Bonjour, miss Flora, la salua-t-elle en la regardant se précipiter vers le couffin vide du petit garçon.

— Où est-il ?

— Jetez un coup d'œil de ce côté-là, répondit Sarah en indiquant le berceau de Louise.

Teddy était là, blotti contre Louise, tous deux dormant à poings fermés.

— Je suppose qu'il aime la compagnie, c'est tout, reprit Sarah. Il a commencé à pleurer et je l'ai mis dans le berceau de la petite. Depuis, ils sont tous les deux sages comme des images.

Flora soupira de soulagement.

— Sarah, tu es formidable.

— C'est ce que je faisais avec Aurelia quand elle s'agitait la nuit. Je la couchais avec vous. On dirait des jumeaux, ces deux-là.

— C'est vrai.

Archie arriva plus tard à la nurserie pour dire bonjour à sa fille et observa les deux bébés dans le berceau.

— Ils sont si tranquilles. Peut-être devait-il en être ainsi.

Il toucha légèrement Flora sur l'épaule, puis quitta la pièce.

* * *

Au fur et à mesure que Sarah prenait des responsabilités dans la nurserie, Flora se retrouvait avec du temps libre. Habituée, aux Lacs, à passer ses journées entières dehors, elle commença à se promener le matin dans les jardins et les terres alentour, pour profiter de l'air estival, regrettant de ne pouvoir se salir les mains pour libérer les plates-bandes des mauvaises herbes.

Mais les jardins étaient le territoire d'Archie, pas le sien. Tous deux avaient conclu l'accord tacite de rester chacun de leur côté pendant la journée, par respect pour Aurelia – ce qui n'était pas si difficile étant donné la taille de la maison. Le soir, ils dînaient ensemble, de mets peu appétissants cuisinés par une dame âgée des environs, la seule à accepter la somme dérisoire qu'Archie était en mesure de lui offrir.

Pendant le repas, ils discutaient de la situation des enfants – un sujet de conversation neutre qui remplissait les silences, bien qu'il reste tant de non-dits. Flora feignait le sommeil juste après le dessert et montait dans sa chambre.

Naturellement, elle n'était pas fatiguée le moins du monde. Quelques secondes en compagnie d'Archie suffisaient à réveiller ses sens. Et lors des chaudes nuits d'été, allongée dans son lit, la fenêtre ouverte pour laisser entrer la moindre brise, elle aurait souhaité que Teddy se réveille et se mette à hurler – au moins cela aurait rompu la monotonie des pensées impures qui l'accompagnaient jusqu'à l'aube.

Toutefois, à l'approche du mois de septembre, l'époque de l'année où la nature – en particulier les espèces cultivées – exigeait un minimum d'attention pour espérer survivre à l'hiver, Flora décida de confronter Archie. Elle le trouva dans le verger, muni d'une brouette pour ramasser les prunes tombées des arbres.

— Bonjour, fit-il, presque timidement. Est-ce que tout va bien avec les enfants ?

— Oui, ils font la sieste.

— Parfait. C'est merveilleux qu'ils se tiennent compagnie l'un l'autre.

— En effet. Archie, j'aimerais te parler.

— Bien sûr. Y a-t-il un problème ?

— Non, aucun. C'est juste que… eh bien, si je reste à High Weald et que cela devient ma maison à moi aussi… j'aimerais apporter une contribution.

— Flora, c'est déjà le cas.

— Je veux dire, une contribution financière. La propriété nécessite des investissements, et grâce à… l'héritage de mon père et à la vente de Wynbrigg Farm, je dispose de ces fonds.

— J'apprécie ton offre, mais tu ne dois pas oublier que ta famille a déjà contribué au puits sans fond de High Weald avec la vente d'Esthwaite Hall. Peut-être ignores-tu le coût de la gestion de la propriété elle-même, sans parler de son amélioration.

— Je pourrais me charger des jardins, et peut-être employer deux ou trois jeunes hommes pour nous aider. Qu'en dis-tu ?

— Si tu arrives à en trouver encore en vie, murmura Archie d'une voix sinistre. Je me rends compte que je ne suis plus ce que j'étais, ajouta-t-il en montrant sa jambe.

— J'aimerais essayer car, si l'on ne fait rien avant l'hiver, ton travail aura été vain. Et puis, cela m'occupera. Sarah est de plus en plus irritée de me voir constamment à la nurserie.

— Dans ce cas, je serai reconnaissant de toute aide que tu pourras m'apporter. Merci, déclara-t-il en lui souriant.

Flora réussit à dénicher dans le village deux anciens soldats, heureux d'aider à défricher, et, le restant du mois de septembre, elle et Archie travaillèrent de l'aube au crépuscule dans le jardin clos.

De retour dans son élément, vêtue d'une tenue de jardinage plus seyante et féminine confectionnée par Sarah, Flora se sentait plus calme. Désormais, au dîner, au lieu des bavardages tendus, ils discutaient gaiement élagage, désherbage et nouvelles espèces à planter. Et, petit à petit, le rire résonna à nouveau entre les murs de High Weald.

Parfois, l'après-midi, pendant qu'elle travaillait avec Archie, Flora installait sous l'if majestueux la poussette où Louise et Teddy dormaient paisiblement côte à côte.

— On dirait vraiment des jumeaux, observa Archie par une douce après-midi de septembre, en contemplant les enfants. Qui l'eût cru ?

Qui, en effet ? songea Flora en s'écroulant dans son lit ce soir-là, épuisée après une dure journée de labeur dans le jardin. Au moins la fatigue physique l'aidait-elle à dormir, bien qu'elle se demande pendant combien de temps encore elle pourrait refouler ses sentiments. En passant plus de temps avec Archie, elle avait pris conscience de la façon dont la guerre l'avait changé. Le jeune homme exubérant dont elle était tombée amoureuse était devenu un adulte songeur et méditatif. Souvent, elle le surprenait perdu dans ses pensées, les yeux s'emplissant soudain de tristesse tandis qu'il revivait sans doute une épreuve qu'il avait traversée. Ou qu'il revoyait ses camarades souffrir. Archie avait une nouvelle vulnérabilité qui avait effacé toute trace de son ancienne arrogance. Et qui ne le rendait que plus cher à Flora. Il s'était parfaitement conduit envers elle ces dernières semaines, et elle commençait à croire qu'elle avait rêvé le moment où il lui avait avoué qu'il l'aimait toujours.

En outre, ils vivaient encore à High Weald dans l'ombre de la mort d'Aurelia. Quoi que sa sœur dise dans sa lettre, Flora se demandait souvent si ce voile finirait un jour par se disperser.

* * *

Les journées raccourcissaient et, souhaitant à tout prix finir le travail avant l'arrivée du gel hivernal, Archie et Flora se mirent à jardiner à la lueur des lanternes.

— Ça suffit pour ce soir, annonça-t-il un soir d'octobre frisquet en se relevant avec difficulté.

Elle le regarda allumer une cigarette – une habitude qu'il avait prise pendant la guerre – et se diriger vers l'if.

— Rentre, je vais finir, suggéra-t-elle.

— Tu sais, la lumière des lanternes et la morsure de l'air me rappellent le soir où je t'ai embrassée ici.

— Ne m'en parle pas, marmonna Flora.

— Du baiser, ou des circonstances ?

— Tu le sais très bien.

La jeune femme se tourna de nouveau vers la plate-bande. Le silence plana un moment, puis Archie reprit.

— J'aimerais pouvoir t'embrasser à nouveau, Flora.

— Je…

Il s'approcha derrière elle, lui prit la main et lui fit face.

— Je peux ? Il n'est jamais mal d'aimer, Flora chérie, seul le moment peut être mal choisi. Et cette fois-ci, le moment est parfait, murmura-t-il.

Elle le regarda, essayant de formuler une réponse mais, avant qu'elle n'en ait eu le temps, les lèvres d'Archie s'étaient posées sur les siennes. Et tandis que ses bras l'attiraient contre lui, toute raison de ne pas répondre à son baiser s'envola de son esprit.

* * *

Après cet épisode, tous deux menèrent une étrange vie de famille, maintenant leur relation secrète, bien qu'Archie souhaite ardemment épouser Flora aussi vite que possible. Ils étaient contraints d'organiser des rendez-vous galants dans la serre ce qui, du point de vue de Flora, ajoutait à l'excitation de la situation.

— Nous avons déjà perdu tellement de temps, insista-t-il un jour, mais la jeune femme campait sur sa position.

— Nous devons attendre au moins un an avant d'annoncer nos fiançailles. Je ne veux ni contestation, ni commérages le moment venu.

Il la prit dans ses bras.

— Bon sang, Flora, pourquoi es-tu si préoccupée par le qu'en-dira-t-on ? Je suis le seigneur de ce manoir et, s'il n'en tenait qu'à moi, tu serais ma femme d'ici peu. Quoi que nous fassions, il y aura des rumeurs.

— Dans ce cas, attendons par respect pour la mémoire d'Aurelia, répliqua-t-elle.

Flora finit par persuader Archie de la laisser utiliser une partie de son héritage pour remettre en état la propriété. Tandis que les ouvriers arpentaient la maison pour réparer la toiture, remédier aux problèmes d'humidité et recouvrir les murs de papier peint, elle comprit enfin ce que Beatrix avait vu qu'il manquait à sa vie. Malgré le désordre ambiant, Flora était plus heureuse qu'elle ne l'avait jamais été, bien qu'elle ne puisse tout à fait définir la véritable nature de sa relation avec Archie.

* * *

— Chérie, j'ai quelque chose à t'avouer. Une surprise, en quelque sorte, annonça Archie un soir, au dîner. En fait, je n'avais toujours pas déclaré la naissance de Louise, mais c'est désormais chose faite. L'officier d'état civil a été très accommodant et, au vu des circonstances tragiques de la mort d'Aurelia, m'a même épargné l'amende de rigueur pour une déclaration faite au-delà de quarante-deux jours après la naissance. Et, poursuivit Archie en inspirant profondément, pendant que j'étais là-bas, j'ai décidé de déclarer la naissance de Teddy à la même date que Louise. Teddy est en sécurité dorénavant, et personne ne pourra jamais nous l'enlever. Aux yeux de la loi, il est mon fils, et le jumeau de Louise.

— Mais… commença Flora, sous le coup de la stupéfaction. À présent, je ne pourrai jamais plus être sa mère juridique ! Et tu as menti sur un document officiel !

— Mon Dieu, chérie, l'amour n'a rien de malhonnête. Je pensais que tu serais ravie ! Cela t'évite toute la paperasse à remplir, surtout étant donné les origines de Teddy – sans parler des entretiens avec le juge, nécessaires pour adopter un enfant. Nos bébés peuvent maintenant grandir en pensant qu'ils sont réellement des jumeaux.

— Et Sarah alors ? Et le médecin ? Tous deux connaissent la vérité.

Flora se demandait si Archie avait perdu la tête.

— J'en avais parlé à Sarah avant, pour recueillir son opinion. Elle trouve comme moi que c'est le meilleur moyen d'assurer la sécurité de Teddy. Quant au docteur qui a assisté à l'accouchement, il a depuis déménagé… au pays de Galles.

— Pour l'amour du Ciel, Archie, c'est mon avis *à moi* que tu aurais dû demander avant de prendre une telle décision !

— Je pensais qu'il était préférable de te le présenter comme un fait accompli, parce que je connais justement ton honnêteté sans faille. Je sais que tu m'aurais convaincu de ne pas le faire. N'oublie pas que c'est *moi* qui sers ainsi à Teddy mon titre et mon domaine sur un plateau. Un jour, le fils d'un berger des Lacs deviendra lord Vaughan, ajouta Archie en souriant tristement. Et je ne vois pas de meilleure façon d'honorer un homme tombé dans les tranchées que de faire de son fils un lord.

Flora garda le silence, comprenant enfin le raisonnement d'Archie. Elle prenait de plus en plus conscience de sa culpabilité d'avoir survécu, quand tant de soldats avaient péri. C'était son cadeau pour racheter toutes ces vies perdues. Et il l'avait offert à Teddy.

* * *

Archie et Flora annoncèrent enfin leurs fiançailles à l'automne suivant, en 1920, prévoyant de se marier trois mois plus tard, à Noël. Poussée gentiment mais fermement par Archie, Flora avait décidé d'inviter sa mère au mariage. Rose était récemment revenue d'Inde où elle était partie quelque temps chez une cousine, à la mort de son mari. De retour en Europe, elle avait vendu la maison des Highlands et loué un élégant appartement à Londres, sur Albemarle Street. À la réception du faire-part, elle avait écrit à sa fille pour lui demander de lui rendre visite. Quand celle-ci était allée la voir, Rose avait pleuré, s'excusant pour la tromperie et pour l'enfance difficile qu'avait subies Flora. Ainsi que pour son absence après la mort du roi.

— Tu comprends que, tout comme Mrs Keppel, je devais disparaître ? Tout contact avec toi, étant donné les soupçons dont tu étais déjà l'objet – sans parler de l'amertume d'Alistair envers cette situation… Je me disais que c'était mieux ainsi. Et puis aussi, j'avais peur de te revoir, d'entendre les terribles choses que tu étais en droit de me dire. Peux-tu me pardonner ?

Flora la pardonna – heureuse comme elle l'était alors, elle aurait pardonné n'importe quoi à n'importe qui. Au moins elles avaient pu partager leur chagrin pour la perte d'Aurelia.

— Je n'ai appris sa mort que deux mois plus tard. La poste à Pune est si peu fiable… Je n'ai même pas pu assister à l'enterrement de ma propre fille.

Si Rose s'était au départ étonnée qu'Archie n'ait mentionné que Louise dans la lettre l'informant du décès d'Aurelia, elle avait supposé qu'il s'agissait d'une omission due à son chagrin. Et lorsqu'elle était arrivée pour les préparatifs de la cérémonie et avait vu les « jumeaux » à High Weald, si complices, tout doute s'était évaporé.

— Ce cher Teddy ressemble tellement à sa mère, avait observé Rose en le prenant sur ses genoux.

Elle avait essuyé ses larmes en voyant ses grands yeux bleus innocents, qui rappelaient même à Flora ceux d'Aurelia.

— Qui l'eût cru ? murmura Rose en aidant Flora à enfiler sa robe crème le jour venu. Nous pensions tous que tu haïssais Archie Vaughan. Je suis sûre qu'Aurelia serait heureuse de voir le chemin parcouru depuis. De voir ses bébés s'épanouir sous ta protection.

Le mariage eut lieu dans la vieille église où Flora avait vu Archie épouser sa sœur. La célébration fut sobre et intime, par respect pour Aurelia.

Flora savait qu'elle chérirait toute sa vie le regard qu'Archie lui adressa lorsqu'il lui passa enfin la bague au doigt.

— Je t'aimerai toujours, souffla-t-il en l'embrassant.

— Moi aussi, je t'aime.

Ce ne fut que lors de leur nuit de noces que Flora découvrit les dégâts infligés au corps d'Archie par la Grande Guerre. Ses deux jambes étaient réduites à une succession de cicatrices causées par les brûlures du Bristol 22 qu'il avait fait atterrir en catastrophe. Il était parvenu à se libérer de la carcasse enflammée, mais son copilote avait péri quelques minutes plus tard quand l'avion avait explosé.

Flora ne l'aimait que davantage pour sa bravoure et son courage, tandis qu'il lui faisait l'amour avec douceur, pour la toute première fois.

* * *

Au cours de leur première année de mariage, Flora se demandait souvent comment son corps parvenait à contenir l'immense bonheur qu'elle ressentait avec Archie à ses côtés, et Louise et Teddy qui grandissaient à High Weald, une maison remplie d'amour et de joie de vivre.

Louise était douce et gentille, tout comme sa mère, mais elle avait également hérité de l'intelligence vive et de l'autorité naturelle de son père. Et malgré la nature plus volatile de Teddy, elle adorait et défendait le petit garçon qu'elle croyait – comme tous les autres – être son jumeau.

Un soir, au dîner, Archie raconta à Flora son escapade avec Teddy à l'écurie.

— Je l'ai assis avec moi sur mon cheval et, du haut de ses deux ans, il n'a pas pleuré une seule fois, pas même quand nous sommes partis au trot. Il criait sans cesse « Encore, Papa ! Encore », rapporta Archie fièrement.

Flora était heureuse de voir se renforcer le lien entre eux deux. Après tout, Archie avait peut-être eu raison de mentir au sujet de la naissance de Teddy.

* * *

La famille Vaughan profita de la période dorée de l'entre-deux-guerres, dans le paradis de sa maison restaurée. Les enfants grandissaient en pleine santé, toujours plus proches l'un de l'autre, ce que ne manquaient pas d'observer tous ceux qui leur rendaient visite.

Cependant, Flora était gênée de se faire passer pour leur mère biologique et, quand ils eurent dix ans, son malaise l'emporta.

— J'ai l'impression d'être un imposteur, déclara-t-elle à Archie, affligée. Il faut au moins que Louise sache qu'Aurelia était sa véritable mère. Par ailleurs, quelqu'un du village risque de lui parler d'elle un jour ou l'autre. Mais cela signifie que nous devons mentir à Teddy à propos de sa mère à lui.

— Nous en avons discuté maintes fois, c'est un petit prix à payer pour son confort et sa tranquillité ici avec nous, non ? Mais tu as raison : nous devons leur parler d'Aurelia.

Ainsi, quelques jours plus tard, Teddy et Louise apparurent main dans la main au salon, comme deux chérubins, tous roses et parfumés au sortir du bain. Flora et Archie les firent asseoir et leur parlèrent de leur vraie mère. Flora avait le cœur serré en voyant l'expression confiante de Teddy. Les deux enfants semblaient choqués et perplexes.

— Pouvons-nous toujours vous appeler « Maman » ? demanda Louise timidement, ses yeux sombres fixés sur Flora.

— Bien sûr, ma chérie.

— Parce que vous avez toujours été notre mère, ajouta Teddy, au bord des larmes.

Flora les attira tous les deux contre son cœur.

— C'est vrai. Et je vous aimerai toujours et m'occuperai toujours de vous deux, je vous le promets.

* * *

Au fur et à mesure que Teddy grandissait, Archie lui apprit tout ce qu'il savait des activités en pleine nature. Enfant des Lacs, Teddy se sentait tout à fait à l'aise au grand air. Néanmoins, lorsqu'il eut treize ans, Archie insista pour qu'il suive ses pas et – malgré les vives protestations de Louise et de Flora – l'envoya à Charterhouse, un pensionnat de la région. Là, le jeune garçon commença à se rebeller contre le monde scolaire et la routine qu'imposait ce type d'établissement. Flora avait beau dire que Teddy était bien plus heureux à gambader dans la campagne, qu'il avait la nature dans le sang, Archie ne voulait rien entendre.

— Il doit se plier aux mêmes exigences que tous les jeunes gens de son rang et apprendre à être un gentilhomme.

Le malheur de Teddy et sa rébellion permanente étaient les seuls motifs de tristesse de Flora. Elle savait que, comme tout le monde à High Weald, Archie avait oublié qui son fils était vraiment.

37

Décembre 1943

B*EATRIX EST MORTE !*

Ne voyant plus la page de son journal, lady Flora Vaughan posa son stylo et pleura. Le télégramme était arrivé quelques heures plus tôt seulement et elle peinait à croire qu'au milieu de toutes les morts et de toutes les destructions de cette nouvelle guerre, de tous ces messages qui parvenaient régulièrement aux villageois de High Weald, elle aussi en avait reçu un.

— Ma chère amie, ma si chère amie…

Il lui semblait presque inconcevable qu'une telle force de la nature – la femme et l'écrivain, la personne la plus intelligente et bienveillante qu'elle connaisse – ne pose plus jamais le pied sur ses collines bienaimées.

— Chérie, que se passe-t-il ?

Archie se pencha au-dessus d'elle pour lire le télégramme.

— Je suis navré. Je sais combien elle était importante pour toi.

— Combien elle était importante pour *nous*. C'est elle qui m'a encouragée à vous rejoindre, Louise et toi. Elle qui m'a amené Teddy.

— Oui, c'est une terrible perte. Veux-tu que je reste avec toi aujourd'hui ? Je suis censé allé au ministère de l'Air pour une réunion, mais je peux toujours annuler.

Flora embrassa la main qu'il avait posée sur son épaule.

— Non. Comme Beatrix disait toujours, quand quelqu'un meurt, la vie doit continuer. Mais merci pour ta proposition. Seras-tu de retour pour le dîner ?

— Je l'espère. Les trains fonctionnent très mal en ce moment. Tu sais où me trouver si tu as besoin de moi.

Archie embrassa tendrement sa femme sur la joue.

— Teddy va t'emmener à la gare ?

— Je vais conduire moi-même, répondit Archie d'un ton brusque. À tout à l'heure, chérie.

Il quitta le bureau et Flora contempla par la fenêtre le jardin clos que tous deux avaient fait renaître. Une épaisse couche de gel masquait sa beauté, lui rappelant ce jour de décembre, trente-quatre ans plus tôt, quand Archie l'avait embrassée sous l'if. À présent, Louise et Teddy étaient plus grands qu'Archie et elle ne l'étaient alors. Et un autre Noël approchait.

Sachant qu'elle n'avait pas le temps de pleurer ce jour-là, Flora fit monter au ciel une brève prière pour son amie, puis consulta sa liste de choses à faire. À cinq heures de l'après-midi, les célébrations précédant Noël commenceraient, avec une fête pour les Land Girls, ces filles qui avaient remplacé dans les champs les hommes partis au front, et qui travaillaient si dur à High Weald depuis un an. Elles allaient repartir tôt le lendemain matin dans un car affrété spécialement pour les ramener dans leurs familles pour Noël, et Flora voulait leur offrir une soirée de détente et d'amusement autour de *mince pies* et de cidre fait maison.

Ensuite, la veille de Noël, Rose arriverait pour passer les fêtes à High Weald. Flora était émerveillée de l'évolution de sa relation avec sa mère. Rose était toujours la bienvenue à High Weald et venait plus souvent désormais que le rationnement frappait Londres de plein fouet. Flora remerciait Dieu d'avoir des poules qui lui donnaient des œufs, même si le plus gros poulet aurait quitté le poulailler avant le soir. Avec le temps, elle avait dû céder à la demande de viande de sa famille, et Dottie était le sacrifice de cette année.

Pour se remonter le moral, elle se rappela que sa famille avait eu la chance de ne pas souffrir pendant la guerre, contrairement à d'autres ; aucun de ses deux hommes adorés n'était parti combattre : Archie parce que la Grande Guerre l'avait rendu invalide et que, de toute façon, il avait passé l'âge d'être mobilisé, et Teddy grâce à l'absurde miracle de ses pieds plats. Flora ne comprenait toujours pas comment cela pouvait l'empêcher d'être un bon soldat, d'autant que cela ne le rendait en aucune façon moins agile ni moins rapide, mais elle n'allait pas s'en plaindre. Cette particularité avait peut-être sauvé son fils.

La nouvelle avait contrarié Archie – après tout, le jeune propriétaire terrien du village aurait dû s'inscrire en exemple –, mais Teddy n'y était pour rien et avait juré de jouer un rôle aussi actif que possible à l'arrière.

Malheureusement, ses tentatives dans ce sens tournaient systématiquement court. Archie accusait son manque de discipline, mais Flora invoquait plutôt la joyeuse frénésie d'un jeune homme devenu adulte pendant la guerre. Après la mobilisation de ses amis d'Oxford, l'enthousiasme de son fils pour ses études avait décliné et, au bout d'un semestre de ce que le directeur de son université avait qualifié de « comportement inapproprié pour un étudiant d'Oxford », Teddy avait été renvoyé.

Depuis, il avait tenté la Garde civile, mais avait trouvé difficile de recevoir des ordres, traitant les membres de la garde locale de « vieux schnocks bourrus ». Flora avait alors accepté de lui confier la gestion de la ferme quand Albert, le gérant de l'exploitation, avait rejoint l'armée. Toutefois, son incapacité à se lever à l'aube avait vite irrité la poignée d'employés qui travaillaient là de longue date.

Archie avait ensuite trouvé à Teddy un emploi administratif au ministère de l'Air à Kingsway, où lui-même travaillait, mais cela non plus n'avait pas duré. Flora n'était pas certaine de la raison de son départ – Archie, l'air sombre, lui avait simplement dit qu'il avait été décidé que Teddy devait trouver un autre emploi. En lisant entre les lignes, Flora avait présumé qu'une fille était au cœur de l'affaire.

Il n'était pas étonnant que les femmes se pâment devant lui. Avec sa haute stature, sa large carrure, ses cheveux blonds et ses yeux bleus, sans parler de son charme, il était difficile de ne pas le remarquer. Teddy allait bientôt avoir vingt-cinq ans et était encore célibataire. Flora était persuadée qu'une fois qu'il aurait enfin trouvé chaussure à son pied, tous les torts seraient réparés et que son fils chéri deviendrait digne du titre et de la propriété.

Elle quitta le couloir glacial au profit de la cuisine chaude et embuée où Mrs Tanit préparait des pâtisseries qui sentaient aussi bon que des *mince pies*, mais étaient intelligemment composées de toutes sortes d'ingrédients alternatifs.

— Que souhaiteriez-vous pour le dîner, madame ? Je pensais utiliser la pâte restante pour confectionner une tarte salée. J'ai aussi des épinards, de la purée et des œufs, indiqua-t-elle de son doux accent.

— Doux Jésus, une tarte ! Voilà qui serait une gâterie. Si l'on arrive à trouver de quoi la garnir.

— Mr Tanit a dégoté du jarret de bœuf dans le village. Je pensais qu'on pourrait l'utiliser.

Flora savait qu'il ne valait mieux pas en demander la provenance. Le marché noir local pour la viande prospérait. Et juste pour cette fois, elle n'allait pas résister.

— Très bonne idée, convint-elle, reconnaissante une fois de plus pour la présence des Tanit.

Le jeune couple n'avait pas peur de travailler dur. Non seulement Mr Tanit conduisait, mais il aidait également Flora aux jardins, au verger et à s'occuper des animaux qu'elle avait recueillis au fil des ans.

— Pourriez-vous aussi préparer la chambre habituelle de ma mère ? demanda-t-elle à Mrs Tanit. Oh, et bien sûr, nous aurons besoin de vin chaud pour l'apéritif des villageois demain au déjeuner. Prenez du vin rouge à la cave, mais nous devrons nous passer d'oranges.

La seule pensée d'une orange faisait monter l'eau à la bouche de Flora.

— Oui, madame.

— Et ce soir, Louise amène les Land Girls à cinq heures précises, ajouta-t-elle.

Elle quitta la cuisine et retourna dans son bureau pour écrire une lettre de condoléances à William, le mari de Beatrix. Elle avait à peine reposé son stylo qu'on frappa à la porte.

— Entrez.

— Je vous dérange, Maman ? s'enquit Louise en passant la tête dans l'embrasure de la porte, ses cheveux auburn mi-longs retenus soigneusement par deux peignes, ses yeux bruns si semblables à ceux d'Archie.

— Bien sûr que non. Même si je viens de recevoir une très triste nouvelle. Mon amie Beatrix nous a quittés hier.

— Oh Maman, j'en suis navrée. Je sais à quel point vous étiez attachée à elle. Et nous avons aussi perdu un grand talent. Je me souviens de ses histoires d'animaux que vous nous lisiez quand nous étions petits.

— C'est une grande perte, en effet.

— C'est tellement dommage qu'elle n'ait pas vécu assez longtemps pour voir la paix. Je suis certaine qu'elle ne va pas tarder. Ou du moins, je l'espère, se corrigea la jeune femme.

— À quel sujet souhaitais-tu me voir, chérie ?

— Oh… rien. Cela peut attendre. Les filles sont toutes très enthousiastes à l'idée de la fête de ce soir, poursuivit-elle gaiement.

— Et nous ferons de notre mieux pour la rendre aussi joyeuse que possible.

— Je leur ai cousu des sacs de lavande comme présents à remporter chez elles. Et nous allons toutes nous mettre sur notre trente-et-un !

— Formidable, et ne crois surtout pas que je serai triste ce soir. Beatrix n'aurait pas voulu que nous soyons en deuil.

— Toute perte d'un être cher n'en est pas moins difficile, et je sais que vous faites simplement preuve de courage, déclara Louise en s'approchant pour poser un baiser sur la joue de sa mère. Nous nous verrons à cinq heures alors.

— Sais-tu si Teddy sera là ce soir ? Je lui ai demandé de venir.

— Il a dit qu'il essaierait, mais il est très occupé aujourd'hui.

À faire quoi ? se demanda Flora tandis que Louise quittait la pièce, avant d'écarter cette pensée – c'était son fils et elle devait lui faire confiance.

À l'heure dite, les Land Girls étaient réunies au salon, à boire du cidre et à déguster les fausses *mince pies* de Mrs Tanit, constituées de prunes et de pommes séchées du verger. Louise fut encouragée à prendre place au piano et toutes les filles entonnèrent des chants de Noël avec enthousiasme, avant de terminer avec « We'll Meet Again » de Vera Lynn.

Alors que Louise raccompagnait les filles dans l'entrée pour qu'elles récupèrent leurs manteaux et regagnent les deux cottages qu'elles occupaient près de l'écurie, Flora décela de l'inquiétude sur le visage de sa fille.

— Est-ce que tout va bien, chérie ?

— Une des filles, Tessie, semble avoir disparu. Mais bon, je suis sûre qu'elle va finir par rentrer. Si vous n'y voyez pas d'inconvénient, je ne dînerai pas avec Papa et vous. J'aimerais passer le reste de la soirée avec les filles.

— Pas de problème. Toujours pas de nouvelles de Teddy ?

— Non. Bonne nuit, Maman.

Louise rassembla les filles dehors et Flora la regarda les conduire dans l'allée à la lueur d'une lanterne. Elle songea avec tendresse à l'aide précieuse que lui apportait sa fille, s'occupant toute seule des Land Girls de façon calme et amicale, sans un soupçon d'arrogance. Flora savait que toutes l'adoraient.

Elle se dirigea vers la cuisine et vit la tarte à la viande ainsi que les épinards et la purée de pommes de terre que Mrs Tanit avait laissés au chaud dans le fourneau avant de rentrer chez elle.

Pensant une fois de plus à quel point son existence solitaire et sans domestique aux Lacs l'avait parfaitement préparée aux années de guerre, elle récupéra un plateau de verres vides au salon et entreprit de les laver en attendant le retour d'Archie – et de Teddy. Ces jours-ci, ils prenaient leurs repas à la table de la cuisine. C'était l'endroit le plus chaud de la maison et, même s'ils auraient pu abattre des arbres pour faire du bois de chauffage, Flora et Archie avaient décidé d'être solidaires de ceux qui subissaient des privations à travers le monde.

Archie arriva par la porte arrière vingt minutes plus tard, les traits marqués par l'épuisement, mais les yeux lumineux. Il embrassa tendrement Flora.

— Chérie, comment vas-tu ? Et comment s'est passée la fête ? Pardonne-moi de ne pas être rentré à temps, mais j'avais une réunion. Et j'ai de bonnes nouvelles.

— C'était très gai, répondit-elle en enfilant un tablier pour servir le dîner, décidant de ne pas attendre Teddy, sans quoi la tarte perdrait de sa saveur. Quelles nouvelles m'apportes-tu ?

— J'ai la joie de t'annoncer que je ne devrai plus faire tous ces trajets jusqu'à Londres. Je vais être muté à la base aérienne d'Ashford. Nous avons à présent des escadrons de la RAF et de l'Aviation royale canadienne. Plus les Américains, évidemment.

— Oui.

Flora sourit en se remémorant l'excitation des Land Girls quelques mois plus tôt, lorsqu'elles avaient appris que des escadrons canadiens, américains et britanniques seraient postés non loin de là. Un certain nombre de bals avaient été organisés et les filles en étaient revenues avec des chocolats et des bas en nylon.

— C'est une excellente nouvelle, chéri. Quel sera ton rôle ?

— Tout ce que je peux te dire, c'est qu'une grosse opération se prépare. Je serai l'officier de liaison entre les différents escadrons, j'organiserai les roulements, ce genre de choses, et je participerai à la stratégie. Pour la première fois aujourd'hui, j'ai vraiment eu l'impression que la fin était en vue.

— Ce serait formidable.

Flora posa une assiette devant son mari et le regarda avec tendresse.

— Cela m'a l'air excellent, dit-il en saisissant ses couverts. Aucun des enfants ne se joint à nous ce soir ?

— Non, Louise est avec les Land Girls aux cottages et Teddy est… sorti.

— Comme d'habitude, murmura Archie.

Il était deux heures du matin quand Flora, incapable de dormir, entendit le plancher craquer et une porte se refermer dans le couloir. Son fils était enfin rentré à la maison.

* * *

— Où étais-tu hier soir ? s'enquit Flora quand Teddy vint errer dans la cuisine.

Elle s'affairait avec Mrs Tanit en prévision des fêtes, écoutant des chants de Noël à la radio.

— J'étais sorti. Cela vous pose problème, Maman ? J'ai passé l'âge de demander la permission, répliqua le jeune homme en attrapant deux tartelettes à la confiture qui refroidissaient sur la table. Comment allez-vous aujourd'hui, Mrs Tanit ?

— Bien, merci monsieur.

Flora avait remarqué que leur gouvernante était l'une des seules femmes qu'elle connaissait qui refusait de succomber aux charmes de son fils.

— J'en suis heureux, répondit-il en adressant un grand sourire à Mrs Tanit. Bon, quels sont les projets pour aujourd'hui, Maman ?

— Nous recevons les villageois pour l'apéritif à l'heure du déjeuner, et ta grand-mère arrive à cinq heures à Ashford. Aurais-tu la gentillesse d'aller la chercher à la gare ?

— Cela dépend, fit-il en traversant la cuisine pour aller s'adosser au fourneau, près de là où Mrs Tanit remuait le vin chaud. Les garçons du village m'ont invité à les rejoindre au pub avant le dîner. Après tout, c'est Noël.

— Cela nous arrangerait tous si tu pouvais te libérer.

— Votre mari ne peut-il pas s'en charger ? demanda-t-il à Mrs Tanit qui tressaillit quand il lui posa une main dans le dos.

— Mr et Mrs Tanit ont la soirée libre pour fêter Noël ensemble, sachant que Mrs Tanit viendra demain pour m'aider à préparer et à servir le déjeuner. Je suis certaine que ta grand-mère apprécierait un effort de ta part.

— Y a-t-il du pain ? s'enquit-il en parcourant la cuisine des yeux. Je meurs de faim, je pourrais manger un cheval.

Flora indiqua le garde-manger.

— Il y a trois miches à peine sorties du four, mais ne prends pas plus d'une tranche, s'il te plaît. Nous en avons besoin pour faire des sandwichs aux villageois.

Tandis que son fils allait cherchait le pain, elle soupira. Parfois, même elle perdait patience.

— Je pense que ça va être un merveilleux Noël, déclara Teddy en émergeant du garde-manger, la bouche pleine.

— Je l'espère.

— Et naturellement j'irai chercher Bonne-Maman. Je plaisantais.

Sur ces mots, il adressa un grand sourire à sa mère et la prit dans ses bras.

* * *

Ce fut en effet un joyeux Noël. Archie était plus gai qu'il ne l'avait été depuis longtemps, sans doute du fait de sa mutation à Ashford. Louise, comme toujours, était douce et prévenante, veillant à la joie et au confort de tous. Même Teddy parvint à contrôler son envie pressante de rejoindre ses amis au pub et resta à la maison jusqu'au 26 décembre.

Ce soir-là, Flora et Archie s'effondrèrent dans leur lit, tous deux éreintés par ces festivités.

— J'ai l'impression que nous avons reçu tous les habitants de la région, riches et pauvres, à nos frais.

— C'est le cas, répondit Flora en riant, pensant à tous ceux qui étaient passés à High Weald au cours des jours précédents. Mais c'est bien ainsi, non ? Après tout, il faut être généreux à Noël.

— Tu as raison, et c'est toi qui as le plus donné. Merci, ma chérie, lui dit-il en l'embrassant. Espérons que la nouvelle année apportera la paix que nous méritons tous.

38

L'hiver 1944 sembla à Flora plus long que tous les autres. Peut-être parce que, comme le reste du monde, elle était lasse de la guerre, lasse des mauvaises nouvelles et lasse de la voix faussement guillerette qui, à la radio, intimait aux auditeurs de garder le moral.

En outre, un pressentiment inhabituel l'oppressait, comme la neige épaisse qui tapissait les jardins. La seule note positive de ce mois de février particulièrement rude fut une lettre de William Heelis.

Castle Cottage
Near Sawrey
15 février 1944

Ma chère lady Vaughan – ou puis-je encore t'appeler Flora ?

J'espère que tu vas bien. Ici, nous sommes engloutis par la neige et tout me semble bien silencieux maintenant que ma si chère Beatrix n'est plus là pour me gronder. Je t'écris pour te dire que son testament a été lu par moi-même, en présence du chat uniquement (qui, au passage, a reçu un petit legs sous la forme d'une boîte de sardines). Il s'agissait d'une procédure officielle, exigée juridiquement par le notaire (moi-même) et l'exécuteur testamentaire (moi-même). Il y aura une rencontre formelle des fidéicommissaires et de tous les bénéficiaires en temps utile, mais au vu des conditions actuelles peu clémentes, j'ai décidé d'attendre la fonte des neiges pour l'organiser. Elle se tiendra à Londres, où résident un certain nombre de bénéficiaires, notamment le National Trust. La liste est longue, comme tu peux l'imaginer, et je devrai sans doute louer une salle de réception pour tous les accueillir. Je plaisante, mais le testament est complexe et nécessitera un certain tri, et le fait que ce soit celui de Beatrix rend toute l'affaire bien plus pénible pour son humble exécuteur.

Je voulais t'informer que Beatrix t'a légué un bien. Je joins la courte lettre qu'elle t'a écrite pour t'expliquer sa démarche. J'espère que tu approuveras !

Entre-temps, ma chère Flora, prions pour que cet hiver interminable prenne fin et que le printemps nous apporte à tous l'espoir d'un avenir. J'avoue avoir aujourd'hui du mal à accepter qu'il puisse y en avoir un sans ma femme bienaimée.

Donne-moi de tes nouvelles, chère amie.

William Heelis

Flora ouvrit la deuxième enveloppe en retenant son souffle.

Castle Cottage
Near Sawrey
20 juin 1942

Ma chère Flora,

Je serai brève, sachant que les missives d'outre-tombe peuvent vite devenir larmoyantes.

Venons-en donc directement au fait : je te lègue une librairie à Londres, que j'ai achetée il y a quelques années maintenant, quand les propriétaires avaient des difficultés financières. Arthur Morston (arrière-petit-fils et homonyme du fondateur) venait de mourir et, comme c'était la librairie de mon quartier dans mon enfance à Kensington, et que j'avais beaucoup d'affection pour ce monsieur, je l'ai rachetée à ses successeurs. Malheureusement, j'ai dû la fermer au début de la guerre, à cause du manque de personnel. Et elle est encore fermée aujourd'hui.

Flora, ma chère, tu es libre d'en faire ce que tu voudras. Le bâtiment, au moins, a de la valeur. Si tu décides de la garder, tu seras une bien meilleure propriétaire et employeuse que je ne l'ai jamais été, sachant que tu habites bien plus près de Londres que moi. Si tu la vends, je suis persuadée que ton amour des livres te permettra de faire bon usage des stocks. C'est un miracle qu'elle ait survécu à la guerre – pour l'instant, du moins – quand tant d'immeubles environnants ont été détruits. C'est une merveilleuse petite boutique, et je te prie instamment de t'y rendre au moins une fois avant de prendre ta décision.

Chère Flora, l'heure est venue de te dire au revoir. Je me souviendrai toujours avec affection des moments passés ensemble. Reste en contact avec mon cher William. Après mon départ, je crains qu'il ne soit perdu sans moi.

Beatrix

* * *

— Comme c'est gentil et généreux de sa part, commenta Archie au dîner ce soir-là. Quand tu auras reçu les clés et les titres de propriété, nous devrons absolument aller à Londres voir cette librairie.

— J'espère seulement qu'elle est toujours debout. Je supporterais mal de découvrir un tas de ruines.

— Peut-être cela intéresserait-il Teddy de la gérer ? Il semble être désœuvré ces temps-ci. Il n'est même pas fichu de se lever avant l'heure du déjeuner. Et j'ai entendu dire au village qu'il est un habitué de l'auberge.

— Comme tu le sais, il a eu un terrible rhume.

— Nous avons tous été enrhumés cet hiver, Flora, et cela ne nous empêche pas de faire quelque chose d'utile de nos journées.

— Je crois qu'il est déprimé. Ses jeunes années ont été assombries par la guerre.

— Au moins il lui en reste à vivre, des années, contrairement à tant de ses conscrits, répliqua Archie d'un ton sec, essayant de contrôler sa colère. Je pensais récemment que nous devrions revoir le contenu de mon testament. Je n'y ai pas touché depuis notre mariage. Dans l'état actuel des choses, High Weald reviendrait à Teddy, puisqu'il est notre fils aîné, le seul en l'occurrence, et donc mon héritier, selon la règle de la primogéniture, mais j'avoue commencer à me poser des questions quant à la pertinence de cette décision. Je me disais aujourd'hui que même si je ne peux rien faire pour le titre, qui lui reviendra de droit, je devrais peut-être te laisser le domaine à toi, chérie. Ensuite, selon l'attitude de Teddy à l'avenir, et aussi selon que Louise met au monde un garçon ou non, tu pourrais décider de la meilleure marche à suivre…

— Pourrions-nous parler de cela un autre jour ? Peut-être à la fin de la guerre, quand tout sera revenu dans l'ordre ? Avec Beatrix à peine enterrée, je n'ai vraiment pas la force de penser à ce genre de choses.

— Bien sûr, ma chérie, fit Archie en lui prenant la main. Et quand la paix sera là, nous célébrerons le fait d'avoir tous réussi à traverser ces moments difficiles.

* * *

Flora retrouva le moral avec l'apparition des premiers signes du printemps. Elle était également enthousiaste de voir germer les graines qu'elle et Mrs Tanit avaient plantées l'automne précédent. Guerre ou pas, un jardin – tout comme un enfant – exigeait une attention constante. Et le simple fait de remuer la terre la rassurait.

Malgré son scepticisme quant à la propagande positive du bureau de la guerre, elle sentait tout de même que le vent tournait à la faveur des Alliés, de façon radicale. Elle savait, d'après ce qu'Archie lui rapportait – et d'après ce qu'il ne lui disait pas –, que les Alliés se préparaient pour une sorte d'attaque organisée en Europe. Bien que son mari passe souvent une partie de la nuit à la base aérienne, elle lisait l'excitation dans ses yeux.

Il y avait aussi de bonnes nouvelles pour Louise, qui s'était rendue avec Teddy à un bal pour le Nouvel An, après maints efforts de persuasion de la part de Flora.

— Cela te fera du bien d'aller en ville et de faire une pause dans ton travail à High Weald, avait-elle insisté.

Elle avait prêté à sa fille une robe du soir et Louise avait elle-même fait les retouches, ses doigts agiles volant au-dessus du tissu, tout comme ceux d'Aurelia autrefois. Teddy l'avait accompagnée dans le train et, quand Louise était rentrée à la maison le lendemain, Flora avait remarqué un nouvel éclat dans ses yeux.

Le responsable s'appelait Rupert Forbes, un homme passionné de livres qu'une forte myopie avait empêché de partir combattre pour son pays. Teddy avait vaguement fait sa connaissance à Oxford et Louise avait expliqué à Flora qu'il travaillait désormais pour les services de renseignement.

— Naturellement, il ne peut pas me donner de précisions, mais je suis certaine qu'il occupe un poste crucial. Il est brillant, Maman, il a remporté une bourse pour étudier les lettres classiques à Oxford.

— C'est un type un peu austère, était intervenu Teddy. Il a même refusé de prendre un deuxième verre de champagne le soir du Nouvel An !

— Nous ne sommes pas tous obligés de boire en continu pour trouver le bonheur, avait répliqué Louise d'un ton sec.

Il était inhabituel pour Louise d'être désagréable envers qui que ce soit, encore moins envers son frère adoré, et Flora s'était demandé si cette remarque était due au besoin de défendre Rupert, ou à une irritation croissante à l'égard de Teddy.

La romance entre les deux jeunes gens s'était rapidement épanouie. Lorsqu'ils avaient fait sa connaissance, Flora et Archie avaient tout de suite apprécié Rupert et l'amour grandissant du couple leur mettait du baume au cœur. Ils avaient annoncé leurs fiançailles deux semaines plus tôt et Rupert était venu passer le week-end à High Weald pour l'occasion. Il avait été fasciné par l'héritage que Beatrix avait laissé à Flora et l'avait suppliée d'être autorisé à l'accompagner lorsqu'elle se rendrait à la librairie. Le bâtiment avait survécu au Blitz et Flora attendait les titres de propriété d'un jour à l'autre.

Bien qu'issu d'une bonne famille, Rupert n'avait aucune fortune personnelle. Archie et Flora avaient donc convenu que le jeune couple s'installerait de l'autre côté de la route, à Home Farm, une maison restée inoccupée depuis le départ du gérant de l'exploitation. Flora savait qu'avec un coup de peinture, quelques meubles et de nouveaux rideaux que Louise créerait avec sa dextérité habituelle, ce logement conviendrait bien aux jeunes mariés. Et Flora avait déjà en tête le cadeau de mariage idéal.

Un matin de mai ensoleillé, Louise vint trouver Flora dans le jardin.

— Maman, puis-je vous parler ?

— Bien sûr, que se passe-t-il ? s'enquit Flora en notant la préoccupation sur le visage de sa fille.

— Pouvons-nous nous asseoir un moment ?

Louise indiqua un banc à l'ombre, sous une tonnelle couverte de roses récemment installée par Mr Tanit.

— Qu'y a-t-il donc ?

Flora voyait les longs doigts de Louise se croiser et se décroiser d'agitation.

— C'est… délicat. Il s'agit de l'une des Land Girls. Et de Teddy.

— Je t'écoute.

— Je sais depuis Noël qu'il se tramait quelque chose entre eux deux. Vous souvenez-vous de la fête pour les Land Girls, quand je m'inquiétais de ne pas voir arriver Tessie ?

— Oui.

— Eh bien, ce soir-là, alors que je quittais les cottages, j'ai surpris Teddy et Tessie sortant de Home Farm. Il était minuit passé et j'ai alors eu la confirmation de ce que m'avaient déjà rapporté deux des filles.

— Tu veux dire qu'elles savaient où elle était ?

— Oui, et avec qui.

— Je vois.

— J'espérais que cette relation tournerait court – je suis sûre que tu connais la capacité d'attention limitée de Teddy, en particulier pour les femmes – et cela semblait être le cas.

— Alors quel est le problème ?

Louise poussa un profond soupir et détourna le regard pour les perdre au loin dans le jardin.

— Hier Tessie est venue me voir, en larmes. Elle m'a annoncé avoir « un polichinelle dans le tiroir », comme elle dit. Maman, elle est enceinte et jure que c'est Teddy le père.

— Mon Dieu… Et est-ce le cas ?

C'était au tour de Flora de crisper ses doigts d'angoisse.

— Elle en est à quatre mois de grossesse environ et son fiancé est en France depuis six mois, sans avoir eu de permission. Toutes les autres filles savaient qu'elle était avec Teddy jusqu'au petit matin cette nuit-là. Les dates correspondent, j'en ai bien peur. Donc je dirais que oui, l'enfant est de lui.

— Et Teddy ? Qu'en dit-il ?

— Elle ne lui en a pas encore parlé. Il a mis un terme à leur relation après avoir fini sa « besogne » avec elle, comme dit Tessie.

— Alors je suppose qu'il doit l'épouser.

— Il n'en a aucune envie. Il ne l'aime pas, et elle ne l'intéresse même plus ! En outre, Tessie est une jeune femme intelligente et très jolie, mais elle vient des quartiers est de Londres. Ils n'ont rien en commun tous les deux. Et si c'est un garçon, l'enfant deviendrait l'héritier de High Weald. Que dirait Papa ?

Flora prit conscience des conséquences du comportement méprisable de son fils, puis songea à la réaction d'Archie s'il apprenait la nouvelle. Cela marquerait la fin de la relation père-fils, déjà bien tendue.

— Tu dis que cette jeune femme est fiancée ?

— Oui. Ils étaient amis d'enfance et ne se sont plus jamais quittés.

— Penses-tu qu'il l'aime assez pour lui pardonner et accepter d'élever l'enfant comme le sien ? Après tout, elle ne sera pas la seule à avoir subi ce destin pendant la guerre.

— Je ne sais pas, mais j'en doute, pas vous ? répondit prudemment Louise, suggérant par le ton de sa voix que le désespoir de Flora la rendait naïve. Si c'était Rupert, en tout cas, j'imagine qu'il me quitterait sans hésiter. Et ici il ne s'agit pas uniquement des sentiments du fiancé de Tessie envers elle, mais aussi des siens envers Teddy. Elle croit être amoureuse de lui.

— D'après ce que tu me dis, il est évident que ce n'est pas réciproque.

— Peut-être pourriez-vous lui parler ? Vous êtes la seule personne qu'il semble écouter. Je vous assure, Maman, qu'il file un mauvais coton. Et sa « ribote » lui forge une réputation qui choquerait Papa. Pardonnez-moi de vous tourmenter avec ces histoires, mais il faut faire quelque chose. Et vite.

— Merci de m'avoir prévenue. Je vais réfléchir à la meilleure solution.

— Je vais dire à Tessie que je vous en ai parlé et que vous aborderez la question avec Teddy.

Flora passa le reste de la journée dans le jardin, regrettant que Teddy ne puisse pas ressembler davantage à Mr Tanit qui, avec calme et discrétion, s'occupait tendrement des plantes et des animaux.

Lui, au moins, fait preuve d'empathie, songea-t-elle en se demandant si son fils pourrait un jour intégrer ce terme à son vocabulaire.

Lors d'une longue nuit à regarder Archie dormir paisiblement près d'elle, Flora décida de la marche à suivre. Si son mari apprenait la conduite abjecte de son fils, il réagirait avec fermeté. L'honneur était tout pour lui et elle ne serait pas surprise qu'il expulse Teddy de High Weald et le déshérite totalement.

Cette après-midi-là, Flora demanda à Louise de lui envoyer Tessie. La jeune fille arriva dans son bureau. Son joli visage était tout pâle et ses grands yeux bleus emplis de peur. Flora remarqua la légère courbe de son ventre et ressentit une douleur soudaine dans le sien. Bien qu'elle et Archie aient essayé d'avoir un enfant, elle n'avait jamais réussi à concevoir.

Tandis qu'elle observait Tessie, un instant de folie lui fit imaginer le bébé dans ses bras à elle. Elle pourrait l'élever comme le sien… L'enfant de Teddy, condamné à devenir un autre nourrisson privé de père. Flora repoussa cette idée et se prépara à la confrontation qui l'attendait.

— Bonjour, Tessie. Asseyez-vous, je vous en prie.

— Merci, Madame. Je suis désolée de vous impliquer dans cette histoire, surtout que vous avez toujours été très gentille pour moi et les autres filles. Est-ce que vous avez parlé à Teddy ? Qu'est-ce qu'il a dit ?

Flora respira pour se calmer avant de mentir.

— Oui, mais malheureusement il nie toute relation avec vous. *A fortiori* une quelconque responsabilité dans cette grossesse.

— Comment c'est possible ? Tout le monde sait qu'on s'est fréquentés pendant des mois cet automne, et autour de Noël aussi. Si vous demandez aux autres filles, elles vous le diront. Je...

Tessie éclata en sanglots. Flora se leva et lui tendit un mouchoir en dentelle. Elle était navrée pour cette pauvre fille, mais devait penser à sa famille d'abord.

— Allons, allons, fit-elle d'une voix douce. Rien n'est jamais aussi terrible que ce qu'il paraît.

— Si, justement ! Comment ça pourrait être pire, Madame ? Un bébé en route, mis là par un homme qui refuse les faits, et un fiancé qui pour sûr partira en courant quand il verra la brioche que j'ai au four. Et mon père et ma mère... ils me chasseront de chez eux dès qu'ils l'apprendront. Je me retrouverai sans le sou, dans la rue. Je ferais peut-être mieux d'aller directement me jeter dans la rivière pour en finir !

— Tessie, s'il vous plaît, je comprends votre détresse, mais il y a toujours une solution à tout, je vous le promets.

— Et laquelle, Madame, si je peux vous le demander ?

— Le plus important est que le bébé et vous ayez un toit au-dessus de votre tête, n'est-ce pas ? Une maison à vous, j'entends.

— Évidemment. Mais avec mon salaire, c'est impossible de me payer un endroit à moi.

— En effet. C'est la raison pour laquelle je suis disposée à vous donner une somme qui vous permettra d'acheter une petite maison et constituera un petit revenu annuel jusqu'à ce que l'enfant aille à l'école et que vous puissiez retrouver du travail.

— Excusez-moi, Madame, mais pourquoi ? s'enquit Tessie en la regardant d'un air suspicieux. Je veux dire, si votre fils vous a dit que le bébé n'est pas de lui, pourquoi est-ce que vous ne me renvoyez pas tout bonnement ?

— Mon fils m'a affirmé que le bébé ne pouvait être de lui, mais cela ne m'empêche pas d'aider une jeune femme en détresse. Moi aussi, autrefois, j'ai été jeune et désespérée. Et j'ai reçu aide et gentillesse au moment où j'en avais besoin. Je ne fais que rendre la bienveillance de jadis en en faisant preuve à mon tour, répondit calmement Flora.

— Mais une maison, ça coûte très cher.

Tessie se moucha à grand bruit.

— Vous pourriez acheter quelque chose près de chez vos parents, si vous le souhaitez. Où habitent-ils ?

— À Hackney.

— Je suis sûre qu'ils changeront d'avis en voyant le bébé. Peut-être même votre fiancé. S'il vous aime, bien entendu.

— Oh, oui, il m'aime. Il m'appelle son soleil. Et regardez ce que je lui ai fait. Non, ajouta-t-elle en secouant la tête. Il ne me le pardonnera jamais, jamais. Et qu'est-ce que vous voudriez en échange ?

— Rien. À part peut-être une photo du bébé de temps en temps. Et la promesse que vous ne ternirez pas la réputation de mon fils en répandant des mensonges à son sujet.

— Je vous jure sur ma tête que Teddy est le père du petit. Et je pense que vous le savez aussi et que c'est pour ça que vous faites ça pour nous. C'est votre petit-enfant que je porte là-dedans, dit-elle en se posant une main sur le ventre. Si c'est un garçon, il pourrait être l'héritier de tout ça.

— Comme vous le savez pertinemment, il n'y a aucun moyen de le prouver, ni dans un sens, ni dans l'autre. Je vous ai proposé une solution. Souhaitez-vous l'accepter ?

— Vous le protégez, n'est-ce pas ? Votre fils chéri… Tout le monde sait qu'il est la prunelle de vos yeux et que vous n'acceptez pas qu'on le critique. Où est-ce qu'il est ? demanda Tessie en se levant, désormais tremblante de rage. Si ça se trouve, vous ne lui avez pas parlé du tout. Je veux lui parler moi-même. Maintenant !

Flora haussa les épaules aussi nonchalamment que possible avant de regagner son bureau.

— Libre à vous. Mais au moment où vous quitterez cette pièce, mon offre ne sera plus valable. Et je vous garantis que vous n'entendrez rien de différent de la bouche de Teddy. Demandez à Louise. À elle aussi, il a nié votre relation.

Elle se rassit alors à son bureau et sortit son carnet de chèques.

— Que préférez-vous ? Vous pouvez partir avec un chèque de mille livres sterling à votre nom, puis retourner au cottage pour faire vos valises. J'enverrai Mr Tanit vous conduire à la gare d'Ashford dans une heure. Sinon, vous pouvez repartir d'ici les mains vides et implorer la pitié de mon fils. Une pitié dont il est dépourvu, comme vous et moi le savons à nos dépens.

Le silence s'installa et Flora espéra en avoir fait assez pour la convaincre. Mais Tessie était fière et intelligente, et Flora l'admirait.

— C'est du chantage tout ça…

Flora ne répondit pas et se contenta de dévisser lentement le capuchon de son stylo-plume. Un long soupir de défaite émana de la jeune fille.

— Comme vous le savez, je n'ai pas le choix. Je vais accepter votre argent et m'en aller.

— Très bien, déclara Flora en écrivant le chèque, respirant à nouveau. Vous avez pris la bonne décision, Tessie.

— Il n'y avait pas de décision à prendre, pas vrai, Madame ? Je l'aimais, vous savez, ajouta-t-elle avec tristesse. J'avais toujours été une bonne fille, mais il m'a raconté tout un tas de mensonges, par exemple qu'il m'épouserait.

— Voici le chèque, ainsi que le nom de mon notaire qui s'occupera de toute correspondance future. Il vous aidera également pour l'achat d'une maison, si nécessaire.

— Merci, Madame, parvint à articuler Tessie. Vous êtes gentille, c'est sûr. Teddy ne sait pas la chance qu'il a d'avoir une mère comme vous, prête à s'occuper de ses sales besognes pour lui. C'est un mauvais garçon, je vous le dis.

— Au revoir, Tessie. Prenez soin de vous deux.

— Je ferai de mon mieux, Madame, je vous le promets.

Tessie quitta la pièce et Flora s'effondra dans son fauteuil, envahie à la fois par le soulagement et le dégoût.

L'amour n'a rien de malhonnête…

Elle se rappelait les mots d'Archie tant d'années auparavant. Pourtant, son amour envers Teddy et son besoin de le protéger avaient fait d'elle quelqu'un qu'elle ne reconnaissait pas. Et Flora se haïssait pour cela.

* * *

— Que se passe-t-il, Maman ? J'ai un rendez-vous à cinq heures, annonça Teddy d'un air boudeur en apparaissant dans le bureau de Flora.

— Et tu as déjà dix minutes de retard, alors nous ferions mieux de ne pas perdre plus de temps.

— Qu'est-ce que j'ai fait, cette fois ? Quelles rumeurs avez-vous entendues ?

— Je pense que tu le sais très bien.

Teddy gloussa.

— Oh, j'imagine que ma prétendue liaison avec la fille Smith vous est revenue aux oreilles.

— Oui, par les autres Land Girls et par la bouche de ta sœur qui affirme vous avoir vus tous les deux sortant de Home Farm, le 23 décembre. Ainsi que de la bouche de Tessie elle-même, tout à l'heure.

— Elle est venue vous voir ?

— Je l'ai convoquée.

— Bon sang, Maman. Vous semblez oublier que j'ai vingt-quatre ans et que je suis capable de me sortir moi-même du pétrin.

— Tu avoues donc t'être mis dans le « pétrin » ?

— Non, je… bafouilla le jeune homme. Je veux dire qu'il est inutile que ma mère interfère dans ma vie. Vous vous rendez bien compte que toute cette affaire n'est qu'un paquet de mensonges, non ?

— Ayant parlé aujourd'hui à Tessie, j'en doute fort. Je n'irai pas par quatre chemins. Tu sais que Tessie est enceinte et qu'il est probable que l'enfant soit de toi. Tu as refusé d'assumer tes actes, tout comme tu ne reconnais d'ailleurs jamais ta part de responsabilité pour quoi que ce soit. Tu mens de façon éhontée, systématiquement, pour te sauver la mise.

— Maman… je…

— S'il te plaît, ne m'interromps pas. Tu es un ivrogne insolent et paresseux et, franchement, une honte pour notre famille. Pas plus tard que la semaine dernière, ton père envisageait d'ailleurs de revoir son testament.

— Pour me déshériter ?

En voyant l'expression de Teddy, Flora sut qu'elle avait touché sa corde sensible.

— Oui. Et je comprends très bien pourquoi. À vrai dire, si ton père apprenait ne serait-ce qu'un dixième de la rumeur qui circule à propos de Tessie, ce serait la goutte qui ferait déborder le vase.

— Je vois.

Teddy s'effondra dans un fauteuil.

— Je suggère que, dorénavant, il n'y ait plus de mensonges entre nous si nous voulons avoir une chance de rattraper la situation.

Teddy regarda par la fenêtre, derrière sa mère.

— D'accord.

— J'ai renvoyée Tessie, avec assez d'argent pour s'assurer de sa sécurité et de celle du bébé.

— Maman, vous n'aviez pas besoin de faire une chose pareille, vraiment, je…

— Je crois que si, au contraire. Il s'agit très certainement de ton enfant, et du petit-enfant de ton père et moi. Admets-le Teddy, pour l'amour du Ciel.

— Oui, d'accord, c'est possible, mais…

— Il n'y a pas de « mais » qui tienne. Tu ne peux tout simplement pas poursuivre sur cette pente. Je comprends que tu t'ennuies et que tu ne saches pas quoi faire de ta vie, mais ta réputation d'ivrogne et de coureur de jupons se répand comme une traînée de poudre.

— Je m'ennuie, en effet, et ce n'est pas étonnant ! Sans ces stupides pieds plats, je serais parti il y a des années accomplir mon devoir et servir mon pays.

— Quelles que soient tes excuses, tu dois maintenant faire un choix. Tu peux rester avec nous et devenir un fils dont ton père et moi pourrons être fiers. Ou je suggérerai à ton père de t'envoyer à Ceylan chez ta tante Elizabeth et ton oncle Sidney, où tu pourras les aider sur leur plantation de thé. Dans les deux cas, tu devras prouver à ton père que tu mérites d'être son héritier.

Comme Tessie plus tôt, Teddy garda un moment le silence.

— Vous m'enverriez en Asie ? La guerre fait rage, Maman, dit-il d'une voix beaucoup moins assurée. Des navires sont bombardés en permanence.

Flora inspira profondément avant de poursuivre.

— Je serais prête à le faire, oui, simplement parce que je ne suis plus disposée à te protéger, ni à excuser tes frasques. Si je n'intervenais pas constamment en ta faveur, la situation avec ton père aurait déjà atteint le point de non-retour. Toutefois, malgré tout l'amour que je te porte, l'expression de cette jeune femme, assise aujourd'hui où tu es actuellement, quand je lui ai dit que tu niais toute relation avec elle, m'a fait prendre conscience que je ne pouvais plus tolérer ton comportement. Tu comprends, Teddy ?

— Oui, Maman, lâcha-t-il d'un air abattu.

— Je crois encore qu'il y a quelqu'un de bien en toi. Tu es jeune et as encore la possibilité de te racheter et de prouver à ton père que tu es digne d'hériter un jour de cette propriété.

— Oui. Je vais rester, Maman, déclara-t-il après réflexion. Et je promets de ne plus vous décevoir, vous et Papa.

Et sans lui adresser d'autre regard, Teddy sortit de la pièce.

39

Les deux semaines qui suivirent, Teddy sembla en effet avoir pris un nouveau départ. Il se montrait aussi serviable que possible, à la fois à la maison et aux jardins. Et il y avait beaucoup à faire car, le lendemain de la discussion de Flora et Teddy, Mr Tanit annonça que sa femme et lui quittaient High Weald. Il ne donna pas de raison et, quand Flora lui demanda si elle pouvait faire quoi que ce soit pour les persuader de rester, il demeura bouche cousue.

— C'est mieux ainsi, madame. Mrs Tanit ne se sent plus à l'aise à High Weald.

Ils partirent le soir même et Flora resta éveillée toute la nuit, réfléchissant à ce qu'elle avait bien pu faire pour offenser la si gentille gouvernante.

En apprenant la nouvelle le lendemain matin à la cuisine, Louise haussa les épaules d'un air abattu.

— Vous devez bien savoir pourquoi, non ? chuchota-t-elle. Ces derniers mois, Teddy l'embêtait sans cesse. Je ne suis sûre de rien, mais honnêtement, à la place de la pauvre Mrs Tanit, je ne l'aurais sans doute pas supporté non plus.

Flora ferma les yeux, se rappelant son fils la main dans le dos de la gouvernante, quand ils étaient à la cuisine.

Le lendemain soir, Flora dîna seule. Archie était retardé à la base aérienne, ce qui était de plus en plus fréquent ces derniers temps. Dans son lit cette nuit-là, elle entendit le bourdonnement des bombardiers non loin, mais n'y prêta pas grande attention. De tels bruits étaient devenus aussi familiers que le pépiement des oiseaux au petit matin. Toutefois, ce soir-là ils semblaient plus proches que d'habitude et Flora soupira d'irritation à l'idée de devoir dormir à la cave.

Et, en effet, juste avant minuit, les sirènes se déclenchèrent et Flora, Louise et Teddy descendirent ensemble l'escalier. Deux heures plus tard, le signal de fin d'alerte retentit et tous trois remontèrent se coucher. Flora savait qu'Archie passerait sans doute le reste de la nuit dans un lit de camp de la base aérienne.

* * *

— Maman ! Maman, réveillez-vous ! cria Louise en entrant en trombe dans sa chambre le lendemain matin. Il y a quelqu'un au téléphone pour vous, un chef d'escadron. Il veut vous parler de toute urgence.

Le cœur serré, Flora quitta son lit et se précipita dans l'escalier, bien qu'elle connaisse déjà le motif de l'appel.

Le chef d'escadron communiqua la nouvelle qu'Archie et quatorze autres avaient été tués sur le coup à la base de la RAF d'Ashford, quand une bombe avait frappé directement la tente qui abritait les pilotes réservistes et d'autres membres du personnel.

Malgré son courage habituel, Flora s'effondra. Elle était accablée par l'ironie de la situation… Archie avait survécu jusque-là et ils étaient si heureux de sa mutation à Ashford plutôt qu'à Londres – la cible principale des bombardiers allemands – et voilà qu'il perdait la vie à quelques kilomètres de la maison…

Louise appela le médecin qui prescrivit des calmants et, pendant plusieurs jours, Flora resta couchée, dénuée de toute énergie et de toute volonté de se lever. Privée de son Archie bienaimé, elle aurait préféré mourir elle aussi. Même le visage inquiet de Louise ne suffisait pas à lui faire quitter sa chambre. Elle restait allongée à revivre chaque moment passé avec Archie et à vitupérer contre ce Dieu qui le lui avait arraché pour toujours et en qui elle ne pouvait plus croire.

Et pire que tout, elle n'avait même pas pu lui dire au revoir.

* * *

Le sixième jour après l'appel fatidique, Flora fut réveillée d'un sommeil forcé par les médicaments par de petits coups à la fenêtre. Elle leva la tête et aperçut un oisillon qui avait dû tomber de son nid dans le vieux châtaignier près de la maison. Le rebord de la fenêtre l'avait sauvé mais, tout agité, il risquait de basculer tandis qu'il sautillait et gazouillait pour appeler sa mère grive.

— J'arrive, mon petit, murmura Flora en ouvrant la fenêtre avec précaution pour prendre dans ses mains l'oiseau minuscule. Ça va aller, tu es en sécurité maintenant, lui susurra-t-elle. Nous allons prendre une échelle et te ramener auprès de ta maman.

L'oisillon dans les mains, elle descendit à la cuisine où Teddy et Louise prenaient leur petit déjeuner.

— Maman, vous êtes levée ! Je m'apprêtais à vous apporter du thé, indiqua Louise.

— Ce n'est pas la peine. Ce pauvre petit est tombé de son nid, dans le châtaignier. Teddy, peux-tu aller chercher une échelle pour que je puisse l'y remettre avant qu'il ne meure de peur ?

— Bien sûr, Maman.

Louise regarda Teddy qui lui fit un clin d'œil en se levant.

— Elle est de retour, lui souffla-t-il en suivant sa mère dehors.

* * *

L'enterrement eut lieu à l'église du domaine et rassembla famille, amis et de nombreux villageois. Archie était apprécié et respecté dans les environs, ainsi qu'à son travail. Assise entre ses deux enfants, Flora écouta les éloges prononcés par ses collègues de la RAF, souriant derrière ses larmes. Au cours de la cérémonie, elle invoqua toute la force et tout le courage qu'elle possédait au fond d'elle-même. Sa semaine de deuil solitaire avait au moins permis au torrent de chagrin de se déverser et, à son tour, elle était désormais capable de réconforter ses enfants. Sa vie – ou, du moins, sa principale source de bonheur – s'était tarie, mais ses enfants avaient encore toute la leur devant eux, et elle ne les abandonnerait pas.

Le lendemain de l'enterrement, Mr Saunders, le notaire de la famille, lui rendit visite. Après les condoléances de circonstance, ils se mirent au travail.

— Vous êtes probablement au courant que lord Vaughan n'a pas revu son testament depuis 1921... commença Mr Saunders en sortant un dossier de sa serviette en cuir. Je présume qu'il souhaitait toujours que la propriété revienne à son fils, Teddy ?

— Je... j'imagine, oui, répondit Flora, se sentant soudain oppressée par la culpabilité.

— Dans ce cas, je vais prendre les mesures nécessaires pour transférer l'ensemble au nom de Teddy. Malheureusement, en l'absence de document juridique vous garantissant le droit de loger à High Weald, je dois aussi vous avertir que votre fils a la capacité de vous, euh... renvoyer de chez lui. Je ne dis pas qu'il le ferait, bien sûr, mais j'ai déjà connu des situations de ce genre.

— Je vais parler à Teddy pour voir ce qu'il souhaite. Je suis certaine que nous pourrons résoudre cela entre nous. J'ai juste une question à vous poser, Mr Saunders : si ma sœur Aurelia n'avait donné naissance qu'à Louise – en d'autres termes, qu'à une fille – ou si Teddy était mort pendant la guerre, que ce serait-il passé alors ?

— Eh bien, la situation serait compliquée. Nous chercherions d'abord un héritier mâle pour le domaine. Faute de quoi, Louise obtiendrait certainement la garde de High Weald jusqu'à ce qu'elle mette au monde un fils. À sa majorité, celui-ci hériterait à la fois des terres et de la pairie. Si elle n'avait que des filles, l'aînée d'entre elles obtiendrait la même garde que Louise jusqu'à donner naissance à un fils. À moins, bien sûr, que l'une des filles de la sœur de lord Vaughan mette au monde un garçon avant elle. *Et cetera, et cetera.*

— Je vois.

— Comme vous l'avez compris, nous pouvons remercier le Ciel qu'il y ait un héritier mâle direct. Je connais bien des familles qui en sont dépourvues, à cause de ces guerres qui ont dévasté des générations de pères et de fils. Vous avez de la chance, lady Vaughan. La véritable lignée peut perdurer à High Weald.

— Serait-il possible, Mr Saunders, de donner à Louise au moins une part du domaine ? Elle va bientôt se marier, et son fiancé n'est pas riche. En tant que femme moi-même, poursuivit Flora prudemment, je trouve injuste que le fait d'être née de sexe féminin lui retire automatiquement tout droit sur le domaine familial. D'autant qu'elle est la jumelle de Teddy.

— Je suis d'accord, lady Vaughan. Les règles de succession sont archaïques et je ne peux qu'espérer qu'avec le temps, les femmes pourront hériter à parts égales à la fois des titres et des terres. Néanmoins, pour l'heure, je crains que ce ne soit à votre fils de décider. Malheureusement, ni vous ni votre fille n'avez votre mot à dire sur le devenir de High Weald. Il est irritant en effet que votre mari n'ait pas eu le temps de réécrire son testament. Vous dépendez désormais du bon vouloir de votre fils. Tout comme sa sœur.

— Merci pour vos conseils, Mr Saunders. Je ne doute pas que vous serez en contact avec Teddy et moi.

— À partir d'aujourd'hui, toute communication de ma part se fera directement avec Teddy, sans passer par vous. Une fois de plus, toutes mes condoléances. Votre mari était un homme bien. Espérons que son fils en sera le digne successeur. Bonne journée, lady Vaughan.

Après avoir poussé un profond soupir qui indiquait qu'il avait dû avoir vent des incartades de Teddy, Mr Saunders prit congé.

Flora resta assise dans son fauteuil et, par la fenêtre, fixa le jardin dont elle avait perdu la supervision. Elle prit conscience qu'Archie, par ses nobles intentions de l'époque, avait exclu Louise d'une propriété qui lui revenait pourtant de droit. Et malgré ses récentes interrogations sur la capacité de Teddy à reprendre High Weald, il n'y avait désormais absolument rien à faire pour remédier à la situation, à moins de révéler la supercherie originale.

Au moins, elle se félicitait d'avoir eu le bon sens de conserver la majorité de l'héritage de son père biologique dans des investissements sûrs, sur les conseils avisés de Mr Ernest Cassel. Elle s'était intéressée à la Bourse et ses actions avaient bien résisté à la volatilité des marchés financiers. À présent, elle était une femme riche.

La procédure pour que Home Farm soit mise aux noms de Rupert et Louise était déjà en cours. Archie avait signé l'autorisation du transfert de propriété, afin que le jeune couple puisse s'y installer après le mariage en août. Elle espérait que Teddy ne pourrait pas s'y opposer.

Flora savait que le fait même qu'elle *envisage* cette éventualité soulignait la gravité de la situation.

Ce soir-là, elle réunit Louise et Teddy et leur rapporta sa conversation avec Mr Saunders. Elle observa Teddy avec attention et fut réconfortée de lire sur son visage des restes de chagrin et de soulagement.

— Rupert et moi serons extrêmement heureux à Home Farm, déclara Louise gaiement. C'est un endroit charmant et je suis certaine que nous pourrons en faire une maison douillette.

— Oui, je n'en doute pas, répondit Flora, aimant d'autant plus Louise pour sa nature aimable et reconnaissante.

Et puis, supposait Flora, sa fille – ou, de fait, sa nièce – ne s'attendait à rien de plus, ignorant les véritables circonstances.

— Alors, Teddy, tout cela va te revenir, reprit Flora en accompagnant la parole d'un ample geste de la main. Comment te sens-tu ?

— Maman, je ne fais qu'hériter de ce qui me revient de droit, non ? répondit-il comme si tout lui était dû.

— En effet, mais tu ne sais que trop bien que le domaine de High Weald exige beaucoup de travail. Comme te l'expliquera Mr Saunders, les fonds pour son entretien sont limités. Surtout pour la ferme, pour laquelle tu vas devoir engager un nouveau gérant. Il va aussi te falloir embaucher du personnel pour la maison elle-même, surtout après le départ de Louise cet été.

— Vous serez là pour gérer ces questions avec moi, Maman. Ou du moins, jusqu'à mon mariage, ajouta Teddy avec malice. Et j'ai justement quelqu'un en tête.

— C'est vrai ? s'exclama Louise, ravie. Ce serait merveilleux que nous ayons des enfants en même temps qui puissent grandir ensemble. N'est-ce pas, Teddy chéri ?

— Je ne suis pas certain qu'elle soit du genre très maternel, mais ce qui est sûr, c'est que je l'aime énormément.

— Tu caches bien ton jeu alors. Comment s'appelle-t-elle ? s'enquit Louise.

— Tout vous sera révélé le moment venu. Elle n'est pas du coin.

— Je déménagerai évidemment dès que tu te seras marié, intervint Flora. Je peux toujours m'installer temporairement dans notre maison de Londres, jusqu'à ce que nous rénovions le petit manoir. Il est inoccupé depuis des années.

— Je ne crois pas. La maison de Londres sera désormais exclusivement réservée à mon usage personnel. Lors de vos passages en ville, vous pourriez loger chez Bonne-Maman sur Albemarle Street, non ? Bon, poursuivit Teddy en consultant sa montre, je dois filer. Le train pour Londres part dans une demi-heure. Je vais prendre la Rolls-Royce de Papa pour me rendre à la gare.

— Mais il ne l'a pas utilisée depuis des années, Teddy. Elle consomme trop d'essence et nous avons besoin des coupons de carburant pour les machines de la ferme ! indiqua Louise en lançant un regard nerveux en direction de sa mère.

— Je suis sûr que mon domaine peut se le permettre, au moins pour cette fois. Je serai de retour dans deux ou trois jours.

À ces mots, il se leva, posa un baiser sur le haut de la tête de sa sœur et de sa mère et quitta la cuisine.

Un silence abasourdi s'ensuivit.

— Ne vous inquiétez pas, Maman. Vous serez toujours la bienvenue chez nous à Home Farm.

* * *

Le mois qui suivit, Flora se prépara à dire adieu à High Weald, tandis que Teddy brillait par son absence, passant le plus clair de son temps à Londres. Flora et Louise faisaient de leur mieux pour surmonter leur chagrin et gérer le domaine toutes les deux. Mr Saunders avait écrit à Flora – plus par diplomatie que par nécessité – pour l'informer que le transfert du domaine de High Weald, de la maison de Londres et du titre au nom de Teddy se déroulait sans encombre et devrait être finalisé pour novembre au plus tard.

Si Flora et Louise étaient préoccupées par l'héritage de Teddy, aucune d'elles ne souhaitait admettre ses doutes. Et juin apporta une bouffée d'optimisme, grâce aux débarquements en France. Flora se concentrait sur le prochain mariage de Louise : elle avait décidé de présenter son cadeau aux fiancés quand Rupert arriverait pour le week-end afin de discuter de l'organisation de la noce. Elle fut heureuse de lire l'enchantement sur leur visage lorsqu'elle leur parla de la librairie Arthur-Morston.

— Ça alors ! s'exclama Rupert en sortant un mouchoir pour essuyer ses larmes de joie. Et moi qui m'inquiétais de ne pas pouvoir subvenir aux besoins de votre fille. Vous venez de m'offrir la réponse à mes doutes. Je ne pourrai jamais vous remercier assez. Je suis… submergé par l'émotion.

Flora sentit les larmes lui monter aux yeux à elle aussi en regardant le jeune couple – si heureux et si amoureux – s'étreindre. Et elle eut la confirmation d'avoir pris la bonne décision.

— Il y a aussi un petit appartement au-dessus de la boutique, qui peut être modernisé pour votre usage, quand vous voudrez loger à Londres. Même si je suis sûre que Teddy vous proposera de coucher chez lui.

— J'en doute, Maman. Et même s'il nous offrait une chambre dans sa maison, je pense que les pièces au-dessus de la librairie nous conviendraient bien mieux, quel que soit leur état.

* * *

Quelques jours plus tard, Flora reçut un télégramme de Teddy :

épousé Dixie aujourd'hui à Chelsea stop très heureux en partance pour voyage de noces en Italie stop à bientôt pour fêter ça stop dites à Louise que je l'ai battue stop Teddy stop

Louise lut à son tour le télégramme en silence, son visage trahissant son ressenti.

— Doux Jésus.

— Tu connais cette fille ?

— Pas bien, non, mais j'en ai entendu parler. Comme tout Londres, d'ailleurs. Teddy me l'a brièvement présentée au Nouvel An.

— Qui est-ce ?

— Lady Cecilia O'Reilly. Elle est irlandaise de naissance et vient d'une famille de bonne extraction mais assez… bohème. Ce qui est certain, c'est qu'elle fait tourner les têtes. Tous les hommes présents dans la salle sont devenus complètement idiots à l'instant même où elle est entrée au Savoy le soir du Nouvel An. Elle a des cheveux roux qui lui descendent jusqu'à la taille et un tempérament qui semble aussi ardent que la couleur de sa chevelure. Teddy a été conquis ce soir-là et je suppose que cela explique qu'il ait passé tant de temps à Londres dernièrement. Ils formeront certainement un couple… intéressant.

— Je vois, dit Flora sombrement.

— Pardonnez-moi, Maman. Comme vous me l'avez toujours dit, il ne faut pas se fier aux apparences. Ni à la réputation des gens. Dixie peut être considérée comme « légère », mais cela ne l'empêche pas d'être quelqu'un de bien. Et il est certain qu'elle animera High Weald et qu'avec elle Teddy ne s'ennuiera pas, ajouta Louise avec un faible sourire.

Ce soir-là, Flora se coucha, souffrant de l'absence de chaleur et de réconfort que lui procurait le corps d'Archie à ses côtés. Elle commença à faire des projets pour son propre avenir et se demanda comment elle pourrait apaiser sa culpabilité à l'égard de Louise.

* * *

Un mois plus tard, le nouveau propriétaire de High Weald ramena sa jeune épouse. Contre toute attente, Flora l'apprécia immédiatement. Avec son rire guttural, sans doute causé par toutes les cigarettes françaises qu'elle fumait, son superbe teint laiteux et sa stature élancée, elle en imposait. Elle était également farouchement gaie et optimiste, à en juger par la façon dont elle remontait les bretelles de Teddy chaque fois qu'il se permettait une remarque négative ou hypocrite.

Après une soirée de célébration particulièrement arrosée, au cours de laquelle la pauvre Louise ne savait plus où se mettre tandis que Dixie donnait ouvertement son opinion sur tout, de la guerre à la situation en Irlande, en passant par sa connaissance d'initiée de la personnalité dépressive de Churchill, Flora monta se coucher. Elle était au moins réconfortée de savoir qu'Archie aurait apprécié la compagnie enjouée de sa nouvelle bru.

Le lendemain, Flora convoqua Teddy dans son bureau. Elle l'embrassa chaleureusement et le pria de s'asseoir. Avant qu'il ouvre la bouche, elle prit la parole.

— Félicitations, Teddy. Je trouve Dixie absolument adorable. Tu as fait un bon choix et je suis certaine que nous deviendrons très amies. Je souhaitais juste te dire que je peux financer moi-même les rénovations nécessaires dans le petit manoir. Serais-tu disposé à me vendre les cent hectares de terres qui l'entourent ? Étant de l'autre côté de la route, ces terres jouxtent également Home Farm. Je suis prête à les reprendre et à m'occuper de l'exploitation agricole à ta place. J'ai consulté un expert foncier local et suis en mesure de t'offrir un bon prix, ce qui te donnerait des fonds pour l'entretien de High Weald et de la maison de Londres.

— Je vois, répondit Teddy, surpris. Il va d'abord falloir que j'en discute avec Dixie et mon notaire.

— Bien sûr. Quant à moi, je déménagerai de High Weald après le mariage de Louise.

— Naturellement.

— Voilà, c'est tout ce que j'avais à te dire.

— Très bien, fit Teddy en se levant. N'hésitez pas à prendre ce que vous voudrez dans la maison.

— Je n'ai pas besoin de grand-chose et suis douée pour repartir de zéro. Je veux juste que tu saches que tu as hérité d'une propriété magnifique. High Weald est un endroit spécial et j'espère que Dixie et toi le chérirez autant que ton père et moi.

* * *

Par une journée d'août étouffante, Flora regarda Louise épouser Rupert Forbes dans l'église où elle avait enterré son mari si peu de temps auparavant. Tandis qu'elle priait pour le couple, elle implora les puissances d'en-haut d'apporter la paix si souvent promise. À la fois dans le monde et dans sa vie.

* * *

Quelque temps plus tard, Flora fit le tour de High Weald, se sentant ridicule de dire ainsi au revoir à une maison où elle savait qu'elle reviendrait à maintes reprises, mais qui ne lui appartiendrait plus. Même si, songea-t-elle tristement, elle ne lui avait jamais appartenu. Ni à elle, ni à personne d'ailleurs. Elle était sa propre maîtresse, à l'instar de toutes les vieilles maisons. Et elle traverserait les années, bien après la mort de ses actuels occupants.

Par la fenêtre de la cuisine, elle contempla le jardin clos, se remémorant tous les moments heureux qu'elle et Archie y avaient partagés. Rien ne durait éternellement, pensa-t-elle, même si les hommes aimaient à le croire. Tout ce qu'on pouvait faire était de profiter des instants de bonheur, tant qu'il était encore temps.

Le poney et la charrette l'attendaient dehors, chargés de ses affaires les plus précieuses. Elle sortit par la porte principale et monta sur son attelage.

— Au revoir…

Elle souffla un baiser à High Weald, ainsi qu'à Archie et à tous les souvenirs qu'elle laissait derrière elle. Puis elle détourna la tête et, après avoir pris un moment pour se pardonner toutes ses erreurs passées, elle donna une petite tape sur les flancs du poney et partit dans l'allée vers un nouvel avenir.

Star

Novembre 2007

40

Le carillon de l'horloge de parquet m'extirpa du passé. Je consultai ma montre et m'aperçus qu'il était quatre heures du matin. En face de moi, Orlando avait les yeux clos et semblait mort de fatigue. J'essayais d'assimiler tout ce qu'il m'avait raconté, mais savais que j'avais besoin de dormir avant de tout comprendre.

— Orlando ? murmurai-je pour ne pas le faire sursauter. Il est temps d'aller se coucher.

Il ouvrit les paupières et m'adressa un regard vitreux.

— Tu as raison. Nous discuterons de tout cela demain, m'annonça-t-il en se traînant jusqu'à la porte, avant de se retourner vers moi. Tu comprends maintenant pourquoi j'estimais préférable de tenir ces journaux éloignés de mon frère, n'est-ce pas ? Il était si amer. Et avoir la confirmation que notre branche de la famille avait été injustement exclue de High Weald n'aurait fait qu'aggraver la situation.

— Je le crois également. Veux-tu que je les range quelque part ?

— Prends-les avec toi. Ma piètre tentative pour te raconter une histoire si complexe ne t'en a fourni que le squelette. Ces journaux pourront te donner tous les détails nécessaires. Bonne nuit, miss Star.

— Mais je ne comprends toujours pas en quoi cette histoire me concerne.

— Nom d'une pipe, voilà qui me surprend ! Je pensais que ton esprit vif aurait tout de suite fait le rapprochement. Nous en reparlerons demain.

Il me fit un geste de la main et quitta la pièce.

* * *

Il était onze heures passées lorsque Orlando apparut à la cuisine le lendemain matin.

— Aujourd'hui, je ressens chacune de mes trente-six années de vie, plus une cinquantaine, déclara-t-il en s'asseyant lourdement dans un fauteuil.

J'étais fatiguée moi aussi, ayant passé le reste de la nuit à me retourner dans mon lit. Je m'étais endormie une demi-heure seulement avant mon réveil et m'étais levée à sept heures pour préparer le petit déjeuner de Rory et l'emmener à l'école.

— Que dirais-tu d'un brunch ? Œufs Benedict et saumon fumé ? suggérai-je à Orlando.

— Ce serait tout simplement parfait. Nous pouvons nous imaginer à l'hôtel Algonquin à New York, après avoir dansé jusqu'à l'aube dans un bar clandestin. Comment te sens-tu aujourd'hui, miss Star ?

— Pensive, répondis-je en toute honnêteté en préparant les œufs. Ce que je ne comprends pas, c'est pourquoi Mouse m'a donné l'impression que Flora MacNichol était une personne peu recommandable. Je trouve qu'elle était formidable.

— Je suis tout à fait d'accord. Sans son argent pour restaurer la maison et les jardins après la mort de notre arrière-grand-mère Aurelia, sans parler de ses propres efforts pour remettre en état le domaine et pour le gérer pendant la Seconde Guerre mondiale, ni Forbes ni Vaughan ne pourraient y habiter aujourd'hui. À sa mort, elle a également légué à Louise et Rupert les terres qu'elle avait achetées à Teddy. Et ce sont ces terres qui génèrent l'essentiel des revenus de Home Farm aujourd'hui.

— Elle a fait de son mieux pour se racheter vis-à-vis de Louise.

— Oui. Et avec quelle ténacité ! Selon mon père, pendant les années rudes de l'après-guerre, c'est elle qui a permis à la famille de ne pas sombrer. Elle s'occupait de la comptabilité de la librairie Arthur-Morston, secondait Dixie pour éduquer son fils Michael et aidait à la gestion de High Weald. Comme tu peux l'imaginer, Teddy était peu utile, sur un front comme sur l'autre. Elle a vécu une existence longue et bien remplie.

— Quel âge avait-elle à sa mort ?

— Près de quatre-vingts ans. Mon père m'a dit qu'on l'avait retrouvée assise sous la tonnelle de roses, une après-midi ensoleillée.

— Je suis contente qu'elle ait eu une vieillesse heureuse. Elle l'avait méritée. Comment Mouse peut-il avoir l'impression que c'est elle la responsable de la situation actuelle ? Après tout, c'est Archie qui a déclaré Teddy comme étant le jumeau de Louise sur les certificats de naissance.

— Et ce pour des raisons altruistes compréhensibles, ajouta Orlando. À sa façon, il honorait tous ceux qui étaient tombés autour de lui pendant la Première Guerre mondiale. Rappelle-toi toutefois que Mouse n'a entendu que les grandes lignes de l'histoire quand il s'est rendu en Grèce pour voir notre père avant sa mort. Il en est revenu désemparé – tu te souviens, je t'ai dit que notre père nous avait quittés deux ans seulement après Annie. Et c'est à ce moment-là que j'ai caché les journaux à la librairie. J'avais le sentiment que ce serait pire pour Mouse de se vautrer dans le passé et de s'apitoyer sur son sort.

— Il avait l'impression d'avoir tout perdu, murmurai-je. Sa femme, son père et son héritage légitime.

— Oui. La dépression est un mal terrible, miss Star, soupira Orlando. Et au moins *une* affliction qui semble m'avoir été épargnée.

— Peut-être devrait-il lire ces journaux au bout du compte et découvrir ce qui s'est véritablement passé. J'ai l'impression que c'est Flora qui a le plus perdu dans cette affaire.

— C'est exact, même s'il est vraiment dommage que le domaine n'ait pas été transmis à notre grand-mère Louise en attendant qu'elle donne naissance à un garçon – à savoir notre père, Laurence. Et Rupert, mon grand-père, était un homme épatant.

— Peut-être que l'amour pour un enfant nous aveugle toujours.

— C'est bien souvent le cas, en effet. Flora était une femme sensée et pragmatique. Elle savait qu'Archie et elle-même étaient coupables du mensonge entourant la naissance de Teddy. Il avait été élevé en croyant qu'il était leur héritier naturel. Ce n'était pas sa faute, après tout. Si Flora avait essayé de lui refuser l'héritage, elle l'aurait sans doute perdu pour toujours au profit des lieux de plaisir londoniens où il aurait passé sa vie entre vin, femmes et chansons. Ce dont il ne s'est d'ailleurs pas privé même à High Weald, d'après ce que rapportent les journaux. C'est sa femme Dixie qui a sauvé la mise. Elle a mis au monde Michael, le père de Marguerite, et s'est occupée du domaine tandis que Teddy s'enivrait du matin au soir. Je suis frappé par le fait que High Weald ait toujours été sauvé par des femmes fortes.

— Et maintenant, Rory héritera du titre et du domaine par Marguerite, ajoutai-je en disposant le brunch sur la table avant de m'asseoir.

Orlando saisit son couteau et sa fourchette et commença à manger.

— Ah, voilà tout ce dont j'avais besoin pour me revigorer. Personnellement, je suis ravi que lady Flora ait légué la librairie à Louise et Rupert. Ce dernier l'a géré avec soin à travers les années sombres d'après-guerre et je me suis retrouvé avec un merveilleux héritage. Mouse me dit que la propriété a sans doute plus de valeur que ce qu'il reste de High Weald.

— Flora n'a pas eu d'enfant biologique, n'est-ce pas ?

C'était un doute qui m'avait rongée jusqu'au petit matin.

— Non, répondit Orlando en me dévisageant. Alors, tu as fait le lien ?

— Je crois.

— C'est bien dommage en tout cas, miss Star, car je suis persuadé que tu aurais fait une aristocrate britannique d'une extrême élégance. Mais il semble d'après les éléments à notre disposition qu'il n'y ait pas une seule goutte de sang royal dans tes veines.

— Alors pourquoi mon père m'a-t-il donné le chat de Fabergé en guise d'indice ?

— Aha ! Depuis le moment où tu m'as exposé ta quête, c'est ce qui m'intrigue le plus. D'après ce que tu m'as raconté de ton père – et, attention, j'ai écouté tout ce que tu m'as dit et, si je puis ajouter, ce que tu ne m'as *pas* dit – je crois que cela doit être pour une bonne raison.

— Laquelle, à ton avis ?

Je pensais le savoir, mais je voulais l'entendre d'abord de la bouche d'Orlando.

— Il avait besoin de quelque chose qui te relierait clairement à la branche Vaughan, plutôt qu'aux Forbes. Et Teddy était le fils adoptif de lady Flora. Il faut donc se pencher sur sa descendance *à lui*...

— Tu veux dire celle de l'enfant illégitime de la Land Girl ? soufflai-je enfin.

— Voilà ! Je savais que tu ne me décevrais pas, s'exclama Orlando en plaçant ses deux poings sous son menton pour m'observer. Ce jour fatidique où tu es revenue récupérer ta précieuse pochette en plastique à la librairie, tu m'as confié que les coordonnées de la sphère armillaire indiquaient que tu étais née à Londres.

— En effet.

— Et où habitait la Land Girl ?

— Dans les quartiers est de Londres.

— Exactement. Et quelle adresse localisaient tes coordonnées quand tu les as recherchées sur Internet ?

— Mare Street, E8.

— Qui se trouve... ?

— À Hackney.

— Oui, un quartier est de Londres !

Orlando rejeta la tête en arrière et frappa du poing sur la table, enchanté par sa perspicacité et son intelligence. Cela m'irritait, car mes origines n'avaient rien de divertissant.

— Pardonne-moi, miss Star, je ne peux m'empêcher de trouver cette ironie amusante. Tu es venue me voir avec un chat de Fabergé, qui te reliait à un roi d'Angleterre. Et voilà que nous découvrons que tu n'as certainement aucun lien de sang avec la famille royale, ni même avec les Vaughan. Que tu pourrais juste être l'arrière-petite-fille de notre pernicieux usurpateur.

Je sentis soudain les larmes me monter aux yeux. Même si je comprenais le raisonnement analytique et froid d'Orlando, j'étais profondément blessée qu'il trouve la situation si drôle.

— Je me fiche de ma lignée, répliquai-je avec colère. Je…

Mille ripostes de circonstance affluèrent dans mon cerveau exténué, mais je me contentai de me lever et de lancer :

— Excuse-moi, j'ai besoin de prendre l'air.

J'attrapai un vieil anorak et des bottes en caoutchouc dans le vestibule et partis d'un bon pas dans l'air glacé du matin. Je réprimandai Pa Salt, assis quelque part au ciel, et remis en cause son raisonnement. Au mieux, j'étais apparemment l'arrière-petite-fille illégitime d'un homme qui avait volé – bien qu'à son insu – High Weald sous le nez de l'héritière naturelle. Au pire, je n'étais rien. Rien du tout par rapport à cette famille.

Je tournai à droite sur la route et mes pas m'emmenèrent automatiquement vers l'allée des mûres, comme Rory et moi l'avions baptisée. Le rire d'Orlando résonnait dans mes oreilles et les larmes me brouillaient la vue. Avait-il voulu m'humilier ? Avait-il apprécié de pouvoir prouver sans équivoque que je ne venais de rien ? Pensait-il que son sang prétendument aristocratique le rendait supérieur ? Pourquoi les Britanniques étaient-ils ainsi obsédés par le rang social ? En Suisse, tout cela n'avait aucune importance, pensai-je. Pa Salt s'en serait fiché, je le savais. Alors pourquoi… ?

Marchant d'un pas lourd, je me haïssais pour mon besoin désespéré de me sentir à ma place auprès de quelqu'un d'autre que CeCe ou quelque part qui ne soit pas Atlantis et le monde fantastique créé par Pa Salt. J'avais besoin de me forger un monde *à moi*, rien qu'à moi.

Arrivée dans un champ, je m'effondrai sur une souche d'arbre, me pris la tête dans les mains et fondis en larmes. Quelques minutes plus tard, je me repris et m'essuyai vivement les yeux. *Allez, Star, contrôle un peu tes émotions. Pleurer ne te mènera nulle part.*

— Salut, Star. Est-ce que ça va ?

Je me retournai et aperçus Mouse à quelques mètres de moi.

— Oui, ça va.

— Ça n'a pas l'air. Peut-être qu'un peu de thé te ferait du bien ?

Je haussai les épaules à la manière d'une adolescente récalcitrante.

— Je viens de mettre de l'eau à chauffer en tout cas, m'informa-t-il, et je me rendis compte que je m'étais aventurée aveuglément dans le champ qui jouxtait Home Farm.

— Désolée, marmonnai-je.

— De quoi ?

— Je ne regardais pas où j'allais.

— Aucun problème. Veux-tu cette tasse de thé ou pas ?

— Je dois rentrer faire la vaisselle.

— Ne sois pas ridicule.

Alors il s'approcha de moi, me prit par le coude et m'entraîna sans cérémonie chez lui. Arrivés dans la cuisine, il me fit asseoir.

— Assieds-toi, je vais chercher le thé. Tu le prends avec du lait et trois sucres, c'est bien ça ?

— Oui. Merci.

— Tiens.

Il plaça une grande tasse de thé brûlant devant moi. Je n'arrivais pas à me résoudre à lever les yeux et fixais le bois de la vieille table en sapin. J'entendis Mouse s'asseoir en face de moi.

— Tu trembles.

— Il fait froid dehors.

Le silence s'installa alors un long moment, tandis que je buvais mon thé à petites gorgées. Les mains serrées contre ma tasse, je sentais la chaleur de la pièce pénétrer peu à peu dans mes veines glacées. Le réservoir de fioul avait dû être rempli depuis mon dernier passage.

— Je crois savoir pourquoi mon père m'a envoyée à la librairie Arthur-Morston, déclarai-je enfin.

— D'accord. Est-ce une bonne chose ?

— Je ne sais pas.

— Quand tu es venue à la boutique et que tu as raconté ton histoire à Orlando, il m'a appelé.

— Génial…

Je détestais le fait que les deux frères aient parlé de moi dans mon dos.

— Star, arrête. Nous ne savions pas qui tu étais. C'était normal qu'il m'informe de ta venue. N'aurais-tu pas fait la même chose avec ta sœur ?

— Oui, mais…

— Mais quoi ? Malgré ce que tu as pu voir ou entendre ces derniers temps, Orlando et moi avons toujours été proches. Nous sommes frères ; quelles que soient nos querelles, nous pouvons compter l'un sur l'autre.

— Les liens du sang sont les plus forts, c'est ça ? répondis-je tristement, songeant que la seule personne à ma connaissance ayant mon sang, c'était moi-même.

— Je comprends ta peine. Au fait, je savais qu'Orlando avait pris ces journaux.

— Moi aussi.

Il croisa alors mon regard et nous échangeâmes un tout petit sourire.

— Je suppose que nous nous sommes tous joués les uns des autres. J'espérais que tu parviendrais à découvrir où il les avait cachés. Je savais également pourquoi il les avait dérobés.

— Moi non, jusqu'à hier soir. Je pensais que c'était parce que tu l'avais contrarié avec la vente de la librairie, avouai-je. Alors qu'apparemment, il essayait de te protéger.

— Alors, qui pense-t-il que tu es par rapport à nous ?

— Il peut te le dire lui-même. C'est ton frère.

— Tu as dû remarquer qu'il ne me parle pas ces jours-ci.

— Cela ne va pas durer. Il t'a déjà pardonné. Il faut que j'y aille, annonçai-je en me levant, fatiguée par toutes ces histoires.

— Star, s'il te plaît.

Je me dirigeai vers la porte, mais il me saisit le bras au moment où je posais la main sur la poignée.

— Lâche-moi !

— Écoute, je suis désolé.

Je secouai la tête. Je n'arrivais pas à parler.

— Je comprends ce que tu ressens.

— Ça m'étonnerait, fis-je, les dents serrées.

— Si, je t'assure. Tu dois avoir l'impression que nous nous sommes tous servis de toi. Comme Flora – un pion d'un jeu dont tu ne connais pas les règles.

Je n'aurais pas pu mieux décrire la situation moi-même. Je ravalai d'autres larmes et me raclai la gorge.

— Je dois retourner à Londres. Peux-tu prévenir Orlando de mon départ et passer chercher Rory à l'école à trois heures et demie, s'il te plaît ?

— Oui, mais, Star…

Il m'attrapa de nouveau le bras, mais je me débattis violemment pour lui échapper.

— D'accord, soupira-t-il. Veux-tu que je t'accompagne à la gare ?

— Non merci. Je vais appeler un taxi.

— Comme tu voudras. Je suis vraiment navré. Tu ne méritais pas… une famille comme nous.

Je sortis et refermai la porte derrière moi, m'efforçant de résister à mon envie de la claquer. Je repartis vers High Weald et allai à la cuisine. Par chance, Orlando n'y était pas et je vis que tout avait été débarrassé après le brunch. J'appelai un taxi et me précipitai à l'étage pour fourrer toutes mes affaires dans mon sac.

Un quart d'heure plus tard, tandis que la voiture m'emmenait loin de High Weald, je songeais que seul l'avenir importait, non le passé. Je détestais le fait que Pa Salt – que j'aimais plus que n'importe qui et en qui j'avais toute confiance – m'ait causé plus de souffrance par ses indices. Tout ce que j'avais appris était que je ne pouvais me fier à personne.

Quand j'arrivai à Charing Cross, je me dirigeai automatiquement vers l'arrêt du bus qui me ramènerait à Battersea. Toutefois, je ne supportais pas l'idée de retourner une fois de plus auprès de CeCe, après avoir de nouveau échoué à trouver ma propre vie. *Et de la voir jubiler de mon échec*, pensai-je méchamment.

Je me réprimandai d'avoir cette pensée car, même si une partie d'elle-même serait sans aucun doute heureuse de m'avoir de nouveau rien que pour elle, je savais également que CeCe était la personne qui m'aimait le plus au monde et qui voudrait me réconforter. Mais pour cela il faudrait que je lui raconte mes découvertes, et je n'étais pas encore prête à les révéler à qui que ce soit, pas même à ma sœur.

Je décidai donc plutôt de prendre un bus en direction de Kensington et descendis devant la librairie Arthur-Morston, où toute cette triste histoire avait débuté. Je sortis les clés de mon sac, ouvris la porte et me retrouvai dans une salle plus froide que l'extérieur. La nuit tombait à grande vitesse et je tâtai le mur à la recherche de l'interrupteur, avant de fermer les vieux volets. Puis je fis du feu, les mains tremblantes de froid. Je m'assis dans mon fauteuil habituel et, les doigts peu à peu réchauffés par les flammes, j'essayai de rationnaliser l'intense sentiment de malheur qui s'était emparé de moi. Car, dans mon for intérieur, je *savais* que c'était irrationnel. Orlando n'avait eu aucune intention de me blesser – il avait simplement voulu m'aider en me racontant cette histoire. Cependant, j'étais si fatiguée, sensible et perdue que j'avais réagi de manière excessive.

Puis, exténuée, je sortis mes pulls de mon sac de voyage, me blottis sur le tapis devant la cheminée et m'endormis.

* * *

Je me réveillai dans la même position et fus stupéfaite de découvrir qu'il était près de neuf heures du matin. J'avais dormi comme un loir. Je me levai et allai me préparer du café, le bus chaud, noir et bien sucré, et me sentis enfin plus calme. Peut-être pourrais-je m'installer quelques jours dans la boutique, pensai-je avec ironie. Après tout, j'avais besoin d'espace et de tranquillité.

Je sortis mon ordinateur portable et l'allumai. Le wi-fi était faible au rez-de-chaussée, mais au moins il fonctionnait. J'allai sur Google Earth pour entrer de nouveau mes coordonnées et m'assurer de ne pas avoir commis d'erreur.

Et voilà ce qui apparut devant mes yeux : Mare Street, E8.

Alors… après tout ce que j'avais découvert, pouvait-ce être une coïncidence que Tessie Smith ait vécu à Hackney ?

Non.

Je sortis le cahier où j'avais commencé à rédiger mon roman et l'ouvris à la dernière page, songeant que ma propre histoire s'avérait plus intéressante que n'importe quelle fiction que j'aurais pu écrire.

Je notai les noms dans deux colonnes – une pour la lignée de Louise et une pour celle de Teddy. Je m'aperçus alors que, bien sûr, les Forbes actuels étaient également apparentés à Flora par sa sœur, Aurelia : Flora était l'arrière-grand-tante de Mouse et Orlando.

Mais... si j'étais l'arrière-petite-fille de Tessie, alors j'étais biologiquement parente de Marguerite par Teddy. Et, par conséquent, de Rory. Voilà au moins qui me faisait plaisir. Je me retrouvais confrontée au dilemme suivant : souhaitais-je pousser l'enquête plus loin ? Il était possible que mes parents soient encore en vie...

Il serait sans doute assez facile d'en apprendre davantage au sujet de l'enfant que Tessie avait mis au monde en 1944. Et de dérouler ensuite l'arbre généalogique.

Toutefois... pourquoi mes parents ne m'avaient-ils pas gardée ?

Mes réflexions furent brusquement interrompues quand j'entendis des voix devant la librairie et une clé tourner dans la serrure.

Je poussai un juron et courus vers la cheminée pour tenter désespérément de cacher les preuves de mon installation nocturne. La porte d'entrée s'ouvrit sur Mouse, suivi d'un Chinois de petite taille, qui n'était autre que l'un des antiquaires de la boutique voisine.

— Bonjour, Star, me salua Mouse, étonné.

— Bonjour, répondis-je en serrant un coussin contre moi.

— Mr Ho, je vous présente Star, notre libraire. Je ne pensais pas que tu serais là aujourd'hui.

— En fait, je me suis dit que j'allais passer pour vérifier que tout allait bien, fis-je en me dirigeant vers les fenêtres pour ouvrir les volets à la hâte.

— Merci, répondit Mouse en tournant les yeux vers la cheminée, devant laquelle mes pulls gisaient en boule près de mon sac de voyage ouvert.

— Veux-tu que j'allume un feu ? lui demandai-je. Il fait frisquet.

— Pour nous c'est inutile. Mr Ho veut juste jeter un œil à l'appartement à l'étage.

— D'accord. Bon, maintenant que tu es là, je vais y aller, annonçai-je en me penchant pour fourrer mes affaires dans mon sac.

— Il se trouve que j'avais l'intention de passer à ton appartement. Orlando m'a donné quelque chose pour toi. Attends-nous une minute, nous n'en avons pas pour longtemps.

Il conduisit Mr Ho à l'arrière-boutique et je les entendis monter l'escalier.

Je fis du feu malgré tout, horriblement gênée d'avoir été ainsi surprise. À leur retour, tandis qu'ils discutaient près de la porte d'entrée, je partis m'affairer au fond de la librairie et essayai de ne pas écouter.

Une fois Mr Ho parti, Mouse vint vers moi à grandes enjambées.

— Tu as passé la nuit ici, n'est-ce pas ?

Je ne savais pas si c'était de la colère ou de l'inquiétude que je lisais dans ses yeux verts.

— Oui, désolée.

— Pas de problème. Mais pourquoi n'es-tu pas rentrée chez toi ?

— J'avais juste… besoin de tranquillité.

— Je comprends.

— Comment va Rory ?

— Tu lui manques. Je suis allé le chercher à l'école hier et, une fois qu'il a été couché, Orlando et moi avons eu une longue discussion. Je lui ai parlé de l'offre de Mr Ho, et il a beaucoup mieux réagi que ce que je pensais. Il semblait bien plus préoccupé de t'avoir blessée.

— Tant mieux s'il a bien réagi. Je suis contente pour vous deux.

Moi-même j'entendais l'irascibilité dans ma voix.

— Star, arrête. Tu en deviendrais presque complaisante. Et je m'y connais en complaisance, dit-il gentiment. Orlando était très inquiet pour toi, et moi aussi. Nous avons tous les deux essayé de t'appeler, mais tu ne nous as pas répondu.

— Les portables sont interdits dans la librairie. J'ai simplement suivi la règle.

Un petit sourire se dessina sur les lèvres de Mouse. Il enfonça la main dans la poche de son anorak et me tendit une grosse enveloppe marron.

— Tiens. Orlando m'a dit qu'il s'était renseigné pour toi.

— D'accord, remercie-le de ma part.

J'enfonçai l'enveloppe à l'avant de mon sac à dos et saisis mon bagage.

— Star, je t'en prie… prends bien soin de toi. Au moins, tu as ta sœur.

Je ne répondis pas.

— Vous êtes brouillées ? finit-il par demander. C'est pour ça que tu n'es pas rentrée chez toi hier soir ?

— Je ne crois pas que nous devrions être aussi dépendantes l'une de l'autre, fis-je d'un ton brusque.

— Quand je l'ai vue, c'est certain qu'elle m'a semblé très possessive à ton égard.

— Oui. Mais elle m'aime.

— Comme Orlando et moi nous aimons – même s'il nous arrive de nous disputer. S'il n'avait pas été là pour moi ces dernières années, je n'ose même pas imaginer ce que je serais devenu. Il a un cœur d'or, tu sais. Il ne ferait pas de mal à une mouche.

— Je sais, oui.

— Star, pourquoi n'ouvres-tu pas son enveloppe ?

— Je le ferai.

— Je veux dire là, maintenant. Je pense que ce serait bien que tu ne sois pas seule.

— Pourquoi te montres-tu soudain si gentil pour moi ? lui demandai-je d'une petite voix.

— Parce que je vois que tu souffres. Et je veux t'aider. Comme toi tu m'as aidé ces dernières semaines.

— Je n'ai rien fait de tel.

— C'est à moi d'en décider. Tu as fait preuve de gentillesse, de patience et de tolérance envers nous tous, notamment envers moi, alors que je ne le méritais en aucune façon. Tu es quelqu'un de bien, Star.

— Merci.

J'étais toujours debout, mon sac de voyage à la main, ne sachant pas très bien quoi faire.

— Écoute, assieds-toi donc près du feu pendant que je monte récupérer quelques affaires qu'Orlando m'a demandé de lui apporter à High Weald.

— D'accord, me rendis-je, ne serait-ce que parce que j'avais les jambes en coton.

Tandis que Mouse disparaissait dans l'escalier, je sortis l'enveloppe et l'ouvris.

High Weald
Ashford, Kent
1er novembre 2007

Ma si chère Star,

Je t'écris pour implorer ton pardon suite à la maladresse de mes propos d'hier. Crois-moi, je ne me moquais pas de toi – loin de là. J'étais juste amusé par l'ironie du destin et de la génétique.

Le moment est venu de t'avouer que, depuis le jour où tu es entrée à la librairie et où tu m'as montré le chat Fabergé et tes coordonnées géographiques, je suis à la recherche de tes origines. Car, bien sûr, je savais qu'elles pouvaient être inextricablement liées aux nôtres. Dans la deuxième enveloppe, ci-jointe, tu trouveras toutes les informations nécessaires au sujet de ta famille biologique.

Je ne t'en dirai pas plus (ce qui est inhabituel de ma part), mais sois assurée que je reste à ta disposition pour t'aider et te donner de plus amples explications si tu le souhaites.

Encore une fois, je te demande pardon. Et Rory t'embrasse lui aussi.

Ton admirateur et ami,

Orlando

Je caressai l'enveloppe de vélin épais, cachetée par un sceau de cire. Je tenais entre les mains la vérité sur ma naissance. Mes doigts se mirent à trembler et je fus soudain prise de vertige et de nausée.

— Est-ce que ça va ? me demanda Mouse en me rejoignant.

— Oui… non, admis-je.

Il s'approcha de moi et me posa la main sur l'épaule.

— Ma pauvre Star. Le docteur Mouse estime que la patiente souffre de choc, d'un trop-plein d'émotions et très certainement aussi de faim. Par conséquent, comme c'est l'heure du déjeuner, je vais sortir une minute et m'occuper de te nourrir *toi*, pour une fois. Je ne serai pas long.

Je le regardai quitter la boutique et, malgré moi, souris en écartant de mon esprit l'image du Rat d'égout pour la remplacer par celle d'une douce créature au nez rose et aux oreilles toutes mignonnes.

— Assieds-toi là et ne bouge pas, m'indiqua Mouse en revenant avec nos barquettes en aluminium.

Au cours du déjeuner, tandis que je buvais mon verre de sancerre qui me monta immédiatement à la tête, je cherchai un motif de suspicion à l'égard de Mouse, mais n'en trouvai pas. Puis une pensée surgit dans mon esprit.

— Qui va aller chercher Rory cette après-midi ?

— Marguerite. Elle est rentrée de France tard hier soir. Je ne l'ai jamais vue aussi rayonnante. La mer peut sembler plate et morne pendant des années et, soudain, une lame de fond nous pousse au large ou, au contraire, nous ramène doucement vers le rivage… N'est-ce pas incroyable ? Nous tous, Vaughan et Forbes, avons vu notre vie chamboulée ces derniers temps. Et tu sembles avoir été le catalyseur.

— Je pense qu'il s'agit d'une simple coïncidence.

— Ou du destin. Crois-tu au destin, Star ?

— Pas vraiment. Nous sommes les artisans de notre vie.

— Peut-être. Quoi qu'il en soit, ces sept dernières années, je pensais que mon destin était de souffrir. Et je me complaisais dans mon malheur sans chercher à en sortir. Je ne pourrai jamais réparer le mal que j'ai fait à ma famille. Il est trop tard.

Je vis son regard s'assombrir et son expression tendue refaire surface.

— Tu pourrais essayer.

— C'est vrai, ça ne coûte rien. Enfin bon, assez parlé de moi. Veux-tu ouvrir cette enveloppe pour que nous discutions de son contenu ?

— Je ne sais pas. Cela me dira seulement que mes parents m'ont abandonnée, non ?

— Je n'en ai aucune idée.

— Soit ça, soit qu'ils sont morts. Mais s'ils m'ont abandonnée, comment pourrai-je le leur pardonner ? Comment un parent peut-il abandonner son enfant ? Surtout un nourrisson, ce que j'étais à mon arrivée à Atlantis.

Mouse poussa un profond soupir.

— Eh bien, peut-être devrais-tu connaître leurs raisons avant de les juger. Certaines personnes ne sont pas dans leur état normal quand elles font une chose pareille.

— Si tu parles de dépression, ce n'est pas la même chose que de ne pas avoir de quoi se nourrir ou de quoi se loger.

— Non, en effet. Bon, je vais y aller. J'ai des choses à faire. Les choses habituelles. Si je peux faire quoi que ce soit pour t'aider, appelle-moi.

— Merci, répondis-je en me levant moi aussi, sentant chez lui un soudain changement d'humeur. Et merci pour le déjeuner.

— Ne me remercie pas, Star. Je ne le mérite pas. Salut.

Et il partit.

Je me rassis et secouai la tête, confuse. Qu'est-ce qui clochait chez lui ? Il pouvait être à la fois chaleureux et glacial en l'espace de quelques secondes. Tout ce que je savais, c'est que quelque chose le hantait.

41

Ce soir-là, pendant le dîner, je sentis une forte tension entre CeCe et moi. En temps normal, elle exprimait tout ce qu'elle avait dans la tête et sur le cœur, mais cette fois ses yeux ressemblaient à une forteresse impénétrable.

— Je vais me coucher. J'ai une longue journée demain, annonça-t-elle en se levant de table. Merci pour le dîner.

Je débarrassai et sortis sur la terrasse, dans la nuit froide, pour observer le fleuve en contrebas. Je pensai alors à l'analogie de la vague employée par Mouse. Ma vie aussi connaissait un grand bouleversement ; même ma relation avec CeCe évoluait enfin. Puis je pensai à l'enveloppe toujours fermée dans mon sac à dos : il était urgent que j'en parle à quelqu'un en qui j'avais toute confiance. Quelqu'un qui ne me jugerait pas, qui saurait me conseiller avec calme et sagesse.

Ma.

Je composai le numéro de la maison – ma *vraie* maison – et attendis qu'elle réponde, comme elle le faisait toujours quand l'une de nous appelait, même s'il était tard. Mais ce soir-là, je tombai sur le répondeur et un message enregistré m'indiqua qu'il n'y avait personne à la maison. Mon cœur se serra. Qui d'autre pouvais-je appeler ?

Maia ? Ally ? Tiggy ? Certainement pas Électra… Je l'adorais et l'admirais pour ce qu'elle avait accompli dans la vie, mais l'empathie n'était pas dans sa nature. Pa avait toujours dit qu'elle était « très nerveuse ». En privé, CeCe et moi la traitions de sale gosse.

Je finis par appeler Ally sachant que, contrairement à Maia, elle se trouvait au moins dans l'hémisphère Nord.

Elle répondit presque aussitôt.

— Star ?

— Salut. Je ne te réveille pas, j'espère ?

— Non. Est-ce que tout va bien ?

— Oui. Et toi ?

— Ça va. Quand on se verra, je te raconterai tout. Alors, que puis-je faire pour toi ? poursuivit-elle.

Je souris en entendant cette réponse automatique de ma sœur. Elle savait que lorsque nous, ses cadettes, l'appelions, ce n'était en général pas pour demander de ses nouvelles. Et elle l'acceptait, parce que c'était son rôle en tant que « leader » de la fratrie.

— J'ai une enveloppe, lui annonçai-je. Et j'ai peur de l'ouvrir.

— Oh. Pourquoi ?

Je lui expliquai la situation aussi succinctement que possible.

— Je vois.

— Que dois-je faire, à ton avis ?

— Ouvrir cette enveloppe, évidemment ! Aussi douloureux que cela puisse être, Pa voulait toutes nous aider à avancer. En plus, si tu ne l'ouvres pas maintenant, tu ne fais que reculer pour mieux sauter. Tu finiras bien par l'ouvrir un jour ou l'autre, c'est inévitable.

— Merci, Ally. Comment ça se passe en Norvège ?

— C'est… merveilleux. Merveilleux. J'ai… une très bonne nouvelle.

— Quoi donc ?

— Je suis enceinte. De Theo, ajouta-t-elle rapidement. Ma est au courant, mais je ne l'ai pas encore dit aux autres.

— Ally, répondis-je tout émue, c'est merveilleux en effet ! Mon Dieu ! C'est formidable !

— N'est-ce pas ? Oh, et j'ai aussi trouvé ma famille biologique à Bergen. Alors, même s'il manque les deux personnes les plus importantes, je suis bien entourée, et une nouvelle vie se prépare.

— Je suis si heureuse pour toi. Tu le mérites, tu es si courageuse.

— Merci. Et, Star, je vais jouer de la flûte lors d'un concert en l'honneur de Grieg ici, à Bergen, en décembre. Cela me ferait extrêmement plaisir que tu viennes. Et CeCe aussi, si ça lui dit.

— Je serai là, promis.

— Ma m'a dit qu'elle viendrait aussi, tu pourrais peut-être t'arranger avec elle pour le voyage ? Je suis heureuse, Star, alors que je n'aurais jamais pensé que ce serait de nouveau possible après… l'accident. Mais bon, revenons à toi. Tout ce que je peux dire, c'est que tu dois prendre ton courage à deux mains si tu veux que ta vie change.

— Et c'est ce que je souhaite.

— Ce ne sera peut-être pas exactement ce que tu aimerais apprendre ; le conte de fées, c'était Atlantis… mais les choses ont changé, et nous devons faire avec. Souviens-toi simplement que tu es la seule personne aux manettes de ton destin. Tu comprends ?

— Oui. Merci, Ally. On se verra en décembre alors.

— Je t'embrasse fort, Star. Sache que je serai toujours là pour toi.

— Moi aussi.

Je raccrochai et rentrai au chaud, m'apercevant que mes doigts étaient devenus bleus de froid. Je consultai mes messages et en découvris plusieurs de Mouse et d'Orlando. Après une douche rapide, j'entrai sur la pointe des pieds dans la chambre où CeCe dormait paisiblement.

— Un bouleversement, murmurai-je en posant avec plaisir la tête sur mon oreiller moelleux.

Je suivrais l'exemple de ma grande sœur.

Je ferais preuve de courage.

* * *

CeCe eut un cauchemar vers quatre heures du matin et, après m'être glissée dans son lit pour la réconforter, je me sentais tout à fait réveillée. Je me levai donc et descendis me préparer une tasse de thé. Je contemplai le ciel nocturne de Londres et aperçus les Sept Sœurs des Pléiades qui brillaient vivement au-dessus de moi, elles qui atteignaient leur luminosité maximale l'hiver, dans l'hémisphère Nord. Tournant la tête vers l'est de la Tamise, je me demandai si ma véritable famille dormait quelque part, s'interrogeant peut-être sur ce que j'étais devenue.

Je serrai les dents et sortis l'enveloppe de mon sac à dos. N'osant pas m'arrêter pour analyser mes actes, de peur de renoncer, je l'ouvris d'un coup, avec la ville encore endormie comme seul témoin.

Elle contenait deux feuilles de papier. Je les dépliai et les posai sur la table basse en verre. L'un des documents était un arbre généalogique dessiné par la belle plume d'Orlando et complété de ses diverses remarques. Le second était une copie d'un certificat de naissance :

Date de naissance : 21 avril 1980
Lieu de naissance : Hôpital des Mères de l'Armée du Salut, Hackney
Prénom et nom : Lucy Charlotte Brown
Père : ______________
Mère : Petula Brown

— Lucy Charlotte, soufflai-je. Née le même jour que moi.

Était-ce moi ?

J'étudiai alors l'arbre généalogique dressé avec soin par Orlando. Tessie Eleanor Smith avait mis au monde en octobre 1944 une fille prénommée Patricia, dont le nom de famille était également Smith. Aucun père n'était mentionné, mais Orlando avait noté *« la fille de Teddy ? »* dans la marge. Ce qui indiquait que Tessie n'avait pas réussi à se réconcilier avec son fiancé. Et avait élevé seule sa fille, Patricia…

Puis, en août 1962, Patricia avait donné naissance à une petite Petula. Le père était un certain Alfred Brown. Et le 21 avril 1980, à l'âge de dix-huit ans, Petula avait mis au monde Lucy Charlotte.

Je regardai plus attentivement l'arbre généalogique et vis qu'Orlando avait noté que Tessie était morte en 1975, et Patricia tout récemment, au mois de septembre. Ce qui signifiait probablement que ma mère – ce mot me faisait frissonner de peur et d'excitation – était encore en vie.

Entendant claquer la porte de la salle de bains à l'étage, je me levai et préparai le petit déjeuner, me demandant si je devais demander l'avis de CeCe.

CeCe ne se souvenait jamais de ses cauchemars, et je ne les lui rappelais pas pour ne pas la mettre dans l'embarras. Ce matin, elle était étrangement pâle et silencieuse.

— Est-ce que ça va, CeCe ?

— Ouais, acquiesça-t-elle, mais je savais qu'elle mentait. Es-tu de retour pour de bon maintenant ?

— Je ne sais pas. Peut-être que je devrai retourner là-bas si on a besoin de moi.

— C'est triste ici sans toi, Sia. J'aime pas ça du tout.

— Tu pourrais peut-être inviter certains de tes amis de l'université quand je ne suis pas là, non ?

— Je n'ai pas d'amis, tu le sais très bien, répondit-elle d'un ton sinistre.

— Cee, je suis sûre que si.

— Je ferais mieux d'y aller, fit-elle en se levant.

— Oh, pendant que j'y pense, j'ai eu Ally au téléphone hier soir et elle nous invite toutes les deux à venir l'écouter jouer de la flûte à Bergen, lors d'un concert début décembre. Tu crois que tu pourras venir ?

— Tu y vas, toi ?

— Oui, bien sûr ! Je pensais que nous pourrions faire le voyage ensemble.

— Oui, pourquoi pas ? À tout à l'heure.

Elle endossa sa veste de cuir, attrapa son carton à dessins et aboya un « salut » avant de disparaître.

Le chêne et le cyprès ne peuvent croître dans leur ombre mutuelle...

Même si je me débrouillais très mal pour sortir de son ombre à elle, au moins j'essayais. Et je restais convaincue que c'était la meilleure chose à faire pour nous deux, bien que CeCe n'en soit pas encore consciente.

Je pris une douche, puis consultai mes messages. Orlando m'en avait laissé un pour me dire qu'il s'apprêtait à prendre le train pour Londres. Il voulait savoir s'il me verrait à la librairie.

« Ma chère miss Star, viens, s'il te plaît. Je souhaite tant te parler. Merci. Oh, Orlando Forbes à l'appareil, au fait. »

Ce dernier ajout, inutile, me fit sourire. Sachant qu'officiellement il était encore mon employeur, je décidai d'y aller. Toutefois, en montant dans le bus pour Kensington, j'admis qu'il s'agissait d'une piètre excuse : j'avais besoin de parler à Orlando de la famille qu'il m'avait découverte.

— Bonjour, miss Star. C'est merveilleux de te voir de nouveau ici. Et comment vas-tu en cette belle journée brumeuse ? m'accueillit Orlando sur le pas de la porte, l'air guilleret.

— Ça va.

— Tu ne t'en sortiras pas avec un simple « ça va ». Je compte bien te faire développer cette expression épouvantable. Allez, assieds-toi, nous devons discuter de bien des choses.

Je m'exécutai et remarquai que le feu crépitait déjà et qu'il y avait une bonne odeur de café. Orlando ne plaisantait pas. Il nous apporta à chacun une tasse, puis déposa une épaisse pochette plastique sur la table devant nous.

— Avant toute autre chose : acceptes-tu mes excuses pour mon approche insensible à l'égard de la crise familiale que tu traverses ?

— Oui.

— Je devrais vraiment me contenter de me parler à moi-même ou de m'emporter contre des personnages de romans. Il semble que j'aie du mal à communiquer avec les humains.

— Tu te débrouilles très bien avec Rory.

— C'est une autre histoire et, par chance, pas la mienne. Alors, as-tu ouvert ton enveloppe ?

— Oui. Ce matin.

— Mon Dieu ! s'exclama Orlando en tapant dans ses mains comme un enfant tout excité. Tu m'en vois ravi. Et si je puis me permettre, miss Star, tu es bien plus courageuse que moi. Ayant été Orlando toute ma vie, il me serait difficile de découvrir que je suis en fait un Dave, un Nigel ou, Dieu m'en préserve, un Gary !

— J'aime bien Lucy ; quand j'étais petite j'avais une bonne amie qui s'appelait ainsi, répliquai-je, n'étant pas d'humeur à tolérer son snobisme.

— D'accord, mais toi, Astérope, ton destin est de voler vers les étoiles. Comme ta mère avant toi, ajouta-t-il d'un air mystérieux.

— Comment ça ?

— À part son certificat de naissance, je n'ai trouvé aucune mention d'une Petula Brown au cours de mes recherches longues et ardues. Aucune trace, ni sur papier, ni sur Internet, ce qui est étrange au vu de son prénom inhabituel. J'ai fini par écrire aux Archives nationales, et à toute autre personne qui me venait à l'esprit, pour essayer de découvrir ce qui lui était arrivé. Et hier, j'ai enfin reçu une réponse. Peux-tu deviner ?

— Je n'en ai vraiment aucune idée.

— Eh bien, Petula a changé de nom par un acte unilatéral. Ce qui n'est pas surprenant, quand on est affublé d'un prénom aussi difficile à porter. Elle s'appelle désormais Sylvia Gray. Miss Star, la personne que je crois être ta mère, presque sans aucun doute, est actuellement professeur de littérature russe à l'université de Yale ! Alors, qu'est-ce que tu dis de ça ?

— Je...

— Selon sa biographie sur le site Internet de Yale... poursuivit Orlando en parcourant les documents du dossier pour en extraire une feuille de papier, le professeur Sylvia Gray est née à Londres, puis a remporté une bourse pour étudier à Cambridge. Il est extrêmement rare pour une jeune fille de son quartier de connaître une telle réussite. Elle y a fait un master, puis un doctorat, et y est restée encore cinq ans en tant qu'enseignante avant de se voir offrir un poste à Yale « où elle a rencontré son mari, Robert Stein, professeur d'astrophysique. Elle vit aujourd'hui à New Haven, dans le Connecticut, avec ses trois enfants et ses quatre chevaux. Elle travaille sur son nouvel ouvrage », cita Orlando.

— Elle est écrivain ?

— Elle a publié quelques études critiques aux Presses universitaires de Yale. Voilà ! Le pouvoir des gènes n'est-il pas stupéfiant ?

— Je déteste les chevaux. Depuis toujours, bredouillai-je.

— Arrête de pinailler. Je pensais que tu serais enchantée !

— Pas particulièrement. Après tout, elle m'a abandonnée.

— Mais je suis certain que tu as vu sur l'arbre généalogique que j'ai dressé pour toi avec tant de soin que Petula n'avait que dix-huit ans à ta naissance. Elle est née en 1962.

— Oui, j'avais fait le calcul.

— Elle devait être en première année à Cambridge, ce qui signifie qu'elle est tombée enceinte l'été précédent…

— Orlando, s'il te plaît, moins vite. Je fais de mon mieux pour absorber toutes ces informations, mais ce n'est pas évident.

— Excuse-moi. Comme je le disais, je devrais me limiter à la fiction et ne pas m'immiscer dans la réalité.

Il se tut alors comme un enfant puni, tandis que j'essayais d'ordonner ce qu'il m'avait révélé.

— Puis-je prendre la parole ? demanda-t-il timidement.

— Oui… soupirai-je.

— Il y a quelque chose que tu devrais voir, miss Star.

— Quoi donc ?

Il me tendit un dépliant.

— Elle sera en Angleterre la semaine prochaine. Pour une conférence à Cambridge, son ancienne alma mater.

— Oh.

Je lus le tract sans le voir, puis le reposai.

— N'est-ce pas incroyable ? Arriver là où elle en est aujourd'hui, sans l'appui d'aucun privilège. Cela montre à quel point le monde a évolué.

— Et tu détestes ça.

— C'est vrai que j'étais jusqu'ici plutôt contre le progrès. Mais comme j'en parlais l'autre soir avec Mouse, tu m'as aidé à changer. En mieux, ajouterai-je. Me renseigner sur tes origines m'a beaucoup appris. Merci, miss Star. J'ai bien des dettes envers toi. Vas-tu y aller ?

— Où donc ?

— À Cambridge bien sûr, faire sa connaissance.

— Je ne sais pas. Je n'ai pas réfléchi, je…

— Naturellement, répondit Orlando en croisant ses longs doigts, comprenant enfin qu'il valait mieux ne pas insister. Bon, et si je te parlais à présent de ce que j'ai décidé pour mon *propre* avenir ?

— D'accord.

— Je t'ai dit que Mouse et moi avions eu une longue discussion l'autre soir. Et tu seras heureuse d'apprendre que nous nous sommes réconciliés.

— Mouse me l'a dit, en effet.

— Alors tu sais sans doute aussi que ce cher Mr Ho nous a offert une somme colossale pour la boutique. Une somme qui nous permettra à Mouse et à moi de rembourser nos différentes dettes. Et qui me permettra, à moi, de trouver d'autres locaux pour mes livres et moi-même. La bonne nouvelle, c'est que je crois les avoir déjà dénichés, m'annonça-t-il.

— Ah oui ?

— Tout à fait.

Il me parla alors de la librairie de Mr Meadows à Tenterden. Il avait proposé de la reprendre et Mr Meadows avait accepté aussitôt.

— Il y a aussi des pièces à l'étage où je pourrai m'installer, ajouta-t-il. Et je pense qu'après tout ce temps dans le secteur et l'expérience que j'ai acquise, j'ai mérité le droit de l'appeler « Monsieur O. Forbes – Livres rares ». Qu'en dis-tu ?

— De l'idée ou du nom ?

— Des deux.

— Je les trouve parfaits.

Le visage d'Orlando s'éclaira.

— C'est vrai ? Moi aussi. Peut-être est-il temps que tous les membres de notre famille prennent un nouveau départ. Toi incluse. Après tout, tu es parente de cette chère Marguerite.

— Et de Rory, ajoutai-je.

— Mouse et moi avons réfléchi pour savoir si nous devions tout lui révéler du passé. Cela ne fait plus grande différence aujourd'hui, sachant que c'était il y a si longtemps, mais l'ironie est qu'elle n'a jamais voulu de High Weald. Après les excès de Teddy, le domaine s'est retrouvé en faillite. Michael, le cousin de mon père – le fils de Teddy et de Dixie – a dû vendre des parts de ce qu'il restait des terres, ainsi que le petit manoir et les cottages, pour maintenir la propriété à flot. Mais bien sûr, il ne restait rien pour financer les rénovations. Mouse et moi envisageons de donner à Marguerite une partie du fruit de la vente de la librairie pour participer aux travaux de base, comme le chauffage et la plomberie. Qui aurait pensé que… ?

— Que quoi ?

Orlando avait glissé dans son monde.

— Qu'une soixantaine d'années plus tard, ce serait nous, les cousins pauvres de la ferme, simples boutiquier et agriculteur, qui devrions nous montrer charitables envers la châtelaine. Mais voilà ce qui peut se produire avec le temps. Tout comme pour ta mère qui a gravi l'échelle sociale, tout peut changer en deux générations.

— En effet.

— Iras-tu écouter sa conférence à Cambridge ?

— Orlando, fis-je en roulant des yeux face à la façon dont il avait remis le sujet sur la table. Je ne peux pas me pointer là-bas et lui annoncer que je suis sa fille perdue.

— J'insiste pour que tu voies une autre preuve. On pourrait dire qu'il s'agit du dénouement de mon travail approfondi de détective. Où l'ai-je rangée ? s'interrogea-t-il en fouillant une nouvelle fois dans la pile de documents. Aha ! La voici !

Il me tendit la page en question avec force moulinets du poignet. J'y découvris un visage, aussi familier que le mien, à la différence près qu'il était plus âgé et plus sophistiqué, avec des yeux bleus mis en valeur par un maquillage subtil et un teint diaphane encadré par un carré brillant blond platine. Je sentais le regard d'Orlando sur moi. Son excitation était palpable.

— Où as-tu trouvé ça ?

— Sur Internet, bien sûr. Sur l'un de ces sites de réseautage. Alors, le professeur Sylvia Gray n'est-elle pas ta mère ?

Je fixai de nouveau l'image de celle que je serais assurément à la quarantaine. Malgré toutes les preuves écrites qu'Orlando avait collectées pour moi, c'était cette photo qui rendait la situation bien réelle.

— Elle est très belle, n'est-ce pas ? m'encouragea-t-il. Tout comme toi. Et le destin a conspiré pour l'amener sous notre nez dans quelques jours. Tu dois absolument saisir cette occasion, tu ne crois pas ? Personnellement, j'adorerais discuter avec elle. C'est une des principales références en littérature russe – pour laquelle j'ai un penchant tout particulier, comme tu le sais. Sa biographie indique qu'elle a vécu un an à Saint-Pétersbourg dans le cadre de son doctorat.

— Non, Orlando, arrête, s'il te plaît ! Tout cela va trop vite. J'ai besoin de temps pour réfléchir…

— Naturellement. Encore une fois, je te prie de pardonner mon excitation.

— Je ne peux pas me permettre d'assister ainsi à une conférence de Cambridge ! Je ne suis même pas étudiante là-bas.

— Exact. Mais par chance, nous connaissons quelqu'un qui l'est. Ou du moins, qui l'a été.

— Qui cela ?

— Mouse. Il y a fait des études d'architecture et en connaît les usages. Il a accepté de te faire entrer.

— Lui aussi est au courant ?

— Ma chère, bien sûr que oui.

Je me levai brusquement.

— Ça suffit, Orlando.

— Je déclare donc le sujet clos jusqu'à ce que tu souhaites le rouvrir. De préférence avant mardi prochain, ajouta-t-il avec un sourire malin. À présent, remettons-nous au travail. Mr Meadows ne voit pas d'inconvénient à ce que nous nous installions dans notre nouvelle maison dès que nous le souhaiterons. J'ai suggéré de le faire dans deux semaines, afin de profiter des ventes avant Noël. Le bail est en cours de préparation. Ceux-ci, poursuivit-il en désignant les livres sur les étagères, doivent-être rangés dans des cartons numérotés, que j'ai déjà commandés et qui arriveront demain. J'ai prévenu Mouse et Marguerite qu'ils ne devaient te demander aucun service à High Weald tant que nous n'aurions pas fini. Nous allons devoir travailler nuit et jour, miss Star, nuit et jour.

— Bien sûr.

— Tout cela s'est passé très vite, sans parler de la vente de cette boutique – Mr Ho est très motivé et souhaite conclure avant Noël. Il faut que tu viennes voir l'intérieur de la librairie Meadows. Je la trouve encore plus pittoresque que celle-ci. Et puis, un détail très important, elle aussi dispose d'une cheminée. Au moment de l'empaquetage, nous allons devoir opérer une sélection – malheureusement, il y a moins d'étagères qu'ici, mais Marguerite a gentiment proposé de stocker le trop-plein à High Weald. En plus de cela, il y a aussi le stock de Mr Meadows, que j'ai accepté de racheter. Nous serons inondés de mots imprimés !

J'essayais de me concentrer sur Orlando et de me réjouir de son enthousiasme et de son soulagement face à la tournure prise par les événements. Mais mes yeux repartaient sans cesse vers la feuille de papier posée devant moi. La photographie de Sylvia Gray, ma mère…

Je retournai le document pour ne plus la voir et collai un sourire sur mes lèvres.

— Bon, par où veux-tu commencer ?

* * *

Faire les cartons avait au moins le mérite de m'occuper, à la fois le corps et l'esprit. Et tandis que mardi approchait, j'écartai toute pensée à ce sujet. Nous arrivâmes finalement à lundi soir, épuisés et couverts de poussière après plusieurs jours de rangement intensif.

— Le moment est venu de faire une pause, miss Star, annonça Orlando en ressortant de la cave où il avait fastidieusement emballé les livres les plus précieux de son coffre-fort. Doux Jésus, je ne suis absolument pas habitué à tout ce travail physique. Et cela ne me convient pas du tout. J'estime que nous méritons un verre de bon vin rouge pour nous récompenser.

Orlando disparut à l'étage et je m'affalai dans mon fauteuil, au milieu des cartons.

— Je l'ai débouchée il y a deux heures pour laisser le vin respirer, déclara Orlando en se frayant un chemin entre les hautes piles, muni d'une bouteille et de deux verres. Trinquons ! Je ne saurais te remercier assez pour ton aide précieuse. Je n'aurais tout simplement pas pu m'en sortir sans toi. Et, bien sûr, j'espère que tu es disposée à déménager avec moi dans mes nouveaux locaux.

— Oh.

— Oh ? Cette idée avait bien dû te traverser l'esprit, non ? Je vais aussi te tenter en t'offrant le titre de gérante, avec l'augmentation que mérite une telle promotion.

— Merci. Puis-je y réfléchir ?

— Pas trop longtemps. Tu sais à quel point j'estime tes compétences. Nous formons une équipe imbattable. Et te rends-tu compte de ce que cela signifie ?

— Quoi donc ?

— Que les deux branches Vaughan-Forbes sont réunies dans une joint venture, soixante ans plus tard.

— En quelque sorte, oui.

— Et étant donné qu'il s'agissait, après tout, de la librairie de Flora MacNichol, qui est techniquement ton arrière-arrière-grand-mère – bien que pas biologiquement –, tu as autant le droit que moi d'être ici. Tu vois ? Toutes les pièces finissent par s'imbriquer les unes dans les autres.

— Vraiment ?

— Voyons, miss Star, cela ne te ressemble pas d'être négative. À présent, je dois te demander si…

— Non ! l'interrompis-je, sachant pertinemment ce qu'il s'apprêtait à dire. Je n'irai pas demain. Je… je ne peux pas.

— Puis-je te demander pourquoi ?

— Parce que… j'ai peur, répondis-je en me mordant la lèvre.

— Et c'est tout à fait normal.

— Je la contacterai peut-être à l'avenir. Mais il est encore trop tôt pour moi.

— Je comprends.

Orlando poussa un soupir de défaite. Je finis mon verre d'une traite et me levai.

— Je ferais mieux d'y aller, il est huit heures passées.

— Rendez-vous demain au petit matin, alors ? Et réfléchis à ma proposition. J'ai déjà demandé à Marguerite si tu pourrais loger à High Weald le temps de trouver ta propre maison dans le coin. Elle est enchantée à cette idée. Quant à Rory, je n'en parle même pas.

— Tu ne lui as pas encore parlé de mon… lien de parenté avec elle ?

— Non, mais peut-être Mouse lui en a-t-il touché un mot. De toute façon, elle vit dans le présent, pas dans le passé. Surtout en ce moment. Allez, bonne nuit, miss Star.

— Bonne nuit.

* * *

Bien entendu, je passai toute la journée suivante – sans parler de la soirée – à penser au professeur Sylvia Gray et à me haïr pour ma lâcheté. À sept heures et demie précises, je l'imaginai monter sur l'estrade sous un tonnerre d'applaudissements.

J'avais honte de me l'avouer, mais je savais qu'il y avait une autre raison qui m'avait retenue de faire le déplacement à Cambridge ce soir-là : l'occasion que j'avais ratée dix ans plus tôt, quand j'avais décliné la place offerte par l'université. Je restai au salon tard après que ma sœur se fut couchée et finis par admettre que j'étais *jalouse* de cette mère que je n'avais jamais connue. Cette mère qui n'avait rien laissé l'empêcher d'étudier à Cambridge… Pas même moi, son bébé.

Sa détermination à réussir malgré ses origines modestes me donnait l'impression d'avoir accompli si peu de choses en comparaison : elle, mère de trois enfants sans doute exceptionnellement intelligents et sûrs d'eux, épouse, cavalière et professeur de littérature arrivée au sommet. Et moi…

Elle aurait honte de moi, tout comme moi j'ai honte…

J'errai vers la fenêtre et contemplai le ciel dégagé, piqueté d'étoiles.

— Aide-moi, Pa, murmurai-je. Aide-moi.

42

— Je vais avoir besoin de toi dans le Kent, ce week-end, pour m'aider à commencer à déballer les livres dans la nouvelle boutique, m'annonça Orlando le lendemain, tandis que nous mangions notre traditionnel gâteau de l'après-midi. Je pars demain matin pour superviser les travaux là-bas et j'espère que, quand tu arriveras, la façade aura été repeinte. Je pourrai alors t'accueillir chez « Monsieur O. Forbes – Livres rares ».

Les yeux d'Orlando brillaient d'excitation, tandis que je sentais ma propre étoile s'affaiblir encore davantage dans le ciel.

— Tout le monde va être mis à contribution, poursuivit-il. Mouse a promis qu'il nous donnerait un coup de main, tout comme Marguerite qui, d'ailleurs, repartira en France dimanche. Ce serait donc formidable que tu acceptes de loger quelque temps à High Weald pour nous aider, Rory et moi. Peut-être pourrais-tu considérer cela comme un essai, avant de décider si tu souhaites pérenniser ta situation à mes côtés ?

— D'accord.

Après tout, que pourrais-je bien faire à Londres une fois que la librairie aurait fermé pour de bon ?

— Merveilleux ! Affaire conclue, alors.

Nous discutâmes de la façon dont je superviserais le chargement des cartons dans le camion, à Londres, pendant qu'Orlando transporterait le reste du stock à High Weald.

Ce soir-là, j'informai CeCe de mon départ pour le Kent deux jours plus tard.

— Et ensuite tu reviendras, hein ?

Si elle ne m'implorait pas par ses mots, son regard était sans équivoque.

— Bien sûr.

— Je veux dire, tu n'as pas l'intention de t'installer là-bas, si ? Bon sang, Star, tu n'es que vendeuse, je suis certaine que tu peux trouver un boulot bien mieux payé à Londres. L'autre jour, je suis passée devant la librairie Foyles et une affiche indiquait qu'ils cherchaient du personnel. Tu trouveras facilement quelque chose.

— Oui, sans doute.

— Tu sais à quel point je déteste être seule ici sans toi. Tu me promets que tu reviendras ?

— Je ferai ce que je peux.

Il était temps de penser à *moi*, et je ne voulais pas donner de faux espoirs à CeCe. Après tout, elle n'était pas un bébé sans défense, contrairement à moi quand ma mère avait décidé de donner la priorité à sa propre vie...

Comme CeCe boudait, je passai toute la journée du lendemain à la librairie, de l'aube jusque bien après le coucher du soleil. Et le vendredi matin, lorsque le camion se gara devant la vitrine, j'étais prête. Orlando m'appelait toutes les cinq minutes pour me donner des instructions, et je finis par enfreindre la règle d'or afin de pouvoir répondre à mon portable dans la boutique.

Certains des habitués passèrent, tristes de voir les livres disparaître dans le camion. J'étais préparée à cela aussi, car Orlando avait choisi pour chacun un cadeau d'adieu. Une fois le camion parti, les quelques affaires de l'appartement d'Orlando entassées au fond, je déambulai dans la librairie déserte, songeuse. Il s'agissait véritablement de la fin d'une époque. Une époque qui remontait directement à Beatrix Potter elle-même.

Ma dernière tâche consistait à décrocher du mur la lettre que l'écrivain avait envoyée à Flora alors qu'elle n'était qu'une petite fille. J'enveloppai le cadre soigneusement, me préparant à l'emporter avec moi dans le Kent. Ce faisant, je me promis de me rendre un jour dans la région des Lacs, sur les pas de Flora. Nous n'avions aucun lien du sang, mais je sentais une véritable affinité entre nous. Elle aussi avait été une paria – rejetée, n'ayant sa place nulle part. Néanmoins, elle avait survécu grâce à son courage et à sa détermination. Et elle avait fini par trouver sa place, auprès de l'homme qu'elle aimait.

— Au revoir, murmurai-je, regardant pour la dernière fois la pièce qui avait changé ma vie à tout jamais.

* * *

J'arrivai en taxi à Tenterden plus tard ce soir-là et m'approchai de la nouvelle librairie dont les lumières brillaient dans la nuit brumeuse. Je regardai la façade fraîchement repeinte – Orlando avait choisi un vert bouteille, la même couleur que la boutique de Kensington. Au-dessus de la vitrine se trouvait la nouvelle enseigne. J'étais contente de penser que, ce soir, au moins un membre du clan Forbes-Vaughan était heureux.

Orlando zigzagua entre les cartons pour venir me saluer.

— Bienvenue dans ma nouvelle demeure, miss Star. Mouse et Marguerite devraient arriver d'une minute à l'autre. J'ai commandé du champagne à côté. Les Meadows vont également se joindre à nous. Tu sais, je me demande même si je ne préfère pas ces nouveaux locaux aux anciens : regarde cette vue !

Des arbres surgissaient derrière le chemin étroit, éclairés par les réverbères anciens qui brillaient doucement entre eux.

— C'est charmant, en effet.

— Et il y a même une porte qui nous relie directement au café. Plus de barquettes d'aluminium au déjeuner, les plats arriveront dans des assiettes, tout chauds et tout juste cuisinés ! Ah, les voilà, fit Orlando en agitant la main.

J'aperçus la vieille Land Rover de Mouse garée non loin de là. Marguerite et Rory le suivirent dans la librairie.

— Juste à temps, annonça Orlando, tandis que je reconnus aussi Mrs Meadows, qui arrivait chargée d'un plateau de verres et d'une bouteille de champagne, et accompagnée par un homme plus âgé et courtaud qui portait un nœud-papillon à pois.

— Mr et Mrs Meadows, je crois que vous connaissez mon frère et ma chère cousine Marguerite. Et Rory, évidemment. Et vous avez entraperçu mon assistante, Mrs Meadows, ajouta Orlando en me faisant avancer. Voici la parfaitement nommée Astérope d'Aplièse, plus couramment appelée « Star ». Et c'est en effet une véritable étoile, conclut-il en me regardant avec affection.

Il me laissa avec les Meadows pour aller accueillir le reste de sa famille. Je bus une coupe de champagne en compagnie du couple qui était enchanté qu'Orlando reprenne la boutique.

— Salut, Star.

— Salut, répondis-je en voyant Mouse s'approcher de moi.

Puis une paire de petits bras m'enlaça.

— Bonsoir Rory, fis-je en souriant spontanément.

— Où étais-tu passée ?

— J'étais à Londres pour aider ton oncle Orlando à déménager tous les livres.

— Tu m'as manqué.

— Toi aussi.

— Est-ce qu'on pourra faire des brownies demain ?

— Bien sûr !

— Mouse a essayé d'en faire avec moi, mais ils étaient pas bons du tout, tout collants... Berk !

Rory fit une série de bruits de dégoût exagérés.

— C'est vrai, convint Mouse en haussant les épaules. Mais au moins j'ai essayé.

— Star ! s'exclama Marguerite en m'étreignant, avant de me faire non pas une, ni deux, mais trois bises. Voilà comment on se dit bonjour en Provence ! fit-elle en riant.

Je regardai cette forte femme aux grands yeux violets et m'interrogeai sur notre lien génétique. Extérieurement, nous étions si différentes, même si je remarquai qu'elle avait le teint aussi pâle que le mien – ce qui était le cas de bien des gens avec lesquels je n'avais aucune parenté.

— Mouse m'a dit que tu avais fait une découverte intéressante. Bienvenue dans notre famille de fous, me glissa-t-elle à l'oreille avant de glousser. Pas étonnant que tu nous aies tous conquis aussi facilement. Ta place est parmi nous. C'est aussi simple que ça.

Et ce soir-là, dans la nouvelle librairie d'Orlando, entourée de ma « famille », j'eus en effet cette sensation d'appartenance.

* * *

Le lendemain matin, je me réveillai plus tard que de coutume, sans doute à cause de la fatigue physique et mentale des jours précédents. Je descendis dans la cuisine déserte qui, en mon absence, avait retrouvé son état chaotique, et découvris un mot sur la table :

Nous sommes partis aider Orlando à la librairie. Mouse passera te chercher à onze heures, sois prête. Bises, M. et R.

Voyant qu'il était neuf heures et demie passées, je remontai prendre un bain rapide dans l'eau gelée, me demandant s'il me serait *possible* de construire ma vie dans le Kent. Je me séchai en vitesse, puis j'enfilai un jean et mon pull bleu.

Celui dont Mouse avait dit qu'il m'allait bien…

Je secouai la tête à cette pensée incongrue et, le temps que la voiture arrive, j'étais debout près du fourneau avec des brownies tout chauds.

— Salut, Star, fit Mouse en entrant dans la cuisine quelques minutes plus tard.

— Bonjour. Est-ce qu'on part tout de suite ? J'ai fait des brownies et du café.

— Voilà qui semble merveilleux, déclara une voix à la fois nouvelle et étrangement familière.

On aurait dit *moi* parlant avec un accent américain.

— J'ai amené quelqu'un pour toi, annonça Mouse, la culpabilité visible sur son visage.

Alors, derrière lui, le modèle de la photo que m'avait montrée Orlando s'avança et entra à son tour dans la cuisine.

— Bonjour, Star.

Je la fixai – son visage, son corps – mais ne distinguai vite plus rien, tant ma vue était brouillée par les larmes. Des larmes de colère, de peur ou d'amour, je ne savais pas très bien.

— Star, fit Mouse d'une voix douce, je te présente Sylvia Gray. Ta mère.

Je ne me souviens pas grand-chose des minutes qui suivirent, si ce n'est que les bras de Mouse m'abritèrent pendant que je pleurais sur son épaule.

— Je suis désolé, me chuchota-t-il à l'oreille. Je suis allé écouter sa conférence à Cambridge, puis me suis présenté à elle. Elle voulait à tout prix faire ta connaissance. Dis-moi ce que je dois faire.

— Je ne sais pas, répondis-je, la voix étouffée par son anorak.

Alors je sentis une autre paire de bras m'enlacer.

— Moi aussi, je suis tellement désolée. Pardonne-moi, Star, pardonne-moi. Je ne t'ai jamais oubliée un seul instant. Je te le jure. J'ai pensé à toi tous les jours.

— NON ! criai-je en la repoussant.

Je partis en courant dans l'air froid de novembre et me retrouvai dans le jardin, à marcher d'un pas vif dans le labyrinthe de plantes et de mauvaises herbes. Je n'avais pas besoin d'un passé, je n'avais pas besoin d'une mère… Je voulais juste un avenir – un avenir sûr, réel et sain. Et cette femme qui s'apprêtait à fondre sur moi à High Weald ne présentait aucune de ces caractéristiques.

Mes pas me dirigèrent vers la serre où Archie et Flora prenaient autrefois soin des jeunes plants, afin qu'ils grandissent et se fortifient, entourés d'amour. Et je m'effondrai à terre, frissonnante de froid.

Comment ose-t-elle me pourchasser ? Et comment Mouse ose-t-il l'amener ici ? Cette famille pense-t-elle vraiment pouvoir ainsi contrôler ma vie ?

— Star ? Tu es là ?

Je ne sais pas combien de temps s'était écoulé quand j'entendis Mouse entrer dans la serre.

— Je suis profondément navré. C'était une mauvaise idée. J'aurais dû te prévenir, demander ta permission… Quand je suis allé à Cambridge ce soir-là et que, à la fin de la conférence, je me suis présenté à Sylvia et lui ai dit qui Orlando et moi pensions que tu étais, elle m'a supplié de l'amener à High Weald pour te rencontrer.

— Elle veut sans doute voir la maison de son grand-père, pas moi, crachai-je.

— Peut-être que ça l'intéresse aussi, mais je t'assure que c'était surtout toi qu'elle voulait voir.

— Elle n'a pas voulu me voir pendant vingt-sept ans, alors pourquoi maintenant ?

— Parce que sa mère lui a menti en lui disant que tu étais morte bébé. Elle lui a même remis un faux certificat de décès à ton nom.

— Quoi ? m'exclamai-je en levant alors les yeux vers lui.

— C'est la vérité, fit-il avant de pousser un profond soupir. Mais c'est à elle de t'expliquer tout cela, pas à moi. Star, pardonne-moi. C'était une erreur, depuis le début… nous aurions dû respecter ta volonté. Mais quand je l'ai vue, son envie désespérée de te rencontrer a eu raison de moi.

Je ne répondis rien. J'avais besoin de réfléchir.

— Bon, je vais te laisser. Et encore une fois, je te demande pardon.

— Ne t'inquiète pas. Je viens avec toi.

Je m'essuyai le nez sur ma manche et me levai, sollicitant toutes les forces de mon corps. Je titubai vers lui et il plaça un bras puissant autour de ma taille pour me ramener à la maison.

De retour dans la cuisine, je vis que Sylvia avait pleuré. Son maquillage subtil et parfait avait coulé sous ses yeux, et elle semblait beaucoup plus fragile qu'à son arrivée.

— Et si je mettais un peu d'eau à chauffer ? suggéra Mouse.

— Bonne idée, répondit Sylvia.

Mouse remplit la bouilloire et, frigorifiée, je m'adossai au fourneau, essayant de me calmer.

— Pourquoi m'as-tu abandonnée ? lâchai-je.

Son visage se décomposa et quelques instants s'écoulèrent tandis qu'elle cherchait ses mots.

— Je ne t'ai pas abandonnée, Star. Après ta naissance pendant les vacances de Pâques, ma mère a insisté pour que je retourne à Cambridge passer mes examens de fin d'année. Elle avait de l'ambition pour moi. J'étais douée, intelligente... En moi, elle voyait un avenir qui lui avait été refusé. Elle avait eu une existence difficile – mon père était mort jeune, l'obligeant à m'élever seule... Elle était amère, Star. Très amère.

— Tu rejettes la culpabilité sur ta mère, c'est ça ? lançai-je, horrifiée d'entendre l'amertume dans ma propre voix.

— Tu as tous les droits d'éprouver de la colère. Mais je te jure que, quand je t'ai laissée avec ma mère en mai cette année-là, tu étais un bébé magnifique et en pleine santé. Nous avions convenu qu'elle s'occuperait de toi jusqu'à ce que j'obtienne mon diplôme. Je n'avais même pas *envisagé* de te faire adopter. Pas une seule fois. Néanmoins, si tu veux la vérité, j'avais en effet besoin d'étudier pour améliorer notre vie à toutes les deux. Mais, quelques jours à peine après la fin de mes examens de première année, j'ai reçu une lettre m'annonçant ton décès – mort subite du nourrisson apparemment.

Elle prit alors son petit sac à main en cuir et en sortit une enveloppe.

— Voici le certificat de décès qu'elle m'a donné. Regarde.

— Comment peut-on produire un document pareil ? demandai-je avec agressivité, sans prendre le certificat qu'elle me tendait.

— C'est facile si tu es en couple avec le médecin du coin. Ma mère et lui ont commencé à se fréquenter après la mort de mon père. Il était sans doute aussi désireux d'aider ma mère qu'elle l'était de me duper. C'était un homme abominable – un membre fervent de la communauté catholique locale ; il pensait probablement qu'il fallait me punir.

— En te disant que ton bébé était mort ? C'est difficile à croire, fis-je en secouant la tête. Et comment as-tu su alors que j'étais en vie ?

— Parce que ma mère est décédée il y a quelques semaines. Je n'ai pas assisté à son enterrement – je ne lui parlais plus depuis presque vingt-sept ans. Cependant j'ai reçu une lettre de son notaire, à ouvrir après sa mort. Elle y confessait ce qu'elle avait fait toutes ces années auparavant.

— Cette lettre précisait-elle qui m'avait adoptée ?

— Ma mère expliquait que le médecin t'avait confiée au curé de la paroisse, qui t'avait emmenée dans un orphelinat quelque part dans les quartiers est de Londres. Mais lorsque je m'y suis rendue il y a deux jours, juste avant de faire la connaissance de Mouse, on m'a dit qu'il n'y avait aucune trace d'un bébé du nom de Lucy Charlotte Brown.

— Mon père adoptif ne m'aurait jamais prise s'il avait été au courant des véritables circonstances, déclarai-je, sur la défensive.

— Je suis sûre que non. Mais ma mère a toujours excellé dans l'art du mensonge. Heureusement que j'ai plutôt hérité de ma grand-mère, Tessie. C'était une femme formidable. Elle a travaillé dur toute sa vie, sans jamais se plaindre.

J'avais les jambes en coton. Je me laissai glisser contre le fourneau jusqu'à terre, les bras croisés.

— Je ne comprends pas comment Pa Salt m'a trouvée.

— Pa Salt est ton père adoptif ?

J'ignorai sa question.

— Pourquoi n'as-tu pas trouvé mon nom à l'orphelinat ?

— Le prêtre t'avait peut-être enregistrée sous un autre nom mais, bizarrement, aucun bébé n'est arrivé au cours des deux semaines qui ont suivi le mensonge de ma mère. J'ai vérifié le registre de l'époque avec la secrétaire. Je n'en ai aucune idée, Star. Je suis désolée.

— Et maintenant, mon père est mort lui aussi et je ne pourrai jamais lui poser la question.

J'avais le tournis. J'enveloppai mes bras autour de mes genoux et y posai ma tête.

— Si je puis me permettre, intervint doucement Mouse, tes coordonnées indiquent Mare Street, où a habité Patricia Brown – ta grand-mère – jusqu'à sa mort. C'est donc là qu'elles t'envoyaient, pas dans un orphelinat. Peut-être qu'une sorte d'adoption privée a été arrangée. N'est-ce pas ironique, ajouta-t-il après un silence, que vous ayez toutes les deux entamé vos recherches pour vous retrouver au même moment ?

— Si elle dit la vérité, marmonnai-je.

— Je suis sûr que oui, Star. Crois-moi, personne n'aurait pu improviser une histoire pareille, murmura-t-il en posant une tasse de thé fumante par terre, à côté de moi.

— Et Mouse ne m'aurait pas laissée t'approcher s'il ne me croyait pas, déclara Sylvia. Il a même consulté les Archives nationales pour voir si ta mort avait été officiellement enregistrée. Ce n'était pas le cas. Oh, Star, j'étais si heureuse quand il est venu me parler ! J'avais essayé de te retrouver sans succès, et j'étais venue exprès plus tôt en Angleterre pour faire une nouvelle tentative. J'avais perdu espoir quand ton petit ami est apparu.

— Ce n'est pas mon petit ami.

— Ton ami alors, se corrigea-t-elle.

— Pourquoi as-tu changé de nom ?

— Quand ma mère m'a appris ta mort, j'étais folle de douleur. Je lui en voulais comme si elle t'avait assassinée de ses propres mains. Elle m'a même dit qu'elle avait organisé ton enterrement pour m'épargner cette souffrance. Évidemment, je suis aussitôt rentrée à la maison pour vérifier qu'elle ne mentait pas, et c'est là qu'elle m'a donné ton certificat de décès. Alors je l'ai accusée de ne pas s'être bien occupée de toi… poursuivit-elle en se mordant la lèvre, une grande douleur dans les yeux. Et elle m'a mise dehors. J'ai juré de ne plus mettre les pieds à la maison. Et j'ai tenu parole. Je suis restée à Cambridge, travaillant pendant les vacances pour gagner de quoi vivre. Je voulais me dissocier d'elle totalement. Et j'ai pensé que, si je changeais de nom, elle ne pourrait jamais me retrouver.

— Qui était mon père ?

— C'était mon patron à l'usine de vêtements où je travaillais l'été précédant mon entrée à Cambridge. Marié, bien sûr… Mon Dieu ! J'ai tellement honte de t'avouer ça…

Je regardai ma mère mettre la tête entre ses mains et pleurer. Je ne fis rien pour la consoler. Je ne pouvais pas. Finalement, elle se calma et reprit son récit.

— Ce n'est pas moi qui devrais pleurer. Je n'ai pas d'excuse, mais il me semblait si charmant à l'époque, il m'emmenait dîner dans des grands restaurants, me disait que j'étais belle… Bon sang ! J'étais si naïve. Tu n'as pas idée de ce qu'était ma mère :

elle me surprotégeait, me forçait à suivre toutes ces activités de la paroisse… Je ne savais pas vraiment comment éviter de tomber enceinte. Je peux te dire d'expérience que la méthode catholique ne fonctionne pas…

— Aurais-tu avorté si tu avais pu ?

— Je… je ne sais pas. J'essaye d'être aussi honnête que possible avec toi, Star. Toujours est-il qu'après cet été-là, je suis entrée à l'université et, en novembre, j'ai enfin compris que quelque chose n'allait pas. J'en ai parlé à une amie, qui m'a acheté un test de grossesse. Et un médecin a confirmé que j'étais déjà enceinte de plus de quatre mois.

Elle saisit sa tasse de thé pour boire à petites gorgées et je remarquai que ses mains tremblaient violemment. Je ressentis alors un début de compassion envers elle. *Rien ne l'oblige à s'infliger ça,* pensai-je. Elle aurait très bien pu nier tout lien avec moi à Mouse.

— Je suis désolée d'être impolie, soufflai-je.

— Ce n'est pas son genre, indiqua Mouse. Votre fille nous a tous changés en mieux depuis qu'elle est entrée dans notre vie.

Je levai les yeux vers lui et vis qu'il me regardait avec ce qui ressemblait à de la tendresse.

— Bon, je vais vous laisser.

Il sortit de la cuisine et j'eus soudain envie de le rappeler.

— Je t'ai apporté quelque chose que j'avais fait graver pour toi à mon retour à Cambridge, juste après ta naissance. Je voulais te l'accrocher au poignet, pour que tu penses à moi quand je ne pouvais pas être avec toi physiquement.

Sylvia se leva et vint s'agenouiller près de moi. Elle me tendit une petite boîte à bijoux en cuir. Je l'ouvris et vis le nom d'un bijoutier de Cambridge inscrit en doré à l'intérieur. Niché dans le velours bleu se trouvait un bracelet minuscule. Je le sortis et observai la breloque en forme de cœur qui y pendait.

Lucy Charlotte
21/04/1980

— J'avais l'intention d'y ajouter une breloque chaque année pour ton anniversaire, mais je n'ai jamais pu te donner le bracelet. Jusqu'à aujourd'hui. Tiens.

Elle reprit l'écrin et retira le centre de velours pour en extirper un morceau de papier jauni. Elle me le donna et je vis qu'il s'agissait d'un reçu pour l'achat du bracelet, daté du 20 mai 1980. Le montant était de trente livres sterling.

— C'était beaucoup à l'époque, précisa-t-elle en esquissant un faible sourire.

Tout près d'elle, je sentais son parfum sucré et coûteux et remarquai l'énorme bague de fiançailles en diamant qui scintillait à son annulaire. Je restai assise en silence à jouer avec le tout petit bracelet. Et j'admis que, si c'était un canular, toute cette histoire était très bien ficelée.

— Lucy… *Star*, est-ce que tu veux bien me regarder ? s'enquit-elle en levant gentiment mon menton vers elle. Je t'aimais alors, et n'ai jamais cessé de t'aimer. Crois-moi, je t'en prie, je t'en supplie.

Elle me souriait, ses yeux bleus embués de larmes.

Et soudain, je la crus.

— Pourrais-je… puis-je te serrer dans mes bras ? J'ai attendu si longtemps, m'implora-t-elle.

Je ne refusai pas et elle se rapprocha pour m'étreindre. Après une longue hésitation, mes bras se posèrent sur elle de leur propre chef et je me retrouvai à l'étreindre en retour.

— C'est un miracle, murmura-t-elle dans mes cheveux, tandis qu'elle les caressait avec douceur. Ma petite fille… ma si jolie petite fille…

* * *

— Tout va bien ? me demanda Mouse, revenant dans la cuisine une bonne heure plus tard et nous trouvant toutes les deux assises par terre, adossées au fourneau.

— Oui, répondis-je en lui souriant. Très bien.

Il nous observa un instant toutes les deux.

— Vous vous ressemblez vraiment comme deux gouttes d'eau. J'y vais, faites-moi signe si vous avez besoin de moi.

— Ce Mouse est quelqu'un de bien, déclara ma mère quand il eut quitté la pièce. Avons-nous un lien de parenté avec lui ?

— Non. Du moins, pas biologiquement.

J'avais essayé de lui dresser un aperçu de mon parcours, notamment de mon enfance à Atlantis avec mes cinq sœurs. Puis nous étions passées à High Weald et aux complexités de la famille Forbes-Vaughan.

— J'ai cru comprendre que Mouse avait un frère assez original. Orlando, c'est bien cela ?

— Oui, et il est formidable.

— Je crois que ce Mouse a un petit faible pour toi, Star. Au fait, je suis ravie que ton père adoptif t'ait donné un si joli prénom. Cela te va comme un gant. Tu sais que Lucy signifie « lumière » ?

— Oui.

— Tu es donc une étoile qui brille intensément, fit-elle en souriant.

Nous continuâmes à bavarder, faisant souvent des digressions quand une question nous venait à l'esprit. Elle me parla de mes trois demi-frères et sœur – tous bien plus jeunes que moi et prénommés James en hommage à Joyce, Scott pour Fitzgerald et Anna d'après l'héroïne tragique de Tolstoï. Elle me dit qu'elle était très heureuse avec son mari Robert. Leur vie semblait vraiment idyllique.

— Robert est au courant pour toi, naturellement. Il m'a beaucoup soutenue quand j'ai reçu la lettre du notaire de ma mère il y a quelques semaines. Il va être enchanté quand je vais lui annoncer que je t'ai retrouvée. C'est un homme bien, ajouta-t-elle. Il te plairait.

— J'avais été acceptée à Cambridge, confessai-je soudain. Et j'ai décliné.

— C'est vrai ? Waouh ! C'est un exploit de nos jours. C'était plus facile d'obtenir une place à mon époque, surtout pour moi qui venais d'un milieu modeste. L'égalitarisme était en vogue et le gouvernement cherchait à l'appliquer. Tu as bien plus de mérite que moi. Pourquoi as-tu décliné ?

— J'aurais dû laisser ma sœur pour y aller. Et nous avions besoin l'une de l'autre.

— CeCe ? Celle avec qui tu habites à Londres ?

— Oui.

— Rien ne t'empêcherait d'y aller aujourd'hui si tu le souhaitais. Il n'est jamais trop tard pour changer son destin.

— Tu parles comme Pa Salt, répondis-je en souriant. C'est le genre de choses qu'il disait toujours.

— Ton Pa Salt me plaît. Quel dommage que je ne puisse plus faire sa connaissance.

— En effet. Il a été un merveilleux père pour nous toutes.

Je sentis qu'elle frissonnait légèrement, mais elle se reprit très vite.

— Dis-moi, as-tu une idée de ce que tu souhaites faire de ta vie, maintenant que tu t'es établie en Angleterre ?

— Pas vraiment, non. Enfin, je pensais vouloir écrire, mais c'est plus dur que ça en a l'air et je ne suis pas sûre d'être douée en fin de compte.

— Peut-être n'est-ce pas le moment, mais que celui-ci viendra, comme c'est le cas pour nombre d'écrivains. Pour moi en tout cas, certainement.

— En fait, j'aime beaucoup les choses simples : m'occuper d'une maison, cuisiner, jardiner… Je ne suis pas très ambitieuse, avouai-je en me tournant soudain vers elle. Est-ce que c'est mal ?

— Bien sûr que non ! Nous sommes toutes contentes que l'émancipation des femmes ait eu lieu et, je vais te dire, dans les années 1980 nous étions les pionnières, la première génération de femmes à mettre un pied – ou, devrais-je dire, un talon aiguille – dans le monde du travail dominé par les hommes. Mais je crois que ce que nous avons fait a simplement offert un choix aux femmes qui nous succèdent aujourd'hui. En d'autres termes, nous leur avons permis d'être qui elles souhaitaient.

— Alors, puis-je dire qu'à l'heure actuelle, je n'ai pas particulièrement envie de faire carrière ?

— Personne ne te le reprochera, chérie, me rassura-t-elle en serrant ma main dans la sienne et en m'embrassant le haut de la tête. C'est la liberté que t'a donnée ma génération ; et il n'y a rien de mal à être mère au foyer, même si je ne sais que trop bien que c'est plus facile si tu trouves quelqu'un qui soit prêt à te soutenir pendant que tu élèves les enfants.

— Voilà qui manque de mon côté, dis-je en gloussant.

— Il arrivera, chérie, il arrivera.

— Euh, salut, lança Mouse à la porte de la cuisine. Juste pour vous prévenir qu'Orlando a appelé : Rory, Marguerite et lui rentrent de Tenterden.

— Alors je ferais mieux d'y aller.

Tandis que ma mère s'apprêtait à se lever, je la retins.

— Est-ce qu'elle peut rester, Mouse ?

— Bien sûr, Star. Aucun problème.

43

En me glissant dans mon lit ce soir-là, je songeai que cette soirée était l'une des meilleures que j'aie jamais passées. Les Vaughan et les Forbes étaient arrivés en masse, et – à l'évidence bien préparés par Orlando et Mouse – avaient accueilli Sylvia à bras ouverts.

— Après tout, elle fait partie de la famille, s'était exclamée Marguerite en riant, tout en allumant une de ses innombrables Gitanes et en buvant verre de vin sur verre de vin, pendant que je préparais un rôti de bœuf qu'avait rapporté Orlando.

Au dîner, nous avions tous expliqué une nouvelle fois à Sylvia comment elle – et moi – nous insérions dans le puzzle familial. Et au fur et à mesure que coulait le vin rouge, j'avais senti une sorte de sérénité s'installer entre les vieux murs humides de High Weald. Comme si les secrets du passé s'étaient enfin déversés comme une bourrasque de flocons de neige et commençaient à retomber doucement à terre.

Et tandis que j'essayais de me réchauffer les pieds entre les draps gelés, je m'aperçus qu'avec ma mère à mes côtés, j'avais enfin eu le sentiment d'être à ma place.

* * *

— Nom d'un chien ! s'exclama ma mère, le lendemain matin, en entrant dans la cuisine où j'étais déjà aux fourneaux pour préparer le petit déjeuner. J'ai une gueule de bois terrible. J'avais oublié à quel point les Anglais boivent, dit-elle en s'approchant de moi et en m'étreignant spontanément.

Je faisais griller des saucisses pour Rory qui s'était éclipsé pour mettre *Harry Potter* – son nouveau DVD fétiche – profitant que personne ne lui ait dit non.

— Ça sent drôlement bon, observa-t-elle. Tu cuisines divinement bien, Star, vraiment. Tout comme ton arrière-grand-mère, Tessie. Je rêve encore de ses frites maison.

— J'en fais moi aussi.

— Alors j'adorerais les goûter un jour, se réjouit-elle en tournant son regard vers la cafetière. Puis-je prendre un peu de café ?

— Sers-toi, je t'en prie.

— Merci. Tu sais, quand vous êtes tous allés vous coucher, Marguerite et moi sommes restées à discuter. Nous avons essayé de comprendre qui nous étions l'une pour l'autre. Nous avons conclu que nous étions demi-cousines germaines, ayant toutes les deux le même grand-père, mais qui sait ? Et qui s'en soucie ? Mon Dieu, cette fille a une descente de marin, dit-elle en s'asseyant, très élégante dans un jean et un pull en cachemire. Elle me racontait qu'elle était tombée amoureuse de la propriétaire du château où elle peint ses fresques en France. Et qu'elle en avait marre de High Weald et de toutes les difficultés qu'elle a à l'entretenir. J'ai eu l'impression qu'elle mourait d'envie de déménager.

— Où donc ?

— En France bien sûr !

— Et Rory dans tout ça ? Il devrait apprendre la langue des signes française, qui est très différente de la version anglaise…

— Je n'en sais rien, Star, mais peut-être t'en parlera-t-elle. Tu sais, en venant ici, je me suis rendu compte de la simplicité de ma vie par rapport à celle de mes nouveaux cousins anglais.

— Quand repars-tu pour les États-Unis ?

— Ce soir. Pourrions-nous passer ensemble le temps qu'il me reste ?

— Avec plaisir.

Après avoir servi le petit déjeuner et fait la vaisselle, nous confiâmes à Rory la mission de nous faire visiter les jardins. Il roulait devant nous à bicyclette, sur les sentiers gelés, me faisant le signe pour « voiture lente » quand nous étions trop loin derrière lui.

— Voilà un très mignon petit garçon, observa ma mère. Et malin aussi. Sans parler de l'affection qu'il te porte.

— Moi aussi je l'adore. Il est toujours si gai.

— C'est vrai, Dieu le bénisse. J'espère seulement que la vie le traitera avec gentillesse à l'avenir.

— Il a sa famille pour le protéger.

— Oui. Du moins pour l'instant, ajouta ma mère en souriant tristement.

Plus tard dans l'après-midi, je demandai à Marguerite de me prêter sa Fiat pour accompagner ma mère à Tenterden, où Orlando – qui semblait lui aussi se remettre avec peine de tout l'alcool ingurgité la veille – rangeait des livres sur les étagères de la librairie.

— Ah ! Ces dames daignent me rendre visite dans mon humble demeure. Bienvenue, professeur Gray. Peut-être puis-je désormais dire qu'un professeur de littérature à Yale est ma première cliente ? Avant toute chose, je dois vous montrer ma merveilleuse première édition d'*Anna Karénine*.

— Orlando, je t'ai dit hier que tu pouvais me tutoyer et m'appeler Sylvia.

Pendant que ma mère et lui conversaient de leur passion commune, je repris le rayonnage là où Orlando l'avait laissé, ayant l'impression d'être dans la peau de Rory tandis que je luttais pour comprendre de quoi ils parlaient.

— Bien sûr, l'experte de la littérature anglaise du début du vingtième siècle n'est autre que Star, ici présente, déclara soudain Orlando en se tournant vers moi, assez sensible pour s'apercevoir que je me sentais un peu mise à l'écart. Demande-lui n'importe quoi sur le Bloomsbury Set – en particulier sur l'ancienne voisine de High Weald, notre chère Vita Sackville-West, et ses diverses amantes. Ce qui est ironique, étant donné le passé de lady Flora Vaughan.

— Star m'a vaguement parlé du lien hier soir.

— La prochaine fois que tu viendras sur nos côtes, miss Sylvia, il faudra que tu lises ses journaux dans leur intégralité. Ils constituent un aperçu fascinant de l'Angleterre édouardienne.

— Peut-être que Star pourrait en faire un livre. Je suis certaine que le monde entier serait fasciné par l'histoire de Flora.

— Excellente idée, miss Sylvia ! Avec sa connaissance approfondie de la littérature de l'époque, ainsi que son lien de parenté personnel avec lady Flora, je ne vois personne de mieux placé pour ce travail, convint Orlando, et je sentis alors deux paires d'yeux peser sur moi.

— Peut-être un jour, fis-je en haussant les épaules.

— Si tu décides de le faire, je suis certaine que les Presses universitaires de Yale seraient ravies de te publier.

— Tout comme un certain nombre d'éditeurs anglais, répliqua Orlando. L'histoire contient les éléments de la parfaite romance historique, en plus d'être véridique : tout pour plaire, en somme !

Ma mère jeta un coup d'œil à sa montre.

— Je crains de devoir y aller – mon train pour Londres part bientôt.

De retour à High Weald, ma mère descendit de l'escalier avec sa valise.

— Mouse va t'accompagner à la gare, l'informai-je.

Elle s'approcha de moi et me serra fort dans ses bras.

— Oh, Star. S'il te plaît, donne-moi de tes nouvelles aussi souvent que possible. Sans quoi je risque de penser que tout cela n'était qu'un rêve. Tu as bien mes numéros de téléphone ? Et mon adresse e-mail ?

Dehors, un klaxon retentit.

— Bon, je vais devoir te dire au revoir. Mais à l'instant où je serai rentrée chez moi, nous planifierons un autre voyage. Soit tu viens dans le Connecticut pour faire la connaissance de tes frères et de ta sœur, soit c'est moi qui reviens te voir ici, d'accord ?

— Avec plaisir.

Ma mère m'étreignit une nouvelle fois, puis me souffla un baiser en se dirigeant vers la porte, et je la regardai s'asseoir à côté de Mouse dans la Land Rover. Tandis que la voiture s'éloignait, je me sentis soudain perdue sans elle. Cette femme semblait me connaître si intimement, comme personne d'autre, tandis que je commençais à peine à la découvrir.

* * *

Ce soir-là, une fois que Rory fut couché, je servis le hachis que j'avais concocté avec les restes et nous dînâmes tranquillement en silence, tous épuisés par les deux jours qui venaient de s'écouler. Orlando monta se coucher dès la fin du repas, et Mouse alla voir une fuite que Marguerite avait découverte dans sa chambre, au plafond.

— Et qui goutte actuellement dans une casserole, soupira-t-elle en m'aidant à débarrasser la table. Au fait, je repars tôt demain pour la France. Mouse te donnera du liquide pour toutes les courses dont tu auras besoin en mon absence.

— Quand reviendras-tu ?

— Jamais, si j'avais le choix, mais les choses ne sont pas si faciles… Dieu que je hais cette fichue maison. C'est comme s'occuper d'un parent très âgé et malade pour qui l'on sait qu'il n'y a plus rien à faire.

Marguerite essuya une assiette, puis sortit son paquet de Gitanes, alluma une cigarette et s'affala dans un fauteuil.

— Je disais à Mouse que j'envisage sérieusement de la vendre, reprit-elle. Je sais qu'elle est censée revenir à Rory, mais je suis sûre qu'un jeune loup de la finance et son ambitieuse épouse seraient enchantés de jeter leurs millions dans une maison de campagne comme ça. Au moins, Mouse m'a promis qu'Orlando et lui me donneraient une part de la somme récoltée avec la vente de la librairie. Je mérite bien ça étant donné les circonstances, ajouta-t-elle d'un air sombre.

— Rory est heureux ici.

— Oui, parce que c'est devenu sa maison. Quelle ironie, vraiment…

Elle tourna le regard vers la fenêtre et poussa un profond soupir, lâchant une bouffée de fumée.

— Quoi qu'il en soit, je repars demain pour un moment et tu y es pour beaucoup Star, merci. Tu as stabilisé la maison et ses occupants. Mouse, en particulier.

— Je ne crois pas, marmonnai-je.

— Tu ne le connaissais pas avant d'arriver ici. Il est différent, Star, je t'assure, et au moins cela me donne l'espoir que les choses pourront changer à l'avenir. Il fait même des efforts avec Rory, ce qui à mes yeux est un miracle. Même Orlando vit un peu plus dans le monde réel depuis que tu es entrée dans sa vie. Je me suis souvent demandé s'il était gay, mais je ne l'ai jamais vu avec personne, homme ou femme. Je suppose donc qu'il est asexuel. Qu'en penses-tu ?

— Je pense qu'il est amoureux de ses livres. Et c'est tout ce dont il a besoin, répondis-je, gênée.

— Tu sais quoi ? Je crois que tu as tout à fait raison, sourit Marguerite.

— Rory va être triste en ton absence, dis-je pour ramener la conversation en territoire plus sûr.

— Il va me manquer lui aussi, mais par chance il a toujours eu l'habitude que de nouvelles personnes s'occupent de lui. Il a eu une flopée de nounous avant que je décide qu'il était temps de prendre le relais. À présent, je vais te laisser, annonça-t-elle en se levant et en enfonçant son mégot dans le pot du pauvre cactus. Tu sais quoi : c'est merveilleux d'être amoureux. Cela nous illumine de l'intérieur. Bonne nuit, Star.

Sur ces mots, elle sortit de la cuisine. Les mains dans l'évier savonneux, je me retrouvai pensive et perplexe.

Quand j'eus fini de faire la vaisselle, j'errai dans le couloir vers le salon, une tasse de chocolat chaud à la main. J'avais besoin de reprendre mon souffle. Mouse apparut au moment où je m'asseyais.

— Demain je vais devoir appeler un plombier pour regarder cette fuite. Même si à mon avis il ne pourra pas faire grand-chose. Je pense que le problème vient du toit.

— Oh, répondis-je, les yeux fixés sur les flammes qui dansaient dans l'âtre.

— Ça t'embête si je m'assois ?

— Non. Veux-tu du chocolat chaud ?

— Non merci. Je… voudrais te parler, Star.

— De quoi ?

— Oh, de toutes sortes de choses, en fait, déclara-t-il en s'installant dans le fauteuil en face de moi, l'air aussi mal à l'aise que moi. Depuis que tu as franchi le seuil de la librairie à Londres, ça a été un sacré voyage, pas vrai ?

— C'est sûr.

— Comment te sens-tu à présent que tu as rencontré ta mère ?

— Ça va. Merci d'avoir pris la peine d'aller à Cambridge pour moi.

— Cela ne m'a posé aucun problème, au contraire. Il se trouve que cela m'a fait du bien de retourner dans un endroit où j'avais été si heureux. C'est là que j'ai connu Annie… Je suis arrivé à Cambridge deux heures avant la conférence et je suis allé prendre une bière au bar où je lui avais parlé pour la première fois.

— Cela a dû être réconfortant, m'aventurai-je.

— Non. Pas du tout. C'était horrible. Assis là, tout ce que j'entendais, c'était ce qu'elle pensait de mon comportement depuis sa mort. À quel point j'étais égoïste et cruel depuis qu'elle m'avait laissé. J'ai été méchant, Star, vraiment.

— Tu étais accablé par le chagrin. Ce n'est pas ce que j'appelle « être méchant ».

— Ça l'est si cela affecte tous tes proches. J'ai failli détruire cette famille, et je pèse mes mots, ajouta Mouse avec virulence. Puis, plus tard ce soir-là, j'ai rencontré ta mère et j'ai vu l'amour qu'elle avait gardé pour toi toutes ces années, bien qu'elle t'ait cru morte jusqu'à récemment. Et j'imaginais Annie, quelque part là-haut, en train de me regarder, moi et ce que j'ai fait. Ou plutôt, ce que je n'ai *pas* fait. J'étais sur le pont près du King's College et j'ai failli me jeter dans la Cam. Je me rends compte depuis longtemps du chaos causé par mon attitude mais, tout comme un alcoolique qui, conscient de son travers, prend un autre verre pour se réconforter, je n'ai pas su réparer le mal que j'ai fait.

— Je comprends, dis-je avec douceur, et c'était le cas.

— Cette soirée à Cambridge a été une révélation, poursuivit-il. J'ai compris que je devais sortir du passé et dire enfin adieu à Annie. Et arrêter de m'apitoyer sur mon sort. Je suis alors reparti, déterminé à essayer de réparer mes torts.

— C'est bien, l'encourageai-je.

— Et la première escale de ce voyage, c'est toi. Sur le pont ce soir-là, je me suis avoué que j'avais des… sentiments pour toi. Qui m'ont troublé au plus haut point – pour être honnête, je pensais ne plus jamais aimer. J'ai été torturé par la culpabilité ; ayant passé les sept dernières années à mettre ma défunte femme sur un piédestal, j'avais l'impression de la trahir, que le bonheur que je ressentais en ta compagnie était à proscrire. Et j'étais – et suis toujours – mort de peur. Tu as peut-être compris qu'une fois que je tombe amoureux, cet amour est dévorant, me confia-t-il en m'adressant un petit sourire en coin. Et, Star, malheureusement pour toi, je me suis aperçu que j'étais amoureux de toi. Tu es merveilleuse en tous points.

— Non, Mouse, je t'assure, fis-je à la hâte.

— Pour moi tu l'es en tout cas, même si j'imagine que tu as toi aussi tes défauts. Écoute…

Il se pencha en avant pour me prendre les mains, que je lui laissai avec réticence. Mon cœur battait si fort que j'avais l'impression qu'il allait exploser dans ma poitrine.

— Je n'ai aucune idée de ce que tu ressens pour moi, reprit-il. Ton calme apparent est impénétrable. J'ai posé la question hier soir à Orlando, sachant que c'est lui qui te connaît le mieux. Il a dit que mon comportement envers toi avait été si inégal, au fur et à mesure que je balançais entre amour et culpabilité, que tu étais sans doute terrifiée de ressentir quoi que ce soit pour moi – si jamais c'était le cas.

Mouse qui, d'ordinaire, avait une diction parfaite et économisait ses mots, parlait désormais à toute vitesse.

— Alors j'ai décidé que la première étape vers un moi nouveau et meilleur consistait à prendre mon courage à deux mains pour te l'avouer… Crois-tu que c'est possible ? Que tu ressentes quelque chose pour moi ?

Ce que je ressentais en tout cas, c'était que Mouse avait sur moi un avantage injuste avec sa révélation du pont. Lui au moins avait eu le temps de mettre de l'ordre dans ses sentiments – qu'ils soient réels ou imaginaires.

— Je... ne sais pas.

Il me lâcha les mains et se leva pour faire quelques pas dans la pièce.

— Bon, c'est loin d'être une réplique de *Roméo et Juliette*, mais au moins ce n'est pas un « non » catégorique. Avant que tu décides si tu as oui on non des sentiments pour moi, j'ai autre chose à te dire. Une chose si abominable que même si tu te découvrais des sentiments à mon égard, elle pourrait les éteindre aussitôt. Mais je dois être honnête dès le départ, Star. Si nous avons la moindre chance tous les deux à l'avenir, il faut que tu sois au courant.

— De quoi s'agit-il ?

Mouse s'arrêta et se tourna vers moi.

— Voilà... En fait, Annie était sourde.

Je levai les yeux vers lui, pendant qu'il attendait que je fasse le rapprochement. Je savais que je n'étais pas loin, mais je n'arrivais pas à le saisir.

— En d'autres termes, Rory est notre... *mon* fils.

— Oh mon Dieu...

Tout ce que je n'avais pas encore compris de cette famille prit sens en un éclair. Je fixai les flammes, abasourdie. J'entendis Mouse soupirer et se rasseoir lourdement.

— Quand Annie est tombée enceinte, nous étions tous les deux aux anges. Puis elle a passé sa première échographie, et on lui a découvert un cancer des ovaires. Naturellement, elle ne pouvait suivre aucun traitement d'aucun genre, sachant que cela aurait pu faire du mal au bébé, alors nous avons été confrontés à un horrible dilemme : poursuivre la grossesse et accepter les conséquences d'un report de traitement, ou avorter et commencer immédiatement le traitement en question. Optimiste comme elle était, Annie a opté pour le premier choix, sachant que, dans tous les cas, il s'agissait de son unique chance d'avoir un enfant... Est-ce que tu me suis, Star ?

— Oui.

— Rory est né, et Annie a été opérée presque aussitôt. Mais le cancer avait eu le temps de se propager à son foie et à ses ganglions lymphatiques. Elle est morte deux mois plus tard.

J'entendis sa voix se briser. Puis il continua :

— La vérité, c'est que, quand on a découvert sa maladie, je l'ai suppliée d'avorter et de se donner les meilleures chances de guérison. Tu sais à quel point je l'adorais. Alors, après son départ, chaque fois que je regardais Rory, je ne voyais pas un bébé innocent, mais le meurtrier de sa mère. Star, je le haïssais. Je le détestais d'avoir ainsi tué sa mère… l'amour de ma vie. Elle était tout pour moi.

Il avait des sanglots dans la voix et mit un moment à se calmer. J'étais figée dans mon fauteuil, osant à peine respirer.

— Après ça, je ne me souviens pas de grand-chose, mais j'ai fait une sorte de dépression et j'ai été hospitalisé pendant quelque temps. C'est là que Marguerite, Dieu soit loué, a pris Rory à High Weald avec elle. J'ai fini par sortir avec toute une batterie de médicaments, et Rory m'a été ramené, avec une jeune fille pour s'occuper de lui. J'étais encouragé à « nouer des liens avec lui », comme disait mon psychiatre. Mais je n'y arrivais pas. Je ne supportais même pas de le regarder. Puis mon père est mort lui aussi et cela a été la fin de tout. Finalement, après une série de nounous que je terrifiais toutes les unes après les autres avec mon attitude agressive, Marguerite a suggéré que Rory vienne vivre avec elle. Elle et Orlando avaient perdu tout espoir me concernant. J'étais une cause perdue. Et ils avaient raison. J'avais laissé à la fois la ferme et mon activité d'architecte se détériorer jusqu'à un point de non-retour. Le résultat de tout cela, c'est que Marguerite s'est retrouvée à élever Rory ces cinq dernières années et n'a pas pu avancer dans sa propre vie, ni dans sa carrière. Et Rory lui-même… Bon sang, Star, il croit que je suis son oncle ! Et pire que tout, il ne sait rien de sa mère ! Je n'ai jamais laissé personne lui parler d'Annie ! Il lui ressemble tellement ; elle aussi était une artiste talentueuse… Comment pourrai-je un jour me faire pardonner ?

Le silence s'installa alors, et Mouse se prit la tête entre les mains.

— Eh bien, au moins tu lui as fait des brownies l'autre jour, dis-je enfin.

Il me regarda, le désespoir visible dans ses yeux. Puis il leva les mains.

— Oui. Et merci, me répondit-il impeccablement en langue des signes.

44

J'annonçai à Mouse que j'avais besoin d'aller me coucher. Mon propre traumatisme des jours précédents m'avait épuisée, sans parler à présent du sien. Je m'allongeai sur le lit et me blottis sous les couvertures et l'édredon comme dans un cocon. J'avais besoin d'analyser les faits avant que mon cœur puisse prendre une quelconque décision.

Bien que je sois profondément navrée pour Mouse, frappé par un terrible deuil aux ramifications complexes, je compatissais aussi avec Orlando, Marguerite et, surtout, Rory, parfaitement innocent. Maudit par le simple fait d'exister.

Et pourtant... c'était une âme heureuse et sereine, un petit garçon qui engendrait l'amour simplement en le semant autour de lui. Il avait accepté sa situation inhabituelle sans poser de questions, comme le faisaient les enfants, comme je l'avais fait, moi aussi, à l'époque. Malgré l'attitude de son père à son égard, il y avait eu d'autres personnes pour le bercer, pour l'entourer, comme cela avait été le cas pour moi.

Quant à l'aveu des sentiments de Mouse envers moi, j'essayais de ne pas les prendre trop au sérieux. Il avait eu une illumination en retournant à Cambridge. Et toutes ces années de malheur et de solitude avaient sans doute donné lieu à un amour déplacé pour la seule femme célibataire à sa portée : *moi*. Je travaillais pour son frère, cuisinais pour lui et sa famille et m'occupais de son fils...

C'était une erreur facile à commettre.

Il était hors de question que je déverrouille mon cœur fragile pour le laisser plonger dans les eaux tumultueuses des émotions de Mouse.

Néanmoins, je vais rester ici, songeai-je en fermant les yeux. *Pour Rory.*

* * *

Je venais de rentrer après avoir emmené Rory à l'école le lendemain matin, quand Mouse arriva. Je remarquai qu'il portait les mêmes vêtements que la veille, comme s'il ne s'était pas couché du tout.

Je le regardai brièvement en me dirigeant vers le fourneau : il avait vraiment l'air en piteux état. Une partie de moi considérait qu'il le méritait.

— Salut. As-tu réfléchi à ce que je t'ai dit hier soir ?

— Oui.

— Et ?

— Mouse, s'il te plaît, ces derniers jours ont déjà été assez riches en émotions comme ça, tu dois me laisser plus de temps.

— Bien sûr.

— Par ailleurs, il ne s'agit pas de toi, ni de moi. Mais de Rory. Ton fils.

— Je sais. Écoute, moi aussi, j'ai réfléchi. Et tu as raison. Je ne peux pas m'attendre à ce que tu me fasses confiance, encore moins à ce que tu m'aimes, après la façon dont je vous ai traités lui et toi. Mais… est-ce que tu vas rester ici ?

— Oui. Rory a besoin de stabilité. Et puis j'ai un emploi à la nouvelle librairie d'Orlando.

— Dans ce cas… commença-t-il en se balançant d'un pied sur l'autre, incertain. Ce que j'aimerais faire, avec ton aide, c'est essayer de réparer ma relation avec mon fils – ou plutôt, de *débuter* une relation avec lui. Je ne peux pas faire grand-chose, professionnellement parlant, tant que la vente de la boutique n'est pas finalisée et que je n'ai pas les fonds, alors je me disais que je pourrais profiter de ce temps pour le passer avec Rory.

Je ne serai pas très doué, j'en suis conscient, mais je suis sûr que je peux m'améliorer.

— Si tu le souhaites, cela ne fait aucun doute.

— Je le veux profondément, Star, crois-moi.

— Voilà qui résout l'un de mes problèmes. Tu pourrais aller chercher Rory à l'école, ce qui me permettrait de rester plus longtemps à la librairie. Il y a beaucoup à faire avant l'ouverture.

— Parfait, répondit-il aussitôt. Même si je ne suis pas certain que mes talents culinaires vaillent grand-chose.

— Je m'occuperai de la cuisine à mon retour, ne t'inquiète pas, mais il y a le bain…

— Et l'histoire du soir. Je sais, compléta-t-il en m'adressant un sourire timide.

— Bonjour tout le monde, lança Orlando en entrant dans la cuisine. Ma présence est-elle inopportune ? demanda-t-il en nous regardant l'un après l'autre, sentant la tension dans la pièce.

— Pas du tout, tu arrives à point nommé. Le petit déjeuner est presque prêt. Tu iras donc chercher Rory à trois heures et demie ? m'assurai-je auprès de Mouse, ne souhaitant pas particulièrement qu'il se joigne à nous pour les œufs au bacon.

— C'est noté. À plus tard, marmonna t il avant de partir à la hâte.

Orlando me regarda d'un air interrogateur.

— Hier soir, Mouse m'a avoué qu'il était le père de Rory.

— Ah. Voilà un grand progrès, sachant que jusqu'à récemment, il ne se l'avouait même pas à lui-même. Tu as accompli un miracle, miss Star, vraiment.

— Je n'ai rien fait du tout, répondis-je en lui servant une assiette.

— Alors je dirais que c'est *l'amour* qui a fait des miracles. Naturellement, je sais depuis la première fois qu'il a posé les yeux sur toi que…

— Arrête, Orlando.

— Pardonne-moi, mais s'il te plaît, miss Star, donne-lui au moins une chance de mieux se comporter envers toi et de toucher ton cœur.

— Je préférerais que ce soit envers Rory qu'il se comporte mieux, répliquai-je en laissant violemment tomber une poêle dans l'évier.

— Vois-je enfin s'agiter ton calme olympien ? Peut-être Mouse n'est-il pas le seul à avoir changé dernièrement, pour des affaires de cœur.

— Orlando…

— Je me tais. Je dirai juste que, quand les pécheurs se repentent et cherchent à réparer leurs erreurs, il en va de notre devoir de chrétiens de leur pardonner. C'est du moins ce que j'ai fait. Mon frère est un chic type, et si Annie n'était pas morte…

— *Ça suffit !* m'exclamai-je en me tournant vers lui, la poêle à la main.

Il leva les mains devant son visage, faisant mine de se protéger.

— Je n'en parlerai plus, promis. Motus et bouche cousue. La balle est dans le camp de Mouse à présent.

— En effet, convins-je avec ardeur.

* * *

Au cours des jours qui suivirent, Mouse fit exactement ce qu'il avait dit. Chaque matin il emmenait Rory à l'école, et il allait l'y chercher l'après-midi. Ils rentraient à la maison deux heures avant moi environ, après avoir acheté les ingrédients que je notais chaque jour sur la liste de courses. Après la fermeture de la librairie, je reconduisais Orlando de Tenterden à High Weald, puis je préparais le dîner pour nous quatre, assistant de loin aux efforts de Mouse pour rattraper le temps perdu avec son fils. Après le repas, il l'emmenait prendre son bain et lui lisait une histoire. Rory était encore stupéfait du talent soudain de Mouse pour la langue des signes.

— Il est même meilleur que toi, Star. Il apprend drôlement vite !

— Il est très motivé, parce qu'il t'aime, lui répondis-je en l'embrassant pour lui dire bonsoir.

— Moi aussi, je l'aime. Bonne nuit, Star. Fais de beaux rêves.

Pendant toutes ces années, Mouse avait refusé d'utiliser une langue qu'il connaissait pourtant parfaitement, l'ayant apprise pour mieux communiquer avec Annie. J'espérais qu'un jour Rory découvrirait qui était sa mère, cette femme qui l'avait tant aimé qu'elle avait donné sa vie pour lui.

* * *

Jeudi, Mouse m'informa que Marguerite avait appelé pendant que j'étais à la librairie.

— Elle aimerait rester en France jusqu'à début décembre, et revenir à temps pour l'ouverture de la librairie. Je lui ai dit que je m'occuperais de Rory ce week-end. Je suppose que tu dois retourner à Londres ?

— Oui, acquiesçai-je.

Il était important que Mouse et Rory passent autant de temps que possible ensemble, juste tous les deux.

— D'accord, dans ce cas nous t'accompagnerons à la gare demain soir, quand tu auras fini à la librairie.

— C'est gentil. Peut-être que Rory et toi pourrez donner un coup de main à Orlando ce week-end ? Il voudrait emménager dans l'appartement au-dessus de la boutique dès dimanche.

— Entendu.

* * *

Le lendemain soir, dans le bus qui me ramenait de la gare à Battersea, je vis que les rues étaient déjà ornées de décorations pour les fêtes. Et je me demandai vaguement où j'allais passer Noël. Rien ne me semblait pire que de le célébrer dans cet appartement stérile et sans âme, après des années de Noëls somptueux à Atlantis, ou sur des plages éclairées par la lune aux quatre coins du monde.

Noël à High Weald serait parfait...

J'ordonnai à mon esprit de se taire. Et refusai également avec fermeté qu'il reconnaisse que, voyant Rory assis sur les genoux de Mouse, tandis qu'il lui lisait une histoire en joignant patiemment les signes à la parole, j'avais ressenti… oui, *ressenti*, une petite vague d'émotion pour lui. Mais il était bien trop tôt pour que j'ouvre mon cœur et que je laisse en sortir ce que je craignais tant qu'il contienne.

Lorsque j'arrivai à l'appartement, CeCe était folle de joie de me voir, et nous décidâmes de passer tout le week-end ensemble.

— Il faut que j'aille chez le coiffeur, me dit-elle. Mes cheveux sont beaucoup trop longs.

Je regardai CeCe et me souvins d'elle petite fille, avec sa longue crinière de magnifiques boucles chocolat. Puis, à seize ans, elle était revenue un jour à la maison avec une coupe à la garçonne, expliquant que c'était bien plus commode. Je la trouvais si jolie ce soir, avec ces douces ondulations qui encadraient ses beaux yeux bruns.

— Ne les coupe pas, ça te va si bien !

— D'accord, accepta-t-elle, à ma grande surprise. Il faut aussi que j'achète des vêtements chauds, mais tu sais à quel point je déteste faire les magasins.

— Je t'accompagnerai, ce sera amusant.

Ainsi, le lendemain matin, nous nous aventurâmes jusqu'à Oxford Street pour batailler avec les autres acheteurs de Noël. Je fis une folie et m'achetai une robe pour le concert d'Ally, et parvins même à persuader CeCe de prendre un joli chemisier en soie, à porter avec un pantalon gris ajusté et des bottines à talon.

— Cela ne me ressemble pas du tout, grogna-t-elle en se regardant dans la glace de la cabine d'essayage.

— Tu es ravissante, Cee, affirmai-je en toute sincérité, admirant sa silhouette svelte.

Elle avait dû perdre du poids ces dernières semaines, mais je ne l'avais pas remarqué jusque-là car elle portait généralement des pulls extra-larges et des jeans baggy. Sans parler du fait que j'avais été si souvent absente.

Le dimanche, je préparai le rôti traditionnel, inspirai profondément et lui racontai la rencontre avec ma mère.

— Bon sang, Sia ! Pourquoi tu ne me l'as pas dit plus tôt enfin ?

Je lisais la peine dans ses yeux.

— Je ne sais pas. Peut-être que je devais d'abord m'habituer à l'idée avant de le dire à qui que ce soit.

— Je ne suis pas « qui que ce soit », merci bien. Et puis, avant, on se disait tout, surtout les choses intimes.

— C'était si étrange au départ, Cee, tentai-je de lui expliquer. Sylvia a l'air charmante. J'irai peut-être lui rendre visite aux États-Unis. D'ailleurs, elle m'a envoyé un e-mail ce matin pour m'inviter à passer Noël et le Nouvel An là-bas.

— Tu ne vas quand même pas y aller, si ? demanda ma sœur, horrifiée. C'est déjà dur de ne pas t'avoir avec moi pendant la semaine, je n'ose même pas imaginer ce que serait Noël sans toi. On l'a toujours passé ensemble. Qu'est-ce que je ferais ?

— Bien sûr que nous le passerons ensemble, la rassurai-je.

— Tant mieux. À propos, moi aussi j'ai quelque chose à te dire. J'envisage de quitter l'université.

— Cee ! Pourquoi ?

— Parce que je trouve ça horrible. Je ne pense pas être douée pour entrer dans un moule, surtout après nos années passées à parcourir le monde.

— Que penses-tu faire alors ?

— Tenter ma chance en tant qu'artiste, j'imagine, fit-elle en haussant les épaules. Enfin bon, ce n'est pas très important. Je suis si heureuse que tu aies trouvé ta mère… Maintenant je peux te parler de…

Je consultai ma montre et vis qu'il était trois heures passées.

— Je suis vraiment désolée, Cee, j'ai un train à prendre. Nous en rediscuterons à mon retour, d'accord ?

— Comme tu voudras.

CeCe me regarda tristement monter l'escalier. Je fis mon sac à toute allure et, quand je redescendis, je la trouvai en train de peindre dans son studio.

— Salut, lui lançai-je en gagnant la porte. Je te dirai si je rentre le week-end prochain. Passe une bonne semaine.

— Toi aussi, me répondit-elle d'une voix étouffée.

* * *

De retour dans le Kent, je fus très occupée par les préparatifs de ce qu'Orlando appelait sa « grande ouverture », quelques jours plus tard. Debout devant la librairie, vêtu de son plus beau costume de velours, il posait pour le journal local qui souhaitait agrémenter son interview de quelques photos. Je me sentais extrêmement fière de lui.

La vie à High Weald suivait son cours dans le sillon que nous avions tracé, et je constatais que Mouse et Rory étaient de plus en plus à l'aise dans leur routine quotidienne. Je m'efforçais de ne pas intervenir quand, parfois, Mouse perdait patience avec son fils, parce que cela aussi c'était normal. Bien que Mouse doive apprendre ce qui était normal.

Comme la « grande ouverture » avait lieu un samedi, je choisis la méthode lâche et envoyai à CeCe un texto de Tenterden pour la prévenir que je ne rentrerais pas à Londres ce week-end-là. Je reçus une réponse brusque en retour.

Très bien. Appèle-moi ! J'aimerais te parler.

Je refusai de la laisser me faire des reproches. Je ne voulais pas me sentir coupable. Par certains côtés, c'était comme la fin d'une histoire d'amour : un détachement progressif, un lâcher-prise ; douloureux, mais nécessaire à long terme pour nous deux. Et même si je quittais High Weald demain pour ne jamais y retourner, il était essentiel que cette séparation se produise. Je ne pouvais pas revenir à la case départ. Et CeCe non plus. J'espérais simplement qu'avec le temps, nous réussirions à construire une autre relation, plus normale.

Mouse respectait ma volonté de prendre le temps de réfléchir à ce qu'il m'avait avoué. Chaque soir, après avoir souhaité bonne nuit à Rory, il repartait par la porte de la cuisine avec un salut de la main et un simple « à demain ». Sans lui, et avec Orlando désormais bien installé dans son petit appartement au-dessus de la librairie, les soirées me paraissaient longues, et je m'aperçus que j'étais aussi novice que CeCe en matière de solitude.

Je devais apprendre, voilà tout, et même si j'avais souvent envie de demander à Mouse de rester pour partager une bière, je me retenais. Au lieu de cela, j'allumais un feu dans la cheminée du salon et m'installais devant avec les journaux de Flora, me demandant si je serais *capable* de transformer toutes ces années détaillées de sa vie en un livre que les gens auraient envie de lire. Néanmoins, je n'arrivais pas à me concentrer : mon esprit vagabondait vers Home Farm, se demandant ce que Mouse pensait et faisait à cet instant…

Cet homme torturé, abîmé, qui m'avait déclaré sa flamme.

La question était : l'aimais-je en retour ?

Peut-être.

Toutefois… il y avait aussi quelque chose à *mon* sujet qu'il ne savait pas. Et l'idée de le lui dire – de le dire à *quiconque* – était pour moi inenvisageable.

* * *

— Tout est prêt ? me demanda Orlando, d'une rare élégance dans une redingote vintage nouvellement acquise, complétée par une chemise au col amidonné et un foulard bordeaux.

— Oui.

— Parfait.

Nous jetâmes tous deux un dernier regard dans la librairie pour nous en assurer et je suivis Orlando vers la porte. J'espérais seulement qu'il y aurait des gens dehors pour le regarder couper le ruban rouge que j'avais accroché de part et d'autre de l'entrée, pour lui faire plaisir.

Il ouvrit la porte et j'aperçus Mouse et Rory, ainsi que Marguerite qui se tenait derrière une femme blonde et menue que je ne connaissais pas. Derrière eux était amassé un groupe de passants fascinés, qui s'arrêtaient avec leurs sacs de courses, stupéfaits par la tenue à la fois démodée et sophistiquée d'Orlando.

— Mesdames et messieurs, je suis heureux de vous annoncer l'ouverture de « Monsieur O. Forbes – Livres rares ». Je vais maintenant passer les ciseaux à la gérante de ma librairie, sans l'aide de laquelle je ne serais pas là. Tiens, me souffla-t-il en me piquant presque le ventre avec.

— Non, Orlando ! C'est à toi de le faire.

— S'il te plaît, miss Star, tu es le pilier de cette aventure, tu m'as soutenu de bout en bout et je veux que ce soit toi qui coupes ce ruban.

— D'accord, soupirai-je.

Je m'exécutai, et notre « famille » assemblée applaudit et se réjouit à grand bruit, imitée par les badauds. La librairie fut vite remplie de curieux et un photographe arriva pour prendre d'autres photos tandis que nous buvions tous du champagne.

— Bonjour, Star, me salua Marguerite en m'embrassant sur les deux joues. Je te présente Hélène, la propriétaire du château et ma douce moitié.

Elle sourit alors tendrement à Hélène en pressant sa main dans la sienne.

— Je suis très heureuse d'être ici, déclara Hélène dans un anglais hésitant.

— Star parle parfaitement français, parmi tant d'autres qualités, l'informa Marguerite.

Hélène et moi bavardâmes un moment de son château près de Gigondas, un village au cœur de la superbe vallée du Rhône, des fresques sublimes de Marguerite, et plus généralement de Marguerite elle-même, si merveilleuse aux yeux de sa compagne.

— Elle dit que c'est grâce à toi que nous avons pu passer plus de temps ensemble, ajouta-t-elle. Merci, Star.

— Salut, lança une voix derrière moi.

Je me retournai et Mouse me fit une bise formelle. Rory se tenait près de lui.

— Que penses-tu de la nouvelle librairie d'oncle Orlando ? demandai-je au petit garçon.

— Je l'ai peinte pour lui.

— Et j'ai encadré le résultat. N'est-ce pas magnifique ? s'enquit Mouse tandis que Rory me montrait son œuvre.

C'était une aquarelle de la façade de la boutique.

— Waouh, Rory, c'est incroyablement beau ! Il est si doué, dis-je ensuite à Mouse.

— N'est-ce pas ?

J'entendis dans sa voix une fierté bien réelle, et les larmes me montèrent aussitôt aux yeux.

— Dis-moi… me glissa-t-il à l'oreille. Puis-je t'emmener dîner ce soir ? Je suis certain que Marguerite et Orlando peuvent se débrouiller tout seuls pour une fois.

— D'accord, répondis-je sans la moindre hésitation.

* * *

Peut-être était-ce le champagne de midi qui m'avait fait répondre par l'affirmative plus tôt, songeai-je sombrement en passant en revue ma maigre sélection de vêtements pour le dîner. J'avais le choix entre mes deux pulls et deux jeans. J'optai pour le pull bleu et descendis à la cuisine où les occupants de High Weald fêtaient encore l'ouverture de la librairie.

— Mouse vient d'appeler pour dire qu'il passerait te chercher dans quelques minutes, m'informa Orlando.

— Merci.

Je sentis l'odeur de saucisses brûlées dans la poêle et allai instinctivement retirer celle-ci du feu. Un klaxon retentit alors devant la maison.

Marguerite me souhaita une bonne soirée avec un petit sourire en coin. Elle était entourée du bras d'Hélène et de Rory, assis sur ses genoux avec un tube de Smarties qu'il engloutissait avec bonheur.

— Et gare à toi si tu rentres avant l'aube, ajouta-t-elle, provoquant un éclat de rire généralisé.

Rouge comme une écrevisse, je me dirigeai dans le hall d'entrée, me sentant comme un agneau partant pour l'abattoir.

— Salut, fit Mouse en m'embrassant sur les deux joues quand je montai dans la voiture.

Il s'était rasé et, l'espace d'un instant, je sentis sa peau douce contre la mienne.

— Prête ?

— Oui. Où allons-nous ?

— Au pub du village. Est-ce que ça te convient ? Ils ont une très bonne brasserie.

Le White Lion était animé et charmant, avec un feu crépitant dans l'âtre et un plafond aux poutres apparentes. Mouse commanda une bière pour lui et un verre de vin blanc pour moi, saisit deux cartes et me conduisit dans un coin tranquille.

— Merci d'être venue, ça me fait très plaisir. Je me disais que nous devrions discuter de certaines choses.

— Telles que ?

— Le fait que Marguerite souhaite partir vivre en France avec Hélène. Pour de bon.

Donc il s'agit d'un « dîner d'affaires », pas d'un rendez-vous galant, pensai-je.

— Que lui as-tu dit ?

— Oui, naturellement. Après tout, Rory est mon fils, pas le sien. Et je dois assumer mes responsabilités. Il héritera du titre – qui m'est revenu à la mort de mon oncle, sachant qu'il n'avait eu que Marguerite. Ironiquement, c'est moi qui hériterai de High Weald si Marguerite meurt avant moi, puisqu'elle n'aura probablement pas d'enfants. Mais au bout du compte, tout cela reviendra à Rory.

— Tu es donc le « lord Vaughan » actuel ? demandai-je en souriant.

— Techniquement, oui, même si bien sûr je n'utilise pas ce titre. J'en connais ici qui se moqueraient de moi jusqu'à ma mort, fit-il en riant lui aussi, les yeux tournés vers les clients du bar. Enfin bref, pour faire court, Marguerite a proposé que nous échangions nos maisons. Étant donné qu'elle a l'intention d'être ici le moins possible, et que High Weald est la maison de Rory, sans parler du fait qu'elle lui reviendra officiellement à l'avenir, elle pense que ce serait la meilleure solution. Elle reprendra alors Home Farm et, avec la vente de la librairie de Kensington, plus la vente éventuelle ce qu'il reste de terres arables, nous aurons chacun de quoi restaurer les deux propriétés. Et j'en ai marre de « faire du tracteur », comme dit Rory. Orlando et moi avons aussi convenu que tout son stock deviendrait sa propriété exclusive. Qu'en penses-tu ?

— Eh bien, Rory adore High Weald, donc c'est probablement mieux pour lui s'il peut y rester.

— Et ce serait pour moi un sacré défi de retaper tout ça. Ou bien, je pourrais le vendre et trouver un logement plus abordable.

— Ne fais pas ça ! répondis-je aussitôt. Enfin, c'est à toi de voir, bien sûr, mais je ne pense pas que ce soit une bonne idée. Toi, ta famille… c'est là qu'est votre place.

— La question, Star, c'est… est-ce la tienne aussi ?

— Tu sais combien j'aime cette maison…

— Ce n'est pas ce que j'entendais par là. Écoute, je suis peut-être impatient, mais ces trois dernières semaines ont été pour moi une torture. T'avoir à High Weald – si près, et pourtant si loin – me rend dingue. Alors je t'ai amenée ici ce soir pour te demander ce que tu en pensais. Ce que tu pensais de *nous*. Si tu ne veux pas être avec moi, je dois l'accepter. Mais dans ce cas, il serait préférable que tu te trouves un logement à Tenterden. Ce n'est pas une menace, ajouta-t-il à la hâte, je ne veux pas te mettre dehors. Star, poursuivit-il en se passant la main dans les cheveux, essaie de comprendre que chaque jour que tu passes à la maison avec nous, je fonds davantage. Et pour le bien de Rory, je ne peux vraiment pas me permettre de perdre à nouveau la tête de désespoir.

— Je comprends.

— Et ?

Allez, Star, un peu de courage, dis que tu l'aimes…

— Je ne sais pas, m'entendis-je prononcer pour la deuxième fois.

— Bon. Très bien, soupira-t-il en regardant dans le vide. Voilà qui en dit long.

Cela ne dit rien du tout, si ce n'est que je suis terrifiée de libérer mes sentiments et de te faire confiance… à toi, et à moi aussi.

— Désolée, ajoutai-je, pathétique.

— Ne t'en fais pas, répondit-il avant de vider sa pinte d'une traite. Bon, puisqu'il n'y a plus rien à dire, je vais te raccompagner.

Je le suivis hors du pub, les plats que nous voulions commander désormais oubliés. Nous n'avions passé que vingt minutes au White Lion et je remontai dans la Land Rover, terriblement malheureuse. Nous parcourûmes le trajet en silence, puis il tourna dans l'allée et se gara brusquement devant la maison.

— Merci pour le verre, dis-je piteusement en ouvrant la portière.

Je m'apprêtai à sortir quand je sentis sa main saisir la mienne.

— Star, de quoi as-tu peur ? Je t'en prie, ne t'en va pas... Pour l'amour du Ciel, dis quelque chose ! Dis-moi ce que tu ressens !

J'ouvris la bouche, mais aucun mot n'en sortit. Ma voix resta enfermée dans ma gorge, comme cela avait toujours été le cas.

Il finit par pousser un long soupir.

— Tiens, prends ça. Je me disais que ça te plairait, fit-il en me plaçant une enveloppe dans la main. Si tu changes d'avis... Et sinon... merci pour tout. Bonsoir.

— Bonsoir.

Je claquai la portière et marchai vers la maison, déterminée à ne pas me retourner tandis qu'il manœuvrait pour sortir de l'allée. J'ouvris la porte d'entrée sans faire de bruit et entendis des rires émaner de la cuisine. Je partis directement dans l'escalier, trop gênée pour alerter qui que ce soit de ma présence, et allai vérifier que quelqu'un avait pensé à coucher Rory. Je l'embrassai doucement sur la joue et il remua, puis ouvrit les yeux.

— Tu es de retour. Tu as passé une bonne soirée avec Mouse ?

— Oui, merci.

— Est-ce que vous allez vous marier ? interrogea-t-il avant de mimer un baiser et de sourire jusqu'aux oreilles. S'il te plaît.

— Rory, nous t'aimons tous les deux...

— Star ?

— Oui ?

— Mag s'est énervée quand le téléphone s'est cassé et a dit que Mouse était mon père et que c'était à lui de payer. Est-ce que c'est vrai ?

— Je... Il faudra le lui demander, Rory. Maintenant, il est l'heure de dormir, murmurai-je en l'embrassant de nouveau.

— J'aimerais bien qu'il soit mon papa... et que tu puisses être ma maman.

Je quittai la pièce, émerveillée par la capacité qu'avaient les jeunes enfants à pardonner. Et aussi, par leur vision simple et innocente des choses. Je gagnai ma chambre et me blottis sous les couvertures, ne prenant pas la peine de me déshabiller parce qu'il faisait tout simplement trop froid. Puis j'ouvris l'enveloppe que m'avait remise Mouse.

Chère Star,

J'aimerais t'emmener quelque part le week-end prochain. J'ai un endroit en tête. Je pense que nous devrions passer un peu de temps seuls tous les deux, loin de l'agitation de High Weald. Sans engagement. Tiens-moi au courant. Je t'embrasse, O.

P.S. : Désolé d'avoir écrit cette invitation, c'est juste au cas où je n'aurais pas le courage de te le demander en personne, au pub.

* * *

Je me réveillai en sursaut le lendemain matin, rejouant dans mon esprit la scène de la veille. Peut-être devrais-je simplement traverser la route et lui dire « oui », songeai-je en enfilant un deuxième pull.

Vas-y, Star, allez...

Je finis de m'habiller, descendis l'escalier à la hâte et entrai dans une cuisine déserte pleine de poêles, d'assiettes, de verres à vin sales et de bouteilles vides. Je me dirigeai vers la porte de service, sachant que je devais voir Mouse avant que mon courage ne me fasse à nouveau défaut, quand j'aperçus une note posée au centre de la table.

Star, ta sœur a téléphoné hier soir. Tu peux la rappeler ?
Elle dit que c'est urgent !!! P.S. : J'espère que tu as passé une bonne soirée.
Bises, M.

— Merde !

Je courus vers le téléphone, saisis le combiné et, d'une main tremblante, composai le numéro de l'appartement. Personne ne répondit. J'essayai alors le portable de CeCe mais atterris directement sur son répondeur. Je réessayai alors les deux numéros, encore et encore, sans succès.

Je remontai les marches quatre à quatre et cherchai mon portable, priant pour qu'il capte un minimum de réseau, juste pour cette fois, afin que je puisse écouter les messages qu'elle m'avait sans doute laissés. Mais bien sûr, c'était peine perdue. Je fourrai mes affaires dans mon sac, dévalai l'escalier et appelai un taxi.

Ce ne fut qu'une fois dans le train que j'eus accès à mes messages, tandis qu'ils m'arrivaient en masse, au point que certains passagers me regardaient, irrités par l'alerte sonore.

« Star, c'est CeCe. Tu peux m'appeler s'il te plaît ? »
« Star, tu es là ? »
« Il paraît que tu es sortie. J'ai besoin de te parler…
Rappelle-moi. »
« Il faut vraiment que je te parle… »
« S'IL TE PLAÎT ! APPELLE-MOI !! »

J'implorai mentalement le train d'accélérer. J'avais fait preuve d'un égoïsme sans nom ces dernières semaines et les larmes me montèrent aux yeux. J'avais abandonné ma sœur. C'était la seule façon de décrire mon attitude. Quand elle avait eu besoin de moi, je n'avais pas été là pour elle, j'avais fait la sourde oreille. *Quelle horrible personne es-tu devenue ?* me demandai-je.

J'arrivai à l'appartement, le cœur battant la chamade. Voyant que le salon et la cuisine étaient déserts, et étrangement bien rangés, je courus dans la chambre. Là non plus, aucune trace de CeCe. Bizarrement, même son lit était fait, comme si elle n'y avait pas dormi.

Après avoir inspecté tout l'appartement, je sortis un instant sur la terrasse.

Puis j'aperçus le billet sur la table basse du salon.

— S'il vous plaît, s'il vous plaît, *s'il vous plaît,* faites qu'il ne lui soit rien arrivé, suppliai-je en le saisissant, les mains tremblantes de peur.

Je m'effondrai sur le canapé et lus le mot en diagonale pour m'assurer qu'il ne s'agissait pas d'une lettre d'adieu. Je m'aperçus soulagée que ce n'était pas le cas et relus alors plus lentement les mots de ma sœur – qui au passage contenaient toujours autant de fautes d'orthographe.

Sia,

J'ai apelé le numéro que tu m'avais indiqué dans le Kent, mais on m'a dit que tu étais sortie. Je suppose que tu as reçu aucun de mais messages. Je voulais te parler parce que j'ai décidé de quitter l'univairsité. Et je voulait avoir ton avis. Je l'ai quitté dent tous les cas. C'est drole comment les choses évoluent depuis la mort de Pa, hein ? Je sais que tu as besoin de vivre ta vie. Et moi aussi, j'imagine. Je me sens seule ici, tu me manques. Et j'ai décidé de partir quelque temps pour réfléchir. Je te souhaite le meilleur, vraiment. Alors j'espère que tu es heureuse. J'espère que nous pourrons toutes les deux être heureuses.

T'inquiète pas pour moi. Ça va.

Je t'aime.

Cee

PS Tu peux dire à Ally que je suis désolée ? Je vais pas pouvoir allé en Norvège. Et j'ai rentré ton camélia qui avait l'ère d'avoir froid.

Mes larmes coulaient sur le papier au fil de ma lecture. Avec sa dyslexie, je savais à quel point il était difficile pour CeCe d'écrire une phrase, sans parler d'une lettre entière. C'était la seule qu'elle m'ait jamais écrite – qu'elle ait jamais eu besoin de m'écrire – parce que, jusque-là, j'avais toujours été là pour elle. Je regardai alors à l'intérieur et vis le camélia près de l'une des fenêtres. Une fleur gisait à terre, ses délicats pétales blancs prenant peu à peu la teinte beige précédant la décomposition. Ma plante avait elle aussi souffert de négligence et paraissait aussi délaissée que CeCe devait l'être au moment d'écrire sa lettre. Cette pensée me fit me haïr encore davantage.

Je lui envoyai immédiatement un texto qui s'ajouterait à tous les messages paniqués que je lui avais expédiés dans le train. Mais je ne reçus pas de réponse. Assise là, dans l'appartement vide et silencieux, les yeux rivés sur la Tamise, j'imaginai les nuits interminables qu'elle avait passées ici, toute seule, pendant que j'étais enveloppée dans le cocon de ma nouvelle famille, atypique mais si chaleureuse.

La nuit tomba et j'attendis que CeCe me contacte. En vain. Je finis par me glisser dans le lit de ma sœur, frigorifiée, malgré la douce chaleur de l'appartement. Ce n'était pas CeCe qui avait un problème. C'était moi. Après tout ce qu'elle avait fait pour moi – elle qui m'avait toujours entourée d'affection, qui m'avait protégée, qui avait *parlé* pour moi – je l'avais laissée se débrouiller toute seule, sans même un regard en arrière. Je repensai à la désinvolture avec laquelle je lui avais annoncé que j'avais retrouvé ma mère, et à la façon dont, dans ma hâte de repartir à High Weald, je n'avais même pas pris le temps d'écouter son histoire à elle. Mon attitude avait dû profondément la blesser.

Le matin arriva, inévitablement, et je laissai un message à Orlando pour l'avertir que je ne viendrais pas travailler ce jour-là, en raison d'une crise familiale. À ma grande surprise, il m'envoya un texto quelques minutes plus tard, qui disait simplement « Je comprends. »

Sa brièveté inhabituelle ne fit qu'accroître mon inquiétude. Peut-être avait-il vu Mouse, qui lui avait dit qu'il m'avait demandé de quitter High Weald si je n'avais pas de sentiments pour lui. Tout engourdie, je me rendis au supermarché le plus proche, mon estomac criant famine. Les décorations de Noël me narguaient avec leur gaieté tapageuse, et la radio du magasin passait de la camelote tintinnabulante en guise de musique. De retour à l'appartement, je me préparai des œufs brouillés dont je n'avais pas envie, puis répondis à un appel de Ma qui m'informa qu'elle nous avait réservé une chambre dans un hôtel de Bergen. Je la prévins que CeCe ne viendrait pas, mais m'abstins de lui dire que j'étais folle d'inquiétude. J'avais trop honte pour lui expliquer la situation.

Lorsque mon portable sonna enfin dans l'après-midi, je me précipitai pour répondre. Je fus terriblement déçue en entendant la voix mielleuse de Shanthi à l'autre bout du fil.

— Star, j'appelais juste pour prendre de tes nouvelles. Cela fait longtemps. Et j'avais comme la… sensation qu'il se passait quelque chose.

— Ça va.

— J'entends dans ta voix que ce n'est pas le cas. Est-ce que tu veux en parler ?

— Je… ma sœur a disparu.

Alors, encouragée gentiment par Shanthi, je racontai ce qui s'était passé.

— Shanthi… tu ne crois tout de même pas qu'elle ferait une bêtise, si ?

— D'après la lettre qu'elle t'a laissée, non, je ne crois pas. Star, je suis navrée que tu sois aussi inquiète, mais j'ai l'impression que CeCe fait la même chose que toi – elle est en train de se chercher. Elle a sans doute juste besoin d'être un peu seule. Écoute, veux-tu venir en discuter autour d'un verre de vin ? Cela te ferait peut-être du bien de sortir.

— Non merci. CeCe pourrait revenir. Et il faut que je sois là.

* * *

Trois jours passèrent à une lenteur insupportable et elle ne revint pas. Je fis plusieurs brouillons d'une lettre à lui laisser à l'appartement, au cas où elle reviendrait pendant mon séjour en Norvège. Je lui avais envoyé d'innombrables messages qui étaient tous restés sans réponse. J'envisageai même de signaler sa disparition à la police, mais le bon sens me rappela que CeCe avait laissé un mot expliquant son absence. En outre, elle avait vingt-sept ans, et était par conséquent responsable.

High Weald me manquait aussi. Je pensais sans cesse à Rory… ainsi qu'à Mouse. Je me rendais compte qu'au cours des semaines précédentes, si importantes et dures émotionnellement pour moi, il avait fait en sorte d'être là pour moi aux moments précis où j'avais eu besoin de lui.

Pourtant, cette fois, il n'était pas là, et malgré ma résolution initiale d'aller lui dire « oui » le week-end précédent, le fait qu'il n'ait pas cherché à me joindre depuis me laissait supposer qu'il avait abandonné.

* * *

À la fin de la semaine, épuisée nerveusement, je me résolus à partir. Au moment où j'allais quitter l'appartement pour l'aéroport de Heathrow, mon portable sonna. Et je répondis aussitôt.

— Star ? C'est Mouse. Désolé de te déranger, mais je suis allé à High Weald ce matin – je n'y étais pas allé depuis ce week-end. Marguerite voulait passer un peu de temps avec Rory avant son départ pour la France. Je devais aussi m'occuper de la vente de la librairie. Quand j'ai appelé pour savoir si tout allait bien avec Rory, Marguerite m'a dit que tu étais partie dimanche pour Londres.

— Oh.

— Enfin bon, ce matin, quand je suis allé à High Weald, j'ai trouvé sur la table de la cuisine une note qui t'était adressée... Est-ce que tout va bien ? Avec ta sœur ?

— Oui... enfin... non, elle est partie et je ne sais pas où.

— Je vois. Tu dois être dans tous tes états... C'est pour ça que tu es partie dimanche ?

— Oui.

— Franchement, j'aurais bien aimé que quelqu'un me dise *pourquoi* tu étais partie ! Tu peux imaginer ce que j'ai pensé. On peut toujours compter sur sa famille, pas vrai ?

Son sarcasme me fit sourire.

— Écoute, veux-tu que je te rejoigne à Londres ? Marguerite reste avec Rory jusqu'à mardi, donc j'ai quelques jours de libres.

— Je m'apprête à prendre l'avion pour la Norvège, pour un concert de ma sœur.

— Laquelle ?

— Ally. Celle qui a perdu son fiancé. Elle attend un bébé, ajoutai-je.

— Oh. Est-ce une bonne nouvelle ? s'enquit-il après avoir marqué une pause.

— Oui, répondis-je avec conviction. Ally est enchantée.

— Star...

— Oui ?

— Tu me manques. Est-ce que je te manque un peu ?

Je hochai la tête, puis me rappelai qu'il ne pouvait pas me voir, alors j'inspirai profondément et ouvris la bouche.

— Oui.

Il y eut un long silence.

— J'en suis heureux. Alors, as-tu ouvert l'enveloppe ?

— Oui.

— Et me permettras-tu de t'emmener deux jours avec moi à ton retour ?

— Est-ce que je peux… y réfléchir ?

Un soupir de frustration se fit entendre à l'autre bout du fil.

— D'accord, mais tiens-moi au courant avant demain soir, d'accord ? Marguerite s'en va mardi, ce qui signifie que je dois être de retour dans le Kent pour Rory en milieu d'après-midi. Si tu veux partir avec moi, je passerai te chercher chez toi à Londres.

— Je te dirai au plus vite.

— Bon voyage alors, et j'espère que tu auras vite des nouvelles de ta sœur CeCe.

Quelques minutes plus tard, dans le taxi qui m'emmenait à l'aéroport, mon portable m'indiqua que j'avais reçu un texto.

Désolé, Sia, je viens de recevoir tout tes messages. Je suis en voyage. Tous va bien.
Je te raconterai a mon retour. Je t'aime, Cee

Je répondis aussitôt.

Cee ! Dieu merci ! J'étais morte d'inquiétude. Je suis tellement, tellement désolée pour tout. Moi aussi je t'aime. ENVOIE-MOI DES NOUVELLES.

Alors je me détendis dans le taxi, folle de soulagement.

45

Les lumières se tamisèrent dans la salle et je regardai ma sœur se lever. Je voyais clairement les contours de la nouvelle vie en elle sous sa robe noire. Ally ferma un instant les yeux, comme pour prier. Lorsqu'elle porta enfin sa flûte à ses lèvres, Ma me pressa doucement la main.

Tandis que la merveilleuse mélodie qui avait bercé notre enfance à Atlantis flottait dans l'amphithéâtre, je me sentis libérée de la tension des dernières semaines. Je savais qu'Ally jouait pour ceux qu'elle avait aimés et perdus, mais je sentais aussi que, tout comme le soleil se lève après une longue nuit, une nouvelle lumière était apparue dans sa vie. Et alors que l'orchestre la rejoignait et que cette magnifique musique allait crescendo, célébrant l'avènement d'un jour nouveau, j'eus le même sentiment.

Toutefois, au cours de ma renaissance à moi, d'autres avaient souffert, et c'était la partie que je devais encore rationaliser. Je n'avais compris que récemment qu'il y avait de nombreuses sortes d'amour.

À l'entracte, j'accompagnai Ma au bar et Peter et Celia Falys-Kings, qui se présentèrent à nous comme étant les parents de Theo, se joignirent à nous pour une coupe de champagne. Peter avait passé un bras protecteur autour de la taille de Celia et on aurait dit un jeune couple amoureux.

— Santé ! lança Ma en faisant tinter sa flûte contre la mienne. N'est-ce pas une merveilleuse soirée ?

— En effet, répondis-je.

— Ally a si bien joué. Je regrette que tes autres sœurs n'aient pas pu être là. Et ton père non plus, bien sûr.

Je vis le front de Ma se plisser soudain d'inquiétude et me demandai quels secrets elle cachait. Et combien ils lui pesaient. Tout comme les miens.

— CeCe n'a pas réussi à se libérer, alors ? me demanda-t-elle, hésitante.

— Non.

— L'as-tu vue récemment ?

— Je ne suis pas souvent à l'appartement ces temps-ci.

— C'est donc vous qui vous êtes occupée d'Ally pendant son enfance ? demanda Peter à Ma.

— Oui.

— Vous avez fait un travail formidable.

— Tout le mérite lui revient, répondit Ma avec modestie. Je suis très fière de toutes mes filles.

— Et toi, tu es l'une des fameuses sœurs d'Ally ? me demanda Peter.

— Oui.

— Comment tu t'appelles ?

— Star.

— Et tu es quel numéro ?

— Trois.

— Intéressant. (Il me regarda de nouveau.) Moi aussi j'étais le numéro trois. Je n'en ai toujours fait qu'à ma tête. Toi non plus tu n'écoutais jamais personne ?

Je ne répondis pas.

— J'imagine qu'il se passe beaucoup de choses dans ta tête, n'est-ce pas ? En tout cas, c'était le cas pour moi.

Même s'il avait raison, je ne voyais pas pourquoi le lui dire. Alors je me contentai de hausser les épaules en silence.

— Ally est extraordinaire. Nous avons tous deux beaucoup appris à son contact, déclara Celia pour changer de sujet, en me lançant un sourire chaleureux.

Elle pensait certainement que mes silences signifiaient que j'étais mal à l'aise avec Peter.

— C'est vrai. Et voilà que nous allons être grands-parents. Quel beau cadeau nous fait ta sœur, Star ! reprit Peter. Et cette fois-ci, je serai présent pour cet enfant. La vie est beaucoup trop courte.

La cloche annonçant la reprise du concert retentit et tous autour de moi vidèrent leur verre d'un trait. Nous retournâmes nous asseoir dans l'amphithéâtre. J'observai attentivement Felix Halvorsen, le père biologique d'Ally, et son jumeau, Thom. Celui-ci m'avait tout de suite plu quand j'avais fait sa connaissance. Les indices de Pa avaient mené ma sœur à retrouver sa famille, comme moi à présent.

Lorsque Felix leva les mains au-dessus du clavier et marqua un temps d'arrêt, je sentis que tout le public retenait sa respiration. La tension ne retomba que lorsque ses doigts descendirent sur les notes pour jouer le début du *Concerto héroïque*, donné en public pour la première fois et, d'après le programme, soixante-huit ans après sa composition. Au cours de la demi-heure qui suivit, nous eûmes le privilège d'entendre une œuvre d'une rare beauté, servie par l'alchimie parfaite entre le compositeur et l'interprète : le père et le fils.

Et tandis que mon cœur s'envolait au son de cette belle musique, j'eus un aperçu de l'avenir. « La musique, c'est l'amour qui cherche sa voix », disait Tolstoï. À présent, je devais trouver ma voix *à moi*. Ainsi que le courage de la faire entendre.

Le public se leva pour féliciter les musiciens comme ils le méritaient, applaudissant à tout rompre et tapant du pied. Felix effectua salut sur salut, fit signe à son fils et à sa fille de le rejoindre à l'avant de la scène, puis fit taire le public pour dédier sa performance à son père et à ses enfants.

Au moment où les spectateurs commençaient à quitter leur siège, Ma me toucha l'épaule et me dit quelque chose.

Je hochai la tête d'un air absent, ne saisissant pas ses mots, et murmurai que je la retrouverais à l'extérieur de la salle. Puis je restai assise là, seule, perdue dans mes pensées. Tandis que je réfléchissais, j'étais vaguement consciente des spectateurs qui défilaient dans l'allée près de moi. Soudain, du coin de l'œil, je remarquai une silhouette familière.

Mon cœur s'accéléra et mon corps se leva tout seul, mes jambes se mettant à traverser en courant l'amphithéâtre à présent désert pour rejoindre la foule qui s'entassait près des portes. J'implorai ce profil reconnaissable entre tous de réapparaître, cherchant désespérément à le voir de nouveau.

Fendant la foule, mes jambes m'emmenèrent dans le froid glacial de décembre. Debout dans la rue, j'espérais l'apercevoir encore pour en avoir le cœur net, mais je savais que la silhouette avait disparu.

— Te voilà ! s'exclama Ma en arrivant derrière moi. Nous pensions t'avoir perdue. Star ? Est-ce que ça va ?

— Je... je crois que je l'ai vu. Dans la salle de concert.

— Vu qui ?

— Pa ! Je suis certaine que c'était lui.

— Oh chérie, me susurra-t-elle en me prenant dans ses bras, tandis que je restais figée sur place, sous le choc. Je suis désolée. Ce genre de choses peut arriver après la mort d'un être cher. J'ai l'impression de voir ton père sans cesse à Atlantis... dans son jardin, sur le Laser, et je m'attends toujours à ce qu'il sorte de son bureau à tout moment.

— C'était bien lui, je le sais, murmurai-je contre l'épaule de Ma.

— Alors c'était peut-être son esprit, présent dans l'amphithéâtre pour écouter Ally. Elle a joué remarquablement, tu ne trouves pas ? me demanda Ma en me guidant fermement sur le trottoir.

— Oui, c'était une soirée merveilleuse, jusqu'à ce que...

— Essaie de ne pas y penser. Cela ne ferait que t'attrister. La pauvre Ally pensait avoir entendu sa voix au téléphone lors de son dernier passage à Atlantis. Bien sûr, il s'agissait simplement du répondeur. Bon, une voiture nous attend pour nous emmener au restaurant. Les parents de Theo sont déjà à l'intérieur.

Je laissai Ma leur faire la conversation pendant le trajet, encore bouleversée. Elle avait forcément raison, c'était juste un homme âgé à la carrure similaire que mon cœur désespéré avait transformé en Pa, étant donné la distance.

Le restaurant était douillet et éclairé à la bougie et, quand Ally arriva avec Thom, nous nous levâmes pour les applaudir.

Le restant de la soirée, Thom raconta comment Ally était apparue à sa porte, ainsi que le parcours qui les avait amenés à découvrir leur gémellité.

Il était tard quand nous quittâmes le restaurant.

— À quelle heure repartez-vous demain ? nous demanda Ally, tandis que Ma et moi l'étreignions pour lui dire bonsoir.

— Mon vol pour Genève est à dix heures, mais celui de Star n'est qu'à quinze heures, l'informa Ma.

— Dans ce cas, tu pourrais peut-être venir me voir à la maison, pour que nous puissions bavarder plus tranquillement ? me suggéra Ally. Ensuite, tu pourras prendre le taxi pour aller directement à l'aéroport.

— Ou je pourrais l'y emmener, intervint Thom.

— Nous organiserons cela demain. Bonne nuit, Star chérie, fais de beaux rêves.

Elle me fit un signe de la main en montant dans une voiture garée devant le restaurant, et Thom la suivit.

— À demain, me dit-il en souriant.

* * *

Je regardais avec intérêt par la fenêtre, tandis que le taxi me conduisait chez Ally et Thom le lendemain matin. La veille, il faisait trop sombre pour voir les montagnes couvertes de neige qui encerclaient Bergen, mais je pouvais à présent apprécier leur perfection de carte de Noël. Nous grimpâmes encore et encore, jusqu'à arriver à une route étroite. Là, nous nous arrêtâmes devant une maison traditionnelle en bardeau, fraîchement peinte en crème, avec des volets bleu ciel.

Ally m'accueillit sur le perron.

— Star, entre !

Je m'exécutai et me retrouvai dans un hall d'entrée très chaleureux.

— Ally, c'est magnifique ! m'exclamai-je en la suivant dans un salon lumineux, agrémenté d'un canapé moelleux et de meubles scandinaves en sapin clair.

Un piano à queue était installé près de l'immense baie vitrée qui donnait sur le lac en contrebas, ainsi que sur les collines coiffées de neige.

— Quelle vue spectaculaire ! m'émerveillai-je. Cela me rappelle Atlantis.

— À moi aussi, mais en plus doux, comme tout ici à Bergen, habitants y compris. Thé ou café ?

J'optai pour du café et m'assis devant une cheminée moderne en verre où les bûches brûlaient joyeusement.

Ally posa une tasse devant moi et s'assit à côté de moi sur le canapé.

— Mon Dieu, Star, par où commencer ? Nous avons tant de choses à nous raconter. Thom m'a dit qu'il t'avait expliqué l'essentiel de ce qui s'était passé de mon côté. Je veux que tu me parles de toi ! Comment va CeCe, au fait ? Et surtout, *où* est-elle ? Je n'ai pas l'habitude de vous voir séparées.

— Je ne sais pas. Elle a quitté Londres pour partir je ne sais où. Et… c'est ma faute, avouai-je.

— Vous êtes brouillées ?

— Oui… c'est juste que… en fait, j'essaie de me construire une vie à moi.

— Et ce n'est pas encore le cas de CeCe ?

— Non. Je me sens terriblement coupable, Ally.

— Elle a peut-être besoin de se trouver, elle aussi. Il fallait bien que cela arrive un jour ou l'autre. Moi, Maia, Tiggy, Électra… on s'est toutes inquiétées de votre relation trop… fusionnelle.

— C'est vrai ?

— Oui. Et personnellement, je crois que cette séparation est vraiment importante pour vous deux. Je suis certaine que vous vous retrouverez.

— Je l'espère. J'aimerais juste savoir où elle est. Elle était fâchée parce que je ne lui avais pas dit que j'avais rencontré ma mère.

— Tu as trouvé ta mère ? Ouah, Star ! Tu veux bien me parler d'elle ?

Comme toujours, j'eus du mal à trouver les mots mais, encouragée par Ally, je lui donnai une version aussi brève et précise que possible des quelques semaines écoulées.

— Ça alors. Et moi qui pensais que mon voyage avait été compliqué et traumatisant… Et ce Mouse, alors ? Vas-tu lui donner une autre chance ?

— Je… je crois, oui.

— Lance-toi, tant qu'il est temps, fit-elle avec ferveur. Je ne sais que trop bien que rien ne dure pour toujours.

— Tu as raison, répondis-je en lui prenant instinctivement la main. Ils ont besoin de moi. Tous les deux. Le père et le fils.

— Et nous voulons tous que quelqu'un ait besoin de nous, pas vrai ? déclara-t-elle en caressant son ventre rond. Je ferais bien de t'appeler un taxi. Thom était très déçu de devoir aller travailler aujourd'hui, pour un débriefing du triomphe d'hier soir. Tu as un fan, tu sais ? ajouta-t-elle en souriant. Dois-je lui dire que tu es déjà prise ?

— Oui.

À l'aéroport de Bergen, au moment d'embarquer, je sortis mon portable. Et juste avant de décoller, j'envoyai un message à Mouse, pour lui dire que j'acceptais de partir quelques jours avec lui.

* * *

De retour à Londres, je me réveillai le lendemain matin à neuf heures et demie. Mouse devait passer me chercher à onze heures.

Mon estomac fit un saut périlleux, puis un double salto arrière quand, sous la douche, j'envisageai son arrivée. Ainsi que la journée *et* la soirée qui suivraient. Je refis mon sac de voyage, y laissant la robe noire que j'avais portée pour le concert de la veille, au cas où, et enfilai l'épais pull en laine que je m'étais offert à Bergen. J'ajoutai mes chaussures de marche, puis plaçai deux ensembles de lingerie sur le dessus, en frissonnant.

Quand il saura, il repartira peut-être aussitôt, pensai-je, prise de panique.

L'interphone retentit à onze heures précises. Mon cœur battait à tout rompre en entendant l'ascenseur, puis le bruit de ses pas dans le couloir étroit.

— La porte est ouverte, lançai-je, la voix aussi enrouée que si un python m'étranglait.

— Salut, fit-il en souriant. Il s'avança, puis s'arrêta à quelques mètres de moi. Star, que se passe-t-il ? Il est arrivé quelque chose ? Tu m'as l'air tétanisée.

— Parce que je le suis.

— Pourquoi ? À cause de moi ?

— Non... enfin si. Tu peux t'asseoir, s'il te plaît ?

J'essayai de respirer, tout en rassemblant tout mon courage.

— D'accord, fit-il en s'installant sur le canapé. Tu as changé d'avis ? C'est de cela qu'il s'agit ?

— Non. C'est juste que... je dois te dire quelque chose.

— Je suis tout ouïe.

— En fait... En fait je...

C'était mon tour de faire les cent pas.

— Star, quoi que tu doives m'avouer, ça ne peut pas être pire que moi. S'il te plaît, dis-moi ce qui te tracasse.

Je me détournai de lui, fermai les yeux et prononçai les mots tant redoutés :

— Je suis vierge.

Le silence sembla s'éterniser tandis que j'attendais sa réponse.

— D'accord. C'est tout ? Je veux dire, c'est juste ça que tu devais me dire ?

— Oui !

Je sursautai en sentant sa main me toucher doucement l'épaule.

— Es-tu déjà sortie avec quelqu'un ?

— Non. CeCe et moi... nous étions toujours ensemble. Je n'en ai jamais eu l'occasion.

— Je comprends.

— C'est vrai ?

— Oui.

Brûlante de gêne, je sentis des bras m'envelopper.

— Je me sens si bête, marmonnai-je. J'ai vingt-sept ans et...

Nous restâmes un moment en silence, tandis qu'il me caressait doucement les cheveux.

— Star... Cela te semblera peut-être bizarre, mais ta virginité est un don, pas une tare. Et puis, pour ce qui est de... ces choses-là, cela fait des années que je n'ai pas... Bref, je peux te dire en toute honnêteté que tu n'es pas la seule à avoir passé des nuits blanches à ce sujet.

La nervosité avouée de Mouse me rassura. Il s'écarta et me prit les mains.

— Star, regarde-moi.

Je levai les yeux vers lui.

— Avant que nous allions plus loin, il faut que tu saches que jamais, tu m'entends, *jamais*, je ne te forcerai à faire quoi que ce soit, ni ne te mettrai une quelconque pression, tant que tu m'accordes la même faveur. Nous devons être doux et bienveillants l'un envers l'autre.

— Oui.

Il me regarda alors avec plus d'intensité.

— Voulons-nous essayer ? Deux êtres abîmés souhaitant reconstruire leur vie, ensemble ?

Je regardai le fleuve par la fenêtre. Il avançait irrésistiblement, libre. Et je sentis le barrage dont j'avais protégé mon cœur commencer à se fissurer. Je tournai de nouveau les yeux vers lui et sentis l'amour ruisseler. J'espérais qu'un jour, ces ruisseaux se transformeraient en torrent.

— Oui, répondis-je.

* * *

— Où sommes-nous exactement ? demandai-je en arrivant devant l'édifice où nous allions loger.

— Tu ne le reconnais pas, avec toutes les descriptions de Flora ?

J'observai la vaste maison grise aux grandes fenêtres, d'où se déversait une lumière chaleureuse dans la nuit tombante. Et soudain, je sus.

— Esthwaite Hall, la maison d'enfance de Flora MacNichol !

— Eh oui. Quand je cherchais un endroit où loger dans la région des Lacs, j'ai découvert qu'elle avait récemment été transformée en hôtel, m'expliqua Mouse en m'embrassant sur le haut de la tête. C'est là que ton histoire – ainsi que la mienne, d'une certaine façon – a commencé. On entre ?

À la réception, il me proposa poliment une chambre à part, mais nous finîmes par opter pour une suite, et Mouse demanda à ce qu'on installe pour lui un lit pliant au salon.

Une fois là-haut, j'enfilai ma nouvelle robe noire pour aller dîner dans un restaurant chic. Quand j'émergeai de la salle de bains, Mouse siffla.

— Star, tu es stupéfiante. C'est la première fois que je vois tes jambes et elles sont si longues et fines… Excuse-moi, se reprit-il. Je veux juste te dire que tu es superbe. Je peux ?

— Tu peux, répondis-je en souriant.

Au cours du dîner, Mouse m'expliqua qu'en tant qu'ancien architecte, il allait lui-même dessiner les plans de rénovation de High Weald. Ses yeux verts pétillaient tandis qu'il me parlait de l'avenir de la maison, et je pris soudain conscience que lui aussi l'aimait. Voyant se réveiller la passion qui avait dû l'animer autrefois, je sentis mon cœur se gonfler et battre un peu plus fort.

— Pendant que j'y pense, déclara-t-il en sortant de la poche de sa veste un écrin familier, je viens de récupérer ceci chez Sothcby's. Il s'agit bien d'une figurine de Fabergé, commandée par le roi Edward VII lui-même. Ce chat vaut une douce fortune, Star.

Il me tendit la boîte, et j'en sortis la petite figurine autrefois chérie par Flora, émerveillée à l'idée de tout ce qu'elle avait traversé pour arriver jusqu'à moi.

— Je ne suis pas sûre qu'elle m'appartienne.

— Bien sûr que si. À vrai dire, je supposais que Teddy l'avait mise au mont-de-piété. C'est en tout cas le sort qu'ont connu d'autres trésors de la famille. Quelle que soit la façon dont elle t'est parvenue, tu es l'arrière-petite-fille de Teddy. C'est ton héritage à toi, Star… Tu sais, j'ai beaucoup réfléchi au passé ces derniers temps, poursuivit Mouse en regardant Panthère lové au creux de ma main. Et je comprends ce qu'Archie essayait de faire en élevant Teddy comme son propre fils… le traumatisme qu'il avait subi pendant la guerre… Quelles que soient les conséquences, il voulait racheter toute la mort et la destruction aléatoires qu'il avait vues, en transmettant High Weald à l'enfant d'un soldat inconnu. Tout comme j'espère pouvoir faire amende honorable en rénovant la maison pour Rory.

— Oui. C'était un très beau geste de sa part.

Après le dîner, il me ramena à notre suite.

— Bon, je vais te dire bonne nuit alors, déclara-t-il quand nous fûmes rentrés.

Je le regardai enlever sa veste au salon, se préparant à déplier son lit. Alors j'allai vers lui, me hissai sur la pointe des pieds et lui posai un baiser sur la joue.

— Bonne nuit.

— Puis-je te serrer dans mes bras ? me demanda-t-il, son souffle contre ma peau.

— Oui s'il te plaît.

Alors qu'il m'étreignait, je ressentis quelque chose s'agiter en moi.

— Mouse ? Tu veux bien m'embrasser ?

Il leva mon menton et sourit.

— Je crois que ça ne me dérangerait pas.

* * *

Le lendemain matin, à notre réveil, le paysage éblouissant des Lacs s'était ouvert comme un cadeau jusque-là emballé, derrière les fenêtres de notre suite. Nous passâmes la journée à explorer les environs, visitant Hill Top Farm, la maison de Beatrix Potter devenue un musée à sa mémoire, puis nous nous rendîmes à Wynbrigg Farm, là où Flora avait enduré tant d'années de solitude. Je serrai fort la main de Mouse dans la mienne, savourant le plaisir d'avoir évité son destin.

De retour à Esthwaite Hall, nous nous promenâmes autour du lac au coucher du soleil et aperçûmes une alouette planer au-dessus de l'eau, à travers la brume. Le nez rougi par le froid, nous contemplâmes main dans la main la sérénité absolue de cette vue, silencieux face à tant de beauté.

Ce soir-là, nous allâmes dîner au Tower Bank Arms, le pub local où Archie Vaughan avait logé lors de sa visite à Flora.

— Peut-être aurais-je dû réserver une chambre ici, comme lui, s'amusa Mouse.

— Je suis contente que tu ne l'aies pas fait, répondis-je en souriant, sincère.

Bien que j'aie laissé Mouse dormir seul après notre baiser, une délicieuse sensation m'avait parcouru le corps quand je m'étais couchée. Et je savais qu'avec le temps – et la confiance – j'y parviendrais.

Nous quittâmes l'hôtel le lendemain matin et Mouse nous conduisit dans la vallée de Langdale où nous arpentâmes le majestueux col de montagne.

Une pensée me traversa soudain l'esprit.

— Mouse ? Comment tu t'appelles en vrai ? Je sais juste que ton prénom commence par un *O*…

Un sourire ironique se dessina sur ses lèvres.

— Je pensais que tu ne me poserais jamais la question.

— Alors ?

— C'est Œnomaos.

— Oh mon Dieu !

— Je sais. Ridicule, n'est-ce pas ?

— Ton prénom ?

— Oui, ça aussi, naturellement – je le dois à mon père obsédé de mythologie grecque –, mais je voulais parler de la coïncidence. D'après le mythe, Œnomaos était marié à Astérope. Ou selon d'autres histoires, elle était sa mère.

— Oui, j'ai entendu les légendes autour de mon prénom. Pourquoi ne me l'as-tu pas dit plus tôt ?

— Un jour, je t'ai demandé si tu croyais au destin. Tu m'as répondu que non. Alors que moi, je savais, depuis la première fois que j'avais posé les yeux sur toi à High Weald, et que j'avais entendu ton véritable prénom, que nous étions destinés à être ensemble.

— Ah oui ?

— Oui. C'était écrit dans les étoiles, plaisanta-t-il. Et il semble que tu aies à la fois le père *et* le fils à tes pieds.

— J'espère que cela ne te dérange pas si je continue à t'appeler Mouse ?

Alors le son de nos deux rires entremêlés retentit dans la vallée, tandis qu'Œnomaos Forbes, lord Vaughan de High Weald, me serrait fort dans ses bras.

— Alors ?

— Alors quoi ?

— Rentreras-tu à High Weald avec moi ce soir, Astérope ?

— Oui, répondis-je sans hésitation. N'oublie pas que je dois aller travailler demain matin.

— Bien sûr, merci pour cette pointe de romantisme. Bon, fit-il en relâchant son étreinte pour me prendre par la main, il est temps de rentrer à la maison.

CeCe

Décembre 2007

46

Assise à l'aéroport de Heathrow, j'attendais pour embarquer. Je regardais les autres passagers passer près de moi, bavardant avec leurs enfants, leur femme ou leur mari. Tout le monde avait l'air heureux. Et même s'ils voyageaient seuls, je supposais que quelqu'un les accueillerait à l'arrivée.

Moi je n'avais plus personne – ni ici, ni là-bas. J'eus soudain de la peine pour toutes ces personnes âgées que j'avais vues dans les parcs de Londres, assises sur un banc, quand je me rendais à l'université. J'avais pensé qu'elles appréciaient la solitude et le calme, sous le soleil hivernal… mais je me rendais compte à présent qu'il était encore plus pénible d'être seul au beau milieu d'une foule que seul chez soi. Et je regrettais de ne pas m'être arrêtée pour leur dire bonjour. Tout comme j'aurais aimé que quelqu'un s'arrête à présent pour me parler.

Sia, où es-tu ?

J'aimerais pouvoir écrire ce que j'ai dans la tête et te l'envoyer, pour que tu puisses lire ce que je ressens vraiment. Mais tu sais à quel point il m'est difficile de coucher des mots sur le papier – j'ai mis un temps fou à écrire cette lettre que je t'ai laissée à l'appartement et je sais qu'elle était bourrée de fautes. Je ne peux pas te parler, puisque tu n'es pas là, alors je vais devoir me contenter de penser ce que je voudrais te dire, toute seule au milieu du terminal 3.

Je croyais que tu entendrais mon appel à l'aide. Mais non. Pendant toutes ces semaines, je t'ai regardée dériver loin de moi, et j'ai fait de gros efforts pour te laisser t'éloigner. Pour ne pas prendre trop à cœur le fait que tu me délaisses au profit de cette famille du Kent, ni ton irritation à mon égard. Je t'énerve, comme j'énerve tout le monde, je le sais bien.

Avec toi, je pouvais toujours être moi-même. Et je pensais que tu m'aimais pour cela. Que tu m'acceptais telle que j'étais. Et que tu appréciais ce que j'essayais de faire pour toi.

Je sais ce que les autres pensent de moi. Et je ne comprends pas très bien ce qui cloche chez moi, parce que tout est là, à l'intérieur – toutes les choses positives, comme l'amour. Et l'envie de me préoccuper des autres, de me faire des amis.

Nous étions bienveillantes l'une pour l'autre. Tu n'aimais pas parler, mais je prononçais les mots à ta place, tout comme tu les écrivais mieux que moi. Nous formions une bonne équipe.

Je pensais que tu serais si heureuse quand j'ai acheté cet appartement pour nous. Nous étions en sécurité, pour toujours. Plus de voyages – parce que je savais que tu en avais assez ; il était temps de nous installer et d'être ce que nous étions, ensemble. Mais j'ai l'impression que cela a aggravé la situation.

Et ce n'est que ces derniers jours, assise seule dans l'appartement, attendant que tu m'appelles, que j'ai compris. Je te donnais l'impression d'être un tigre en cage dans l'impossibilité de s'échapper. J'étais impolie avec tes amis – hommes ou femmes – parce que j'avais si peur de perdre la seule personne qui semblait m'aimer, à part Pa et Ma…

Alors je suis partie, Sia. Je te laisse seule quelque temps, parce que je sais que c'est ce que tu souhaites. Parce que je t'aime plus que n'importe qui au monde, mais je crois que tu as trouvé quelqu'un d'autre à aimer et que tu n'as plus besoin de moi…

Je levai les yeux et vis que l'embarquement de mon vol avait commencé. Alors, mon estomac se noua, car je n'avais jamais, *jamais*, pris l'avion sans Sia à mes côtés. Elle s'asseyait près du hublot, parce qu'elle aimait être dans les nuages. Moi j'avais toujours préféré sentir la terre ferme sous mes pieds. Elle me donnait un somnifère vingt minutes avant le décollage, pour que je m'endorme directement et que je n'aie pas peur.

J'ouvris la poche avant de mon sac à dos pour trouver la pochette où j'étais certaine d'avoir mis le médicament avant de quitter l'appartement, mais il n'y était pas.

Je devrai m'en passer, me résignai-je en continuant de fouiller le désordre de la poche, à la recherche de mon passeport et de ma carte d'embarquement. En fait, j'allais devoir me passer de beaucoup de choses désormais. Mes doigts effleurèrent l'enveloppe qui contenait la lettre de Pa Salt. Je la sortis et découvris qu'elle était toute collante et tachée de confiture à cause de vieux morceaux de beignet qui traînaient à côté. C'était moi tout craché : je n'étais même pas capable de faire en sorte que la lettre la plus importante qu'on m'ait jamais écrite reste propre. J'époussetai le sucre qui s'y était déposé et sortis la petite photo en noir et blanc pour l'observer, pour la centième fois.

Au moins, autrefois, j'avais eu ma place, une *vraie* place, dans le cœur de quelqu'un. Au moins, aujourd'hui, j'avais mon art, me consolai-je. Personne ne pourrait jamais me l'enlever.

Je rangeai l'enveloppe dans la poche avant, puis me levai et hissai mon sac à dos. Je suivis la vague humaine qui avançait lentement vers la porte d'embarquement, me demandant ce qui me prenait d'envoyer valser tous mes projets. Mais si j'étais honnête, je devais reconnaître que Sia n'était pas la seule à avoir trouvé le changement difficile. Au bout de quelques semaines à peine à Londres, j'avais commencé à avoir des fourmis dans les jambes et la bougeotte m'avait de nouveau frappée. Depuis toujours, j'avais beaucoup de mal à rester plus de quelques semaines au même endroit et je m'étais rendu compte que j'avais une terreur innée d'entrer dans un moule prédéfini.

Tu aurais dû y penser avant de t'inscrire à tes cours d'art, espèce d'idiote…

Rien ne me plaisait davantage que de transporter ma maison sur mon dos, de ressentir l'excitation de ne pas savoir où je dormirais le soir. D'être libre. Et la bonne nouvelle, s'il y en avait une, c'est que c'était sans doute ainsi que j'allais vivre dorénavant.

Il était très ironique de penser que je partais pour l'un des deux seuls endroits du monde que j'avais toujours évités.

J'errai dans le hall et montai sur le tapis roulant, d'où je vis une affiche publicitaire pour une banque. Je me moquais intérieurement du directeur artistique pour son manque d'imagination, quand j'aperçus un visage très familier passer non loin de moi. Mon cœur faillit bondir hors de ma poitrine et je me retournai en tendant le cou pour le revoir. Mais il s'éloignait et j'avançais rapidement dans la direction opposée.

Je me mis à courir sur le tapis roulant, bousculant des passagers avec mon sac à dos mais, dans mon envie folle de le rattraper, je m'en fichais. Arrivant au bout, je fis demi-tour et me ruai dans le hall, haletant sous l'effet du choc et le poids de mon sac. J'esquivai les voyageurs qui marchaient tout autour de moi et atteignis enfin l'entrée de la salle d'embarquement.

Mes yeux scrutèrent désespérément la foule pour l'apercevoir de nouveau mais, alors que retentissait le dernier appel pour mon vol, je sus qu'il était trop tard.

Remerciements

Ce projet n'aurait pu voir le jour sans l'aide précieuse de tant de personnes, et je leur suis profondément reconnaissante pour leur soutien dans ce marathon d'une série de sept livres.

Dans la région des Lacs : un grand merci à Anthony Hutton du Tower Bank Arms, le pub local de Beatrix Potter à Near Sawrey, pour sa connaissance approfondie de l'histoire de la région et sa chaleureuse hospitalité. Merci à Alan Brockbank qui, à quatre-vingt-quinze ans, a pris le temps de répondre à mes questions au sujet de la vie du village du temps de Beatrix, et nous a bien amusés avec ses histoires d'aventure et son humour pince-sans-rire. Merci à Catherine Pritchard du National Trust, gérante de la maison de Hill Top Farm, pour son expertise relative à tout ce qui touche miss Potter. Rien ne m'aurait fait plus plaisir que d'inclure dans ces pages tous les détails saugrenus de la vie de Beatrix, restée active jusqu'au jour de sa mort : en tant qu'épouse, agricultrice, écrivain, illustratrice, chercheuse, préservatrice de la nature, amie des animaux et appréciée de tous.

Merci à Marcus Tyers, propriétaire de St Mary's Books, à Stamford, pour sa connaissance inestimable des complexités du monde des livres rares, et pour m'avoir indiqué le montant qu'Orlando aurait pu dépenser pour son exemplaire d'*Anna Karénine.* (Une somme exorbitante !)

J'aimerais également remercier Olivia, ma fantastique assistante qui, sous la pluie, a courageusement escaladé seule les collines de la région des Lacs à la recherche d'un monument en l'honneur d'Edward VII qui, malgré ma ferme conviction, n'existait pas ! Ainsi que Susan Moss et Ella Micheler, mon équipe de recherche et de rédaction : elles travaillent dur et m'ont aidée avec toutes les recettes de Star, ainsi qu'à appréhender la langue des signes britannique et la culture des sourds-muets.

Merci à mes trente éditeurs à travers le monde – que j'ai l'honneur de considérer désormais comme des amis – notamment à Catherine Richards et Jeremy Trevathan de Pan Macmillan au Royaume-Uni ; Claudia Negele et Georg Reuchlein de Random House en Allemagne ; l'équipe de Cappelen Damm en Norvège : Knut Gørvell, Jorid Mathiassen, Pip Hallen et Marianne Nielsen ; Annalisa Lottini et Donatella Minuto de Giunti Editore en Italie ; ainsi que Sarah Cantin et Judith Curr d'Atria aux États-Unis.

Rédiger l'histoire de Star a été un réel plaisir car, pour une fois, j'ai pu écrire confortablement installée chez moi, entourée de ma famille. Tous ont appris à m'ignorer quand je déambulais dans la maison à toute heure du jour et de la nuit comme un fantôme, parlant dans mon dictaphone et tissant les fils de *La Sœur de l'ombre.* Harry, Bella, Leonora et Kit, vous savez tous à quel point vous comptez pour moi, et merci à Stephen, mon mari/agent qui m'aide à garder le cap de toutes sortes de façons ! Que ferais-je sans toi ? Des remerciements tout particuliers à Jacqueline Heslop, qui tient le fort Riley d'une main de maître et prend soin de nous tous. Merci à ma sœur, Georgia, et à ma mère, Janet. Et à Flo, à qui je dédie ce livre. Tu me manques.

Et enfin, merci à mes lecteurs. Écrire une saga en sept tomes semblait une idée si folle en 2012 – je n'aurais jamais imaginé que les histoires respectives de mes sœurs toucheraient autant de gens à travers le monde. Je suis honorée et profondément émue de recevoir tous vos e-mails, vos lettres et vos mots d'encouragement, et d'avoir eu la chance de rencontrer certains d'entre vous lors de mes voyages. Merci.

Bibliographie

La Sœur de l'ombre est une fiction nourrie d'éléments historiques. Voici les sources où j'ai puisé mes informations sur les époques évoquées ainsi que sur les personnages ayant existé :

Munya Andrews, *The Seven Sisters of the Pleiades* (North Melbourne, Victoria: Spinifex Press, 2004)

Susan Denyer, *Beatrix Potter at Home in the Lake District* (London: Frances Lincoln, 2000)

Roy Hattersley, *The Edwardians* (London: Abacus, 2014)

Philippe Jullian and John Phillips, *Violet Trefusis: Life andLetters* (Bristol: Hamish Hamilton, 1976)

Sonia Keppel, *Edwardian Daughter* (London: Hamish Hamilton, 1958)

Raymond Lamont-Brown, *Edward VII's Last Loves: Alice Keppel and Agnes Keyser* (London: Sutton Publishing, 2005)

Linda Lear, *Beatrix Potter: The extraordinary life of a Victorian genius* (London: Penguin, 2008)

Leslie Linder, *A History of the Writings of Beatrix Potter* (London: Frederick Warne, 1971)

Tim Longville, *Gardens of the Lake District* (London: Frances Lincoln, 2007)

Peter Marren, *Britain's Rare Flowers* (London: Academic Press, 1999)

Marta McDowell, *Beatrix Potter's Gardening Life* (London: Timber Press, 2013)

George Plumptre, *The English Country House Garden* (London: Frances Lincoln, 2014)

J. B. Priestley, *The Edwardians* (London: Penguin, 2000) Jane Ridley, *Bertie: A Life of Edward VII* (London: Chatto &Windus, 2012)

Vita Sackville-West, *The Edwardians* (London: Virago, 2004)

Diana Souhami, *Mrs Keppel and her Daughter* (London: HarperCollins, 1996)

Judy Taylor, *Beatrix Potter: Artist, Storyteller and Countrywoman* (London: Frederick Warne, 1986)

Violet Trefusis, *Don't Look Round* (London: Hamish Hamilton, 1989)

Note de l'autrice

Lorsque j'ai eu l'idée d'écrire une saga fondée sur les Sept Sœurs des Pléiades, je ne savais pas du tout où cela me mènerait. J'étais très attirée par le fait que chacune des sœurs mythologiques était, selon sa légende, une femme forte et unique. Certains disent qu'elles étaient les Sept Mères qui ont ensemencé notre terre – il ne fait aucun doute que, dans leurs histoires respectives, elles étaient toutes très fertiles ! – et ont eu de nombreux enfants avec les divers dieux qu'elles fascinaient par leur force, leur beauté et leur air céleste de mysticisme.

Et je voulais célébrer les réalisations des femmes, particulièrement dans le passé où, si souvent, leur contribution au façonnage de notre monde tel qu'il est aujourd'hui est occultée par celle des hommes, mieux documentée.

Néanmoins, la définition du féminisme, c'est l'égalité, pas la domination, et les femmes au sujet desquelles j'écris, à la fois dans le passé et le présent, acceptent d'avoir besoin et envie d'hommes dans leur vie. Peut-être masculinité et féminité sont-elles les véritables yin et yang de la nature et doivent-elles s'efforcer d'atteindre un équilibre ; pour mieux le dire, accepter les forces et les faiblesses respectives des deux sexes.

Et bien sûr, nous avons tous besoin d'amour ; pas nécessairement sous la forme traditionnelle du mariage et des enfants, mais je crois qu'il s'agit de la source de vie sans laquelle nous autres êtres humains nous flétrissons et mourons. La saga des *Sept Sœurs* célèbre ouvertement la recherche sans fin de l'amour, et explore les conséquences dévastatrices de sa perte.

Au cours de mes voyages à travers le monde, sur les pas de mes personnages féminins réels ou fictifs, je suis constamment émue et émerveillée par le courage et la ténacité des générations de femmes qui m'ont précédée. Qu'elles aient combattu les préjugés racistes et sexistes d'une époque révolue, perdu un être cher à cause de la guerre ou de la maladie, ou qu'elles soient parties à l'autre bout du monde pour prendre un nouveau départ, ces femmes nous ont ouvert la voie vers la liberté dont nous jouissons aujourd'hui. Et que nous considérons si souvent comme notre dû.

Malheureusement, le monde n'est toujours pas parfait et je doute qu'il le sera un jour, parce que de nouveaux défis émergeront sans cesse. Cependant je suis convaincue que les êtres humains, en particulier les femmes, se nourrissent de ces défis pour avancer. Après tout, nous sommes douées pour accomplir plusieurs tâches en même temps ! Et chaque jour, tenant un enfant d'une main, un manuscrit de l'autre, je célèbre le fait que ma liberté d'être qui je suis me vient des efforts de milliers de générations de femmes remarquables, qui remontent peut-être directement aux Sept Sœurs elles-mêmes…

J'espère sincèrement que le voyage de Star vous a plu. Souvent, le courage discret, la gentillesse et la force intérieure passent inaperçus. Star n'a pas changé le monde, mais elle a touché la vie de ceux qui l'entouraient, les rendant meilleurs. Et ce faisant, elle s'est trouvée elle-même.

VOUS AVEZ AIMÉ CE LIVRE ?

Découvrez tout de suite le premier chapitre du tome 1, l'histoire de Maia !

À la mort de leur père, énigmatique milliardaire qui les a adoptées aux quatre coins du monde lorsqu'elles étaient bébés, Maia d'Aplièse et ses sœurs se retrouvent dans la maison de leur enfance, Atlantis, un magnifique château sur les bords du lac de Genève.

Pour héritage, elles reçoivent chacune un mystérieux indice qui leur permettra peut-être de percer le secret de leurs origines. La piste de Maia la conduit au-delà des océans, dans un manoir en ruines sur les collines de Rio de Janeiro, au Brésil. C'est là que son histoire a commencé…

Maia

Juin 2007

Premier quartier de lune

13 ; 16 ; 21

1

Je me souviendrai toujours de l'endroit où je me trouvais et de ce que je faisais quand j'ai appris que mon père venait de mourir.

J'étais à Londres, chez Jenny, une vieille amie d'école, et je profitais du soleil de juin, assise dans son joli jardin, un exemplaire de *L'Odyssée de Pénélope* ouvert sur les genoux, pendant qu'elle était allée chercher son petit garçon à la crèche.

Je me sentais calme, heureuse de m'être échappée pour passer quelques jours de vacances ici. J'étais en train d'admirer la clématite en boutons qui dépliait ses fragiles bourgeons roses, donnant naissance à un tumulte de couleurs, lorsque mon portable a sonné. D'un coup d'œil sur l'écran, j'ai vu que c'était Marina.

— Allô, Ma, ça va ?

J'espérais que, dans ma voix, elle entendrait aussi la belle chaleur estivale.

— Maia, je...

Marina a marqué une pause, et, à cet instant, j'ai compris qu'il était arrivé quelque chose de terrible.

— Qu'est-ce qui se passe ?

— Maia, je ne sais pas comment te le dire, mais ton père a eu une crise cardiaque ici, à la maison, hier après-midi. Et aujourd'hui... tôt ce matin, il... est décédé.

Je suis restée silencieuse, un million de pensées disparates et ridicules me traversant l'esprit, l'une d'elles étant que Marina, pour une raison ou une autre, avait décidé de me faire une blague de mauvais goût.

— Je ne l'ai pas encore annoncé à tes sœurs, Maia. Comme tu es l'aînée, il m'a semblé que c'était toi qui devais l'apprendre en premier… Je voulais te demander si tu préfères les appeler, ou si tu souhaites que je le fasse.

— Je…

Aucune parole cohérente ne me venait aux lèvres, tandis que je commençais à réaliser que jamais Marina, ma chère et bien-aimée Marina, la femme qui avait été pour moi la personne qui se rapprochait le plus d'une mère, ne me mentirait. Il fallait donc que ce soit vrai. Et brusquement, tout s'est effondré en moi.

— Maia, s'il te plaît, dis-moi que ça va. Oh, c'est vraiment l'appel le plus terrible que j'ai jamais eu à passer, mais j'ai pensé qu'il valait mieux me tourner vers toi… Dieu seul sait comment tes sœurs vont réagir.

C'est à ce moment que j'ai entendu la souffrance dans sa voix. J'ai compris qu'elle aussi avait besoin de parler, de partager son fardeau, d'être réconfortée.

— Bien sûr, Ma, je vais prévenir mes sœurs. Sauf que je ne suis pas certaine d'avoir toutes leurs coordonnées sur moi… Ally n'est-elle pas partie faire une régate ?

Et pendant que nous discutions de l'endroit où se trouvait chacune de mes sœurs cadettes, comme s'il fallait les réunir pour fêter un anniversaire plutôt que de pleurer la mort d'un père, la conversation a pris un tour surréaliste.

— Quand faut-il prévoir l'enterrement à ton avis ? ai-je demandé. Avec Électra à Los Angeles et Ally quelque part en mer, on ne peut certainement pas l'envisager avant la semaine prochaine, au plus tôt.

— Eh bien…

J'ai perçu l'hésitation de Marina au bout du fil.

— Le mieux serait peut-être qu'on en parle toutes les deux quand tu rentreras à la maison. Mais rien ne presse pour l'instant, Maia. Aussi, si tu préfères rester encore un peu à Londres... Il n'y a plus rien à faire pour lui ici...

La voix de Marina s'est brisée.

— Ma, je saute dans le premier avion pour Genève ! Je vais téléphoner à la compagnie aérienne et je te donnerai l'heure du vol. Entre-temps, j'essaie de contacter tout le monde.

— Je suis vraiment désolée, ma chérie, a soupiré Marina. Je sais que tu l'adorais.

— Oui...

L'étrange sérénité que j'avais ressentie pendant que nous débattions des préparatifs m'a soudain abandonnée, comme le calme avant la tempête.

— Je t'appelle plus tard quand je saurai à quelle heure j'arrive.

— Très bien. Maia, prends soin de toi. C'est un choc terrible...

J'ai raccroché. Puis, avant que les nuages noirs, dans mon cœur, ne percent et ne menacent de m'engloutir, je suis montée dans ma chambre pour téléphoner à la compagnie aérienne. Pendant que j'attendais qu'on prenne mon appel, j'ai regardé le lit dans lequel, le matin même, j'avais tout simplement ouvert les yeux sur un autre jour. Et j'ai remercié Dieu que les êtres humains n'aient pas la faculté de prévoir l'avenir.

La femme qui a répondu au bout d'un moment n'était pas très aimable et j'ai compris, tandis qu'elle me parlait de vols complets, de coûts supplémentaires et de coordonnées de carte de crédit, que mon barrage émotionnel était prêt à craquer. Finalement, une fois qu'elle m'eut alloué de mauvaise grâce une place sur le vol de seize heures pour Genève, ce qui signifiait que je devais me dépêcher de rassembler mes affaires et prendre un taxi pour Heathrow, je me suis assise sur le lit et j'ai contemplé le motif du papier peint pendant si longtemps que le dessin a commencé à danser devant mes yeux.

— Voilà, il est parti, ai-je murmuré, parti pour toujours. Je ne le reverrai plus jamais.

Je m'attendais tellement à éclater en sanglots à cause de ces paroles prononcées tout haut que j'ai été surprise qu'il ne se passe rien, et je suis restée là, immobile, hébétée, mais la tête toujours pleine de détails pratiques. À l'idée d'appeler mes sœurs – toutes les cinq –, j'étais terrifiée. Laquelle prévenir en premier ? J'ai pris en compte tout un éventail de paramètres et la réponse n'a pas tardé à s'imposer : Tiggy, bien sûr, la seconde de la fratrie, celle dont je me sentais la plus proche.

Les doigts tremblants sur mon téléphone, j'ai fait défiler les numéros jusqu'au sien. En entendant sa messagerie vocale, j'ai bafouillé quelques mots confus lui demandant de me rappeler d'urgence. Elle se trouvait quelque part dans les Highlands, en Écosse, où elle travaillait dans un centre qui recueillait des cervidés malades.

Quant à mes autres sœurs… leurs réactions seraient diverses, en apparence du moins, allant de l'indifférence à un dramatique épanchement d'émotion.

Ne sachant pas trop de quel côté je basculerai sur l'échelle du chagrin quand je leur parlerai, j'ai choisi la lâcheté et je leur ai envoyé un texto à chacune, les priant de me contacter le plus vite possible. Je me suis ensuite dépêchée de faire mon sac et je suis descendue à la cuisine où j'ai laissé un mot à Jenny lui expliquant pourquoi j'avais dû partir.

J'ai décidé de héler un taxi dans la rue et j'ai marché d'un pas rapide le long du parc de Chelsea, comme n'importe qui, par une journée banale. Je crois que j'ai même salué quelqu'un qui promenait son chien et que je lui ai souri.

Personne ne pourrait deviner ce qui m'arrive, me suis-je dit en montant dans le taxi que j'ai réussi à arrêter sur King's Road, où le trafic était intense.

J'ai indiqué au chauffeur l'aéroport d'Heathrow.

Non, personne n'aurait pu deviner.

* * *

Cinq heures plus tard, alors que le soleil descendait tranquillement sur le lac de Genève, je suis arrivée à notre ponton privé pour la dernière étape de mon voyage.

Christian m'attendait déjà dans la vedette. À son regard, j'ai compris qu'il savait.

— Comment allez-vous, mademoiselle Maia ? a-t-il demandé en m'aidant à monter à bord, ses yeux bleus pleins de compassion.

— Je suis… contente d'être ici, ai-je répondu d'une voix neutre, puis je suis allée m'asseoir à l'arrière du bateau, sur la banquette en cuir crème qui suivait la courbe de la poupe.

En temps normal, je m'installais à l'avant, à côté de Christian, pour fendre les eaux calmes pendant les vingt minutes de la traversée. Mais ce jour-là, j'avais besoin de solitude. Christian a démarré. Le soleil se reflétait sur les fenêtres des somptueuses demeures qui bordaient le lac. Souvent, en faisant ce trajet, il me semblait franchir le seuil d'un monde féerique, un univers éthéré sans aucun rapport avec la réalité.

Le monde de Pa Salt.

À l'évocation du surnom de mon père, que j'avais inventé quand j'étais enfant, des larmes m'ont picoté les yeux. Il avait toujours adoré faire de la voile et quand il revenait dans la maison du bord du lac, il sentait l'air iodé et la mer. Avec le temps, mes jeunes sœurs aussi s'étaient approprié ce surnom.

Alors que le bateau prenait de la vitesse et que le vent chaud agitait mes cheveux, je me suis remémoré des centaines d'arrivées à Atlantis, le château de Pa Salt. Situé sur un promontoire adossé à un croissant de terrain montagneux qui s'élevait en pente abrupte, il était inaccessible par la route ; on ne pouvait y accéder qu'en bateau. Les voisins les plus proches se trouvant à des kilomètres, Atlantis était un peu notre royaume privé, à l'écart du reste du monde. Tout ce qu'il renfermait était magique… comme si Pa Salt et nous, ses filles, avions vécu dans un endroit enchanté.

Nous avions toutes été choisies par Pa Salt quand nous étions bébés et adoptées aux quatre coins du monde. Pa aimait dire que nous étions ses filles « spéciales ». Il nous avait donné les noms des Pléiades, les Sept Sœurs, sa constellation préférée. Maia était la première.

Quand j'étais petite, il m'emmenait sous le dôme en verre de son observatoire, tout en haut de la maison, et me soulevait dans ses bras puissants pour que j'observe le ciel, la nuit, à travers son télescope.

— Elles sont là, me disait-il une fois qu'il avait aligné l'objectif. Regarde, Maia, regarde la belle étoile brillante dont tu portes le nom.

Et je la voyais, oh oui. J'écoutais à peine tandis qu'il me racontait les légendes à l'origine de mon nom et de ceux de mes sœurs, mais je savourais le plaisir de sentir ses bras autour de moi, consciente de vivre un moment rare et précieux, avec mon père pour moi seule.

Quant à Marina, que j'avais longtemps prise pour ma mère – j'avais même raccourci son nom à « Ma » –, j'ai compris plus tard qu'elle n'était qu'une simple nourrice, embauchée par Pa pour s'occuper de nous lors de ses nombreuses absences. Mais évidemment, Marina était beaucoup plus que cela pour nous toutes. C'était elle qui essuyait nos larmes, qui nous grondait lorsque nous nous tenions mal à table. Elle nous a guidées sereinement durant ces années difficiles à l'issue desquelles l'enfant devient une femme.

Ma a toujours été là, et je ne l'aurais pas aimée davantage si elle m'avait donné la vie.

Pendant les trois premières années de mon enfance, il n'y avait que Marina et moi dans notre château magique sur les rives du lac. Et puis, une à une, mes sœurs ont commencé à arriver.

Normalement, Pa m'apportait un cadeau quand il rentrait de voyage. J'entendais le bateau arriver, je m'élançais sur la vaste pelouse et je courais jusqu'à la jetée pour l'accueillir. Comme tous les enfants, je voulais voir ce qu'il avait caché dans ses poches magiques. Je me souviens du jour où, après qu'il m'eut offert un ravissant renne en bois sculpté en me jurant qu'il venait du Père Noël, une femme en uniforme s'est avancée avec un paquet dans les bras. Et le paquet bougeait.

— Je t'ai rapporté un autre cadeau, Maia, le plus extraordinaire qui soit. Une petite sœur. Maintenant, tu ne seras plus seule quand je dois m'absenter.

Pa m'a souri et serrée contre lui.

Ma vie a changé ensuite. La puéricultrice que Pa avait amenée avec lui a disparu quelques semaines plus tard et Marina a pris la relève pour s'occuper de ma sœur. Je ne comprenais pas comment cette chose qui braillait, qui sentait souvent mauvais et me privait de l'attention qui m'était due pouvait être un cadeau. Jusqu'à ce matin où Alcyone – à qui on avait donné le nom de la deuxième étoile des Sept Sœurs – m'a souri, assise dans sa chaise haute.

— Elle me reconnaît ! ai-je lancé, émerveillée, à Marina qui lui donnait à manger.

— Bien sûr qu'elle te reconnaît, ma chérie. Tu es sa grande sœur, celle qu'elle admirera toute sa vie. Ce sera à toi de lui enseigner beaucoup de choses que tu sais et qu'elle ignore.

Et, en grandissant, Alcyone est devenue mon ombre, toujours sur mes talons, ce qui m'enchantait et m'agaçait tout autant. « Maia, attends-moi ! » exigeait-elle d'une voix forte en me suivant d'un pas mal assuré.

Bien qu'Ally – comme nous l'avions surnommée – ait au départ quelque peu perturbé mon existence dorée à Atlantis, je n'aurais pu souhaiter une compagne plus adorable ni plus aimable. Elle pleurait rarement, voire jamais, et ne faisait aucun de ces caprices réservés aux bambins de son âge. Avec ses boucles d'un roux doré qui tombaient en cascade et ses grands yeux bleus, Ally possédait un charme naturel auquel mon père était le premier à succomber.

Quand Pa Salt rentrait à la maison après l'un de ses longs voyages à l'étranger, je remarquais combien ses yeux s'allumaient dès qu'il la voyait. Il la regardait comme jamais il ne m'avait regardée, j'en étais sûre, moi qui étais timide et réservée alors qu'Ally débordait d'assurance.

Elle était aussi un de ces enfants qui semblait exceller dans tout – en particulier la musique et les sports nautiques. Quand Pa lui a appris à nager dans notre grande piscine, elle a aussitôt maîtrisé la technique – un vrai poisson dans l'eau –, tandis que je barbotais avec peine, redoutant à tout instant de couler.

Et puis, alors que je n'avais pas le pied marin, même à bord du Titan, le superbe yacht de Pa, Ally, elle, le suppliait de l'emmener sur le dériveur qu'il gardait amarré à notre jetée. Je me souviens que je m'accroupissais dans l'espace exigu de la poupe pendant que Pa et Ally s'affairaient aux commandes et que le bateau filait sur les eaux miroitantes du lac. Bref, je ne partageais aucune passion avec Pa qui aurait pu me rapprocher de lui comme ma sœur.

Ally avait étudié la musique au Conservatoire de Genève. Excellente flûtiste, elle aurait pu poursuivre une carrière dans un orchestre professionnel, mais elle avait ensuite choisi la vie de marin à plein-temps. Elle participait régulièrement à des régates et avait représenté la Suisse à plusieurs occasions.

Ally avait presque trois ans quand Pa est arrivé un jour avec une autre sœur pour nous, à qui il a donné le nom de la troisième des Sept Sœurs, Astérope.

— Mais nous l'appellerons Star, a-t-il dit en nous souriant à Marina, Ally et moi, tandis que nous observions cette petite chose, couchée dans le couffin, qui venait agrandir notre famille.

Je prenais alors des leçons chaque matin avec un professeur particulier, aussi la venue de Star m'a-t-elle moins perturbée que celle d'Ally. Et puis, à peine six mois plus tard, un autre bébé nous a rejointes, une petite fille de douze semaines prénommée Célaéno, un nom qu'Ally a immédiatement raccourci en CeCe.

Trois mois seulement séparaient Star et CeCe et, du plus loin que je me souvienne, elles ont toujours été très complices. Comme des jumelles, communiquant avec leur propre babillement, qu'elles utilisent encore aujourd'hui. Elles vivaient dans leur monde à elles dont nous étions exclues, et même à présent qu'elles ont une vingtaine d'années, rien n'a changé. CeCe, la plus jeune des deux, était toujours celle qui avait le dessus, son corps trapu et sa peau noisette contrastant avec la pâleur et la minceur de Star.

L'année suivante, un autre bébé arriva encore. Taygète – que j'ai surnommée « Tiggy » à cause de ses cheveux courts et noirs qui se dressaient sur sa toute petite tête et me faisaient penser au hérisson de la célèbre histoire de Beatrix Potter.

J'avais alors sept ans et je me suis tout de suite sentie proche de Tiggy. Elle était la plus fragile d'entre nous, affligée de toutes les maladies infantiles les unes après les autres, mais elle demeurait stoïque. Quand Pa a encore ramené à la maison une autre fillette, nommée Électra, Marina, épuisée, m'a souvent demandé de m'occuper de Tiggy qui avait continuellement la fièvre, ou toussait, et qui fut finalement déclarée asthmatique. On ne la sortait pas beaucoup dans le landau pour éviter que l'air froid et le brouillard épais de Genève ne lui fragilisent les poumons.

Électra était la benjamine et son nom lui allait à la perfection. Je m'étais maintenant habituée aux bébés et à leurs exigences, mais ma plus jeune sœur était sans aucun doute la plus difficile. Tout ce qui se rapportait à elle était « électrique » ; en un instant, elle pouvait passer d'une humeur sombre à une humeur légère et vice versa, de sorte que notre foyer, auparavant calme, retentissait quotidiennement de ses cris perçants. Ses caprices résonnaient dans ma conscience d'enfant et, en grandissant, sa personnalité impétueuse ne s'adoucit guère.

En secret, Ally, Tiggy et moi la surnommions « Tricky », qui signifie difficile, délicat. Il nous fallait toujours la prendre avec des gants pour ne pas déclencher un brusque changement d'humeur. Franchement, il y a eu des moments où je la détestais tellement elle perturbait notre vie à Atlantis.

Cependant, quand Électra sentait que l'une de nous avait des problèmes, elle était la première à offrir son aide et son soutien. Elle pouvait se montrer d'un égoïsme excessif, ou bien, à d'autres occasions, d'une générosité sans limite.

Après Électra, nous avons toutes attendu l'arrivée de la septième sœur. Puisque Pa nous avait donné le nom de cette constellation, sans elle, nous n'aurions pas été complètes. Nous connaissions même son nom – Mérope – et nous nous demandions à quoi elle ressemblerait. Mais une année passa, puis une autre, et une autre encore, et notre père ne rapportait toujours pas de bébé.

Je me souviens parfaitement de la conversation que j'ai eue avec lui dans son observatoire. J'avais quatorze ans et allais bientôt entrer dans ma vie de femme. Nous guettions une éclipse qui, d'après lui, signait un moment précurseur pour l'humanité.

— Pa, ai-je dit, amèneras-tu un jour notre septième sœur à la maison ?

En entendant cela, tout son corps a semblé se figer pendant quelques secondes. D'un coup, il a eu l'air de porter le poids du monde sur ses épaules. Il ne s'est pas retourné, car il se concentrait sur son télescope, mais j'ai compris instinctivement que mes paroles l'avaient bouleversé.

— Non, Maia, je ne la ramènerai pas. Parce que je ne l'ai jamais trouvée.

* * *

Quand est apparue la haie d'épicéas qui protégeait notre maison des regards indiscrets et que j'ai vu Marina, debout sur la jetée, la mort de Pa s'est imposée à moi avec son implacable réalité : l'homme qui avait fait de nous les princesses de son royaume n'était plus là pour garder l'enchantement.

À propos de l'autrice

© Boris Breuer

Lucinda Riley est née en 1965 en Irlande, et après une carrière d'actrice au théâtre, au cinéma et à la télévision, elle écrit son premier roman à 24 ans. Ses livres ont depuis été traduits dans 40 langues, ont été vendus à plus de 50 millions d'exemplaires, et continuent de toucher et d'émouvoir dans le monde entier.

Sa série *Les Sept Sœurs*, qui suit le destin de sœurs adoptées et s'inspire de la mythologie qui entoure la célèbre constellation des Pléiades, est devenue un phénomène mondial, créant un genre littéraire à part entière.

Après avoir élevé ses quatre enfants principalement dans le comté de Norfolk, en Angleterre, elle a réalisé son rêve en 2015 et acheté une ferme isolée en Irlande, où elle a écrit ses cinq derniers romans. Atteinte d'un cancer depuis 2017, Lucinda s'est éteinte en 2021, entourée de sa famille.

Pour découvrir les sources d'inspiration de l'autrice pour la série (de la mythologie grecque à la constellation des Pléiades et aux sphères armillaires), rendez-vous sur le site de Lucinda Riley, traduit en français !

http://fr.lucindariley.co.uk/

Vous y trouverez également des renseignements sur les histoires vraies, les lieux et les personnages qui figurent dans ce livre : la vie de la célèbre écrivaine Beatrix Potter, ou encore le Kent et la région des lacs en Angleterre.

Cet ouvrage a été imprimé en utilisant des papiers composés de fibres naturelles, renouvelables, recyclables et fabriquées à partir de bois issus de forêts qui adoptent un système d'aménagement durable. En outre, les fournisseurs de papier s'inscrivent dans une démarche de certification environnementale reconnue.

Achevé d'imprimer en septembre 2023
par CPI Bussière
À Saint-Amand-Montrond
Dépôt légal : octobre 2023
N° d'impression : 2072570
Imprimé en France